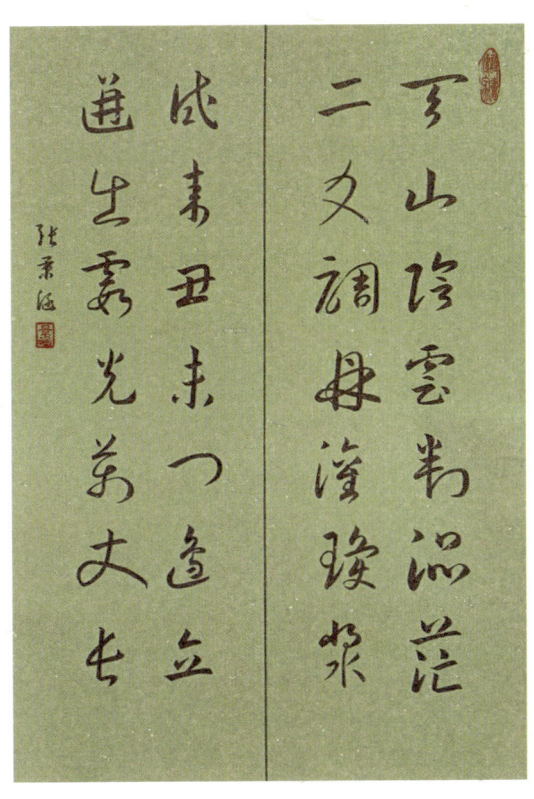

天山阴云判混茫,二爻调鼎灌琼浆。
试来丑未门边立,迸出霞光万丈长。

红楼财经传家

张捷 著

华文出版社
SINO-CULTURE PRESS

图书在版编目（CIP）数据

红楼财经传家 / 张捷著. -- 北京：华文出版社，2023.8（2023.10重印）

ISBN 978-7-5075-5616-2

Ⅰ.①红… Ⅱ.①张… Ⅲ.①《红楼梦》研究 Ⅳ.①I207.411

中国国家版本馆CIP数据核字（2023）第137867号

红楼财经传家

著　　者：	张　捷
策划编辑：	杨艳丽
责任编辑：	杨艳丽　袁　博
版式设计：	高　洁
出版发行：	华文出版社
地　　址：	北京市西城区广安门外大街305号8区2号楼
邮政编码：	100055
网　　址：	http://www.hwcbs.cn
电　　话：	总编室 010-58336210　编辑部 010-58336191
	发行部 010-58336267　010-58336202
经　　销：	新华书店
印　　刷：	北京博海升彩色印刷有限公司
开　　本：	710mm×1000mm　1/16
印　　张：	27.75
彩　　插：	16
拉　　页：	4
字　　数：	405千字
版　　次：	2023年8月第1版
印　　次：	2023年10月第4次印刷
标准书号：	ISBN 978-7-5075-5616-2
定　　价：	98.00元

版权所有，侵权必究

目录

代序：全新视角解读《红楼梦》　　/1

引言：勋贵从发家到传家的转型　　/1

一　财经之眼看贾府　/14
　　（一）葫芦案是薛家被暗算吃绝户　/14
　　（二）贾府的财经收支状态与内斗　/27
　　（三）从联姻和财力看贾家　/44
　　（四）贾府抄出几箱子当票的真相　/57
　　（五）冷子兴与勋贵的古玩潜规则　/64
　　（六）从抄家财物清单看幕后端倪　/70
　　（七）勋贵家奴的真实状态　/77

二　秦可卿背后的家族与财富博弈　/83
　　（一）秦业营缮郎背后的财富腾挪　/83
　　（二）贾秦两家瓜葛让凤姐主持葬礼　/100
　　（三）秦可卿暗淫带来的宝玉春梦　/111
　　（四）古代"养女"的社会潜规则　/127
　　（五）"红楼"之楼是书中哪座楼　/146
　　（六）凤姐相思毒局、秦家财富与风月之镜　/153

三 贾宝玉是贾家的财富核心　/166

（一）贾宝玉的真实价值在于联姻　/166

（二）贾珠的人生命运跌宕　/171

（三）大观园的财富湖水　/193

（四）葫芦案带来宝姑娘的宝　/210

（五）林家财富曝光与贾母分钱的实质　/231

四 实力和势力背景的妻妾博弈　/244

（一）周礼及律例之下的妻妾名分规则　/244

（二）林黛玉进贾府必涉婚约与黛钗地位　/251

（三）宝黛婚约是"兼祧"　/263

（四）《红楼梦》背景下的妻妾等级　/270

（五）宝玉姨娘的位置真紧缺　/276

（六）史湘云的平妻备选作用　/281

五 《红楼梦》里的教子逻辑　/294

（一）贾宝玉的素质教育弯路　/294

（二）李纨的逆境与贾兰读书改变命运　/308

（三）贾环的才情与管教失败　/316

（四）对薛蟠与贾宝玉评价的双重标准　/327

（五）红楼女儿们的素质教育　/336

（六）凤姐的后路需要倚仗刘姥姥　/344

（七）红楼女人圈子的男孩晚熟　/357

六 贾府转型诗书传家　/367

（一）贾府开国三代要避祸　/367

（二）贾府已经是学术望族　/374

（三）从科举题目谈《红楼梦》中诗书传家的背景　　/386

（四）古代读书的进阶和财富之路　　/392

（五）读书改变红楼勋贵世家的命运　　/411

后记　　/430

代序：全新视角解读《红楼梦》
——为"张捷说红楼"作序

刘继兴[①]

> **编者按**
> "张捷说红楼"本来是视频讲座，后集结成一部著作，但因内容丰富，总字数超过了120万字，现在分成三部出版。本文系刘继兴先生为这三部书作的序言。

"开谈不说《红楼梦》，读尽诗书也枉然。"这两句出自清人得舆所著的《京都竹枝词》（清嘉庆二十二年刊本），脍炙人口。可见在清代中期，《红楼梦》一书已广泛流传且深受好评。

众所周知，作为中国四大文学名著之首，《红楼梦》集中国传统文化之大成，代表了中国古典小说艺术的最高成就。它是一部百科全书，涵盖官场、情场、职场、美食、奇幻、暗斗、诗词、楹联、养生、园林、戏曲等众多领域。几乎每个人眼里，都有一部不同的《红楼梦》。正如鲁迅先生所说："经学家看见《易》，道学家看见淫，才子看见缠绵，革命家看见排满，流言家看见宫闱秘事……"

在平淡叙事、行文波澜不惊的背后，《红楼梦》隐藏了很多谜团，有着多层面的隐秘结构。其表现手法曲折隐晦，言近旨远，风格冷峻，铺陈得当，思想底蕴极其深厚，人物描写惟妙惟肖，情感描绘细致入微，叙事前后呼应，环环相扣，"草蛇灰线，伏脉千里"。

[①] 知名文史学者、山西省行政区划与地名学会会长、太原博雅奇正文化传播公司董事长、北京中天闻达文化传媒公司董事长，已发表作品1000余万字，在中国大陆出版《刘继兴读史》《历史的迷踪：你所不了解的历史真相》《哭泣的历史：正说走西口》等34部作品，在台湾地区出版《你一定不知道的56个历史真相》《荒唐！帝王不为人知的一面》等9部作品，共43部。

举例来说,《红楼梦》里的每一场雪,都不是无端下起的。

博览群书且喜欢臧否古今的毛泽东,历来对《红楼梦》的评价很高。早在延安时期,毛泽东就不止一次要求干部读《红楼梦》,"把《红楼梦》当作历史来读"。1954年,毛主席在杭州对摄影记者侯波说:"你要读一读《红楼梦》,这本书,你要看五遍才有发言权。"1956年4月,毛主席在谈中国和外国关系时,又说道:"我国过去是殖民地、半殖民地,不是帝国主义,历来受人欺负。工农业不发达,科学技术水平低,除了地大物博,人口众多,历史悠久,以及在文学上有部《红楼梦》等等以外,很多地方不如人家,骄傲不起来。"①

我读《红楼梦》,在五遍之上。每一次通读,都有不同的收获。《红楼梦》犹如一座宝藏,怎么去挖掘,都挖掘不完其中的宝物。这部伟大的文学作品,对我的写作帮助很大。多年来,我一共出版了43部文史类书籍,在各类报刊上也发表了大量文字。线上线下与我探讨写作的人很多。这些年来,每当遇到有人让我推荐读物时,我总是毫不犹豫地把《红楼梦》列在我所开书单的第一位。

旧红学与新红学代表人物的作品,我也都看过。考证派、索隐派、探佚派、点评派等,貌似百花齐放,实则真见甚微。说实话,我对其中的一些作品评价不高。除了真正的红学家以外,其他人的解析要么浅显,要么一厢情愿,要么牵强附会,使人读后茫然不知所云。更有些作品生拉硬扯、自说自话,很难引起读者的共鸣。

近些年来,网络各类自媒体风生水起,不少人也写《红楼梦》感悟,如《年少不识〈红楼梦〉,再读已是梦中人》《年少不识〈红楼梦〉,读懂已是中年人》等。细看其文,才发现,此类作者根本没读懂,只是借题感慨、随意抒情而已。

---

① 毛泽东:《论十大关系》,载中共中央文献研究室编《毛泽东文集》第七卷,人民出版社,1999年6月第1版,第43页。

直至在网上偶然读到张捷关于《红楼梦》的若干解读文章，我的眼前才一亮，这些文章让人拍案叫绝。看到我的跟帖后，张捷就在微信上与我沟通，我们就《红楼梦》的话题进行了多次深入的探讨。

我和张捷是好朋友，年龄相仿，志趣相投。我认为，张捷的视角独特，观点奇颖，刷新了人们的很多传统认知，把《红楼梦》研究推向了一个前所未有的领域，且特别接地气。

后来，张捷给我寄来了书稿（他在网络上发布的那些文章，正是这三部即将出版的书稿中的一小部分），我很幸运地得以先睹为快。

收到书稿的当天，我迫不及待地看了起来，一下子就被吸引住了，记得晚饭也没顾上吃，越看越激动，欲罢不能，一直在办公室看到深夜，才恋恋不舍地掩卷回家。

由于我工作太忙，花了一个多月的时间，才读完了这三部百万字的书稿。写得真心好，信息量巨大，几乎每行字都有干货。接着，我又认真地看了第二遍、第三遍……好书不厌百回读，古人诚不我欺也。

《红楼梦》是个大筐，包罗万象，很多重要的信息，掩藏在貌似不经意的叙述中；《红楼梦》又如一座巨大的迷宫，处处暗藏机锋，很容易令读者目不暇接、晕头转向。张捷是个阅读高手，慧眼独具。他透过原著文字演绎的沧桑，读出了真章。他又是个文章大家，是文史密林中的文字舞者，抽丝剥茧，娓娓道来。他笔下的文字具有温情，毫不诘屈深奥，极具穿透力，几乎解开了《红楼梦》中长期困惑广大读者的所有谜团，且引经据典，班班可考，从不哗众取宠、臆说戏说。他的解读不仅给人教益，让人明白透过现象看本质的阅读价值取向，而且以代入感促人以智慧的方式走进文学王国的历史，在博大精深的中华文化中找寻安身立命的根本。

《红楼梦》中有很多条暗线，读者可能终其一生都难找出，但张捷找到了，并发掘出了其中隐含的政治、经济、文化逻辑。《红楼梦》中的很多谜团，被张捷一一破解，爱情经济学、官场倾轧、家族财富博弈、勋贵诗书转型等真相在他笔下呈现得淋漓尽致，在这里我就不剧透了，请读者自行阅读感受，绝对精彩！

张捷出身书香世家，是晚清翰林、状元的后人，他的爷爷、父亲及外祖父都是中科院院士，奶奶是中国近代史所的学者，其家学渊源深厚。张捷毕业于中国科技大学，是妥妥的理工学霸。理工男擅长逻辑思维，其理性程度是很多文科生擅长的形象思维无法比拟的。张捷用理工逻辑思维发现了《红楼梦》暗藏的逻辑，众多谜团逐一解开，此书的价值极高。

引言：勋贵从发家到传家的转型

对于《红楼梦》，年少之时，我们确实难以读懂，就算随着年龄的增长，有了一定的社会阅历，仍然理解得不够透彻。只有对古代的社会状况进行过研究和考证的人，才能真正有一些心得。笔者认为，《红楼梦》完全可以从历史和社会形态的角度进行研究和解读。

笔者对《红楼梦》一书的理解，与很多读者不同，因为研究《红楼梦》需要站在历史和社会的高度去看，格物致知地分析其中的政治、经济和文化逻辑。网络时代，很多人已经不读书了，而是看视频。他们眼里的《红楼梦》故事，更多的是影视剧里的。《红楼梦》的影视剧改编，有时代因素，也有编剧为了方便影视展现做的简化处理，使《红楼梦》这部伟大的作品遗失了很多幕后内容和古代逻辑，所以我们需要格物致知，将它回归本源。通过对《红楼梦》一书的格物致知，笔者发现了很多以往研究没有发现的细节，得到了不同于主流《红楼梦》阅读视角的观点。

笔者认为，《红楼梦》主线讲的是勋贵世家的三代到五代的家族转型，书中主角从世袭荣誉，到财富联姻，都是失败的，都是"红楼一梦"。在"将不过三、富不过五"的历史规律下，能够传家更远的是读书，是诗书传家。从贾源、贾演到贾代化、贾代善，再到贾敬、贾赦、贾政，正好是三代，到贾宝玉、贾琏是四代，到贾蓉、贾兰是五代。"兰桂齐芳"是第五代人通过读书实现的。笔者认为，曹雪芹的处境，也与他们家的世家转型失败衰落有关。世家应当如何传家，我们应当做一番思考，这就需要对《红楼梦》重新解读和认识。众人都说贾敬这一代穷奢极欲、徇私枉法是败家，而事实上，如果他们精明能干，皇帝就睡不着觉了，其中的政治逻辑关系是非常复杂的。笔者从世家、生存博弈、文史探寻和财经知识的视角出发，格物致知，看到了很多内在的不同于众人的逻辑，追求知至，展现了与现有红学各派都不同的红楼景象。

写作《红楼梦》的曹雪芹和后来续作的程伟元、高鹗，都身处康雍乾盛世的雍正一朝。康熙早期是王朝初定，从康熙平定三藩、天下安稳以后，到雍正年间，只有五十年左右，雍正也是清朝入关后的第三代，乾隆是第四代。清朝康乾两朝的皇帝在位时间很长，与《红楼梦》的背景，勋贵的三代和五代的时间是吻合的。因为有当时的"政治原因"，《红楼梦》才在乾隆时期解禁，并且在和珅的主导下进行了续写和改编，把当时的政治原因和政治诉求添加到里面；所以读《红楼梦》，不要把它变成任人打扮的小姑娘，而要穷其理地格物考据，还原历史的真相以知至。

历史上，对《红楼梦》的研究有很多曲解之处。反对科举、废除科举，是近代历史的"政治因素"所需；而反对封建大家庭大家

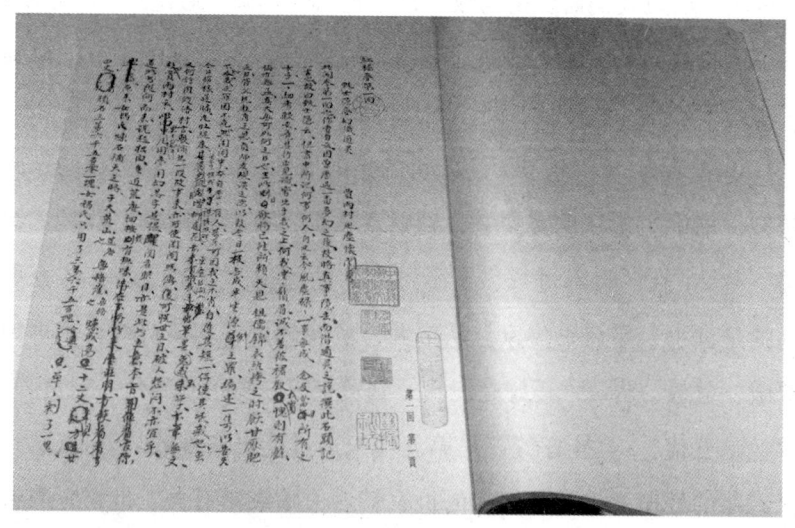

《红楼梦》乾隆抄本（国家博物馆馆藏）

长和包办婚姻，倡导自主恋爱，又变成新的"政治需要"。因此，《红楼梦》千人千面，在各种不同的时代背景下有着不同的解读。《红楼梦》当时能够刊行，历史背景是清入关以后的康雍乾时代，整个社会的稳定和发展最重要，勋贵需要转型，要变成读书传家。在历史规律面前，祖上的荣耀和财富，最后都是白茫茫的一片真干净，能够留下来的，就是"兰桂齐芳"，是读书传家这个根本。

《红楼梦》一书，为何叫作《红楼梦》？以前不叫《红楼梦》，在乾隆审定核准以后刊行，才改叫《红楼梦》。红楼是啥？书里面并没有与红楼对应的建筑物。有人说红就是朱，影射朱明，但到乾隆晚期大兴文字狱，朱明已经灭亡一百多年了，此时再说有影射并通过了清朝官方的许可，实在是说不通。笔者经过研究，认为红楼的影射，对应的应当是青楼！而对比青楼，红楼里面更是带有权力欲望的博弈，但它比青楼更高大上一些，类似朝堂或者江湖。《礼记》中说"天子丹，诸侯黝"。天子用红的，诸侯用黑的。皇帝及勋贵使用红色，而青色在古代多指黑色，比如"青丝"，意思就是黑发。在早期，青楼的含义也不是贬义，指的是华美的楼宇。例如，傅玄《艳歌行》"青楼临大巷，幽门结重枢"；江淹《西洲曲》"鸿飞满西洲，望郎上青楼"。清代袁枚在《随园诗话》中说："齐武帝于兴光楼上施青漆，谓之青楼。"古代的青楼，更多是社交场所，是夜生活的发生地；而红楼，则是勋贵之家，是勋贵联姻和利益交换的场所和府邸，在书中对应的是天香楼，而且贾宝玉的梦境也是在天香楼开始的。一般人不能使用红色，"红楼"代表了勋贵之家的故事。

中国古代的传统是勋贵不过三代，想要固化原有阶层，只是一个美好的梦，勋贵世家也需要不断地努力维系自身的地位和财富，如《红楼梦》中的贾家人为了保持富贵，做了各种努力和尝试。其实，勋贵之家的末世和转型过程，内部博弈异常激烈，也是血淋淋的。红楼之红，也可以是血红之红。在《红楼梦》中，多人死于非命,但被掩盖在了风月宝鉴的骷髅里;展现在明面上的,是风花雪月的诗。中国古代,在朝代进入中期后,社会各种资源变得有限,便进入了严重的内卷化阶段,内卷化的博弈是非常残酷的。

《红楼梦》里面写了很多奇奇怪怪的因果报应,写了很多和尚道士的点化,搞了神神秘秘的木石前盟,这样写是因为作者知道文字狱的厉害,于是借助神道鬼怪,说他需要说的现实问题。书里面现实博弈的逻辑非常深刻,欲言又止,真真假假,看读者从哪个角度去体会,解读可以是多层面、多方向的。赋予《红楼梦》不同的解读视角和方向,可以对抗当时统治者的文字狱审查。

贾家为保持富贵转型,付出了极大的努力。对于开国的勋贵世家而言,到了第三代,就是一个危机时刻,这是一个家族发展的拐点。因为开国三代,面临"将不过三"的魔咒,此时世袭的新皇帝,为了加强自己的势力和控制,都是要削藩的。在皇权需要加强的背景下,功高震主的勋贵家族,都有避祸的需求。在《红楼梦》中,贾敬、贾赦和贾政看似荒诞的行为,更多的是为了家族避祸。贾府于是采取了弃武从文的家族转型发展方针,到了三代以后,贾家人已经没有了兵权,贾府子弟当文官,开始向读书治学的方向转型。

过去,爵位多为世袭递降,贾府也是世袭递降。从贾府人的爵位可以看出,贾代化是一等神威将军,到他孙子贾珍,就变成了世袭三品爵威烈将军;爵位在递降,但家族人员在增加,开销也在增加,而皇帝采取的财富政策为推恩令,所以子孙越分越少且分散。勋贵阶层的每一个家族分支,都有阶层滑落的压力。当时中国社会的活力,就在于他们的滑落并不固化;而西方契约社会的背后,是长期固化的社会。维持家族兴旺不衰落,确实压力巨大,贾琏和王熙凤管家,时不时地周转不灵,他们就得去典当银子来维持周转。所以,为了阶层不滑落,贾氏家族非常努力地维持着。《红楼梦》里面惯用"假语存"的方式,真话反说,其背后真相要读者自己体悟。

贾府阶层不滑落、家族不衰落的重担，主要落到了贾府四代身上，其次是三代和五代的成员。贾府的成员都是有天分的人精，为了家族的继存，他们非常努力地朝三个方向转型，企图保持贾府原有社会阶层不滑落。这三个方向是：勋贵捞钱、接手皇家大工程的惯用方式，财富联姻、权力联姻的家族振兴方式，科举和诗书传家方式。接下来，我们分别看一下这三个方向的结果。

勋贵捞钱、接手皇家大工程 在这个层面，贾府是宁国府嫡长子和荣国府嫡长子都参与的，这是贾府的第一主攻方向。我们看到了贾府与营缮郎秦家的瓜葛，秦可卿的葬礼之所以有那么多权贵前来，不是缘于贾府的面子，而是银子的影响，同时也是因为贾政是秦业的副手搭档，书里藏得很深；我们看到元妃活着的时候，贾政在工部主管陵工，贾家人赚了不少银子，通过讲述贾芸眼红工程赚钱，去走凤姐的门路一事，作者告诉读者贾府在怎样赚钱。秦可卿之死，让贾家失去了从营缮司的皇家工程中赚钱的机会，因而受到了巨大的冲击；元妃之死，使贾政失去了主管陵工的肥缺，对贾家的打击也是巨大的。书里面藏着暗线，营缮司的肥缺非常隐蔽，明朝权相严嵩的儿子严世蕃和徐阶的儿子徐瑶，都是由管营缮司发家的，都赚了书里贾琏提到的"三二百万的财"。就算是吴伟业（号梅村）写红楼，这里也是有所指的。贾家凭借皇家大工程捞钱，最后都失败了。这条线最先失败，与曹雪芹的曹家破败，多有类似。书里的秦业是营缮郎，历史上的曹家则是织造郎（驻扎江南织造郎中，后改为江宁织造郎中或员外郎）。

财富联姻、权力联姻 在这个层面，贾府的主人公就是贾宝玉。我们看到贾府打造了神话般出身的男明星贾宝玉，联姻的对象都是家财万贯的富家女。古代的豪门联姻嫁妆非常丰厚，按照规矩，彩礼要翻倍，加上女方自身携带的财产。林黛玉有林家四世侯爵钟鼎之家的财富，以及林如海任天下肥缺时的各种所得；薛宝钗在薛蟠成为"活死人"后，有薛家藏匿于贾府被吃绝户的财富。贾家想将黛玉和宝钗的财富都留下。贾家的儿女公开定亲，在古代社会是绝对的晚婚晚育标准。我们还看到贾府出了皇妃，又娶了出身学术之家的女儿李纨，还联姻掌握兵权的王家。但这条路的最后结果，是贾府外表和谐之下，宅斗异常激烈，多个丫头死于非命，黛玉死得不清不楚，而贾宝玉心理上受不了，出家了。皇妃受到牵连而获罪，不寿无嗣。贾府的联姻之路，彻底失败。这条线在书里面是明写，但宅斗的"烈火烹油"，却隐藏在花团锦簇之下。贾家用联姻来保持阶层的策略，变成了一场梦，最后是白茫茫一片真干净。

科举和诗书传家 在这个层面，贾府的主要代表就是第五代，即荣国府的"独苗"——嫡长孙贾兰。我们可以看到贾母的成果：前面已经有了进士和神童——贾敬和贾珠，但后续进展得非常不顺利，嫡出子弟中，神童贾珠早亡，进士贾敬修道避祸，贾宝玉厌学，旁支庶出骄纵不学，"影子"甄宝玉也不好学。事情的转折在贾府遭难之后，在家族的压力之下，贾宝玉和甄宝玉都开始苦学，最后甄、贾两个"宝玉"都中举了，贾家第五代代表贾兰则成为低龄进学的天才举人。因此，到《红楼梦》一书的大结局，贾家是"兰桂齐芳"的光明复兴景象。这条线在书里半明半暗地出现，一直在写贾政督促宝玉读书，王夫人要宝玉读书，宝钗要宝玉读书，袭人要宝玉读书；只有黛玉花前柳下，不着急让宝玉读书，而是由着宝玉的性情。科举和诗书传家，是作者当时为了迎合皇家需求而写。

《红楼梦》通行本最后是"兰桂齐芳"，"兰"和"桂"除了暗指书中人物的名字，也可从字面含义解读，就是要诗书传家。"兰"历来为高洁雅正之文人所青睐，借此来表明自己特立独行、不与黑暗社会同流合污的君子之风；而"桂"则寓意蟾宫折桂，指科举取得成功。"兰桂齐芳"表明贾家成了读书科举的君子之家。

笔者还发现了《红楼梦》中暗写的三组重要人物关系：秦业与

贾政是同事搭档，贾雨村与林如海是科举同榜，贾雨村与王子腾是政敌。这三组隐含的关系主导《红楼梦》一书真正的暗线逻辑，同时还派生出很多重要的关系，比如贾雨村是林黛玉的监护人和托孤人，黛玉嫁给谁，贾雨村是有权决定的。

《红楼梦》的作者是谁？目前没有定论，争论点主要集中于三个人：曹雪芹、吴梅村、冒辟疆。这三人身份各有不同：曹雪芹的身份，是无缘科举的（三代以内有罪不能科举），应当不会写科举有啥好事情；吴梅村是科举出身，明思宗崇祯四年（1631）进士，曾任翰林院编修、左庶子等职；冒辟疆因为明亡而不去清朝的博学鸿儒科应试。《红楼梦》到底是谁写的？现在依然争论不休，近年来有越来越激烈的趋势。可能他们三人都参与过，另外，续书的高鹗也是科举的受益者，中过进士，位列三甲第一名（殿试二等第二名，因为旗人不给鼎甲，会压一等，高鹗是镶黄旗人），还在江南当过御史，也当过内阁中书，后升任内阁侍读，可以叫作"兰台大夫"。高鹗出身内务府，中进士时年仅三十四岁，对林家和林如海的感受应当非常理解。曹雪芹因为三代以内涉罪而没有科举资格，所以对科举的态度在书里写得非常暧昧；到了乾隆晚年，乾隆对曹家的处理宽松了，时代要求也不同了，同时高鹗和和珅的经历又不同，所以后四十回里，宝玉读书科举的进程立即加快了。随着清朝灭亡和西方文化侵入，反对科举又成了近代的政治需要，对《红楼梦》的解读又变了方向。笔者认为，《红楼梦》的作者是曹雪芹，高鹗是在曹雪芹的草稿上修改的，吴梅村则最多是有些文字被曹雪芹借鉴了，故事的主体创作与他无关。

中国古代都是官商一体。因为没有了权力的支持，巨额财富难以维系，贾家在权力衰落的同时，联姻取得的财富也随之烟消云散。中国过去首先讲道德传家；其次讲耕读传家，可能十代以上；最后讲诗书传家。在传家上，耕读比诗书多了一个生存的手艺。在中国古代的农耕社会，会种田也是本事；种田很复杂，是否种得好，差别也很大。就如现在养花，有人养得好，有人总养死。要想田地高产，除了勤劳，还要有技术。《红楼梦》告诉世人，贾家能够复兴，就是中国传统的价值观在起作用。诗书传家，可以超过五代，贾家人让子孙读书，虽然带来了贾家的复兴，但没有道德传家，也没有耕作的手艺，最后超不过十代。

所以，笔者认为，《红楼梦》一书，华丽背后的暗线写的是勋贵的转型，以及转型中的"烈火烹油"。贾府全家族从"将不过三"的避祸，到通过转型来应对皇权推恩令和削藩下勋贵家族的阶层滑落，最后通过诗书传家。贾家转型成功的同时，也经历了转型的阵痛；家族危机里，充满心机和狡诈，过程跌宕起伏。与贾府相比，其他大家族，比如没有转型却要拼命抓住军权的王家，最后被抄家，彻底败落，与放弃军权从文的贾家，结局差别巨大。鼓励勋贵子弟读书、弃武从文放弃兵权，是历朝历代皇帝所需要的。

《红楼梦》一书，其视角与立场都戴上了有色眼镜，我们可以从中看出文字刀笔的厉害。书里的褒贬及各个人物给大家的感觉与实际情况相差非常大，作者既没有从第三者公允的立场上写，也没有简单地以自述的立场来写。整部作品以贾家的立场来写，从贾家的勋贵世家立场着眼，有他们看不起的读书寒门，比如戴着有色眼镜扭曲看待贾雨村；有他们看不起的经商人家，比如用双重标准看待薛蟠；有他们看重的联姻同盟，比如被光环笼罩的王子腾；还有他们重点塑造和溺爱的贾宝玉。

《红楼梦》的视角还是不断变化的，之前它叫《风月宝鉴》，除了风月的因素，镜子本身就是寓意社会的参照。李世民曾说："夫以铜为镜，可以正衣冠；以史为镜，可以知兴替；以人为镜，可以明得失。"《红楼梦》，就是历史和人物的镜子，让读《红楼梦》的人知道兴替得失，这正是整部作品的伟大之处。"风月宝鉴"是书中有特殊功能的镜子，是跛足道人给贾瑞的。跛足道人叮嘱他要想保命，只能照背面。风月宝鉴一面照出来的是美女，另一面照出来的是骷髅。风月宝鉴的埋线告诉读者，《红楼梦》是两面镜子，一面是大观园的诗情画意，另外一面则是冷血的政治经济博弈。书中对不同人物，用宝鉴不同的面来照，变成"真事隐""假语存"，而真相到底是什么，读者需要根据书中的明线和暗线判断；如果简单地观察镜中结果，只能是一个片面的视角。对《红楼梦》的故事解读，逻辑也是两面的，一面是大家都看到的，另外一面则是要深度解读的，差别在于立场和视角的不同。

《红楼梦》写人有多重标准，我们不把书里的多重标准看出来，就难以理解其中的情节。比如，贾宝玉没有对任何一个女人负责，选择了出家，丢掉了一切；薛蟠却对喜欢的女人都尽责，最后悔悟，还把香菱扶正了。这些不同的立场，是因为不同历史时期的"政治需要"和研究者的个人见解不同，以及众多的《红楼梦》版本和续写，让故事的整体逻辑在普通读者心中混乱不堪。笔者写本书，希望在通行本基础上，尽力还原《红楼梦》一书的本元逻辑。

《红楼梦》情节的写法，与现在绝大多数小说的写法不一样。现在的小说都会把后面情节的逻辑脉络直接写在书里展现给读者；《红楼梦》则不写，而是要读者自己读出来，这也是《红楼梦》读起来特别有味道的原因。书里直接展现出情节逻辑的方式，比较好写，读者也可以直接被作者带着走，逻辑链条清晰，作者直接给出交代就可以了，无论是武侠、言情，还是穿越，都是如此。宫斗、宅斗等情节，作者更是分析得清清楚楚。《红楼梦》却要读者自己分析，这样一来，作者的逻辑链条就必须特别严谨，否则很容易分析出自相矛盾的情节来。现在的一些作者，逻辑训练不够；读者也大都喜欢快速阅读、浅阅读，读不出书里面深层次的内容。古人读一本书是慢慢地精读的，文人从小开始就有考据训练，考据训练中最重要的就是根据逻辑进行理证，格物致知。

中国古人写历史，讲求春秋笔法，对不好讲的历史线索和逻辑，用笔也是采用《红楼梦》中那样的"真事隐"方式，让后世读者自己考据格物，进而得出体会。因此，古人在考据春秋笔法方面的训练强度，比现在的人大多了。《红楼梦》按照中国史学的传统，以春秋笔法来写，草蛇灰线，埋线千里。中国的史书都是这个样子，一句"郑伯克段于鄢"，就有多重内涵。书中暗藏的内容古人读来觉得简单，不用说出来，现代人没有了古代社会的常识背景，就读不懂，也想不明白了。《红楼梦》的写法，不是用小说之笔，而是用《史记》《春秋》等经典之笔。在《红楼梦》当中，我们可以找到太多历史经典画面，因此很多学派进行索隐，从而对号入座。《红楼梦》一书要是放到现代创作，末尾肯定会有一句：本书故事纯属虚构，如有雷同，纯属巧合。

因此，《红楼梦》中有大学问，道与术蕴藏其中，不同的人读，就会有不同的视角，有不同的体会；不同的时代，不同的政治需要，就会有不同的解读。《红楼梦》版本众多，解读纷杂，它就在那儿，不同的人看到的内容各不相同。古代中国，国学是二元的，天下读书人的国学与皇帝的国学不一样；思维是多元的，庙堂之高和江湖之远，思维不一样；规则更是多元的，文人文艺之理想，与社会百态之炎凉，规则与潜规则更不一样。《红楼梦》作为一部奇书，给读者展现多元之下"真事隐"与"假语存"的故事，其深刻的内涵，需要读者自己体会。

中国古典四大名著，各有其深刻的内涵，它们按照中国古代文化的"修齐治平"理想来教化社会。《西游记》写的是在项目团队和办公室政治下如何自我发展，是一部修身的书；《红楼梦》是写世家大族的家族发展和家族内部管理、子女教育和婚姻，还有世家与国家政治等暗线内容，是一部齐家治国的书；《水浒传》讲的是江湖和社会，也是讲社会治理，是一部管理江湖与治国的书；《三国演义》写的是天下大乱、诸侯纷起，直到三国归晋这段历史，是一部准兵书，更是一部治国和平天下的书。《红楼梦》在四部书里面分量最重，虽然它诞生最晚，用笔却最深刻，包含了很多的智慧；更重要的是，在中国家天下的社会体系中，家族下对个人，上对国家，是承上启下的纽带。《红楼梦》揭示了清代开国五十年后社会转型、家族转型和传承的情况，历史纵深感很强，社会涉及面很广，明线、暗线并行，因此喜爱和研究它的人最多。中国古典四大名著，可以当文学看，也可以当故事看，真正要研究的，还是它们的社会学和哲学内涵。中国的国学和传统文化，现在大多被压缩到了文学和艺术层面，其中的思想性、哲学性、社会性，还有很多值得探究的空间。

《红楼梦》是一部讲政治的书。毛泽东在晚年还要高级干部们去看，他曾对许世友说要看五遍，至少三遍才能够读得懂。据陈士榘的长孙介绍，毛泽东还特别要求大家多读后四十回，对后四十回的内涵要深入理解。对《红楼梦》的历史意义和现实意义，毛泽东认识得很清楚。

笔者解读《红楼梦》，尝试从政治和历史、社会的视角，厘清中华文明的逻辑，而不是简单的文学欣赏；《红楼梦》一书的文学造诣登峰造极，而其中的国学意义远在文学之上。

在网络时代，阅读扁平化、碎片化、视频化，现在还在看四大名著的人，大多数是因为语文课程要求，是孩子们在看。《红楼梦》一书对成人来说，更应当读。有阅历的人应当读，有社会科学素养的人应当读，尤其是有志于学的人，应当把《红楼梦》的社会学、哲学内涵解读出来，而不只是文学欣赏，不只是探奇，不只是故事娱乐，所以笔者写了本书以飨读者。

笔者认为，《红楼梦》一书用财经、政经视角分析，是符合作者本意的。在第五回中，警幻对宝玉说："不过令汝领略此仙闺幻境之风光尚然如此，何况尘境之情哉！而今以后，万万解释，改悟前情，留意于孔孟之间，委身于经济之道。"这句话的关键还是"孔孟之间"和"经济之道"，所以读《红楼梦》，不应只"领略此仙闺幻境之风光"和"尘境之情"，不能流于表象，更要领略作者真实的意图。笔者认为，古代讲的经济是经世济民，对应现在的政治经济学更为合理。

附录 《红楼梦》里面死于非命的人物

很多人看《红楼梦》看的是风花雪月诗，笔者看《红楼梦》看的是残酷的政治、财经和社会博弈。《红楼梦》里，死人的事一直在发生，全书"死"字出现了八百六十三次，几乎回回都有，一百二十回中只有七回（第十四回、第二十二回、第四十二回、第五十回、第七十回、第七十六回、第九十五回）没有出现"死"字，真的是"昨日黄土陇头送白骨，今宵红灯帐底卧鸳鸯"。一般读者看《红楼梦》是看鸳鸯情爱，毛泽东主席说《红楼梦》写四大家族，有几十条人命，看到的是白骨。

笔者统计了一下，《红楼梦》里面死于非命的有如下这些人：

自杀十四人　上吊：秦可卿、鸳鸯、鲍二家的、张金哥；自刎：尤三姐、潘又安；撞死：瑞珠、司棋；投井：金钏；吞金：尤二姐；投河：守备之子；应属于自杀但书中没有细节记录的：石呆子（最后说疯呆致死）、贾珠（可能因文字狱自杀，贾府从不祭奠，其子贾兰地位尴尬）、李守中（可能因文字狱自杀，贾府从来不与其亲家往来）。

被打致死五人　薛蟠打死的冯渊、张三；被家长痛打致死的秦钟、贾瑞；被包勇打死的周瑞的养子何三。

死于暗杀七人　被政敌杀死的林如海；被皇帝猜忌杀死的王子腾、贾元春；大观园内被下毒致死的林黛玉和晴雯、多姑娘（王家人下药）、赵姨娘（王熙凤下药）。

被折磨死一人 贾迎春。

误服毒药致死二人 害人害己的夏金桂、误服丹药的贾敬。

被劫杀一人 妙玉（传闻，可能不是）。

受冲击而发病死四人 贾母、王熙凤、秦业、彩云。

不明消失或夭折二人 贾琮、大姐儿，另有多个丫鬟小厮不计。

总计 三十六人。

另外，古代出家人不再奉祀家族香火，以世俗眼光看来与死了也差不多，书里还有九人出家：贾敬、贾宝玉、贾惜春、甄士隐、紫鹃、宝珠、芳官、蕊官、藕官；英莲难产而死。

与死了那么多人相比，《红楼梦》一百二十回，金陵家族没有一个孩子出生！只在故事开头贾雨村娶娇杏生了一个儿子，凤姐的大姐儿在冷子兴演说荣国府时已经出生。

红楼之红，还有血红的含义，看《红楼梦》里面多少人死于非命？家族末世宅斗，演绎的是血淋淋的残酷博弈。因此，"风月宝鉴"一面照的是美女，另一面照的是骷髅。

一 财经之眼看贾府

中国的大家族,在汉朝推恩令之后,家族内部的地位与财富直接相关;读不懂背后的财经逻辑,也就不太容易看明白明面上那些太极推手的招式。《红楼梦》作者对贾府的财经博弈逻辑是用暗线写的。明线是风月,而暗线的财经逻辑才是《红楼梦》的主要矛盾和矛盾的主要方面,并决定《红楼梦》中各种博弈的走向。因为在大观园花团锦簇的背后,贾府财务状况一直是紧张的,家族的运转处于"烈火烹油"的状态。

(一)葫芦案是薛家被暗算吃绝户

很多朋友说笔者解读《红楼梦》的视角很独特,下面笔者先从大家都熟悉的"葫芦僧断葫芦案"开始,为大家呈现一个不一样的解读视角。对于葫芦案,笔者认为:不是贾雨村徇私枉法包庇了薛蟠,而是贾家人,可能还有王家人,通过葫芦案暗算了薛家人。贾雨村对葫芦案的断案,让薛家吃了大亏。

◇◇◇案情之中的信息茧房

葫芦案的案情到底是什么?书里写得特别隐晦,真的是"假语存"。我们不妨先从书里介绍案件的过程入手。书里第四回,作者居然通过不同人的口,把案件介绍了三遍!作者这么安排,绝对不是重复啰唆,而是巧妙的写作手法,让读者体悟真相。看不出其中的不同，或是因为没有真正理解，或是因为读得囫囵吞枣。这里潜藏着作者故意设下的信息茧房，而全书的视角就是以这个信息茧房作为明线的。

原书第一次陈述案情，是第四回原告在堂上的控告。

> 那原告道："被殴死者乃小人之主人。因那日买了一个丫头，不想是拐子拐来卖的。这拐子先已得了我家的银子，我家小爷原说第三日方是好日子，再接入门。这拐子便又悄悄的卖与薛家，被我们知道了，去找拿卖主，夺取这丫头。无奈薛家原系金陵一霸，倚财仗势，众豪奴将我小主人竟打死了。凶身主仆已皆逃走，无影无踪，只剩了几个局外之人。小人告了一年的状，竟无人作主。望大老爷拘拿凶犯，以救孤寡，死者感戴天地之恩不尽。"

原告的控告，讲述了拐子欺诈再卖，承认了是他们主动夺人，而不是告官处理，冯渊搞的是私力救济，原告首先采用的手段是暴力抢夺。按照原告的表述，打死人的是薛家的"众豪奴"，没有提及薛蟠本人。原告只说奴仆们打死了冯渊，没有说指使奴仆的主子是谁，没有说明奴仆里具体是谁打的。应当是原告对薛家的人不熟悉，属于群殴械斗，而且原告先诉诸武力夺人，原告也有一群人参与。

原书第二次陈述案情，是第四回当中门子给贾雨村介绍案件。

> 门子笑道："……谁知又不曾走脱，两家拿住，打了个臭死，都不肯收银，只要领人。那薛家公子岂肯让人的，便喝着手下人一打，将冯公子打了个稀烂，抬回家去三日死了……"

门子的说法是薛蟠指使手下打人，说得非常清楚，最多是薛蟠让家仆打人，薛蟠自己则没有动手打人，也没有叫奴仆打死人，人也不是当场死掉的。

原书第三次陈述案情，是第四回末尾介绍薛蟠及薛家情况的时候。

早已打点下行装细软以及馈送亲友各色土物人情等类，正择日一定起身，不想偏遇见那拐子重卖英莲，见他生得不俗，立意买了。又遇冯家来夺人，因恃强喝令手下豪奴将冯渊打死。

此处的说法是，薛蟠在家里收拾东西，准备动身去京都，冯家来夺人，打到了薛家里面。这里介绍的情况又有不同，等于说这个丫头已经让薛家领走了。此处写薛蟠"喝令手下豪奴将冯渊打死"，打死人事件变成了出自薛蟠的命令和要求，而且似乎立即打死了冯渊，性质完全不一样了。

葫芦僧判断葫芦案（清孙温　绘）

三次不同的陈述中，薛蟠在案件里面起的作用差别极大！《红楼梦》文无废墨，这么写有大意境。从原告对案件的认识、原告堂上的申述，我们可以得知，原告已经根据对自己有利的情节在控告，原告即使添油加醋地告官，也没有说出薛蟠的名字。门子的说法，却把薛蟠、拐子添加到里面来了。后面作者介绍薛蟠时的说法，应当是薛蟠自己认为的。但各种信息都在吓唬薛家。薛蟠的奴仆推卸责任，肯定会说打死了人，是主人薛蟠指使的。这样一来奴仆的责任就轻了，而处理葫芦案的官员，则会把案件直接联系到薛蟠身上，然后找薛家要好处。所以，薛家得到的信息是打死了人完全是薛蟠主导的，薛蟠是主犯。在斗殴中喊打喊杀，与故意指使杀人性质不一样，而薛家对案件情节的认识，明显比案件实际情况要严重得多，用现在时髦的词语形容，薛家已经到了信息茧房里面。

对真实的案情信息，薛蟠自己理解有偏差；所有参与的家奴为了减轻责任而不说真话；贾家和王家想要算计薛家吃绝户，也不会告诉薛家真相；冯家也愿意把薛家的责任说得更重；薛姨妈和薛宝钗作为女性，抛头露面不易，外面的传言多种多样，让人真假难辨；因此，薛家能够听到的所有信息，都是加重薛蟠责任的不实信息，薛家完全处于失实的信息茧房里面，根本认识不到薛蟠在案件中的真实责任。很多读者简单地跟着作者的明线去理解书中的逻辑，也被幽禁在了这个信息茧房里。

笔者是从业多年的执业律师，职业的敏感度给笔者带来不一样的视角，因为律师就是要善于从不同当事人、证人对一个事物的不同陈述当中，找到案件真实的逻辑线索。看到书中不同的人对葫芦案的叙述，就如看案卷一样，笔者从其中的细微之处，找到了打开全书真实逻辑的钥匙。

◇◇◇宗族械斗并非死罪

案件真实情况是，冯渊一方"去找拿卖主，夺取这丫头"，主动打到薛家家门，且先动手去夺人；薛蟠购买丫头的行为，在当时是合法的。冯渊之死属于多人械斗，此类械斗属于古代的宗族冲突或宗族械斗。这类斗殴群架，现在的法律是严格禁止和严惩的，但在明清时期，处理的方式是不一样的，因为古代乡间的自治是宗族自治，县官不下县。所以，虽然打死了人，但并不需要杀人偿命，而且法不责众，大多私了赔偿，到官府那里最终也是赔钱了事。薛蟠与冯渊发生的冲突，是双方都带着家丁、奴仆的械斗，属于宗族械斗！

类似案例有很多，比如光绪年间发生了新会陈、林两家的械斗案。陈、林因为赌博发生口角冲突后，陈冲、天湖乡等地的陈姓得知消息，立马组织起来支援石咀。岭背林姓寡不敌众，最终被杀死五十五人，陈氏家族只死了三人。幸亏新会县令彭君谷当机立断，派兵前往镇压，才结束了械斗。虽然出了人命，但法不责众。最终，彭君谷县令以林姓多死亡五十二人为由，而让陈姓赔偿，一条命赔200两白银，此事也就告一段落了。"法不责众"是中国古代一个重要的司法原则，冯渊被薛蟠的众豪奴打死，难以责众，就是赔钱的事情。但因为死的不是奴仆而是乡绅本人，当然想多要赔偿，而不是一般的律例标准二百两银子。

此案成为宗族械斗的关键就是，群殴之下，具体是谁打死的冯渊说不清，原告也不能指认，而且冯渊之死也可能是多处致命伤导致，没有具体的凶手；而且上门夺取丫头一事是冯渊主导，薛家是被动地被冯渊打上门来，按照古代七杀（谋杀、故杀、劫杀、斗杀、误杀、戏杀、过失杀合称七杀）的规则，薛蟠肯定不是有预谋地故意杀人，也不是抢劫法场，更不存在戏杀、过失杀，而斗杀是需要薛蟠参与并动手致死，所以七杀对薛蟠都不适用，有可能适用的仅仅是薛蟠的家奴斗杀、误杀。

　　书中还有一个关键点是，当时的读书人对古代律例非常熟悉。明清时期，科举考试要考律例，考场上要写五个判决，因此，所有读书人想要走科举的道路，就必须熟悉律例。古代当官主要是升堂断案，实质就是当法官，因此，若是以当时律例的视角来看葫芦案，不被书中明线的信息茧房左右，读书人的看法可能就不同了。

　　案件性质如果变成冯家人与薛家人的宗族冲突，为了买丫头英莲，他们两家发生了械斗，冯渊带头动武，械斗中被众人打死，具体是被谁打死的说不清楚，那么案件的处理结果就完全不一样了，官府可以不管。薛家为啥认为薛蟠的责任重大，是薛蟠杀人呢？正常情况下，站在薛蟠的立场，他应当把自己的责任推卸得更轻才对。官员都在做什么呢？其实，官员就是要吓唬薛蟠，要让薛家害怕，然后向薛家要好处。薛家的身份是皇商，即使再有势力，身份到底还是商人，终究难免被官员揩油。后来，薛蟠真的失手打死了人，也是薛家到处撒钱摆平的。

　　按照门子的说法，冯渊并不是被当场打死的，是抬回去三天后才死掉的，因此这里又有了很多回旋余地。不是立马死掉了，人家就可以说是因为没有买到丫头，感情受伤害，伤心以致得病而死！以古代的医疗条件，三天后才死（现在应当可以救治过来），发生其他意外也是有可能的。互殴受伤，很多时候说不清，谁打的也不好说，所以官员要是真的想袒护薛蟠，即使是薛蟠杀了人，即便是薛蟠一个人干的，也有很多办法替他推卸责任，比如说薛蟠第二次杀人就从斗杀变成了失手杀人。

　　在当时，打死和伤重不治，本身就有重大区别。即使放到现在来看，这两种情况量刑也是不一样的。一个是故意杀人，另一个是伤害致死，对故意杀人首选是死刑，对伤害致死首选是有期徒刑。葫芦案是冯渊先动手诉诸武力，属于有过错，要从轻处罚。现在类似的伤害致死案件，一般是判处十年左右的有期徒刑。所以，书中给薛家的信息是薛蟠杀人应当要偿命，这本身就不对。

对伤害致死的法理逻辑，古代也一样。例如，清朝律例里面记载有著名的扎伤致死案。此案发生于咸丰五年（1855），陕西司将高建因依谋杀律拟斩监候，但清朝的刑部批复认为：高犯扎伤孟效孔，借以泄愤，并无谋杀意图；且当高眼见孟伤重进屋，却吓得跑开，并未追杀，可见他并无意将其杀死。孟效孔的死是因伤重所致，这与蓄意谋杀致死有显著区别。所以，对高建因不能以谋杀律问拟，而应以伤害致死等处罚。（见《刑案汇览续编》卷四）案件具体情节是高建因与孟效孔有矛盾，想扎孟效孔一刀泄愤，拿了一把小刀在孟效孔房门前，等孟一走出来，就上去扎了一刀，正扎在孟效孔脖子上。孟效孔转身跑进屋内，高建因见孟伤得不轻，心里害怕，就跑开了。孟效孔因为伤势过重，流血过多，随即死亡。此案经过地方官审理，到刑部陕西司，再到刑部尚书，最后得到了批复，此一批复代表了清朝对该案件的态度，被收录于典籍中。明清法律是律例，对案例的重视比现在还高。放到现在，此案也属于最高人民法院案例汇编里面的指导案例。不过，对此案的情节，现在会认为刀是凶器，脖子是要害部位，这种行为属于应当预见而放任结果的发生，是间接故意。间接故意，也是故意杀人，不过目前针对此类情节的故意杀人判罚也不是死刑。

◇◇◇各方诉求与案件法理

薛蟠案件虽然发生在贾雨村的管辖地界，但贾雨村是知府，下面还有知州和知县，告到贾雨村这里，已经属于上告几级了。案件情节带有宗族械斗的性质，所以有了运作的空间，各个官都不接。如果确实是人命官司，古代的各级官员必须管。贾雨村其实也可以与他的下级一样，把案件推出去。贾雨村当时被门子阻止，接不接此案，有选择余地。他俩于是来到后堂，贾雨村与门子商量了起来。

书中第四回写道：

> 门子道："小人已想了一个极好的主意在此：老爷明日坐堂，只管虚张声势，动文书，发签拿人，原凶自然是拿不来的。原告固是定要，自然将薛家族中及奴仆人等拿几个来拷问。小的在暗中调停，令他们报个'暴病身亡'，合族及地方上共递一张保呈。老爷只说善能扶鸾请仙，堂上设了乩坛，令军民人等只管来看。乩仙批了：死者冯渊与薛蟠原因夙孽相逢，今狭路既遇，原应了结；薛蟠今已得无名之病，被冯魂追索已死；其祸皆由拐子某人而起；所拐之人原系某乡某姓人氏；按例处治，余不累及等语。小人暗中嘱托拐子，令其实招。众人见乩仙批语与拐子相符，余者自然也不虚了。薛家有的是钱，老爷断一千也得，五百也得，与冯渊作烧埋之费，那冯家也就无甚紧要的人，不过为的是钱，见有了这银子，想来也就无话了。老爷想想，此计如何？"

依照门子的断案方案，薛蟠的"活死人"身份算是坐实了，还要薛蟠族人和地方乡绅作保，他想要"活"过来都难。此方案还照顾了贾雨村的想法，即给甄家报仇，严惩拐子。清朝对拐子实行绞刑，明朝对这种拐卖行为规定杖一百徒三年，实际上杖刑到八十基本上就把犯人打死了，即使不死，直接关在牢里，没有养伤的条件，也必死无疑。门子建议对拐子实施诱供后再严惩的策略，也算是对恶人实行的兵不厌诈之计。

贾雨村对门子提出的方案有疑虑，所以他的回答是：先升堂审理，再相机而动。雨村笑道："不妥，不妥。等我再斟酌斟酌，或可压伏口声。"对升堂案件的审理情况，书中写道："至次日坐堂勾取一应有名人犯,雨村详加审问。果见冯家人口稀疏,不过赖此欲多得些烧埋之费;薛家仗势倚情,偏不相让,故致颠倒未决。"书里对案件的介绍,已经明确两家告官的关键在钱,冯家要钱的诉求,并不是门子捏造的;贾雨村依据冯家诉求进行断案,对冯家是公平的,怎么也说不上包庇薛家。当年对宗族械斗的处理,本来就是这样的律例。只不过信息茧房中的薛家,对冯家的诉求和薛蟠案件的责任,都没有做出正确的判断。

冯家人应当知道,如果坚持要求偿命,肯定也不是薛蟠偿命,薛蟠没有直接动手,偿命的顶多是薛蟠的家奴;而且此案更符合宗族械斗的情况,古代宗族械斗,族长不会担刑责。中国古代讲杀人偿命,这个"偿"字很重要,只要有人来抵命,就没有其他赔偿了,与现在判了死刑还要赔偿属于不一样的法理。中国古代的偿命甚至包括误杀。要薛家一个奴仆的性命,对冯家没有任何意义;而薛家如果不赔冯家,只是用钱给自家的奴仆买命,宗族奴仆会争相报名,因为大家相信来生和祖宗香火等,一个人偿命,可以得到普通人家一辈子的家产。在本案中,一千两银子可以买三百亩土地,这在当时是一个富户人家的全部家当。所以,此案冯家人选择要钱!

我们再来细看一下案件的逻辑。薛蟠购买英莲,在当时是正常的交易行为,因为古代买卖人口合法,他没有强买强卖,交钱把人带走,没有过错。葫芦案在民事上的交易标的,法律上实际属于谁呢?书里强调冯渊与拐子买卖在先,作者对贾雨村和薛蟠,都是用风月宝鉴的骷髅面照的,当然有所倾向。而真实的断案,法律上被保护的不是冯渊,而是薛蟠。在买卖纠纷上,保护善意第三人和物权优先。薛蟠买英莲是正常交易,不可能预知拐子事先还卖给了冯渊,而且标的与钱款两清,交易已经完成,没有变成无效的理由。对于冯渊而言,只能是拐子违约,拐子要赔钱。但冯渊当时交钱后没有立即带走丫头,本身就应当预见到有对方违约的风险。类似现在的一房两卖，谁完成了过户，算谁交易完成得到房产，而不论是谁签约在先。因此，冯渊只能找拐子算账，不仅要让拐子退还购买款项，同时还要赔钱，多赔违约金等。为啥一物多卖的交易认定，在法律上不能定为谁先签约是谁的？原因在于签约的日期可以与买主共谋毁约而倒签日期，日期共谋以后，受害人难以举证。因此，所有的司法认定规则都是谁完成交易谁优先，在都没有完成交易的情况下，也是看谁履行约定义务在先，比如谁先付款等，最后才看签约日期。

薛蟠没有违法的地方，冯渊先动用武力，而且地点还很可能在薛蟠家里，此时冯渊没有合法理由纠集人员到薛家动武夺取丫头。若不是薛家购买拐卖的人非法，则薛家是合法的一方，被别人上门动武抢人，薛家就可以还击。在当代，这应属于正当防卫，最多是防卫过当的问题。西方国家规定，对自己宅院可以无限防卫，中国现在也在主张放宽防卫的尺度。在古代，也是薛蟠有理，只不过自古中国司法限制斗殴，对斗殴者谁伤重谁"有利"。此案若不论前情，仅仅按照古代的宗族械斗来看，冯渊也是主动挑事儿的一方，在官府定案上，也是要被多惩罚的一方。所以，按照律例判决，冯家能够得到多少赔偿，真的不好说；贾雨村给了冯家满意的赔偿，其实已经是冯家可以得到的最好的结果，只不过在书中的信息茧房中，薛家没有认识到真实的案情和责任。就冯家对案件的诉求及诉讼结果而言，其目的都达到了。

◇◇◇薛蟠成了"活死人"

薛家在庭审当中的应对，看似是在耍赖，实际上是吃了大亏。这里面的博弈，我们要看清楚。

薛家家奴代表来到堂上，回答贾雨村的审问，上来就说薛蟠死掉了，就是准备把薛蟠变成"活死人"。显然，贾家、王家对帮助薛家打理薛家逃走后在金陵的遗留事务，早就做好了预案，那就是要把薛蟠变成"活死人"，只等着贾雨村确认。而对怎么处理拐子，他们倒是不会太在意。严惩拐子，其实是贾雨村对甄家的交代，是甄家的需要。如果把拐子定罪，英莲就是良家，薛家就不能把她当作奴婢，所以薛姨妈在没有定案的时候，先让英莲跟着宝钗；等定案判了拐子的罪，薛姨妈立即公开办手续让薛蟠娶了英莲，第二十九回中，去拜庙时，英莲带着自己专属的丫鬟臻儿。

　　案件中，冯渊的家人要银子不要偿命，说明冯家人很清楚自己在案中所处的法律地位，很清楚要银子才是利益最大化。根据贾雨村的判案，冯家的银子要到了，冯家人对银子的数量也满意，诉求目的也达到了，肯定是赢了。当初，薛家人不愿意给银子，但根据贾雨村断案的结果，薛家不愿意给的银子还是给了，也没有少给，薛家输了。薛家额外付出了巨大代价：薛蟠成了"活死人"，没有了合法的社会身份，比原来输得还多。早知道今日，当初多赔钱了结多好！案件最后结算下来，薛家不是大亏吗？贾雨村怎么庇护薛家了？明明是葫芦案暗算了薛家啊！很多读者认为冯渊名字谐音"逢冤"，所以葫芦案是一个冤案，但笔者认为"逢冤"不是说葫芦案是冤案，而是冯渊自己上门死得冤。另外，甄士隐的家人叫霍启，谐音"祸起"，这个祸也可以有多重理解，不光是英莲丢失，还有甄家着火。此案结果是，薛蟠成了"活死人"，难道不是薛家的祸吗？贾雨村办葫芦案，应当也给自己埋下了祸根，他后来也被清算了。

　　事实上，葫芦案并没有了结，贾雨村虽然给案件销了案，但用的理由是薛蟠已得了无名之病，被冯渊的魂魄追索而死。其祸皆由拐子而起，除将拐子按法处置外，余不累及……薛家无后了怎么办？冯家人会盯住薛蟠，他回不了家乡金陵了，只能在京城待着，也难以在官方场合露面。

　　薛家案子如此收场，原因在于薛家认为薛蟠可能涉及人命官司，这是典型的信息不对称造成的。因此，我们必须仔细斟酌书里对案情的三段介绍。作者设下信息茧房，直接用信息茧房给读者带节奏，其实薛家人也是被带节奏的。读者若是对古代律例和抗辩不太了解，也会被书中的陈述带节奏。书里说冯家人口稀少，于是回避宗族械斗的律例；其实薛家人口比冯家更稀少，薛蟠是独苗，薛蝌是分房的亲戚，看似构不成宗族。冯家去薛家抢夺丫头也不是一个人，而是带着一群奴仆，是奴仆双方群殴。因此，葫芦案就是两家奴仆械斗，薛家的奴仆打死了冯家主人。而众奴仆也是宗族里面的人，所以，葫芦案非常明确地属于古代律例中的宗族械斗，而且械斗还是冯家挑起的，冯家负有挑事儿的责任。薛家人不多，信息不通，家人与家奴、仆人立场不一样，奴仆愿意把主人的责任搞重一些，这样他们就不用顶事了；否则官府传唤，薛蟠有身份，官府会客气一些，换了薛家家奴，官府很可能会上刑。家奴当然不愿意被官府传唤，所以薛家家奴也躲了起来，造成薛家处于信息茧房之中，对案件实情不了解。家奴肯定对薛姨妈讲，都是薛蟠叫他们打死的，他们没有责任，然后远远地躲了起来。因此，信息不对称就很好理解了。

葫芦案长时间没有结案，是因为薛蟠、薛姨妈在信息茧房之中，得到的信息有误，认为冯家不光想要钱，还想追究薛蟠的刑事责任，让他偿命。薛家没有认识到案件属于宗族械斗，而是认为薛蟠有杀人的刑事责任。薛家不对称的信息是怎么来的？为薛家出面处理案件的人是谁？其实，贾家才是此案的操纵者，贾家人要借助案件狠狠地刮薛家人的皮。贾家人代表薛家不愿意多给钱，不仅仅是钱的问题，还有脸面的问题，这一旦成为惯例，以后对家奴等人的赔偿也要多给。更关键的是，除贾家外，王家可能也会以此事拿住薛家，让薛家吐血，慢慢渔利。薛家以前是紫薇舍人（中书舍人的别称），属于皇帝的亲信文官，权力虽然大，但没有世袭爵位的资格，后代已经阶层滑落变成皇商出身，在贾家和王家有世袭爵位的家族面前，处于弱势，是被渔利的对象。因此，笔者认为，在葫芦案中，薛家人被贾家人暗算了。贾雨村把案件办理结果写信告诉贾家和王家，就是告诉读者是谁在暗算薛家。四大家族不光互相串通和联姻，也互相博弈和渔利，这才是古代中国社会的普遍现象。古代中国农业社会极度内卷，内部博弈极为激烈。

◇◇◇葫芦案中，贾家和王家的黑暗诉求

薛蟠一开始准备躲在王家，但王家当家人王子腾被皇帝派了差出去了，于是，薛蟠躲到了贾家，薛家财富也藏在贾府中。当贾雨村判案时，"小人告了一年的状，竟无人作主"，时间已经过去了一年，贾家已经圈定了薛家财富，下面就等贾雨村把薛蟠判成"活死人"，好对薛家吃绝户了。所以说，一直是贾家在暗算薛家。

我们再分析，为何门子不让贾雨村同其他官员一样，不受理这个案件，把案件挂起来？其实贾雨村甩手不管，他似乎也可以找薛家捞一些油水。而贾雨村这么判，并没有捞到油水，那么好处在哪里呢？好处就是满足了贾家人的需要，可能还包括王家人的需要。贾雨村如此判案还要担风险，以后万一查实薛蟠还活着，就要担责任。因此，其他官员不愿意判案，只把案件挂起来或推出去。贾雨村判葫芦案，让薛蟠变成了"活死人"，让薛家财产在贾府藏匿，让薛姨妈和薛宝钗失去了薛家财富继承权，让贾家人对薛家吃绝户，让薛蟠、薛姨妈、薛宝钗等人只能长期寄居贾府，背后的财富逻辑会在后面章节论述。

贾府为啥要图谋薛家的财产？背后的原因就是贾家真的没有钱了，财务一直紧张。在第五十三回中，不光宁国府乌进孝交来的田租大大低于预期，贾蓉还笑着告诉贾珍："果真那府里穷了。前儿我听见凤姑娘和鸳鸯悄悄商议，要偷出老太太的东西去当银子呢。"对贾蓉的说法，贾珍给遮掩了过去，说是凤姐私事，而实际情况就应当是贾珍所说"外明不知里暗的事。黄柏木作磬槌子——外头体面里头苦"。贾府的财务状况，下一节我们将详细地算一下。在书中贾府一直是财务竭蹶，把这个暗线理解了，书中很多逻辑也就理解了。

英莲在葫芦案当中是被拐受害人的问题，贾雨村娶了娇杏之后回避的问题，以及英莲是怎么魂归故里的……此案还有更深的水，将在笔者的第三部作品中加以分析。葫芦案让薛蟠变成"活死人"，不仅影响全书的财富博弈逻辑，还影响了后来对薛蟠二次杀人后的处理，最终导致贾雨村倒台。葫芦案的幕后逻辑和影响，贯穿《红楼梦》全书。

（二）贾府的财经收支状态与内斗

◇◇◇贾府收入明细

仔细观察贾府的财经状态，我们就会发现其收支一直非常紧张，可谓财务竭蹶，王熙凤多次典当自己的金项圈来给家里补充临时开支所需。收入紧张，内部的压力和博弈也会激烈。贾府的收支状况到底如何，需要仔细地进行一下测算。这里先分析一下贾府的收入。

首先，贾政乃朝廷命官，由皇上赐工部主事，后升任员外郎，从五品官职。贾政的薪水书上没讲，而清朝从五品在京官员的收入与正六品外官差不多。正六品的知州官员收入由三部分组成：年俸六十两、禄米六十斛、养廉银一千二百五十两。清朝文官比较富，养廉银是大头，明朝是没有的，所以贾政的俸禄折合起来约一千四百两银子，还有一些蔬菜烛炭银和灯红纸张银，可以算作一千五百两银子。

另外，贾府有爵位俸禄，爵位俸禄没有养廉银，所以并不高。清朝的标准如下：

一等侯兼一云骑尉六百三十五两，一等侯六百一十两，二等侯五百八十五两，三等侯五百六十两；

一等伯兼一云骑尉五百三十五两，一等伯五百一十两，二等伯四百八十五两，三等伯四百六十两；

一等子兼一云骑尉四百三十五两，一等子四百一十两，二等子三百八十五两，三等子三百六十两。

爵位方面，贾家是世袭递降，从公爵递降下来，到贾敬、贾赦一代，应当在伯爵的位置。而荣国府贾赦是恩侯，由于元妃的缘故没有递降，暂且按照一等爵位计算，贾赦的收入是六百一十两；贾敬则放弃爵位，到贾珍袭爵的宁国府，就已经是子爵了，收入是四百一十两。

元妃每年给贾府的赏赐大约是一百两金，《红楼梦》中的金应当是指黄金，古代中国金银比价一般是十比一，此部分大概价值一千两银子。

综上所述，荣国府上述三项收入都加起来是三千一百两；宁国府就很少了，只有四百一十两！因此，书中虽然没有直接写，但可以知道宁国府的财务状况远远比荣国府局促。同时，从上面的算账结果可以看出，荣国府的收入里面有二千四百两是二房贾政一支带来的。在荣国府，二房为何比长房更有地位，原因不仅是贾母偏心，收入也是硬指标。

同时，贾府还有田庄的收入。我们看看田庄大概收入多少。在第五十三回中，乌进孝来给宁国府交田庄的收入，上面写着：

大鹿三十只，獐子五十只，狍子五十只，暹猪二十个，汤猪二十个，龙猪二十个，野猪二十个，家腊猪二十个，野羊二十个，青羊二十个，家汤羊二十个，家风羊二十个，鲟鳇鱼二个,各色杂鱼二百斤,活鸡鸭鹅各二百只,风鸡鸭鹅二百只,野鸡兔子各二百对,熊掌二十对,鹿筋二十斤,海参五十斤,鹿舌五十条,牛舌五十条,蛏干二十斤,榛松桃杏瓤各二口袋,大对虾五十对,干虾二百斤,银霜炭上等选用一千斤,中等二千斤,柴炭三万斤,御田胭脂米二石,碧糯五十斛,白糯五十斛,粉粳五十斛,杂色粱谷各五十斛,下用常米一千石,各色干菜一车,外卖粱谷牲口各项之银,共折银二千五百两。外门下孝敬哥儿姐儿顽意:活鹿两对,活白兔四对,黑兔四对,活锦鸡两对,西洋鸭两对。

贾府田庄的收入在书中也有估算,价值大约二千五百两,而且收入是实物,很多物品应当是贾府消费了,不会再出售,变成贾府中人们的生活开销,被贾府一大家子人吃掉了。再看上面的东西,很多为东北所产,例如,鲟鳇鱼产于黑龙江。物产当中有很多狩猎的野物,也符合满族狩猎民族的特点。这一点也可以作为"《红楼梦》不是明朝遗老所写"的一个证据。

后来,探春承包出租大观园,带来了一年四百两银子的收益,她曾说道:"咱们这园子只算比他们的多一半。加一倍算,一年就有四百银子的利息。……"平儿算账后笑道:"这几宗虽小,一年通共算了,也省得下四百两银子。"数目看似很小,但与贾府的爵禄相当,也是重要的收入来源。

贾雨村的职位后来升到了一品大员,在清朝至少有一万三千两至一万六千两的养廉银,即使是应天府知府,作为四品官也有三千七百两的养廉银,而刚刚任职时应当是非要缺的同知,养廉银为二千四百两。贾雨村兼管京兆税务,历史上的崇文门税关,陋规是一年万两起步。对比一下,贾府是侯爵,才六百两银子。乌进孝来交田赋,价值才二千五百两银子。把收入银子的数量对比来看,贾府失去了官职以后，仅仅世袭爵位下，收入大幅度降低，就可以理解贾府为什么一直处于财务紧张状态了。官职收入对贾府很重要，贾政地位高，联姻了王家，其嫁妆也多。对比一下经济状况，就可以理解贾家人对贾雨村的心理扭曲状态。

钱紧，贾府就要想各种办法赚钱。书里有一个重要的细节，就是贾母的年龄和生日。书里写刘姥姥二进贾府时七十五岁，贾母道："比我大好几岁呢。"与刘姥姥相比，贾母此时应当不超过七十二岁。到了第七十一回，应当只过了两年，"今岁八月初三日乃贾母八旬之庆"，贾母就要过八十大寿了。书里还有关于贾母的其他生日记录，彼此对不上。贾母生日时间前后矛盾，看似是因为作者不严谨，其实不然。实际上，作者是非常严谨的，《红楼梦》情节缜密，埋线千里，怎么可能忽然就不严谨了呢？真正原因是作者暗写当时的潜规则，当官人家通过一节两寿揽财，过虚假的生日在古代极为多见。贾母过寿，各方都要送礼，而且下级必须给上级送礼！送礼多少都有规矩，属于陋规之一，叫作节敬、寿敬。贾府为贾母大办八十大寿，就是大收礼；八十岁是古代罕见的高寿，寿礼可以收得特别高，而且别人给你送了，别人的高堂却大概率活不到八十，你还不用还礼了。因此，贾府搞的贾母八十寿诞，应当是为了揽财。贾府要搞假寿诞，说明贾府的财务已经非常紧张。贾母过寿揽了一些财，但贾府的各种应酬也要随礼，加上又不节省，收支照样不平衡，于是随后还出现了贾琏要鸳鸯偷贾母的东西来给贾府周转的事。要是不借着给贾母过寿揽财，贾府的亏空可能就更大了。

在中间四十回，贾政去当了一任学政，也给贾府带来了巨额的收入。学政不比后来的粮道，粮道肥缺要舞弊搞潜规则，会担贪腐风险，贾政做不来，学政是合法的潜规则收入。学政录取的士子要拜学政为老师，要给学政送礼。主持考试收入也挺高，可以对比曾国藩的例子。曾国藩当翰林属于清流，很是穷困，道光二十一年

（1841）年底，他找人现借了五十两银子，才勉强过了年。他是道光十八年（1838）中进士点翰林，到道光二十二年（1842）春末，已经借了二百多两银子。史载他于道光二十三年（1843）以检讨（翰林院检讨，参与修编国史，从七品）典试四川。等他到四川主考乡试回来，不但把欠款全部还清，还给家里寄了六百两银子回去，并拿出四百两银子赠送给亲戚。如果不是赚了几千两银子，不可能赠送亲友那么多。贾政当了三年学政，省内几十个县，他任内每个县录取几十个生员，都要拜恩师送礼。在清代当学政虽然没有知县的"三年十万雪花银"，但有两三万两银子赚也属于正常，这笔巨款对贾府的财务竭蹶状态，真的是雪中送炭。因此，在贾政回来的中秋家族聚会上，贾赦抱怨贾母偏心贾政。其中原委，怕是贾环可能袭爵，贾赦想要收养他，这样解读逻辑才连贯。

贾家的收入还有一个大项，就是联姻所得及夫人们的嫁妆。贾母的嫁妆，惯例用于贾赦、贾政娶亲当聘礼，以及贾敏出嫁当嫁妆，正常情况下都用掉了。王夫人的嫁妆，应当用来建造了荣国府，所以荣国府最好的房子让贾政和王夫人住，而袭爵的长房贾赦却不能住，也不是辈分最高的贾母住。林黛玉的嫁妆建造了大观园，她母亲贾敏的嫁妆和私房钱应当给了自己的母亲史太君收着。至于王熙凤和薛宝钗的嫁妆，甄家、王家、史家为了洗钱，用薛家的当铺在凤姐那里操作，造成财产混同，都被皇上以"重利盘剥"之名抄家一把没收了，这里的细节将在当票一节分析。邢夫人和尤氏继室续弦，属于高攀，没有多少嫁妆。秦可卿的情况则是营缮郎的潜规则，另外分析。李纨是读书清流家庭，属社会名流，当初李家不富足且不用带很多嫁妆过来。因此，收嫁妆是贾府的需要，是为了改变贾府的财富状态。林黛玉不外嫁，还需要薛宝钗的薛家财富注入才可以。

经过计算分析，我们知道，贾府在华丽的外表之下，收入早已经捉襟见肘,需要各种外来的财富注入,才可以维持大家族的运转。

◇◇◇贾府开支明细

在收入之外,贾府的开销巨大,各项开支不断膨胀。贾府具体的开销项目,我们从书中可以找到大概的数据。关于贾府成员的月例支出,数据以荣国府来计算。

先看主子和侍妾们的月钱:

1)贾政的嫡妻王夫人,每月薪水二十两银子,见第三十六回。王夫人给袭人准姨娘的位置,她曾对王熙凤说:"把我每月的月例二十两银子里拿出二两银子一吊钱来给袭人。"所以,王夫人一年的收入是二百四十两银子。

2)贾珠家的李纨,月钱数额见第四十五回。月钱原本是十两银子的。不过我们从王熙凤的口中得知,老太太和太太为了照顾她一个寡妇人家,身边又有个孩子兰儿,就另外多添了十两,和老太太、太太平等。所以李纨连同贾兰月钱总计二十两银子,一年也是二百四十两。另外,贾兰助学金八两,总计二百四十八两银子。

3)贾母的月钱是多少?凤姐说李纨的月钱和老太太、太太一样多,意味着贾母的月钱也是二十两银子,一年收入也是二百四十两。

4)凤姐的月钱是多少?王熙凤对李纨说:"你一个月十两银子的月钱,比我们多两倍银子。"可见王熙凤每月的薪水仅仅是五两银子,一年是六十两。

5)书中没有说邢夫人的月钱,数额应当大概和李纨相近,算作十两银子,一年是一百二十两。

6)贾政的两个小妾赵姨娘和周姨娘,月例就更少了,仅仅二两银子;赵姨娘比周姨娘略多点,她还有贾环的二两,总共四两,另外四吊钱。两个姨娘同贾环一年总计七十二两银子加四十八吊钱。

7）贾赦的四个侍妾，数额应当与周姨娘一样，都是月钱二两，她们一年总计九十六两银子。

8）贾府里的姑娘们——迎春、探春、惜春、黛玉、宝钗等人的月例，和两个妾室赵姨娘、周姨娘一样多，也是二两银子。另外，姑娘们有头油脂粉钱，每人每月可补助二两银子，也就是每人一年四十八两，五个人总计二百四十两银子。

9）宝玉比贾环月钱多，推测他作为嫡次子，与嫡长孙贾兰二人月钱差不多，同时他们还有助学金八两，所以贾宝玉一年的月钱是一百二十八两银子。

10）过来寄居的邢岫烟、薛宝琴、史湘云等人，月例一两，三人总计一年三十六两银子。

以上是贾府的主子和妻妾的收入，共计一千四百八十两银子加四十八吊钱，分别是王夫人二百四十两，李纨、贾兰二百四十八两，贾母二百四十两，凤姐六十两，邢夫人一百二十两，贾政姨娘、贾环七十二两加四十八吊钱，贾赦姨娘九十六两，三春、钗、黛二百四十两，贾宝玉一百二十八两，湘云等三十六两。

而清朝宗室格格们的收入标准大致如下：

郡主：居住京师则俸银一百六十两，禄米一百六十斛；

县主：居住京师则俸银一百一十两，禄米一百一十斛；

郡君：居住京师则俸银六十两，禄米六十斛；

县君：居住京师则俸银五十两，禄米五十斛；

乡君：居住京师则俸银四十两，禄米四十斛；

六品格格：居住京师则俸银三十两，禄米三十斛。

不在京师，下嫁外藩的则是禄米变成俸缎。

对比一下格格的爵禄，贾府女人的月钱标准不低。贾母和王夫人的月钱很高，超过了郡主的标准，邢夫人是县主的标准，凤姐是郡君的标准，其他姑娘与清朝的格格相当。

另外，皇族的福利待遇规定：努尔哈赤之父塔克世的直系后代都是宗室子弟，系黄带子；其他旁系为觉罗（即远支），系红带子。凡是没有任何官差，只能待在家里的闲散宗室男性，从十岁开始就可以从宗人府领取二两银子的生活费，到了二十岁，生活费提高到三两银子，而且还发四十二斛二斗的大米。而闲散的觉罗男性，则从二十岁开始，可以从宗人府领取二两银子的生活费，每年的禄米为二十一斛二斗。清代皇族不许出北京城，也不能做生意，不能参加科考，每月只有二两银子。（见《清史稿·卷一百二十一·志九十六·食货二》）从上面的数据可以看到，贾府女人的收入，与清朝皇族远支也是可比的，贾府给其家族成员的月钱是很高的。

依照清代定制，宗室男子结婚时，朝廷会赏赐白银二十两；死亡时，朝廷拨款白银三十两作为治丧银。可以对比一下，袭人家里死了人，贾府给了银子四十两；赵姨娘的哥哥死了，贾府给了银子二十两，金额也是很高的。

再看荣国府家奴的月钱：

1）贾母房里的八个大丫头和王夫人房里的四个大丫头，每月是一两银子的分例。大丫头的月钱，与寄居贾府的薛宝琴相当。这十二个大丫头一年的收入总计一百四十四两银子。

2）姜室赵姨娘和周姨娘房里各四个丫头，月例每人各一吊钱，后来姨娘们的丫头分例又被减半，每人仅五百文钱，连贾宝玉房里的丫头都不如。另外，贾赦的四个侍妾也是四个丫头，一年九十六吊钱。总计一百四十四吊钱。

3）贾宝玉房里，除袭人外（袭人系贾母房里划拨，已经算在贾母身上），没有月钱一两的丫头。晴雯、麝月等七个大丫头，月例每人各一吊钱。佳蕙等八个小丫头，月例每人各五百文钱。一个月总计十一吊钱,一年是一百三十二吊钱。

4)贾环有四个丫头,丫头的月钱应当是五百文钱,一年应该是二十四吊钱。巧姐的丫头按照贾环的标准计算也是二十四吊钱。邢夫人应当有八个丫头,是四十八吊钱。三春、李纨、凤姐、贾兰的丫头也按四个计算,是一百四十四吊钱。一年总计二百四十吊钱。

5)十二家奴的收入,应当不会比大丫头少,这些人夫妻两人一个月不会少于二两银子,一年就是二百八十八两银子。

6)另外,贾宝玉身边有小厮焙茗(茗烟)、扫红、墨雨、锄药、引泉、扫花、挑云、伴鹤、双瑞、双寿等,贾琏、贾环等也有小厮。王夫人领黛玉经过凤姐院子时,书中写道"这院门上也有四五个才总角的小厮,都垂手侍立。"由此推知小厮不会少于四五十人,一个小厮算五百文钱,也要有六百吊钱的花费。

7)每个主子还有两个奶妈嬷嬷,宝玉、贾环、贾兰、三春、钗、黛应当有十六个嬷嬷,每个要是如大丫头有一两银子的月钱,一年也是一百九十二两银子。

8)戏班的芳官后来到宝玉处当了大丫头,月例应当是一两银子,一年大约也是十二两银子。

共计:大丫头一百四十四两,十二家人二百八十八两,奶妈嬷嬷一百九十二两,十二官一百四十四两,侍妾丫头一百三十二吊钱,小主邢夫人丫头二百四十吊钱,小厮们六百吊钱。

对比主人,丫鬟奴仆的收入也不低,所以他们无论如何也要当家奴,如果被贾府不要赎身钱给赶出去,则是巨大的损失。在贾府和大观园里,女人们的收入很丰足,内宅开销巨大。贾家的整体负担很重。女人对外面家族运转压力的艰辛无感,依然在享受。

对此,可以对比一下真实的历史数据。晚清档案中记载了恭王府中丫鬟的薪资待遇。大丫头:月钱一吊,每月还有饭食银五百文,每年还有例赏(如三节赏钱)十两左右。小丫头:月钱五百文,每月饭食银三百文，每年例赏五两左右。姑娘：每月月钱三两，饭食银一吊，例赏每年好几十两。晚清有白银流入和钱庄的衍生货币投放，货币比清初通胀不少，不过贾府的待遇与亲王府也是可比的。

我们还可以看一下老舍先生《正红旗下》中的描述："以我们家里说，全家的生活（老舍有两个姐姐）都仗着父亲的三两银子月饷，和春秋两季发下来的老米维持着。"晚清的普通旗人，说是国家养着，但也要当兵当差才有收入，全家收入也就是三两银子。

清代的斗

把上面的数据进行统计，荣国府人员的月钱花费总计：银子1472+624=2096两，钱972+48=1020吊。一般情况下，一两银子要比一吊钱多。康熙年间规定"新钱千准一两，旧钱准七钱"，即一吊钱大约等于七钱银子。所以1020吊钱折合714两银子，据此计算，贾府的开销月钱是2810两银子，再加上其他临时用工等支出，荣国府一年的固定白银开支大约是3000两。

另外，贾府那么多人还要吃饭，这是一大笔花费，贾府的家奴在收入月例银子之外，贾府还会管饭，这也是很大一笔收入，古代很多穷人仅仅为了吃饭就可以投靠富人为奴。贾府吃饭的花费从贾府世职的禄米当中计算。对世职，清朝有与银两相应的禄米。贾府是侯爵，可以有米六百一十斛。清代凡在京八旗世爵，每俸银一两，兼支给米一斛；而贾政的禄米只有六十斛，已经计算在他的俸禄里面了，不另外计算。古代一般是一斛为十斗，而清代一斛为五斗，相当于半石，古代一斗大约十二点五斤，而清代的一升是一点五公斤，一斗是三十斤，也就是说，一斛米是一百二十斤至一百五十斤。贾赦的六百一十斛米，足够几百人吃饭了。书中写贾府抄家时说：

"除去贾赦入官的人尚有三十余家,共男女二百十二名。"以此估算,算上主子和贾赦入官的人数,贾府按照三百人吃饭计算,人均大约可以有三百斤米,这个数量现在看来很少,但古代的人均粮食量也就是这个水平。世职禄米,解决了贾府上下的吃饭问题,田庄的各种实物也可以留下一部分,不另外计算。但贾府要是被革去了世职,就真的养不起这么多人了。

荣国府固定开支约三千两银子,与贾政、贾赦俸禄和元妃赏赐得到的银子,数量大致平衡,所以探春承包大观园,能够省出来四百多两银子还是非常必要的。不过,贾府有很多特别的支出。比如,掌家的王熙凤的实际支出远远高于月钱,在第七十二回,她爆料说,她和贾琏的月钱再加上房里四个丫头的月钱,总共才一二十两银子,还不够三五天的使用。

相比之下,宁国府的日子就不好过了。不过,宁国府的人员比荣国府少很多。贾府收入即使因为偶然因素降低,也会造成巨大的压力,所以当贾珍看到乌进孝的田赋之后就发愁了,皱眉道:"我算定了你至少也有五千两银子来。这够作什么的!如今你们一共只剩了八九个庄子,今年倒有两处报了旱涝,你们又打擂台,真真是叫别过年了。"乌进孝却道:"爷的这地方还算好呢。我兄弟离我那里只一百多地,谁知竟又大差了。他现管着那府里八处庄地,比爷这边多着几倍,今年也只这些东西来,不过多二三千两银子,也是有饥荒打呢。"

有人说这仅仅是贾府一个田庄的收入,还有八个田庄呢。原著说得很清楚,乌进孝管的一共只剩八九处田庄,里面还有两个遭灾,从以前收租可以得到五千两到如今只有二千五百两,田租收入减半。不过整体计算,贾府的日常开销还能够维持平衡。

贾府的状态,贾蓉马上就说出来了:"你们山坳海沿子上的人那里知道这道理。娘娘难道把皇上的库给了我们不成!他心里纵有这心，他也不能作主。'岂有不赏之理'，按时到节，不过是些彩缎古董顽意儿。纵赏银子，不过一百两金子，才值了一千两银子，够一年的什么。这二年，那一年不多赔出几千银子来。头一年省亲连盖花园子，你算算，那一注共花了多少，就知道了。再两年再一回省亲，只怕就净穷了。"从贾蓉的口中，我们可以知道贾府每年的亏空状态，以及亏空的状态是怎么来的。

贾府亏空的重要原因在于，应酬花费的银子太多了。在第七十二回中，贾琏求鸳鸯的时候算过账："明儿还要送南安府里的礼，又要预备娘娘的重阳节礼，还有几家红白大礼，至少还得三二千两银子用，一时难去支借。"贾府的送礼应酬花费巨大。由此看出，清朝世袭递降很厉害，爵位的高低直接决定收礼和送礼的多少。贾府爵位世袭一次降低一次，收礼和送礼的等级就降一级。

贾府面对的各色人等，多为势利眼，贾家有危机，就来落井下石。元妃后来不得宠，曾经对贾家人笑脸相迎的六宫都太监夏守忠，接二连三地到贾府中来"借"银子；周太监找到贾琏，张口就要一千两银子，贾琏略微慢了些，"他就不自在"起来……所以，贾家财务状况更加糟糕。元妃宫内的钱，原本是赏给贾府的，后来则变成"娘娘的重阳节礼"也要贾府准备，收支逆转，影响巨大。

◇◇◇贾府的财务窘境与内外捞钱

根据上述收支计算，我们可以知道贾府的财务状况。早在第二回，冷子兴就说："如今外面的架子虽未甚倒，内囊却也尽上来了。"所以贾府就是架子在外，里面的财务紧张状况早已经不是一两天了，是一个长期状态。宁国府、荣国府的财政窘境，在抄家之后就暴露了出来：官府对荣国府仅仅是入官了贾赦的财产，对因洗钱、转移甄家财产等得来的财产进行了没收，贾府其他财产则予归还，"所封家产惟将贾赦的入官，余俱给还"，将"其在定例生息的同房地文书尽行给还",贾家的房产和地产也予归还。这样一来,贾府的寅吃卯粮就进行不下去了,财务危机随之彻底爆发。

书里写道:

> 宁国府第入官,所有财产房地等并家奴等俱造册收尽,这里贾母命人将车接了尤氏婆媳等过来。可怜赫赫宁府,只剩得他们婆媳两个并佩凤偕鸾二人,连一个下人没有。贾母指出房子一所居住,就在惜春所住的间壁。又派了婆子四人丫头两个伏侍。一应饮食起居在大厨房内分送,衣裙什物又是贾母送去。零星需用亦在帐房内开销,俱照荣府每人月例之数。那贾赦贾珍贾蓉在锦衣府使用,帐房内实在无项可支。如今凤姐一无所有,贾琏况又多债务满身,贾政不知家务,只说已经托人,自有照应。贾琏无计可施,想到那亲戚里头薛姨妈家已败,王子腾已死,余者亲戚虽有,俱是不能照应,只得暗暗差人下屯将地亩暂卖了数千金作为监中使费。贾琏如此一行,那些家奴见主家势败,也便趁此弄鬼,并将东庄租税也就指名借用些。

贾家没有了信用,墙倒众人推。
对荣国府抄家后的财务状况,书中做了彻底交代:

> 贾政叫现在府内当差的男人共二十一名进来,问起历年居家用度,共有若干进来,该用若干出去。那管总家人将近年支用簿子呈上。贾政看时,所入的不敷所出,又加连年宫里花用,帐上有在外浮借的也不少。再查东省地租,近年所交不及祖上一半,如今用度比祖上更加十倍。贾政不看则已,看了急得跺脚道:"这了不得!我打量虽是琏儿管事,在家自有把持,

岂知好几年头里已就寅年用了卯年的，还是这样装好看。竟把世职俸禄当作不打紧的事情，为什么不败呢！我如今要就省俭起来已是迟了。"

啥叫"浮借"？就是名义上是借，实际上不用还，就如宫内太监来借银子。同时，地租少了，背后又有家奴贪腐，人多用度多，应酬也多，这些都与世袭递降有关。另外，元妃也需要家里支持，在宫里花掉了不少。

从上述贾府的收支状态看，贾府拿出两万两银子，以一千两银子一把的价格收购石呆子的古扇，是多么荒唐的事情。贾府的财力根本不允许购买如此奢侈玩物。收购石呆子的古扇背后有故事，笔者将在石呆子案一节加以分析。

贾府衰落，财务竭蹶，贾府里面的人却是"穷庙富和尚"。贾府家奴有各种发财的途径，积累的财富很不少，比如赖嬷嬷一家，就有了自己的大花园。晴雯死的时候，"剩的衣履簪环，约有三四百金之数"，价值高达三四千两银子，其他家奴会有多少？贾政当粮道期间，跟着他的家奴都发了财，贾政却入不敷出，还要另外从贾府中拿钱。

另外，袭人在贾府上也没少捞钱。宝玉的钱是袭人管的，我们可以看看宝玉找大夫给晴雯看病的情节：

> 宝玉道："王太医来了给他多少？"婆子笑道："王太医和张太医每常来了，也并没个给钱的，不过每年四节大趸送礼，那是一定的年例。这人新来了一次，须得给他一两银子去。"宝玉听了，便命麝月去取银子。麝月道："花大奶奶还不知搁在那里呢。"宝玉道："我常见他在螺甸小柜子里取钱，我和你找去。"说着，二人来至宝玉堆东西的房内，开了螺甸柜子。

上一隔都是些笔、墨、扇子、香饼、各色荷包、汗巾等物，下一隔却有几串钱。于是开了抽屉，才看见一个小簸箩内放着几块银子，倒也有一把戥子。

从上述情节可以看出，宝玉的银子是袭人管理的，此时只剩下几块碎银子。这些银子都到哪里了呢？

凤姐压着各种月钱不按时发放，自己却用来赚钱，大家都在谴责王熙凤的高利贷行为。在第三十九回中，袭人找平儿问月钱的事，平儿悄悄告诉她道："这个月的月钱我们奶奶早已支了，放给人使了；等利钱收齐了才放呢。——你可不许告诉一个人去。"王熙凤真的仅仅是放贷吗？应当还有故事。后来，王熙凤为了周转，不得不当掉金项圈。此时，她应当是通过放贷经营，再赚取一些利润，结果没有利钱收上来，给贾府众人的月钱都凑不齐了。这实际上是因为贾府财务拮据，为了维持贾府的收支平衡，需要放贷牟利才可以。至于后来抄家时在贾琏和凤姐那里抄出来的当票，其实是洗钱和转移资产的证据。

贾府的开支虚空大，贾府的族人和穷亲戚也赚贾家的钱。比如，贾芸穷困无钱，向倪二借了十五两三钱四分二厘银子，倪二以放高利贷为业，贾芸准备加倍还他。此钱用于给凤姐送礼，贾芸在大观园种树，还给凤姐当眼线，然后在凤姐的支持下大赚荣国府的银子。第二十四回写道："贾芸接了，看那批上银数批了二百两，心中喜不自禁，翻身走到银库上，交与收牌票的，领了银子回家，告诉母亲。自是母子俱各欢喜。次日一个五鼓，贾芸先找了倪二，将前银按数还他。那倪二见贾芸有了银子，也便按数收回。"这里，贾芸又拿了五十两，出西门找到花儿匠方椿家里去买树。也就是说，二百两只花了五十两买树，连本带利还给倪二三十多两，贾芸一次就赚到了大约一百二十两银子。不要小看这些银子，在当时，足够贾芸"脱贫"了。类似贾芸赚中间差价的事情,贾府的宗亲家奴贾蔷、贾芹等人也都干过。贾芸从二百两里就赚了一百二十两,用到贾家的只有五十两,大头都装到自己腰包了,他们就是这么狠狠地赚贾家的钱。贾家修建大观园时,用的是林如海转移过来的黛玉嫁妆和省亲的官费,他们又是怎么从中赚钱的呢?后来,贾政主管陵工,亲家秦业当营缮郎,各方又是怎么赚钱的呢?虽然贾家也捞了不少,但同时也养了一大群依附贾府吸血的人。

书中还明确写了赖大在贾府捞钱很多,有自己的花园。赖大是怎么发的财?赖大表面上人畜无害,实则背地里手段狠辣、不留痕迹。在"水月庵掀翻风月案"里,我们就可以看清他的真面目:"独有那些无赖之徒,听得贾府发出二十四个女孩子出来,那个不想。究竟那些人能够回家不能,未知着落,亦难虚拟。"书里如此写,就是告诉读者:这些姑娘被赖大卖了大价钱,钱都进了他的腰包,与赖尚荣后来的表现是一致的。

贾府的破落,与其内斗、家奴势力膨胀乃至失控有关。贾府各房各派势力的宅斗,是贾府内部离心离德,家族走向衰败的原因之一;贾府的破败,与家族内部勾结家奴捞钱也有关联。后来,凤姐病重,贾珍帮助管理荣国府的时候,居然也与王家人的下人分肥,一起捞荣国府的钱,导致荣国府"旧库的银子早已虚空,不但用尽,外头还有亏空","东省的地亩早已寅年吃了卯年的租儿了",此情节在鲍二挨打的第八十八回中有交代。如前文所言,宁国府的财务状况比荣国府更紧张,宁国府没有像贾政这样当实职的人,为了本府的利益,也是不择手段。在贾政当学政归来赚了巨款,又主管陵工兼任肥差的背景下,为了宁国府的财务运转,贾珍就与荣国府家奴和王家人一起,分荣国府的利益。

在第八十八回中,贾府庄头交田赋、果品、野味,鲍二在仔细地核对账目与实物时,与王家的家奴周瑞起了冲突,周瑞说:"若照鲍二说起来,爷们家里的田地房产都被奴才们弄完了。"贾珍只查账而不点实物,鲍二有异议,此时贾珍的表现很诡异。"贾珍想道:'必是鲍二在这里拌嘴,不如叫他出去。'"便向鲍二说道:"快滚罢。"而鲍二出去后,周瑞的养子何三就去打鲍二,贾琏的处理方式是"把周瑞踢了几脚",而贾珍却说"单打周瑞不中用","喝命人把鲍二和何三各人打了五十鞭子,撵了出去"。为何忠于贾府而被打的鲍二也被重责,还被赶了出去?玄机是贾珍与王熙凤有默契,周瑞在前台办事,被鲍二发现了。事后凤姐挤对贾琏:"'如今又弄出一个什么鲍二。我还听见是你和珍大爷得用的人,为什么今儿又打他呢?'贾琏听了这话刺心,便觉讪讪的,拿话来支开,借有事说着就走了。"周瑞是王家的人,他很清楚,贾珍没有利益也不会如此对待鲍二。鲍二离开后肯定满肚子委屈,心向贾府,老婆还被潜规则,最后竟然被赶走了。被赶出去后,鲍二不说贾府的好话,在情理之中。这些话被御史听到风声,成了贾府的罪状之一。第一百零五回写道,抄家后,薛蝌打听到这样的消息:"那御史恐怕不准,还将咱们家的鲍二拿去,又还拉出一个姓张的来。"鲍二当时跟着贾琏和尤二姐,当然知道实情,真的是祸起萧墙。在第一百一十二回中,鲍二也与何三等人一起参与了盗窃,被官府拿住追赃。

贾府被抄家后,一些人的内斗更厉害。邢大舅、贾芸、贾蔷、贾环等试图把巧姐卖掉,完全没有底线。一个大家族内部的人都是精致利己主义者,家族肯定会走向灭亡。

从《红楼梦》相关细节,我们可以发现贾府一直处于财务紧张状态。之所以利用贾宝玉联姻,就是为了吸纳财富,维持贾府的运营。贾府里面钱紧却内斗不止,人们为了各自的利益不择手段,就连作为族长的贾珍都可以与家奴分肥,更别说其他人了。贾府台前很光鲜,背后艰难维持运转。贾府要维持他们原来的勋贵阶层不滑落,即使家族的人很拼命,但大势所趋,力不从心,仅依靠勋贵荣光，衰落不可避免。因此，对于贾府而言，能够起死回生的道路必须是努力读书，科举成功，走向诗书传家。

（三）从联姻和财力看贾家

中国历史上的婚姻实质上是家族的合资：大户给聘礼，嫁妆要翻倍送回来，否则就属于穷人家的卖女儿行为，会被降格为妾；带来的嫁妆在休妻的时候要退还，这是正妻地位的根本保障；嫁妆一般达到家产的三分之一，丈夫无权动用。所以中国古代的婚姻基本不是爱情，而是一种家族政经投资行为，夫妻在婚前根本不见面。

◇◇◇古代的爱情是不被接受的

西方的爱情观来自基督教教义，女人是男人的一部分。西方中世纪的清教徒，鳏夫再娶都被视为犯奸淫，更别说纳妾了。所以爱情也有信仰原则，一夫一妻的制度也是来自信仰。而中国古代的家庭信仰是多子多福，因此需要多娶女人，与现在不同。古代婚姻的现实背景很强，夫妻的结合，更大意义上是家族利益联盟。

中国古代没有爱情信仰，历史传说中的爱情故事几乎都是悲剧，私情不但不被欣赏，而且要被分开；即使在传说故事当中，能够翻身有好结局，也是因为有了孩子，孩子是关键。后来，戏曲中爱情观的部分转向，也与元朝东西方文化融合及后来传教士的到来有关。在元朝，蒙古人甚至不同意汉人奴仆下属留有婚时的初夜权，两家公开联姻很难，而且北方是白天娶妻，南方是夜里娶妻，半夜偷偷摸摸，就是不想让蒙古人知道，将初夜权留下，在此扭曲的背景下，男女私情才出现了。中国历史上流传下来的神话，对此所持观点与歌颂爱情相反，私情要遭受惩罚。我们应当注意倾向性变化的时间节点。

在《红楼梦》中，甄士隐叹息道："老先生莫怪拙言。贵族之女俱属从情天孽海而来。大凡古今女子，那淫字固不可犯，只这情字也是沾染不得的。所以崔莺苏小无非仙子尘心，宋玉相如大是文人口孽。凡是情思缠绵的，那结局就不可问了。"甄士隐在最后一回的这些话，是全书主旨的总结，表达了中国古代对婚姻的态度，并不是"爱情第一"。没有物质基础的爱情，很多时候是不稳定的，因此也造成社会离婚率不断上升，不婚的人越来越多。

所以，中国古代的男女私情是不被接受的，与现在有很大差别。要理解《红楼梦》，就需要按照古代价值观来理解作者的成书逻辑。

◇◇◇婚嫁的财产规则

在古代，维持婚姻很关键的一点就是财产。虽然男人有绝对的权力可以休妻，但休妻要让老婆带走所有的嫁妆，嫁妆可是很大的资产！聘礼和奁产的婚嫁习俗，从西周就开始流行。《诗经·卫风·氓》中"以尔车来，以我贿迁"的"贿"即有奁产之义。奁产就是嫁妆，"奁"原指女子的梳妆盒，后来引申为女子的嫁妆。到了汉代，据《盐铁论·国病》载，无论贫富，举凡嫁女，妆奁定要极尽奢华，此后，汉族的这种嫁娶风气一直延续了下去。

中国古时的婚姻聘礼丰厚，大户人家的嫁妆更丰厚。如今，此习俗在中国南方一些地方还可以看到。古代的婚姻要求门当户对，对等的背后，就是要求能够付得起对应的彩礼和嫁妆。男子结婚时，就把聘礼当中的一大笔财产划在老婆名下了。妆奁财产支配权，直接决定了女方在婆家的地位。妻子从娘家获得的财产可以独立支配，两千年来一直延续着汉代"弃妻，畀之其财"的规定，即女性可以在婚姻关系结束后带走嫁妆。若当初成家时没有钱，以后发了家，该如何对待妻子呢？此问题古人也想好了，那就是执行"糟糠之妻不下堂"的规则，不能休妻！休妻就要给女方分大笔的财产。

关于《红楼梦》中的嫁妆和家产分配原则，可以看看下面的案例。

康熙朝状元、翰林院侍讲彭定求在为诸子分家时，分给嫡出的两个儿子各二百亩土地，庶出的三个儿子各一百二十亩。他在解释分配不均的原因时说：按照法律规定，田产应嫡庶均分，但因已故嫡妻李安人有奁田在内，嫡出的两子并非无故多分。中国传统社会一向强调"诸子均分"，嫡出子与庶出子在分家时拥有同等的权利，分家过程中要邀请族中尊长进行监督、公证，财产要以抓阄的形式选定，都是为了保证"均分"。但从彭定求将嫡妻的奁田分给她亲生的两个儿子、其他庶出之子无权参与分割的情况可以看出，分家时所"均分"的，并非家庭所有财产，妇女的嫁妆、奁产不与夫家财产一体分割，而是单列出来进行分配。彭定求分家时，嫡妻已经去世，但其奁产并未因此而界限模糊、混同在夫家财产内，仍保持独立性，最终分配给嫡生子。

很多读者对中国古代的长幼有序感受很深，但在《红楼梦》里面，长子的地位没有那么高。宁国府是长房，荣国府是次房，贾敬、贾赦是嫡长子，而财力、势力并不是嫡长子就有绝对的优势，婚配对财富的影响也非常关键。所以，人们一般对嫡长子（爵位继承人和未来族长）的婚姻最为重视。但是，如果在没有发家崛起的时候就已经给长子定亲了，那发家后是不能改的，只能在次子的婚姻上进行联姻，联姻都是家族的政治和财经的结盟。就如当年曾国藩的几个儿女，前面几个订婚结果都不太理想，因为那个时候曾国藩还没有成功。古人讲先成家后立业，娃娃亲很普遍，因此奋斗的第一代下面，长子长孙的婚姻对象往往不是那么门当户对。

说到贾府，荣国府的财力远远在宁国府之上！看看他们的婚配情况就很清楚了。贾敬的原配夫人是谁，书中没有交代，应当不是大户人家；贾珍的原配早死，也没有说是大户人家，继室尤氏的家庭地位低了很多，还有两个"拖油瓶"妹妹。过去，有钱人家不会找"拖油瓶"的二婚女人做老婆。而荣国府就不同了，从贾母起，就与史家的大户联姻。史家当时是尚书令，是入阁拜相的顶级家族，而王夫人和王熙凤都是王家的人，王夫人同母的亲哥哥王子腾，初任京营节度使，后擢九省统制，奉旨查边，旋升九省都检点，后来权势比贾家还要大。荣国府的贾元春入宫成为皇妃，就更不一样了，不光是权势，财力也不一样。而元春是王夫人的女儿，入宫封妃是在凤姐嫁入荣国府之后。古代讲求门当户对，谁家能够与皇家门当户对？因此，皇家的聘礼和赏赐一定要超过嫁妆，女方家族不能僭越，因此元春入宫不会带走贾家的财富，反而会带来财富。

◇◇◇孩子分家的关键在于母系的财富

很多人对古代的长子继承制认识得很片面，以为古代是嫡长子继承制。其实，古代嫡长子继承的是爵位。而对于财产，中国古代搞的是推恩令。古代的兄弟分家，不是长幼嫡庶有别，而是基本平均分配。父亲留下来的财产平均分配；母亲留下来的怎么分，才是真正的关键。唐《开元令·户令》规定："兄弟亡者，子承父分（继绝亦同）。兄弟俱亡，则诸子均分。其未娶妻者，别与娉财。姑姊妹在室者，减男娉财之半。"在父亲生前，影响孩子财富的是怎么给孩子娶媳妇，孩子成家娶亲已经分得的财产和媳妇带来的嫁妆，不再分配。我们要把财产的关系看清楚。

在众子女的财产分配上，嫡子的差别主要在母亲的嫁妆等财产。《唐律》对此做出了明确的规定："诸应分田宅及财物者，兄弟均分。妻家所得之财，不在分限。""妻虽亡没，所有资财及奴婢，妻家并不得追理。"后世制度与《唐律》基本差不多。按照中国古代的推恩令，儿子都有继承权，而长子、嫡子所得的财产数量，在于其母亲的家族地位，其母亲控制的私房钱，尤其是嫁妆，不会给别的孩子。

这些财富，规模可以达到家族财产的一半甚至更多。母亲去世后，其财富由嫡子成年后经管。这些财产是母亲和嫡子家族地位的支持。财产要保值增值，而且嫡子都年长，比较早跟着父亲做事，以后分家时还要算上一票他自己赚的钱。

母亲的嫁妆，一般会给女儿当嫁妆，也可以给嫡子当聘礼。母亲如果死在父亲之前，则嫁妆归嫡子，父亲不能用来娶继室，除非是归妹以娣，由亲小姨子来填房。母亲如果没有嫡子，也没有同宗女，死后的嫁妆甚至可以分一部分给娘家侄子。王熙凤死后，她的兄弟王仁就想搞一点她留下的财物。古代对家人的财产分得特别清楚。

为何在荣国府是王熙凤当家？邢夫人是继室，前面的原配没有留下名字，但原配的嫁妆给了其嫡子贾琏，有可能不是直接给，而是变成了贾琏给王家的聘礼，然后王熙凤加一倍后带嫁妆过来。这部分聘礼和嫁妆，庶出子女没有份，贾琮没有份，贾赦也不能占有。邢夫人的财富很少，其娘家人还需要贾家的支持。更关键的是，邢夫人没有自己的孩子，她在贾家虽为继室，其地位却不高。

凤姐到底是嫡出还是庶出，也是红学争论的焦点之一。书里也是模糊的，但可以肯定，凤姐的父亲既不是王子腾也不是王子胜。贾琏是嫡出还是庶出，也存在疑问。从贾琏和贾琮明显的地位差距来看，贾琏应当是嫡出；而且，贾琏不论是嫡出还是庶出，他都是荣国府的长房长子，是爵位继承人，没有特殊的原因不会娶庶出女。在第四十七回中，凤姐笑道："我这一张牌定在姨妈的手里扣着呢。我若不发这一张，再顶不下来的。"薛姨妈道："我手里并没有你的牌。"从这段对话可以看出，凤姐也管薛姨妈叫姨妈，而不是姑姑或姑妈，所以凤姐的父亲应当不是王子腾或王夫人的亲兄弟，而是堂兄弟，因此凤姐就不叫薛姨妈堂姑，而是跟着贾家人叫姨妈。由此可见，凤姐应当是嫡出，但是属于王家另外的一房，护官符说得很清楚，王家"共十二房，都中二房，余在籍"。凤姐可能是书中没有出现的王家在京的另外一房，后来这一房没有人了。王仁原来也在金陵，书里第四十九回写道"闻得王仁进京，他也带了妹子随后赶来"，可见薛蝌兄妹与王仁是一起进京的。

我们要注意，凤姐的嫁妆应当非常丰厚。古代儿子分家是财产均分，王家也是好几房，凤姐这一房可能也非常有钱，以贾家联姻求财和凤姐在贾府有很多私房财产来看，她可能是独女，并带着巨额财产。与贾家联姻，让凤姐嫁给贾府爵位继承人，也是王家的家族大事，全家族都会大力支持。因此，凤姐能够带着王家这一房的主要财产嫁到贾家，她在贾家的地位与她所带来的嫁妆多少是直接相关的。另外，在第七十回中，王子腾嫁女，凤姐回去帮助料理，这说明凤姐比王家女儿的年龄大不少，可能是王家这一辈的家族长女。

王熙凤的嫁妆在荣国府财产里面占关键份额，同时她与王夫人属于天然的同盟关系。按照长幼有序的原则，贾赦是嫡长子，贾琏是嫡长孙，王熙凤在贾家的发言权也应当在王夫人之上。王夫人是次子夫人，地位本来就在长孙媳妇之后。在贾府，贾政作为二房，地位却很高，在很大程度上与元春成为皇妃、贾政有实权官职、王夫人有诰命在身有关。但要论起家产和世袭关系的份额来，以后分家，肯定是王熙凤的份额远远大于王夫人，也大于贾政、贾赦等人。贾赦没有削爵以前，袭爵的嫡长子也是贾琏，所以当家的权力，王熙凤得来，非常符合古代的伦常。贾府里，王熙凤的财产最多，本来就是应当的。在贾家当家不易，"慈不掌兵，义不理财"，王熙凤是贾家的理财之人，老好人肯定当不了，要有手段，不能图道德虚名。凤姐与贾琏争强好胜说"把我王家的地缝子扫一扫，就够你们过一辈子了"（第七十二回），又一次间接地证明了王家财力雄厚，比贾家更富。贾珍让贾蓉到凤姐处借玻璃屏风招待人作摆设用一节，也说明王家远比贾家富有得多。从西洋而来的玻璃屏风,在当时是十分稀罕的物品,贾珍之所以让贾蓉来借,是因为宁国府没有,荣国府可能也没有,而王家却把它作为女儿的陪嫁品给了凤姐。贾珍为了摆阔,只能派贾蓉来向凤姐借。

还有人说贾母是最高权力者,其实按照古代伦常,夫死从子,成年袭爵的儿子,已经是大家长。嫡长子贾赦的原配若在,原配可以主持;原配不在,继室邢夫人比不比得过王熙凤和王夫人,也要看女方的联姻背景和财产实力,贾母背后的史家和贾母的私房钱,也是重要的财力。因此,当家的不是贾母,贾母的"最高权力"是在孝道之下的尊荣,在内宅是婆婆在媳妇之上,就如君主立宪的君主一样,实操权力在首相的手里,也就是说,王熙凤成了当家权力的中心。对贾府内务,贾母与王熙凤,相当于女王与首相的关系;而贾府对外的很多事情都是贾琏出场,贾母那里也只有老家奴赖大一家对外理事。贾宝玉能够成为家族中心,是另外一个重要逻辑,以后再讲。林黛玉是贾母的亲外孙女,薛宝钗是王夫人和王熙凤的娘家人。在林黛玉和薛宝钗的问题上,贾母难道不明白吗?但她就是不明确表态,一直暧昧着,因为婚约还有多层面的博弈,以后也会分析。

贾琏为何怕老婆,其实也可以看得非常清楚。就算王熙凤无后且逼死了尤二姐,贾琏也不敢休妻。贾琏不是一个懦弱的人,又是府中的嫡长子嫡长孙,为何处处被王熙凤拿捏着?原因就在于贾琏的经济地位。论爵位,老爹在,轮不到他;论钱,贾赦娶妾多花销大,没有啥银子,欠钱后还要迎春"嫁"给了"中山狼"。贾琏在家里没有经济地位,钱都由老婆控制,家族也需要这笔财富,背后还有贾赦,所以贾琏不敢休妻。王熙凤也知道,所以她有胆子对尤二姐下狠手,包括帮助她的医生也是如此。

另外,邢夫人掌握的邢家财富也在荣国府,只不过这笔钱邢夫人还有很多用途。第七十五回写道："邢大舅道：'老贤甥，你不知我邢家底里。我母亲去世时，我尚小，世事不知。他姊妹三个人，只有你令伯母年长出阁，一分家私都是他把持带来。如今二家姐虽也出阁，他家也甚艰窘，三家姐尚在家里，一应用度，都是这里陪房王善保家掌管。我便来要钱，也非要的是你贾府的，我邢家家私也就够我花了。无奈竟不得到手，所以有冤无处诉。'"邢家为了让邢夫人有足够的嫁妆也是拼了，把邢家的财富都带过来了，但总的来说，与王家的财力无法比拟，还要通过陪房王善保家来支持娘家的人，在荣国府说话自然不会硬气了。

◇◇◇为何正房是次子贾政一家占有

荣国公的爵位由贾赦承袭，但在荣国府里，贾政却住在正房，贾赦则住在偏房别院里面。第十六回说："贾赦住的乃是荣府旧园。"那么新园在哪里？当然是贾政夫妇住着。住所上长幼失序，和爵位尊卑不符，为何？别说元春是皇妃、贾政是官员，贾政、贾赦兄弟俩怎么住很早以前就定下来了，当时贾政肯定不是官，元春还没有生出来呢！为何这样？背后只能与王家联姻带来的财富有关，即新园房子的建造，王家出了钱，王家有份，所以说贾政娶媳妇，王家提供了巨大的财力支持。即便是现在，逻辑也一样：家里二弟娶媳妇，媳妇家参与出钱修了大房子，当然是弟弟与弟媳去住新的大房子，原来的正房成为新房子的别院旧园。

进一步讲，贾政与王夫人的结合，是得到皇帝嘉许的。荣禧堂的牌匾挂在贾政和王夫人的堂屋，由皇帝题写，书中说是赤金九龙青地大匾，这是皇匾的规制。匾上的"万几宸翰之宝"，是指皇帝的印文。"万几"表示皇帝办理的事务繁多，"宸翰"表示是皇帝的笔记。荣禧堂的"荣"字是指荣国府和荣国公的封号；"禧"字，《说文解字》解释为"礼吉也"，为联姻的祝福，与家庭幸福、和睦、婚姻、子嗣有关。从中可以看出，当初王家与贾家联姻得到了皇帝的支持，皇帝为两家联姻的新房题写了匾额，所以贾府的正堂新房大院子是二房贾政居住，长房和贾母要住在老院子里。

贾政住的荣禧堂，还是官方参与出资建造的。在第一百一十六回中，贾府被抄家后缺钱，要回南方安葬贾母等人，贾政与贾琏有这么一段对话：

> 贾琏道："如今的人情过于淡薄。老爷呢，又丁忧；我们老爷呢，又在外头，一时借是借不出来的了。只是拿房地文书出去押去。"贾政道："住的房子是官盖的，那里动得。"

此时，贾赦的财产被抄但还没有遇赦退还，贾政所指的"房子是官盖的"应当指的是荣禧堂，大观园当时已荒芜。官方出了资，背后是当时的老皇帝对两家联姻的认同。王夫人在贾府的强势，也有皇帝的背书。这时的皇帝后来变成了书中的太上皇，背后复杂的皇家博弈，我们在第三部中会详细分析。

古代的豪门嫁娶，同时也是敛财的机会，大量的赠送也是获取财富的一种方式。《苏州风俗》就有记载，出嫁前"女宅亲戚每多赠送，以壮奁色，谓之添房"，广东《平远县志》也记载"女家亲友各有馈赠，俗谓添箱礼"，与满族风俗接近的关外《铁岭县志》记载"女家戚友族党各出银钱、首饰以之赠，曰填箱"。豪门的子女出嫁需要巨大的花费，越是士人家庭，就越注重陪嫁妆，给女儿嫁妆花的钱，甚至比给儿子娶媳妇的还要多。比如晚清名臣曾国藩，他常年在外做官，每当家族儿子辈娶媳妇，他就给家里寄银子一百两，如果家族女儿辈出嫁他就寄二百两。直隶《成安县志》记载："装奁一节，成邑奢靡太甚……往往有因嫁一女竟至败产倾家，一蹶而不可复振。"由此可见，古代嫁女儿的奢靡，超过了现代，嫁妆的花费远远比聘礼多，是重要的敛财手段。尤其是皇帝认同的贾府与王家联姻，更可以大张旗鼓地揽财。

贾母和贾赦给贾琏娶媳妇，选择让王熙凤进入贾府，也是对王夫人的制约。两个都是王家人，王夫人能够接受，同时王熙凤在王家也是长房的嫡女，位置很高。王熙凤嫁过来，就要为长房贾赦这一支争利益，不让二房贾政一支全面掌控荣国府。所以，王家姑侄两个女人之间的关系也很微妙，如抄检大观园，为何邢夫人和王夫人能够在第一时间一致将矛头先对准凤姐？贾家两房为了与王家人平衡，都联姻了王家，也造成王家人在贾府坐大、外姓掌权，在后来内宅的宅斗当中，贾家人就失控了。尤其是在贾母老去，没有那么多精力管理后宅具体事务以后，贾府的老家奴势力也随之被清除了出去。一开始是两个王家媳妇分别在两房，互相制衡，贾母自己高高在上，很得意；但最后在宝玉联姻对象宝钗、黛玉的选择上，王家人利益取得一致，贾母、黛玉就悲剧了，结果是王家人进一步加强了在贾府后宅的势力。《红楼梦》中，王家对女人的教育，就是如何抓权，王夫人、薛姨妈、王熙凤、薛宝钗，都是宅斗的高手。

综上所述，各种华丽的故事都是表面，背后是财富和地位的博弈。中国古代是大家族社会，大家族里面除了家族公产，还有各门各支的小家私产，也有个人的私产，财产关系特别复杂。现在的司法继承关系和夫妻共有财产关系比古代的财产关系简单多了，财产关系已扁平化。读《红楼梦》，要在当年复杂的大家族背景下探究。《红楼梦》的特点就是不像大多数小说那样，把各种关系写到明面上，而是暗藏其中；给你看到的，与你平时在社会上看到的浮出水面的现象一致，而暗里的需要你自己分析和理解。只有看清楚了《红楼梦》里的经济关系，才能够更好地理解这部书。

附录　贾府人物关系

一、红楼人物关系

第一代：

贾太公生二子：长子宁国公贾演、次子荣国公贾源。

宁国府：

1.宁国公贾演生四子：长子贾代化、其余三子不详；

2.贾代化生二子：长子贾敷（早夭）、次子贾敬；

3.贾敬生长子贾珍、长女贾惜春；

4.贾珍生长子贾蓉，贾蓉不是尤氏所生，尤氏是贾珍的继室；

5.贾蓉配秦可卿，后娶许氏、胡氏；

6.贾珍养子贾蔷，贾演之玄孙。

荣国府：

1.荣国公贾源生长子贾代善，其他不详；

2.贾代善配贾母，即史太君，生长子贾赦、次子贾政、女贾敏等；

3.1.贾赦原配生长子贾琏、庶出次子贾琮、庶出长女贾迎春；

3.2.贾政与王夫人生长子贾珠、长女贾元春、次子贾宝玉，与赵姨娘生庶女贾探春、庶子贾环；

3.3.贾敏配林如海，生长女林黛玉；

4.1.贾琏配王熙凤，生独女巧姐；

4.2.贾珠配李纨，生子贾兰。

二、红楼全书人物数量统计

1.宁荣两府本支：男十六人，女十一人，眷属女三十一人。

2.贾府本族：男三十四人，女八人。

3.贾府姻亲：男五十二人，女四十三人。

4.两府仆人：丫鬟七十三人，仆妇一百二十五人，男仆六十七人，小厮二十七人。

5.皇室人物：男九人，女六人；太监二十七人，宫女七人。

6.封爵人物：男三十七人，眷属十四人。

7.官吏：有姓名及职名冠姓的男二十六人，只有职称的三十八人，胥吏男三人。

8.社会人物：各阶层男一百零二人，女七十一人；大夫男十四人，门客男十人；优伶男六人，女十七人；僧道男十七人，尼婆四十九人；连宗男四人，女四人。

9.外国人：女二人。

10.警幻天上：女十九人，男六人。

总计：男四百九十五人，女四百八十人，共九百七十五人。其中有姓名称谓的七百三十二人，无姓名称谓的二百四十三人。

三、红楼梦主要人物组合盘点

十二金钗：林黛玉、薛宝钗、贾元春、贾迎春、贾探春、贾惜春、李纨、妙玉、史湘云、王熙凤、贾巧姐、秦可卿。

十二丫鬟：晴雯、麝月、袭人、鸳鸯、雪雁、紫鹃、碧痕、平儿、香菱、金钏、司棋、抱琴。

十二家人：赖大、焦大、王善保、周瑞、林之孝、乌进孝、包勇、吴贵、吴新登、邓好时、王柱儿、余信。

十二儿：庆儿、昭儿、兴儿、隆儿、坠儿、喜儿、寿儿、丰儿、住儿、小舍儿、李十儿、玉柱儿。

十二贾氏：贾敬、贾赦、贾政、贾宝玉、贾琏、贾珍、贾环、贾蓉、贾兰、贾芸、贾蔷、贾芹。

十二官：琪官、芳官、藕官、蕊官、药官、玉官、宝官、龄官、茄官、艾官、豆官、葵官。

七尼：妙玉、智能、智通、智善、圆信、色空、净虚。

七彩：彩屏、彩儿、彩凤、彩霞、彩鸾、彩明、彩云。

四春：贾元春、贾迎春、贾探春、贾惜春。

四宝：贾宝玉、甄宝玉、薛宝钗、薛宝琴。

四薛：薛蟠、薛蝌、薛宝钗、薛宝琴。

四王：王夫人、王熙凤、王子腾、王仁。

四尤：尤老娘、尤氏、尤二姐、尤三姐。

四草辈：贾蓉、贾兰、贾芸、贾芹。

四玉辈：贾珍、贾琏、贾环、贾瑞。

四文辈：贾敬、贾赦、贾政、贾敏。

四代辈：贾代儒、贾代化、贾代修、贾代善。

四烈婢：晴雯、金钏、鸳鸯、司棋。

四清客：詹光、单聘仁、程日兴、王作梅。

四无辜：石呆子、张华、冯渊、张金哥。

四小厮：茗烟、扫红、锄药、伴鹤。

四小婢：小鹊、小红、小蝉、小舍儿。

四婆子：刘姥姥、马道婆、宋嬷嬷（怡红院）、张妈妈（管大观园后门）。

四情友：秦钟、蒋玉菡、柳湘莲、东平王（北静王）。

四庄客：乌进孝、冷子兴、山子野、方椿。

四宦官：戴（戴）权、夏秉忠、周太监、裘世安。

文房四宝：抱琴、司棋、侍书、入画。

四珍宝：珍珠、琥珀、玻璃、翡翠。

一主三仆：史湘云——翠缕、笑儿、篆儿；贾探春——侍书、翠墨、小蝉；贾宝玉——茗烟、袭人、晴雯；林黛玉——紫鹃、雪雁、春纤；贾惜春——入画、彩屏、彩儿；贾迎春——彩凤、彩云、彩霞。

（四）贾府抄出几箱子当票的真相

贾府被抄家，抄出来了几箱子当票。对于典当和当票，很多普通读者根本不理解，普遍认为这些当票说明贾家已经很空虚，说明他们的腐朽，而真实的情况又是如何呢？

我们只有了解古代典当背后的很多潜规则，才能明白书中的深意；把勋贵典当洗钱搞明白了，对全书的理解就会上一个层次。

书里把他们的行为叫作重利盘剥。第一百零五回写道："一回儿又有一起人来拦住王爷就回说：'东跨所抄出两箱房地契又一箱借票，都是违例取利的。'老赵便说：'好个重利盘剥，很该全抄！请王爷就此坐下，叫奴才去全抄来再候定夺罢。'"还有第一百零五回王爷对贾政的质问："只闻两家王爷问贾政道：'所抄家资内有借券，实系盘剥，究是谁行的？政老据实才好。'贾政听了，跪在地下碰头说：'实在犯官不理家务，这些事全不知道。问犯官侄儿贾琏才知。'贾琏忙走上跪下禀说：'这一箱文书既在奴才屋内抄出来的，敢说不知道么。只求王爷开恩，奴才叔叔并不知道的。'两王道：'你父已经获罪，只可并案办理。你今认了也是正理。如此，叫人将贾琏看守，余俱散收宅内。政老，你须小心候旨。我们进内复旨去了。这里有官役看守。'"在这里，所有抄到的当票等，都被说成了重利盘剥。在古代，高利息和典当是合法的，重利盘剥怎么来的才是问题的关键。若贾府真的已经破产，也就没有什么好抄家的了。

被抄的财富是谁的？有人分析后认为财物是甄家的，此分析应当没有错。第七十五回写了贾母八旬大寿，甄府送厚礼庆贺。"贾母歪在榻上，王夫人说甄家因何获罪，如今抄没了家产，回京治罪等语。"尤氏要找王夫人。"跟从的老嬷嬷们因悄悄的回道：'奶奶且别往上房去。才有甄家的几个人来，还有些东西，不知是作什么机密事。奶奶这一去恐不便。'尤氏听了道：'昨日听见你爷说，看邸报甄家犯了罪,现今抄没家私,调取进京治罪。怎么又有人来?'老嬷嬷道:'正是呢。才来了几个女人,气色不成气色,慌慌张张的,想必有什么瞒人的事情。'"对前八十回的情节,人们一般认为是甄家转移资产,将财富转移到了贾府。

王夫人转移家产时,应当非常保密,家族里面也是如此。在第一百零六回中,贾政问重利盘剥是谁干的,贾琏是这么回答的:"贾琏跪下说道:'侄儿办家事并不敢存一点私心,所有出入的帐目自有赖大、吴新登、戴良等登记,老爷只管叫他们来查问。现在这几年库内的银子出多入少,虽没贴补在内,已在各处做了好些空头,求老爷问太太就知道了。这些放出去的帐连侄儿也不知道那里的银子,要问周瑞旺儿才知道。'"转移资产的事情,没有经过贾琏的手。当初找王夫人,王夫人向贾母汇报过,贾政对家里的事情也是大撒把,所以去粮道任职才会被蒙骗。就多达几箱子的房契和地契而言,下人谋私到不了这个数量级,且此事一定是越机密越好,即使是家庭成员,没有必要也不能知道,知道了反而担罪名。最后,罪名贾赦全部承担了,贾政安全了。贾琏要是知道,就不会"贾琏着革去职衔,免罪释放"这么处理了。

其他版本中,对抄出来的当票,还有下面的解释。贾雨村对忠顺王说道:"当年江南甄家、史家被查抄的时候,都给荣国府送了很多金银细软过来,我愿当先锋,帮助王爷查出这些东西来。"不过,此内容在通行本里面没有,是改编的结果。抄家抄到这几个箱子,以为查到了甄家的财富,结果是当票,以此来说明贾雨村的落井下石及贾家的败落。改编者借此告诉观众,当年甄家、史家存放在贾家的东西,全部被贾家送到了当铺,换成银子花出去了。

不过,改编者是外行。在通行本里,抄家者说"两箱房地契又一箱借票",贾琏说"一箱文书",有房契、地契,显然不是被典当了出去。因为典当的规矩是,典当出去的资产,房契、地契肯定要押给当铺。请注意，很多读者对这些交易的理解都是现代概念，但古代没有复印机、照相机，所有的文件都是原件，不会有复印件。乾隆三十八年（1773），浙江布政使告示曾云："民间执业，全以契券为凭，……盖有契斯有业，失契即失业也。"（《治浙成规》卷一《严禁验契推收及大收诸弊以除民累》）抄家抄到的是房契文书，这说明财产还在贾府，既不是贾家没有钱了，把财产典当了出去，也不是通行本所说的"重利盘剥"，应该是别人给贾府放了高利贷，贾府是被"重利盘剥"的对象，是受害人。但以贾府的勋贵身份，在没有倒台之前，有钱的人也不敢盘剥贾家！

再看看曹家的历史，根据《关于江宁织造曹家档案史料》记载，当时抄了四百八十三间房子，查处十九公顷零六十七亩田地，人数总量为一百四十口，家具、旧衣和零星物件数份，当票一百多张，查有曹頫的外债三万二千两（别人欠的），同时，曹家欠朝廷亏空三万一千两。《红楼梦》的原型之一曹家也放了很多债，曹家也有放债和当票，也有与通行本类似的故事。曹家的土地当时价值在一万两左右，房子价值也类似，这些资产价值五万余两，外债三万二千两，亏空朝廷三万一千两，已经资不抵债。书中贾府财务竭蹶同样如此，为何曹家还是巨富？真正的财富大头在当票里面藏着呢！第七十四回写贾琏借当，庚辰本夹批："盖此等事，作者曾经，批者曾经，实系一写往事，非特造出，故弄新笔，究竟不记不神也。"

古代怎么转移财产？金银很重，银票与现在的纸币还有区别，流通能力不足且风险很大。古代要转移实物财产，能够写字据吗？字据不是凭据而是罪证！大量的不动产怎么转移？房产地产、田产是资产的大头，是简单地把房契、地契交给贾府吗？皇帝派官府查抄，只要资产还在罪臣甄家名下，房契、地契都可以作废，把房契、地契交给贾府也转移不了资产。在古代，要转移和洗白资产，真正的手段就是典当。《红楼梦》续书有和珅参与，和珅对此非常清楚，他就是开当铺的，类似的事情应当没少干。

在古代，家族遇到政治风险，就要把自己的资产放到当铺中避险，这种典当与老百姓的典当不同。因为在抄家的时候，房契、地契及其所代表的房产、地产无处可逃，如果放到当铺，则变成了带有当铺权益性质的资产；尤其是古代的典当规则与现在的抵押规则不同，死当以后财产直接归当铺，因此典当在当铺的财产是不能被没收的，而典当的价格如果大幅度低于资产价值，当票也有巨大价值。

西方也有类似做法。有一个广为流传的西方故事：某犹太商人把他的巨额财富抵押贷款一美元，银行为了以后做他的大生意，就同意了。他最后的解释是，依靠抵押，实际上是银行为他保管了资产凭证。此行为背后是为了回避风险而不是为了利益。无论是王熙凤的典当，还是犹太人的贷款，都要额外支付利息和手续费，但费用支出换取了安全，对于面临巨大政治风险的贾家和身处歧视环境下的犹太人，更多是要考虑风险。近代中国，一些富人把财产抵押给洋行，所有的军阀都不敢不认洋行的账。

在古代，更值得分析的是典权，典与当是不同的。对房产、土地、田产等不动产，更多的是用典的方式，而对动产，更多的是当！当是短期的，典则是长期的。当票期限一般只有一个收获期，春耕到秋收，利率也基本固定，是九出十三进。也就是说，价值当十成的东西，当铺扣除一成的手续费，归还的时候要给十三成，半年多的时间利率是44.4%，非常高。到时间不赎当就会变成死当，财物归当铺。一般当给的是实物价值的50%，算十成。若当铺丢失，按照十成的一倍赔偿。把当的东西压低价格故意说丢失了，也是当铺界的潜规则，所以当铺的朝奉很厉害。

关于典权的一般期限，有一句俗语叫作"一典千年"，也就是说当年不算，典期是999年。这么长的时间里，各个王朝早灭亡了，所以典权某种意义上就是无限期。但典权随时可以赎回，赎回的时候，赎价是当初典价的一倍。典权下的财物可以随典权不断转让。典权与当物不同，财产的孳息在此期间归典权人。也就是说，房子由典权人居住，土地的出产、耕种、地租等归典权人。在古代，大量财产属于祖产，不可以买卖。典当以后，归属权名义上不变，可以给祖宗一个交代。把典过来的资产拿着，或者转让，都可以，但价格不会太高，因为随时可能被赎回，转让价格高于赎回价格，一般没有人要。因此，古代大量土地、房产的产权都是典权，价格不会暴涨，其原因是受到了典权当年出典时价格的限制。

甄家向贾府转移的财产可以是出典甄家的田地房产，但设立了一个极为低价的典权，甄家随时可以低价赎回；还可能是别人家的财产，原来典给了甄家，然后由甄家交给了贾府，但典权文书没有转移。皇帝抄家时，甄家名下的财产已经被典出，抄家也改变不了典当的状态，同时，其他人的财产典权在甄家的，皇帝根本查不到也抄不到。所以皇帝抄家甄家，拿不到相关房契、地契和文书，也抄不到甄家真实的财产。

贾府替甄家典权转移怎么得利呢？不仅仅是甄家可能彻底完蛋，永远不可能来赎回，更多的利益体现在持有典权期间，房产土地的孳息自然归属贾家，而且到甄家有机会赎回之时，赎回的款项也归属贾家。因此，在转移后不长的时间，抄家时拿着房契、地契和文书的王熙凤那里，从贾琏嘴里说出已经有了几万两银子，这应当是甄家资产的孳息。贾家帮助甄家转移资产也有暴利。皇帝抄家抄到了地契和文书，典当的价格明显低于市价。当然，皇帝可以把典当贱价，叫作"重利盘剥"，予以没收。皇帝因此也发了一笔横财。古代皇帝抄家得到的财富，大都放在内务府而不是户部，进了皇帝的小金库。

后来，王家危机来临，王家的财富可能也由薛家当铺转移过来，所以贾府里集中了王家、甄家、史家、薛家的财富，几箱子当票、地契、房契等所有权凭证，肯定是巨额财富。

再看看皇帝处理方式："惟抄出借券令我们王爷查核，如有违禁重利的一概照例入官，其在定例生息的同房地文书尽行给还。"皇帝收走的，就是转移的资产。皇帝以重利盘剥收走了，甄家、王家、史家、薛家也只能吃哑巴亏，做低价格典当转移财产是不可告人的！贾家当时已经很缺钱，其他财物有限，剩下的皇帝也看不上，就将家产归还了。皇帝通过抄家得到了各家转移的财富，已经很满意了，故对荣国府只治罪了贾赦一个人。

此处还有证据和举证的问题。房契、地契上是甄家等人的名字，那么他们出典的文件是关键，甄家自己不会有文件的复制品。古代没有复印机，原件一般只有一份，而且要转移资产，甄家拿着这些文件是转移财产的物证，被抄到了肯定没有好处。以后甄家找上门来，说土地是他家的，不需要举证，只需要官府档案文书里面记录的土地在他名下即可；典种他土地的人，要拿出证据来，此时甄家按照当票金额赎回即可。若被皇帝收走，那可就是另外一回事了，他敢让皇帝拿出证据吗？敢说故意低价典当转移资产吗？抄家的时候转移资产，皇帝不加罪就已经算是便宜了，因此皇帝抄家时夺去了当票等，甄家等人只能吃哑巴亏。

转移财富失败，凤姐担当了罪名，贾母分私房钱的时候说："只可怜凤丫头操心了一辈子，如今弄得精光，也给他三千两，叫他自己收着，不许叫琏儿用。"贾母知道，王熙凤收藏甄家和史家转来的财富，是贾家的公事，不是凤姐小家的私事，所以专门给孙媳妇凤姐，不给嫡亲长孙贾琏。贾母的分配方案很特殊，对凤姐的损失给了补偿，因为她知道王熙凤承担了重大损失。

通过当票转移的资产，都被皇帝抄走了，受到损失的除了原来那几家，还有王熙凤、王夫人、薛宝钗的嫁妆，她们的嫁妆资产要与甄家等家族的资产混同变成当票典权。也就是说，她们用妆奁钱典当了这些家的财产，当铺则是办理的中介机构，她们的嫁妆与这几个家族财富不对等，因此被皇帝说成"重利盘剥"，因此一并抄走了。当铺是办理和执行机构，当然也被抄或者查封了，当铺的资本金也涉及其中，薛家财富也被抄走了。所以，王家、薛家在贾府的财富，在抄家时彻底被清零。

再看皇帝的处理。"所封家产惟将贾赦的入官，余俱给还，并传旨令尽心供职。惟抄出借券令我们王爷查核，如有违禁重利的一概照例入官，其在定例生息的同房地文书尽行给还。贾琏着革去职衔，免罪释放。"贾府里面涉嫌给甄家等勋贵洗钱的资金被没收了，其他资产也给没收了，皇帝很清楚其中的暗箱操作，因此只下旨收了贾赦的。本来贾赦在荣国府就没钱，还欠"中山狼"钱。其他资产归还了，为何贾府还极为穷困？因为王夫人等人的私房钱和妆奁也被皇帝没收了。

另外要强调的是，《红楼梦》创作的年代，正好是中国典当行业巨变的时代。以前是典当不纳税，绝卖才纳税。雍正十三年（1735）诏谕曰："民间活契典业者，乃一时借贷银钱，原不在买卖纳税之例……"（光绪《钦定大清会典事例》卷二四）乾隆五年（1740）《大清律例》规定："凡典卖田宅，不税契者笞五十，仍追契内田宅价钱一半入官。"到此时，典当、绝卖都要纳税，但执行得不好，又把典当的千年有效期变成了十年、二十年（见《清朝法制史》典当一节，张晋藩主编，法律出版社，1994年4月）。这一情况改变的背景是白银大量开采，西方的白银流入中国，日本发现了石见银山，开采的白银也流入中国。在白银大量流入的背景之下，国内白银贬值，地价暴涨，引发了大量典契赎回导致的社会问题，原来的典权博弈模式崩溃了。所以，结合清代典当变化的背景，《红楼梦》里写的情况非常应景，而且清朝对违规重利也有所限制。《大清律例》卷十四《户律·钱债》规定："凡私放钱债，每月取利不得超过三分。"这里规定的三分是3%，这样的利率现在看来也是很高的。同时还有上限规定："年月虽多，不过一本一利，违者笞四十，余利计赃，重者坐赃论，罪止杖一百。"也就是说，利息不能超过本金，而且举例以三分利计算，最多收三十三个月的利息。所以，皇帝指责贾府违规重利，也不是完全没有法律依据的，而律例规定，对此并不是罚没全部。贾家因"违规重利"，家产被全部罚没，应当还有非法为甄家等勋贵转移资产的缘故。

综上所述，看清楚了古代典当的规则，我们才能够明白《红楼梦》中洗钱转移资产的故事，也就明白了皇帝是怎么靠抄家发财的。雍正当政的时候，抄了几大家族以弥补亏空，其中就包括曹家。曹家的银子不多，不过有债券、当票等。为什么曹家财富看似资不抵债却能够缓解皇帝的财政危机呢？曹雪芹显然知道其中的故事，只要看懂典当的潜规则，就能够懂得里面的故事。

（五）冷子兴与勋贵的古玩潜规则

古往今来，古玩行业都是一个游走在富豪权贵身边、充满潜规则的行业，里面的水特别深。笔者早年住在地安门，没事的时候就泡在什刹海的荷花市场。当时的荷花市场是一个古玩市场，里面的经营者很多是清朝的遗老遗少，由此笔者知道了很多行内潜规则。《红楼梦》里面也一样，如果对这些规则不了解，会影响对全书的理解。

《红楼梦》里面经营古玩的商人，就是冷子兴。很多红学家把冷子兴当作一个串场用的过客。其实，冷子兴在贾府的运作当中担任着重要的角色。冷子兴是周瑞的女婿，都城里的古董商，和贾雨村是好朋友。他向贾雨村介绍荣国府，贾家众人在他口中集体亮相。冷子兴的岳母周瑞家的也是王夫人的陪房，地位类似薛宝钗的莺儿。

周瑞家的负责家里女眷的出行，把持对外通道，所以冷子兴才知道那么多贾府的秘密。周瑞则掌管荣国府地租庄子银钱的出入，都是要职。

周瑞一家在贾府得宠，女儿嫁给了古董商冷子兴，嫁的也是富户人家，连周瑞的干儿子何三都有资本，在社会上属于拔份儿①，整日游手好闲，经常出入赌场，结交一些狐朋狗友。贾母发丧那天，因何三打听到贾府中只留下少数人看家，便勾引盗贼乘虚而入，结果被包勇一棒打死，周瑞一家被逐出贾府。

很多红学研究者认为冷子兴在《红楼梦》中的最大作用就是向读者和贾雨村介绍荣国府。荣宁二府人口众多，需要有个机会将府里面的人一一介绍清楚，因此借冷子兴之口，将荣宁二府之重要人物叙述了一番。冷子兴为何向贾雨村介绍贾府的详细情况？原因就是贾雨村也是顶级文人，在古玩圈子里，古玩的价值要文人背书，古玩加上文化才值钱，文化要文人来赋色。笔者认为贾雨村应当是翰林，翰林被革职而不问罪，皇帝要挫挫他的锐气，以后应当还会有很多机会，不会让年轻的翰林一直荒废，就算他不入官场，在社会上地位也极高。古代翰林在民间学术界是神一样的人物。因此，冷子兴特意结交贾雨村，用他的江湖经验给贾雨村指路，贾雨村也不出意外地很快就复出任职了。

不过，这仅仅是表面。冷子兴为何对贾府那么了解？原因在于他是贾府古玩洗钱和变现的中间人和通道，对贾府的财务运转情况非常清楚。也就是说，古玩商是世家王府的重要经济暗线之一。

贾府是世家勋贵大宅，家产中最值钱的项目之一就是家中的古玩收藏。古玩价值巨大，随着社会的发展和安定，古玩的价值会激增，因此自古有"乱世买黄金，盛世买古董"的说法。古玩是古代重要的储存财富的手段。在贵金属货币时代，贵金属短缺，盛世时

---

① 北京话，指出人头地。

货币作为财富用于储藏的功能，就被古玩替代，便于隐藏和携带。如历史上的明代成化斗彩鸡缸杯，就是著名的盛世货币替代物，价格明确且容易交易，一个小杯子，值白银成千上万两。

贾府等勋贵家的古玩，很多是当年跟着皇帝打天下时，从前朝勋贵处得来的战利品。天下大乱的时候，古玩极为便宜，值钱的是黄金。所以，一些勋贵的家庭会积攒大量的古玩。皇帝的赏赐也是重要来源之一，官窑里面有一种器物叫赏瓶，皇帝专门用作赏赐大臣。皇帝的各种用品，赏赐下来，以后都非常值钱，但不能公开卖，可以偷着卖，偷着卖就要托冷子兴这样信得过的裙带古玩商。在古代，依靠古玩升值和卖古玩维持家业支出是常态。晚清、民国时期，旗人没有了俸禄，也没有谋生技能，就只能依靠出售积累的古玩，等于坐吃山空。

古代的古玩商，就是依附权贵赚钱的。大家族里面，各房人的私产套现，可能都与之有关。家族勋贵子弟，不能公开地到外面卖家里的东西，否则会被叫作败家子。如果要卖，他们都是暗中通过古玩商，甚至是到家里收废品的人，以卖废品的名义卖出去。在老北京，很多王府家里的古玩，就是通过收废品的渠道流到市面上的。《红楼梦》书中的贾府里面，下面的家奴等人，会偷着把贾府的古玩搞出来，甚至贾环之类的庶出子也会干此类事情，贾琏钱不足了可能也会干。对于那些摆设位置显眼、不好偷的古玩，有的人通过古玩商换成赝品，把真品卖给古玩商，古玩商的作用可见一斑。

古玩商还干帮勋贵洗钱的事，帮勋贵借助古玩买卖行贿受贿。送古玩很难反贪，因为收藏是个人爱好，藏品可能是赝品，也可能是地摊捡漏，谁也说不出它的价值。古代的做法很高明。清代琉璃厂的古玩交易，很多商品就是贪官故意放在那里的赝品，谁要行贿，就把那个古玩买回来给贪官送过去，然后贪官当众拒收，做出一副非常清正的样子。钱则以古玩货款的名义回到贪官手里，当然合法了，行贿的买了一个赝品，是自己打眼亏钱，怨不得别人。所以，能够做古玩商的都不简单，要多方结交权贵。第二回写道："雨村最赞这冷子兴是个有作为大本领的人，这子兴又借雨村斯文之名，故二人说话投机，最相契合。"冷子兴就是此类古玩商，他与贾府当权家奴的裙带关系，是他赚钱的保障。

　　古玩商鉴定古玩之说辞是看人下菜碟，潜规则到现在还是如此。比如，一个圈外人给自己看家传古玩，甭管真假，一定对来人说是新的，来人若要辩解说家传好多年了，就说是他爸爸或爷爷买的老仿赝品。对其中的真品，古玩商要想办法买来，或者找人去买。就如石呆子的古扇，被古玩商看过了，故事就来了。古玩商面对富豪权贵时，会将所有东西都说成真品，如果说是赝品，人家肯定要问哪里有问题，然后就会去找卖家，一定会说问题在哪里，是谁告诉他的。结果就是造假的团伙好不容易赚大钱了，结果却被古玩商给搅黄了，要拿着刀来找他拼命，古玩商还得改口说自己看走了眼，自己打自己的嘴巴。所以，搞鉴定的古玩商大多不愿得罪圈内人。

　　知道了这些潜规则，我们就知道古玩经营涉及的诉讼也会非常多，买贵了就说古玩商卖赝品骗人，卖便宜了也会说古玩商低价骗人。做古玩生意需要有人当保护伞，贾府就是冷子兴的保护伞。第七回写道："原来这周瑞的女婿便是雨村的好友冷子兴，近因卖古董，和人打官司，故教女人来讨情分。周瑞家的仗着主子的势利，把这些事也不放在心上，晚间只求求凤姐儿便完了。"冷子兴的古玩生意，没有贾府做不成。同时，贾雨村也是冷子兴的后台，第一百零四回写道："贾芸无言可支，便说道：'西府里已经打发人说了，只言贾大人不依。你还求我们家的奴才周瑞的亲戚冷子兴去才中用。'"冷子兴去找贾雨村，他俩有旧交，比找贾府的其他人都容易和管用。

　　一般人可能还对一个潜规则不够了解，那就是贾府要去当财物换银子周转，不可以随便简单地去当铺。在古代，贾府这类勋贵豪门的人家，若要走入当铺，那可是坊间的大新闻。晚清王府集体没落，大家都去当铺，把家产拿出来卖和去当铺已经是无所谓的事情了。想象一下，凤姐要是进入当铺会引起怎样的反响？另外，很多人说去当铺可以叫下人家奴去。且不说勋贵家的家奴社会上都认识，就算不认识，当铺也不敢收家奴来典当的东西。因为很可能是家奴偷了主人的东西，当了钱后就跑路了。如果勋贵到当铺追赃，当铺也受不了。因此，凤姐、贾琏持家期间频繁借当，都要通过古玩商冷子兴。冷子兴有事情就去求凤姐帮助搞定，冷子兴是家奴的女婿，凤姐凭什么帮他？原因就是凤姐典当要通过冷子兴，冷子兴出去的东西没准儿与凤姐有关。很多人认为薛家就开当铺，直接到薛家去典当就行，为什么要他人代理？真实的社会逻辑是，贾家缺钱是不会让薛家知道的，去当铺也会避开薛家当铺。

　　古玩是重资产，自身缺乏流动性，古玩商要收别人的好东西，一时缺钱是常态，当一点存货周转是常有的事情。古玩商是懂行的专家，当铺的人也不敢欺瞒，给的当品估价都很公道。另外，冷子兴干代理典当的事，还可以发大财，也就是在要死当或者绝当的时候，他可以把当品赎出来占为己有，因为他是典当权利人。就拿九出十三进来说，本来古玩商收购价应当是二十的古玩，当价按十收一手续费给九，可以续当一次再多给三，等到他赎出的时候只要给十六，就占有了价值二十的古玩，也就是他的收购价格打了八折。典当物品的估价经常被压低，价值三十，给估价二十是潜规则，他去赎当就会赚得更多。古代的典当与现在的抵押贷款不同，现在是还不上债款要拍卖抵押物，抵押物超过债权的部分要归还原主，不足部分原主再继续承担；古代是抵押物的权利直接归当铺，就两清了，与原主无关。因此，冷子兴代理贾府去典当，贾府还不上钱时他自己私下能够去赎当，就赚了暴利。书里面贾琏让鸳鸯偷贾母的东西去当了几千两还补不上，贾府被抄家也不可能还上，冷子兴可以去赎当归为己有。所以冷子兴得利之余，当然要帮助贾琏、凤姐。虽然鸳鸯死了，东西没有了，依然要有所交代。鸳鸯帮助贾琏偷东西，后来让贾母知道了，贾母身边的其他人也会知道，贾琏、凤姐需要收拾残局。

冷子兴的身份非常复杂，书中第七回写道：

> 他女儿笑道："你老人家倒会猜。实对你说，你女婿前儿因多吃了两杯酒，和人分争起来，不知怎的被人放了一把邪火，说他来历不明，告到衙门里，要递解他还乡。所以我来和你老人家商议商议，这个情分，求那一个才了事？"周瑞家的听了道："我就知道的。有什么大不了的！"

为啥冷子兴"来历不明"，周瑞家的还要用贾府的关系与官府打交道？古玩商的身份应当是非常特殊的，很可能不是良民。而且冷子兴可能以双重的身份来做事，他不是贾府的家奴，但周瑞的女儿是家生奴，被王夫人给放了出去变成了自由身，嫁给了冷子兴。很多时候，冷子兴以贾府家奴的身份在社会上行走方便得多，过厘卡税关和关卡可能会很方便；但他又不是真的家奴，以家奴身份讨便利，而他的路引（古代通关的身份证明）却不是贾府家奴，因此就会被人认为"来历不明"，需要贾府的周瑞家的去背书。同时，古玩商的货物来源，有些也与盗贼等有关。关于冷子兴与盗贼、贾母死后盗案的关系，将在第三部的相关章节里面分析。

贾府的清客里面还有一个程日兴，也是做古玩生意的，还善于画美人。在贾府被抄家后，程日兴也与贾政套近乎。当时，周瑞家的干儿子参与盗窃，周瑞一家已经被赶了出去，冷子兴的贾府古玩买卖肯定也做不下去了，程日兴就贴上来了。程日兴是贾府清客，属于贾府里面贾家人的关系户；冷子兴属于王家人的关系户，是王家陪房周瑞家的女婿。贾府被抄家后，肯定要贱卖各种东西，高门大院里面很多看似普通的东西可能非常值钱。所以，古玩是贴着大户赚钱的大生意。

总之，《红楼梦》里面古玩商的角色，也是一条隐蔽的经济暗线。贾府的经济暗流，与古玩商有关系。冷子兴对贾府的了解如此细致入微，背后有古玩行业的潜规则。

（六）从抄家财物清单看幕后端倪

关于贾府被抄家的幕后逻辑，书里面也有很多暗写的线索，作者没有明确介绍。不过，从贾府被抄家的细节，我们可以挖掘暗线。

作者详细写了都抄出来了什么东西，想说明什么呢？这里有大学问。历来抄家都是故事多多，先看书中第一百零五回抄家时，作者写了什么：

> 见贾政同司员登记物件。一人报说："赤金首饰共一百二十三件，珠宝俱全。珍珠十三挂，淡金盘二件，金碗二对，金抢碗二个，金匙四十把，银大碗八十个，银盘二十个，三镶金象牙箸二把，镀金执壶四把，镀金折盂三对，茶托二件，银碟七十六件，银酒杯三十六个，黑狐皮十八张，青狐六张，貂皮三十六张，黄狐三十张，猞猁狲皮十二张，麻叶皮三张，洋灰皮六十张，灰狐腿皮四十张，酱色羊皮二十张，猢狸皮二张，黄狐腿二把，小白狐皮二十块，洋呢三十度，哔叽二十三度，姑绒十二度，香鼠筒子十件，豆鼠皮四方，天鹅绒一卷，梅鹿皮一方，云狐筒子二件，貉崽皮一卷，鸭皮七把，灰鼠一百六十张，獾子皮八张，虎皮六张，海豹三张，海龙十六张，灰色羊四十把，黑色羊皮六十三张，元狐帽沿十副，倭刀

帽沿十二副，貂帽沿二副，小狐皮十六张，江貉皮二张，獭子皮二张，猫皮三十五张，倭股十二度，绸缎一百三十卷，纱绫一百八十卷，羽线绉三十二卷，氆氇三十卷，妆蟒缎八卷，葛布三捆，各色布三捆，各色皮衣一百三十二件，棉夹单纱绢衣三百四十件，玉玩三十二件，带头九副，铜锡等物五百余件，钟表十八件，朝珠九挂，各色妆蟒三十四件，上用蟒缎迎手靠背三分，宫妆衣裙八套，脂玉圈带一条，黄缎十二卷，潮银五千二百两，赤金五十两，钱七千吊。"一切动用家伙攒钉登记，以及荣国赐第俱一一开列。其房地契纸家人文书亦俱封裹。

作者洋洋洒洒地写了那么多，关键要说明什么呢？

关键不是抄出来了什么，而是没有抄出来什么。书中前面重点提及而抄家时又没有抄出来的东西才是关键，且看都缺了什么：

玻璃屏风　书中多次提到玻璃屏风，如在第七十一回中，贾母问道："前儿这些人家送礼来的共有几家有围屏？"凤姐道："共有十六家有围屏，十二架大的，四架小的炕屏。内中只有江南甄家一架大屏十二扇，是大红缎子缂丝'满床笏'，一面是泥金'百寿图'的是头等的。还有粤海将军邬家一架玻璃的还罢了。"这里写的是非常贵重的礼品，而且是甄家给贾母祝寿的礼品，似乎不好再送给他人。如果财物不上清单，以后给贾府发还财产时，实际上就拿不回来了。

雀金裘　书里重点介绍了雀金裘之昂贵，且抄家清单里面皮衣单衣多少件都记录了，却没有雀金裘的下落。正常情况应该是它被抄家人私藏了。

鹡鸰香的手串　抄家时，北静王为啥要来？秦可卿葬礼上北静王给贾宝玉的御赐鹡鸰香的手串清单上没有，这个是不能被搜走的。北静王私自给宝玉这东西是对上大不敬之罪，但如果是皇帝授意的，是用来优抚林家承祀的，情况就不同了。

石呆子的二十把古扇 古扇是重中之重，因为参劾贾家是专门提及的，抄家是一定要问去向的。此处没有这些扇子，说明的问题，笔者会在第三部关于石呆子扇子一节详细分析。

书画瓷器 作为勋贵豪门主要财富象征的书画瓷器，清单上没有，古玩也没有。书里记录了贾府大量的古玩书画，在抄家清单上都没有。刘姥姥二进大观园时看到的各种珍稀古玩呢？这些古玩应当是被洗劫了，有的被抄家人中饱私囊了，有的在贾家财务紧张的时候被家奴和凤姐等人通过冷子兴卖掉了。若古玩已经卖掉，则说明贾府已经空掉，只有贾母的"私房钱"特殊，所以冷子兴参与后来的盗窃案也是有原因的。反正抄家以后，贾府的巨额财富大打折扣，就算贾府后来被皇帝赏还财产，财力也不可能回到被抄家前。

从抄家财物的清单上看，贾府的大量财物没有被记录或已经流失。记录的都是明面上的财物，真正值钱的古玩字画等，不在记录当中。另外，那些涉嫌逾制禁用的物品，清单上倒是都写上了："上用蟒缎迎手靠背三分，宫妆衣裙八套，脂玉圈带一条，黄缎十二卷。"这些应当是女用的，后来解释为给元春贵妃准备，也算是合理解释。但关键是，这些东西是极为昂贵的，为何贾府收藏有它们？甄家送到贾家的有类似的东西，第五十六回写道："上用的妆缎蟒缎十二匹，上用杂色缎十二匹，上用各色纱十二匹，上用宫绸十二匹……"这些东西，应当是当年甄家送过来的，是甄家的厚礼，为的是巴结贵妃，准备慢慢送入宫中给贵妃。

贾府的财物价值巨大，但在抄家计数和描述上，留下了巨大的空间。在第七十八回中，"（晴雯死后）剩的衣履簪环，约有三四百金之数，他兄嫂自收了为后日之计。"晴雯的衣物就价值三四百金，贾雨村娶娇杏给的是一百金，这里的金应当是黄金的意思。为啥胡庸医把晴雯当作小姐？晴雯在宝玉身边，没少发财。晴雯的一身装束就值那么多钱，而贾府抄出来的衣物总计才："各色皮衣一百三十二件，棉夹单纱绢衣三百四十件。"这个数量与贾府那么多人相比，显然是少了很多，人均没有多少。

贾母过生日，元春特地送来"金寿星一尊，沉香拐一只，伽南珠一串，福寿香一盒，金锭一对，银锭四对，彩缎十二匹，玉杯四只"之厚礼。过去的金锭银锭，一般是五十两、一百两，另外有小的银锭，但送礼不会是小锭，太难看了，银锭、金锭又叫作银元宝、金元宝。

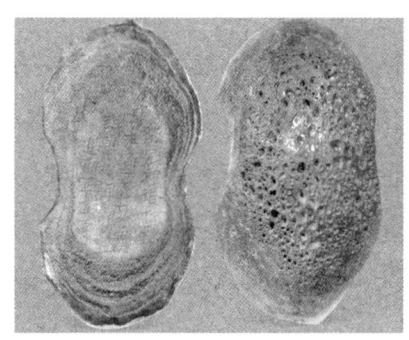

存世的明代一百两盐课银锭和清代五十两海关银锭

抄家得到的赤金才五十两，最多是一锭，还不及皇妃给贾母的寿礼当中的两锭，而皇妃送来的东西，一般要供起来不花。绸缎等也不多，锦缎比丝绸要贵很多，抄家时的一卷，应当没有整匹多。过去整卷是一匹，一匹是四丈长（后来是十丈），抄家时用的计量单位不是匹，应当没有具体量过每卷的长度。

抄家者把贾府的古玩字画等抢了个光，但抄家人不敢简单地自己占有。主持抄家的有两个王爷，抄家者发财是肯定的，不过真正值大钱的，应当都送到了内务府，进了皇帝的口袋。抄家的清单财物，很多要给户部；而不在清单的古玩等财物，抄家人私分的同时，更主要的是要孝敬好皇帝，这也是皇帝私藏皇家收藏的来源之一。能够上级别的珍品都要给皇帝，否则以后万一被皇帝知道了，那可是大罪。乾隆皇帝很多宫内私藏的来源，就是抄家所得。

就古玩及珍奇艺术品而言，皇家没有的，私人是不能收藏的，要献给皇帝。对这些财物，抄家的人也是不敢私自留下的，潜规则就是另列一个清单和密折给皇帝，对特别逾制的物品，先私下看皇帝怎么处理。所以，贾府的大量艺术品和古玩，都没有记录在抄家的清单上，一方面是记录在上面对贾府没有好处；另一方面就是这些物品皇帝想要收到自己的小金库里，是要入宫的，不是缴送户部的。抄家之后又赏还财产，其中的奥妙之处是灰色的财产都被拿走了，皇帝发财了，贾府却回不到从前了。雍正皇帝入不敷出时，也是靠抄大臣家发财的，对江南曹家就是如此。

在抄家的清单上，我们可以看到没有大观园，而且从记述当中也看不到大观园被抄。一方面，大观园是皇家的省亲别墅，需要皇帝另外下旨才能抄；另一方面，大观园是林家的黛玉嫁妆，不属于被抄家之列。

抄家清单上公开罗列的资产，反而是皇帝和抄家的王爷们准备给贾府留下来的财产。处理结果很快就下来了，只有贾赦的财产被抄没，贾政等人的财产得以归还。在荣国府，贾赦一家的财力原本就远不及贾政，连住房都是贾政一家在主屋。

贾政听了，感激涕零，叩首不及，又叩求王爷代奏下忱。北静王道："你该叩谢天恩，更有何奏？"贾政道："犯官仰蒙圣恩，不加大罪，又蒙将家产给还，实在扪心惶愧，愿将祖宗遗受重禄积余置产一并交官。"北静王道："主上仁慈待下，明慎用刑，赏罚无差。如今既蒙莫大深恩给还财产，你又何必多此一奏。"众官也说不必。贾政便谢了恩，叩谢了王爷出来。

皇帝对抄走的不在清单上的东西和转移资产的当票应当很满意，而抄家清单上的财物，就是准备以后赏还给贾家而故意留下的。

在第一百一十二回中，贾政得知"昨夜被盗"，却无法向官府开出失单，"若开出好的来反担罪名"。背后原因是，贾府的财产中，没有在抄家清单上皇帝赏还范围内的财产，贾府需要解释其来源。也就是说，贾府还有不在抄家单子上的财产，这部分财产才是问题的关键。

附录一　抄家标准是掘地三尺

很多人看见贾母还有那么多的私房钱可以给家人分享，在想抄家是否可以有很多财物留下。古代抄家是有标准的，这个标准就是：掘地三尺！也就是所有裸露的地面都要挖下去三尺深！

为何是掘地三尺？为的是发现地下的埋藏物。为了不被他人盗取，将财物埋在自家的院子里面才比较安全。

为何三尺就足够了？因为要埋藏重要的财物，肯定不能让外人去干，即便是家奴也是不放心的，而且要晚上偷偷埋，只能由主人自己晚上完成。古代的工具不好用，又不能借助多人，一个晚上最多能够挖三尺深，更深基本不太可能了，因此挖三尺就足够了。

知道了抄家掘地的标准，就知道古代抄家是多干净了，所以贾家要是暗藏了大量财富，在抄家的时候不被发现是不可能的。

附录二　和珅的抄家清单

我们可以考察一下同一个历史时期和珅的抄家清单：清单上首先写了房产院落等，古玩也写在了清单上。《红楼梦》中清单上的财物比不上和珅的，我们可以理解，但在记录的方式上，有意缺了不少才是问题关键。因此把此清单附录在下面，有助于读者理解。

清单出自中国第一历史档案馆藏的《和珅犯罪全案档》：

正屋一所十三进，共七十八间；东屋一所七进，共三十八间；西屋一所七进，共三十三间；东西侧房共五十二间；徽式房一所，共六十二间；花园一座，楼台四十二所；钦赐花园一座，亭台六十四所；四角更楼十二座（更夫一百二十名）；堆子房七十二间（档子兵一百八十名）；杂房六十余间。

汉铜鼎一座、古铜鼎十三座、玉鼎十三座；宋砚十方、端砚七百十余方；玉磬二十架；古剑两把；大自鸣钟十架、小自鸣钟三百余架；洋表二百八十余个；玉马一匹（高一尺二寸、长四尺）；珊瑚树八株（高三尺六寸）；大东珠六十余颗（每颗重二两）；珍珠手串二百三十六串（每串十八颗）；珍珠、素珠十一盘；宝石素珠一千一十盘、珊瑚素珠五十七盘、密素珠十三盘；小红宝石三百八十三块、大红宝石二百八十块、蓝宝石大小四十三块；白玉观音一尊（高一尺二寸）、汉玉寿星一尊（高一尺三寸）、玛瑙罗汉十八尊（高一尺两寸）、金罗汉十八尊（高一尺三寸）；白玉九如意三百七十八支、宝石珊瑚帽顶一百三十二个、嵌玉九如意一千九百八支、嵌玉如意一千六百十支、整玉如意二百三十支；白玉大冰盘十六个、碧玉茶碗九十九个、玉汤碗一百五十三个、金碗碟三十二桌（共四千二百八十八件）、银碗碟三十二桌（四千二百八十八件）、白玉酒杯一百二十个、水晶杯一百二十个、金镶玉箸二百副、金镶象箸二百副；赤金吐盂二百二十个、白银吐盂二百余个、赤金面盆四十三个、白银面盆五十六个、白玉鼻烟壶三百七十四个、汉玉鼻烟壶二百七十六个；镂金八宝大屏十六架、镂金八宝床四架（单夹纱帐俱全）、镂金八宝炕屏三十六架、赤金镂丝床二顶、镂金八宝炕床二十四张、嵌玉炕桌二十四张、嵌玉炕桌十六张；金玉朱翠首饰（大小二万八千余件）、赤金元宝一百个（每重一千两，估银一百五十万两）、白银元宝一百个（每重一千两）、生金沙二万余两（估银十六万两）、赤金五百八十万两（八千七百万两）；元宝银九百四十万两、白银五百八十三万两、苏元银三百一十五万四千六百余两、洋钱五万八千元（估银四万六百两）、制钱一千五百串（折银一千五百两）；人参六百八十余斤（估银二十七万）。

当铺七十五座（本银三千万两）、银号四十二座（本银四十万）、古玩铺十五座（本银三十万两）；玉器库二间（估银七千万）、绸缎库四间（估银八十万）、瓷器库二间（估银一万）、洋货库二间（五色大呢八百版、鸳鸯呢一百十五版、五色羽毛六百版、五色哔叽二百版）；皮张库二间（元狐十二张、色狐一千五百二十张、杂狐三万六千张、貂皮八百余张）；铜锡库六间（共二万六千九百三十七件）；珍馐库六间、铁梨紫檀六间、玻璃器库一间（共八百余件）；貂皮男衣七百十三件、貂皮女衣六百五十余件、杂皮男衣八百六件、杂色女衣四百三十七件、绵夹单纱男衣三千八百八件、绵夹单纱女衣三千一百十八件、貂帽五十四顶、貂蟒袍三十七件、貂褂短罩四十八件、貂靴一百二十四只；药材库二间（估银五千两）；地亩八千余顷（估银八百万）。

注意，本清单出自中国第一历史档案馆藏的《和珅犯罪全案档》，应该将本清单作为研究和珅家庭财富的正史依据。

（七）勋贵家奴的真实状态

贾府奴仆，很多人认为就是奴隶，主人家可以生杀予夺，此理解有很大的偏差。《红楼梦》中的家奴，不是被统治阶层，而是代理人阶层，具有两面性。

对于家奴，主人有打骂的权利，但要真的打死或打残，也是要负责任的，只不过减等处理而已。比如，万历二十三年（1595），山阴王朱俊栅打死家奴六名，神宗命人罚去他的俸米二年。虽然处罚很轻，但也是要担责任的。

随着社会的发展，勋贵们与家奴的关系，还带有共同渔利的契约性质。在明晚期和清朝，当勋贵的包衣奴才，是一件光荣的事情，很多人想要投效，好处很多，主要是可以避税，还有避徭役、兵役的便利，有勋贵的保护，比当平民得到的利益大得多。所以，很多人自己投效去当包衣奴仆，想当家奴还要倒给钱，把自己的田地交出去，勋贵与富户则分享免除了收税和服役所带来的好处。即将破产的平民，把家产通过投效带入勋贵家，外面的高利贷者就不容易追账了。投效当勋贵家奴，也是古代民间逃废债务的一种重要手段，放高利贷的到勋贵家追旧账很困难。"投效"也写作"投劾"，不是"文"字旁，而是"力"字旁，就是当家奴出力，比较形象，只不过后来"劾"字不常用了。

包衣奴仆世代为奴，凡是包衣奴才所生的子女，身份也只能是包衣奴才。他们的生活、婚嫁、居住，都要由主人安排。从这一点可以看出，包衣的出身确实非常卑微，但也可以"狗仗人势"。《红楼梦》的作者曹雪芹家，也是包衣出身，却大富大贵，因为他们服务于皇家宗室。

书里写道，鸳鸯的哥哥给贾母当买办，鸳鸯的父亲给贾府老家看家，都是可以渔利的肥缺；家奴赖大，就更不同了，他自己还有花园和奴仆。只有到了这样的地位，才有希望解除家奴身份，让子女可以参加科举和捐官做官。赖尚荣就当了官，后来没有"借"够贾家需要的五百两银子，吓得赖尚荣心里不安，立刻修书到家，回明他父亲，叫他设法告假赎出身来。赖家一面告假，一面差人到赖尚荣任上叫他告病辞官。所以奴才的身份有权势和卑微的两面性。

家奴要按照高级打工人员来看待。所以在《红楼梦》中，袭人家将她卖给贾家，应当不是因为揭不开锅；后来要给袭人赎身，袭人坚决不干。周瑞家的女婿冷子兴是京城的大古玩商，周瑞家的养子何三在社会上也可以横行霸道。赖尚荣得罪了贾政，害怕了，可以"告假赎出身"，也就是说，赖家与贾家的卖身契是活契，是可以反悔、有赎身权的。所以赖家对贾府可以"告假"，也就是说，这个

"劳动合同"是可以解除的。因此，我们对家奴的性质，要有更深一层的认识。

在古代，讲的是普天之下皆为皇土，率土之滨皆为王臣，不过对勋贵而言，则是裂土封侯！也就是说，勋贵有自己土地的真正所有权，其他人拥有的，则是皇帝土地的使用权。勋贵要尊皇权，但在统治的土地权等方面，与皇家分享统治利益。所以，投靠勋贵的包衣奴仆成为勋贵的家奴，阶级属性没有降低。其他人看似自由，其实也是皇帝的家奴，都是被统治阶级，而勋贵是统治阶级。对当了官吏的人，读书有了功名的人，也可以暂时免除纳税、纳粮等义务，但都不能世袭，除非到了重要职位，皇帝给了世职。

古代人读书有了功名，就有人投效，把财产记到其名下，分享避税好处，而勋贵阶层，更会有人投效为包衣奴才。对勋贵而言，也要吸引人来投效，因为这是扩张势力的重要手段。如果对包衣奴才太差，就没有人来投效了。

勋贵给家奴待遇的厚薄，也是勋贵能否吸引人投效的关键因素之一，存在博弈竞争的关系。过去的土地兼并，不光是简单的买卖，向勋贵投效是重要原因。通过赚钱经商，皇家对勋贵是有限制的。勋贵的俸禄收入有限，想发家增加实力，有人投效才是关键。勋贵的庄园、田庄，除了圈地，就是通过投效来建立的。第三十三回中，金钏死的时候，贾政说："我家从无这样事情。自祖宗以来，皆是宽柔以待下人。"因此，贾府要做给投效的人群看：当家奴待遇优厚。他们借此吸引人带家产入股。在《红楼梦》中，勋贵对所谓的家奴也给工钱，而且有的岗位给的钱还不少。

《红楼梦》中的丫鬟、家奴能够得到多少银子呢？书中有明确的交代。在第三十六回中，王夫人正式提出给袭人按姨娘的月例给，并让凤姐立即照此标准执行。在这一回里，袭人母亲病重，她回家探亲，凤姐也按照姨娘的标准给她装扮排场。袭人自从升级为贾宝玉的准姨娘之后，月例就由原来的一两银子涨为二两银子一吊钱。《红楼梦》中姑娘们的月例是二两银子，袭人的月钱已经高于当主子的姑娘。而袭人当丫鬟时，月钱就有一两，也是非常高的。

普通的小丫鬟也是有工资的，是五百文钱。在清朝，一千文钱等于一两银子。相关内容，笔者已在前文贾府财务一节详细分析。贾府丫鬟们的月例，还是净收入，她们在贾府是包吃包住的，同时还包穿戴。在古代，粮食非常贵，没有纺织工业的时候，衣物穿戴也非常贵，所以折算下来，她们的真实收入比账面上的还要高很多。不光是给工资，家里出事死了人，贾府都给银子作为抚恤补贴。

参考同时代的纪实小说《儒林外史》，普通一家人糊口的话，一天五十文钱也就够了，一年算下来开销只要十八两银子。一个教书先生一年收入也只有五到十五两，算上东家包吃住的费用，收入也只在十五到三十两之间。《儒林外史》第二回写道："次日，夏总甲果然替周先生说了，每年馆金十二两银子，每日二分银子在和尚家代饭，约定灯节后下乡，正月二十开馆。"因此，在贾府，一个丫鬟的收入已经高于教书先生，高于范进和周进。贾府的奴才，工资比自由人还要高，贾府的奴才还是奴才吗？老舍的家人是八旗兵，一个月才一两到三两银子。当兵是有危险的，而且八旗说是待遇优厚，其实也就如此。清朝远支的闲散宗室红带子，算是皇帝远亲，男性从二十岁起，每月领取二两银子，每年领取二十一斛二斗粮食。也就是说，远支闲散宗室的男性年俸为二十四两银子，禄米约为四千二百多斤。贾府大丫头的月例银子就有他们的一半，由此可见家奴的收入之高，大观园里大丫鬟的位置很抢手。

因此，在书里，所有能够出现名字的丫鬟，最怕的不是被打被骂，她们不想要自由，而是最怕失去当家奴的身份，被主人家赶出去，因为她们是大丫鬟，不是干粗活的。家奴的身份要付出代价，贾家把她们放出去，倒不会向她们要钱，也不是卖给妓院，而是由她们的父母带走。所以袭人和晴雯都不愿意走,司棋被赶回去,她妈妈非常生气。她们不是大家理解的下层奴婢。

所有的贾府家奴,那些美女丫鬟最多只会被赶出去,而不会被卖到窑子里,贾家也没有主动转卖她们,对她们的处理是有底线的。这倒不是说贾府的人有道德良心,他们吸引人投效,是为了保持好名声。贾府被抄家后,家道败落,也顾不得好名声了,贾府的奸兄狠舅连长门嫡女巧姐都要盗卖,对大观园和府内的貌美丫鬟、家奴,为啥不动心思?差别在于家奴的投效有附加条件,卖身契也有附加条件,最多是不收留、赶走,不能再卖给他人,不能卖给妓院等。家奴在贾府劳作,有报酬有月钱,所以贾府的丫鬟、家奴的好位置是谋来的。因此,平儿说:"如今金钏儿死了,必定他们要弄这一两银子的巧宗儿呢。"能够投效到贾府当家奴,也要运作,因此司棋被赶回去,她家里很不高兴。

清代包衣奴才是一个阶层,比社会平民收入高、纳税少,不是被统治阶级,而是统治阶级的代理人阶级;如果被主子抛弃,变成平民,对他们而言是阶层滑落。所以,《红楼梦》里的奴才都害怕被主人家赶出去,不是现代人所理解的奴隶或者农奴。因此,对他们的身份,我们需要重新认识。曹雪芹一家就是包衣家奴出身,年羹尧也是;在元代,很多蒙古将领都是家奴出身,比如木华黎;明代的王府家奴也非常厉害,比起普通人,有诸多特权。这些人肯定不能简单地当作奴仆看待,他们是一个特殊阶层。

王熙凤的心腹家奴旺儿即为一例,王熙凤操纵张华案的私密事情,就让旺儿去办。再看王夫人身边,那个与贾环和赵姨娘好的彩霞(红学专家有说彩霞与彩云是同一个人的),王夫人要把她放出去,让她自己成家,有王家背景的旺儿家便强娶了彩霞。这等于说王夫人清理了门户,彩霞再不情愿也没有办法。林之孝说旺儿的小子吃酒赌钱,无所不至;凤姐已给彩霞母亲说准了把彩霞配给旺儿的小子，贾琏不同意。凤姐说，我们王家的人连我还不中你的意，何况奴才呢？彩霞去求赵姨娘也没有办成。王夫人和王熙凤对彩霞的做法，等于给所有丫鬟一点颜色看看，让她们知道谁才是家里的老大。贾环想娶彩霞，彩霞也喜欢贾环，但都没办法称心，因为他们比不上家奴层面的旺儿有地位。

　　古代之所以有家奴文化，原因在于封建时代的管理水平低、管理成本高。对一个大家族而言，如果不是有人身关系的投效，主人家的财富很容易被雇佣者舞弊渔利。管理者只有变成了家奴，才有安全感。家奴即使舞弊得到再多的财富，因为人身权被主人控制，主人家的财富安全更容易得到保障。因为家奴没有了人身权，舞弊得到财富又如何？家奴的身份固化，子孙也是家奴，没有人身权，不是自由人，得到的财富最终也不是自己的；而作为自由人的雇工，身份会不断博弈变化，可以随着舞弊得到的财富增加而改变。因此，在勋贵大族家，重要的岗位都由家奴而不是雇工担任。在古代，蓄奴也是勋贵拥有的一项权利。此关系有些类似皇家与宦官的关系。宦官可以专权，可以贪钱，但宦官一般不会造反，所以皇帝让宦官控制朝臣。乾隆皇帝说谁是自己的老奴、老仆，对被说的人而言，那可是荣耀。大太监群体也是家奴性质，但权力比文官们大多了。因此，家奴中有很多人是统治者的代理人，身份比普通人要高，不能以奴隶来看待。

　　综上所述，我们把《红楼梦》里面家奴的身份状态看清楚了，弄明白他们投靠的主人是谁，谁能够更好地决定他们的命运，就更好理解书的内容了。王夫人和凤姐掌握了对家奴的现管权力；贾母老了，虽然地位最高，但与家奴的切身利益关联不大。因此在贾府后宅，贾家人与王家人的博弈当中家奴们的倒向，就朝着王家人有利的方向发展了。

二 秦可卿背后的家族与财富博弈

讲《红楼梦》中的政经博弈，可先从第一出大戏秦可卿之死及其豪华葬礼开始。在《红楼梦》中，不同的研究者针对秦可卿给出的结论差异最大，其形象从白富美，到淫妇，再到受害者，跨度很大。很多研究者遗漏了秦可卿的父亲秦业。秦业是营缮郎，此职位在古代是超级肥缺，里面必然有巨大的财富博弈。从财富博弈的角度，能看到书中更多的古代社会政治、经济的博弈逻辑。《红楼梦》从秦可卿开始，有一条隐蔽的财富博弈暗线，此逻辑看不清，就只能在风花雪月诗上进行文学欣赏了。

（一）秦业营缮郎背后的财富腾挪

在《红楼梦》中，关于秦可卿的笔墨不多，她死得很早，却给读者留下了特别的印象。而她的形象，在不同版本的《红楼梦》中及不同读者的解读之下，差异也很大，人们说法不一，还有人认为她是受害者。

◇◇◇**秦可卿的形象争议大**

按照现在最通行的版本，秦可卿是一个白富美的善良形象：被贾母赞为重孙媳中第一得意之人："贾母素知秦氏是个极妥当的人，生得袅娜纤巧，行事又温柔和平，乃重孙媳中第一个得意之人。"在警幻仙界中，她是警幻仙姑的妹妹。秦可卿嫁入贾府后，获得了合族上下的同声赞美。尤氏护着她,贾母怜惜她。凤姐与她感情尤深,时常去找她说话。

按照以前的版本,她还有淫妇的形象。《脂砚斋重评石头记》第十三回中有"秦可卿淫丧天香楼"这一情节,后来被曹雪芹删除了。在朱批里面,朱楼梦剑的评价是:书中通过猫狗打架、卧房典故、两枝宫花、焦大醉骂、判词、曲子等细节将她塑造为第一淫妇,最后不得好死,此系模拟世俗语态对她的淫罪表示惩罚。

说秦可卿形象有争议,原因还在于她那特别的葬礼。盛大的葬

宁国府秦可卿开丧(清孙温 绘)

礼令人侧目，遭忌讳。在过去，葬礼办多大，礼制的要求非常清楚，不能有钱任性，想办多大就办多大。秦可卿的地位，只不过是重孙媳妇，而且没有孩子。在过去，媳妇没有孩子就死了，能否进入家庙都有问题，办超级葬礼就是僭越。说办葬礼是为了掩盖家丑，逻辑上也有些说不通，因为如果真的有丑事，反而要低调。因此，超级葬礼背后，应该有另外的故事。笔者认为，葬礼背后的故事与"淫"字的关系是次要的，更重要的是经济博弈关系。

秦可卿的丧礼极尽奢华，停灵七七四十九日，"宁国府街上一条白漫漫人来人往，花簇簇官去官来"。看板时，几副杉木板贾珍皆不满意，最后买下了薛家木店里的一副出自潢海铁网山、原是给义忠亲王老千岁准备的樯木板；为了丧礼风光些，贾珍又从大内红人戴权手上为贾蓉捐了个龙禁尉的前程，还特地请了凤姐协理。更有六公、四王等当朝显贵前来设祭送殡，出殡后寄灵于贾府家庙铁槛寺。清代特设御前大臣和御前侍卫、乾清门侍卫职务，根据龙禁之地的含义，龙禁尉应当是乾清门侍卫，是一个优渥的重要职位。在书中，贾蓉是五等侍卫，是五品的级别，一等侍卫是三品，最低是蓝翎侍卫，六品。跟在皇帝身边当侍卫，是勋贵子弟晋升的快车道。

◇◇◇天下肥缺营缮郎

书中说秦可卿的父亲是一个清官，非常贫困，真的如此吗？秦可卿的父亲秦业任工部营缮郎，明清正式官职中没有营缮郎，通行本《红楼梦》据程乙本作"营缮司郎中"。明清两代工部设有营缮司，主管皇家及勋贵的宫廷、陵寝建造、修理等事，还管城垣修建、营房建设等国防工程，司设郎中、员外郎、主事等官。秦业已经是营缮司的一把手主官，属于极大的肥缺。

明清时，营缮司郎中一职为正五品，级别已经不低，不仅仅俸禄颇丰，还有巨额灰色收入，与书中所写秦业"宦囊羞涩"情况不符。有人据此说写"郎中"一职有误，不过过去叫"××郎"的一般就是指郎中，而且就算不是郎中，在工部这样的肥水衙门，低级官员一样肥得流油。即使营缮司员外郎是副手，权力也很大，下面专管某个方面工程的主事，也是大大的肥缺。

古代的六部尚书是从一品，六部侍郎与总督是正二品，比现在大家想的权力要大。古代的一省之长对应的是巡抚和布政使，是从二品。所以六部的郎中、员外郎等官职，应当比很多人想的要高。甚至六部下的一个司职权范围都很大，比如，工部下辖的营缮司直辖范围涵盖皇家工程、防御工程和国家的专项工程等。

贾家的原型曹家所任的官职，衔名初称"驻扎江南织造郎中"，后改为"江宁织造郎中"（或员外郎），其实也可以叫作织造郎，与营缮郎是相关和同级的官员。只不过烧官窑、织龙袍、制造皇家所用器物和兵器军械，清代属于内务府管理，不让工部汉族官员参与。驻外的江宁织造的主官是员外郎级别，也就是贾政所任的工部员外郎，所以很多红学家考证《红楼梦》是作者家事。

背景资料：工部的主要机构

屯田司：掌屯田事务，掌屯田、营田、职田、学田、官庄等事务。明代除掌屯田事外，兼掌抽分征商，伐薪烧炭，百官茔制。

营缮司：掌缮治皇家宫廷、陵寝、坛庙、官府、城垣、仓库、廨宇、营房。

虞衡司：掌山泽的采捕，陶冶器物。

都水司：掌河渠航道，道路桥梁等事务。

对应书中贾政负责的陵工，工程是营缮司管，皇陵的风水山林、祭田等守护是屯田司管。

从工部的结构可以看出，营缮司是工部的重要机构，营缮郎是极为重要的官职。营缮司，明清两代均设，隶属工部，光绪三十二年（1906）后隶属于户部，掌缮治皇家宫廷、陵寝、坛庙、宫府、城垣、仓库、廨宇、营房，设郎中、员外郎、主事等官。《清史稿·职官志一》："营缮司所正、所副各一人……〔顺治〕十四年，增置营缮司所丞二人。"

清朝一代，修建宫殿，实际支出只是皇家账目花费的十分之一二，很多费用实际上是以皇帝的名义征、贡、献、徭役取得的。从总体负责的皇亲内大臣，到具体负责的官员，再到供货的商人，都能获得暴利。因此，"秦业是清官"的说法是不符合逻辑的，因为他想要清都清不了！清官不可能在此位置上，就如书中一说到林如海是管盐业的御史，大家都知道他巨富一样。秦业肯定有巨款，这些钱在哪里？他需要装出一副清官的样子。秦业的清官形象要在这个位置上保身用。他怎么捞钱？那就是与贾家的瓜葛了，会有各种利益输送潜规则。古代工部营缮司，除了负责皇帝的宫殿、陵寝，还管勋贵的府邸、福地等，类似现在的公务员保障房、公房，属于廨宇。此外，他们也管城墙建筑等重大国防工程、军队的营房等，国家财政支出的几分之一在他们手里，权力大得很。书中对任职一等一肥缺的人，说是清官，那他的"清"只能说是表面上的。

历史上，管营缮司的大贪官有很多，比如明末权相严嵩之子严世蕃，他以严嵩的名势，未经科举步入仕途；严嵩得势之后任工部右侍郎，后迁工部左侍郎，世宗诏加严世蕃工部尚书衔，严嵩上疏辞免。严世蕃主要负责的就是给皇帝修造宫殿，负责营缮司。严嵩当年积攒了白银二百多万两，严嵩一家主要的贪腐来源，就是皇宫的修建。《红楼梦》对此也似有影射。

严嵩的继任者徐阶，一样是让儿子徐璠把持宫殿的修造。徐璠（1529—1592），明朝内阁首辅徐阶的长子。嘉靖四十年（1561）永寿宫遭遇火灾，徐阶内举徐璠承担此艰巨的宫殿重建工作，为的就是肥水不流外人田。永寿宫重建工程浩大，工期仓促，建材短缺，而徐璠入督大工，不计工本，仅三个月新宫殿便落成。嘉靖皇帝特批擢升徐璠三级，他从营缮司下面的主事变成了工部侍郎，同时拜太常少卿，荫一子，即从主事，越过了郎中和员外郎两级。徐家因主管宫殿修造发了大财，徐璠随其父退休，回乡广置田产。当年，徐家占地多达二十四万亩，子弟、家奴为非作歹横行乡里，应天巡抚海瑞、兵宪蔡国熙依法惩治了他的家人。徐阶竟然用三万两黄金贿赂了给事戴凤翔，又通过张居正命令给事陈三谟，罢免了海瑞和蔡国熙。"家居之罢相，能逐朝廷之风宪"，徐家当时被称为"权奸"。

从严嵩和徐阶身为当朝首辅，都让儿子把持营缮司，贪取了巨额的家业，可以知道营缮司是何等的肥缺。老百姓都知道古代管盐务的职位是大肥缺，对营缮宫殿的肥缺了解较少，原因就在于盐务对应的是盐商，对商人怎么贬损都没有关系，但修造宫殿背后属于皇帝内务，妄议可能是大不敬和谋逆等十恶不赦的大罪。严嵩倒台，也与在宫殿修造问题上不慎失误被徐阶抓住把柄有关。嘉靖皇帝的永寿宫遭遇火灾，严嵩请圣上回到大内住，地方选的是曾经幽禁过明英宗的地方，他因此失势。所以对营缮司的事，社会舆论绝对不敢妄议。

古代六部，虽然户部直接管钱，但有严格的账目，不如管工程，后者有灰色收入，可以到处征派和勒索。因此，对秦业的营缮郎职位，觊觎的人太多了，他必须低调和装穷，一点富都不可以露！只要露点富，御史就可能参劾他。明清的御史可以风闻言事，也就是可以捕风捉影地给皇帝打小报告，不需要证据，错了也没有责任。只要御史上奏折参劾，皇帝想查，被查官员就可能先被停职，锦衣卫审查时多半会上刑，查后即使没有问题，原来的肥缺位置也已经被其他人占据了，可能回不去了。秦业占据营缮郎这个肥缺很多年，格外小心，因此他需要到处作穷酸秀。

我们知道营缮郎是超级肥缺之后，《红楼梦》全书的财经逻辑就可以重新理解了。

◇◇◇贾家与秦家的财富瓜葛

书中有一句话："因素与贾家有些瓜葛，故结了亲，许与贾蓉为妻。"那么他们有啥瓜葛？那就是秦业不直接拿钱，而是让贾家先赚钱，再把女儿嫁到贾家当家。古代讲求门当户对，秦业若真的是寒酸小官，宁国府嫡长孙怎么可能娶其养女做正妻？再者，做正妻要陪嫁大笔的嫁妆，也不是一个穷酸官员能够出得起的。

> 可巧薛蟠来吊问，因见贾珍寻好板，便说道："我们木店里有一副板，叫作什么'樯木'，出在潢海铁网山上，作了棺材，万年不坏。这还是当年先父带来，原系义忠亲王老千岁要的，因他坏了事，就不曾拿去。现今还封在店里，也没有人出价敢买。你若要，就抬来使罢。"（第十三回）

秦可卿死后僭用棺材板，被很多人引申为不臣之心等。笔者认为，木板出自潢海铁网山且无人敢买，产地应当属于皇家禁地。能够有此板子的皇商，应当与干皇家工程的工部营缮司有关，亲王的陵寝也是营缮司负责，也就是说，板子的来源与秦业有关，如此便是还给秦业的女儿了。薛家是皇商，就干此买卖。估计板子送来，贾家后面也要给钱，最终钱到了秦家。书中还有一个暗线：后来，贾政主管陵工，当了工部郎中、营缮郎，而薛家是经营陵工相关用品的皇商，这便有了瓜葛。为何要宝玉娶薛宝钗？这里也有经济原因，后续会做分析。

秦可卿当家，对其弟弟秦钟，应当也有义务。秦可卿无后死掉了，秦可卿的嫁妆，也就是秦业的各种灰色收入，贾家应当归还给秦家！秦家表面上穷困，与秦业通过秦可卿嫁娶放在贾家的财富没有拿回来有关，秦家需要以穷困的样子来保身。同样的逻辑在书中复现过，王熙凤死掉，王家的侄子王仁等后来来到贾府，希图从贾府得到补偿，得到些凤姐的遗物、私房钱。在愿望难以实现的情形下，王仁等人还狗急跳墙般地要卖掉自己外甥女——凤姐的女儿巧姐。王仁的逻辑与秦家的逻辑一样。

《红楼梦》给秦可卿安排如此大排场的葬礼，还有一个目的就是堵秦业的嘴。也就是说，秦可卿是贾家人，她的钱当然应当属于贾家，用一千二百两银子从"掌宫内相戴权"手里捐来的龙禁尉，一转眼就成了秦可卿棺材板上的官名了："紫禁道御前侍卫龙禁尉享强寿贾门秦氏恭人之灵柩"。前面的"享强寿"和"贾门"只用来定位秦氏，背后宣示秦可卿是贾家的人，她的财产属于贾家，与未生养的女人经常不入宗祠不一样。如此葬礼，贾家可以对秦业说，秦可卿身上的钱，很大部分给她花掉了。当然，在花钱的过程当中可以放花账！

给贾蓉捐官所用的钱，应当都是秦可卿的。宫中禁卫是肥缺，官方收取的捐官钱一千多两银子是小头，送给戴权的人情和利益分配才是大头，账都要与秦业算。

书中是这样写的：

（贾珍）趁便就要说与贾蓉捐个前程的话。戴权会意，因笑道："想是为葬礼上风光些。"……"事倒凑巧，正有个美缺。如今三百员龙禁尉短了两员。昨儿襄阳侯的兄弟老三来求我，现拿了一千五百两银子送到我家里。你知道，咱们都是老相与，不拘怎么样，看着他爷爷的分上胡乱应了。还剩了一个缺，谁知永兴节度使冯胖子来求，要与他孩子捐，我就没工夫应他。既是咱们的孩子要捐，快写个履历来。"

银子是怎么送的？书中是这样写的：

贾珍因问："银子还是我到部兑，还是一并送入老相府中？"戴权道："若到部里，你又吃亏了。不如平准一千二百银子，送到我家就完了。"

银子该送多少？就没有潜规则吗？送到家的银子，应当就是自己留下了，然后利用权力给贾蓉弄一个缺就可以了。秦可卿背后，营缮郎管的皇家大工程巨大的利益分配和输送都要分肥。

秦可卿到底有多少钱？在《红楼梦》中，贾琏曾对王熙凤说："这会子再发个三二百万的财就好了。"他指的是哪个财？有人说这不过是一句梦话，没有实际意义，不过此说法不符合《红楼梦》的风格；作者每句话都不白说，都有暗指和背景。有人说这个财是林黛玉进贾府带来的林如海的财富。对此说法，笔者认为也有些牵强，林如海的钱早已被贾家算计在自己兜里，难以叫作"发个财"。联系到明代徐阶和严嵩的儿子管营缮司，家产后来都是大约三二百万两，就明白了。笔者认为此处所说的三二百万两的财，应当就是与秦业合作，在皇宫建造等工程上赚取的。此外，严世蕃和徐璠，名字最后一个字读音都是 fan，而薛蟠的蟠字，古音也是 fan。蟠，《唐韵》附袁切，《集韵》符袁切。薛蟠给秦可卿送棺材板，薛家是皇商，《红楼梦》中的名字都不是无来由的，这里也有可考究的空间。

有人抬杠说，乾隆皇帝修自己的陵才花了多少钱？应当赚不了三二百万两银子。有记载，乾隆皇帝确实只花了二百万两出头建自己的陵墓，不过道光可花了四百万两，建设颐和园挪用的海军经费是六百万两。更关键的是这些费用仅仅是皇家拨款，古代修建皇陵等皇家工程，可以用各种征、贡、献、徭役手段筹款，数额超过拨款，摊派和征派、纳捐等在皇家预算之外的支出和利益更大，也就是说，皇帝预算二百万两，下面的人赚四百万两都不止。修建颐和园，王公和官员发财的有很多。还有一个典故，光绪皇帝吃一个鸡蛋，御膳房开价好几两银子，搞得他的老师翁同龢只得说，鸡蛋如此贵重的东西，只有过年才能够吃。想想下面的人要赚多少银子？皇家的费用和横征暴敛的财物，真正用到工程上的经常就是十之一二，因此明朝权相的儿子能够赚二百万两，到了白银流入通货膨胀的清朝，三二百万两肯定没问题。只不过赚到的钱不能全归贾家、秦家所得，他们只不过是过手，参与秦可卿葬礼的众多显贵都要分钱。

◇◇◇皇家肥差分赃大会

古代能够赚取暴利达到如此大金额的肥差，只有掌管皇家大工程的秦业！秦业虽然不是最高的官，但他是现管，大捞总是少不了，他不捞，别人也不敢捞；所以说他是一个清官，只能是他藏得深。秦业与贾家的瓜葛，才使秦可卿嫁入贾家当掌门长孙的大奶奶！她身后的钱由秦家与贾家分赃。当然，这笔钱还要分给各个王公，因此秦可卿的葬礼之上，更有六公、四王等当朝显贵都来设祭送殡。做一个修建宫殿陵寝的大工程，与六公、四王等都相关，有钱大家赚。因此，秦可卿的葬礼还有分赃的意义。否则，这些显贵在贾府没有败落时，即使贾府有更重要的人物去世，去请也未必会来。没有生子的媳妇去世，为何都来了？葬礼上，大内总管戴权也来了，给贾蓉带来了一个捐肥缺的机会，背后故事也不简单。戴权作为顶级大太监，建造皇宫能够私下分肥的银子，怎么能少得了他？仔细把书中参加秦可卿葬礼的名单看一遍，一个皇家大工程赚钱分肥的有多少人？作者在此不惜笔墨，一定有道理。我们来看第十四回：

那时官客送殡的,有镇国公牛清之孙现袭一等伯牛继宗,理国公柳彪之孙现袭一等子柳芳,齐国公陈翼之孙世袭三品威镇将军陈瑞文,治国公马魁之孙世袭三品威远将军马尚,修国公侯晓明之孙世袭一等子侯孝康——缮国公诰命亡故,故其孙石光珠守孝不曾来得:这六家与宁荣二家,当日所称八公的便是。余者更有南安郡王之孙,西宁郡王之孙,忠靖侯史鼎,平原侯之孙世袭二等男蒋子宁,定城侯之孙世袭二等男兼京营游击谢鲸,襄阳侯之孙世袭二等男戚建辉,景田侯之孙五城兵马司裘良。余者锦乡伯公子韩奇、神武将军公子冯紫英、陈也俊、卫若兰等,诸王孙公子,不可枚数。堂客算来亦有十来顶大轿,三四十顶小轿,连家下大小轿车辆,不下百余十乘。连前面各色执事,陈设百耍,浩浩荡荡,一带摆三四里远。走不多时,路旁彩棚高搭,设席张筵,和音奏乐,俱是各家路祭。第一座是东平王府祭棚,第二座是南安郡王祭棚,第三座是西宁郡王,第四座是北静郡王的。原来这四王,当日惟北静王功高,及今子孙犹袭王爵(世袭罔替铁帽子王)。现今北静王水溶年未弱冠,生得形容秀美,情性谦和。近闻宁国公冢孙妇告殂,因想当日彼此祖父相与之情,同难同荣,难以异姓相视;因此不以王位自居,上日已曾探丧上祭。如今又设路奠,命麾下各官在此伺候。

　　对一个未生养的媳妇,丧事派嫡系亲属参加就很可以了,还搭棚子路祭,即便是王爷的丧事,这样做也有点过了。贾家想要大办是自己的事情,但王爷们能如此买账,可不是贾家能够说了算的。以前,大户官府都有师爷①,钱谷师爷尤其厉害,各类婚丧寿诞的应

---

① 指官员幕僚,帮助官员处理财政税收等事务。

酬如何处理，非常清楚，分寸拿捏极为准确；给某家若是过了分寸，其他家以后类似的事情要援例，就不容易摆平。因此，各个王府对秦可卿的葬礼如此重视，背后有利益关系。如果是因为贾珍，才办这个如此超级葬礼，其他勋贵会买账吗？

在古代，高官和勋贵们私下聚会，可不是现在这么随便。顶级高官与勋贵，这两类人要是聚在一起，皇帝会不安心的，属于涉嫌结党的大罪，很可能会被扣上谋反谋逆的大帽子。皇帝对谋反谋逆，做"宁可错杀一千，绝不放走一个"的有罪推定，这对勋贵们而言，可是高压线。他们私下里拜访都很忌讳。但大家一起干三二百万两银子这么大的皇家工程，各个官员、勋贵都需要分一杯羹，为了分赃，就需要相对私密地聚到一起，需要在一起当面说明白，有一个交代。如此规格的葬礼，就是他们把原来交代不清楚的事情当面交代清楚的时机。

古代勋贵之间，平时走动都要小心，正常往来都是公开拜访，要说官话，让旁边的人听得懂。在这样的公堂场合，有很多皇帝的眼线，谈不了灰黑色的事情。官员勋贵们的私密交往会被猜忌，通过书信，容易留下把柄证据；通过家奴、第三人传话，靠不住；所以只能是身边的女人去干，平时的走动就是家里女人走后门去办理。不过，古代人家的后门是女眷之门，男人不能走，贾府平时与其他勋贵官员的沟通斡旋，应当就是秦可卿在做。秦可卿走后门，代表贾家和秦家两家人。现在，秦可卿死了，这些王公当然要来，来与贾家和秦家把利益说清楚。参加葬礼本身就是一个很好的理由，官员、勋贵有了合法的理由聚到一起，皇帝也不会猜忌。勋贵们赚钱的事情，皇帝是不担心的，皇帝更愿意他们只想着赚钱，只要不造反就可以。

有人说，葬礼上迎来送往的都是贾珍，贾蓉基本不露面，以此说贾珍可能有聚麀不礼之事。不过，若真的有故事，应该会避嫌。

真实的情况是贾蓉的年龄还小，前面贾家与秦家有瓜葛赚大钱的事情，他应当不知情。葬礼是一个外在的幌子，背后分利益，与各类人等周旋，贾珍是操办人，所以必然由贾珍来应对他们。

有红学家认为，秦可卿是废太子之女，所以葬礼如此特殊。笔者认为，这样的分析有逻辑上的硬伤。如果秦可卿是私生皇女、获罪太子之女，那么贾珍就不敢胡来了。葬礼如此奢华，参加的勋贵也害怕被株连，更害怕被扣上结党的帽子。在古代，结党涉嫌谋反，是勋贵最怕的罪名，他们避之还唯恐不及呢。如果秦可卿真的是废太子的女儿，谁敢如此大办，还邀请王公来参加？这是涉嫌谋反的大事。秦可卿超级奢华葬礼的背后，还是牵涉财富利益分配比较合乎逻辑，因为皇帝默许勋贵们发财，这算是一个潜规则。

对比一下贾敬的葬礼，读者就可以知道其中的玄机了。从辈分来说，贾敬是爷爷，秦可卿是孙媳妇；从身份来说，贾敬承过爵，有过功名，秦可卿却是没生养的年轻妇女，丈夫贾蓉也是在她死后才捐了个官。但是，秦可卿的葬礼极尽奢华，贾敬的葬礼却简单得近乎寒酸。

到场的还有握有实权的大太监戴权。他给贾蓉带来了龙禁尉的肥缺。大明宫掌宫内相是戴权的职务。大明宫是大唐帝国的大朝正宫，唐朝的政治中心和国家象征，书里用大明宫掌宫，就是告诉读者戴权是皇宫里数一数二的大太监；他的名字叫戴权，谐音就是带权，类似清朝李莲英这样的大太监。他也来参加秦可卿的葬礼，说明秦可卿背后的利益，肯定也有他的一份儿，而且绝对不是小数目，与贾琏说的三二百万两可以匹配。这是一群人的大生意。

所以，秦可卿的葬礼就是大家借此来分利益、算账的大聚会，当然非常隆重，谁也少不了。秦可卿父亲营缮郎秦业的财富要腾挪，贾家宁国府就是腾挪的舞台。秦可卿对贾府的财政困难和参与营缮司瓜葛的风险应当非常清楚，所以书中秦可卿托梦给王熙凤时讲了一些家族财政留后路的事情，交代家族以后要如何应对。在第五回中，贾母对秦可卿的评价是"乃重孙媳中第一个得意之人"。秦可卿养女出身，秦业是五品官，能让尚书令宰相家出身的贾母做出如此评价，背后就是她带来的财富和她在贾府与营缮司财富瓜葛当中的作用巨大。

附录 六部各司

《清史稿》中对清代六部的关系、各个部门的情况做了介绍，这是读懂《红楼梦》里政治、社会和经济博弈的关键，我们来分析一下。

确切地说，刑部下各司虽然以省命名，但这表示该司主管对应省份的相关司法事务，而不限于主管该省的司法事务，还有其他兼管事项。这些司都是刑部管辖下的一级机构，不能说在外省有下司。除刑部外，部属各司以省命名的还有户部，权责与刑部相类似，也是主管对应省份的财政等事务。

以清朝为例，六部下属各司的主管范围如下。

吏部

文选司：掌文职官员班秩的迁除、官吏的选拔。

考功司：掌官员的考核、释免、处分。

验封司：掌文职官员的封爵、褒赠、袭荫、土司嗣职之事。

稽勋司：掌官员名籍、丧养、勋级之事。

兵部

武选司：掌武职官员的选授、品级。

职方司：掌各省的舆图。

车驾司：掌牧马政令及驿传之事。

武库司：掌兵籍、武器、乡会试的武科，及编发、戍军诸事。

礼部

典制司：掌礼仪制度的制定，表彰忠孝贞义之事。

祠祭司：掌祭祀，文武大臣的葬祭、赠谥。

主客司：掌土司及诸外藩的朝贡、接待、赏赐之事。

精膳司：掌宴会、牲豆、酒膳之事。

工部

屯田司：掌屯田事务，掌屯田、营田、职田、学田、官庄等事务。明代除掌屯田事外，兼掌抽分征商，伐薪烧炭，百官茔制。

营缮司：掌缮治皇家宫廷、陵寝、坛庙、宫府、城垣、仓库、廨宇、营房。

虞衡司：掌山泽的采捕、陶冶器物。

都水司：掌河渠航道、道路桥梁等事务。

户部

下设江南、江西、浙江、湖广、福建、山东、山西、河南、陕西、四川、广东、广西、云南、贵州共计十四司。

每司除主管对应省份的财政相关事务外，还各有兼管。例如：

江南司兼稽江宁、苏州织造支销，江宁、京口驻防俸饷，各省平余地丁逾限未结者。

江西司兼稽各省协饷。浙江司兼稽杭州织造支销，杭州、乍浦驻防俸饷，及各省民数、谷数。福建司兼稽直隶民赋，天津海税，东西陵、热河、密云驻防俸饷，司乳牛牧马政令，文武乡会试支供，五城赈粟。

湖广司兼稽奉省厂课，荆州驻防俸饷，各省地丁耗羡之数。河南司兼稽开封驻防俸饷，察哈尔俸饷，及报销未结者。

山东司兼稽青州、德州驻防俸饷，东三省兵糈出纳，参票畜税，并察给八旗官养廉，长芦等处盐课。

山西司兼稽游牧察哈尔地亩，土默特地粮，喀尔喀、回部定边左副将军办事官属，张家口、赛尔乌苏台站俸饷，乌里雅苏台、科布多屯田官兵番换，并各省岁入岁出之数。

陕西司兼稽甘肃民赋，行销盐引，西安、宁夏、凉州、庄浪各驻防俸饷，并汇核在京支款，新疆经费。

四川司兼稽本省关税，两金川等处、新疆屯务，成都驻防俸饷，并京城草厂出纳，各部院纸朱支费，入官户口，赃款银两，凡各省郡县丰歉水旱，岁具其数以上。

广东司兼稽广州驻防俸饷，八旗继嗣户产更代，凡寿民、孝子、节妇受旌者，给以坊直。

广西司兼稽本省矿政厂税，及京省钱法，内仓出纳。

云南司兼稽本省厂课，山东、河南、江南、江西、浙江、湖广漕政，京、通仓储，及江宁水次六仓考核。

贵州司兼稽各关税课，并核貂贡。

刑部

下设直隶、奉天、江苏、安徽、江西、福建、浙江、湖广、河南、山东、山西、陕西、四川、广东、广西、云南、贵州共计十七司。

除主管对应省份的刑名事务外，还各有兼管。例如：

直隶司兼掌八旗游牧、察哈尔左翼所属，并理京畿道御史、顺天府、东西陵、热河都统、围场总管、密云副都统、山海关副都统、古北口、张家口、独石口、喜峰口、芦峰口、塔子沟、三座塔、八沟、乌兰哈达、喀拉河屯、多伦诺尔文移。

奉天司兼掌吉林、黑龙江所属，并理宗人府、理藩院文移。

江苏司兼掌各省减免之案，凡遇恩赦，审详具奏。并理江南道御史、江宁将军、京口副都统、漕运总督、南河总督文移。

安徽司兼理镶红旗、宣武门文移。

江西司兼理江西道御史、中城御史、正黄旗、西直门文移。

浙江司兼理都察院刑科、浙江道御史、南城御史、杭州将军、乍浦副都统文移。并司条奏汇题，及各司爰书驳正者，会其成，比年一奏。

福建司兼理都察院户科、仓场衙门、左右两翼监督、镶蓝旗、阜成门、福州将军文移。

湖广司兼掌湖北、湖南所属，并理湖广道御史、荆州将军文移。

河南司兼理礼部、都察院礼科、河南道御史、太常寺、光禄寺、国子监、鸿胪寺、钦天监、太医院、东城御史、正红旗、德胜门文移。凡夏令热审，颁行各省钦恤如制。

山东司兼理兵部、都察院兵科、山东道御史、太仆寺、青州副都统、东河总督文移。凡步军营捕获盗贼，岁登其数请叙。

山西司兼理察哈尔右翼、绥远城将军、归化城副都统、定边左副将军、科布多参赞大臣、库伦办事大臣所属，并理军机处、内阁、翰林院、詹事府、起居注、中书科、内廷各馆、内务府、山西道御史、北城御史、镶白旗、崇文门文移，及各省年例咨报之案。

陕西司兼掌甘肃、伊犁、乌鲁木齐、塔尔巴哈台、叶尔羌、喀什噶尔、乌什、阿克苏、库车、吐鲁番、哈喇沙尔、和阗、哈密所属，并理陕西道御史、大理寺、西城御史、西安将军、宁夏将军、凉州副都统、伊犁将军文移。囚粮则以时散给。

四川司兼理工部、都察院工科、四川道御史、成都将军文移。凡秋审，会九卿、詹事于朝房以定爰书，并收发刑具。

广东司兼理銮舆卫、正白旗、广东道御史、安定门、广州将军文移。

广西司兼理通政司、广西道御史文移。凡朝审，具题稿，囚衣则以时散给。

云南司兼理镶黄旗、云南道御史、东直门文移。并司堂印封启。

贵州司兼理吏部、都察院吏科、正蓝旗、贵州道御史、朝阳门文移。并定各司汉员升补。

六部的郎中，仅次于侍郎，侍郎是正二品，放到现在是正部长；尚书只有六个，相当于现在的国务委员。郎中在级别上相当于现代中央部委里各司的司长，职权上比现在的司长权力更大，有些司是现在一个部委的职权。

清朝，武库司掌管的是全国的兵籍、武器、军士卫戍的编排，及武科举和习武者的教习教化之事。在清朝有一句话叫作"武库武库，又闲又富，职方职方，又穷又忙"。武库司因为掌握兵器，成为肥差。武库司设郎中三人，其中满洲二人，汉一人。在有满洲缺的官职中，满洲官是掌印官（也就是为首），汉官只是一起处理事务而已，起决定作用的是满官。

明朝，一个司原则上只设一个郎中，因此就没有分工上的问题。而清朝，一个司往往设几个郎中，因此，每个郎中虽说都是该司的一把手，但在处理日常事务中，会有些分工上的不同，有点类似现代的多个副职各分管某个方面事务（当然，郎中是正职，但却有多个），像兵部武库司下就设有督学科、编军科、俸粮科、营科等机构。

因此，各个郎中工作上都有不同的侧重点，如一个分管科举、武学相关事务，一个分管兵器相关事务，一个分管兵籍相关事务。

刑、户二部各司郎中以省名来命名，指的是该司的郎中主管与此省相关的事务。

举个例子，刑部安徽司主要管的就是与安徽省有关的刑名（司法）事务。比如说，该省上报某个重大案件的判决，该司有复核的责任；汇总该省一年上报的案件；审查死刑案件等。

换句话说，每年地方向刑部上报、汇总、请示等事务，只要与安徽有关的都具体落实到该司，但这并不意味着他们可以插手该省具体司法事件的审判、解决或侦查。在没有指令（如本部的委派或圣旨钦派等）的情况下，他们也无权直接干预和参与地方司法。

（二）贾秦两家瓜葛让凤姐主持葬礼

在《红楼梦》中，为了秦可卿的葬礼，贾珍把王熙凤从荣国府请来，由其全面主持。大家都从王熙凤主持宁国府秦可卿葬礼当中，读出了王熙凤的能干，这也是书中王熙凤的高光时刻。读到此处，很多人认为王熙凤主持秦可卿葬礼是因为宁国府缺少帮手，那是没有读出《红楼梦》的深层意思。

◇◇◇宝玉出主意让王熙凤主持

宁国府缺人是不假，但宁国府再缺人，也不一定非要叫王熙凤来主持。取代直系亲属让亲戚主持，本身就不合理。王熙凤可以过来帮忙，协助就足够了。尤氏也可以主理；贾珍也没有当官，正闲着；贾蓉虽然才二十岁，但他是死者丈夫，理应去当主持；不用把主持秦可卿葬礼的所有大权，都交给王熙凤。

找王熙凤主持，是宝玉出的主意，此时贾敬实际上是躲开了。这背后有故事，他不想来。宁国府办孙媳丧事，来了那么多权贵，这很令人意外。因为未生育的孙媳是否能够葬入贾府祖坟都成问题，还来那么多权贵，这些人可不是贾府想要请就能请来的；贾珍直接出面也有风险，而贾蓉还小。王熙凤来办，是有特别意义的。贾珍想请王熙凤，但需要一个给递梯子下台阶的人，此人数贾宝玉最合适，因为贾琏已经陪林黛玉走了，贾赦、贾政是长辈，只有贾宝玉可以说这个话。所以贾宝玉一说，贾珍立即心领神会。

第十三回中写到贾珍亲自去请王熙凤。贾珍笑道："婶婶自然知道，如今孙子媳妇没了，侄儿媳妇偏又病倒，我看里头着实不成个体统。怎么屈尊大妹妹一个月在这里料理料理，我就放心了。"为何王熙凤料理，贾珍就放心了？仅仅是因为他没有人手？在秦可卿的葬礼上，贾珍和尤氏不像有病的样子，而贾敬则躲开了葬礼。书里写道："那贾敬闻得长孙媳死了，因自为早晚就要飞升，如何肯又回家染了红尘，将前功尽弃呢，因此并不在意，只凭贾珍料理。"甄士隐连英莲生孩子都去接引，为何甄士隐不怕染了红尘，贾敬就不去接引孙媳升天呢？这是因为贾敬也在躲事。贾敬出家好道，进士功名和官职都不要了，如前面分析，就是在避祸，他应当有事情被牵连，而秦可卿的葬礼背后是营缮郎皇家大工程的清算分赃大会，他当然不去凑热闹。同时，在荣国府的贾敬女儿惜春也没有在葬礼上出现。

贾珍一定要王熙凤去主持，有人说是因为贾珍的扒灰家丑，如果真的如此，正常逻辑应当低调而不是大办丧事，更不是请外人来主持。问题的关键在于宁国府与秦可卿父亲营缮郎的瓜葛，王熙凤与秦可卿的关系好，不是那么简单的事情。书中有个细节，第二回冷子兴已经介绍贾珍是贾府族长，而他去请王熙凤来到荣国府时，连坐下都不敢，第十三回写道："贾珍断不肯坐，因勉强陪笑道：'侄儿进来，有一件事要求二位婶子并大妹妹。'"贾珍"勉强陪笑"的背后肯定有特别之事，必须请王熙凤出场。

◇◇◇走后门的潜规则

很多人不明白为何秦可卿的葬礼是分赃大会，是因为不知道女人"走后门"的潜规则。秦可卿代表贾家和秦家走后门，也就是营缮司的郎中和员外郎一起，在勋贵当中算账，做利益分配。过去，"走后门"是有潜规则的。在大宅院中，女眷是大门不出二门不迈的，后门是女眷的门，男性家奴住在二门外的前院，所以男人是不能进入后门的。"走后门"不是男人走动，是女人走动。很多重要的消息，都是通过女人走后门完成的，《红楼梦》中有很多例子。在第七十五回，甄家倒台，转移财产就是"甄家的几个人来，还有些东西，不知是作什么机密事"，走后门来找王夫人；在第一百零六回中，贾府被抄家，史家来通消息，只见老婆子带了史侯家的两个女人进来："恐怕老爷太太烦恼，叫我们过来告诉一声，说这里二老爷是不怕的了。"给贾府通风报信，男人进来不方便。前面也讲了，古代皇帝对结党非常在意，勋贵之家男人之间的走动，会让皇帝猜忌，所以要避嫌；而女眷之间走动，可以不让皇帝怀疑。古代结党为大忌，官员之间拜访都需要在公开场合进行，需要讲官话，而不能说土话。过去说"打官腔"还有一个意思，就是同乡熟人之间不说家乡土话，而是说官话。

不妨想一想，贾府和营缮郎秦业的大工程，背后有多少勋贵和深宅大院参与？能够走后门谈利益，进行利益交换的，就只有秦可卿，不光因为她比尤氏要能干，关键是她的身份特殊，可以同时代表秦家和贾家，代表秦业和贾政，别人便会认可她的斡旋。秦可卿死了，很多斡旋的条件就变得模糊了，而斡旋是通过后门女眷进行的，与勋贵深宅的女眷打交道，女人出面才行。王熙凤与秦可卿是好朋友，贾政是营缮司员外郎，是秦业的副手，贾琏应当也参与其中，所以当初走后门的时候，王熙凤与秦可卿可能是搭档，王熙凤知道很多秦可卿走后门所去的地方，甚至包括在那些地方与对方谈的交易条件。所以，在秦可卿突然死去的情况下，也只有凤姐堪当此任了。而且在秦可卿死后，工程还在进行，所以这个后门还要不断走下去，需要有人接手，王熙凤是继任秦可卿走后门、斡旋权贵的角色。

明朝有两王不得相见的规定，勋贵宗亲、亲兄弟要见面，不经批准都不行；清朝宗室都在京城，相对松一些，但依然不能无故聚到一起。此次借着秦可卿丧礼，等于他们可以有合法的理由聚在一起开会，当面对接一下，把秦可卿走后门没有做完的、待办的事情，都承揽交接到王熙凤的手上。这种对接是与勋贵夫人、后宅的对接，勋贵夫人也可以参加贾家女人的葬礼，但与夫人们的交流，贾家男人是要回避的。古代男女的界限很清楚，贾家也是要有女眷出席的，但尤氏是继室，背后家族身份不足，因此尤氏就"又犯了旧疾"，"惟恐各诰命来往，亏了礼数，怕人笑话"，贾家适合的人也只有王熙凤了。交接完以后，瑞珠死了，宝珠打死也不回来，留在铁槛寺了，应当与王熙凤有关——秦可卿的丫鬟应当也交接到了王熙凤手上，王熙凤是出了名的心狠手辣。

王熙凤去主持葬礼，实质就是主持营缮郎大工程的清算分赃大会，所以在贾珍去请凤姐的时候，王夫人是很不愿意的！王熙凤很想去，知道是肥缺能捞钱，但王夫人不乐意，书里写道："王夫人心中，怕的是凤姐儿未经过丧事，怕他料理不清，惹人耻笑。"真的是怕被耻笑吗？但贾珍恳请，又不好彻底撕破脸拒绝。凤姐想去，并保证："不过是里头照管照管，便是我有不知道，问太太就是了。"这里显然是指要向王夫人请示。为何请示王夫人？"王夫人见说的有理，便不作声"，于是默许凤姐去主持。

王熙凤能够当主持后，贾珍便忙从袖中取了宁国府对牌出来，命宝玉送与王熙凤，又说："妹妹爱怎样，就怎样。要什么，只管拿这个取去，也不必问我。只求别存心替我省钱，只要好看为上；二则也要同那府里一样待人才好，不要存心怕人抱怨。只这两件外，我再没不放心的了。"贾珍的嘱托也是话里有话，是让她把分赃搞好，要按照荣国府的规则。王熙凤去主持，等于是分赃用荣国府的信用去背书。

◇◇◇贾政与秦业是营缮司正副手

为何王夫人不乐意？凤姐有事为什么要问王夫人？贾珍为什么一定要请荣国府的人来主持背书？正常情况是，王熙凤想去，丈夫贾琏同意即可；而贾琏是反过来的，啥事都听王熙凤的。到族长家里帮忙，王夫人本来就是二房媳妇，对此事不该说话。之所以要取得王夫人的同意，关键点是秦业与贾政的关系，他们俩才是紧密的合作伙伴。否则，在荣国府当政的是贾母，主持贾家大事的应是袭爵的贾赦，王熙凤的婆婆是邢夫人，论家事轮不到王夫人。但是这事需要贾政的亲戚来背书，以后走后门的事情还要贾政担责任。

贾政在工部任职，先是工部的主事，然后升任了工部员外郎。营缮司就是工部下属的机构，营缮郎是营缮司郎中，而贾政在工部管什么呢？其实他也在营缮司任职。也就是说，贾政当营缮司主事的时候，是秦业的下属，贾政升任员外郎后，成为秦业的副手，这个瓜葛才叫深呢！王夫人是贾政的夫人，王熙凤在荣国府当家，又是王家人，去了就等于贾政的荣国府参与了，贾政就脱不了干系。王家人背后还有王子腾，王子腾正当权，所有这些是贾珍没有背景的继室尤氏办不了的，贾珍必须来请王家人。因此，王夫人慎重得多，要求凤姐必须"有不知道，问太太就是"。这句话很关键，如果仅仅是葬礼帮忙，王夫人才不用这么小心呢！作为贾政的夫人，王夫人是要避嫌的，不能直接出面，而且王夫人的丈夫贾政比贾珍高一辈，从辈分上论，侄子贾珍办儿媳妇的葬礼，她去操办也不合适。王夫人也知道背后是啥，自己又不能去，所以默许了凤姐。

为何说贾政在营缮司？第八十八回写得很清楚："贾政自从在工部掌印，家人中尽有发财的。"贾芸说："前几日听见老爷总办陵工。"贾家没有少捞钱，贾政总办陵工，即皇帝陵寝的工程，也归营缮司管理。贾政当学政回来，由员外郎升任郎中，贾政也应当叫作营缮郎。他当员外郎时，也可以叫作营缮郎。因此，秦业绝对穷不了。工部的营缮司职权非常大，别看是一个司级单位，职权大得很，古代皇宫、皇陵、王府、城墙工事等建筑的支出费用，高达中央财政预算的几分之一，绝对是花钱的甲方。秦可卿的身份着实不一般。

可能有人会说，贾政虽然前后都在工部，后面在营缮司任职，但前面未必也在营缮司！对此，我们要讲清楚工部的特殊性。六部之中，工部性质特殊，带有很强的技术性，工部的中下级官员难以在各司之间调整。《红楼梦》写的是营缮司，而曹雪芹家是织造司，搞纺织与盖房子差别太大了。刑部、户部、吏部等各司，管理不同省份或区域，工作性质差别小，各司之间容易调动。

秦业与贾政是正副手和上下级的关系，要从营缮司捞钱，他俩就要上下合作。秦业虽然是上级，但不属于勋贵势力；贾政虽然是下级，但有勋贵家族的保护伞，他俩也是互相需要。双方合作捞钱的出口，就是秦业的养女秦可卿，她嫁给了宁国府的贾蓉，利用婚嫁洗白非法收入。而养女也有潜规则，是各种势力的财富分配节点，对此有章节会专门分析。

营缮司主管的都是肥缺工程，皇宫陵工是一部分，还有城垣、营房等与军方有关的内容，贾代化、王子腾都是京营节度使，都可以有瓜葛。第九十四回写道："贾政正要下班，因堂上发下两省城工估销册子，立即要查核，一时不能回家。"各省的城垣工程也是贾政管，营缮郎的职权巨大。而他们管的是验收和结账，对勋贵工程而言是最重要的部分。贾政管的"城工"是多大的工程？每个省都有多少城市要修？古代的惯例，这些小官都很有权，就如曾国藩、李鸿章在外带兵要回到户部销账，也要巨额贿赂户部的笔帖式们。笔帖式一般都是八九品的小官，小人物却权力大，曹雪芹后来就当过户部的笔帖式。在书中，贾政起码是勋贵三代，后来还是国丈，当营缮司郎中，当然利益巨大。贾政即使有如此背景，在营缮司也没有长时间待住，先是放了学政，后又放了粮道，反而秦业待在营缮郎的位置久，说明秦业也有后台，是白手套，他的养女就要被潜规则。

因为分钱，秦业与荣国府贾政有关联，所以贾珍要找荣国府的人来主持。王夫人为何不愿意？就是想躲开相关的责任。分钱是一个很困难的活儿，各方是不容易平衡的，因为贾政的身份，不出面最好。但从贾珍的角度出发，需要贾政背书，王熙凤就是唯一人选。贾珍说："我想了这几日，除了大妹妹再无人了。婶子不看侄儿、侄儿媳妇的分上，只看死了的分上罢！"说着滚下泪来。贾珍着急得直哭，背后原因是什么？王夫人是贾政的夫人，不好直接露面，而且王夫人和邢夫人都是贾珍的长辈，因此王熙凤去主持最合适不过。王熙凤与贾珍平辈，她与秦可卿是好朋友，秦可卿的葬礼她来主持很合理。葬礼由王熙凤操持，还有贾琏当时不在的原因。因为林如海病重，贾琏正带着林黛玉待在苏州，回不来。王熙凤主持葬礼，是贾琏的代表，也是荣国府的代表。算账分钱的事情，谁都不会缺席。

再看看在第十六回贾琏回来后王熙凤的描述，我们就更明白了："更可笑，那府里忽然蓉儿媳妇死了，珍大哥又再三再四的在太太跟前跪着讨情，只要请我帮他几日。我是再四推辞，太太断不依，只得从命。"贾珍为啥要"跪着讨情"？此处说明了王熙凤的重要性，可见确实需要王家人和贾政的背书。随后，王熙凤又说："依旧被我闹了个马仰人翻，更不成个体统，至今珍大哥哥还抱怨后悔呢。你这一来了，明儿你见了他，好歹描补描补，就说我年纪小，原没见过世面，谁叫大爷错委他的。"王熙凤的分赃，因为数量有限，不可能让各方都满意，所以王熙凤要等贾琏回来，要贾琏出面去找补。因此，贾琏回来之后，王熙凤非常贴心地准备好了小酒款待他，交代了此事。

◇◇◇秦家财富与托梦凤姐

秦业与贾家的事情，王熙凤应当知道。贾政与秦业的上下级正副手关系，书里是暗写，但对当事人而言，可都在明面上。王熙凤与秦可卿之间应当有利益往来。所以，秦可卿要托梦给王熙凤。秦可卿要是没有钱，王熙凤那样势利的人，也不会和她成为朋友。秦可卿刚一生病，王熙凤得知后先是眼眶一红，后去看望的时候，秦可卿说了一番话，王熙凤又是眼眶一红，而且自从秦可卿病倒，王熙凤更是时不时亲自去看望秦可卿。秦可卿去世之时，都不忘记给王熙凤这个好朋友托梦，告诉王熙凤今后要注意的事情。

看看秦可卿的托梦:

秦氏道:"目今祖茔虽四时祭祀,只是无一定的钱粮;第二,家塾虽立,无一定的供给。依我想来,如今盛时固不缺祭祀供给,但将来败落之时,此二项有何出处?莫若依我定见,趁今日富贵,将祖茔附近多置田庄房舍地亩(祖茔周围的田地,即使被抄家了也是能保留的),以备祭祀、供给之费皆出自此处,将家塾亦设于此。合同族中长幼,大家定了则例,日后按房掌管这一年的地亩、钱粮、祭祀、供给之事。……若目今以为荣华不绝,不思后日,终非长策。眼见不日又有一件非常喜事,真是烈火烹油,鲜花着锦之盛。要知道也不过是瞬间的繁华,一时的欢乐,万不可忘了那'盛筵必散'的俗语。……临别赠你两句话,须要记着。"因念道:"三春去后诸芳尽,各自须寻各自门。"

秦可卿的托梦,首先说明秦可卿对当时的社会财富博弈规则非常懂,对如何保有给子孙的财富也非常懂。在古代,祖宗祭祀以孝为先,大家族之所以都要搞好家庙和祠堂,也是为此。托梦也是要告诉读者,此时已经蕴藏着危机,因为通过皇家大工程营缮贪腐发财,分赃纽带秦可卿应当清楚很多事情。

秦可卿托梦说的喜事,大家通常认为是元妃封贤德妃。笔者认为,秦可卿死后大办葬礼,也可以叫作喜事。过去讲红白喜事,葬礼是白喜事,虽然一般白喜事指的是寿终正寝,但只要能够升天的都是算的,书中写的是秦可卿回到了天界。"烈火烹油,鲜花着锦之盛",可以理解为葬礼上的各种鲜花着锦之盛的明器被烈火烹油地烧了,"盛筵必散"是他们合作搞皇家工程赚钱的利益同盟必然散掉。财富来路不正,才担心以后会出问题。就如现在,钱来得有问题,就想着怎么样洗钱；财富来路很正的，没有这个担心。贾家是世袭的勋贵，勋贵的财富会得到保护，为何还担心被抄家清算？就是因为有外财、歪财。如果都是完全合法的财富，就不会有这样的担心。此梦本身，已经提示秦家与贾家拥有非分的歪财。

另外，对"三春去后诸芳尽，各自须寻各自门"的理解，很多人认为三春指的是迎春、探春和惜春，笔者认为是三年！从时间上推算，秦可卿死时，宝玉十四岁，宝玉结婚时十八岁，而宝玉结婚时贾府已现败象。其间，元春封贤德妃，然后变成贵妃，还曾怀孕，胎儿没有保住，直到元妃薨，正好过了三个春天。贾家此时就衰败了。在衰败当中，众人各自顾着各自了。

秦可卿的葬礼由王熙凤来主持，相关太监要钱，就只能给！在分赃过程中，凤姐肯定分得了一部分利益，她愿意来，应当是已经嗅到了钱的味道。

关于王熙凤做梦，书中还有一个夺锦之梦。"梦见一个人虽然面善，却又不知名姓，找我。问他作什么，他说娘娘打发他来要一百匹锦。我问他是那一位娘娘，他说的又不是咱们家的娘娘。我就不肯给他，他就上来夺。正夺着，就醒了。"听了王熙凤的梦，旺儿媳妇笑着说："这是奶奶日间操心，常应候宫里的事。"

旺儿媳妇这句话非常关键，梦里明确说了不是元春，是平时有不正当的事情。旺儿家的刚说完这句话，宫里夏太监打发的小太监便找贾琏要银子。贾琏听说又有太监来要银子，忙皱眉道："又是什么话！一年他们也搬够了。"后来，王熙凤当了自己的金项圈，才算把这个夏太监打发了。

为何王熙凤要典当自己的金项圈？按理说该是贾家的支出，不用拿王熙凤的私房钱，显然还有其他缘故。接着，贾琏说周太监也来过，开口就是一千两。贾琏略应答慢了点，周太监就满脸不高兴。在这之后，就有了贾琏说"再发个三二百万的财"的事情了。

因此，这应当是与贾琏有关的事情，而不是贾府的事情，他们通过其他的途径赚了歪财，所以他们总有还不清的人情债。贾琏和王熙凤必须应对太监们来要红包，必须自己掏腰包典当首饰支付，背后为何就可以想见了。此时，主管营缮的秦业已经死了，贾家想要通过他再赚钱已不可能，所以才有贾琏所言再赚三二百万两的说法。三二百万两银子，规模应当是一个很大的皇家工程。能够参与皇家大工程，相关的是一大群人，最初看着赚得多，"鲜花着锦之盛"，但经不住权贵不断索取，最后便是"烈火烹油"。歪财在哪里？贾琏、王熙凤的歪财，应当就是在主持葬礼的分赃清算上所得。

王熙凤来主持秦可卿葬礼背后的财富清算分赃大会的原因，除了贾政是工部营缮司员外郎以外，还因为王熙凤是秦可卿的朋友，可以假托秦可卿的遗言，这一点其他人都做不到。更重要的是，王熙凤背后还有王家，王子腾掌握着军权，可以对抗四王八公勋贵集团膨胀的需求。当时，王子腾奉旨查边，他的职务是九省统制，统制就是皇帝给禁军将领去边关的临时性职务，也就是说，王子腾的京中禁军要职依然在身，预期不久还会回来。贾珍要平衡勋贵们的要求，就需要王家的支持和背书，因此贾珍必须请王熙凤过来主持。王熙凤有钱赚，然后太监就找他们借钱，他们就要从自己的体己里面出，所以王熙凤要当自己的金项圈。

秦业死后，贾政在大观园建好后也被调走了，放了外任当学政，失去了营缮司的肥缺。贾府与秦业的瓜葛，应当是所赚的钱没有全部兑现，这才导致贾府后来出现财务拮据的状况。在贾政任职工部期间，贾家是不缺钱的。皇帝给贾政工部的肥缺，本身也是让贾家赚钱，即杯酒释兵权的一种方式。贾代化之前是京营节度使，后来贾政夫人的哥哥是京营节度使，都是京城兵权的执掌者，皇帝要让他们赚钱而不造反。等王子腾被彻底调离了京城，当九省都检点前后，贾政也就从工部肥缺上被放外任了。后来，贾政能够再度主管陵工，是走了北静王的关系。看来在秦可卿葬礼上的分赃，北静王对利益分享很满意。

且看北静王在秦可卿葬礼上的表现，再看看第八十五回中的描写：

> （北静王）因说道："昨儿巡抚吴大人来陛见，说起令尊翁前任学政时秉公办事，凡属生童俱心服之至。他陛见时万岁爷也曾问过，他也十分保举，可知是令尊翁的喜兆。"宝玉连忙站起，听毕这一段话才回启道："此是王爷的恩典，吴大人的盛情。"

北静王说得非常清楚，贾政之所以总办陵工，获得这个肥缺，除了有元妃在宫内的作用之外，他也出了力。所以宝玉要说"此是王爷的恩典"。当然，工程的利益也要分享，与秦业为营缮郎一样，都是勋贵集团利益均沾的分享。

综上所述，让王熙凤来主持秦可卿的葬礼，是各方平衡后最合适的选择。贾政与秦业是一对搭档，所谓瓜葛，指的是秦业和贾政通过贾蓉的婚姻进行洗钱的过程，贾府各方也都参与了分肥，贾家势力联盟四王八公也都参与其中，但处于关键节点的秦可卿，却出人意外地掉了链子。办超级葬礼，是一个补台的过程。

（三）秦可卿暗淫带来的宝玉春梦

秦可卿到底是不是淫妇？《红楼梦》的写作水平是很高的，很多内容非常隐晦，没有古家具、古玩和历史典故知识背景的读者，难以读出味道来。对秦可卿的秉性和行为，书中是在宝玉在她卧室睡觉那一回暗写的，要是不知道深藏其中的典故，真的读不懂。

秦可卿带宝玉去睡觉，作为宁国府的嫡孙大奶奶，本来是她的分内之事，而书里却特别写道："贾母素知秦氏是个极妥当的人，生的袅娜纤巧，行事又温柔和平，乃重孙媳中第一个得意之人……"这句话，读起来应当是一句反话。对贾母的高贵身份而言，古代对子孙之媳讲求的是淑德端庄，袅娜纤巧这类的词语，多是形容优伶。与现在的价值观不同，那时贵妇眼中的好词应当是"脸若银盆，眼同水杏"这一类词语。更何况贾母的重孙媳妇有几个？贾兰、贾蔷那时候都小着呢，宝玉是孙子辈，重孙辈只有贾蓉有媳妇，说第一个可以，说最后一个也可以，而贾母这里说是第一个，不是故意的反话吗？就如书中说假正经、虚伪的贾政，"其为人谦恭厚道，大有祖父遗风，非膏粱轻薄仕宦之流"（林如海语），对比一下，感觉如何？

近代对《红楼梦》的解读，主要考虑到当时政治的需要，封建大家庭要打破封建大家长制，妇女要解放，所以黛钗之争，多带有政治色彩。秦可卿更多是以封建大家长贾珍的受害者形象出现，社会潜规则变成了封建糟粕，变成对老百姓的"不可使知之"了。

◇◇◇屋内陈设有玄机

原著中交代了秦可卿的房内生活很讲究，她也很会吸引男人。秦可卿的房间里有几件关键的摆设：武则天镜室中的宝镜、赵飞燕立着舞过的金盘、安禄山掷过伤了太真乳的木瓜、寿昌公主的含章殿宝榻、同昌公主的连珠帐。为什么说秦可卿房内有了这几个东西，前面各种对秦可卿淑女的描写，都变成了暗指她是淫妇呢？

对物件的描述，关键在于物件的特别用途和主人身世典故。武则天当女皇找面首，搞了一个屋子的镜子；以前对着镜子是与皇帝性爱，后来是与面首性爱！赵飞燕的淫名，古代排在第一。赵飞燕被父母抛弃而不死，被收养，后来在阳阿公主府，是公主调教出来的舞姬，能够站在金盘上起舞吸引男人，最后自杀身亡。寿昌公主为唐睿宗李旦长女，生母为肃明皇后刘氏，武周长寿元年（692），其母和窦德妃被诬陷以巫蛊诅咒武则天，惨遭赐死，有人据此说秦可卿应该是皇室遗孤。笔者认为此处更多是指养女身份，与秦可卿的养女身份相似。同昌公主为唐懿宗李漼的长女，深得圣宠，英年早逝，父皇给她的葬礼超过了皇帝发丧级别，并且因为她的死兴起大狱，株连致死的有数百人，此处可能暗指以后秦可卿的葬礼。另外，同昌公主还是一个灵异的神童，她出生后几年一直一言不发，到四岁时，第一句话是"今日得活矣"。这句话说完，皇帝驾崩了，拥立李漼的仪仗就到了，李漼结束了战战兢兢的太子生活。因此，同昌公主被父皇视为福星，得到特殊宠爱。

笔者喜欢收藏古家具，对此了解一些。明清关于武则天的艳情小说十分流行，著名的有明代徐昌龄的《如意君传》，书名源自武则天著名诗作《如意娘》，是她在感业寺独守青灯，思春想君之作，诗云："看朱成碧思纷纷，憔悴支离为忆君。不信比来长下泪，开箱验取石榴裙。"此书与《金瓶梅》一样，是古代四大淫书之一，而且它对《金瓶梅》的影响巨大。现在的人可能对古代淫书只知道《金瓶梅》，对以武则天为主人公的《如意君传》就知道得不多了，但《红楼梦》作者应当很清楚，只不过暗线太深。

另外就是金盘。在金盘上起舞是什么典故？金盘子锃亮反光，可以照得见裙下风光。古代的铜镜，当然赶不上金盘之亮，金盘的效果赛过镜室的镜子。古代女性服饰不穿裤子，裙子里面也没有内裤，居家服饰有亵裤，不是现在的内裤。史书中刘邦"箕踞见贾"，典出《汉书·陆贾传》。师古曰："箕踞，谓伸其两脚而坐。"也就是叉着腿坐着，对人非常失礼。与之对比，汉代的美女在金盘之上起舞，金盘从底下照上去，什么都可以看见。因此，汉成帝让飞燕在宫人托举起来的金盘上跳舞，裙下风光一览无余。过去讲礼法，不能跳脱衣舞,尤其是在公主家,宫外献给皇帝的歌舞更是如此。所谓身轻如燕,而体重再轻,宫女也托不动。啥叫如燕?看看燕子落下的样子,跳舞的纤腿像燕子的剪刀尾,手要如燕子的爪子抓着杆子借力,此时下面金盘的用途就显现了。阳阿公主发明了飞燕金盘舞,还是非常厉害的,调教得赵飞燕一下子就抓住了汉成帝的色心。《红楼梦》把金盘放在秦可卿的香闺,等于说房内的主人也会在金盘上起舞。

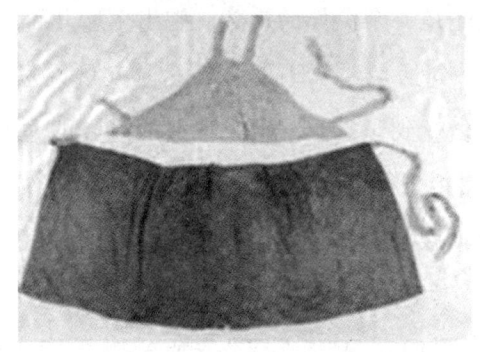

上图为女人的亵裤(裙)和肚兜,裙下不穿亵裤,只有肚兜下摆。另外,很多人不知道公主榻是啥样子,且看下图。

公主榻是中国的一种古典家具。榻,狭长而较矮的床,现在也泛指床。但公主榻不是现在通常意义上的床,而是一边可以枕,另一边可以半躺靠着,还可以坐。书中专门提到了榻是含章殿的榻,而含章殿不是寝宫,《新唐书·裴寂传》记载:"(裴寂)迁左仆射。帝置酒含章殿，欢甚。"此处是皇帝和外官宴饮的地方，不可能是寝宫，所以榻不可能是床，只能是上面图片样式的公主榻，可坐可卧。唐朝公主可以露面出席官方活动，她们大多都很主动，普遍有多个性伴侣，如太平公主自己享用好的男人，还推荐给她母亲。文中的公主榻与前面提到的镜室相照应，在行房事的时候几面都可以照见镜子，当然不可能用四周都有架子围屏的床。所以，秦可卿带宝玉到的房间属于秦可卿的特殊空间，不是她与贾蓉二人的卧室！此处不是夫妻的卧室，这一点非常关键！秦可卿的镜室和金盘，到底是与谁共有的呢？就算是聚麀之事，也不会有如此嚣张的陈设。

　　顺带说一下，过去大户人家的豪华卧室，一般要摆上拔步床。此床的尺寸非常大，所以又叫八步床，是说屋内有八步见方的大小，才可以摆它，如左下图。

　　而右下图是普通的架子床，尺寸要小多了。

拔步床

普通床

　　可见，拔步床比一般的床大了很多！里面就和小房间一样。

　　拔步床怎么使用？古代大户人家的睡法也非常讲究，现在很多人不知道，不是夫妻两个人睡。以红楼人物来举例，如果宝玉成家以后睡拔步床，符合礼制的方式是：最里面睡的是正妻宝钗，中间睡的是男主人宝玉，外面睡的是妾袭人，床下的木板叫作地坪，是宝钗丫鬟莺儿睡的。莺儿算通房丫头，负责暖被窝和做房事后擦洗；主人晚上起夜方便，须及时给主人递上夜壶和便盆。如果宝玉娶黛玉，黛玉容不得袭人，那么袭人就最多只能睡在地坪上。所以书中有宝钗与袭人共绣鸳鸯一节，暗含二人之间的关系，互有承诺，因此袭人背叛了贾母而投靠王夫人，因为关乎自身根本利益。另外，莺儿原名叫黄金莺。有一首著名的小诗《春怨》（金昌绪）："打起黄莺儿，莫教枝上啼。啼时惊妾梦，不得到辽西。"《诗经》中就常有双关含义，暗线的含义讲诗词的时候一般不提。玩鸟的人都知道，黄莺是候鸟，在辽西等东北地方繁殖。莺儿这样的丫鬟，在夫人宝钗身体不便的时候，才有机会得到宝玉的雨露，以后也是有望成为妾的。

与之类似，《红楼梦》里面还有平儿等丫鬟。第一百零一回写道，贾琏早起去找裘世安，凤姐在半梦半醒之间发感慨，平儿就给她搔，说明他们是一起睡的。平儿虽然也是贾琏的妾，但没有自己的房间，是与贾琏和王熙凤睡在一张床上，在贾琏、凤姐夫妻房事之后，就是平儿负责收拾打理。又如周瑞家的在送宫花的时候，正遇贾琏、王熙凤鸳鸯戏水。书中写道："只听那边一阵笑声，却有贾琏的声音。接着房门响处，平儿拿着大铜盆出来叫丰儿舀水进去。"由此可知，平儿在一旁伺候着。

后面的情节还有，秦可卿亲自为宝玉展开了西子浣过的纱衾，移了红娘抱过的鸳枕。为何是红娘"抱"过的枕头，而不是"睡"过的？

抱枕放在公主榻或圈椅等家具之上。元杂剧《西厢记》写到红娘抱着鸳枕，送莺莺跟张生幽会。红娘抱过，带有思春的含义，秦可卿已婚，还思春啥？红娘为何支持小姐私会张生？因为她睡在外面或者地坪之上，明白自己未来与谁在一起。

对红娘抱枕，没有读过《西厢记》的，我们在这里略补一下。《西厢记》第三本第四折是这样写的：

［旦云］红娘去了，我绣房里等他回话。［下］［末上云］自从昨夜花园中吃了这一场气，投着旧证候，眼见得休了也。老夫人说着长老唤太医来看我；我这颗证候，非是太医所治的；则除是那小姐美甘甘、香喷喷、凉渗渗、娇滴滴一点儿唾津儿咽下去，这鸟病便可。

前面是崔小姐给了书信等红娘回话，张生就说要小姐的唾液可以治病，实际就是要接吻。再看崔莺莺给张生的书信是怎么写的：

［末念云］仰图厚德难从礼，谨奉新诗可当媒。寄与高唐休咏赋，今宵端的雨云来。

此韵非前日之比，小姐必来。而小姐来了怎么云雨呢？

［红云］他来呵，怎生？［秃厮儿］身卧着一条布衾，头枕着三尺瑶琴；他来时怎生和你一处寝？冻得来战兢兢，说甚知音？……［末云］小生有花银十两，有铺盖赁与小生一付。［红唱］［东原乐］俺那鸳鸯枕，翡翠衾，便遂杀了人心，如何肯赁？至如你不脱解和衣儿更怕甚？不强如手执定指尖儿恁？倘或成亲，到大来福荫。

这里写得很清楚，张生要铺盖，而铺盖不容易拿过来。到了第四本第一折：

〔红云〕你接了衾枕者,小姐入来也。张生,你怎么谢我?〔末拜云〕小生一言难尽,寸心相报,惟天可表!

把《红楼梦》中红娘的抱枕与《西厢记》对照起来看,就可以明白了。

秦可卿屋内陈设的木瓜,也有特别的含义。安禄山与杨贵妃关系暧昧,曾有"指抓伤乳"一事。杨玉环为了改嫁唐明皇出家为女道士,道号太真;此处还要提安禄山,让人不联想都不行。古代对木瓜有木瓜乳、木瓜奶香、木瓜有子等说法,用于象征女性发情思春,典故出自《诗经》中的《木瓜》:"投我以木瓜,报之以琼琚。匪报也,永以为好也!投我以木桃,报之以琼瑶。匪报也,永以为好也!投我以木李,报之以琼玖。匪报也,永以为好也!"中国传统的木瓜是指宣木瓜,蔷薇科木瓜属植物,果皮干燥后仍光滑,不皱缩,主要不是用来吃的。现在市场上的木瓜品种则是番木瓜,是番木瓜科番木瓜属植物,原产南美洲,十七世纪传入中国,与宣木瓜完全是两种东西!很多不明就里的读者把《红楼梦》中的木瓜误以为是现在吃的木瓜了。

上图为木瓜的花，很漂亮，用作观赏的也叫作海棠。海棠是苹果属多种植物和木瓜属几种植物的通称与俗称。海棠有离愁和苦恋的含义。"牡丹花下死，做鬼也风流"是《牡丹亭》的典故，柳梦梅考中状元，状元佩戴牡丹花。而现在这句诗通常是男人追求女人时说的，其实改为"海棠花下死"更合适，因为木瓜有可能掉下来砸中树下的人。

古代女子若以木瓜相赠，寓意以身相许；而坚硬的琼琚象征男性，男子回馈随身携带的美玉，意味着承诺永以为好。

宝玉用纱衾也很有意味。"衾"这个字有几个意思，一个是大被，大厚被子，但对公主榻的小床来说，用纱制作大厚被子不大可能；另外一个意思就是包裹人体的被子，很多时候是给死人入殓盖的东西。（"缁衾赪里，无紞。"——《仪礼·士丧礼》）明代传奇《浣纱记》写有西施浣纱时跟范蠡定情，故西子浣纱的纱另有含义。纱衾是用纱做的，肯定是薄被。另外，皇帝宠幸妃子时都是用衾裹着抱进去。所以用"衾"这个字，作者是有用意的。作者是世家子弟，关键家具用品的名称用字绝对不会错。

◇◇◇引导宝玉入私闺

在古代，讲究男女之别，有"男女七岁不同席"的礼法。因此，秦可卿让宝玉到自己的房间，已经属于非常不合适，如果再睡觉，就更不合适了。书里是这样写的：

> 秦氏听了笑道："这里还不好，可往那里去呢？不然，往我屋里去吧。"宝玉点头微笑。有一个嬷嬷说道："那里有个叔叔往侄儿房里睡觉的礼！"

嬷嬷说的是去贾蓉的房间，没有敢直接说叔叔到侄媳的房间里；

去侄子的房间都不合适，更别说侄媳了。秦可卿的表述里面可没有提贾蓉，还解释说她弟弟也来这里玩，长得比宝玉更高。秦可卿是养女，与秦钟没有血缘关系，弟弟来也很不合适。她这个养女可能还是童养媳身份，与弟弟秦钟在秦家的时候，是可以男女亲近在一起的。嬷嬷此话，可能当时理解的是秦可卿带宝玉去的地方，就是贾蓉与秦可卿的正房，但实际最后去的地方，不是贾蓉夫妻的卧室，而是秦可卿的私人闺房。在古代的大户人家，正妻也有分房的私密空间，就如皇帝居住的是乾清宫，皇后也有自己的坤宁宫，各个皇妃都有自己的宫殿。

女人的私人闺房，为了吸引自己的男人多来多留，都是比较私密的，不会随便让没有性爱关系的人进来。

另外，秦可卿的屋子里有特别的香气。"刚至房门，便有一股细细的甜香袭人。宝玉便觉眼饧骨软，连说'好香'。"过去女人想要让自己房内更吸引男人，会用引诱男人的特别香气。"眼饧骨软"是一个成语，形容迷蒙疲倦的神态。同样是燃香，有些香气是用来提神醒脑的，有些则是用来催情催眠的。秦可卿在屋内使用了可以催情的迷香，这样的屋子，怎么能够让其他男人进入呢？把宝玉带到这里，想要干什么呢？

原著中还写到秦可卿的房子内有同昌公主的连珠帐，连珠帐是啥样子的？公主榻是细长的，尺寸不大，怎么安装帐子？公主的帐子是大帐，公主榻肯定绑不了帐子！连珠帐的放置，是将整个公主榻都罩在帐子之中，而且连珠帐不透明，从外面看不见里面。

秦可卿在暧昧的环境中让宝玉睡下，又安排众人离开，而且专门对丫鬟在哪里待着做了安排。古代男女大防，她就没有避嫌的意识吗？书里写得味道十足：

于是众奶母伏侍宝玉卧好，款款散去，只留下袭人、媚人、晴雯、麝月四个丫鬟为伴。秦氏便吩咐小丫鬟们，好生在廊檐下，看着猫儿狗儿打架。

解读一下，就是在那个暧昧的房间，丫鬟们被赶出来了。为何小丫头不在房内伺候，到廊檐下了？按贾府的惯例，袭人是内房丫头，要在内房服侍，须一直在宝玉的房内，尤其对醉酒的宝玉更要服侍。然而她们都被秦可卿请出去了，竟看着猫狗打架。为何有红学家把猫狗打架作为秦可卿有问题的一个暗示？先不说秦可卿与其他男人的问题，先看她与宝玉此时干了什么，真的是宝玉在做春梦吗？

◇◇◇梦境还是现实？

如果宝玉是童男，那么对性的春梦可以有很多，但梦里面有具体的行为细节，就不正常了，不是熟女带着，童男是想不到的。

> 说毕，便秘授以云雨之事。于是推宝玉入房，将门掩上自去。那宝玉恍恍惚惚，依警幻所嘱之言，未免有儿女之事，难以尽述。至次日便柔情缱绻，软语温存，与可卿难解难分。

宝玉对与秦可卿的云雨之事有记忆，下一回与袭人云雨的时候可以印证："袭人亦含羞笑问道：'你梦见什么故事了？是那里流出来的那些脏东西？'宝玉道：'一言难尽。'便把梦中之事细细说与袭人听了，然后说至警幻所授云雨之情，羞的袭人掩面伏身而笑。宝玉亦素喜袭人柔媚娇俏，遂强袭人同领警幻所训云雨之事。"

宝玉梦里有性行为的细节，不该是童男子的性梦！如果真的是梦，前面作者对秦可卿房中各种陈设的伏笔，不是都白写了吗？

喝过酒的人都知道，酒后不胜酒力，会断片的，会有一段记忆消失，有时候真的自己都分不清是在做梦还是现实！宝玉酒后到底发生了什么？宝玉自己认为是在做梦，作者不明写。所以说《红楼梦》写法很高级。

再从古代男性的服饰来分析。男人的裦裤也就是开裆裤，宝玉当时应当穿着。宝玉睡觉，应当脱掉外衣穿着裦裤，此时秦可卿给他盖被……第六回中，宝玉从秦可卿房内出来，"袭人伸手与他系裤带时，不觉伸手至大腿处，只觉冰凉一片粘湿"。宝玉的裤带在哪里？现在有裤裆的裤子，裤带在腰间，系裤带怎么会碰到大腿？宝玉此时所穿的就是古代没有裤裆的裦裤，裤带是系在大腿上的，所以袭人给宝玉系裤带，才会碰到大腿。

◇◇◇《海棠春睡图》的用意

最后回看秦可卿房内宝玉一进门看到的中堂布置。中堂的对联是秦太虚所作，秦太虚就是秦观，字少游，一字太虚，是著名的婉约派词人，为人多情。书中对联是："嫩寒锁梦因春冷，芳气笼人是酒香。"秦观的诗词多写男女情爱，风格纤弱靡丽。有人查证资料，其《淮海集》中无此联，此处是作者假托秦少游之作品，更可以说是为了本回内容影射而写。书里"嫩"字用得生动，嫩寒是谁锁了梦？原因是某"春"的冷。"笼"字用得也好，有好事者还把此字标成"袭"字，这是没有读懂。"芳气"是谁？"酒香"是谁？怎么被"笼"进去了？

对联形容了中堂正中的画，书里描写该画是唐伯虎的《海棠春睡图》。唐伯虎的风流传说大家都知道，而海棠春睡也有典故。宋释惠洪《冷斋夜话》记载："唐明皇登沉香亭，召太真妃，于时卯醉未醒，命高力士使侍儿扶掖而至。妃子醉颜残妆，鬓乱钗横，不能再拜。明皇笑曰：'岂妃子醉，直海棠睡未足耳！'"这就是"海棠春睡"典故的由来。典故流传很广，很多画作、诗作都以此典故为基础。相传苏东坡据此写了一首《海棠》诗："东风袅袅泛崇光，香雾空蒙月转廊。只恐夜深花睡去，故烧高烛照红妆。"进一步把"海棠春睡"人格化了。到了明代，"风流才子"唐伯虎根据典故，丰富了想象，真的画了一幅《海棠美人图》。《六如居士全集》卷三有《题海棠美人》诗云："褪尽东风满面妆，可怜蝶粉与蜂狂。自今意思和谁说，一片春心付海棠。"

《海棠春睡图》的特点是突出春睡，而不是海棠；是春宫仕女画，而不是花鸟画。"春"的要点是画出美女衣衫不整、半露半透的暧昧。唐朝服饰本来就是袒胸的，在衣衫不整的状态下，服饰遮挡更是低胸往下，多数时候此画要画得袒胸露乳。很多人只知道唐伯虎是著名学者和画家，实际上他画春宫图也是大行家。唐伯虎的春宫图还在《红楼梦》中出现过——薛蟠笑道："你提画儿，我才想起来了。昨儿我看人家一张春宫，画的着实好。上面还有许多的字，我也没细看，只看落的款，原来是'庚黄'画的。真真好的了不得。"他不认得唐寅，说成了庚黄。所以说那是一幅准春宫图，挂在秦可卿屋内中堂。她把宝玉这样的俊美少年，带到有准春宫图的私密香闺，想要干什么，已经很清楚了。

再来看一下秦可卿的判词："情天情海幻情身，情既相逢必主淫。漫言不肖皆荣出，造衅开端实在宁。"秦可卿在太虚幻境是情仙，宫门上有"孽海情天"的匾额，变成了幻情身，遇到了情僧，"情既相逢"当然会"主淫"。宝玉应当与秦可卿有性关系。"不肖皆荣出"是指宝玉，他被说成"天下无能第一，古今不肖无双"。为何"造衅开端"是宁国府的秦可卿,原因在于秦可卿让宝玉有了性经验,以后他就让千红一哭、万艳同悲,意思是秦可卿是"造衅开端",拿走了贾宝玉的童身。

对比秦可卿,王熙凤的性生活状态,书里也有描写,第二十三回夫妻俩的一段对话,足以证明。

> 贾琏道:"果然这样,也罢了。只是昨儿晚上,我不过是要改个样儿,你就扭手扭脚的。"凤姐儿听了,嗤的一声笑了,向贾琏啐了一口,低下头便吃饭。

王熙凤夫妻生活保守,与秦可卿形成对比,书中写法不同,前者明写,后者暗写。警幻对宝玉说:"再将吾妹一人,乳名兼美,字可卿者,许配与汝。"此处的"兼美",就是说秦可卿有好多个男人,同时也是说宝玉以后有好多个女人。

在第五回中,警幻对情的评述是:"自古来多少轻薄浪子,皆以好色不淫为饰,又以情而不淫作案,此皆饰非掩丑之语也。好色即淫,知情更淫。"这段评述可谓全书的点睛之笔,意在告诉读者作者对性的写法是"真事隐","以好色不淫为饰,又以情而不淫作案"。贾宝玉占有了这些女孩的"初生异卉之精",却不负责,成为"天下古今第一淫人"。中国古代讲"万恶淫为首,论迹不论心",如果贾宝玉没有做这些事,作者是不会这么写的。

◇◇◇天香楼在影射什么?

很多红学家把对秦可卿屋内物品的描述,说成了对红楼十二钗各自的暗指影射,对此笔者有自己的看法。因为,直接的主人、直接的典故明指就非常明确,根本不用暗指!秦可卿屋内的陈设,就不是良家妇女的样子。说秦可卿身世是皇家废太子女儿,笔者也不认可，通过秦可卿房内陈设便知。古代女子出门受限，就算常出门也没有性知识来源，怎么可能如此布置房间？谁家私藏皇女想要谋反，也不可能给她教授非礼的知识。秦可卿作为养女，在当时就有社会潜规则，她的性伴侣可能有七个以上：贾蓉、贾珍、贾蔷、贾琏、贾宝玉、秦业、秦钟、北静王等。

还有人说，秦可卿在影射前朝泰昌皇帝，理由是泰昌皇帝在明史当中也很淫。秦可卿的"奉天洪建兆年不易之朝诰封一等宁国公家孙妇防护内廷紫禁道御前侍卫龙禁尉享强寿贾门秦氏恭人之灵柩"，出殡铭旌说得很清楚，奉天洪建就是指奉天南京洪武皇帝建的朝代。在清朝，服饰有生易死不易的规定，活人要剃发易服，否则要杀头，但死人不用。为了让祖宗认识，延续原来的丧葬标准和做法，死人丧服葬礼等还是延续明朝的规矩。做这类解读的人，对相关文化了解得不够透彻，否则清朝解禁的《红楼梦》版本也不敢这样明写。通行本是清朝严格审查后，在乾隆中后期文字狱当中解禁，此写法符合清朝丧葬政策。清朝皇帝还到山西尧庙自认是"炎黄子孙"，认为满族人是入继大统，还厚葬了崇祯，维护了明朝皇陵。至于泰昌皇帝的淫，也可能是清朝对明朝皇帝污名化扣上的帽子，明朝对他的迅速死亡，一直怀疑是郑贵妃下的毒手，于是有著名的红丸案。

以前有传言说，《红楼梦》的作者是吴梅村或者冒辟疆，《红楼梦》影射的是明朝灭亡清朝兴起，而曹雪芹可能是对《红楼梦》的重大删改者。笔者认为，曹雪芹即使是删改者，也改了影射的方向，现在看到的通行本，应当是对曹家和当时社会状态的影射，续写或者整理出版者，是文字狱负责人和珅找来的，影射方向肯定是当时政治需要。明亡的影射虽然比所谓的秦氏是皇女的现代红学观点靠谱一些，但想要复明者也是不愿意把明朝皇帝树立成如此好淫的形象的。将曹雪芹、高鹗、程伟元带给读者的当今通行本认作是对当时社会的影射，更符合通行版本的创作主旨。

　　另外，说到影射，笔者倒是想起了严世蕃。严世蕃也是工部管营缮司，是修宫殿发家的，而且严家被抄家的时候，家产是二三百万两银子。严嵩的义子赵文华从江南回来，送给严世蕃的见面礼就是一顶价值连城的金丝帐，与秦可卿屋内的连珠帐正好对应。严世蕃还用象牙榻，再围着金丝帐，对应了公主榻。严世蕃之淫，还有一个特点。据记载，海盐有伶人金凤，因男色得严世蕃宠幸，没有金凤则寝食不安。严世蕃死后，揭露其罪行的传记《鸣凤记》盛行，当时竟然用金凤扮演严世蕃。严世蕃好龙阳尽人皆知，以至被写进了文学作品之中。《十二楼》有一篇《翠雅楼》，专写严世蕃玩弄男色的狠毒无忌，他"素有男风之癖，北京城内不但有姿色的龙阳不曾漏网一个，就是下僚里面顶冠束带之人，若是青年有貌肯以身事上台的，他也要破格垂青，留在后庭相见"。另外，《海公案》书中的严世蕃则活脱脱是一个好男色的淫魔，有著名的二十七世妇，妻妾成群。同时，《红楼梦》里写秦可卿的房间，提到她风流倜傥的弟弟秦钟也来过，秦钟喜欢男风，还把此爱好带给了宝玉。此影射倒是很符合秦可卿卧室的场景，也暗示了秦可卿的私闺似乎还有更多的秘密。

　　《红楼梦》早先的一些版本，写秦可卿原来是"淫丧天香楼"，写得太直白明了。清朝将赤裸的性描写视作禁书，后来的版本作者便改成了暗写。这样做既不是为了改变原来的意思，也不是为了改变秦可卿的形象，而是为了更含蓄和隐晦。在各种公开的描写上，秦可卿都是正面的淑女形象，就如贾政是假正经，形象是正人君子一样。秦可卿的淫，公开的也看不见，"情天情海幻情身，情既相逢必主淫"，书中就在宝玉做梦这一回予以体现，而且还写成了梦境。《红楼梦》作者一贯善于在细节中隐藏情节，所谓"草蛇灰线，伏脉千里"。再来看对秦可卿香闺的描写，要是把其中的典故都搞明白，实在胜过了《金瓶梅》，作者的笔调高雅，《红楼梦》真不愧是绝世文学。

综上所述，从秦可卿的闺房布置，可以得出她不是良家背景，却能够在宁国府成为嫡长孙的当家夫人，背后应有巨大利益博弈。《红楼梦》一书，对秦可卿只用风月宝鉴的美人一面照，要是把风月宝鉴另外的骷髅一面挖掘出来，就知道了啥叫"淫丧天香楼"。秦可卿背后的故事，应当比扒灰更复杂。《红楼梦》里贾府的特点，就是焦大所说的，"胳膊折了往袖子里藏"，总以风月宝鉴美人那一面去照贾府。

（四）古代"养女"的社会潜规则

我们先分析秦可卿背后应当有的财富博弈，然后再看她的行为、淫的前因后果，以及所谓的"淫丧天香楼"，才能窥见背后暗线。她的行为，离不开她的身世。书中说，秦可卿一下凡就是个弃婴，被养生堂收养。营缮郎秦业因当年无生育，便从养生堂抱养了她，给她起了个小名唤可儿。他还抱养了一个男婴，但是没能养活。秦业五旬时生了秦钟，即与秦可卿无血缘关系的弟弟。

◇◇◇养女秦可卿

秦可卿是一个养女，是与男婴一起抱来的，此情况一般属于童养媳。这类养女在古代也有潜规则，常态不是被卖掉就是自家收了房再当作女儿嫁出去。古代四大美女当中的两位，都是类似"养女"出身。

貂蝉是东汉末年司徒王允的歌姬，国色天香，有倾国倾城之貌，于是就成了王允的养女。王嫱（即王昭君）也是养女出身。汉朝的藩属国南匈奴首领呼韩邪来长安朝觐天子，以尽藩臣之礼，并自请为婿。元帝将宫女昭君变成了养女，赐给了呼韩邪单于。她俩以后的故事，大家都知道了。因此，历史上的养女，确实会让人有很多联想的空间。

类似貂蝉和昭君这样的养女，都是原来男主人的女人，因为要让其发挥政治联姻的作用，最后变成了养女。古代收养女孩，如果没有血缘关系，一般不是作为童养媳，就是变成妾。貂蝉以歌姬身份，可以直接在王允家里对外进行性陪侍；而妾在古代，是可以送给其他男人的，也可以在朋友之间讨要，苏东坡白马换妾的故事可证。《三国演义》中，王允见到貂蝉有心事，便问她："贱人将有私情耶？"从这个问法就可以看出当时的规则了。貂蝉愿意冒险给王允办事，好处就是得到帅哥吕布，比跟着老头子王允有前途多了。《红楼梦》里，当养女的秦可卿，不管是跟着年轻的北静王，还是跟着贾蓉在权贵圈子交际，都比跟着老头子秦业要有前途得多。

◇◇◇秦家的情孽

秦业是秦钟的生父、秦可卿的养父，夫人早亡。他的名字有一种隐意，即"情孽"。脂评云："业者，孽也，盖云情因孽而生也。"（甲戌本第八回）为何秦可卿的养父是情孽？他有何孽？秦业或许是"情业"，就是佛家所说的业力，佛教语中指会产生苦乐果报的行为力量，即不可抗拒的善恶报应之力。南朝沈约《佛记序》："分五道于人天，设重牢于厚地，各随业力，的焉不差。"宋陆游《西林傅庵主求定庵诗》之二："业力驱人举世忙，西林袖手一炉香。"清谭嗣同《仁学》十三："不知业力所缠，愈死且愈生，强脱此生之苦，而彼生忽然又加甚矣，虽百死复何济？"现代汉语写作"业力"，不是"孽力"。《红楼梦》书中的各种关系也与之有关，所以警幻所在的天宫的宫门上有"孽海情天"的匾额。有人说秦可卿家姓秦是影射明亡，秦是秦人的秦。自古儒家对秦始皇就不感冒，秦国暴虐早亡，儒家都不说自己是秦人！此处的秦，为何不是秦淮河的秦呢？如果影射汉人政权皇帝，当然不能姓朱姓，要避讳，因为明朝是朱家的。为何不姓刘、姓宋、姓唐呢？

《红楼梦》对秦可卿的评价是："画梁春尽落香尘。擅风情，秉月貌，便是败家的根本。箕裘颓堕皆从敬，家事消亡首罪宁。宿孽总因情。"其中的"箕裘颓堕皆从敬，家事消亡首罪宁"很关键。箕裘比喻祖先的事业。《礼记·学记》："良冶之子，必学为裘；良弓之子，必学为箕。"良冶：善于冶金的人。良弓：善于造弓的人。箕：用荆条、柳条编织的器具。裘：用毛皮缝制的衣服。祖业的颓堕皆因贾敬，贾敬修道修得不靠谱。而"家事消亡首罪宁"指宁国府是首罪。"家事"指的是一家，"宿孽"就是情字。宿指一向有的、长期从事的，能够称作宿孽的，应当是多次干过。

从字面上看，秦可卿应当就是房内"养女"。如果她的背后没有故事，书中也不会专门交代她是养女，与作者"真事隐"的风格不符。如此养女，实际上连妾都不如，就如貂蝉和昭君，当年都没有妾的名分。这类官府内室的女人叫作姬，比妾低一等，又高于女婢，她们可以接待客人。贾家与秦业的瓜葛，按照古代的交往标准，妾都可以要来，何况家里的养女？此女人可能是当年秦业与贾珍共同拥有的！书中写道：秦可卿死后，"贾珍哭的泪人一般"，"恨不能代秦氏之死"，坚持要厚葬。除了葬礼上可以敛财之外，可能还真的有些许感情。

秦钟与秦可卿的关系如何？秦钟在葬礼结束后立即与小尼姑搞到了一起，对秦可卿的死一点也不悲痛。在第十五回中，贾府的人送秦可卿的灵柩到铁槛寺的那天晚上，宝玉和秦钟跟着凤姐住在馒头庵。秦钟和智能儿情投意合，便趁夜黑无人，到后面寻找小尼智能。两人正干媾和之事，宝玉走进来把他们两人按住。秦钟名字的谐音含义是情种，他与宝玉的断袖之谊书里面写得很清楚。中国古代对断袖，禁忌比西方要少，比如汉哀帝就有这样的嗜好。此处也反映了秦家本身就很乱。秦业表面上是正人君子，背地里怎么样呢？《红楼梦》的一贯规则就是金玉其外败絮其中，都是假正经（贾政）。

◇◇◇贾家联姻为利益

养女变成正娶的少奶奶，背后在于通过这个女人的嫁娶，秦家与贾家双方能够借助婚姻搞利益输送或洗钱。秦可卿是两家的工具，也是与貂蝉和昭君一样的可怜女人。秦可卿嫁过来，到贾府当管家少奶奶，负责看住秦家与贾家共同参与赚的"三二百万两银子"，任务重大。我们看到，长孙媳秦可卿死了，爷爷贾敬不参加她那超规格的葬礼，甚至不肯回家看一眼；生在宁国府的贾惜春，也不回宁国府参加秦可卿的葬礼，都有重大疑点。脂砚斋评她"贫女得居富室"。原著特别交代，她的小名可儿贾府从来无人知道，有人据此认为，秦可卿的养女身份贾家不知道。笔者认为这是现代人的想象，作者这么写属于此地无银三百两。秦可卿在贾府无人知道的小名，可能是当养女、歌姬时的艺名，贾府的人不知道！可儿的名字就很像艺名，以其父秦业的读书人背景，给子女起的小名，应当更文艺范儿，带有典故才更合理，就如贾府丫鬟的名字都有典故一样。

还有一个证据，在宝玉到秦可卿房内睡觉那一回，就已经摆明了。秦可卿的私人香闺房内的陈设，极为奢侈。公主的连珠帐是唐朝之物，到明清时肯定是稀世奇珍，全部由珍珠串成。古代的珍珠可不能养殖，比现在昂贵得多。中堂上唐伯虎的《海棠春睡图》也是极贵的艺术品，唐伯虎的作品在清代已价值连城。公主用的榻当然要用顶级木料，到清代中期紫檀木异常稀缺，南洋进口的紫檀木家具价值连城。秦可卿香闺处的陈设，应当都是她的私人物品，贾府不会给她那么多钱做此类陈设，贾府每个人都有固定的月例钱。她的钱是哪里来的？就是秦家和贾家有瓜葛的那笔财富之一。秦可卿一死，她的这些值钱的东西到哪里去了？

秦可卿可能接待过很多重要人物，葬礼上那么多亲贵来，背后可能还有故事，比如冯紫英、卫若兰等公子。他们在《红楼梦》中，一直是神秘人物。秦家的"养女"，贾家之所以愿意娶过来，其中定有故事，如果没有故事，就算秦可卿有此心思，她敢如此陈设吗？

这些接待过的勋贵，会不会是北静王？似乎只有王爷才配得上秦可卿香闺里面的那么多古董和皇家物品。北静王在秦可卿葬礼的表现很特别，他是贾府的保护伞，贾府赚钱的瓜葛能与他无关吗？书里留下了很多想象空间。北静王特别看了一下宝玉，是不是与上一次贾宝玉在秦可卿香闺的似梦非梦有关？此内容在上一节详细分析过。过去妾可以赠友，姬可以共享，性贿赂自古有之。王爷的情人外室，在下边人家要当奶奶，不能当女婢用。秦可卿葬礼，没有皇帝圣旨，北静王全副王爷仪仗参加，并将御赐的鹡鸰香念珠送给贾宝玉，也暗示了一点故事，可以当作鹡鸰兄弟。在古代文化中，男风或青楼同一女子的嫖客，也叫作兄弟。

书中还有一个细节：贾珍让贾蓉到凤姐那里借玻璃屏风，招待客人时作摆设用。荣、宁二府用玻璃屏风还要借，秦可卿香闺里面那些前代皇室的用品他们不敢用，反差有点大吧？秦可卿的奢华，可不光是葬礼。貂蝉为何给王允卖命？貂蝉变成养女了，王允是要给她地位的。貂蝉为何又给吕布卖命搞死董卓？关键在于貂蝉要吕布给名分。类比一下，就会明白其中的暗线。有红学家根据秦可卿房内有那么多皇家用品，猜测她有皇家血统，笔者却认为那些东西都与性和淫有关，更可能是与天潢贵胄有性伴侣关系，这关系到贾府的地位，关系到秦可卿养父秦业营缮郎的肥缺位置，上面没有王爷也做不到。对应前面所说再想一下，可能是影射历史上严世蕃管的营缮司，秦可卿背后应当有更高的人物才对。

秦可卿在秦家的养女身份，焦大作为贾府家奴可能不知道，但贾珍不可能不知道！因为大家族娶嫡长子夫人，以后得当族长的大宗，是要非常仔细地看族谱和八字的，来路也是一定要搞清楚的。按家谱家祠的规矩，娶的正房夫人要写入家谱（"配×××"），夫人生的儿女都要写上，女儿与大家族联姻，还要写上嫁给了谁（"适×××"）。女儿生的孩子就不用写了，因为改姓了。要是女儿招了赘，那么孩子也有香火，则可以一直写下去；对抱养的养女，写"嗣×××"，讲血统的家族可能不让进族谱，写法都不同。因此，秦可卿嫁入贾府，要看家谱族谱，她是怎么来的，记录得非常清楚。贾珍肯定知道，其他人知道与否倒可以商榷。

对秦可卿的身份，有的红学家分析说她是影射废掉的皇太子的女儿，被寄养在贾家，然后谋反失败，为不牵连太多人才自杀；还有人说，《红楼梦》是影射明朝灭亡的，不是曹雪芹所写。不过，主流观点还是认为与曹雪芹有关，他的家世与社会，可能是这个故事的原本，起码在曹雪芹的不断修订之下，已经改了影射的方向。若真的是皇子的女儿被逼自杀，贾家真的不敢办那样的葬礼；而要说与贾珍扒灰致死，天潢贵胄之女，贾珍也不敢胡来。秦可卿要是皇女，秦业可以收养，后又嫁到贾家，然后众多王公都知道内情，还参与葬礼，等于把皇帝当作傻子！秦可卿的丈夫贾蓉还要在秦可卿死后捐龙禁尉。他的功名很低，也不敢娶皇女。贾家是世袭递降，在写贾蓉的简历的时候，有一个关键细节，即没有写贾敬世袭的爵位，而是写他是进士！说明贾家祖上荣光，但到了贾珍、贾蓉这两代，实际上已经富而不贵。贾家的回光返照，是随后不久的元春晋升皇妃，此前的家世已经够不上庙堂。秦业的官职虽然是肥缺，但也只是五品官，级别也不够格。他们没资格谋反和隐藏废太子之女。正常的逻辑就是前面所说，秦可卿与勋贵们一起搞了皇家大工程。

◇◇◇带色的走后门

　　古代的"走后门"是指女人走宅院的后门去交往，而且还有一个潜规则，就是女人走进去以后，可不一定只是跟女眷交流，与该府苑的男主人，也可能有故事。古代官场上的沟通，要买通上级，其中一个潜规则就是把自家的女人送进去，很多人还给上司买名妓。就连戚继光也给上司张居正买过名妓。当然送进去的也有所谓的"养女"。第五回有宝玉春梦当中见到警幻"应惭西子，实愧王嫱"一节，西子就是西施，是范蠡钟情的女子，后来为了给越国复仇到了吴国，受到吴王宠爱；而王嫱就是王昭君，是用来和亲的皇帝"养女"。秦可卿这个养女身份太有想象空间了。在秦业家，读者可以看到秦业没有夫人，那么他的"走后门"只有靠养女秦可卿，在秦可卿没有嫁到贾府的时候，应当就已经在勋贵之间"走后门"了，给秦业带来的利益就是让他可以把持营缮司的肥缺，她"走后门"的对象可能还包括贾府的贾珍，这个"扒灰"可能不简单。

　　古代与现代对女人的要求不同。古代的女人不许嫉妒，外面的女人是可以直接到家里睡觉的。就如《柳如是传》当中，柳如是去找钱谦益，必须"走后门"进去，她的身份走不了正门。当柳如是嫁给钱谦益以后，她的"秦淮八艳"的姐妹也可以"走后门"到钱府来找她，也可以与之一起伺候尚书大人，让尚书大人办事。

　　秦业没有家世，却可以得到营缮司这个超级肥缺，背后也是因为有这个养女结交权贵，故而被权贵安插到这个位置上，这才是合理的解释。秦可卿就是秦业献给王爷的礼物。秦业的养女成了王爷的外室情人，王爷便支持秦业上位超级肥缺。秦业还可能是王爷的"白手套"，因为秦业没有贾政这样的勋贵背景，还是能够待在营缮司的位置上。秦可卿年龄大了，必须嫁人了，而王爷纳妃条件有限制，不好公开纳秦可卿，秦业与王爷的"白手套"关系也不好公开，贾家就把秦可卿娶过来，使其成为贾府与王爷和官场的交际工具。营缮司的皇家大工程与贾府有关，贾政还是秦业的副手，贾家也参与了。贾府也需要更高的勋贵的支持，这个更高的勋贵就是北静王。从书中可以看出，贾赦、贾政见到北静王是要跪拜的，如果没有特殊的关系，秦可卿的葬礼，北静王不会亲自出席。

秦业的财富在秦可卿身上，秦可卿用贾府正妻的身份交际斡旋，为秦业的权力寻租，也给宁国府带来巨额财富，所以她可以坐稳正妻位置。在王爷的支持和巨额利益之下，宁国府无底线，所以"首罪宁"。秦可卿的葬礼，那么多的勋贵都来祭拜，背后原因可能是秦可卿活着的时候，"走后门"去过这些人的府上。因此，秦可卿的葬礼，正如笔者前面所分析的，是分赃大会，她的死，对秦业、贾府都是巨大的利益损失。

◇◇◇秦可卿曾经地位低下

秦可卿以前地位低下，书中还有一个情节可以佐证，即贾家玉字辈嫡派贾璜之妻、金荣的姑姑——璜大奶奶的表演。她听闻侄儿在学堂受了气，一时怒从心头起，坐上车子就要找尤氏和秦钟的姐姐秦可卿评理。她见到了尤氏，却一副殷殷勤勤的巴结样，而见了秦可卿却不太客气。尤氏是继室且家境不好，本来地位就不高，璜大奶奶为何对她恭敬有加而对秦可卿那般轻视？当她看到尤氏对秦可卿的态度和口气很客气，一下子就泄了气，马上对秦可卿巴结起来。背后原因只能是秦可卿原来的身份不高，璜大奶奶是早知道的。有人说璜大奶奶的态度是秦可卿与贾珍有染的证据，笔者倒是认为她要是真的知道或者认为秦可卿与贾珍有染，以她所表现出来的奴才嘴脸，绝对就不是一开始对秦可卿的那种态度。以璜大奶奶对秦可卿的态度，正常推理，她应当知道秦可卿的"养女"身份。既然如此，秦可卿就不可能如一些红学家推断的那样有皇家血统，有特

大观园全景图

（清）孙温 绘

警幻仙曲演红楼梦

（清）孙温 绘

贾雨村依附林黛玉进京

(清) 孙温 绘

贾宝玉神游太虚幻境

（清）孙温 绘

别的身世。《红楼梦》作者用璜大奶奶对秦可卿的态度，交代了秦可卿的身世背景。

◇◇◇秦可卿的聚麀

秦可卿如果真的是知书达礼的大奶奶，贾珍想扒灰很难。在古代，女人年龄正当年又有地位的时候，越礼出轨，道德的限制和压力非常大。焦大醉骂的养小叔子，指的应当是秦可卿。焦大醉骂，有人说养小叔子的是王熙凤养贾蓉，然而王熙凤与贾蓉是婶娘和侄子的关系，不是嫂子和小叔子的关系！书里还专门写了王熙凤怎么设毒计搞死了觊觎她、想要不轨的小叔子贾瑞，所以也不可能是王熙凤与贾瑞。还有那两枝宫花，也很蹊跷。有人分析说是秦可卿与贾琏有暧昧关系，但宫花是王熙凤送来的，王熙凤看贾琏看得很紧，也不可能，更何况凤姐与秦氏是好朋友。所以宫花只是说明，秦可卿背后的秦家与贾琏夫妇之间有关联，贾琏也参与了贾家与秦家的瓜葛生意。

笔者认同很多分析的结论，焦大嘴中的"小叔子"指的是贾蔷。书中是这样说贾蔷的："亦系宁府中之正派玄孙，父母早亡，从小儿跟着贾珍过活。如今长了十六岁，比贾蓉生的还风流俊俏。"贾蔷被说成正派玄孙，正派玄孙怎么讲？贾蓉、贾兰与贾蔷都是草头辈，贾蓉、贾兰是重孙，所以贾蔷的正派玄孙，应当是宁国公贾演的玄孙。贾演因功受封宁国公，是宁国府家业的开创者，只有他的直系子孙，才可以住在宁国府里面。而重孙是对贾演子侄辈贾代化、贾代善说的，因为贾代善的夫人贾母还在。

秦可卿死前，贾蔷已经分府另住了。分家在过去被看作大事，尤其是贾蔷没有娶妻就分家住，这在古代非常罕见，会被看作家庭不睦，被社会议论。贾蔷分府的时候，年龄非常小，这在闹学堂那一回就交代了。此时，贾蔷应当还没有成年，未成年就分府，是非常奇怪的事情。古代社会崇尚大家族相聚而居，小家庭模式不被看好，与今天的社会状态完全不同，因此没有事情是不会搬出去的。书中说："宁府中人多口杂，那些不得志的奴仆们，专能造言诽谤主人，因此不知又有什么小人诟谇谣诼之词。贾珍亦风闻得些口声不大好，自己也要避些嫌疑，如今竟分给房舍，命他搬出宁府，自去立门户过活去了。"这等于明确交代了贾蔷有一些见不得人的事情，而且让仆人知道了，焦大嘴里的养小叔子应当就是指他。

贾蔷与贾蓉的关系不错，而贾蓉与秦可卿的关系极为冷淡。有人会说，把秦可卿变成府内对权贵性贿赂的工具，对贾蓉而言太不公平，父亲不会如此。说此话的人，怎么不想想主流观点说贾珍扒灰，扒灰对儿子就公平了？书里形容贾蔷长到"十六岁，比贾蓉生的还风流俊俏。他弟兄二人最相亲厚，常相共处"，"贾蔷外相既美，内性又聪明……斗鸡走狗，赏花玩柳"。关键是"玩柳"二字，玩柳指的是男人。贾蓉、贾蔷都有男风。贾蔷后来管了贾府戏班，成了贾府梨香院戏班总管，与小旦龄官相好。过去大家族内养的戏班，就是家伎家姬，可接待权贵势要。

◇◇◇秦可卿的年龄

秦可卿与贾蓉的年龄，可能有较大的差距，奇怪的是书中没有交代。很多人以贾蓉的年龄来判断秦可卿的年龄是不对的！古代有娶大龄媳妇的情况，为了利益，还可以隐瞒年龄。贾蓉的年龄，在秦可卿死的时候是二十岁。贾蓉的捐官文书上写道："江南江宁府江宁县监生贾蓉，年二十岁。"这应当是贾蓉的真实年龄。秦可卿作为宁国府的少奶奶，在贾府四年，匹配身份的年龄，应该以三十出头为信。在接待、安排贾宝玉午睡的细节上，也隐隐提示秦可卿行事很老练。《红楼梦》里面，秦可卿是王熙凤的知己、好朋友，两人的年龄应当差不多。

古代隐瞒年龄时，属相一般不好改，要隐瞒；如果要改可能就是减少一轮，这样属相不改，而且八字也只改一个字，相差得最少。因此，秦可卿与贾蓉年龄可能差一轮。且看《儒林外史》当中的一段话：

  学道道："你今年多少年纪了？"范进道："童生册上写的是三十岁，童生实年五十四岁。"

范进改小年龄，年龄改小了二十四岁，整整两轮，而属相不改。因为中国文化里面很多是与属相相关的，改了属相影响会很大，容易出破绽。

过去，有些地方的风俗是，五岁的儿子娶十几岁的媳妇，情况很多。商务印书馆出版的《性心理学》的作者霭理士是英国著名的性学权威，他的《性心理学研究录》对医生、心理学者和其他的学术专家而言，是相当重要的参考书。而译者潘光旦先生以专家身份译介这部著作，在长达十万字的注释当中，旁征博引了中国古代社会这方面的大量民俗案例。

说秦可卿年龄大，还有一个证据。书中还写道："小丫鬟名宝珠者，因见秦氏身无所出，乃甘心愿为义女，誓任摔丧驾灵之任。"这个宝珠本身应当已经到了颇懂人情世故的年龄，后来还坚决出家不回宁国府。古代认义女也是要求有年龄差的，有低一辈的规矩，属相要小一轮，也就是小十二岁才可以，差几岁是当不了义女的。从这一点来看，秦可卿年龄一定不小了。所以贾蓉娶了一个年长的媳妇，而且年龄差距很大。反正这个联姻不是为了婚姻本身，而是为了其他故事。

所以，秦可卿的年龄较大，与贾蔷有不伦之恋非常有可能，与贾珍扒灰也符合年龄匹配。贾蔷的分府居住就是巨大的疑点！判词当中的"孽"字，还有一个意思，在多妻制下指妾及其子女。《说文》："孽，庶子也。"段注："凡木萌旁出皆曰蘖，人之支子曰孽，其义略同。"所以，笔者认为秦可卿可能与贾珍有染，而她的"养女"身份，以前可能还有情孽，但真的要她命的，应当是她与贾蔷的关系被发现。

◇◇◇秦可卿之死

秦可卿和贾蔷有染，应该是被发现且有实据才对，否则仆人的怀疑也到不了贾珍的耳朵里，不会导致贾蔷分府而住。出轨贾蔷并被发现，对秦可卿的影响巨大。至于她的死，有的说是病死，有的说是怀孕自杀，主流的说法是与贾珍有关。但笔者认为关系更大的应当是与贾蔷的事情被发现。贾府在官场和京城生存，需要"真事隐"，即使秦可卿与贾蔷出轨被发现，也不会将家丑外扬，更不会搞一出捉奸大戏！贾家合理的做法是，对她冷处理，让贾蔷分府搬出去。

书中的说法是，秦可卿两个月没有来月经，医生的话是这样的："大奶奶从前的行经的日子，问一问，断不是常缩，必是常长的。是不是？"婆子答道："可不是，从没有缩过，或是长两日三日，以至十日都长过。"也就是说病应当有，医生对经期判断准确，暗示秦可卿不是怀孕，而是有病。

秦可卿的病，应有一个病程，可以排除秦可卿被贾家毒死灭口的可能。她生病，贾家的人都去看过，而且贾母也很关心。

（贾母）叫凤姐儿说道："你们娘儿两个也好了一场，明日大初一，过了明日，你后日再去看看他去。你细细的瞧瞧他那光景。倘或好些儿，你回来告诉我，我也喜欢喜欢。那孩子素日爱吃的，也常叫人做些，给他送过去。"凤姐一一的答应了。

到了初二日，吃了早饭，来到宁府，看见秦氏的光景，虽未甚添病，但是那脸上身上的肉全瘦干了。于是和秦氏坐了半日，说了些闲话儿，又将这病无妨的话开导了一番。

秦可卿应当是有妇科病。贾蔷从小就"虽应名来上学，亦不过虚掩耳目而已，仍是斗鸡走狗，赏花玩柳"，因此贾蔷有花柳病很正常，传染给秦可卿也正常。在古代的医疗条件下，细菌感染主要依靠自身抵抗力，体质弱，一个尿路感染就很容易发展成为急性肾炎，没有药物控制很快就会死掉。因此，秦可卿很可能有花柳病。

花柳病、妇科病等，虽然古代不能治，但应当也不是急症。秦可卿死得很突然，没有病危前兆，她是怎么死的呢？

书中第一百一十回暗示，贾母辞灵之日，鸳鸯自尽。"只见灯光惨淡，隐隐有个女人拿着汗巾子好似要上吊的样子。"鸳鸯细细一想道："哦，是了，这是东府里的小蓉大奶奶啊！"明说是自杀。警幻之妹可卿对鸳鸯说："我在警幻宫中原是个钟情的首坐，管的是风情月债，降临尘世自当为第一情人，引这些痴情怨女早早归入情司，所以该当悬梁自尽的。"

虽然很多人认为续写的部分不是作者本意，但应当也大差不差。曹雪芹给秦可卿写下了这样的判词："情天情海幻情身，情既相逢必主淫。漫言不肖皆荣出，造衅开端实在宁。"作者的本意也是秦可卿有"淫"字问题。所以有"自当为第一情人"，身份是"钟情的首坐"，致死的原因就是"风情月债"。

秦可卿得病和自杀，以现代的观点看，她的病症应当属于重度抑郁症。书里面多处说她心思重，从上面的分析和她的经历来看，她也是受到了巨大压力。有与秦业、贾珍的情孽，有妇科病、性病的痛苦和困扰，加上自身还是贾家和秦家利益输送的工具，看不到前途，患上重度抑郁症很正常，而抑郁症则会导致自杀。秦可卿的名字，谐音"情可轻"和"情可倾"，她本来是养女，是男人们利益交际的性工具，属于"情可轻"的范畴；但她应当也有自己的欲望和喜欢的人，是"情可倾"。有这样的矛盾存在，她当然可能会抑郁。第十一回中，王熙凤去看秦可卿，尤氏道："好妹妹，媳妇听你的话，你去开导开导他，我也放心。你就快些过园子里来。"为什么本来是生病，却要凤姐去开导她？看来主要是心病，尤氏也是知道的。

患有抑郁症的秦可卿与贾蔷的事东窗事发。贾蔷是贾府玄孙，可以被分府而住，那么等待秦可卿的是什么呢？她与人有了私情，而且得了病，原来包养她当外室的王爷可能不再来了，她在贾府的利用价值也就没有了，加上她的容颜也在逝去，各种生存危机扑面而来。她没有了利用价值以后，贾府对她多半是休妻！休妻不会以与贾蔷出轨的名义，尤其是她还与贾珍有关系的话，等于还有贾珍的把柄，贾珍不会以犯淫的名义对她怎么样，更何况背后有巨大的利益，有皇家大工程，还有她与勋贵们的私密交往。

秦可卿作为女人和媳妇，在古代社会还有一个更大的压力，就是无后！无后是女人被休妻最合理的理由之一。她从未生育，与王熙凤没有儿子不一样。王熙凤有巧姐，能够生育。秦可卿到贾府四年都没有怀孕，到五年再不生，以无后的名义休妻，谁也说不出话来。很可能秦可卿有了花柳病之后，彻底丧失了生育能力，女人知道这个真相，会抑郁崩溃。休妻以后，秦可卿带嫁妆回娘家，把秦业的那一份财富以嫁妆的名义带回去，贾家与秦家的利益输送就合理完成了。那时，贾蓉才二十一岁，再娶新欢一点问题也没有，但对秦可卿而言则是彻底的人生至暗时刻，会被所有人看不起。贾家与秦家有瓜葛的大生意做完了，她的作用和使命完成了，狡兔死走狗烹的危机，也让她难有安全感。秦可卿若与王爷等天潢贵胄有染，知道的秘密太多，也有不测风险。这么多的压力下，她必然难以安眠，所以她会抑郁，最后抑郁到自杀，这种自杀是对所有人的抗争，所以是"看破凡情，超出情海，归入情天"。

秦可卿的丧礼埋伏着一系列的重大祸患：丫鬟瑞珠触柱而亡，宝珠请愿自任义女，请任摔丧驾灵之任，出殡后守灵铁槛寺，执意不肯回宁国府。她们或死或离开，也可理解为她们知道秦可卿与贾珍有问题。秦可卿的私生活，房内的丫鬟肯定知道，但丫鬟一般不会说出去，就算是告诉了秦业，秦业又能够怎么样？在男权社会，此类事情一般说是女人的错误，因此秦业只能瞒着，家丑不外扬。所以如果真的是与贾珍的扒灰问题，反而不怕，不至于要搞死秦可卿的丫鬟。秦可卿死掉了，秦业作为娘家人要来追究和要钱，相关的王公勋贵也要来算账。秦可卿的丫鬟可能是知道的事情太多了，怎么算钱不好办，贾家可能要赖账，或者一些讲不清的承诺会不认账，因此一起死都"方便"。这类与钱财有关的害命之事太多了。类似的事情有鸳鸯之死，鸳鸯帮贾琏偷贾母的钱，还不上了，必须死。鸳鸯死时，秦可卿的魂来了，作者把二者联系到一起，也是告诉读者，秦可卿及其丫鬟的死，都与钱财有关。

秦可卿如果与贾蔷有私情，问题要严重得多。在古代礼法社会，尊卑有序最重要。在尊卑地位上，父对子是压倒性的，不能破坏尊卑顺序，所以古代皇帝扒灰虽然会被骂，但不属于罪大恶极的范畴。杨贵妃与唐明皇的事情，后来还可以成为佳话。小叔子贾蔷是庶出小宗，与嫡出长孙大奶奶的叔嫂乱伦，尊卑顺序是下犯上，这在古代礼法上是重罪。扒灰的责任，远远抵不上搞小叔子的私情。真追究起来，秦可卿问题更严重，秦家理亏，秦家丫鬟也有连带责任。这就是宝珠不回宁国府的原因。另外，丫鬟知道的内情，还有前面分析的秦可卿与权贵有染，有贾家不愿意秦家知道也不愿意以后被外面知道的事情，这些倒是真的可能成为灭口的理由。

瑞珠是秦可卿的贴身丫头，应该是秦家陪嫁过来的，她的身份是秦家奴婢，一如平儿对王熙凤。秦可卿死后，秦业赶来，突然传出瑞珠"触柱而亡"殉葬的消息，不免令人疑惑。瑞珠一定知道秦可卿之死的真相，也知道一些相关财富信息，就如平儿知道王熙凤的小账，会帮助王熙凤在贾琏面前掩饰一般。贾珍、尤氏害怕她告诉秦业，有些钱估计贾家也吐不出来了，财富账不好算；秦可卿与天潢贵胄要是有秘密，丫鬟知情可能会成为要挟他们的把柄。所以，丫鬟必须死。她真是触柱而亡吗？笔者认为，应当是头部被钝器击打致死！要一头撞死，需要绝对的勇气和足够的力量，一般弱女子还真的做不到。撞柱和头部受钝器重击的伤差不多，验尸也不容易否认，"被自杀"要容易得多。

秦可卿死后，秦家人很快就死光了。秦业本身就很老了，不久他被儿子与尼姑智能的事情气死了。秦业的气，可能还与秦可卿之死、贾家的财富分赃等有关。书里面写秦钟死前与小鬼交涉，还惦记着家中无人掌管家务和父亲的几千两银子。秦钟死了，秦家就绝户了，秦钟惦记啥家务？就几千两银子值得吗？这里，作者用的是曲笔，秦钟担心的应当是秦家背后的财富秘密，惦记的是秦家在贾家的相关财产，以及相关的各种事。

秦钟从小被溺爱，他的责任主要是学习，其他方面都被照顾得很好，从不用想着家务事。现在他为何想起来要管家务事了？应当是老爹秦业死前，给他交代了很多事情，让他知道了很多内幕，他才会有所惦记。他有太多事情未解决，不想死。他与小鬼交涉，但是得不到任何通融。临死前，秦钟终于知道了，啥也带不走，都是一场梦！作者写了那么多秦钟与小鬼交涉"想要多活一会儿"，不是白写的。

过去讲祖宗阴德。宝玉家族有功名阴德，都判都要让几分。宝玉来后，都判让秦钟与宝玉见面，秦钟多活了一会儿，也有了新的人生感悟。

秦钟道："并无别话。以前你我见识自为高过世人，我今日才知自误了。以后还该立志功名，以荣耀显达为是。"说毕，便长叹一声，萧然长逝了。

秦钟临死前，才明白了功名和阴德的重要性，于是告诉宝玉要追求功名，这与最后的故事结局相呼应，也符合当时的价值观。有《红楼梦》研究者认为，后四十回写宝玉考功名篡改了作者原意；从这里的对话来看，作者的原意也在"立志功名，以荣耀显达为是"。

◇◇◇瓜葛之财落空

秦家与贾家后来肯定交恶了。两家从儿女亲家的亲密，经秦可卿风光的葬礼，怎么突然发展为交恶呢？只能与秦可卿死后财富分配不公有关。怎么交的恶，书中没有直接交代，但到了第四十七回，已经过去很久了，突然交代了秦钟的坟是柳湘莲出资修缮的。为何是柳湘莲？秦可卿的豪华葬礼与秦钟死后需要柳湘莲修坟，形成了鲜明的对比！王熙凤与秦可卿是好朋友，宝玉与秦钟也有着亲密关系；贾珍厚葬了秦可卿，按道理贾家断不会连坟都不给秦钟修。而且书里交代，秦钟有他老爹留下来的三四千两银子，此钱也足够安葬秦家人，维护好秦家的坟了！书里交代，柳湘莲也是世家子弟，其父母应当与秦业一家也有关联，所以他一出场就是秦钟的朋友。柳湘莲对尤三姐悔婚，就是因为尤三姐与尤氏的关系，他嫌宁国府脏。柳湘莲肯定也知道很多内幕。古代人对花柳病很恐惧，柳湘莲认为尤家人不干净，尤三姐与贾家人有染，所以才悔婚。作者从侧面写柳湘莲对秦钟的行为，来印证了故事的暗线。

秦家死绝了，秦业在营缮郎任上放在贾家的财富，之后成了其他权贵觊觎的目标和勒索贾家的理由。秦可卿是营缮郎搞皇家大工程利益网的关键节点，她死了，秦业死了，宁国府、荣国府及相关勋贵们的利益网随之毁败。贾家当年参与皇家工程时，是风光的，失去了营缮郎秦业的支持，工程可能就成了无底洞。如果你了解工程，就知道竣工、交工、保修等环节会存在质量纠纷，以及后续修缮问题，都有可能成为填不平的无底洞。很多工程前面看似赚了钱，实则后面的维修、保修、质量问题等后账，会让你吐血赔光！在秦可卿葬礼之后，贾家马上又有大工程了：修建皇妃的省亲别墅，也就是大观园。皇妃用的东西是皇家主管的，只不过是贾家承办工程，勋贵和大太监等相关人物，都可能伸手。省亲工程的开支，皇家拨款多少？按照什么标准才能够得到皇家认可？风光背后的费用是无底洞，对贾家的影响是致命的。曹雪芹家族败落，也是因接待康熙南巡导致亏空。书中环环相扣，前面写了那么多，其实暗线都已经埋好了。对贾家而言，经济状况确实是从宁国府开始变坏的。原因更多与财富博弈有关，伦理道德问题只有一小部分影响。

秦业与贾府参与的皇家大工程，应当是没有赚到预期的钱。第九十四回写道："贾政正要下班，因堂上发下两省城工估销册子，立刻要查核。"可见，贾政在工部员外郎的官职上是主管工程预算的。这个职位是在工程完了以后收钱的，秦业死时工程多半没有完成。秦业与贾政是正副手关系，贾政应当还要受到秦业的照顾，现在秦业死了，而且因为秦可卿的死，贾家与秦家交恶；贾政又没能接秦业的空缺，与新的营缮郎的关系当然不如姻亲关系，赚钱也不方便了。没有赚到钱的原因还有一个，就是贾政后来离开了工部营缮司这个肥缺。秦可卿死了，她作为一个交际节点，背后与勋贵王爷的暧昧没有了，皇家大工程的后台也就失去了，所以贾政后来被外放，去当了学政。贾政离开了营缮司，营缮司里面的利益，贾府就难以插手了，但留下的窟窿却依然要贾府填补，由此也就可以理解为何贾府在大部分时间里都是财务竭蹶，需要依靠宝玉的联姻，需要林黛玉和薛宝钗带入贾府的嫁妆支持了。

秦业对贾家的影响，还可以从贾母在秦业死前和死后对待秦业之子秦钟的态度变化上看出来。在第八回中，宝玉引荐秦钟见贾母，贾母的表现是："贾母见秦钟形容标致，举止温柔，堪陪宝玉读书，心中十分欢喜，便留茶留饭，又命人带去见王夫人等。"贾母不仅留秦钟吃饭，还要让秦钟去见王夫人，显然是待贵客之礼。第十六回中，秦钟死前宝玉去探望，"贾母吩咐好生派妥当人跟去，'到那里尽一尽同窗之情就回来，不许多耽搁了'"。贾母不仅不让宝玉多耽搁，还要让"妥当人"跟着他。为何要妥当人跟着？就是还要看看秦钟临死前有啥交代。宝玉是不食人间烟火的，但贾母是懂人情世故的人精。

《红楼梦》中交代了各种背景缘由，围绕着秦可卿之死，是真正的大博弈，只不过作者以一贯的"真事隐""假语存"的方式，以暗线的方式展开，让读者自己分析联想。

最后，很多读者关心秦可卿死去之后，贾蓉怎么样了。贾蓉续娶了老婆，但贾蓉的老婆没有怎么出现，背后的原因应当是贾蓉后来的女眷没有带多少妆奁。宁国府的经济衰落得很快，远远不如荣国府，因为宁国府的财务更紧张，没有实职官员，世袭递降下俸禄不足，婚嫁没有捞到足够的嫁妆注入，而与秦业营缮郎有瓜葛的大生意，也因为秦可卿之死而黄了。

贾蓉的新续娶带来的嫁妆不足，与王熙凤和王夫人的嫁妆没法比，与大观园林家、薛家姑娘带的嫁妆没法比，与三春的贾府积累和准备的嫁妆也没法比，所以宁国府女眷去了荣国府也很难受。只不过贾府族长是贾珍，贾珍的老婆尤氏还是名义上贾府的第一媳妇，所以还算过得去。但贾蓉的女眷，在秦可卿之后，就已经处在贾府内宅博弈圈之外了。

贾蓉娶的胡氏是三品道台的女儿，其父任京畿道要职，而秦可卿却是五品工部郎中的养女，二者的门第相差很远。但是，在宁国府，秦可卿是掌家媳妇，就连尤氏也没有地位；到了胡氏，却是尤氏掌家，胡氏可有可无，在书中不怎么出现了。如此安排，再一次证实秦可卿背后有着巨额财富博弈，她带有丰厚的妆奁，屋内价值不菲的东西都不是贾府原有的。

贾珍和贾蓉所在的宁国府财务原本就紧张，围绕秦可卿的财富游戏又失败了，于是迅速衰落。小一辈的女人在贾府已经没有了地位，地位的高低在财富博弈中非常关键。贾珍、贾蓉后来联合贾琏，一起娶尤氏姐妹，进行反击，但宅斗还是失败了。

（五）"红楼"之楼是书中哪座楼

《红楼梦》之所以叫这个名字，一定与楼有关，那么"红楼"在哪里呢？

首先可以直接看到，《红楼梦》全书当中，贾府主要有三座楼：天香楼、大观楼和缀锦楼，主人分别是秦可卿、贾元春和贾迎春。她们全都命运悲惨，死于非命。我们可以看看这些楼。

先从缀锦楼开始。在《红楼梦》中，大观园东区有一个庭院，西侧临水，东部靠山，院内西边建筑是紫菱洲，北房正厅即缀锦楼。此处是贾迎春的住所，与藕香榭隔水而望。贾迎春在《红楼梦》里地位并不高，是一个配角，这个楼也是景观建筑，不是一个完整的院子，因此把它作为全书的焦点和书名的由来，不太合适。

书中大观园的另外一个主要建筑是大观楼。这座楼坐落在大观园的省亲别墅里面，位置在顾恩思义殿的后面，可以看到稻香村，位于大观园里最高的位置。

在第十八回中，元妃省亲，"杏帘在望"赐名曰"浣葛山庄"，正楼曰"大观楼"。随后又将"浣葛山庄"改为"稻香村"。在第四十回中,刘姥姥来的时候,将其打开拿了一些东西。刘姥姥参观大观园的时候,它又出现了一次。

书中有大观园和大观楼,其中的"大观",出自《易·观》:"大观在上,顺而巽。中正以观天下。"《象》曰:"风行地上,观;先王以省方观民设教。"观卦讲的是,在上者以道义观天下。在下者以敬仰瞻上,人心顺服归从,观的目的在于教化。各爻的爻辞分别是:初六,童观,小人无咎,君子吝;六二,窥观,利女贞;六三,观我生,进退;六四,观国之光,利用宾于王;九五,观我生,君子无咎;上九,观其生,君子无咎。通过对"观"卦的影射,作者实际上是在告诉大家,人生各个阶段应怎样读《红楼梦》:孩提时代(初六),普通人娱乐一下,对才子有所遗憾;青春时代(六二),要看清情爱本质,有男女道德,利女贞;成熟时代(六三),人已步入社会,要懂得在社会上知进退;等到壮年(六四),要用学到、观察到

大观楼(北京大观园)

的东西,给国家干事情,用宾于王;最后到顶峰(九五)和暮年(上九),则需世事洞明,一生不会有祸害。所以,《红楼梦》是教化之书,《象》曰:"盥而不荐,有孚颙若,下观而化也。观天之神道,而四时不忒,圣人以神道设教,而天下服矣。"

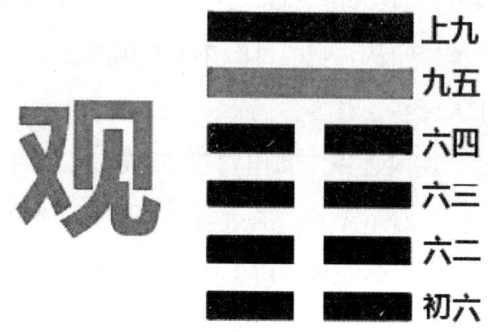

观卦,四个阴爻在下,两个阳爻在上。

对"大观"含义的相关解读还有:宋徽宗的年号是大观,他是亡国之君,曾纵情绘画和园林,这与大观园里面的男女主人公更关注文艺相似,比较符合大观园里面的故事,明显比缀锦楼更符合书名的含义。但是,如果大观楼就是《红楼梦》里面所指的红楼,则有下面两点不太相符:一是,这样"红楼梦"就变成了仅仅指大观园男女之梦,贾府其他人与金陵勋贵家族等都在此之外了,指涉不足;二是,书中发生在大观楼的故事确实不多,围绕大观楼的情节太少。

因此,笔者认为,缀锦楼和大观楼不应当是书名所指的红楼,更符合红楼特点的应当是天香楼,天香楼这里有全书的主线。"箕裘颓堕皆从敬,家事消亡首罪宁",其中的"首罪宁"情节,就是围绕天香楼展开的。

天香楼位于宁国府西区会芳园内,是宁国府举办大型娱乐活动的场所,与贾氏宗祠并为宁国府最重要的两大建筑。贾府建造大观园时,会芳园基本上划入了大观园,原有楼阁尽被拆除,但天香

天香楼（图片来源：1987年版电视剧《红楼梦》）

楼得以保存，仍留在宁国府。第十一回介绍了从秦可卿住所到天香楼的路径："从里头绕进园子的便门来……正自看园中的景致，一步步行来……将转过了一重山坡……说话之间，已到了天香楼的后门……款步提衣上了楼来。"第七十五回写了从荣国府大门到天香楼的路径："走至大门前上了车……两边大门上的人都在东西街口……轻轻的便推拽过这边阶基上了……见两边狮子下放着四五辆大车……一面说，一面已到了厅上……顺便打他们窗户跟前走过去……悄悄的来至窗下。"书中对天香楼的位置描写得非常清楚。

秦可卿死后的葬礼，也围绕着天香楼展开，第十三回写道："这四十九日，单请一百单八众禅僧，在大厅上拜大悲忏，超度前亡后化诸魂，以免亡者之罪；另设一坛于天香楼上，是九十九位全真道士，打四十九日解冤洗孽醮。"天香楼是秦可卿的超度之所。

围绕天香楼发生的故事，多次上了《红楼梦》的章回目录，如第十一回"庆寿辰宁府排家宴"和第十三回"秦可卿死封龙禁尉"，故事讲的是秦可卿淫丧天香楼。还有第七十五回"开夜宴异兆发悲音"，闹鬼也与天香楼有关；贾珍赌射箭，也在天香楼之下。第七十五回说："因此天香楼下箭道内立了鹄子，皆约定每日早饭后来射鹄子。"在天香楼箭道内射箭，对武将出身的贾家，有特殊意义。整个府衙之中，天香楼是一个制高点，天香楼有箭道，带有防御的意义，过去的大宅院经常有此类建筑，平时有他用，到有盗匪的时候，则是用作防御的箭楼。位于宁国府的天香楼是箭楼，也是影射全书的制高点，符合《红楼梦》的含义。

对秦可卿的身后故事，笔者已经在前面分析了：她身上有养女的潜规则，是营缮司做皇家大工程的一个财务节点。秦业没有特别的家世，应当是用养女秦可卿的美貌攀附上了权贵，才有了营缮司的位置，而贾家则是替权贵养了外室。在天香楼上，少不了各种工程的分赃，这也是贾府财经状况的焦点之一。而秦可卿可能是王爷养在宁国府的外室。我们了解了幕后的财富博弈就会明白，这才是贾府的经济支柱和关键；淫与财富，是支撑《红楼梦》全书的逻辑。秦可卿死后，在天香楼做法事，其葬礼笔者也分析了，就是背后参与皇家大工程的各方分赃大会。同时，在葬礼上，秦可卿的丈夫贾蓉得到了"安慰奖"，成了龙禁尉，此职是守卫宫门的要职，这对后续情节的发展有关键性影响。所以，天香楼才是《红楼梦》全书的焦点。

宝玉与秦可卿的一梦应当就发生在天香楼。在宝玉的梦中，警幻仙子对宝玉说："不过令汝领略此仙闺幻境之风光尚然如此，何况尘境之情哉！而今以后，万万解释，改悟前情，留意于孔孟之间，委身于经济之道。"（第五回）此处的宝玉一梦，从情、景、幻境再到孔孟和经济，人生哲理都讲得很清楚，而且对十二钗正册、副册人物命运也都有判词评价。概括全书，"红楼梦"的"梦"，应当就是宝玉的这个梦了。在第五回中，宝玉"刚至房门，便有一股细细的甜香袭人。宝玉便觉眼饧骨软，连说'好香'"。然后，宝玉的梦中有"新填红楼梦仙曲十二支"，随后书中写道：

> 但闻一缕幽香，竟不知其所焚何物。宝玉遂不禁相问。警幻冷笑道："此香尘世中既无，尔何能知。此系诸名山胜境初生异卉之精，合各种宝林珠树之油所制，名为'群芳髓'。"

此处的梦中香气也对应天香楼，宝玉就在这梦中欣赏了《红楼梦》仙曲。因此，按照第五回的诠释，红楼当然就是天香楼。

在宝玉的天香楼一梦中，对"情和淫"的关系也有特别的评价。警幻说："尘世中多少富贵之家，那些绿窗风月，绣阁烟霞，皆被淫污纨绔与那些流荡女子悉皆玷辱。更可恨者，自古来多少轻薄浪子，皆以好色不淫为饰，又以情而不淫作案，此皆饰非掩丑之语也。好色即淫，知情更淫。是以巫山之会，云雨之欢，皆由既悦其色，复恋其情所致也。……"这段文字其实既是对书中情与淫的评价，也是对宝玉的评价。"吾所爱汝者，乃天下古今第一淫人也。"因此，《红楼梦》里面的"淫丧天香楼"，是有所指的。

对《红楼梦》之暗线，我们要结合创作时代背景来看。明朝是极为禁锢妇女的朝代，到了清朝，女孩子的禁忌远比明朝少。明朝讲究禁忌，可以看一个极端例子：名臣海瑞的五岁女儿，因为直接接了男仆人送过来的食物，被认为是失贞不洁，然后羞愧绝食而死。笔者很难想象五岁的孩子有自制力自己绝食，显然是海瑞把女儿给活活饿死了。在当时也有人说过分，理由是礼法上要求七岁不同席，五岁离七岁还差两岁呢。虽然有人认为这个故事不真实，是清朝对明朝、对海瑞的丑化，不过丑化的尺度也不至于如此夸张，就算退后几个等级，也与《红楼梦》的世态相去甚远。明代对妇女的禁锢，背后的一个原因就是，梅毒这样的凶险性病，从"新大陆"传来，席卷欧亚，对所有人的生活方式都带来了巨大的影响，欧洲由此出现了清教徒式的生活模式，还给女人戴上了贞洁带。因此，《红楼梦》中的世态，完全与明代的社会不一样，怀念明朝的遗老应该也写不出来。

某些当代读者对古代的认识,很多是从戏剧里来的,而戏剧的繁盛时代是元代,元代还算是相对开放的时期。到了明代,甚至限制妇女听戏。清代愿意传播《红楼梦》有一个原因,就是推广满族贵族的生活方式,而《红楼梦》里面的男男女女在清代贵族眼中也是过于开放的。看看《浮生六记》里面的《闺房记趣》,我们就可以知道当时的大致尺度。《红楼梦》里面的尺度明显超过了社会认同,而且《浮生六记》在当时(清中期)也属于尺度很大了。《红楼梦》里面的男女接触到民国时期才变成常态,而且其中的狎昵被掩饰了,很多读者读不懂。如果在现在的文学作品中把"湿吻或亲嘴儿"写成"吃嘴上的胭脂",感觉可能就会不同了。《红楼梦》中写宝玉"吃胭脂",这个"吃"字用得好,仅仅是嘴唇的接触不能叫作吃。很多人可能会想到明末的《金瓶梅》,《金瓶梅》写的是社会下层,西门庆也是末流的商人,在古代有"礼不下庶人"之说,对下层人士和世家子女的礼节要求,完全是两个标准。

《红楼梦》一书中真正反映当时男女状态的,当属第二十五回中的一段描写:"别人慌张自不必讲,独有薛蟠,更比诸人忙到十分去:又恐薛姨妈被人挤倒,又恐薛宝钗被人瞧见,又恐香菱被人臊皮……"从这里可以看到,对薛宝钗被人瞧见,薛蟠都是在意的。别人与香菱臊皮肯定不行,但宝玉与宝钗、香菱都有臊皮。第六十二回中,宝玉笑道:"你有夫妻蕙,我这里倒有一枝并蒂菱。"然后,香菱裙子脏了,宝玉安排袭人给她换裙子。把情节对比一下,对古代标准下宝玉的过界,我们就明白了。

我们再来分析一下秦可卿的两个丫鬟名字中的隐含之意。她们一个叫宝珠,另一个叫瑞珠。贾家有贾珠和宝玉,下人犯了主子的名讳,一般是不可以的。林红玉就是因为名讳问题而改名小红。宝珠,一半是"宝"玉,一半是贾"珠",最后的命运是出家铁槛寺,而宝玉最后也出家了。瑞珠的名字则和贾"瑞"、贾"珠"相关联，贾瑞看似是病死，背后却事出有因；贾珠之死也有故事，笔者以后也会分析。贾兰是贾珠的儿子，贾政的嫡长孙，在贾府的地位却与庶子贾环差不多。瑞珠是触柱而死，被谋害的可能性更大，这也印证了贾珠的命运。对此，后面章节还会分析。

天香楼还有更深的含义。在《红楼梦》中参与政治博弈的最高级别的人物应该是太上皇和皇帝，元妃省亲时太上皇出现过，而秦可卿和天香楼与皇帝应当也有关联，就如《水浒传》里的李师师与御香楼一般。"天"字和"御"字都可以指皇帝，我们将在第三部书中进行分析。天香楼关联的红楼内幕，水很深。

另外，贾珍的射箭赌局，也是全书中的一个关键。贾蓉就是秦可卿死后在天香楼得到龙禁尉要职的。历史上，宫门侍卫在后来雍正夺嫡当中起到了关键性作用，书里应当也有所影射。在第三部书中，笔者会分析贾珍、贾蓉在天香楼下的射箭赌局。正是该赌局导致了贾元春和王子腾之死，导致了贾府被猜忌，从而被抄家。

把上述逻辑都看清楚了，我们就会明白为什么天香楼才是全书的焦点，它与全书的政经博弈都有暗线联系。天香楼才是贯穿全书的"红楼"。

（六）凤姐相思毒局、秦家财富与风月之镜

红楼与风月宝鉴之间的关系，关键的点睛之笔在哪里呢？它们之间的逻辑联系纽带又在哪里呢？笔者认为，其中的关键点与王熙凤设局害死贾瑞有关，也与天香楼的淫局有关。《红楼梦》全书文无废墨，不会突兀地安排一个小人物贾瑞之死，还花了不少笔墨，此情节一定对全书逻辑有贡献。

◇◇◇风月宝鉴下凤姐毒局的幕后

在秦可卿之死的相关章节中，作者穿插了王熙凤设局搞死贾瑞的情节，引出了风月宝鉴。第十二回《王熙凤毒设相思局　贾天祥正照风月鉴》中写道，贾瑞丧命前，拿起跛足道人给的"风月宝鉴"，按照约定向反面一照，只见一个骷髅立在里面。脂批曰："所谓'好知青冢骷髅骨，就是红楼掩面人'是也。作者好苦心思。"评语中"好知青冢骷髅骨，就是红楼掩面人"的典故，源自明朝唐伯虎诗《和沈石田落花诗三十首》的第二十二首。唐寅原诗是："花落花开总属春，开时休羡落时嗔。好知青草骷髅冢，就是红楼掩面人。"

《风月宝鉴》是《红楼梦》的另外一个书名。风月宝鉴可以两面照人，对《红楼梦》而言，不同的人有不同的视角。如果这样理解，"风月宝鉴"成为书名，是有道理的。即使如此，王熙凤搞死贾瑞的情节，对全书整个故事的逻辑脉络而言，依然显得非常突兀，难道仅仅是要借此说明王熙凤的狠毒吗？王熙凤的心狠手辣，在多个章节已经体现，不需要在此设置这个情节。如果这个故事本身不是书中的关键情节，只在此出现过一次的"风月宝鉴"能够成为书名，还是让人有些难以理解。关键是"风月宝鉴"与"红楼"似乎风马牛不相及，其中有何暗中的关联，需要深入探讨。

王熙凤对性是非常保守的，书里介绍她是"自幼假充男儿教养的"。在第二十三回，贾琏道："果然这样，也罢了。只是昨儿晚上，我不过是要改个样儿，你就扭手扭脚的。"王熙凤对性冷淡，虽然美丽，但也狠辣，所以平时在外应当不会给人太多非分之想。为什么贾瑞会对王熙凤产生淫心，一见到她就那么自信地觉得，自己可以在她那里得手呢？并且一而再，再而三地琢磨，想要得手，他的胆子和底气是从哪里来的？

王熙凤虽然狠毒，但她也是极为聪明的人，是一个精致的利己主义者，对自己没有好处的事情是不会干的。贾瑞若仅仅是痴心妄想，凤姐只要严词拒绝，威胁要找家族族长动用家法，就可以消除贾瑞的妄念。若贾瑞还不收敛，王熙凤直接到贾代儒那里告一状就解决了，根本不用设计相思毒局，还要惊动贾蓉和贾蔷帮忙。贾蓉和贾蔷一来不是家奴，二来也不是省油的灯，王熙凤也是要付出代价的。

王熙凤一定要设局，合理的推断应当是，贾瑞知道有可以拿住凤姐的事情，能让他得逞。王熙凤肯定也是因为有见不得人的事情让贾瑞知道了，才有设局搞死他的必要。有人说，可能在王熙凤未嫁之前，他们俩曾私通，还说王熙凤也是养女，等等。如此解读，从逻辑上看很牵强。更关键的是，王熙凤如果真的与贾瑞有不能被外人知道的秘密，她设局收拾贾瑞，怎么可能让贾蓉和贾蔷参与？这两个都是宁国府的人，在家族的地位也是很高的。贾蓉是宁国府的爵位继承人，贾蔷是正派玄孙，他俩是贾家人，也与贾琏关系更近，凤姐要有丑事就不怕贾琏知道？一个人给凤姐保密都不容易，两个人一起保密就更难了，而且他俩也可能会要挟王熙凤！说不准他俩还可能倒戈，与贾瑞合伙对付王熙凤呢！这些内在逻辑关系，以王熙凤的头脑，应当都是可以算到的。王熙凤会干坏事，可不会干傻事。

只有当贾瑞手里的牌与秦可卿有关时，王熙凤用贾蓉和贾蔷，才不怕贾瑞搞事情。贾蓉是秦可卿的合法丈夫，贾蔷与秦可卿也有故事。另外，贾蓉、贾蔷和贾琏在天香楼的淫局当中是一伙的，他们的利益是捆绑在一起的，所以让他们入局才没有后患，成本也最低。王熙凤把秘密告诉为她设局出力的贾蓉和贾蔷，也不会有威胁。此秘密不能让家奴知道，所以王熙凤只能用他俩。不过，他们入局后，贾瑞与秦可卿以前的一些秘密可能就不是秘密了。在第六十三回中，贾蓉说："凤姑娘那样刚强，瑞叔还想他的帐。那一件瞒了我!"贾蓉都有说出来的时候,若此事被其他人知道,王熙凤能够安稳吗?

贾瑞与秦可卿以前可能是有关系的。秦可卿是养女,身份并不高,与贾瑞门当户对。在学童闹学堂那一节,贾瑞的表现是勒令金荣给秦钟磕头赔不是。磕头是大辱,贾瑞的处理方式很偏袒秦钟。因为处理得不公,璜大奶奶要去宁国府告秦可卿的状。为何一向在贾府很媚态的璜大奶奶敢去告状?背后原因一是秦可卿是养女,地位原来就不高;二是秦可卿与贾瑞可能有特殊关系。贾瑞二十多岁

嗔顽童茗烟闹书房(清孙温　绘)

没有定亲，这在古代很不常见，其中也有想象空间。璜大奶奶对贾瑞处理闹学堂一事有偏心，心怀不满，若秦可卿与贾瑞没有特殊关系，贾瑞处事不公，告状也告不到秦可卿的身上。最后，璜大奶奶因为看到了尤氏对秦可卿的态度，有些话就不好说了，状才没有告出口。前面分析过，秦钟的父亲秦业是营缮郎，贾政是营缮司的员外郎，秦业是贾政的直接上级。所以，秦钟在贾府学堂里面的地位并不低，秦钟到贾家私塾学习，是因为贾代儒是名师，有水平，贾敬和贾珠科举成功，都是贾代儒教育的功劳。这一点笔者将在后文加以分析。

前面也分析了秦可卿的养女身份，以及"走后门"的潜规则。红楼胜似青楼！在古代，勋贵家里美女成群，青楼书寓是权贵的私密交际圈子。红楼之中的秦可卿应当是类似的角色，是权贵的交际节点，大家都是知道的，从柳湘莲对尤三姐的态度上也能感受到。勋贵内宅的后门和潜规则，贾瑞应当也是知道的，所以他把王熙凤也想成了与秦可卿一样的人物，更何况她俩还是好朋友，都是当家奶奶，且都要"走后门"，所以贾瑞就有了非分之想。他不知道，她俩不同的是，一个是嫡女，另一个是养女，王家背后是勋贵，而秦业是草根发迹，背景完全不同。王熙凤"走后门"不必遵循秦可卿"走后门"的潜规则。

宁国府天香楼的淫局，背后是皇家大工程，是贾琏提到的"三二百万的财"，这说明贾琏也是参与人之一，王熙凤也在"走后门"，斡旋于勋贵府邸间。因为贾瑞与秦可卿、秦钟的关系，贾瑞可能知道一些内幕。秦可卿与王熙凤的关系亲密，也给了贾瑞以联想，让他对王熙凤有了非分之想。贾瑞去见王熙凤，起先可能只说了一些外围的内容，就以为凤姐可以与自己如何如何，结果王熙凤并不买账。在被王熙凤设计，冻了一夜之后，贾瑞依然不死心，再一次去找王熙凤，应当又说了更狠的话来要挟王熙凤，这才让王熙凤下决心设相思局，彻底解决问题。贾瑞之死，除了相思局，也有意外的因素。贾瑞被贾代儒暴打，得病，也是致死的原因之一。贾瑞与王熙凤有此前情，王熙凤当然也乐得见他不治，贾瑞得重病要用参汤救命，王熙凤见死不救，也在情理之中。

王熙凤相思局的关键，是让贾瑞的丑行被贾蓉、贾蔷抓现行，给贾蓉和贾蔷留下字据，这样贾瑞就有劣迹把柄被贾蓉和贾蔷抓住了。贾蓉、贾蔷、贾琏在天香楼淫局中是一伙的，他们抓住了贾瑞的把柄，也等于凤姐抓住了，就能让贾瑞不敢胡来，进而达到设局的目的。所以，王熙凤费心设局，又惊动贾蓉和贾蔷一起行动，完全是有必要的，不仅仅因为她狠毒。贾蓉和贾蔷也乐得收拾与秦可卿有关联的贾瑞，这样凤姐设的相思局对她才没有后患。

不过，贾瑞丑行被抓，他所知道的关于秦可卿的一些私密之事便让王熙凤知晓了，也让贾蓉和贾蔷知晓了，这对秦可卿是致命的打击。就算王熙凤不与其他人讲，并要求贾蓉、贾蔷保密，也等于成了公开的秘密，对秦可卿而言也是极大的心理压力。秦可卿为何要自杀？王熙凤为何在秦可卿死前梦到她？应当都与之有关。贾蓉知道这些后，很可能会告诉贾珍。贾珍请王熙凤协理秦可卿的葬礼，还有利益交换和封口的作用。这样一来，知道秘密的秦可卿的丫鬟瑞珠必须死。宝珠知道其中的利害，也躲开了。

从这个逻辑出发，贾瑞知道秦可卿的秘密，可以要挟凤姐，其实也就是贾瑞知道了天香楼的秘密，天香楼之局与凤姐相思局是有关联的。如此，"红楼梦"与"风月宝鉴"就对应起来了。

◇◇◇秦可卿身后的巨额财富去哪里了？

秦可卿身后的秦家财富去哪里了？这也是读者关注的问题之一。王熙凤设相思毒局搞死贾瑞，不仅涉及男女之事，应当还有其他目的。贾瑞与秦可卿有关联，当然也与秦可卿背后秦家的钱有关联，贾瑞可能知道这些财富，但王熙凤当然不会让其染指。

凤姐用了贾蔷、贾蓉设局来对付贾瑞，是要付出代价的。当贾家要修建大观园时，他俩就找上门来了。在第十六回中，贾蔷、贾蓉想要承揽采买戏班、置办乐器行头等差事。

> 贾琏听了，将贾蔷打量了打量，笑道："你能在这一行么？这个事虽不算甚大，里头大有藏掖的。"贾蔷笑道："只好学习着办罢了。"

从这里可以看出，贾琏是不愿意把这个差事交给他俩的，因为"里头大有藏掖的"，即油水很大。此时书中写道：

> 贾蓉在身旁灯影下悄拉凤姐的衣襟，凤姐会意，因笑道："你也太操心了，难道大爷比咱们还不会用人！偏你又怕他不在行了。谁都是在行的！……"贾琏道："自然是这样。并不是我驳回，少不得替他筹算筹算。"

贾蓉"灯影下悄拉凤姐的衣襟"意在暗示王熙凤。凤姐于是压着贾琏答应了下来，背后有贾蓉、贾蔷为凤姐搞定贾瑞的默契和奖励。凤姐为了让贾琏答应，把贾琏奶妈相求安排的两个儿子也安排了进去。

> 凤姐便问赵嬷嬷。彼时赵嬷嬷已听呆了话，平儿忙笑推他，他才醒悟过来，忙说："一个叫赵天梁，一个叫赵天栋。"凤姐道："可别忘了，我可干我的去了。"

贾琏奶妈的儿子也安排了，贾琏就不好反对了，而后面凤姐那句"希罕你们鬼鬼祟祟的"已经告诉读者,他们之间有见不得人的事情。

此处的关键是,采买戏班等事项要用放在甄家的银子,里面还有故事。这些银子如果真的是贾家放在甄家的,那么动用这笔银子,可不是王熙凤和赖大等人就可以简单决定的,肯定要获得贾母和贾家的族长或长房的同意,贾珍、贾赦都有发言权。贾家一直财务竭蹶,经常为了几百两银子而当东西,贾家哪里来的那么多钱放在甄家?甄家后来寄存财富到贾家,那是甄家被抄家不得已,而贾家此时政治上正走运,怎么会把财富放在甄家呢?书中第十六回写道:

(贾琏)因问:"这一项银子动那一处的?"贾蔷道:"才也议到这里。赖爷爷说,不用从京里带下去。江南甄家还收着我们五万银子,明日写一封书信会票我们带去,先支三万,下剩二万存着,等置办花烛彩灯并各色帘栊帐幔的使费。"

"江南甄家还收着我们五万银子",这个措辞很有意思,"收着"的这些银子可以是贾家放在甄家的,也可以是甄家帮助贾家收账的,用现在的话说,是欠款还是甄家应付账款或代收款并不清楚。现在借着省亲,贾家买戏班等要用钱,以皇家的事由,甄家不好不给;古代放贷非常赚钱,利息极高,存放在甄家的灰色的钱,贾家没有过硬的理由估计是很难要回来的。书中写了王熙凤瞒着贾琏用私房钱在外放贷吃利钱,说明贾家确实财务状况不佳。薛蟠变成"活死人",薛家因葫芦案避难贾家带来的财富,同样难以索要,所以薛姨妈一家厚着脸皮赖在贾家,并谋求薛宝钗嫁入贾家。把放出去的钱要回来,古今都是难事。

贾蓉说"我父亲打发我来回叔叔:老爷们已经议定了",又说"有话明日一早再请过去面议",派了贾蔷等人去,却留下尾巴:"下姑苏聘请教习，采买女孩子，置办乐器行头等事，大爷派了侄儿，带领着来管家两个儿子，还有单聘仁、卜固修两个清客相公，一同前往。所以命我来见叔叔。"这里的关键细节是贾珍命贾蔷前来见贾琏。为什么不是对等的贾珍作为宁国府的老大亲自来，或让儿子去问荣国府的老大贾赦或者贾母，而是要问贾琏呢？从这里我们可以看出，贾琏在此事中有巨大的发言权。这里的"赖爷爷说"不过是幌子，这么多银两，还关系到贾府世交之间的关系，家奴再有势力和得宠，也不该置喙。大管家赖大是人精，自然是懂得的。

贾家在金陵的钱也不会放到其他人家中。在金陵还有贾家的亲戚，而且荣国府在金陵也有看家的人，鸳鸯的老爹就在看家，贾母的钱是鸳鸯的哥哥帮助管理的；若想要利息可以放到钱庄或当铺，贾家与薛家关系密切，薛家就开当铺；甄家属于勋贵，勋贵不能参与商业"与民争利"。有人分析认为，放在甄家的银两是林黛玉的，是林家的财富。对此笔者认为，且不说缺乏直接证据，在逻辑上也不成立。林家老家在姑苏而不在金陵，林如海当官是在扬州，怎么会与金陵的甄家有往来呢？而且林家的财富与贾家关联的纽带是贾敏，一定要贾敏的亲妈贾母发话才可以。从书里看，存放在甄家的五万两，是赖大给指的道儿，用途是采买戏班，并让贾蓉、贾蔷来问贾琏，银子应当与宁国府有关，不可能涉及黛玉。与甄家、林家都相关的事情绕不开贾母，也轮不到宁国府的贾珍和贾琏等晚辈做主。打着建设大观园和省亲的名义，以后大观园成为林黛玉的嫁妆，这笔钱贾家肯定也要算在相关的聘礼里面，对此后面章节还会分析。

问题的关键还是甄家那笔钱的来源问题。经过上述分析，这笔钱应当就是秦家藏在甄家的；或者是做皇家大工程时，甄家参与获得的工程回扣。秦可卿死后，是王熙凤收尾的，因为王熙凤是秦可卿的好友，也知道秦可卿的秘密。秦家死得没有人了，秦家的财富应当在秦可卿身上，省亲又是皇家工程，甄家当然要吐出来。贾家的财富没有放在甄家进行隐藏的需求,但秦家有。秦业是营缮司郎中,财富要隐藏在什么地方,他生前估计考量过。如果作为秦可卿的嫁妆直接放在贾家,则太豪华,会引起别人的注意。而甄家这样的勋贵家族,与亲家贾家又关系紧密,是他们隐藏财富的最好地方。把那么多财富全部放在贾家,秦家也担心被贾家吞了,所以财富放在甄家,又有亲家贾家来制约,这才是隐藏财富最好的选择。

秦可卿死了,秦家人都要死绝了,贾家怎么把财富从甄家弄出来,也是问题的关键所在。秦家绝户了,秦可卿作为外嫁女也死了,财富由贾家主张也不合适,但如果为了省亲给皇家使用,秦家隐藏的财富本身可能又有问题,甄家当然也不敢对抗。贾蓉、贾蔷都是宁国府的,省亲和建大观园是荣国府的事

贾蓉借物言谈隐情(清孙温 绘)

情，为何花钱采买戏班等事由贾珍做决定谁去？为何贾珍又让贾蓉、贾蔷来找贾琏？宁国府为何可以插手此事？原因就是甄家的银子来源与秦家财富有关，贾蓉是秦可卿的丈夫，秦可卿是宁国府的人。秦可卿的葬礼是王熙凤协理宁国府办的，她帮助处理了后事，所以找甄家要钱等事情，离不开王熙凤夫妇。荣国府虽然由王熙凤当家，但王熙凤只不过是主内的儿媳妇，对外找甄家算账也轮不到她，这笔巨额款项的使用，也不该由她做主。因为代表凤姐走外场的人一直是贾琏，所以贾珍让贾蓉、贾蔷来找贾琏，而不找贾赦、贾政、贾母。秦可卿留下的事情，与贾蓉、贾蔷、王熙凤都有关，他们还合作设局，弄死了探知秦可卿秘密的贾瑞，凤姐是要回报他俩的。这一次，他们也是愉快地合作分赃的。

所以，放在甄家的五万两银子，贾府让小辈们拿着去采买，而且还要问贾琏和王熙凤，因为这些财产是秦家的，贾府其他人都不好出面，而贾蔷与秦可卿有一腿（是养小叔子），他知道内幕；贾蓉是秦可卿的丈夫，合法拥有秦可卿死后的妆奁；王熙凤主办秦可卿葬礼，是后来接手之人，又是秦可卿的闺蜜；贾琏是王熙凤的丈夫，在其因女人身份不好出门的时候可以出来做代言人。我们把这些都看清楚了，就明白这个组合背后的性质了。秦钟死的时候只心心念念几千两银子，至于秦家从皇家大工程中获得的财富，秦钟年龄还太小，应当不会知道。不过，这些秦钟知道的钱，后来应当在安葬秦钟的柳湘莲手里，还有当时与秦家一起出现在秦可卿葬礼之上的尤氏姐妹，对此我们在以后的相关章节会进一步分析。

跟随贾蔷等人一起去的，还有"单聘仁、卜固修两个清客相公"。红学研究者认定他俩名字的谐音是"善骗人""不是人""不顾羞"等，换言之，作者暗示他俩不是什么好人。单聘仁等人是贾政门下的清客相公，在第八回中还与詹光一起对宝玉阿谀奉承。脂批对单聘仁的评价是"善于骗人之意"。贾珍为啥要派他俩？关键是，他们是贾政的清客相公，贾政是工部营缮司的员外郎，等于是秦业的副手，贾政的清客们实际上也是皇家工程的捐客，对当初皇家工程的情况应当相当了解。他们符合找甄家要钱的需要，"不要脸""不顾羞""会骗人"也是捐客必须掌握的本事。同时跟着去采办的还有"来管家两个儿子"，他们是王家人。来旺一直紧跟王熙凤，凤姐又把赵嬷嬷的两个儿子也带上了，赵嬷嬷是贾琏的奶妈。因此，我们可以看到，这件事背后有很多山头势力要平衡。为了所谓的采买戏班，去江南那么多人，关键不是去买东西，而是想办法从甄家拿到钱。

从书中写甄家存的这一笔银子及怎么使用，我们可以看出秦可卿身后的财富故事有多么复杂。若秦可卿与贾瑞有私下关系，秦可卿背后的财富，贾瑞也会知道，如果他活着也是要分享的。凤姐、贾蓉、贾蔷当然不愿意让贾瑞参与。作者文无废墨地埋线，就是要暗示其中的真相，否则也不会无厘头地写这么多人。五万两是巨额资产，没有缘由是不会存放在甄家的。而采买戏班就要三万两，有点费用过度支出。对比一下，贾赦买嫣红只花了八百两。戏班的采买要价是三万两，实际花费大约一万两就应该可以了，所以贾琏当时就说"这个事虽不算甚大，里头大有藏掖的"，其中可以"藏掖"的利益巨大。后来，王夫人赶走芳官等戏班丫鬟，应当也知道当初的三万两花费有水分。剩下的"置办花烛彩灯并各色帘栊帐幔的使费"二万两，估计也大有水分。贾家借省亲的时机，把秦可卿死后不易索取的利益，从甄家提取变现，贾琏、贾蓉、贾蔷、王熙凤等人，都额外进项了一大笔钱。

对这个"里头大有藏掖的"事情，我们看到，王熙凤和贾琏都不屑于要贾蓉、贾蔷的"小利"。

（贾蓉）又悄悄的向凤姐道："婶婶要什么东西，吩咐我，开个帐给蔷兄弟带了去,叫他按帐置办了来。"凤姐笑道:"别放你娘的屁!我的东西还没处撂呢,希罕你们鬼鬼祟祟的。"说着,一径去了。这里贾蔷也悄问贾琏要什么东西,顺便织来孝敬。贾琏笑道:"你别兴头,才学着办事,倒先学会了这把戏。我短了什么,少不得写信来告诉你。且不要论到这里。"说毕,打发他二人去了。

贾琏和王熙凤是有便宜就会占的人,他们不要小利是为了分大利。王熙凤不要这些小利也算还了与贾蓉、贾蔷一起做局贾瑞的人情;让他们带上贾琏奶妈赵嬷嬷的两个儿子——赵天梁和赵天栋,是因为他俩是贾琏的代理人,贾琏和王熙凤是要从他们采买当中藏掖的那部分中分一份儿的。

情节发展至此,好多故事内幕就清晰了。贾瑞知道秦家财富的秘密,因此凤姐搞死贾瑞非常有必要。贾瑞对贾琏、贾蓉、贾蔷他们而言,是圈外人。跛足道人给贾瑞的风月宝鉴,镜子正面的美女代表的是淫心,反面的骷髅则说明天香楼的财富博弈、政治斗争,隐含着要死人的险恶之事。骷髅表明,贾瑞知道了看似可以要挟凤姐的见不得人的事情,是要死人的!贾瑞若通过照镜子,知道其中的险恶,不再去参与,能够及时躲开,还可能活下来;但贾瑞不死心,那他必然是死路一条。此逻辑延展开来,就是全书人物的生存关键:参透事物背后的生死、险恶的人,才可以生存;沉溺于富贵、享乐、情欲的,就要走向灭亡,最后白茫茫一片真干净。因此,"风月宝鉴"与"红楼梦"一样,可以成为书名。

三 贾宝玉是贾家的财富核心

从经济和财产关系角度分析《红楼梦》，再结合古代文化和社会状态，可以给我们带来不一样的视角。贾宝玉实际上是贾家的财富中心，所以他才有那样的地位，不是简单地受贾母宠爱就可以达到的。

看过《红楼梦》的人，都知道书里面家族的核心是贾宝玉。为何他是家族的核心？本节要讲的是财富博弈，这在古代封建社会大家族中是极为重要的。贾家的很多亲戚衰落得很快，比如贾代儒以教家塾糊口。贾宝玉之所以能够成为贾家的核心，在于贾家围绕他打造了以家道中兴为目的的财富博弈核心！

（一）贾宝玉的真实价值在于联姻

贾母是《红楼梦》里面地位最高的大家长，特别喜欢、溺爱贾宝玉，所以读者认为贾宝玉肯定是核心。如此感觉与现在小家庭的感觉差不多，但与古代大家庭规则完全不符。贾母在贾府里面地位最高，但古代还有"夫死从子"！执掌家族的首先应当是嫡长子，嫡长子下面还有嫡长孙。贾母可以宠爱贾宝玉，但在礼法森严的时代不能犯禁，家族里面其他人也不会服气，这些使贾母的宠爱作用有限。

书里还有一个甄宝玉，他与贾宝玉一样，小时候受到祖母的宠爱。作者笔下这两个一真一假的宝玉，真正的差别在哪里？其中的差别可不仅仅是后来贾宝玉出家了，甄宝玉继续走科举之路。他们最大的差别是在家族礼法当中的地位。甄宝玉是甄应嘉的儿子，是爵位继承人；贾宝玉则是二房出身，还有一个哥哥贾珠，他没有爵位继承权！因此，他俩在古代大家族中的实际地位，在宗法上差别极大。能够袭爵的是真宝玉，不能袭爵的是假宝玉。

我们先看荣国府里面按照礼法和宗法的尊卑继承顺序是什么样子的。嫡长子贾赦没有被夺爵前，贾赦死后袭爵的是嫡长子贾琏，贾政一支本身是嫡次子，要排在嫡长子、长孙之后。从家族尊贵和礼法的角度出发，贾琏肯定是未来的当家老大，贾宝玉的继承位次排在后面。兄弟分家要平分，贾宝玉的实力，在于通过联姻带来的财富。

贾政的长女成了元妃，贾政在贾家的地位提高了。贾政的嫡长子是贾珠，贾珠早死，所以贾政的地位应由嫡长孙贾兰世袭。如果贾琏无后，按照礼法顺序，由近支袭爵的话，也是贾兰袭爵。同时，贾兰学习好，很上进。就算王夫人喜欢贾宝玉，但老儿子和大孙子之间，为何会有那么大的差别？对贾母也是一样，亲重孙子只有贾兰一个。《红楼梦》开篇时，贾琏生龙活虎，也轮不到贾宝玉。真的在大家族生活过的人都知道，像贾宝玉这样的，长子、长孙、长房几头都不靠，大多数情况是几头受气，不会那么风光。更何况贾宝玉还任性胡来，学习也不用功，与贾兰的好孩子形象相去甚远。

贾家在外面被说得无上风光，社会地位却不断衰落。古代皇权对勋贵势力的打压，就是让他们阶层滑落。因此，贾家如何保住财富是关键。

贾家的衰落程度，可以从秦可卿死的时候贾蓉的捐官看出来。秦可卿死的时候给贾蓉捐官，从贾蓉简历可以看到，贾家是世袭递降，不是世袭罔替。贾蓉的曾祖是一等神威将军，而其祖父贾敬则是进士，没有承袭二品将军的职位，到他父亲以后就是三品爵威烈将军。也就是说他们世袭下来的职位，在贾敬那一代，已经比不上进士的地位了。等到贾蓉这一代，还要去捐官。要是贾蓉的世袭爵位高贵，哪里有捐官的必要？三品是参将，再往下就不叫将了，要叫校尉。

古代以文制武，文官比武职高，世袭的武职，很难有机会带兵，只有领钱的权利，而没有领兵的权力。清朝获得世袭罔替爵位的人很少，当年为了不给曾国藩等人更高的爵位，才给了他们世袭罔替的爵位。贾蓉的世袭递降，没有四等将军，本身就是尉的官职，递降之后应当是四品武职。所以说，贾蓉本身就享有一个尉官的世袭职位，而捐的职位，可能给的是实职或者半实职，世袭的武职只不过是荣衔领饷用，捐过以后才可能真的会去补缺。

再看贾琏，按照世袭规则，他应当与贾珍享有一样的品级，但他捐了个五品同知的官位，是文官，文官的地位高。同知为知府的副职，字面意思是同知府，正五品，因事而设，每府设一二人，无定员。同知分掌地方盐、粮、捕盗、江防、海疆、河工、水利及清理军籍、抚绥民夷等事务，同知办事衙署称"厅"。厅级、厅官等官位级别，以同知为标准，厅级品级基本就是贾家与外界打交道的级别。因此，贾雨村当上了要缺的知府，是四品官；江苏各府都是三个字以上①，都是要缺，地位与贾家相比，只能说贾家是"瘦死的骆驼比马大"。

分析之后，我们就可以知道贾家的状态了。贾府享有的荣光和巨大的家业要维持，本身就压力巨大，而且还世袭递降，意味着递降之后的爵位俸禄越来越少，开支却随着家族人口的膨胀而越来越多。古代对勋贵家庭，也有维持富贵的潜规则。他们虽然衰落了，

---

① 古代各府因自然条件差异、交通通塞、事务繁闲、人口多寡、路程远近、案件多少、民风顺劣，定有"冲、繁、疲、难"四个字，省会或四个字都含有的为最要缺，含三个字的为要缺，含两个字的为中缺，含一个字或四字全无的为简缺。

但门第并不低。贾府的门第级别,由贾母的地位决定,这也是荣国府比宁国府地位高的原因。荣国府贾母的地位要按照其丈夫的品级地位计算,全家地位以最高的爵位计算,所以宁国府也要把荣国府的贾母老太太供到最高处。贾母死了,贾家的门第就要下降。所以,贾家要维持社会阶层不滑落,压力巨大。

明朝从五品的职位,里面有员外郎一职。贾政的官职是员外郎,从五品,贾琏捐的是正五品同知(府),但贾琏基本上不可能补缺,与贾政的实职权力差别很大。

要想改变命运和维持家族阶层不滑落,在古代主要有两个途径:科举和联姻。贾家的两府,宁国府是贾敬考中了进士,荣国府是贾珠考取了功名,并联姻了李家,但可能还受到李家获罪的株连,所以一开始,情况就很不理想。因此,贾家维持家族阶层的主要方向,要靠联姻。

贾家联姻的优势在于门第高。古代结婚要看家门的台阶和门楣的装饰,门第的本义也是指这个。媒婆往来说亲,讲门当户对,真的只看大门。贾家世袭递降,但祖宅是老国公修建,当时门第多高现在就多高。老国公虽然死了,但不会把大门给扒了,除非因罪夺爵;而后代级别不够,想要再建的话,再搞与祖先一样的门第就是逾制。所以,光宗耀祖不是一句空话。老祖宗带来的门第不用世袭递降,还是高门大户,从而给联姻带来了实际的方便和优势。在讲究门当户对的古代,利益最大化是关键。联姻富豪权贵这条道路,西方的旧贵族也这样干。很多有封号的西方社会贵族,也与资本家新贵联姻,以改变家族财务状态;资本家新贵为了不被说成暴发户,也愿意联姻。尤其是西方的贵族爵位可以由女方继承,一夫一妻制下孩子的数量有限,通过联姻,女贵族可以让子孙后代有爵位,资本家也有这样的追求。贾家培养贾宝玉,就是为了走联姻之路。

《红楼梦》成书的年代,社会风气就是"女索重聘,男争厚奁"。

如湖南《龙山县志》记载，当地人议婚，"多访其女有私财者，然后请媒妁求之"；直隶《成安县志》记载："装奁一节，成邑奢靡太甚……往往有因嫁一女竟至败产倾家，一蹶而不可复振。"所以，通过嫁娶改善贾家财务紧张的状态，也是贾家保持富贵的一个选择，就如进入贾家的王夫人和凤姐。王家带来了丰厚的嫁妆，所以荣禧堂是二房贾政和王夫人居住，而凤姐也可以说："把我王家的地缝子扫一扫，就够你们过一辈子了。说出来的话也不怕臊。现有对证，把太太和我的嫁妆细看看，比一比你们，那一样是配不上你们的。"（第七十二回）而仅仅有王夫人和凤姐的嫁妆，仍不足以支撑贾家的巨大支出，所以还需要有贾宝玉这个联姻王牌。

贾家联姻，要打造自己的优势联姻资源，贾宝玉就是资源之一；另外一个就是贾元春，贾元春成功地嫁入了皇家，一步步升到了贵妃的位置上，元妃省亲给家族带来了无限荣耀，不过已经是家族衰败后的回光返照。本节的重点不是讨论皇妃元春，女儿外嫁攀高枝带来的利益，不如儿子找对目标娶进家门更直接。因此，贾家重点打造的联姻精品就是贾宝玉。贾家从小就开始树立贾宝玉的形象了，"口含宝玉出生"等异数，就是要塑造宝玉天赋异禀的形象，与现在有的家长处处宣扬自己的孩子出生就是天才相类似。贾宝玉的形象不容破坏，贾环可以招猫逗狗、寻花问柳，但宝玉绝对不许，这也是金钏让宝玉找彩云和贾环时，王夫人绝对不能容忍的原因之一。贾家眼里的宝玉，其他家未必认。宝玉在外公开的身份是二房次子，他读书好不好很关键，因此贾政逼着宝玉读书。而黛玉是否嫁给宝玉，黛玉自己的想法不起主导作用，林家的托孤人——黛玉的老师也要看宝玉的成长发展情况。为什么荣国府长子长孙贾琏的联姻比不上贾宝玉？一是贾赦一支本来钱就不多，二是王熙凤非王家当家人王子腾的女儿，家产无法与林黛玉相比。王熙凤能够掌管荣国府，实权超过邢夫人，本已说明王熙凤联姻带来的财富在发生作用。

（二）贾珠的人生命运跌宕

◇◇◇贾兰地位不高与其是贾政嫡长孙身份不符

在《红楼梦》中，李纨、贾兰母子是一对奇怪的存在。为什么这么说呢？因为根据他们的身份，在荣国府应该非常有地位，而现实却不是这样。李纨的丈夫贾珠是贾政的嫡长子，也是荣国府的长孙，他的年龄应当比贾琏还大一些，地位应该是很高的。李纨是他的正妻，他们的儿子贾兰是贾政的嫡长孙，也是荣国府的长重孙（贾琏没有儿子）。所以无论从哪个角度来看，贾兰都应当是荣国府非常有地位的公子。然后在书中，贾兰的每次出场经常伴随着贾环，要知道，贾环可是庶出，在宗法上，这两人的地位差别是很大的。

正常情况下，就继承权而言，贾兰在贾宝玉之前，贾兰应当地位很高才对。《大清律例》"官员袭荫"条中规定："凡文武官员应合袭荫者，并令嫡长子孙袭荫；若嫡长子孙有故，嫡次子孙承荫；若无嫡次子孙，方许庶长子孙袭荫；如无庶出子孙，许令弟侄应合承继者袭荫。"所以贾兰的继承权应当排在贾宝玉前面，然而贾兰的地位却远不如宝玉，这其中必然有特殊的原因。

在贾母和王夫人眼中，贾兰和贾环一样，有无皆可。贾政在母亲面前说，何不将疼孙子的心略放在儿子身上，抱怨贾母溺爱宝玉。此话也可反用在王夫人身上，何不将疼儿子的心略用在孙子身上？过去，老儿子、大孙子是家里最受宠的，贾兰与贾宝玉起码应当地位差不多才对。贾兰的地位原本不低，然而在贾府却没有得到应得的重视。贾兰和贾环不同，贾环是庶出，且不上进，不被重视，也说得过去。贾兰出场不多，且身边总有贾环，每次出场几乎都是问安贾政、贾母，或者给宝玉敬贺生日等场合，仿佛只是个影子，依礼而行，故事比贾环还少。贾兰的母亲李纨，更是平时一身素装，活死人似的，在贾府各处，行事都非常低调，与其长孙媳妇的地位并不相符。书里还介绍了李纨的身份门第，她是国子监祭酒李守中的女儿，与贾家门当户对。为何会这个样子？

李纨和贾兰的实际地位不高，书中还有一处细节有所体现。在第八十八回中，宝玉赞扬了贾兰的学业，贾母见到了李纨和贾兰，书里是这么写的：

> 李纨尚等着伺候贾母的晚饭，贾兰便跟着他母亲站着。贾母道："你们娘儿两个跟着我吃罢。"李纨答应了。一时摆上饭来，丫鬟回来禀道："太太叫回老太太：姨太太这几天浮来暂去，不能过来回老太太，今日饭后家去了。"于是贾母叫贾兰在身旁边坐下，大家吃饭，不必细述。

我们看到，李纨在贾母吃饭的时候是站着的；对比一下，凤姐在贾母吃饭的时候不用站着伺候，贾宝玉肯定会有座位。按照正常宗法秩序，贾兰的嫡长孙地位原应是很高的，比贾宝玉的嫡次子要高。但在贾母这里，当得知太太、姨太太不能过来之后，贾母才叫贾兰坐下。由此可见，李纨和贾兰的地位很低，在贾母吃饭的时候站着，没有座位；王夫人和薛姨妈不来了，空出座位以后，贾母让贾兰坐，他才能够坐下。如果贾兰真的是贾政的嫡长孙，那么应当早就为其摆好了座位。

有人说这是因为李纨是寡妇，但贾母也是寡妇。千万不要小看李纨的来头，李纨的父亲李守中曾为国子监祭酒，这个职位并不低，是从四品，而且学术地位也高，是古代几个学术首脑之一，属于实际地位比品级要高的职位。更关键的是，李守中掌管的学生都是京城的权贵子弟；能够当监生的子弟，不是捐钱的富贵人家，就是高官的孩子，因此李家人脉了得。在古代，穿什么样的衣服，要与身份地位相符。《汉书·高帝纪》八年："贾人毋得衣锦、绣、绮、縠、绨、纻、罽。"这是对商人的穿着限制，而平民只准穿不染色的衣物。李纨是大家小姐，在古代只有进士的女儿才可以叫小姐，国子监祭酒须进士出身才能够担任。李纨在贾府也不缺钱，月钱和贾母、王夫人一样，都是二十两银子，同时又有园子收租子，年终分年例也是头等，一年有四五百两银子。在门当户对的情况下，李纨带到贾府的嫁妆应当也很丰厚，不会因为带到贾府的嫁妆不足而受到歧视。李纨有足够的收入可以穿好衣服，丰厚的嫁妆以后都归独子贾兰享有，贾兰在贾府的财富地位也有保障。

那么为何李纨和贾兰地位很低，还经常与庶出的贾环为伍？问题不光是贾珠死了、李纨守寡那么简单。第四回提及李纨时说："原来这李氏即贾珠之妻。珠虽夭亡，幸存一子，取名贾兰，今方五岁，已入学攻书……"此时，宝玉八岁，长贾兰三岁。在第七十八回中，贾政命贾兰作诗一首，"众幕宾看了，便皆大赞：'小哥儿十三岁的人就如此，可知家学渊深，真不诬矣'"。贾兰有身份有水平，为何在贾府不得宠呢？

有研究者说贾兰是贾珠、李纨从别人那里过继的养子，与贾家没有血缘关系，所以地位不高。笔者认为此逻辑也有问题，这是对中国古代规则不了解。且不说贾兰的过继，书中没有直接交代，更关键的是，贾珠一死，就立即过继一个孩子给李纨，这在古代是不合礼法的。过继给贾珠的孩子，身份是嫡长子一门的长孙，地位要在嫡次子之上，没有贾府骨血是不可以的。一般情况下，若李纨无子，可能改嫁，就算在家守节，也要守够年头，才会过继宗人之子。一般是过继嫡次子的庶出次子，必须是贾府的直系血脉来延续香火，也就是过继宝玉的二儿子。过继之后，家里的袭爵次序，就变成了嫡次子贾宝玉优先了。家族袭爵次序的安排还有一个关键，就是在世袭递降的时候，嫡次子袭爵降一次，死去的嫡长子的长子袭爵算袭爵了两代，要降两次，对整个家族利益而言，属于吃大亏。清朝的勋贵爵位，世袭递降是主流，世袭罔替比较少。贾家也是世袭递降的状态，所以主流的做法和贾家的实际情况是，嫡长子死了，即使无后，也绝对不会立即给他过继嗣子，除非贾珠已经袭爵，而且没有近支兄弟可以兄终弟及，必须找到后代来继承。若给贾珠过继子嗣延续香火，谁有决定权？贾珠死时非常年轻，肯定不会自己过继；他死后要过继，不是李纨单方面能够决定的，要贾府长辈族人决定，还要获得大宗族长的认可，才符合礼法。因此，如果贾兰是过继的，不可能没有贾家血缘。同时，只要过继过来当了嗣子，获得的家族和宗法地位，就与亲儿子是一样的，地位也低不了。所以贾兰是过继嗣子一说，应当是不成立的。

还有人说贾兰是庶出，这个逻辑也不通。侍妾身份以上的女子生了孩子以后，是不会被赶走的，而实际情况是李纨把贾珠屋里其他女人都放走了。在第三十九回中，李纨道："……想当初你珠大爷在日，何曾也没两个人。……你珠大爷一没了，趁年轻，我都打发了。若有一个守得住，我倒有个膀臂。"在贾珠死后，李纨第一时间就把贾珠的妾都给打发走了，因此贾珠的妾应当都没有生孩子，更不会是妾生的孩子由李纨收养。而且，就算贾兰是庶出，他作为贾珠的独子，是唯一的承嗣人，在家族和宗法上的地位与嫡子是没有区别的。所以，贾兰是李纨亲生的。

贾兰地位不高，与嫡长孙的身份不符，关键是他父亲贾珠在家族宗法上的地位变化！

◇◇◇贾兰是赵姨娘的亲孙子？

对贾珠、贾兰的身份，笔者仔细考据了通行本，发现贾珠是赵姨娘的儿子，贾兰是赵姨娘的亲孙子。贾珠被王夫人收养，成为了嫡子，当他死后，其身份从收养的嫡子变回了庶子。这个发现估计让众多的红迷难以接受，但书中确实是有明写的。

有关证据可以从第一百一十六回找到。贾政把贾家的几个孩子都交付给贾琏，叫他管教："今年是大比的年头，环儿是有服的，不能入场；兰儿是孙子，服满了也可以考的。务必叫宝玉同着侄儿考去，能够中一个举人，也好赎一赎咱们的罪名。"贾政的话说得很清楚了，贾环、贾兰、贾宝玉都在服丧，但贾环的服丧期要比贾兰和贾宝玉长，所以赶不上科考。那么，他们都在为谁服丧呢？为什么贾兰和贾宝玉的服丧期一样，而贾环的服丧期要长呢？根据书中情节，赵姨娘与贾母几乎是同时死亡的，最大的可能就是贾宝玉在为祖母服丧，贾环在为母亲赵姨娘服丧（至于贾环为什么服丧时间更长，我们在后面分析）。那贾兰在为谁服丧呢？只能是在为赵姨娘，贾政说了"兰儿是孙子"。但是按照古代的宗法礼制，贾兰与自己和父亲没有血缘关系的祖父的侍妾，是不用服丧那么久的。贾兰之所以要给赵姨娘服丧，最大可能他是赵姨娘的亲孙子，不过他服丧的时间比赵姨娘的儿子贾环要短。因此，贾珠可能是赵姨娘的儿子，当初被王夫人收养了。

如果认定贾珠是赵姨娘的儿子，贾兰是赵姨娘的孙子，那书中很多让人不理解的地方，逻辑就都通顺了。王夫人长时间没有嫡子，贾珠是庶出长子，古代的规则就是嫡妻无子，妾所生的长子由嫡妻收养。嫡妻在没有生儿子的情况下，对外甚至对族人宣称收养的孩子是自己所生，也属于古代的潜规则。因此，外面的人都认为王夫人生了贾珠，贾珠是"嫡子"，连黛玉的母亲贾敏也被隐瞒了。

贾宝玉出生得晚，贾珠非常优秀，又科举成功，所以贾家很早就把贾珠按照王夫人嫡子的身份报给了朝廷，又按照嫡子的身份与李家联姻娶了李纨。贾珠的亲娘是谁，贾政肯定知道，服丧祭祀是不能骗鬼神的；后来，嫡妻王夫人生了贾宝玉，加上李家获罪，逼死贾珠也就没有了顾忌;贾珠身份变回庶子,所以贾家也就不用祭奠贾珠了;再后来,赵姨娘又生了贾环,王夫人已有嫡子贾宝玉,也就没有再收养贾环。这样一来,贾宝玉实际是嫡长子,与他在贾府受宠是对得上的,但对外他还是嫡次子;贾兰的实际身份是庶出贾珠的儿子,因此在贾府的地位低,与贾环一样,在贾府很多活动中没有位置;因为是赵姨娘的后代,所以贾兰与贾环经常在一起,也符合其身份。赵姨娘为贾政生过长子,因此心里想要上位,经常妒忌宝玉,就可以解释了。

后四十回的通行本依据的是程甲本,笔者查询了通行本之外的程乙本(作家出版社出版,2021年2月),也是如此写的。很多读者对后四十回是不承认的,但不论怎么说,这是高鹗、程伟元对《红楼梦》的理解,贾兰是赵姨娘的亲孙子。再怎么说,高鹗、程伟元都是红学名家,他们的理解和解读应当得到重视。笔者是依据全书一百二十回进行解读的,而且笔者发现后四十回与前面八十回很多暗线是可以对应的,认同后四十回是作者的草稿,高鹗等人只不过是编辑者和出版者。若按照贾珠作为庶出进行解读,前八十回很多让人疑惑的内容,逻辑就都能够对得上了。

很多人认为贾珠是王夫人生的嫡子,他们的主要依据就是冷子兴对荣国府的演说。然而,冷子兴对贾府来说是外人,王夫人收养了妾室赵姨娘的儿子,对外肯定宣传是嫡子,冷子兴并不知道。即使冷子兴知道,但贾府对外把贾珠当作嫡子,冷子兴也不可能把这个秘密随便告诉外人贾雨村。从后来的服丧和贾政所说的话可以看出,贾政是对家人说的,没有必要再隐瞒了,而且守孝这样的大事,是不能骗鬼神的。因此,贾政所说,应当是更可信的;冷子兴的说法,是以外人视角看贾府,并不等于真相。冷子兴演说荣国府,不等于作者旁白,是会有错误的,而且还不止一处。冷子兴犯错,也是作者在告诉读者,当时外人的视角只是明线,而暗线与明线并行。

贾珠开始时肯定是被当作嫡子养的，而在贾宝玉出生后，他的位置就尴尬了；然而贾政最喜欢这个长子，因为贾珠非常争气，学习优秀，科举成功，给家里带来了巨大的声誉。同时，贾家与李家联姻，李家是国子监祭酒，当然必须配贾珠的嫡长子身份。书中，宝玉挨打的时候，王夫人说"我如今已将五十岁的人"，说明王夫人是四十岁左右才生了宝玉。古代，这个年龄之前长时间未生育，应当是被认为已经不会再有孩子了，因此王夫人之前也会把贾珠当作亲生儿子看待。贾家也会把贾珠按照嫡长子进行培养。贾珠不负众望，学习优秀，又科举成功，为家族带来声望，贾政最爱，贾母也认其嫡孙的身份，因此贾珠对外的身份就是嫡长子。贾宝玉出生后，即使贾珠死了，也不可能立即取消他的嫡长子身份，所以贾宝玉就变成了嫡次子。王夫人养大了贾珠，多少也有一些感情，还与国子监祭酒李家联姻。后来，王夫人意外地有了贾宝玉，她的心态就不一样了。因此，贾珠的地位直线下降，而贾珠的儿子贾兰出生在贾宝玉之后，加上李家获罪，且贾珠已死，人们对贾兰就不闻不问了。贾政则不同，他对学习好的长子感情很深，赵姨娘为他生了长子，所以贾政一直睡在赵姨娘那里。

关于贾珠的身份，书中还有一个证据，就是贾母把宝玉、元春带在身边抚养，却没有带贾珠。在第三十四回中，王夫人对袭人说："我的儿！亏了你也明白这话，和我的心一样。我何曾不知道管儿子。先时你珠大爷在，我是怎么样管他，难道我如今倒不知管儿子了！"为什么贾母不带贾珠？因为他是庶出，就如贾母不带贾环一样。至于王夫人对贾珠，抱养和亲生在管教上是有区别的。贾兰比宝玉小不了多少，第四回写道："珠虽夭亡，幸存一子，取名贾兰，今方五岁，已入学攻书。"也就是说，贾兰的年龄比黛玉小不了多少，冷子兴说"今只有嫡妻贾氏生得一女，乳名黛玉，年方五岁"。后来，贾雨村教黛玉一年多，然后将她送到了贾府。对比一下，贾兰比宝玉也就小三岁。也就是说，贾珠十四岁进学，二十岁死前有的贾兰。贾珠科举进学的时候，宝玉还没有出生。王夫人长时间把贾珠当亲儿子养，到贾珠进学了，还没有生子，正常情况下，贾珠就应当被当作嫡长子，与李家联姻。因此，外面都知道贾珠是嫡长子，而且以嫡次子的身份看待贾宝玉；同时，贾政喜欢贾珠而嫌恶宝玉，也一直把贾珠当作嫡长子、把宝玉当作嫡次子看待。在本书后面的解读中，笔者写外人看宝玉的时候，依然依据这个逻辑，包括与贾家联姻的林家、王尔调来做媒的张老爷家，等等。

在前八十回中，王夫人也有念叨贾珠的时候，有人据此认为王夫人很喜欢贾珠，所以贾珠应当是嫡子，笔者认为这个看法也是片面的。原因是贾宝玉出生时，贾珠应当已经基本成年，王夫人把贾珠当亲生儿子养了很多年，当然会有感情，只不过这个感情要看与谁相比；王夫人对贾珠的感情，肯定比对贾兰和贾环深，但无法与对宝玉的感情相比。若贾珠真的是王夫人亲生，则贾兰就是她的大孙子，在她那里的位置会有极大的不同，可她对贾兰的态度基本是不闻不问，而且李纨的地位与嫡长子媳妇也有很大的差距。王夫人念叨贾珠，还有一点是因为贾政最喜欢贾珠，她也是为了迎合贾政，在打感情牌。贾政打宝玉时要拿绳子勒死，王夫人当时却哭贾珠，这里面还有更深的原因，我们将在第二部宝玉挨打的章节详细分析。

在前八十回中，我们还可以看到，赵姨娘找马道婆搞巫蛊，想要搞死宝玉和王熙凤。为什么赵姨娘会选择他俩？在继承权上，贾兰若是嫡长孙，应当是排在贾宝玉的前面，即使巫蛊搞死了宝玉，贾环也不能上位啊！为什么赵姨娘没有针对贾兰？因为贾兰是她的亲孙子。贾宝玉要是死了，贾政这一支剩下的就都是赵姨娘的骨血了，赵姨娘就是母以子贵。就算不能上位正妻，在贾府祠堂也肯定有她的牌位，就如庶子当了皇帝，生母也会被追封为太后一样。否则，赵姨娘是"奴几"侍妾出身，肯定不能在祠堂当中有牌位。古人对此是极为在意的。

在贾赦这一房，王熙凤当时还有望给贾琏生儿子，如果她死了，也是增加赵姨娘孩子的机会。当初，贾母的孙子里面，贾珠最年长，同时被王夫人收养，也算是嫡子，还考取了功名，而贾琏读书根本不行，只不过捐了一个官，对比之下，贾珠才干碾压贾琏。在家族爵位的继承上，按宗法规定肯定是贾琏，但在掌家的问题上，贾珠则非常有竞争力，尤其是若贾珠没有早亡，而是进一步科举考取进士、翰林，当上高官后，李纨应当比王熙凤在后宅更有权力。就如贾政是举人，获得了官职，而贾赦空有爵位。在家族当中，王夫人也碾压邢夫人，贾政住在荣禧堂，贾母和贾赦住在老院子。因此，王熙凤与李纨、赵姨娘会有激烈的冲突，贾珠之死，保不齐王熙凤也干过啥事情呢！如此一来，各种逻辑就都通顺了。对此，我们在第二部相关章节将继续分析。

在《红楼梦》里，赵姨娘就是用风月宝鉴的骷髅那一面去照的，被狠狠地丑化了。她有可恨的一面，也有可怜的一面，她在贾府其实是一个弱者。贾珠的命运跌宕，对李纨和贾兰都有重大影响，而他们的命运与赵姨娘的关系，对理解《红楼梦》非常有帮助。作者还是一贯的"真事隐"风格，把赵姨娘与贾珠的关系给雪藏了。大家可以不认可高鹗、程伟元的后四十回，但谁也不能否认高鹗、程伟元是红学大家，也不能说他们的后四十回不是红学的主流。贾兰是赵姨娘的亲孙子，与前八十回的情节并不冲突，因此不能说是高鹗、程伟元背叛了曹雪芹创作原意。

对赵姨娘的丑化，实际上非常符合一个在大家族里面地位卑微却受宠、又能生孩子的女人被家族其他人丑化贬低的规则。如果你明白她是因为儿子被逼死，才带着仇恨、心理扭曲，对她的行为就可以宽容得多了。

◇◇◇贾兰、李纨应当被李家株连

贾府与各种亲贵紧密交往且结盟，但为何与身为国子监祭酒的李纨的父亲不走动呢？书中，贾家对这个有巨大人脉和学术声望的亲家基本不提，必然有更深的原因。

国子学或国子监，是中国古代封建社会的教育管理机关和最高学府，具备两种功能，一是国家管理机关，二是国家最高学府。国子监的设立是相对于"太学"而言的，除了是国家传授经义的最高学府外，更多地承担了国家教育管理的职能；国子监与太学也可互称，人们经常用太学指代国子监。因此，李纨的父亲非常有地位。这里有一个关键问题，就是贾家的子弟为何一个都不入国子监读书？以贾家的世家家世，子弟都入国子监读书才合适，尤其是贾政还想要孩子考取功名，在国子监读书的监生有巨大优势。因为国子监有名师传授知识，监生身份可以和秀才一样，直接去考举人。书中所有的贾家子弟，都没有入学国子监就学，而是在自家家塾学习，与勋贵世家的地位和通常做法非常不符，更何况国子监还是自己的亲家在当家。

在《红楼梦》中，只有贾蓉的履历上出现了"江南江宁府江宁县监生贾蓉，年二十岁"的监生身份。贾宝玉、贾兰科考没有考进士，直接考举人，应当也有监生的身份，而贾家与国子监祭酒有姻亲关系，他们却都没有到国子监读书。关于贾宝玉和贾兰参加乡试，在第一百一十八回，王夫人说："他爷爷做粮道的起身时给他们爷儿两个援了例监了。"也就是说，在贾政当粮道的时候，才捐了例监的资格，因此能够参加乡试，监生的资格并不是世袭。过去考取了秀才，也不过有了到县学、府学去学习的机会，而有了勋贵的监生资格，就可以直接到国子监学习。贾府有如此好的条件却不利用，本身就非常奇怪。

书里面还有一个情节：李纹、李绮是李纨的堂妹，在进贾府的时候，作者说是李纨的寡婶带进来的，也就是说李纹、李绮的父亲已经去世，她们的母亲带着她们俩来投奔李纨。她们投奔贾府，应当是因为李家已经没有财富，也没有人了，李家的其他亲戚也都死去或被流放了，不得已才来投奔的；因为李纨毕竟不是贾府当家媳妇，她们来了也不会太被看重。按照投靠顺序，她们合理的投靠对象，应首选李家的宗亲，不会去投靠外姓；内外有别，在古代很讲究。就如林家，在第五十七回中，紫鹃说："林家虽贫到没饭吃，也是世代书宦之家，断不肯将他家的人丢在亲戚家，落人的耻笑。"所以，李纹、李绮来找李纨，肯定是因为李家到了走投无路的地步。

综合这些情况，非常合理的结论是，李家已经败落，而且不仅仅是败落，应当是犯罪且株连了整个家族。李家的男性，都遭受了处罚，不是被杀，就是被流放了。李纨是犯官之女，在李家犯案的时候，她已经嫁给了贾珠，算是贾家人，虽躲过了一劫，但仍受到影响。从李纨极为朴素的穿着，以及行事小心翼翼的作风，我们就能看出来一些端倪。

李纨是罪臣之女，她只能低调行事。李守中的罪臣身份，让李纨变成了庶民，而不再是原来与贾府门当户对的官家小姐。庶民是白丁身份，只能穿素衣，因此李纨不能穿着华丽和染色的衣服，这与书中所写的素衣，逻辑就对上了。清人叶梦珠在《阅世编》中记载："裘、猞猁非亲王大臣不得服，天马、狐裘、妆花缎非职官不得服，貂帽、貂领、素花缎非士子不得服。"贾府里面的主子所穿的衣服，平头百姓穿不了。李纨家里戴罪变成庶民，那就只能穿粗布衫。过去讲"素富贵行乎富贵，素贫贱行乎贫贱"，富贵人家穿着简单，不叫朴素节俭，反而会被称作沽名钓誉，是不被接受的。

李纨因为犯官之女的身份，在贾家的地位受到了影响。贾兰受犯官家属母亲的影响，其前途和发展，整个贾府上下都不看好。犯官之女的儿子在贾府没有被株连，但也不能作为嫡子来继承家族的爵位，所以地位就与庶出的贾环差不多。再看书中，贾兰与贾家其他人关系很淡，例如第九回中，在家塾里面，宝玉、秦钟和人打架，贾兰对贾菌说："不与咱们相干。"贾兰娶亲联姻，都要受到外公戴罪影响，他失去了贾府勋贵子弟通过荫出身份做官的机会。他心里非常清楚，要出人头地，只能读书等待机会，通过科举改变命运。因此，贾兰比宝玉更刻苦读书，与他所处的逆境有关。而宝玉可以荫出、不参加科举考试，有资本任性。

在书中，李守中在贾府视野当中消失，他所获罪的原因，很可能与文字狱有关。在清代，李守中的国子监祭酒属于高危职业。因为清朝不仅搞文字狱，而且容易大肆株连。所以，在清代做学术首脑要非常小心，否则很容易因文字犯禁。犯禁之后，人们讳之甚深，一般不会提及。这与书中李家男人不出现的状态非常相符。历史记载，清朝的文字狱非常频繁，顺治施文字狱七次，康熙施文字狱二十多次，雍正施文字狱二十多次，而到乾隆时则达到了文字狱的高峰，达一百三十多次。所以，国子监祭酒这种与文字打交道的官，是清朝的高危职业。在曹雪芹写作《红楼梦》的雍正、乾隆时代，就出现了著名的"维民所止"案，主人公是查嗣庭，科考出题被引申附会。《清稗类钞·狱讼类》载："或曰：查所出题为'维民所止'。忌者谓'维止'二字，意在去雍正之首也，遽上闻。世宗以其怨望毁谤，谓为大不敬。""维民所止"，源出《诗经·商颂·玄鸟》。原文是"邦畿千里，维民所止"，大意是说，国家的广阔土地，都是百姓所栖息、居住的，有爱民之意。不过，有人说"维民所止"案是谣言，在后来的清史档案中查不到。《清史稿》由清朝遗老遗少所写，清代后来的皇帝又给前面的皇帝做了很多掩饰工作，尤其是在乾隆四十三年（1778），对清朝前期的历史记载，搞了一次全面的评价梳理（可以叫篡改）。

类似的还有刘墉检举立功的"一柱楼诗"案。徐述夔作诗，徐怀祖刊刻流传，"父子相济为逆"，结果虽然父子二人均已病故，但"仍照大逆凌迟律，碎其尸，枭首示众……"徐述夔的两个学生徐首发、沈成濯因"列名校对"和"听其（徐述夔）命取逆名"而被斩首。徐食田、徐食书因为是正犯之孙被斩首。徐述夔的子、孙、兄、弟、兄弟之子，年十六以上者皆斩，十五岁以下及妻妾、姊、妹、子之妻妾付给功臣之家为奴，财产入官。当时，官员中受处分的有暂管两江总督高晋、署两江总督萨载、江苏巡抚杨魁。江宁藩司陶易拟斩立决，乾隆改为从宽监候。扬州知府谢启昆因办案"迟缓半月"被判"发往军台效力赎罪"。东台知县涂跃龙因"未能立即查究"被处以"杖一百，徒三年"之刑。江宁藩司衙门幕友陆琰被认为"有心消弭重案"，被处以死刑。清朝文字狱会株连多少人，此案就是例证。《红楼梦》中，如果李家犯案，对贾家肯定影响巨大，因此贾家要做切割。如此，贾珠之死、贾敬出家、李纨素衣、贾兰低微、贾府与亲家李家从不往来，便都可以理解了。

贾珠进学成了士子，李纨依旧是素衣，这不符合逻辑。李纨嫁给贾珠，可以使用贾珠的身份。书中还有一个很大的疑问：贾珠死后，为何贾府没有祭奠，且对贾珠的回忆也非常少？更合理的解释是，贾珠的死，背后可能还有故事。如果贾珠是国子监祭酒的女婿，正常情况下他也是岳父的学生，岳父戴罪，他也会受到株连。为了不株连贾家，他的死可能就不是简单的病死了。史书实录不会写皇帝不经司法程序毒死大臣，一般会写大臣病死。贾珠死的时候，贾代善还是京营节度使，需要给他留面子，无论是赐死还是自杀，以病亡结案，是最好的结果。如此才可以理解贾府对待李纨和贾兰的态度。

贾珠算作病死，便躲过了株连，贾兰才可能有资格参加科考。所以贾珠的"珠"字，还可以是谐音"株连"的"株"和"诛杀"的"诛"。李纨的父亲不但因文字狱被杀，而且还可能死得很惨。在宝玉挨打的时候，贾政怎么都不住手，还拿绳子要勒死宝玉，这时王夫人"因哭出'苦命儿'来，忽又想起贾珠来，便叫着贾珠，哭道：'若有你活着，便死一百个我也不管了。'"贾政听了也哭了，"那泪珠更似滚瓜一般滚了下来"（第三十三回）。贾珠背后，有贾府的伤心事。为啥是"苦命儿"？贾珠之死背后应当有故事。

贾珠犯了什么大罪？其实，《红楼梦》中也有提示。荣禧堂正堂的对联，上联为"座上珠玑昭日月"，其中的"昭日月"，就是"昭明"，为清代的大忌。"玑"的意思是不圆的珠子，也就是说荣禧堂座上的贾珠有瑕疵。"玑"还可以当"玑衡"解释，这是古代观天象的仪器。另外，天玑也是北斗七星之一，与"天机"谐音。以上这些与皇权有关，犯了"昭明"的清朝文字狱大忌，涉及皇家和明朝的文字狱，一定很惨。文字狱导致的结果就是"堂前黼黻焕烟霞"，也就是相关的人员都被烧成过眼云烟。"焕"字，《说文解字》解释为"火光"，也就是都被文字狱株连。很多人说《红楼梦》是明朝遗老所写，这是悼明的证据之一。不过，笔者坚持认为，通行本和曹家所著的观点，应该不是曹家家事的自传，而是综合了历史和当时众多人物创作的虚拟形象。书中很多涉及明代的内容，可能就是暗示贾珠、李守中等人涉及与明代有关的文字狱，但并不悼明。此处，从通行本合理的逻辑出发，更像是作者在告诉读者贾珠的身份和地位，以及他是怎么死的，是一条暗线。

对于可能受到株连，株连可能会影响家族的情况，古代的标准潜规则做法就是逼罪犯自杀，这样追究的时候罪犯已经暴病身亡，就此打住。本来王家人就希望贾珠死，在有了现实的危险之后，更可能逼他去死。因此，贾珠应当是被逼死的，而且很可能就是投井，与金钏投到了同一个井里面，所以当贾政知道金钏投井后，会暴打宝玉，并且要拿绳子勒死他。书中，秦可卿的丫鬟瑞珠自杀，丫鬟宝珠留在了铁槛寺，贾珠、贾瑞都不得好死，贾宝玉出家等，作者给了很多暗示。

我们说李纨是戴罪之身,还有一个证据。元妃封妃谢恩,等候的时候,"在大堂廊下伫立。邢夫人、王夫人、尤氏、李纨、凤姐、迎春姊妹以及薛姨妈等皆在一处。听如此信至,贾母便唤进赖大来,细问端的"。此时大家都在场,但等到进宫谢恩的时候,参与的人则是"贾母带领邢夫人、王夫人、尤氏,一共四乘大轿入朝。贾赦、贾珍亦换了朝服,带领贾蓉、贾蔷,奉侍贾母大轿前往"。此时,尤氏都去谢恩了。论亲缘关系远近,李纨是贾元春的亲长嫂,还生了长孙,而尤氏则是第五代的堂嫂,亲缘关系要远得多。就算贾珠是赵姨娘所生算庶出,连五服之外的贾蔷也跟着去了,李纨当时在场,到谢恩时却没有了她。论出身,李纨是世家出身,尤氏则是普通人家出身,还是一个续弦的拖油瓶女人,而李纨的夫君贾珠还考取了功名,在谢恩的时候,她却不能去,这更说明李纨是受其父影响,属于戴罪之身,所以她没有去谢恩的资格。同样,后来元妃得病,贾府可以选派四个女人去看望,贾母叫上了凤姐,也没有叫李纨;要论与元妃的亲缘关系,当是李纨更近。笔者认为,这与李纨守寡是没有关系的,就算她不愿意见人,此种场合可不能任性,属于必须去的情况,除非她没有这个资格。

通过对上述各种迹象的分析,李纨的父亲应当是文字狱的受害者,后果很严重。与李家联姻的贾家,当然也受到了很大影响,贾家必须与其切割干系。李守中若是文字狱犯案,宁国府的贾敬也基本上会受到牵连。贾家是世家,子弟应当进入国子监学习,贾敬当年是宁国府嫡长子,肯定也要进入国子监学习,更何况此时的国子监由李纨的父亲李守中管理。作者曹雪芹曾在右翼宗学虎门任职,与国子监类似,是满人贵族的子弟学校,对相关情况应当非常了解。当时的勋贵子弟不进宗学或国子监,大家都懂得是怎么回事。

李守中可能还是贾敬的恩师。以贾家的地位,贾敬是一定要进入国子监读书的，国子监的监生与国子监祭酒之间就是师承关系。他们之间有双重关系，既是师承关系，又是姻亲关系，不比一般的师生，所以李守中获罪，贾敬受到的牵连很深。贾敬考取进士以后，却不当官而好修道修仙，背后可能也与李守中犯案有关。贾家子弟中，除了贾珠，荣国公和宁国公的嫡子都应当进入国子监学习，为何贾珍、贾琏不去读书？他们可能都受到国子监祭酒李守中犯案牵连，参加科考受限。贾珠之死，甚至可能与李守中的文字狱带来的影响有关。

李家犯案影响了贾家，所以李纨母子在贾家的地位很尴尬，王夫人对李纨，总是一种不咸不淡的怪怪的态度。李纨字"宫裁"，这两个字的含义也可以解释为"宫廷（皇帝）裁决"，背后的逻辑是"摄政株连"（荣国府男人单名"赦、政、珠、琏"的谐音），李家获罪、贾珠致死，应当都与之有关。李纨的处境困难，是因为父亲获罪、家族被株连，丈夫身份变回庶出，后又被逼自杀，在家族内不被看重，故心如死灰！

◇◇◇林妹妹奇货可居——宝玉的地位与天上掉下林妹妹的财

贾家给贾宝玉婚配物色的第一个目标，就是林黛玉。林黛玉的优势包括财、亲和贵。林黛玉父亲的地位当时如日中天，让贾家非常看好。林黛玉进入贾府的时候，母亲贾敏去世了，但父亲还在，而且地位在上升，所以林黛玉当时可不是背后没有力量支持的孩子。因此，林黛玉进入贾府，被贾府上下隆重接待，并且着意地介绍给宝玉，贾家这样做是为他俩亲密接触创造便利条件，是有用心和深意的。

林黛玉的父亲林如海祖上世袭侯爵，本人是科第探花出身，还当过兰台寺大夫。历史上明清没有兰台大夫，兰台也不是官方称呼。兰台原为战国时楚国宫殿的一部分，东汉以降，"兰台"或"兰台寺"逐渐成为御史台（明代改为都察院）的代称。唐代时，"兰台"还成为秘书省的别称，并一度设有"兰台大夫"的官职。所以，《红楼梦》中，林如海的兰台寺大夫之职，起码应当是都察院御史。不过，林如海先升任兰台大夫，后担任都察院巡盐御史。如果兰台大夫已经至少是副都御史了，那此说法就似有不合逻辑的地方。如果是副都御史兼任盐法道来巡查，那么就肯定还有钦差的身份，林如海的地位就更尊贵了。所以，林如海的兰台大夫之职，应当是秘书省的官职，暗指他随侍皇帝左右。清代巡盐御史，自康熙以后或从内务府直接选任，或由其他职位上的内务府出身的官员兼任，虽均加监察御史衔，但一般都使用原官品级。这也说明林如海是天子近臣，应当有内务府身份。能在内务府任职，祖上世袭侯爵的身份作用非常大。

我们不妨多了解一下巡盐御史官职的性质。在明代，都察院有十三道监察御史，有专管巡视盐务的，称巡盐御史，配置是两淮一人、两浙一人、长芦一人、河东一人。清沿明制，康熙三十年（1691）后又增福建、两广各一人。其职责主要是收缴盐税，并监督盐商的专卖。仅是御史，级别很低，古代属于正七品。林如海的级别，显然比七品要高。御史职位，还有前面加御史衔，级别依然是原来的级别。所以御史虽然是正七品，但有御史监察权力的人，可以是一二品大员。同时，御史可以直接把折子上达天听，都是皇帝特别信任的人，属于皇帝的眼线。清代的巡盐御史多是兼职，由盐法道兼任，盐法道也就是都转盐运使司盐运使，是著名的盐运使肥缺，比一般道员品级高，是从三品官员，地位已经很高了。作者只是故意没有写林如海是天下最肥的两淮盐运使，其全称为"都转盐运使司盐运使"，有两淮盐运使署驻扬州城。后来，林如海死的时候，贾雨村进京候补，补授了大司马，这在当年的金陵已经是一品大员，那么林如海的品阶也不会低于他，很可能是漕运总督。漕运总督的养廉银最高可达一年三万两,最少也有一万五千两以上,肯定是巨富。林如海的地位,贾家是没有的,他是驻外的御史巡查,可能还有钦差的身份。

另外,很多读者不了解探花的特殊性。古代中了探花,有时候比中状元还要得到世人的重视。例如,张之洞是探花,可谁知道他哥哥是状元?而且他哥哥还当过总督、大学士、入值军机处兼任吏部尚书、赠太保、入贤良祠,官职一点也不比张之洞低。过去,科举点探花有潜规则,三甲中最英俊的就是探花。这源于探花来源的典故。唐代进士及第后有隆重的庆典,活动之一便是在杏花园举行探花宴,事先选择同榜进士中最年轻且英俊的两人为探花使。探花要遍游名园,沿途采摘鲜花,然后在琼林苑赋诗,并用鲜花迎接状元,此项活动一直延续到唐末。宋人魏泰在《东轩笔录》中记载:"进士及第后,例期集一月,共醵罚钱奏宴局,什物皆请同年分掌,又选最年少者二人为探花使,赋诗,世谓之探花郎。"宋代以后,探花作为科举的第三名,大多是殿试考场上皇帝看中的人。状元一般是首辅大主考推荐,榜眼是次辅副主考推荐,皇帝要表示自己对学问的谦虚,自己看中的排在第三,而且挑的主要是年轻英俊、看着顺眼的,因此探花郎一般很年轻。例如晚清名臣张之洞,当年本来是第四名,但慈禧太后破例将张之洞的名次向前提了一位,让他成了一甲第三名的探花郎,所以张之洞的探花含金量巨大。

科举的探花一定是翰林,与榜眼一样授翰林编修,翰林庶吉士要散馆的时候举行考试,成绩优异才可以得到编修职位,属于天子近臣,有快速晋升的阶梯。例如,严嵩为二甲第二名(严嵩治《诗经》,正好第五名,算五魁,前五名是五经各自的第一名,嘉靖喜欢青词,他便投皇帝所好),被选为翰林庶吉士,后被授予翰林编修。林则徐也是翰林庶吉士后授翰林编修,而他的长子林汝舟,则考中道光十八年(1838)戊戌科进士,殿试位列第二甲第六名,选庶吉士，散馆授翰林编修。父子翰林都做过编修，也是历史佳话。林汝舟与曾国藩是同榜的进士、翰林，后来发展不如曾国藩等人，是因为受到了父亲的政治影响。到林则徐女婿沈葆桢时，情况就不同了。道光二十七年（1847），沈葆桢中进士，选翰林庶吉士，授翰林编修，升监察御史，与林如海的路线差不多，只不过林如海是探花，直接就是翰林编修。同为监察御史，又以巡查盐务的官职最为肥缺。探花直接是翰林编修，起点非常高，书中说林如海升兰台大夫，大概也是与其翰林院的任职有关。翰林院编修之后的侍读学士（从五品以上可以侍郎兼任）、侍讲学士（明为从五品，清为从四品，主要配置于内阁或翰林院），大概就是《红楼梦》作者所指的兰台大夫，与贾政的工部员外郎、工部郎中的品级差不多，但比员外郎要亲信多了；书里未写明，若写明了，林如海的地位就极为清楚了，作者一贯是"真事隐"和"假语存"。

在古代，中进士、当状元时，年龄可能已不小，而且古人的寿命也比现代人短，因此科举及第之后，是否年轻非常关键。在古代，科举之后，官员的论资排辈不是按照年龄，而是按照哪一科的进士来排，年轻虽然有年龄优势，但得到皇帝的喜欢优势更大，所以探花的地位极为特殊。有人说《红楼梦》第三回中，林如海对黛玉说"汝父年将半百，再无续室之意……"据此认为林如海年龄很大了，其实这里林如海是故意要把自己说得很老。此话真实的含义是要打消林黛玉担心父亲送走自己，然后娶后妈的顾虑。同时，我们应当看到，林如海托贾雨村的信是这么写的："转托内兄，务为周旋协佐，方可少尽弟之鄙诚……亦不劳尊兄多虑矣。"这说明林如海比贾雨村年轻。贾雨村是林黛玉的家庭教师，地位有别，且贾雨村是来求他，若不是真的年长，林如海不会自称为弟。当时，林黛玉五六岁，林如海是前科探花，已经中探花至少三年。

《红楼梦》第二回中，冷子兴介绍林如海："今如海年已四十，只有一个三岁之子,偏又于去岁死了。"那个时候林黛玉已经六七岁。前科应当是四年至六年以前,林如海中探花的年龄也就是三十五岁左右。按照过去"五十少进士"的说法,林如海的确非常年轻。年少的探花,锋芒盖过年老的状元。据统计,清代士子在殿试后考中进士的人中,以山东的王服经年龄最大,时年八十四岁。江苏的王岩八十六岁通过会试,但是未参加殿试就去世了。《儒林外史》中,范进是五十四岁中举,五十七岁中进士,他的老师周进六十多岁还是老童生,后才中举、中进士、当御史、升学政。所以论年龄,林如海优势巨大,同时还有祖德荫庇,未来上升空间巨大。

历史上类似的例子还有,张之洞十六岁中解元,二十多岁中探花,与他哥哥三十六岁中状元相比,差了大约十年。古代过了五十岁就算老人了,能够在政坛高位多待十年,差别太大了,张之洞兄弟二人名气差别就与此相关。张之洞还有个外号——香帅,名气完全盖过当状元、同样位极人臣的哥哥。他哥哥还是晚清著名画家,慈禧曾赐他"枢衡介祉"匾额,一直入值军机当官掌权到八十五岁,张之洞当督抚能干事的背后,有时任军机大学士的哥哥的协助。而政坛常青树的状元哥哥,名气却被探花帅哥弟弟碾压,到现在很多人都不知道张之洞的哥哥是谁。当时,二十四岁的李鸿章与张之洞的哥哥是同榜中进士,殿试列二甲第三十六名;曾国藩与张之洞的哥哥同岁,二十七岁中进士,他能够以殿试位列三甲第四十二名的同进士出身,最后被点翰林,年轻也是重要原因之一。

林如海要不是壮年意外早逝,前途不可限量。比如,巡盐御史林如海可以操作贾雨村的四品知府要缺。林如海的地位极高,与皇帝关系不一般,他的前程就是信用,比他品级高得多的官员也会看他的面子。官场看人,不仅看现在,也看未来能够升到哪里。因为林如海的出身背景,别看现在官位还不高,说不定几年后就会反超上司。古代的翰林职位一般都是二品官,林如海为侯门探花,当一品大员未来可期。所以，林妹妹第一次进入贾府，那真的是贵客。

贾家首选林妹妹还有一个关键原因：与亲家家里有几个孩子有关。如果儿女众多，那么与亲家的关系自然就淡薄。林黛玉是林如海唯一的爱女，当然不一样。同时，林如海是贾母的女婿，宝玉和黛玉是姑表亲，现在近亲结婚被禁止，古代却被认为是亲上加亲的好事，林家的财富未来会被贾家控制。很多读者以现代文人的小清新视角，没有看出其中的"真事隐"，在联姻选择上，财产关系非常重要。所以第三回中有这样的描写："如海（对雨村）道：'天缘凑巧，因贱荆去世，都中家岳母念及小女无人依傍教育，前已遣了男女船只来接，因小女未曾大痊，故未及行。'……那女学生黛玉身体方愈，原不忍弃父而往，无奈他外祖母执意要他去。"贾母对林黛玉非常渴望。古代嫁出去的女儿就是别人家的人，把孩子接回来，可不是现在的男女平等，背后的内容要丰富得多。

林黛玉之所以能够进入贾府，被隆重介绍给贾宝玉，因为她是带着巨额财产来的。林黛玉的父亲林如海也是大世家出身，而且是巡盐御史，实际上应当是两淮盐运使兼任都察院的盐课御史衔，属于肥差，灰色收入丰厚。古代官员发财不光靠贪污，还有很多陋规可以合法地占有财富，在肥缺职位上的陋规所得更是不得了。清代所谓"三年清知府，十万雪花银"，其所得收入就包含陋规收入，而真正的俸禄反而不多。清朝七品知县的俸禄一年是四十五两银子四十五斛米，另外给养廉银一千二百两。对比贾家的收入，镇国公俸禄是七百两银子和七百斛米，如果变成世袭的将军，到递降的奉恩将军，只有一百一十两银子和一百一十斛米，贾家的世袭俸禄就是这么可怜，而同级武官（把总）七品只有三十六两银子和九十两养廉银，只不过吃饭是军队管罢了。对比一下收入的多寡，就知道为何说重文轻武了。因此，贾敬这个进士要排在贾家世袭职务前面。当然，贾政的员外郎职务也很重要。"这林家支庶不盛，子孙有限,虽有几门,却与如海俱是堂族而已,没甚亲支嫡派的。"林家的财产,女性不能继承,但可以留作陪嫁,如果没有近亲宗族,大部分会成为黛玉的陪嫁。同时,林如海的灰色收入更难以被亲属所得。

另外,林如海的家族,本身也是钟鼎之家。林如海之祖袭过列侯,至如海之父,额外加恩,又袭了一代。也就是说,林如海是侯爷之子,本身就家业丰厚。虽然家业应当由林家族人继承,但因为没有近亲族人,书里也交代了,很多家产也转移到了林黛玉的嫁妆上。贾家的丰厚聘礼,林家翻倍的嫁妆,最终都会由林黛玉带到贾家。所以,林黛玉带的合法财产是巨款。书中薛宝钗让一个老妈妈送燕窝来的时候,黛玉赏了老妈妈五百文钱,出手很大方。清朝一两银子大约一千文钱,贾府姑娘的月钱才二两银子。黛玉应当不缺钱。

另外,黛玉的钱还包括贾母另外给的。看看第二十六回佳蕙与小红的对话:

(佳蕙)笑道:"我好造化。才刚在院子里洗东西,宝玉叫往林姑娘那里送茶叶,花大姐姐交给我送去,可巧老太太那里给林姑娘送钱来,正分给他们的丫头们呢。见我去了,林姑娘就抓了两把给我,也不知多少。你替我收着。"便把手帕子打开,把钱倒了出来,红玉替他一五一十的数了收起。

从这一段可以看出,林黛玉的钱是贾母送来的,不是贾府的公账,数量应当也比月钱多,是直接给林黛玉的,不像贾宝玉的月钱由袭人领来进行分配。这说明这些钱本来就是林家的钱,属于林黛玉的财产,由贾母管理。

在林家给的嫁妆之外,林黛玉可以合法带走的妆奁,还有妈妈贾敏在家族兴盛时候嫁到林家的嫁妆。她母家的妆奁资产林家宗亲难以索要，其母贾敏由于没有儿子，必然都让林黛玉作为嫁妆带走。当初贾敏的嫁妆，就是贾母的私房钱和嫁妆。另外，贾家联姻发家是家族传统，荣国公贾源之子贾代善娶保龄侯尚书令史公之女史太君，就是类似的联姻。虽然贾源是荣国公，亲家是保龄侯，看似公爵比侯爵高一等，但史家是尚书令，是文官之首的大宰相，比武职出身的荣国公实际地位要高很多，也富有很多；贾母史太君的嫁妆，必然丰厚，给最喜爱的小女儿贾敏的嫁妆，必定是更大的巨款，也肯定要变成林黛玉的陪嫁。也就是说，林黛玉身上带着巨款。

（三）大观园的财富湖水

林家的巨额财富变成了林黛玉身上的陪嫁，所以林黛玉刚刚到贾府的时候，贾家上下都努力想让她嫁给宝玉。贾府财务一直紧张，元妃省亲修大观园花费巨大，贾家已无力承担额外开支。在第二回

远眺省亲别墅（北京大观园）

中，冷子兴就说"如今外面的架子虽未甚倒，内囊却也尽上来了"，贾家肯定是拿不出修造大观园的银子的。贾府能够使用的钱，应当是黛玉带过去的林家的银子。

◇◇◇大观园是黛玉的嫁妆

大观园实际上是林黛玉的嫁妆，书里面有很多暗示，而且要感谢历代红学家把大观园的布局研究考证得非常清楚，在北京还建设了大观园实景园。通过考证和实物，我们可以很清楚地看出林黛玉在大观园中的主人地位。

大观园最核心位置的建筑当然是省亲别墅，因为元妃是皇妃，当然最尊贵，而且皇妃省亲，皇家也应当给费用。除了皇家的省亲别墅，大观园当中最正最居中的建筑，就是林黛玉的潇湘馆。这个位置在大观园里属于第二尊贵。潇湘馆在大观园南部居中，正对大门，背面临水，比起其他庭院，位于中轴线上，更显尊贵。在第十七回中，贾政和宝玉去题写匾额，宝玉道："这是第一处行幸之处，必须颂圣方可。"由此我们可以知道，这是他们入园之后来到的第一个院子。林黛玉以外姓寄居，凭什么占据大观园第二个核心位置？因为她才是大观园的主人，大观园主要是用林家的钱修建的。而贾宝玉在大观园的住所——怡红院，就在林黛玉住所的旁边，也应当是仔细安排过的。

下图是北京大观园的平面布局图，若真如专家多方考证的如此布局，那么对于讲求风水的古人，尤其是对于贾家这样的世家而言，是有问题的。当时建造大观园，贾家一定是经过严密核算的。这个平面图显示，大观园的布局不是正方形的，而是缺了东南角和西北角。这可能又是作者的一个暗示，在此埋下一条暗线。

古人认为，东南为家中长女位，缺失的话，对长女不利。作者在这里似乎有隐含，比如林黛玉母亲贾敏是家中嫡长女却英年早逝，

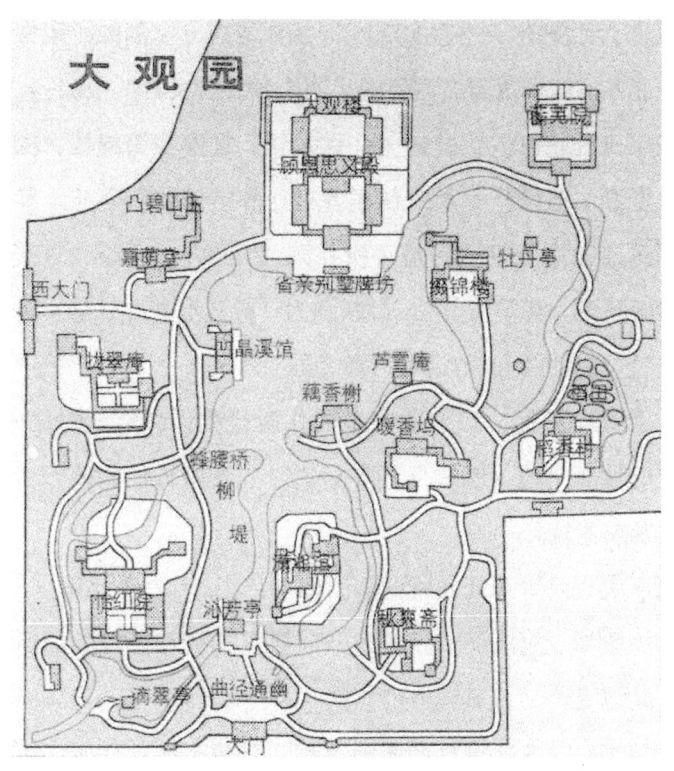

北京大观园平面图（来源：旅游地图）

下一代的嫡长女贾元春入宫先为宠妃，后失宠，可能还连累了母家。古人还认为，东南代表文昌位，缺失的话，家中子女的学业可能不会太顺。比如住在大观园中的贾宝玉，前期属于放羊状态，以致荒废了学业，直到走出了大观园，才考上了功名。另，东南还是财位，缺失可能会影响家中财运。比如建了大观园后，贾家就开始走下坡路。这个布局显示，潇湘馆的背面是水，而不是山，对古人而言属于绝地。这是作者在告诉读者，林黛玉在大观园没有靠山，其最后的结局真是走到了绝地——魂归故里。

　　古人认为，西北为乾，代表家中男主人，如果一个庭院没有西北角，男主人事业、财运都不旺。贾家是世家，官运肯定靠男主人上位，大观园如此布局，仍是作者在埋线，在暗示贾家的最后结局：贾家被抄家，贾宝玉婚姻变故，最后出家。

贾家为元妃省亲建造大观园,是拿着尚方宝剑的,正常应当建出来一个方正的大观园,为何缺了两个角,含义真的很深。

贾宝玉住怡红院,林黛玉住潇湘馆,迎春住缀锦楼,探春住秋爽斋,惜春住蓼风轩,李纨住稻香村,薛宝钗住蘅芜苑。蘅芜苑离正殿不远,在沁芳亭边,是一所外则"无味",内藏"清雅"的处所,匾额题为"蘅芷清芬",对联则为"吟成豆蔻才犹艳,睡足荼蘼梦也香",宝钗亦因此得诗号"蘅芜君"。

在大观园里面,只有贾宝玉的住所是院,林黛玉的住所是馆,薛宝钗的住所是苑,李纨住到了村里,三春姐妹住的地方,功能上更多是景观建筑。

对于大观园中几处住所的解读如下:

省亲别墅:此地是贾元春省亲时接受朝觐和驻跸的场所,是人间的太虚幻境。

蘅芜苑:以各种香草仙藤而著称,是薛宝钗的住所。不过,笔

蘅芜苑(北京大观园)

者认为这个地方最初的设计用途，应当是元春皇家随行人员的住所，所以可以用皇家苑囿命名，功能上也与元春的省亲别墅相近。苑是古代养禽兽、植林木的地方，相对独立，没有水景。

稻香村：李纨青春守寡，住所是一处山野田园风光的院落。

秋爽斋：贾探春的住所。斋，书房也。《园治》记载："斋较堂，惟气藏而收敛，盖藏修秘处之地，故式不宜敞显。"

暖香坞（蓼风轩）："坞"是位于地势凹陷处的建筑，"轩"指位于地势高敞处的建筑，一般认为是贾惜春的住所。实际上，著书者对此尚没有一个明确的构思，书中提到贾惜春的住所共有三处，且各不相同（见第二十三回、第三十七回和第五十回）。

缀锦楼（紫菱洲）：贾迎春的住处。重屋曰"楼"，紫菱洲为缀锦楼所处的位置。

栊翠庵：妙玉在园中的修行处，是一座园林中点景的尼姑庵。

明清的京城，私家园林里面有水面，是要皇家特批的，而省亲的费用皇家也会支付一部分。另外，大观园在省亲别墅之外的建筑，规模巨大，这些费用主要是贾家出的。而贾家借着皇妃省亲，多拆多建多占，搞了一个巨大的大观园，财力如何支持？其实，这部分财力应当就是林黛玉带来的，所以林黛玉理所当然地要住在除了省亲别墅之外最尊贵的位置。

关于作者曹雪芹家族及与其有关系的李家的经历，历史有如下记载：

李煦（1655—1729），字旭东，号竹村，李士桢长子。顺治十二年（1655）正月二十九日生，正白旗荫生。溯自康熙三十二年（1693）三月接曹寅而出任苏州织造，前后三十年，其间曾四迎銮驾，俱蒙宠遇。他因筹备康熙南巡花费了大量库银，致使苏州、江宁两地亏空很大，其中仅李煦亏空达五十余万两银。权力的膨胀给两家带来了荣誉和财富，但同时埋下了败落的隐患。后江南亏空暴露，康熙深知其中情由，一面私下谕令李、曹设法补空，一面在众臣面前为他们设法开脱，并任李煦兼管巡盐务，以利于补完亏空。康熙五十一年（1712），曹寅病逝，李煦奏请康熙恩准由曹寅子曹颙袭任江宁织造监管盐务；两年后，曹颙病逝，李煦为保住妹妹（曹寅妻）以后的生活质量，又携曹頫进京面见皇上，康熙恩准曹頫继任，李煦继续与袭任江宁织造的外甥共事；时正值李、曹两家鼎盛时期，两府财富积累已相当丰厚，而且借康熙帝荫，两家在朝廷中地位显赫。康熙五十六年（1717），李煦亏空补完，康熙算是去了一块心病，他加升李煦户部右侍郎衔。雍正元年（1723）正月初十，复查李煦亏空一案，查抄李煦家产。雍正五年（1727），山东巡抚塞楞额奏曹朋等运送缎匹沿途"骚扰驿站"，曹頫又被查处织造款亏空，曹家被抄。

很多人认为，《红楼梦》不是曹雪芹影射曹家的故事，其作者可能是吴梅村或者冒辟疆等，但谁也不否认曹雪芹对《红楼梦》有重大的删改。既然曹公做了删改，原来影射清朝违禁的内容，肯定要被修改。笔者认为，对《红楼梦》首先要当故事看，尊重当时的社会常识和逻辑关系，然后才是看影射、隐喻什么，次序不可以颠倒；很多人评《红楼梦》，拿一些影射的内容来替代当时的社会常识和逻辑关系，这是本末倒置。大观园里面的布局安排揭示了重要人物的幕后关系。

贾宝玉和十二钗住进大观园，书里面讲建大观园得到了贾元春的贵妃懿旨，然而元妃懿旨只不过是一个橡皮图章，背后肯定有皇帝的默许。没有皇家的同意，省亲别墅所在的建筑群是禁地；同样，没有贾家的意愿，贵妃也不会有这个懿旨。更关键的是，对于省亲别墅所处的大观园该由谁来住，过去也是有礼法和规矩的。

家里修建了大观园，过去礼制宗法首先讲的是孝道，也就是说，谈到大观园由谁来住，肯定首先是贾母。元春是贾母的亲孙女，肯定也要先讲孝道,要先孝敬老祖母,怎么能够随意安排弟弟妹妹去住呢?即使元春贵为皇妃,毕竟是嫁出去了,家里怎么安排,更多地还要尊重家里人的意见。第二个应当去住的,当然是元妃的父母,这也是孝敬父母的需要,是讲孝道的要求。如果没有让父母优先,既然是父母和大伯修建的院子,也该轮到做族长的大伯一家了。不叫父母住也不叫大伯来住,却把弟弟妹妹安排进去,合适吗?而且弟弟贾宝玉还没有成家,让他住进去,就等于给弟弟分府了。至于其他的妹妹将来都要嫁出去。大观园若是贾家的家族财产,凭什么变成由元妃弟弟贾宝玉独占?而且弟弟宝玉和表妹黛玉已经不小了,古代男女七岁就不同席了。一个大观园,让弟弟与表妹挨着住进去,合适吗?整个大观园的安排,让外来的表妹黛玉住在第二尊贵的位置,合适吗?

北京大观园一景

把上面所有的问题想清楚,就知道建造大观园的费用只能是林黛玉的嫁妆!而贾家的立场,就是吃进林黛玉背后的林家财富,并以贾宝玉娶林黛玉为前提来完成。因为宝玉要与黛玉成亲,所以用林黛玉的嫁妆建造的大观园,未婚夫宝玉当然要住进去;用林黛玉的钱修的园子，林黛玉当然要住在最尊贵的位置！而省亲是一个重要且合理的理由，借此理由去花林黛玉的钱修大观园，林家族长不能也不敢反对，拨款建造过程则是贾家上下赚钱。建造皇家御用建筑，职责也在营缮司，而贾政又是营缮司的员外郎。

◇◇◇大观园的楹联匾额有深意

在大观园里面，楹联匾额都出自贾宝玉和林黛玉之手，这里也是有深意的。虽然后来元妃做了一些修改，但本身能够让宝玉和黛玉主导大观园的布置，已经很说明问题了。

作者着意描写了潇湘馆"一带粉垣，里面数楹精舍，有千百竿翠竹遮映"，还写了贾宝玉与林黛玉商量搬进大观园中谁住哪一处的情节："（黛玉）笑道：'我心里想着潇湘馆好，我爱那几竿竹子隐着一道曲栏，比别的更觉幽静。'"作者通过贾宝玉和林黛玉选择大观园的住处，说明了他俩实际上就是此园的主人！否则大观园里面谁住在哪里，按照辈分轮不到他俩做主。他们的做派，就像是自己家的院子、房子，自己有挑选的权利。有人说潇湘馆不够大，按照前面的分析，它应当是最大的房子才对。话说回来，这类想法是现代人因为房价高、居所不足产生的想法，太大的房子，住着一样不舒服。

皇宫里面皇帝最爱待的三希堂，大小也就是一

潇湘馆（北京大观园）

间房,以前作皇家温室用。潇湘馆的地位关键体现在它南向居中。"馆"这个词,本义是接待宾客的房舍,后来引申为华丽的住宅、官署。宾客不能喧宾夺主,中国古代房屋的布局,宾

北京大观园潇湘馆内的"有凤来仪"匾额

客在厢房,《西厢记》就是讲了宾客住在西厢房的故事。潇湘馆不是倒座建筑,是正房,应当取"华丽住宅"的意思,如司马相如《上林赋》所云:"离宫别馆,弥山跨谷。"

大观园的各种楹联匾额,均出自宝玉的手笔。宝玉为潇湘馆题的匾额是"有凤来仪"。有凤来仪,典出《尚书·益稷》:"箫韶九成,凤凰来仪。"箫韶为舜制的音乐。这里是说箫韶之曲连续演奏,凤凰也随乐声翩翩起舞。要知道,凤可不一定是指女性!凤凰,雄的叫"凤",雌的叫"凰",通称为"凤"或"凤凰",传说中的鸟王。其形据《尔雅·释鸟》:"鶠,凤。其雌皇。"郭璞注:"鸡头,蛇颈,燕颔,龟背,鱼尾,五彩色,高六尺许。"历史上,司马相如引诱卓文君,所作的名篇叫作《凤求凰》,这里的凤是指司马相如本人:"凤飞翱翔兮,四海求凰。"文章中的凤是男性。汉以后凤凰才多用于比喻后妃。大观园虽然一开始是用来接待皇妃元春的,但元妃住在省亲别墅,黛玉才是这里的主人。书中如此安排,也表明林黛玉是大观园的主人,她是凤凰。

而贾宝玉居住的怡红院,更是没有贾府大人们啥事了。当初为何会设计这样的院子?且看第十七回对怡红院的描写:

绕着碧桃花,穿过一层竹篱花障编就的月洞门。俄见粉墙环护,绿柳周垂。贾政与众人进去,一入门,两边都是游廊相接。院中点缀几块山石,一边种着几本芭蕉,那一边乃是一棵西府海棠,其势若伞,丝垂翠缕,葩吐丹砂……引人进入房内。只见这几间房内收拾的与别处不同,竟分不出间隔来的。原来四面皆是雕空玲珑木板,或流云百蝠,或岁寒三友,或山水人物,或翎毛花卉,或集锦,或博古,或万福万寿,各种花样,皆是名手雕镂,五彩销金嵌宝的。一槅一槅,或有贮书处,或有设鼎处,或安置笔砚处,或供设瓶花、安放盆景处。其槅各式各样,或天圆地方,或葵花蕉叶,或连环半璧。真是花团锦簇,剔透玲珑。倏尔五色纱糊就,竟系小窗;倏尔彩绫轻覆,竟系幽户。且满墙满壁,皆系随依古董玩器之形,抠成的槽子。诸如琴、剑、悬瓶、桌屏之类,虽悬于壁,却都是与壁相平的。众人都赞:"好精致想头!难为怎么想来!"

怡红院(北京大观园)

宝玉卧室(北京大观园)

这个院子造价不菲，极为奢侈，院子当初设计的时候准备给谁？在整个大观园的设计当中，省亲别墅是给皇妃的主要居所建筑；另外一处居所建筑，当初为何设计它，又花费不菲，准备给谁，建造前就要考虑。这个院子如果建造前就考虑好给宝玉，那么依贾家家族宗法顺序关系，不允许用家族的财富建造给二房次子独享，贾母再宠他也不成！宝玉自己也不能独享比他父母居所还要好的房子！只有用宝玉未来的老婆带来的嫁妆修建，才能做到谁都没有话说。我们可以参考一下皇宫的布局。皇帝居住的养心殿，位于内廷乾清宫西侧。在大观园的布局中，潇湘馆类比乾清宫，怡红院类比养心殿，后面是花园。

　　至于大观园的匾额楹联怎么定，贾家的贾兰是元妃侄子和贾政嫡长孙，族里的大家长贾敬又是进士出身，题写和决定匾额的权利，是落不到贾宝玉的身上的。不要以为匾额楹联的事情是小事，古代人讲究和忌讳极多，而且关涉皇妃省亲，如措辞不慎，犯了避讳或有误，那是要抄家的大罪。宝玉当时还是一个孩子，此中事放手给他，也印证了大观园是用林黛玉的嫁妆修的，宝玉背后有林黛玉。书里说，宝玉躲着贾政，害怕贾政，本不想来，但"贾政近因闻得塾掌称赞宝玉专能对对联，虽不喜读书，偏倒有些歪才情似的。今日偶然撞见这机会，便命他跟来"，宝玉过来是贾政专门叫他来的。贾政对园子里面各个景点的命名也非常在意，在入园之初，就关照要避人："你且把园门都关上，我们先瞧了外面再进去。"对园子里面是否安排妥帖，涉及皇家的事情一点也马虎不得，否则可能会有大不敬的罪名。如此重要的事情，贾家为什么会让宝玉来题写？背后还是宝玉与林家的婚约关系在起作用，黛玉对宝玉的题写是满意的，背后把关的，则是黛玉的老师。贾政等都道："所见不差。我们今日且看看去，只管题了，若妥当便用；不妥时，然后将雨村请来，令他再拟。"《红楼梦》全书写的都是贾府看不起贾雨村，这个时候为什么想起他来？原因就是贾雨村是林黛玉的老师，是林家的托孤人，贾府用了林家的钱，他要在这里把关。贾雨村与林家的关系，笔者在以后的章节还会深入分析。

书中还有一个细节，就是宁国府庶出的惜春都住进了大观园，荣国府庶出的贾环为什么住不进去？原因就是大观园是林黛玉的林家园子，除了与林黛玉有未来姻亲可能的宝玉之外，其他同辈男性是不能住进去的。贾兰是跟随李纨住进去的，贾兰是小辈，年龄也小，大嫂在里面，也起到了宝玉、黛玉同住大观园的避嫌作用，就如第六十三回"寿怡红群芳开夜宴"，丫鬟们给宝玉过生日要避嫌，请众姑娘的同时也把李纨给请来一样。

大观园试才题对额时，宝玉为怡红院题"红香绿玉"，取意蕉棠两植。元宵省亲时，元春不喜"香""玉"二字，改为"怡红快绿"，赐名"怡红院"。有专家认为不喜"香""玉"二字是暗指黛玉，是元春不喜欢林黛玉。笔者认为这个解读有些偏，其实是元春不喜欢林黛玉压住了贾宝玉，因为这是林黛玉的院子。过去是红男绿女，玉与香相比，香气会散尽，玉则是美德永流传的象征，二者在此处并列，明显是玉压香，更高贵。改成"怡红快绿"，则变成了以红为主导了，元春显然希望在未来的婚姻当中，自己的亲弟弟能够掌握主导权。宝玉为怡红院题诗云："深庭长日静，

"怡红快绿"匾额（北京大观园）

两两出婵娟。绿蜡春犹卷，红妆夜未眠。凭栏垂绛袖，倚石护青烟。对立东风里，主人应解怜。"宝钗借机把原来扣题"红香绿玉"的"绿玉"改成了"绿蜡"。"绿蜡"典故来自唐代钱珝的《未展芭蕉》："冷烛无烟绿蜡干，芳心犹卷怯春寒。一缄书札藏何事，会被东风暗拆看。"薛宝钗借此加入了她的私货。绿蜡，指芭蕉的心，叶子卷卷的，未曾展开，像绿色的蜡烛一样，隐喻少女未展的芳心。薛家的"薛"字除了当姓氏以外，本义也是一种草本植物的名称，即"赖蒿"，有人说就是现在的艾蒿或蒌蒿、薛莎青薠（司马相如《子虚赋》）。说一点题外话，"蜡梅"的"蜡"应是虫字旁，不是指腊月开的梅花。"蜡"与周礼祭祀有关，蜡烛很贵，祭祀时才点，平时用油灯；而腊字的意思是干肉，腊月是做干肉的月份，意思要差很多，现在有的书经常将错就错地用字。

◇◇◇ 建造大观园可以洗钱

大观园建造的过程也有故事。财富是林家的，而建造的过程也很关键，里面还有贾家的洗钱需要，贾家也赚取了财富。

林妹妹带来了巨大的财富，但林家的财富有不确定性，有些财富可能还是灰色的。通过修建大观园，让林黛玉带来的林家财产由动产变成了不动产，以后带走就不那么方便了，而灰色收入则在皇妃皇家的光环之下，也都洗白了。主持工程的贾家男人，也从中顺利地分了一杯羹，贾家内部吃了一次林妹妹的大锅饭，一起发了财。

很多文章引用贾琏说的"这会子再发个三二百万的财"，来证明贾家通过林黛玉的嫁妆、贪墨赚来了巨大财富。笔者认为，林黛玉的嫁妆是大观园，这一点相对明确，联姻带来的财富不能叫作赚来的，因为林黛玉如果要离开，还要带走，所有权很明确，与贾家其他人无关。帮助建造大观园和搞省亲，也赚不到那么多钱。三二百万两的财，应当是与秦可卿父亲营缮郎秦业搞皇家工程时赚取的，这在写秦可卿的章节中已详细分析过。

还有不少人分析，建造大观园花账大、渔利多，例证就是用贾家存在江南甄家的五万两银子，买一个小戏班给元妃演戏看花费三万，窗帘彩灯花二万银子等。笔者认为，这样的分析是对古代的商品价值理解得不够。戏班优伶，买过来是家伎或家姬，须是美女、处女，还要有才艺，买来后没有人身自由。她们会待客，费用不菲，类似秦淮河买名妓一样。想一下巧姐儿卖了多少银子，就知道这是合理的价格。窗帘等纺织品，现在是工业品，超级便宜，而古代人工织造价格极贵。在英国，珍妮纺织机发明以后，一个纺织童工顶二十个成年人的工作，现在更是进步了好多，纺织品的价格比古代便宜太多了！所以当初的窗帘绝对是极贵的奢侈品。现在还有人穿旧衣服吗？古代打补丁的衣服都可以进当铺，不能类比农耕社会与工业社会的物价。买窗帘的钱，书中也交代了，是用贾家存在甄家的银子。对此，我们前面已经分析过这笔银子与秦可卿之财富有关系，所以并不是林家的财富，贾家的操办人也确实拿了不少。

元春省亲，贾府一毛不拔是不行的，贾府出了窗帘等消耗品的银子，这是省亲应有的花费；尤其是元春的省亲别墅里面的陈设，贾家出些钱，这也是基本态度问题。大观园的修建，贾家会渔利是肯定的，但也不可能有太多，林黛玉也有保护人，以后章节会再做分析。

如果大观园是荣国府的祖产，要修建，那么从祖产的分配权利和次序来看，贾赦是嫡长子，贾琏是嫡长孙，贾珠之子贾兰是贾政的嫡长孙，怎么也轮不到贾宝玉。贾宝玉在怡红院，林黛玉在潇湘馆，二人实际上占据大观园的主要位置，如果按照祖产分配的宗法制度，同辈的权利，应当是凤姐和贾琏优先占据才对。由此，再一次证明这个大观园只能是用林黛玉的林家财富建造的，以后贾家如果玉字辈的兄弟分家，大观园这一项重大资产属于贾宝玉、林黛玉才能够解释得通，当然前提是贾宝玉娶了林黛玉。若贾宝玉不娶林黛玉，林黛玉要带走嫁妆的话，大观园就要当陪嫁了。

大观园在建造的时候，应当已经规划了整个园子的用途，元妃的懿旨，只不过是给早已经规划好的用途背书。谁住到大观园里面，贾宝玉、林黛玉在大观园内的位置，都应当在规划的时候就有所考虑，而不是建好后、元妃省亲完了才分配的。原来的"红香绿玉"的匾额，原意就是宝玉要当配角，元妃帮了一下亲弟弟，才成为"怡红快绿"。整个布局中，林黛玉居中，宝玉的园子在旁边，这在古代男尊女卑的礼法上也不允许。能够如此，应当是贾府还有与林家"兼祧"①的约定，林家独女也要有林家的香火，而薛宝钗的蘅芜苑以后则是"兼祧"平妻的居所。元春给林黛玉的居所，即省亲别墅之外的正房赐名为潇湘馆，里面暗含娥皇和女英的典故②，也有以后大观园主人要有平妻的含义。对此，以后的章节还会分析。

很多红学家考证，贾政在荣国府里面的住宅是正屋大宅，而贾赦住在偏房且不够大，违反了长幼关系。笔者认为，这背后更合理的解释是，夫人带来的嫁妆丰俭不同。贾政妻王夫人背后的王家也是巨富之家；而贾赦亡妻情况不详，应当是贾家未发迹时候的糟糠之妻，后来的继室邢夫人也是母家很穷，需要贾家帮助。所以荣国府的修建，应当有王夫人家的嫁妆支持，贾政一家的住宅当然要好多了。荣禧堂的堂匾，书中描写的是"赤金九龙青地大匾"，匾上的大印是"万几宸翰之宝"，说明这是一个皇匾。当年贾政与王夫人的联姻，就是皇帝认可的，这个房子由皇家赐名而王家出钱，与大观园为皇妃省亲而林家出钱是类似的。这也说明贾家这么干已经有先例，轻车熟路了。到贾宝玉这里，则是用林黛玉的林家财富去搞大观园建设。

---

① 指在封建宗法制度下，一个男子同时继承两家的宗祧。
② 娥皇和女英是古代神话传说中尧帝的两个女儿，同嫁舜帝为妻，她们有一个共同的亲生儿子商均。

后来，贾家不想娶林黛玉了，先是让薛宝钗搬了出来，然后贾家人一个个地搬了出来，园子就荒芜了。请注意，为何是贾家人一个个地搬出来，而不是住进去？在第五十六回中，经探春改革后，大观园的园子里是可以有收入的，是正收益，不需要花费用去养，为何还荒芜了？背后与黛玉有关。贾府被抄家，林黛玉死后，贾家养不起大观园，大观园的命运就是荒芜。贾家没有权利转卖大观园，而且园子内的省亲别墅应当还有皇家支持的费用，也不能卖。一般人也买不了，普通人住省亲别墅便是逾制。以后若大观园要复兴，只有贾家兰桂齐芳娶了公主，才可以住进省亲别墅。

虽然大观园是用林家财富修建的，但贾家参与了建设，里面依然有故事。也就是说，建造大观园是一个洗钱和权力变现的好机会。前面章节已经分析过，秦业是营缮郎，贾政是营缮员外郎，他俩配合；后来秦业死了，而秦可卿的超级葬礼，背后就是皇家大工程的财富博弈，这些大工程里面故事多了去了！各种工程以皇家名义多征多要的原材料，那些干工程的皇商都可以用到大观园建设上，大观园为皇妃省亲而建，名义上也可以说是为了皇家。所有参与皇家工程的皇商，给主管工程的官员和监理家里施工，会要钱吗？皇家大工程，勋贵承揽，有关管理部门的官员验收结算，皇商两边都要给钱。勋贵承揽了工程，钱就拿到了，一般不去干预官员的验收核算，因为这是专业人干的事，他们不懂。做皇家的工程不比给老百姓盖房子，倘若真有差池，勋贵也担不起责任，而主管官员则知道在哪里敲竹杠、挑毛病。

此处还要注意的是，薛家就是皇商，紫薇舍人薛公之后，现领内府帑银行商。在秦可卿葬礼上，薛家就提供了当年给老王爷预备的棺材板。建造大观园时，薛家应当也参与了，贾家不给薛家结账，这就是后来薛宝钗等薛家人可以心安理得地住在林家出资的大观园里面的原因。

因此，建设大观园就是权力寻租和洗钱的好机会，对外宣称是用林家的钱修建的，对内则是皇商们免费施工，还可以用一些修建皇宫的富余材料，从林家省下的钱，到了贾家；而且林如海本来就出身于钟鼎之家，又为皇帝捐馆，人都死了，谁也不能说什么！所以，大观园建设得极为豪华，因为很多材料就是当初为皇家准备的，贾府免费拿来，结账算到林家头上，钱就被洗白了，贾政在工部的权力就变现了。贾政内心是有鬼的，我们可以看看他在抄家时的表现：贾政说要把大观园上交皇家，北静王说"何必多此一奏"，旁边众官也说"不必"，然后贾政又偷偷地递折子要上交，"第二日进内谢恩，到底将赏还府第园子备折奏请入官，内廷降旨不必，贾政才得放心"。皇帝不收，贾政才心安，此处说明贾政害怕旧账被查出来。皇帝不收大观园，因为林如海是皇帝的亲信，大观园对外是林家财富修建的园子。

大观园的水很深。贾家参与秦业的皇家大工程，秦可卿背后有三二百万两银子，所以秦可卿的葬礼成了分赃大会，贾家应当也有所得，但得到的钱需要洗白。这些财富虽然不是林家的，却要通过林家财富洗白。

如前文所说，秦业死了，贾政修完大观园就被外放学政。古代各种皇家工程，半拉子的事情有很多，赚到的钱还要赔补进去；同时，洗白所赚到的钱也不是贾家能够独吞的，四王八公等来参加秦可卿葬礼的人都惦记着，人多肉少，给贾家剩下的依然不多，所以贾家依然是财务竭蹶，经济压力非常大。

我们读《红楼梦》，要明白财产关系，把大观园看作林妹妹的嫁妆园子，就可以明白很多事情的来龙去脉。林妹妹在这里面，就是贾家的宝二奶奶才对，而她实际的财富，比琏二奶奶王熙凤要多很多。

（四）葫芦案带来宝姑娘的宝

◇◇◇宝钗的年龄与薛家财富藏贾府

通过前面的分析我们知道，林黛玉与贾宝玉的婚事从一开始就是贾家刻意策划的。后来，薛宝钗来了，薛家的财富因为薛蟠的犯案，意外地也被带入了贾家，同样引发了贾家的觊觎。围绕林家和薛家的财富，贾家内部的家族博弈也开始了。而薛家的财富究竟应该怎么理解，我们需要把其中的经济、司法背景仔细地捋一下。

书中，薛家是皇家富商，但当宝钗出场的时候，薛家已经大不如从前。虽然紫薇舍人（中书舍人的别称）属于皇帝的亲信官员，当时地位很高，权力可能比武将勋贵还大，但由于属于文官，薛家没有爵位世袭，到薛宝钗父亲这一代已经阶层滑落到商人身份；商人的地位很低，薛家需要依附于贾府等勋贵。薛家的很多事需要贾府搞定，尤其是薛蟠的重罪。薛宝钗带到贾家的嫁妆，可以是薛家一半以上的家产。薛宝钗到贾府，也可以做妾当姨娘，因此薛宝钗进来就要为自己的位置奋斗，去争取各方支持和挑动各方的力量博弈；而林黛玉则是大奶奶脾气（不是很多人说的小姐脾气）。想一下，书中连刘姥姥从贾府带走了什么都写得极为详细，为何薛宝钗嫁入贾府时带的是什么却没有描写？薛宝钗为何要到大观园居住？是薛家养不起她吗？薛家的万贯家财到哪里去了？

此处不得不提及贾雨村的葫芦案背后的利益博弈。贾雨村判案，首先以贾家利益需求为重。贾雨村对薛蟠的处理，虽然销了案，但理由是：薛蟠已得了无名之病，被冯渊的魂魄追索而死；其祸皆由拐子而起，除将拐子按法处置外，余不累及……判决让薛蟠成为法律意义上的"死人"，薛家也不敢说薛蟠还活着。由于薛蟠是独子，除了薛宝钗的嫁妆，薛家的其他财产要给他们家族的人，不归薛姨妈、薛宝钗和"活死人"薛蟠。第四回中，护官符注释介绍薛家是"紫薇舍人薛公之后，现领内府帑银行商，共八房"。薛家可不像林家没有近支宗族，而是有八房不太远的宗族亲属在等着分享呢。因此，在薛宝钗的名下，背负了薛家的全部剩余财产。当时，薛蟠藏匿在京城贾家，贾雨村应当知道；薛家的财产被转移到贾家藏匿，贾雨村应当也知道。贾雨村办案子，是给贾家办案子，不是给薛家服务。因此，他把薛蟠变成了法律上的"死人"，使贾家利益最大化，便于贾家谋取薛家的财富。

林家可以招赘婿或者兼祧，而薛家若是让薛宝钗招赘婿，却是做不到的，差别就是薛家是男主人先死，薛姨妈作为女主人，在绝户的时候是不能招赘婿的；薛蟠父亲去世的时候，也想不到薛蟠会变成"活死人"，没有做招婚的准备，因为亲儿子在，赘婿与儿子的关系不好处理。林家是女主人先死，男主人觉得不可能再有儿子才采取措施。因此，薛蟠变成"活死人"，立即造成了薛家的重大危机。

薛宝钗进入贾家，先是要进宫待选，把家产变成薛宝钗的嫁妆，变成要给皇帝的财富。谁敢与皇家争利？待选很快就有结果，书里没有说，其实没有选上。薛家也没有想要被选上，因为薛家不准备把财产真的输送给皇家，薛蟠和薛姨妈还想自己留着呢！没有选上还长期住在贾家，只能以待嫁贾府为名，把家产藏在嫁妆里面进行转移。薛家的叔侄远亲，不能随便到贾府讨要嫁妆。薛蟠名义上已经死了，财产要分给薛家的族人。薛家的薛姓亲属会来找薛姨妈要，还可能公开到官府去告，然而谁也不敢说薛蟠没有死，只能把财产分给大家。贾府通过娶薛宝钗，也可以将财产占下来。薛家财富有多少，嫁妆有多少，薛蟠可以留下多少，就是薛家和贾家要博弈的事情。薛家不能全拿走，贾家也不能全吃，贾家与薛家肯定有一个激烈的博弈过程。另外，薛姨妈上京本来要先去找王子腾，想将薛家财产放到王家，但王子腾被皇帝派出去巡边了。王夫人与薛姨妈是亲姐妹，关系更近，所以最后薛家财富应当都到了贾府。书里后来也不提薛家老家了，即使葫芦案结案了，他们也不回去。

关于薛蟠一家到京城的目的，除了躲罪和宝钗待选，还有重要的一条："亲自入都销算旧帐，再计新支。"那么这里所核销的旧账有多高，旧账是找谁核销的呢？薛家是皇商，而且是做皇陵等工程的，所以将原来给老王爷预备的棺材板给了秦可卿用。前面已经考证，贾政是工部营缮司的员外郎，是薛家"入都销算旧帐，再计新支"对应的正管，因此薛家要报销和领钱，都绕不开贾府；同时，秦业是薛家顶头主管官员，因此借秦可卿的葬礼之机，薛蟠把给王爷预备的未使用的上好棺木送来，廉价卖给了贾府。

薛宝钗进入贾府时，可能将年龄改小了。书中薛蟠的年龄应当很大，在第六十六回中，薛蟠把凤姐叫作"舍表妹"，这是薛蟠听到贾琏娶了尤二姐时对贾琏说的："早该如此，这都是舍表妹之过。"这句话说明薛蟠比王熙凤还要年长。第四回写道："还有一女比薛蟠小两岁，乳名宝钗。"薛蟠若比王熙凤大，年龄应该很大了，薛宝钗只比薛蟠小两岁，所以薛宝钗的年龄也不小了。古代的勋贵之家全家不能随便离开皇家指定的籍贯地，要离开需要理由。为了在葫芦案中避罪，薛家举家离开到京城，名义是薛宝钗"进京待选"，所以年龄就要改为符合待选的年龄；而且更改之后，日后谋嫁宝玉时年龄也合适。在古代，这样做很普遍，比如末代皇后婉容，为了嫁给溥仪，就改了生辰八字。《红楼梦》里面的年龄，本身也是暗线之一。

黛玉进贾府的时候六岁，宝玉大黛玉一岁，宝钗大宝玉一两岁，薛蟠大宝钗两岁，那么薛蟠葫芦案涉嫌打死人的时候才十岁或十一岁，无论如何，这个年龄是不对的。如果薛蟠真的是这个年龄，清代对未成年人杀人罪也是减等的。《周礼·秋官·司刺》专门规定了"三赦"的情形："一赦曰幼弱，再赦曰老耄，三赦曰蠢愚。"《唐律疏议》规定"年七十以上、十五以下及废疾"犯流罪以下的，予以"收赎"。《宋刑统·断狱律》规定，对十五岁以下的未成年人严禁拷讯，"违者以故失论"，这一规定也被《大明律》沿用。到《红楼梦》成书的年代，《大清律》专设"老小废疾收赎"条规定："凡年七十以上、十五以下及废疾，犯流罪以下，收赎。八十以上、十岁以下，及笃疾，犯杀人应死者，议拟奏闻，取自上裁。盗及伤人者，亦收赎，余皆勿论。九十以上、七岁以下，虽有死罪，不加刑。其有人教令，坐其教令者。若有赃应偿，受赃者偿之。"举例来说，我们做法学研究时，会研究清朝未成年人案例，即《大清律例通考校注》所载十四岁的丁乞三仔案。该案中，丁乞三仔因命案依律是绞刑，因为涉及未成年人，所以上报皇帝，雍正批"丁乞三仔情有可原，着从宽免死，照例减等发落"，也就是"照例减等收赎"。因此，薛蟠如果年龄小，不算前面分析的宗族械斗，薛蟠就是杀人犯死罪，薛家交赎金也就可以了。薛家不怕交赎金，尤其是古代还有八议制度，对勋贵薛家可以网开一面，薛蟠是独子也可以从轻。以薛家在金陵的势力，但凡有减等的余地，肯定可以享受得到。所以薛家断然不愿意把薛蟠变成"活死人"，然后被吃绝户，冯家应当也知道薛蟠的年龄。

  清代还有一个规定，对未成年人，两人相差四岁以上，且被告年小者不足十四岁，出于反抗致他人死亡者无罪，仅需赔少量金钱。前面提到的丁乞三仔案，雍正的判处是："丁乞三无罪释放，罚银五两。"书中冯渊"长到十八九岁上，酷爱男风，不喜女色"，所以冯渊年龄要大于等于十九岁，如果薛蟠年龄不足十五岁，冯渊就比薛蟠大四岁，冯渊还是上门"夺取丫头"，就算是薛蟠直接打死他，也没有多大责任。此时，冯家会选择宗族械斗，家奴会选择要二百两赔偿。只有当薛蟠的实际年龄足够大时，才需要装死躲罪。因此，薛蟠的年龄一定比书中计算的大，薛宝钗必然改小了年龄。

  某些版本说葫芦案薛蟠出场的时候是十五岁（甲戌本作"年方

十有五岁",蒙府本作"年方一十七岁"),宝钗十三岁,通行本则没有写薛蟠的年龄。十五岁是薛蟠承担偿命罪责的最小年龄,按这个年龄算来,薛宝钗也改小了年龄。古代对未成年人怎么规定,当时的读书人应当都很清楚,就如现在大家都知道刑法对未成年人的年龄规定一样。这些版本中薛蟠的年龄之所以有误,有抄书人没有看懂,在传抄当中抄错或改动的原因。

在黛玉入贾府的时候,葫芦案已经发生,书中写了黛玉听到别人说薛蟠打死人的事情。林黛玉入贾府时,应当是六七岁,一般认为是六岁,所以薛宝钗的年龄比她大很多。薛蟠把凤姐都叫作"舍表妹",而在第二回冷子兴演说荣国府的时候,贾琏已经二十岁,与王熙凤结婚两年了。在葫芦案中,薛家跑到京城的那一年,凤姐已经二十多岁,薛宝钗的年龄到底多大?她到贾府时应当已经十八岁以上才符合逻辑!黛玉进贾府时才六岁,这个年龄差距,等于薛宝钗的年龄可能改小了近十岁。贾家是故意装糊涂,原因是觊觎薛家的嫁妆。古代对媳妇的年龄大不如现在在意,因为男人是多妻的,《红楼梦》里面也有找年龄大的做媳妇的,赵姨娘想让二十多岁放出去的彩霞跟着贾环,贾环当时才十三岁左右,二人相差八岁多。

薛宝钗、薛蟠的年龄可能会更大,只不过书中没有明写,不好考证了。二十岁和十六岁的女孩都已经基本发育完成,不容易看出差别来,改八岁和改十二岁也差别不大。古代改小年龄,前面已经说过,经常是改小一轮,让属相不变,八字也只改一个字,变化最小,以后不容易有破绽。也就是说,黛玉六岁进贾府时,宝玉七岁,宝钗不是九岁而是二十一岁,薛蟠二十三岁,他的表妹王熙凤二十二岁。薛姨妈是王夫人的妹妹,而王夫人的长女元春与宝玉情同母子,孙子贾兰也不小了,薛姨妈与王夫人年龄相差不大,她到贾府时应当是四十岁左右,因为古代早婚,薛姨妈的长子薛蟠应该也不小了。如果薛蟠真的年龄比较大了,薛家为啥让他们结婚这么晚？很可能是因为薛蟠的父亲去世后，他要守孝三年，这在古代是常见的情况。古人寿命短，到孩子成家的年龄，父母死亡率较高，如果男方或女方有老人死去，被拖五六年、七八年都很正常。薛蟠能够自主当家上街买英莲，又纵家奴打死人，年龄绝对不小！

我们要注意的证据还有，在第四十九回中，大观园来了很多姑娘，书中说："李纨为首，余者迎春、探春、惜春、宝钗、黛玉、湘云、李纹、李绮、宝琴、岫烟，再添上凤姐儿和宝玉，一共十三个人。叙起年庚，除李纨年纪最长，这十二个皆不过是十五六七岁，或有这三个同年，或有那五个共岁，或有这两个同月同日，那两个同刻同时，所差者大半是时刻月份而已。连他们自己也不能细细分晰，不过是姊、妹、弟、兄四个字随便乱叫。"显然凤姐比她们大很多，为啥变成了差不多？原因就是这些姑娘可能以前就彼此认识。比如薛家的薛宝琴，当年跟着父亲四处走，父亲定的亲，又给父亲守孝三年，到贾府之时年龄肯定也小不了，结果发现原来叔伯家的大姐姐刚刚过生日及笄。此时相聚，论起来姐妹，年龄就比较麻烦。比如，她们还知道宝钗与凤姐的年龄关系，凤姐比宝钗大一轮比较合适，但属相一样，结果就是凤姐、薛宝琴等人为了掩盖薛宝钗改小年龄的真相，姐妹关系只能乱叫，也不敢细论。作者也是在此提示宝钗改小了年龄，而且年龄改小了一轮，属相不变。

宝钗的实际年龄对薛家就是压力，因为薛宝钗到十八岁以上的年龄，再不论嫁就成剩女了。古代女孩十八岁就已经算是晚嫁了，此前薛宝钗应当也是有婆家的，估计也是被薛蟠的葫芦案打乱了。薛蟠一开始是负案在逃，薛家获得的信息是，他可能要偿命，会导致薛家被吃绝户；而后来的结果则是不用偿命，变成法律上的"死人"，所造成的法律后果也差不多。所以，薛宝钗的嫁妆里面隐藏着薛家的财富，这部分财富贾家也觊觎，薛家与贾家能够联姻的谋嫁对象就是贾宝玉，薛家于是改小了薛宝钗的年龄以适应与贾家联姻的需要，薛宝钗从比贾宝玉大十多岁变成与贾宝玉相差一两岁。薛家人住进贾府之后就给两个孩子改年龄的做法，说明他们一开始就把联姻的目标对准了宝玉，这是全家一致的行动，目标明确。在第二十二回中，王家人凤姐托词贾母，让贾琏帮助薛宝钗大办生日，就是给薛宝钗改小年龄背书。贾家觊觎薛家财富，对此有意装糊涂。

薛家要是不被吃绝户，薛宝钗原来的婚约必然要改变，其嫁妆里隐藏的薛家财富，以及原来的婚约都不再合适。在古代，因为守孝拖了时间，女孩到了十八岁，要改变婚约另外婚聘，改小年龄是常用办法了。薛宝钗改小了年龄，原来已经选秀过的她，就要重新进京待选，变成了薛家的"另一个"女儿。有人说，在第四回中已经说了薛蟠一家早有进京计划，计划中也有待选，应当在葫芦案之前就待选了。不过，我们要注意第三回的末尾："打死人命，现在应天府案下审理。如今母舅王子腾得了信息，故遣人来告诉这边，意欲唤取进京之意。"这话已经说得很明白了，到京城就是躲罪，前面的所谓早有计划，其实是放在外面掩人耳目的烟雾。

在古代，未成年人是没有户籍的，因为未成年人夭折的太多，尤其是女孩子。因此，薛宝钗的年龄应当是改小了很多，而改小一轮比较符合当时"只改年龄，不改属相"的潜规则。若薛蟠当时只有某些版本中所说的十五岁或十七岁，那么他后来说王熙凤是表妹，就对不上了。此处，薛宝钗年龄改小了一轮，薛家兄妹的真实年龄就很符合书中薛蟠把王熙凤叫作"舍表妹"的情况。更关键的是，薛家要借着薛宝钗的嫁妆隐藏可能被吃绝户的财富，把薛宝钗的年龄改得越小，则她"待嫁"和"进宫待选"的时间就可以拖得越长，薛家腾挪和转移财富的时间和余地也就越大，因此薛家有充足的理由和动机改小薛宝钗的年龄。

很多人认为，《红楼梦》里面的年龄不能深究，有很多矛盾的地方；笔者认为就该深究，作者有意埋线了这些年龄矛盾，就是要体现书中故事的暗线逻辑。作者创作时，针对每一个人物，在故事情节内容构思上都会先有人物形象、背景设定，其中年龄到底是多大，是在创作之初就构思好的，然后围绕这个进行创作。因此，即使是水平不高的创作者，也不会轻易出错，更何况《红楼梦》不论是谁创作的，都是旷世奇才之作品，出现重大矛盾瑕疵更不可能。书中对其他人物的年龄矛盾，也是同样的逻辑。薛宝钗的年龄，在《红楼梦》中是重要的卡位，其他很多人的年龄都是围绕她的年龄展开的。作者将她的年龄改了，而且还改得有破绽，这是有意为之，如果不搞清楚薛宝钗的年龄，全书的年龄就都混乱了。作者是先有人设构思，再"真事隐、假语存"地有意隐藏，进行埋线，"草蛇灰线，伏脉千里"，《红楼梦》中的人物年龄肯定不会乱，而且是解读全书暗线的线索！

薛宝钗的年龄很大，在贾府内宅，当然就比小很多的林妹妹更成熟，从这十岁的年龄差距，可以看出成年人与孩子的心智差别。因此，宝钗可以在心智上碾压林妹妹。同时，袭人与宝钗一样，也改了年龄。在第六十三回中说："香菱、晴雯、宝钗三人皆与他（袭人）同庚。"也就是说，她们是同岁的。香菱多大记不清了，晴雯的年龄可能是说大了，而袭人的年龄可能是有意说小了。第二十回中，宝玉到袭人家里，袭人的表妹已经十七岁了。第二十五回中，癞头和尚说："青埂峰一别，转眼已过十三载矣！"说明此时宝玉才十三周岁，袭人显然不是第六回"（袭人）本是个聪明女子，年纪本又比宝玉大两岁"的情况。如果袭人与薛宝钗同岁，那么薛宝钗就不会只比贾宝玉大一两岁，而是大了很多岁。

很多读者会想，宝钗改小了年龄，实际年龄比宝玉大那么多，宝玉还会喜欢她吗？就这个问题，作者早已经给读者做了铺垫：贾宝玉是姐姐妹妹通吃的警幻所说之"古今第一淫人"。在第三十五回中，贾宝玉见到二十三岁的古代剩女傅秋芳时，他的表现是：

宝玉又只顾和婆子说话，一面吃饭，一面伸手去要汤。两个人的眼睛都看着人，不想伸猛了手，便将碗撞落，将汤泼了宝玉手上……宝玉自己烫了手，倒不觉的，却只管问玉钏儿烫了那里了，痛不痛。玉钏儿和众人都笑了。

看看这个描写，作者在这里不是废墨。此回中，贾宝玉是十三四岁，见到比自己大十来岁的傅秋芳，竟然如此痴迷失态，烫伤了手都不知，说明实际年龄很大的薛宝钗也一样是贾宝玉的菜，贾宝玉都喜欢。对年龄"赛老母"的大姐姐，贾宝玉一样有男女之爱的兴趣。

所以，薛家的财富就是到了贾府，而进了贾府的薛宝钗大幅度地改小了年龄，薛宝钗与林黛玉的竞争，就是心机赛老母的大姐与懵懂少女的竞争。年龄一摆出来，再读起来，就立即明白了。

◇◇薛蝌与薛宝琴是来讨债的

我们可以看到贾家后来各种挤对薛姨妈，但她们母女就是赖在贾家不走。第四回写他们到京城本来是临时的，但后来变成了长期的，就算是薛蟠杀人后躲罪，葫芦案也已经被贾雨村解决了，可薛姨妈依然赖着不走；就算薛蟠是"活死人"回不去金陵了，薛家也该在京城置业或者租房，而不是长期滞留贾府。薛家行为的背后，就是葫芦案的结果让薛蟠变成了"活死人"，藏在贾家的财富不好拿回来，赖着不走的目的就是看紧自家财富，走了可能就更要不回来了。

薛姨妈把财富转移到贾府，但找薛姨妈要财产的人，该来的总会来，所以书里写了薛蝌到京城"投奔"薛姨妈，目的不简单！

《红楼梦》说薛蝌是皇商之子，薛姨妈的侄儿，薛宝琴的胞兄，薛蟠、薛宝钗的堂弟。书中说薛蝌因父亲去世，母亲又患痰症，作为长子，他带着妹妹薛宝琴进京，投奔薛姨妈。在第五十回中，薛姨妈说："偏第二年他父亲就辞世了。如今他母亲又是痰症。"薛蝌父亲已经去世而母亲又有病，抛弃病重母亲在家，子女一起远行，本身就很蹊跷。在古代，父母在，不远行，薛蝌、薛宝琴的行为更是要受到巨大的道德谴责。书中写道："后有薛蟠之从弟薛蝌，因当年他父亲在京时已将胞妹薛宝琴许配都中梅翰林之子为婚，正欲进京发嫁，闻得王仁进京，他也带了妹子随后赶来。所以今日会齐了，来访投各人亲戚。"（第四十九回）这里说，他们进京是为了薛宝琴的出嫁，但我们发现她的夫家梅家却根本不知道。在第五十七回中，宝钗说道："偏梅家又合家在任上，后年才进来。若是在这里，琴儿过去了，好再商议你这事……"从薛宝钗的口中可以得知，梅家全家离京上任了，后年才能够回来，薛蝌、薛宝琴对此显然是知道的，来京待嫁却没有事先跟婆家通气，这不太可能。所以，他俩到京城为了待嫁应当只是借口。他俩是故意以此为由，摽上薛姨妈一家了，背后的原因就是薛家在法律意义上已经是绝户了，他俩惦记着吃绝户，分享薛姨妈的财富。此时，薛蝌、薛宝琴过来待嫁，没有迎娶的队伍，也没有带嫁妆啥的，因为薛宝琴出嫁的妆奁，也要从薛姨妈藏在贾府的财产里面出呢！

如果薛蟠在法律意义上死掉了，那么薛家的资产，薛蝌就有权主张。古代财产不给外姓，除了薛宝钗能够带走嫁妆之外，其他财产薛姨妈和薛宝钗是分不到的，薛蝌起码可以分得一份。薛蝌来是干什么的？看似是来投奔的，实际情况却是来到京城控制薛家的当铺等产业。薛家的金银细软，薛姨妈母女带走了，全部算作宝钗的嫁妆，放在了贾府；薛家的生意，则因为薛蟠已经是"活死人"，而由薛蝌管了起来。对此，薛蟠是有感觉的，是有压力的。要不是这样，为何薛蟠自己主动学习做生意？因为薛蟠若不主动参与，那么薛家的生意全被薛蝌把持，他就彻底成局外人了。所以，薛蟠要学习做生意，也是在压力之下知道要上进了。后来，薛蟠第二次杀人后，薛姨妈捞人要用钱，主持经营薛家生意的薛蝌就哭穷，说当铺掌柜卷款而逃又亏损严重，找各种理由不拿钱。按照古代资产分配方法，薛蟠在葫芦案后，已经是法律上的"死人"，薛家的财产不归薛宝钗和薛姨妈所有，而是归薛蝌等薛家人。薛蝌掌管了薛家的当铺等产业，是天经地义的，而且真的可以不给薛姨妈钱。他说掌柜卷款逃走，南边的当铺也亏损严重，让薛姨妈吃了一个软钉子。

因此，薛蝌与其说是来投奔，不如说是来与薛姨妈算家产、分家产的。薛姨妈因薛蟠出事，寄住在贾家，不可能再接待投奔而来的亲戚。薛蝌兄妹真的要投奔，也是投奔薛宝琴将要嫁入的豪门梅翰林家才对，就算梅家离京赴任，也可以到任所去找，他们留下来在京等待，本身就很奇怪。明清历史上，梅姓是著名的科举大族、学术世家，例如，梅文鼎是清初杰出的民间数学家和天文学家，创立了著名的宣城数学派。再往远了说，现在通行的《古文尚书》，是晋朝豫章内史梅赜所献。《红楼梦》书中用"梅翰林"，就是告诉读者薛宝琴许配给了学术大家。翰林在古代地位尊隆，当官也不会很低，不犯错三五年内肯定达到四五品以上。古代士族之间的礼制，讲究亲戚算账不说破，面子要有，撕破脸被看笑话会造成家庭不睦，还要顾及道德指责。薛蝌前来"投奔"，接下来薛家财产该怎么分？怎么算薛家的家产，薛姨妈和贾家就要想想了。薛蝌"投奔"来了以后就不走了，还一直管理着薛家产业，这就已经告诉读者其中的逻辑了。

薛蝌和薛宝琴肯定是带着全部家当过来的。在第五十二回中，真真国女儿作诗写的字，宝玉想看，看宝琴的反应：

宝琴笑道："在南京收着呢，此时那里去取来？"宝玉听了，大失所望，便说没福得见这世面。黛玉笑拉宝琴道："你别哄我们。我知道你这一来，你的这些东西未必放在家里，自然都是要带了来的。这会子又扯谎说没带来，他们虽信，我是不信的。"宝琴便红了脸，低了头，微笑不语。

黛玉把薛宝琴直接戳穿了，薛宝琴是来待嫁的，出嫁女当然是能够带的都会带来！为啥此时薛宝琴不拿出来？原因就在于她爸爸索求外国美女作诗留字。古代男女交往是很保守的，外国女子比国内开放，这显然是艳诗、情诗，薛宝琴不便拿出来。所以薛宝琴就胡诌了一首，众人说外国人写的可以宽容，就搪塞过去了。此诗也有很多人解读说是"悼明"，笔者认为其中的"汉南春历历，焉得不关心"可能与探春后来的远嫁有关。通行本里面有海疆战事，与外国有关，探春嫁的是海疆总制，这个后面会分析。

为何贾母第一次见薛宝琴，就立即想着让宝玉娶薛宝琴，而且还赐给薛宝琴一件凫靥裘？故事深着呢！薛宝琴早已经许配名门，还需要一份薛家财产当嫁妆。薛家财产都藏匿在贾家了，贾家就有义务给薛宝琴准备嫁妆。薛宝琴来也是要陪嫁的。所以，贾母不仅给了薛宝琴凫靥裘，让薛宝琴与自己一起过夜，还让王夫人认干女儿，就是准备娶进门，这样嫁妆也免了。因为薛蝌和薛宝琴打着投奔薛姨妈的旗号进入贾家，地位本来就不如薛蟠和薛宝钗，薛宝琴是家族旁支女性；如果能够娶了薛宝琴，薛宝钗入宫待选被选走后，薛宝钗的嫁妆省了，可以直接变成薛宝琴的嫁妆被贾府扣下；而且薛宝琴的地位不如薛宝钗，与黛玉两个人兼祧平妻的地位也好排序；再加上薛宝钗实际上比宝玉大不少，贾母可能也知道，年龄上也是薛宝琴更合适。至于薛宝钗入宫待选是否能够被选上，我们在以后相关章节会分析。此时，元春的凤藻宫尚书实际上是女官之首的一品乾清宫夫人，能对采选宫女嫔御有决定权的人，是否成为嫔妃是运气和皇帝决定的事情,而能否留在宫中成为女官和低等级的嫔御,元春就有决定权。明清皇宫的女官之首,职权类似汉朝的掖庭令,权力极大。

我们再来说一下贾母送给薛宝琴的那件凫靥裘。凫靥裘的材质是什么?史湘云说,是用一些野鸭子的羽毛制作而成。有人据此说凫靥裘看似光滑亮丽,好像孔雀羽毛,实则是野鸭毛,比喻薛宝琴是野丫头;而贾母给贾宝玉的是雀金裘,是用孔雀羽毛做的,也就是说宝琴配不上宝玉。笔者认为此分析走偏了,因为作为史家人的孙女没有得到凫靥裘,倒是被初来的、非亲非故的薛宝琴得到了,史湘云对凫靥裘的说辞,带有羡慕嫉妒恨的成分。凫

勇晴雯病补雀毛裘(清孙温 绘)

靥裘非常名贵,靥是指面部酒窝,也就是指鸭子脸上特殊位置的那一点毛,要收集成裘,得要多少只鸭子?使用弓箭去抓野鸭、飞鸟是很困难的,而且要抓很多只才行。我们如果仔细观察水鸟,就会发现,水鸟头部的羽毛有各种光彩,最普通的绿头鸭的头部色彩也非常漂亮。古代没有现代化科技,没有那么好的染料,鲜亮的颜色和色彩,都是天然的,鸟羽是主要来源。同时,把羽毛织入锦缎,是非常难的工艺,仅仅就工艺而言,就极为精巧。类似的有中国古代的点翠工艺,是用翠鸟的那一点毛做成的衣冠。十三陵里的羽冠,几百年后挖出来依然光彩照人,毫不褪色。因此,凫靥裘当然是价值连城的东西,为何给宝琴,不给其他姑娘?别说林黛玉了,

就连林黛玉的母亲，贾母的爱女贾敏也没有得到啊！

鸟羽制品为何埋藏地下几百年后还光彩照人，毫不褪色？关键是这个颜色是结构色（物理色），不是化学色。化学法形成的颜色，物质变质之后就褪色了；

通过点翠工艺，用翠鸟羽毛做的皇后羽冠，光彩照人（明十三陵出土）

而物理光学结构形成的色彩，只要物理结构不破坏就不会褪色，不受化学物质变质的影响。翠鸟很常见，但要做这么一个羽冠得要多少只翠鸟？可见凫靥裘是价值连城的稀罕物。另外，说点小知识，很多人不懂皮和裘是啥关系。毛在里面的是皮，毛在外面的是裘，没有毛的是革。做裘需要毛在外面，毛色要一致，所以做裘的皮张最高档昂贵；而做皮衣则是毛在里面，就可以用低档一些的皮张。

《红楼梦》书中的婚姻都是财富的博弈。首先，薛宝琴来了以后，书中写贾母甚是喜爱，夸她比画上的人还好看；第一次见她，就欲把她说给贾宝玉为妻。王熙凤猜中了贾母的心思，也欲把她当作弟媳妇；王夫人也认了薛宝琴为干女儿。再对比林黛玉第一次进入荣国府，是不是很相似的场景？但薛宝琴早已许配给梅翰林之子，贾家只好作罢。

另外，贾家还促成了邢岫烟嫁给薛蝌。《红楼梦》中，邢岫烟是邢忠夫妇的女儿，邢夫人的侄女。邢岫烟生得端雅稳重，知书达礼，不过邢家家道贫寒，一家人都来投奔邢夫人。邢岫烟就在大观园迎春的住处紫菱洲住下，成了薛姨妈的筹码。然后，薛姨妈与贾母商量好了，贾家做媒把邢岫烟嫁给薛蝌。邢岫烟嫁给薛蝌，也要带着部分薛家藏匿的家产出贾家。古代说媒最重要的部分就是谈聘礼和嫁妆。最后，薛蝌与邢岫烟二人联姻，媒人说媒背后，其实是谈财产的解决方案。最终的结果是各方都和美满意，保住了面子。邢岫烟在大观园，处境与尤二姐在宁国府类似。邢夫人甚至要求她把每月二两银子的月钱省下一两，送给她自己的父母，邢岫烟只得典当衣服来维持她在大观园的开支。原本邢家谋求的可能是邢岫烟给贾宝玉做妾，仿效尤氏的妹妹尤二姐给贾琏做妾！所以，邢夫人才安排她住在大观园里面，大观园也给她发月例银子。

◇◇◇夏金桂仗财成为河东狮

薛蟠娶亲之后薛家对新媳妇的态度，已经显示了薛蟠财富的流向。我们来看看书中所述的薛蟠老婆夏金桂的表演：

（夏金桂）自为要作当家的奶奶，比不得作女儿时腼腆温柔，须要拿出些威风来，才钤压得住人；况且见薛蟠气质刚硬，举止骄奢，若不趁热灶一气炮制熟烂，将来必不能自竖旗帜矣；又见有香菱这等一个才貌俱全的爱妾在室，越发添了"宋太祖灭南唐"之意，"卧榻之侧岂容人酣睡"之心。

夏金桂压服薛蟠后，她又开始百般折磨香菱，并蛮横地将香菱的名字改为秋菱。为摆布香菱，她让薛蟠收纳了自己的丫头宝蟾，再教唆薛蟠处治香菱；薛姨妈来解劝，她就隔窗叫喊拌嘴，将薛家搅得无一日安宁。夏金桂能够当河东狮的资本在哪里？薛家人可个个都不是善茬，为何能容忍夏金桂？

在第八十回的"美香菱屈受贪夫棒"中，夏金桂诬陷香菱用镇魔法想害死她，不分青红皂白的"呆霸王"抓起门闩就劈头盖脸地暴打香菱，薛姨妈作为婆婆也阻止不了。金桂对薛姨妈也是当面顶嘴，气得婆婆只能"身战气咽"，急得平时都是打人的薛蟠只敢跺脚。书里写道，薛蟠也"曾仗着酒胆挺撞过两三次，持棍欲打，那金桂便递与他身子随意打；这里持刀欲杀时，便伸与他脖项。薛蟠也实不能下手，只是乱闹了一阵罢了"。就这样，夏金桂定了薛蟠家的规矩，"金桂越发长了威风，薛蟠越发软了气骨"。金桂不但把"天不怕，地不怕"的"呆霸王"彻底收服了，而且还骑到了薛姨妈的头上。按照过去的伦常来看，薛家的婆媳关系很不正常。

薛蟠谁都敢打，为何不敢打他的老婆夏金桂？就算老婆撒泼，薛蟠还有小厮呢，小厮也可以帮助上手打，为何小厮们也不听薛蟠的？那么厉害的王家人薛姨妈，怎么也怕起了媳妇夏金桂？婆媳关系竟倒过来了。对此，在古代男权社会，可以休妻啊！夏金桂对香菱的做法，宝蟾的作用类似秋桐，与王熙凤搞死尤二姐的做法如出一辙。后来有的《红楼梦》改编版本写王熙凤被休妻了，而对夏金桂，薛家为何却不敢休妻？薛姨妈和薛蟠可不是好欺负的善茬！应当是薛家提亲之时，没有透露薛蟠"活死人"的身份和家产被贾家控制的状态，隐瞒不利信息也是媒婆的潜规则。当时，薛家皇商名气在外，夏家认可，但夏金桂进了家门，薛家就瞒不住了。薛家的把柄被夏金桂捏住了，薛姨妈当然硬不起来了。

夏金桂嫁到薛家，也是带着财富来的！书中写道，夏金桂出身豪门富贵之家，夏家是户部挂名的皇商世家，且是数一数二的大门户，家境巨富无比，是京城中的大地主、大财主；其余田地不用说，单有几十顷地独种桂花，凡这长安城里城外的桂花俱是夏家的，连宫里陈设的盆景亦是夏家贡奉，因此人称"桂花夏家"……

夏家不但是家资百万的巨富豪门，而且没有儿子，从这一点上看，夏金桂与林黛玉类似。夏家的家财，全部随女儿作嫁妆转移到了薛家。薛家娶到夏金桂，就等于通过联姻取得了夏家的百万家财和显赫家业。所以与其说夏金桂嫁到薛家，不如说薛蟠倒插门夏家，原因就是薛蟠的薛家资产都被扣在了贾家带不出来。

两家联姻的时候，夏家应当不知道底细。联姻后，夏金桂嫁过来，发现薛家没有钱，薛家、夏家双方的地位立即就颠倒了！把夏金桂的行为看作薛蟠倒插门到夏家的结果，她做的很多事就可以理解了，起码做得比王熙凤要好多了。薛家的小厮们也会看钱看人，薛蟠没钱而夏金桂有钱，小厮们自会倒过来帮助夏金桂收拾薛蟠。这群奴才在薛蟠与夏金桂打架的时候，围观而不动手帮助夏金桂，已经是很对薛蟠"讲感情"了。所以，在夏金桂面前，薛蟠人穷志短，彻底没有了脾气。明白了薛蟠的类似倒插门地位，再去看夏金桂的行为，一切就理顺了。还有一点，薛蟠的"活死人"身份，结婚前估计也不敢告诉夏家，夏金桂过门以后知道了，薛家也怕被夏家告官啊！薛家的把柄死穴被拿住了，薛姨妈也便硬气不起来了。因此，夏金桂先是受屈，然后就骑到薛家头上了。书中写了不少夏金桂的心理活动。薛蟠"活死人"的身份，一直需要贾家和贾雨村的保护。

为何夏金桂与夏家过继之子的关系也不清不楚？薛蟠杀人如果被判死刑，她就回娘家，不会给薛蟠守寡，而且过继之养子如果没有同宗血亲，就可以变成入赘女婿，这样香火之中还会有夏家骨血。但这改变的背后，礼法上有问题。夏家与林家不同，夏家是男人先死，只有夏金桂的老娘，女主人去过继和招赘，夏家宗族是不认的，过继养子仅仅是老娘的儿子。所以，如果夏家能够招赘，那么就没有薛蟠的事了。夏家也面临被吃绝户的危险，这才给夏金桂准备了超大号嫁妆，而且没有兼祧等要求。嫁到薛家后，夏金桂再暗中从嫁妆里拿出财物，给老娘和过继的养子。因此，夏金桂必须外嫁一次，而且她不怕被休妻。如果被休，她正好回家与老娘的过继子一起过日子，这也是她在薛家跋扈的资本。对此，第一百零三回写道：

金桂的母亲便依着宝蟾的所在取出匣子，只有几支银簪子。薛姨妈便说："怎么好些首饰都没有了？"宝钗叫人打开箱柜，俱是空的，便道："嫂子这些东西被谁拿去？这可要问宝蟾。"……宝蟾急的乱嚷，说："别人赖我也罢了，怎么你们也赖起我来呢！你们不是常和姑娘说，叫他别受委屈，闹得他们家破人亡，那时将东西卷包儿一走，再配一个好姑爷。这个话是有的没有？"

夏金桂和宝蟾为何要勾引薛蝌？背后的原因也是薛蟠要是死了，薛蝌才可能有权利继承薛家的财富。而实际上，薛蟠、薛姨妈的财产都在薛宝钗的嫁妆里面，薛家没有资产，只剩夏金桂的嫁妆。在第一百零三回中，夏金桂死后，夏家人到薛家闹事也很有意思，因为夏家可以要回一些财产。在夏金桂转移财产和她要下毒的事情败露以后，夏家闹不成了，没有转移走的嫁妆都被留了下来，薛姨妈和薛蟠又得了一笔钱。夏金桂的老娘和她过继的孩子拿不到夏家的财产，但夏家因为夏金桂的死却要回了一部分嫁妆。把财产关系看清楚，薛家的很多事也就明白了。

◇◇◇争夺薛家财富的博弈

薛家的财富在贾府，围绕着薛家的财富，所有人不断博弈：薛家想要把钱拿走，薛蝌不愿意多花钱，薛家赖在贾家不走，贾家对宝钗、黛玉两个都想娶，因此宝玉联姻背后的财富之争也激烈了起来。

薛蟠第一次杀人能平事儿，依靠的是权力和人脉，不用给钱，因为当时贾家势头正盛，可以作为薛家的后台。薛蟠第二次杀人，此时贾家已经开始走下坡路，要想活命，只能拿钱办事。此时谁给钱？薛蝌哭穷不愿意给钱，薛家的财产被控制在贾家，贾家入不敷出肯定不愿吐钱！因为在贾家看来，如果薛蟠死掉，则可以更好地占有薛家财富。薛姨妈不可能不去救薛蟠，要救就得大撒钱，还要为薛蟠免死缴纳保释金。这个时候，夏金桂死后留下的嫁妆就可以动用了。薛家想用这些钱把薛蟠捞出来。

薛家财富的大头在薛宝钗的嫁妆里面！薛宝钗之父任皇商，兼任户部职名，其子薛蟠世袭皇商家业与户部官职，薛家的财富当然是巨款！所以，对薛家藏匿于贾府的财产，表面繁荣却入不敷出的贾家一定会想办法留下。贾家只有娶了薛宝钗，才可以最终合法地占有薛家的财富。否则宝钗再嫁，薛家的财产还要作为陪嫁拿走，那个时候贾府拿得出来吗？新媳妇嫁妆的管理权，关系到贾府内部的财政权力和后院政治，在贾府当家的王夫人和财政主管王熙凤与薛家亲缘更近，娶薛宝钗对她们更有利，是她们的核心诉求。

薛家一直住在贾府，厚着脸皮不走，忍耐着不断换地方的不便，也不搬出去，就是为了看着自家的财产。通行本第十七回至第十八回写贾府为了迎接元春，买了十二个小戏子。梨香院是排戏的地方，那个时候薛家已经从最初的梨香院搬到了东北角一个幽静的处所。"此时王夫人那边热闹非常。原来贾蔷已从姑苏采买了十二个女孩子，并聘了教习，以及行头等事来了。那时薛姨妈另迁于东北上一所幽静房舍居住，将梨香院早已腾挪出来，另行修理了，就令教习在此教演女戏。"

薛宝钗寄人篱下，她的心态和心理成熟度，是林黛玉所不具备的，可能也是险恶的商业环境熏陶的结果。薛宝钗在贾家用尽各种公关，薛姨妈也联合了王夫人、王熙凤等王家人，就是要让薛宝钗上位。薛宝钗心里也明白宝玉喜欢林黛玉，为何如此屈辱地要在大观园寄人篱下？原因就是财产问题。哥哥薛蟠一直是法律上的死人，没有合法身份，以后在社会上的身份还要贾家照应，薛家还要维持运转，因此薛宝钗一定要嫁入贾府。她能够与贾府讨价的筹码，就是自己带来的财富，还有薛家亲戚王夫人和王熙凤已经在贾府后院取得的地位。

薛蟠变成法律上的死人，民事行为能力欠缺；薛家财富被放入贾府后，大家庭表面和谐，背后的财产关系却非常复杂，博弈更是非常激烈。书里写了很多薛家的人，如薛宝琴、薛蝌、夏金桂等，这里的主线还是薛家的财产，这条线最后收于薛宝钗到贾府。

贾家的宝玉联姻逻辑，就是财富的博弈，史湘云的位置也是同样的逻辑。史湘云的父母早亡，她要是嫁过来，没有嫁妆和财产支撑，还要自己做女红。书中写宝玉过生日，湘云喝得大醉，然后跑到大观园假山后的青石板上睡着了，结果被扶回红香圃休息。湘云与宝钗同住在蘅芜院，晚上丫鬟凑份子给宝玉来了第二个夜场，没有公开请史湘云，但史湘云也在，而且非常活跃。她当时睡在哪里？书中通过细节暗示，告诉读者史湘云与宝玉的关系也很暧昧。在宝玉"兼祧"娶平妻的背景下，除黛玉、宝钗之外，湘云也是备胎，史湘云实际上是贾府的童养媳，笔者在后面章节会分析。

笔者通过对比大观园里女孩的状况，为读者展现了古代大家族博弈的财富逻辑，她们都是宝玉娶亲的目标，以此说明贾家联姻的逻辑。在此之前，贾家的联姻就是此逻辑，王夫人进入贾家也带有巨额财富，所以贾政和王夫人才住在正房，袭爵的嫡长子贾赦却住在偏房。王夫人的嫁妆财产，很多就是宝玉的聘礼。

有人说薛宝钗是大户嫡女，不可能做妾，而事实上，薛家当时是薛蟠打死人，被葫芦案变成了"活死人"，薛家的财富藏匿在贾府，薛家无后，可能面临被吃绝户的绝境。薛家只有将薛宝钗嫁入贾家，才能看住财产。在第八十五回中，王尔调还做媒让宝玉入赘呢！古代大户嫡女不愿意做妾是肯定的，但不是绝对不能做，要结合当时的薛家处境来看问题。

在贾家，博弈的不是贾宝玉最终娶宝钗还是娶黛玉，而是宝钗和黛玉正室之位的争夺。关于两人争夺正室之位的博弈和胜算，以及古代争夺妻位、定妻妾名分的规则，其他章节再详细分析。这也是《红楼梦》中贾家的核心大戏，博弈过程还有贾母和王夫人的参与，即贾家和王家的博弈。财富博弈没有结果，对宝玉、黛玉、宝钗的婚事，贾家就只能暧昧地拖着，拖而不决，而且一拖好多年。大观园内，博弈激烈，贾家联姻方向长期暧昧未决，宝钗与宝玉不确定的婚事，使薛家也压力巨大，因为以薛宝钗的真实年龄，也算是老姑娘了。

很多人说贾家有了薛家和林家的财富，应当是巨富了，况且以前贾家还有丰厚的家底，为何贾家会迅速败落呢？对此问题，了解经营的人相对容易理解一些，那是因为贾家财务有窟窿，没有现金流。贾家急于固化林家的巨额财富，于是将其变成了大观园。但是大观园不产生收益，而且还要不断维护。大观园的各种开销不少，建园子与置业、置地不同，置业、置地可以生产和收租，会产生现金流。所以，探春后来施行大观园承包盈利的做法很有意义。而薛家的财富，以薛宝钗之名藏匿于贾家，薛家要带走不容易，贾家要支取也不容易，用于日常的现金流吃紧，要改变这一状态，两家都急着让薛宝钗过门。

贾家经济上困顿的主要原因，笔者在前面秦可卿的章节已经分析过了，与秦业的营缮郎有关系。搞了赚三二百万两的大生意，秦可卿却死了，秦业也死了，工程要善后，质量、维修、结款报销等问题，都是窟窿，且都要贾家出。前面也分析过，宁国府和贾琏、王熙凤都参与了分赃。贾政是秦业的搭档，秦业死了，贾政没有升职，而是被外放了。人事变故，工程没有收尾，绝对可以拖垮贾府。书中还写到贾府的农庄因为灾年作物歉收，租金要减免，收入低于预期，覆盖不了预算。乌进孝岁末赶了一个多月路程进京交租，他向贾珍诉苦说："年成实在不好。"贾珍看了乌进孝送上的租单,不满地说:"真真是叫别过年了。"又议论到荣府这几年添了许多花销的事,又不能添些银钞产业,倒赔了许多:"不和你们要,找谁去!""黄杨木作磬槌子——外头体面里头苦。"(第五十三回)所以说,贾家集中了三家财富,最后还运转困难,与贾家的现金流不通关系极大。

综上所述,贾家利用贾宝玉作招牌,以联姻为目标,吃进了林家和薛家两家的巨大财富,同时与林黛玉和薛宝钗嫁妆相匹配,贾家还要给贾宝玉准备巨额的聘礼,作为以后贾宝玉成家的财产。把上述财产都计算上,就知道贾宝玉在贾家拥有多高的经济地位了。对此不妨大致估算一下:假如林家和薛家与荣国府或者宁国府的财富相当的话,贾宝玉通过联姻,得到林黛玉和薛宝钗两个姑娘带来的巨额财富,就约等于原来的宁国府和荣国府的全部财产;如果单对荣国府,即为原来荣国府财产的两倍。荣国府还要给贾宝玉准备聘礼,贾母、贾政和王夫人的财产最后也大部分要落在贾宝玉的身上;贾母的私房钱和嫁妆要支持娶林黛玉的聘礼;王夫人的私房钱和嫁妆要支持娶林黛玉和薛宝钗的聘礼。联姻完成以后,贾府一大家子的总财富,贾宝玉可能要占80%!如此比例,怎么能够不让贾宝玉成为全家的核心?

林如海当初把林黛玉托付给贾家的时候,肯定没有想到薛宝钗也可能嫁给宝玉。贾家找到了宝玉联姻的财富来源,大家从而围绕宝玉的正妻位置,开始了博弈,且愈加激烈。在贾府内部,贾家人和王家人要分阵营,薛宝钗是王家人,薛姨妈是王夫人的妹妹,天然地抱在一起。此时林如海已经去世,林妹妹的处境非常困难。

(五)林家财富曝光与贾母分钱的实质

在《红楼梦》中,贾母后来分的私房钱,对全书故事逻辑有关键性影响，而这部分财富能够不被抄家，也有故事可挖。对私房钱的问题，本节会详细论证。

◇◇◇抄家可以豁免的是黛玉的嫁妆

贾府被抄家后，贾母的巨额私房钱没有被抄，它们是怎么来的？为何能豁免？这些钱实质上是黛玉的嫁妆之一！

我们先看一下贾母分的私房钱有多少。在第一百零七回中：

（贾母）一一的分派，说："这里现有的银子交贾赦三千两，你拿二千两去做你的盘费使用，留一千给大太太另用。这三千给珍儿，你只许拿一千去，留下二千交你媳妇过日子。仍旧各自度日，房子是在一处，饭食各自吃罢。四丫头将来的亲事还是我的事。只可怜凤丫头操心了一辈子，如今弄得精光，也给他三千两，叫他自己收着，不许叫琏儿用。……这五百两银子交给琏儿，明年将林丫头的棺材送回南去。"

贾母给了贾赦三千两，给了贾珍三千两，给了王熙凤三千两，五百两用来下葬林黛玉，不算林黛玉的嫁妆，已经是九千五百两；其他的实物给宝玉和贾兰，惜春嫁妆也有几千两。书中贾府的抄家清单之上总计才五千二百两银子，就算皇帝很快退还了一些家产，皇帝对抄家"所封家产惟将贾赦的入官，余俱给还"后，仍与贾母分配的财产数对不上。

上述数字没有含贾母的丧葬费、宝玉的几千两财物，以及还债的金子。贾母对贾政道："你说现在还该着人的使用，这是少不得的，你叫拿这金子变卖偿还。这是他们闹掉了我的，你也是我的儿子，我并不偏向。宝玉已经成了家，我剩下这些金银等物大约还值几千两银子，这是都给宝玉的了。珠儿媳妇向来孝顺我，兰儿也好，我也分给他们些。这便是我的事情完了。"贾母说惜春的事情还归她管，在第五十五回王熙凤算过账，出嫁"满破着每人花上一万银子"，也就是说惜春出嫁的花费也不少，就算打折扣，也要大几千两银子。

把上面的财产都算上，已经大大超过了抄家清单上抄出来的银子数量了。抄家清单上总计抄来的东西，应当还有不少是家族其他成员的私房钱。王夫人的应该不是个小数字。王熙凤得到的老尼姑张金哥案三千两，还有贾琏在尤二姐那里的私房钱三五千两（尤二姐那节分析过），还有李纨的，凤姐说李纨至少攒了五百两（第四十五回），邢夫人也该有一点，宝钗和王夫人、王熙凤的嫁妆也得算，按照王熙凤的计算，是万两级别的。在第一百零六回中，贾琏想起历年积聚的东西，加上凤姐的体己不下七八万金。不过，王家的财产与甄家转移的财产混同，被皇帝抄走了。

虽然皇帝说了，把贾赦的没收，其他的还回来，但还回来的财产有限，仅仅贾母分出去的银两就已经大幅超过荣国府抄家清单上的银两。按照三纲五常，女子出嫁之后要遵从夫死从子的规则，贾母应当跟着贾赦长房，最后剩下的妆奁也是给长子的，爵位也是长子继承的，所以贾赦一直觉得贾母偏心，给贾政弟弟的多。因此，贾赦一支的财产被皇帝没收，也应当包括贾母的财产，也就是说，贾母原有的所剩私房钱也在被没收之列。一起抄家后，还给二房的，也是贾母私房钱，贾家财产的一半被抄走。薛家、王家带入贾家的妆奁，因为王夫人等帮助甄家等家族洗白财产，财产混同在贾琏那里，随房契、地契等一同被抄走了。

鸳鸯当初帮助贾琏周转，偷拿了贾母的东西，这会不会在客观上帮助贾母转移资产了呢？贾府后来出盗窃案，应当是贾母要分的东西有了亏空，在鸳鸯之死那一节已经分析过了。被抄家的时候，上述财物如果就已经不见了，那么贾母肯定也知道自己的东西没有了，也不会有临死的时候分配私房钱的情节了。第一百零七回写贾母分财产时，贾母叫邢、王二夫人同鸳鸯等开箱倒笼，将做媳妇到如今积攒的东西都拿出来。此时"开箱倒笼"，如果抄家已经都抄过了，则一定被分门别类贴封条上清单了，就不用再翻箱子了。箱子里的东西有亏空，当时鸳鸯还在，她可能会遮掩一下，随后找贾琏补上。因此，在分配财产的时候，贾母应当不知道东西已经被鸳鸯偷拿给贾琏了，信心满满地认为东西都在！被抄家的时候，相关的财物箱子，肯定连打开都没有打开，直接在抄家范围之外。

贾母的钱和财物，为啥在贾府被抄家的时候没有被抄？而且享受特殊的待遇，连查看都不查看？谁有背景能够把它们摘出来？贾府其他人的财产，都是不可避免地要被查抄的。纵览全书，只有以林黛玉的嫁妆之名，才可以不被抄家，因为林黛玉不算贾家的人。林黛玉的嫁妆当中有贾敏的嫁妆和私房钱。这些财产放到贾家会托管给谁呢？当初，林如海往贾家转移资产，肯定也符合贾敏的想法，贾敏死前就做了安排。对于转移到贾家后的财物由贾家的谁来负责，贾敏应当比林如海更有发言权。贾敏愿意将财物托付给谁呢？当然是自己的亲妈最靠谱了。因此，贾敏托付过来的林黛玉的嫁妆等财物，肯定收存在贾母那里。不过，当年贾母给贾敏的嫁妆，也是贾母的私房钱，因此说贾母分私房钱也没有错！

林黛玉在贾府的嫁妆，其中一部分就是后来贾母拿出来分的所谓私房钱。因为如果真的是贾母自己的私房钱，在抄家的时候是要一起被抄走的。《礼记》有"子妇无私货，无私畜，无私器，不敢私假，不敢私与"的规定。礼制是中国古代的习惯法来源。贾母的嫁妆与贾府的财产分不清，而林黛玉没有嫁入，嫁妆就应当分出来。

抄家过程非常混乱，不该抄林黛玉的嫁妆，可实际执行的时候难免发生错误，而且此时不是贾家人提出异议就能够不抄的。合理的解释就是来抄家之前，有人打过招呼不要抄林黛玉的嫁妆。这个人是贾雨村，因为他是林黛玉父亲的托孤师父，也应当是这些嫁妆的财产保护人。贾雨村参与抄家，不是对贾家踩一脚，他的首要责任是保护林家转移到贾家的财产。

林黛玉的嫁妆和林家转移过来的财产、正常的婚约和手续，都有清单，贾雨村应当拿着黛玉的嫁妆清单（林黛玉两次进贾府，都是贾雨村陪同来的）。因此，清单上的嫁妆箱子属于林家的财物，不但不会抄，也不会被打开看。因为这些属于林家，抄家者此时不会得罪林家势力，因为林家是皇帝的亲信家族，受皇帝保护！所以贾府抄家清单上，不包含黛玉放在贾母处的嫁妆财产。早在宋朝，徽宗就有敕令："凡民有遗嘱并嫁女，承书令输钱给印文凭。"

贾雨村此时是京兆尹，是现管，当然对林黛玉的嫁妆会网开一面。贾母也知道，这些嫁妆已经曝光，怎么处理她要仔细想想了。

◇◇◇**林黛玉的嫁妆都有啥**

林家让黛玉带入贾府的巨额财产，应当有三部分。第一部分是林家祖传的家产。贾府用这一部分修了大观园，而大观园是省亲用的，钱花到皇家身上就可以对抗林家人的财产主张。现在，大观园还在那里，贾家可以送还林家，也可以入官，就看皇帝态度了，贾家反正不准备要了，此时大观园也荒芜着。第二部分是林如海当巡盐御史等天下肥缺时的各种灰色收入。这一部分家产不可能在清单上写得很明确，由与林家有关的林之孝帮助掌管，被贾琏、王熙凤占有并用掉了，或者用当票洗白甄家、史家、王家的财产时混在一起了，最后从贾琏、凤姐那里被抄走了。第三部分就是贾敏的嫁妆，给唯一的女儿黛玉的。贾敏把财物保管在贾母处，这些嫁妆产权来源和归属非常明确。贾敏出嫁时十里红妆，大家都知道，带到贾府后也可以写得很清楚。这些嫁妆就是林黛玉的，林家族人也没有可以诉求的地方，此次抄家又彻底曝光，当然要给所有人一个交代。

林黛玉的嫁妆有多少，可以大致估算一下。按照第五十五回王熙凤算的账，迎春、探春等出嫁，每人需要白银一万两。三春都是庶出，与贾敏嫡出独女，受宠程度根本不在一个层面，而且所嫁的林家是钟鼎之家，又是林家的独子林如海，嫁妆一定远多于三春。贾敏那一代只有她一个女儿出嫁，与三春这一代的嫁妆总额相当，按照凤姐给三春预计的花费总计三万两计算，林家也要给与嫁妆对等的聘礼三万两银子，同时还有各种财物等价值一万两银子，贾敏的嫁妆保守计算至少也有六七万两银子。这与当年贾家放在甄家，用于采买戏班和大观园窗帘的五万两银子数量相当。在贾府鼎盛兴旺的时候，准备这些财产真的不算费力，如果算得更多一些，十万两银子也是可能的。因此，在贾府被抄之后，贾母分的私房钱，林黛玉母亲给她的妆奁肯定可以包住。

  林家的财产曝光，贾母分财产，但贾母所分的财产数量，至少六七万两银子，多则有十万两银子，在数量上还是有差距的。贾母应当已经计算了亏空，因为鸳鸯为贾琏拿贾母的财产补贴荣国府的周转，贾母后来是知道的，只是睁一只眼闭一只眼罢了。所以，此处贾母有意留了富余，她的丧葬费等费用，书中没有讲得太透明。但贾府实际的亏空，则是连贾母的葬礼也不足支撑了。在第一百一十回中：

  鸳鸯说着跪下，慌的凤姐赶忙拉住，说道："这是什么礼，有话好好的说。"鸳鸯跪着，凤姐便拉起来。鸳鸯说道："老太太的事一应内外都是二爷和二奶奶办，这种银子是老太太留下的，老太太这一辈子也没有糟蹋过什么银钱，如今临了这件大事必得求二奶奶体体面面的办一办才好。"

  鸳鸯在临死前求贾琏，贾母的丧葬要简办，话已经说得非常清楚。管理贾母财产的大丫鬟鸳鸯为啥自杀？她自杀前还梦见了秦可卿。虽然鸳鸯死了,但财产依然需要有个交代,就有了贾府的被盗案,这个案件笔者在后面也会分析。案件背后有贾琏、冷子兴、妙玉、柳湘莲等人参与,由于半路杀出个包勇,财产被追回很多,亏空也算掩盖了过去。追回的财产,依然要给林家,如果彻底被盗光了,反而不用向林家交代了;贾琏、凤姐、冷子兴等人是王家阵营,所以他们参与盗案就可以理解了。同时,贾政开不出盗案的财产清单,背后的水很深!

◇◇◇占有林家财富唯有"兼祧"

林黛玉没有嫁入贾府就死了,林黛玉的嫁妆一定是要还给林家族人的,或者葬入林黛玉的坟墓。林黛玉嫁入了贾府,若没有子嗣,林家族人也有说法,其中一个说法就是再嫁一个宗族的女儿,嫁妆转为宗族女儿的嫁妆;但林家没有人了,贾家就要偿还一部分嫁妆,或者全部给黛玉当陪葬。就如凤姐死后,王家人王仁到贾府看看有啥可以主张的;夏金桂死的时候,夏家人也来了,只不过因为夏金桂谋害香菱有错,同时夏金桂已经将大量财产转移到夏家,夏家人才说不出话来。秦可卿死的时候,为啥办那么大的葬礼?背后就是秦可卿的巨额财富,贾家要借着葬礼洗掉一部分,以全部陪葬之名扣下。因此要全部占有林黛玉的嫁妆,只能给林家和黛玉立嗣,与林家"兼祧",宝玉的孩子里面要有姓林的才可以。

贾府被抄,林家由林黛玉带入的嫁妆不在抄家之列,但同时让林家的财富曝光了,朝野都知道贾府有林家这一笔财富,林家远房族人也都很清楚,对于这一部分财产贾家要立即有所交代。林黛玉若算作贾家的媳妇,则可记在二房贾政的名下。当时贾政的财产已经明确不在被抄家之列,同时皇帝已经明确"贾政实系在外任多年,居官尚属勤慎,免治伊治家不正之罪",要想自己的财产不在被抄家罚没之列,还要合法占有林黛玉的嫁妆,只有承认黛玉与宝玉的婚约，给黛玉应有的名分，并给林家承祀。

林家黛玉嫁妆这部分财产，最后被贾母以分私房钱的做法强行分配了，然后让林黛玉配阴婚葬入贾家的坟地，以此来对抗林家族人。因为此时贾家财务危机极为严重，就要崩盘，一定要想办法度过危机。在第一百零七回中，贾政对贾母说："昨日儿子已查了，旧库的银子早已虚空，不但用尽，外头还有亏空。……东省的地亩早已寅年吃了卯年的租儿了，一时也算不转来，只好尽所有的蒙圣恩没有动的衣服首饰折变了给大哥珍儿作盘费罢了。过日的事只可再打算。"贾母听到贾政介绍银子不但用尽还倒欠，田租也早已透支的情况，就开始分财产了。贾母反正是将死之人，以后死无对证。看看贾母在第一百零六回的祈祷："总有合家罪孽，情愿一人承当，只求饶恕儿孙。"贾母已经想好了，要由她来承担全部的责任。

贾家占有了林家资产，林家如果约定了"兼祧"和香火延续，就必须给林家族人一个交代。林如海应该还交代了保证人贾雨村，他的遗本也会把相关情况告诉皇帝，以及他的御史和同榜的圈子内朋友。对此，贾家只能遵照约定去执行，否则要退还林家家产；林家家产已经被贾母当作私房钱用掉，还不出来了。因此，对林家的财富必须有所交代，占有财富又能够交代的唯一方式就在婚约层面，在"兼祧"等问题上，贾家已经没有讨价还价的筹码，只有用阴婚来履行婚约了。我们在下一章会分析大观园里宝钗和黛玉的妻妾博弈，分析她们为什么是"兼祧"。至于为什么婚约不公开，最后是怎么配阴婚的，将在第二部、第三部中进行分析，包括原著的埋线和证据都在哪里等。

贾宝玉的孩子要"兼祧"，只有一个孩子的时候姓贾还是姓林，那可是有讲究的。贾府抄家的时候，贾母能够留下的私房钱，应当是贾敏存在贾母处的林黛玉的嫁妆钱，而且贾雨村陪黛玉进贾府，他应当有凭据。后来，贾母已经把林黛玉的嫁妆分给了族人，那么贾宝玉的孩子，就要优先姓林，否则林家族人可能不干。若孩子优先姓林，则明确了贾宝玉平妻的地位，以林黛玉为正妻在上，薛宝钗是在下的平妻。也就是说，薛宝钗很尴尬，最后还是做小当妾，而自己生的孩子要姓林黛玉的姓。在第一百零七回中，贾母临死前先要看重孙子贾兰。贾母说道："我想再见一个重孙子我就安心了。我的兰儿在那里呢？"以前，贾兰在贾府的地位很低，前面笔者也说了原因，现在贾母专门提及重孙子，应当是宝玉"兼祧"后想要恢复贾兰的地位；反正已经抄家，也不担心李纨的父亲李家获罪可能影响贾府了，贾家现在的主要矛盾是子嗣凋敝的问题。尤其是在贾兰中举，继承大宗之后，李纨的李家应当免罪并受到了诰封。

贾府借助林家财富度过各种危机，在书中还有一个暗线，就是书中多次出现的"人参养荣丸"。人参为气血双补剂，具有温补气血功效，不光是林黛玉常年吃，贾母也在配。在第三回中，贾母道："这正好，我这里正配丸药呢，叫他们多配一料就是了。"人参是林之宝，必须生长在密林下，若是林地开荒后再种人参，种不了几年土地就废了。林下参滋养荣国府，暗指林家财富由林黛玉带入贾府，一次次地帮贾府度过了危机。建大观园用的是林家财富；后来贾府财务紧张，林家的灰色收入也起了关键作用；到贾府抄家以后，林黛玉的嫁妆成为贾母私房钱的一大部分，更成为贾家翻身的救命稻草。

笔者前面分析过，薛家因为薛蟠成"活死人"带入贾家巨额财富，但后来薛蝌、薛宝琴等薛家人来揩油，薛家当铺参与凤姐、贾琏的"重利盘剥"，即洗白甄家、史家、王家的转移财富，最后在抄家当中都被抄走了，薛家也由此败落。薛家最"有钱"的人是香菱，葫芦案收买被拐人的钱赔付给了香菱，所以香菱被扶正了。香菱是黛玉的影子，黛玉则通过阴婚变成正妻，位居薛宝钗之上。

◇◇◇贾母的"明大义"是指什么？

贾母分私房钱，被书中说成"明大义"。老太太临死前交代后事，本身难以说是大义，而分钱为啥叫作"明大义"？关键还是她知道了贾府为啥被抄家，及时地对贾府的道路做了修正：让林黛玉葬入贾府，成为宝玉正妻，让贾宝玉"兼祧"，薛宝钗被牺牲了。

贾母分私房钱的时候，没有忘记"将林丫头的棺材送回南去"下葬，而留下林黛玉尸身葬入贾家坟地，贾宝玉"兼祧"，就可以帮家族渡过难关。此时，林黛玉已经死了一年多，贾家没有让她回林家下葬，因为她回林家下葬会算作林家人，她的嫁妆等财产要还给林家，而且嫁妆清单在贾雨村手里。林家人可以按图索骥，贾家难以赖账。若在抄家之前，先将林黛玉在贾家祖坟下葬，则林黛玉算正室，宝钗只能算妾或者平妻，薛宝钗的第一个儿子要算林黛玉收养，按"兼祧"规则还要姓林，薛家人和王家人当然不愿意。书中，在宝钗嫁入的时候，贾府是按照娶妾的礼仪办理的，给自己留了后门。当贾家被抄家时，所有人都没有办法了，必须分林黛玉的嫁妆救急，所以就让林黛玉配阴婚葬入了贾家坟地。

贾赦之所以被革职，是因为他"交通外官，依势凌弱，辜负朕恩，有忝祖德"，审理当中"御史指出平安州互相往来，贾赦包揽词讼"，指的是什么？张华案是"所参贾珍强占良民妻女为妾，不从逼死一款"，已经被算到了贾珍的头上；石呆子的案件其实是贾雨村帮助索取的，也算不到贾赦头上，抄家前皇帝还问了贾雨村，说明皇帝早已经知道情况，石呆子案件变成"虽石呆子自尽，亦系疯傻所致，与逼勒致死者有间"，已经洗白，笔者将在石呆子案一节分析；贾赦涉嫌包揽颂词讼的只有张金哥一案。那么"依势凌弱，辜负朕恩，有忝祖德"实际指的是什么？张金哥一案到不了"辜负朕恩，有忝祖德"这样的高度。这其实就是林黛玉在贾府时，贾家依势王家逼死她的事情，只有林家的事情够得上，但皇帝不会明说。此时，林家势力受宠，贾雨村升职在军机，王子腾王家被彻底搞死，林黛玉的嫁妆没有被抄走，贾母一下子就明白了其中的意思，知道该怎样对待林黛玉。林黛玉的灵柩放在大观园潇湘馆长期不下葬，皇家省亲别墅在灵柩后面，本身就有大不敬之嫌。

贾母分私房钱的第一百零七回回目叫作《散余资贾母明大义　复世职政老沐天恩》。贾母在耄耋之年，处理自己的私房钱留下遗嘱，是再正常不过的事情，为何叫作"明大义"？这个"大义"指的是什么？就是贾母知道为啥贾府被抄家，便承担责任做了处理，与前面一回贾母祈祷时的誓词是对应的。皇帝在抄家之前先问了贾雨村，贾雨村是林如海的同榜和御史同道，也是林黛玉的师父和林如海托孤的保护人。皇帝问了贾雨村之后，大怒，并且指责荣国府"辜负朕恩，有忝祖德"。真正的"明大义"就是贾母想明白了原因，贾雨村向皇帝说了林如海承祀问题和黛玉的遭遇，因此贾家必须对林家有交代。贾府怎么向林家交代？只有贾母活着的时候比较容易。只有贾母有这个权威，贾政惧内不好直接办理，家族认可"兼祧"，

苦绛珠魂归离恨天（清孙温　绘）

同时与贾赦也有关，与宁国府族长贾珍也有关；黛玉要葬入贾家祖坟，进入贾家祠堂，记入贾家家谱，只有贾母可以协调这些事。大家都知道贾母分的是林黛玉的嫁妆、林家的财富，抄家的时候早就算清楚了。此时贾母说"明年将林丫头的棺材送回南去"（实则是空的），在场的所有人都明白是什么意思，古代礼制规则对勋贵之家是基本常识。贾母想明白了"大义"，就自己主动承担了责任，也就是说，娶错了人变成了贾母的责任。贾母的方案就是牺牲宝钗。所有人都分到了财产，当然都支持，宝钗一个人无法反对。贾母的错误贾母改正了，这样贾政就不用再担责任了，皇帝就可以对贾政网开一面。因此，贾政能够得到荣国府世袭的爵位，贾母的做法是非常重要的一步。

林黛玉之死瞒着贾政，薛宝钗也没有按照娶妻而是按照娶妾的礼仪办理婚礼。皇帝给贾政留有余地，因为贾政还联姻镇海总制，海疆正在用兵需要安抚，贾雨村与贾府关系不错并受益于贾政，因此贾政"实系在外任多年，居官尚属勤慎，免治伊治家不正之罪"。当贾母分了林黛玉的嫁妆，对林妹妹葬入贾家坟地做出了安排，并承认了与林家"兼祧"的关系，把没有娶林黛玉的责任揽下来并改正后，贾府里面的皇帝的眼线，会立即报告给皇帝，况且贾政还是贾妃的亲生父亲，皇帝就"将荣国公世职着贾政承袭"了。当初要是贾家与林家联姻娶了林黛玉又给林家承祀，真的可能不会被抄家了。

贾母分了林黛玉的嫁妆，承认了"兼祧"婚姻，接下来就是如何处理大观园的问题。大观园虽然是用林黛玉的嫁妆修建的，但它内部带有省亲别墅，窗帘等物品是贾府的，当初买窗帘就用了两万两银子，其价不菲，如何处理也要看皇家的态度。"贾政先前曾将房产并大观园奏请入官，内廷不收，又无人居住，只好封锁。因园子接连尤氏惜春住宅，太觉旷阔无人，遂将包勇罚看荒园。"林黛玉死后，大观园就无人居住了，让皇妃的省亲别墅荒着，也要被参劾；维持园子要费用，贾家也养不起。前面分析过，大观园本来就是林家资产，带有省亲别墅，私自转卖也不行。贾政修建大观园还有利用林家资产洗白自己财产的用意，因此上交是一个解决办法，但皇帝不要，内廷不收。因为大观园是林家财产，皇帝对死去的亲信的财产当然不能要，要让朝野都看到皇恩浩荡。与此同时，贾政这么一交，贾家也知道皇帝的态度了。

贾宝玉"兼祧"林家，薛宝钗被牺牲了，所生的孩子是"桂"字；姓贾的孩子按照贾家排行是草字头，不应是"桂"字，这里"桂"字的结构就是木石前盟组成的（圭是古代用宝玉制成的礼器）。所以，贾母临死前挨个交代了一番，对薛宝钗是："贾母又瞧了一瞧宝钗，叹了口气，只见脸上发红。"请注意，此时宝玉还没有出家呢！外人看宝玉宝钗小两口正在新婚幸福，贾母对薛宝钗叹气是为啥？脸上发红是为啥？贾母也知道自己的做法牺牲了薛宝钗，所以脸红叹气，没有啥话可以多说了。

红学研究者基本认同香菱是黛玉的影子，香菱的判词是"两地生孤木"，然后"香魂返故乡"，黛玉阴婚"兼祧"也是符合的。贾宝玉出家了，薛宝钗生了一个遗腹子，也就是贾家、林家只有一个孩子，林黛玉的灵位就可以到林家宗祠，否则未嫁女的灵位是难以进宗祠的。在大结局中，作者明确写了贾蓉把黛玉的"灵"送回了姑苏林家老家，而黛玉的"柩"并没有被带走，而是葬入贾家坟地。薛家人、王家人机关算尽，最后薛宝钗还是妾，所生的孩子也姓了林，所以判词说："甚荒唐，到头来，都是为他人作嫁衣裳。"对此，我们将在第二部中继续分析。

深挖贾府的抄家清单，里面还有很多细节，最重要的是林黛玉嫁妆和贾母私房钱的故事，印证了笔者的各种分析，对下面章节中分析贾府被抄家的终极原因，非常有帮助。

四　实力和势力背景的妻妾博弈

黛玉、宝钗在《红楼梦》当中的妻妾地位应当怎么定？古代礼法上有啥规矩？贾家对黛玉而言是外姓，要带走黛玉抚养，必须有一个交代！再者，林家多代单传，又是钟鼎之家，不可能接受绝嗣的结果，林家不招赘，但需要有人能够承祀。宝玉的妻妾有各种等级，宝玉姨娘的位置也是十二钗副册丫鬟们激烈竞争的目标。宝玉联姻的博弈诉求非常复杂，大观园内风、花、雪、月、诗的背后，是实力与势力的残酷博弈。

（一）周礼及律例之下的妻妾名分规则

古代的妻妾名分，有严格的礼法规则，不是简单取决于丈夫喜好。如果违反了礼法，可能有大罪。《大明律》里明确规定："以妻为妾者，杖一百；妻在，以妾为妻者，杖九十，并改正。"《大清律·户律·婚姻》也有关于"妻妾失序"的规定："凡以妻为妾者，杖一百。妻在，以妾为妻者，杖九十，并改正。若有妻更娶者，亦杖九十。"所以妻妾的名分，不是男方可以随意定的，如果违反礼法，是要受到律例惩罚的。当然，男方可以有很明确的倾向性，可以找理由偏心，但做得太过就要小心了，女方也可以告官。

如果妻妾争名分，怎么办？先来后到并不重要，就如薛蟠先娶了香菱，不妨碍他后来娶夏金桂为正妻。妻妾名分的确定，最重要的依据是周礼。周礼是中国儒家的习惯法，可以成为告官的依据。

周礼在儒家社会渗透人们生活的各个层面，比如处理宗亲问题时，采取的便是周礼中著名的八议制度。中国古代各种行为准则，都用儒家周礼来确定，所以儒家礼教也叫作儒教。各种社会生活当中的事务裁决标准，均参照儒教的规范来进行。

八议制度的直接渊源是《周礼》中的"以八辟丽邦法"，自曹魏《新律》始正式载于律文。"八议"为：一议亲，二议故，三议贤，四议能，五议功，六议贵，七议勤，八议宾。下面就按照这样的礼法，比较一下贾府对林黛玉与薛宝钗的地位评判。

议亲：从亲疏看，林黛玉肯定排在薛宝钗前面，林黛玉和贾宝玉是姑表亲，她母亲是贾家人，也就是贾宝玉父亲这一边的亲戚！而薛宝钗和贾宝玉是姨表亲，也就是贾宝玉妈妈这一边的亲戚。在古代，父权为大，父亲一边的亲戚排在前面。所以，黛钗二人的妻妾地位，是贾家人与王家人的博弈。皇妃元春姓贾，也属于贾家人。所以，这一局黛玉胜。

议故：林家和薛家都是世家，都与贾家是世交。薛宝钗的父亲早死，与贾政等没有更多的直接的交往；林黛玉父亲林如海，与贾政则互相欣赏，一起做过事。书中，林如海对贾政有这样的评价："二内兄名政，字存周，现任工部员外郎，其为人谦恭厚道，大有祖父遗风，非膏粱轻薄仕宦之流，故弟方致书烦托。否则不但有污尊兄之清操，即弟亦不屑为矣。"贾政对林如海的回应是："彼时贾政已看了妹丈之书，即忙请入相会。见雨村相貌魁伟，言谈不俗；且这贾政最喜读书人，礼贤下士，拯溺济危，大有祖风；况又系妹丈致意，因此优待雨村，更又不同。便竭力内中协助，题奏之日，轻轻谋了一个复职候缺。"所以，在议故层面，以双方父亲的关系来看，林黛玉也比薛宝钗优先。

议贤：宝钗到了贾府，极力表现，得到了贾府上下的称赞；黛玉则很任性。"不想如今忽来了一个薛宝钗，年岁虽大不多，然品格端方，容貌丰美，人多谓黛玉所不及；而且宝钗行为豁达，随分从时，不比黛玉孤高自许，目无下尘，故比黛玉大得下人之心。便是那些小丫头子们，亦多喜与宝钗去顽。因此黛玉心中便有些悒郁不忿之意，宝钗却浑然不觉。"在议贤层面，林黛玉吃亏，薛宝钗领先。不过，从王家人对贾府后院的把控来看，舆论导向上可能也有故事，以后会说。

议能：黛玉和宝钗才能的高低，不同的人看法不一，总体而言倾向林黛玉的多。二人在诗社大斗诗才，也是小说最吸引人的看点之一。斗才的实质，是二人在议能，此处分享一下二人斗才的一些研究成果。

比如诗社的联句，李纨把凤姐的起句"一夜北风紧"先写上，自己联了下句"开门雪尚飘"。她又起了下联首句"入泥怜洁白"，让大家争着往下联。众人就这样争先恐后地联开了。总共联了七十句，参加争联的十二人是：凤姐、李纨、香菱、探春、李绮、李纹、岫烟、湘云、宝琴、黛玉、宝玉和宝钗。其中湘云最有激情，她一人争到十一次。宝琴、黛玉各争到九次。其他各人分别争到一、二、三次不等。唯独迎春对诗不感兴趣，也不争，连一句都没联上。

在海棠诗社成立后，史湘云、薛宝钗筹办了一场吃螃蟹、咏菊花的诗会活动。林黛玉技压群芳，创作的《咏菊》《问菊》《菊梦》包揽前三名，展现了过人的才华。诗社社长李纨公正点评，就诗论诗支持了黛玉，不因史湘云是此社东道，不因薛宝钗出资赞助，就产生偏私。

第七十回为《林黛玉重建桃花社　史湘云偶填柳絮词》。本次大观园诗词聚会，以"柳絮"为题填词，又是以林黛玉的《唐多令·柳絮》和薛宝钗的《临江仙·柳絮》较量为主线。

众人认为林黛玉的词"草木也知愁，韶华竟白头。叹今生谁拾谁收"实在太过悲伤,完全比不上薛宝钗的那首《临江仙》:"白玉堂前春解舞,东风卷得均匀。蜂团蝶阵乱纷纷。几曾随逝水,岂必委芳尘?万缕千丝终不改,任他随聚随分。韶华休笑本无根。好风频借力,送我上青云。"

所以从各次诗社的活动来看,薛宝钗与林黛玉都是才华横溢,佳句各有千秋。林黛玉的伤感也在各次诗会当中体现了,没有近亲在侧的支持,孤独感肯定就是心理上的煎熬;薛宝钗有妈有哥,又有表姐当家,心态完全不同。菊花和柳絮,古人认为都不结果,书中选此题材,对故事情节的后续发展,当有所隐喻。

相关研究数据很多,有人统计过,《红楼梦》一书里面,林黛玉一共创作了二十五首诗词,共计二百五十六句,一千六百五十九个字;其体裁有五律、七律、七绝、四言、歌行、集句、词等,一共八种。薛宝钗一共写了九首诗词,共计六十七句,四百四十四个字;其体裁有七律、五言、七绝、词等,一共四种。从统计数据的角度,也体现了作者对林黛玉的偏爱。林黛玉诗词才情应当比薛宝钗更高。林家原本就是书香之家,薛宝钗家是商人之家,林黛玉的老师贾雨村是进士,父亲是探花,因此受到的教育更好。

议功:嫁过来的女人议功,一般就是嫁妆的多少、子嗣的多少、孝敬赡养公婆如何,等等。对还没有过门的儿媳,议功也是看嫁妆财力多少。薛家与林家都是钟鼎之家,虽然因为薛蟠犯罪成为法律上的死人,薛家财产藏匿于贾家,但财产并不都是宝钗的妆奁,也应当给薛蝌一部分,薛蟠也要分得一部分,而且薛蟠第二次杀人,赎命肯定还要花一些;林家的财产相对完整,而且带着林如海的灰色收入,应是林黛玉身上的财富更多。如前面章节分析,大观园是林黛玉嫁妆所建,她的妆奁不光数额巨大,还为贾家省亲作出了贡献。因此议功,林黛玉占优先。不过,以后要是生孩子,还是要重新议,母以子贵的依据就是议功。

议贵：林黛玉出身高贵。《红楼梦》中写道："这林如海之祖曾袭过列侯，今到如海已经五世。起初时只封袭三世，因当今隆恩盛德，远迈前代，额外加恩，至如海之父又袭了一代，至如海便从科第出身。虽系钟鼎之家，却亦是书香之族。"而薛宝钗的出身仅仅是商人，古代商人地位很低。虽然薛家祖先薛公是紫薇舍人，相当于林如海的兰台大夫，但因为没有爵位，阶层已经滑落。而林如海家族是世袭门第，同时还有探花功名，在古代地位极高。翰林见督抚是硬进硬出，必须开中门进出；宝玉父亲贾政若以员外郎身份去见督抚，则是软进软出，要走旁门；若薛家去见督抚，就要等人传叫，见不见都不一定。古代翰林戴着朝珠，准许穿紫貂褂子，是高官才有的特权。进士翰林的女儿才可以叫作小姐，普通人的女儿只能叫作姑娘。所以，林黛玉可以叫林小姐，薛宝钗只能叫宝姑娘。因此，宝黛钗三人相比，黛玉门第最高，宝玉次之，宝钗门第最低；黛玉是下嫁，宝钗是高攀。

议勤和议宾：这两项黛钗二人都没有啥好说的，苦劳和贵宾都差不多，也就不进行比较了。

在以往的各路红学之争中，挺林黛玉的和挺薛宝钗的，基本都是贤能比较，也就是林黛玉才能好一点，薛宝钗可能贤惠一点，属于书里的明线。而真正的暗线，都是林黛玉占优，在议亲、议故、议功、议贵这四项，都是林黛玉领先。而且按礼制的排列顺序，古代亲故要在贤能之前，古代还讲"女子无才便是德"呢！黛玉贤惠可能不如宝钗，但也绝对不能说是顽劣或劣等，因此贤能一项也不属于黛玉的减分项。

在黛钗之争后来的博弈上，薛宝钗与贾宝玉还有一个故事。宝玉丢失他的玉以后得病不起，古代迷信说是需要金命的人给宝玉冲喜治病，这可以作为议功的内容，让薛宝钗在议功一项胜林黛玉。

在宝玉得病的时候，林黛玉有一个重要的不利因素，就是她的病可以说是恶疾。恶疾在古代婚姻上属于"七出"①之条。林黛玉咯血，在古代是大病，属于痨病嫌疑！痨病也就是现在的肺结核，肺结核能够有药医治和治愈，是不到百年的事情。古代得了痨病，就约等于死缓，所以人们极为在意。在身体健康上，薛宝钗有巨大的优势。

不过，林黛玉还有一个让贾家不能毁婚约的法定理由，那就是周礼当中不能休妻的"三不去"②，林黛玉的情况属于"有所娶而无所归"，她的娘家已经没有人了，属于不能休妻的情况。

综上所述，贾宝玉妻妾地位的博弈，在礼法上黛玉占优。礼法在古代社会的重要性，不是现代很多读者以个人感情喜好去评判和比拟的。

不过，古代礼法的解释权在男方，男方拥有巨大的优势。宝玉更喜欢黛玉，这是极为重要的筹码，男方有巨大的自由裁量权。而古代若要经官诉讼，出来应对的是贾宝玉和贾政，王家人是女眷，不会有发言权。不过，在内宅，王夫人有发言权，但黛玉门第高，同时带的财富也多，真要是在贾母支持下掌权，宝玉又宠黛玉，那婆媳关系可能就要倒过来了，王夫人恐被边缘化，所以她要拼命博弈，对黛玉与宝玉持反对态度。

中国古代的婚姻和家庭博弈，还有一个特点，就是不固化，也就是说这是一个长期的博弈过程，会贯穿整个婚姻的始终，不是一次婚礼就能彻底决定的。结婚后，妻妾名分确定，妾得以上位的事情，时不时发生。虽然结婚的时候是父母做主，但当男子成家，并

---

① 解除婚姻的制度，称为"七出"，又称"七去"，是指女子若有下列七项情形之一的，丈夫或公婆即可休弃之，即不顺父母去、无子去、淫去、妒去、恶疾去、多言去、盗窃去。其中，不顺父母（公婆）是"逆德"，无子是绝嗣不孝，淫是乱族，妒是乱家，有恶疾不能共祭祖先，口多言会离间亲属，盗窃则是反义。故为人妻者若有此七项之一，夫家即可休弃之。
② 按照周代的礼制，女子若有"三不去"的理由，夫家即不能离异休弃。"三不去"：有所娶而无所归，不去；与更三年丧，不去；前贫贱后富贵，不去。

分家分府，则变成了丈夫做主。所以，婚姻中妻妾博弈是长期的，最大的变数，则在于子嗣！谁先生长子，孩子的成长问题、孩子的教育和才能问题，以后筹码会越来越重，夫死从子，母以子贵。

在《红楼梦》中，薛宝钗和林黛玉的地位到底怎样，还有一个隐秘的证据，就是两个人是同一个判词："可叹停机德，堪怜咏絮才。玉带林中挂，金簪雪里埋。"把后两句倒过来读，就变成了"挂中林带（黛）玉，埋里雪（薛）簪金"。簪与钗有什么区别？钗是两股的，簪是一股的。钗去掉一股，就变成了簪。

虽然说黛玉和宝钗的妻妾地位博弈按照八议制度的礼法而论有很大的变数，但能够论礼法是有前提的，只有在相同的门第之下才有八议礼法，双方的地位、门第差太多也是不行的。前面所说的礼法上的八议制度，只有在黛玉和宝钗门第差不多的情况下才适用。古代婚姻还有一个关键因素，就是要求门当户对。门第对不上，根本没有进行妻妾地位博弈的资格。古代男主人让低门第的女人当正妻，上位高门第，这叫作以妾为妻，是违法行为。明清时，以妾为妻是不许的，甚至可以告到官府。古代可以一夫多妻，或者准确地说是一夫一妻多妾，但妻妾地位若搞错了，则在法律责任上类似现在的重婚罪。清中期，皇帝开放"兼祧"可以娶平妻，情况才有了变化，这在书中也是关键逻辑，后面笔者会详细分析。

很多人对黛玉和宝钗的门第高低注意得不够，因为现在已经不讲这个，但在《红楼梦》成书的年代，这是最关键的因素，

从过去的家族通像可以看出，正妻在中间，可以进入祠堂的妾被埋在后面，只露出来一半身位。

作者会非常注意，是不用言明的公开规则。林黛玉的门第之高，源于林家的四代侯门，林如海是探花、兰台大夫，地位高于贾家；而薛宝钗家是皇商，黛玉和宝钗二人的门第相差甚远。很多读者以为她俩门第差不多，是因为林如海与贾敏门当户对，但贾敏嫁给林如海的时候，林如海还没有考中探花，同时贾代善也是侯爵，所以门第是相当的。但到了林黛玉与贾宝玉这一代，贾政不是长子，没有了爵位，宝玉也不是长子，而林如海考中探花后，一路官爵高升，二者之间的门第一升一降，已经拉开了差距。

论妻妾地位，有悖于门第是绝对不成的，只有在门第差不太远时才可以论礼法。门第差距大，就会违背古代律例里面的"以妾为妻"的禁条。唯一的例外是"糟糠之妻不下堂"，《红楼梦》中宝钗、黛玉之间显然不属于这种情况。因此，从这里也可以看出，后来的博弈结果就是林黛玉必须早死，不能让贾府把林黛玉娶进门，否则就算薛宝钗先进门，也可能为妾，与薛蟠娶香菱一样。

综上所述，真的要评价黛玉与宝钗到底该选谁，标准可不是文艺小青年的个人喜好，也不是老辈们的感觉，古代礼法有比较严格的程序和标准。在礼法标准之下，林黛玉一开始肯定占优，林家人在宝玉没有功名的情况下，未必看得上宝玉；黛玉是侯门嫡女，宝玉是二房次子，林家托孤监护人贾雨村也未必看得上宝玉。随着博弈的不断发展，故事大戏将逐步展开，笔者将在后面的章节给大家分析。

（二）林黛玉进贾府必涉婚约与黛钗地位

谈到林黛玉和薛宝钗的地位问题，还有一个关键因素，就是当初的媒妁之言是什么？对媒妁之言贾家有怎样的承诺？在古代，谁的婚约在先，谁在律例上就具有巨大的优势，此优势也属于林黛玉！

书中没有明确写林黛玉与贾宝玉有婚约，也没有写林家与贾家定亲，但情节内在逻辑不撒谎，林黛玉与贾宝玉必有婚约，只不过婚约可能还有不确定之处，两家还在博弈，所以没有公开。这些从古代的社会常识和逻辑关系可以看得出来。书中《终身误》写道："都道是金玉良姻，俺只念木石前盟。"可见前盟在前，即契约盟书在前，而良姻在后。书中暗写，林家托孤给黛玉老师贾雨村，贾雨村后身居高位，其后的博弈，后面的章节会详细分析。我们先来看看在古代婚嫁规则之下黛钗的实际地位。

◇◇◇ 黛玉两次进贾府的不同待遇

林黛玉第一次进入贾府，具体的情况书里有详尽的描写，这是《红楼梦》最经典的片段之一。

> 如今且说林黛玉，自在荣府以来，贾母万般怜爱，寝食起居一如宝玉，迎春、探春、惜春三个亲孙女倒且靠后。便是宝玉和黛玉二人之亲密友爱处，亦自较别个不同，日则同行同坐，夜则同息同止，真是言和意顺，略无参商。……那宝玉亦在孩提之间，况自天性所秉来的一片愚拙偏僻，视姊妹弟兄皆出一意，并无亲疏远近之别。其中因与黛玉同随贾母一处坐卧，故略比别个姊妹熟惯些；既熟惯，则更觉亲密；既亲密，则不免一时有求全之毁、不虞之隙。这日不知为何，他二人言语有些不合起来。黛玉又气的独在房中垂泪，宝玉又自悔言语冒撞，前去俯就，那黛玉方渐渐的回转来。

在古代，讲究男女之别，有"男女七岁不同席"的说法。那些钟鼎之家，亲兄妹尚且如此，为何林黛玉来了，贾母却创造出让她与贾宝玉可以那般亲密无间的环境？这不是普通人家，对大家族而言，讲究非常多，礼法森严，让林黛玉如此特殊，与宝玉"日则同行同坐，夜则同息同止，真是言和意顺，略无参商"，早已经超过了古代兄妹的亲密。在第五回中，宝玉已经能够春梦遗精，能够与袭人云雨尝试，应当已经青春期发育完成。即使是现在，表兄妹之间如此亲密，家长也难以接受，而他俩在贾府能够如此，想必应当定了亲。

◇◇◇没有婚约，贾府带不走黛玉

另外一个重要的情节是，"这年冬底"，林如海重病，"写书特来接林黛玉回去"。黛玉此时将近十一岁，贾府来接林黛玉回姥姥家。过去嫁出去的闺女回娘家，外孙辈回姥姥家，可不像现在这么容易；嫁出去就不是贾家人了，到姥姥家长住，需要有由头。虽然贾敏去世，林黛玉没有母亲了，但林家其他女眷带孩子，也不成问题，尤其是唯一的孩子，为何不带在身边？书中写贾府是特别来接林黛玉的，贾府有何理由来接？后来，林如海病重，贾琏送黛玉回去见到了林如海，就变成了黛玉与父亲的诀别；林黛玉返回，是在林如海的丧事办好之后。

为何是贾琏陪同林黛玉去见林如海？很多人说贾政、贾赦等人都有官职，去不了。但陪着林黛玉去的，还可以是贾府的管家等其他人，比如林黛玉来，就是由她的老师贾雨村陪着来的。通常逻辑是，贾府的管家也可以，比如林之孝，后面书里也暗写了林之孝与林家的关系。贾琏在贾府，身份已经很特殊，他是荣国府的嫡长子，贾赦唯一的儿子，也是未来袭爵的儿子和宗法上的族长，地位非常。在其父不在的时候，他可以代表贾家做主。贾琏去，有做主的权力，这才是关键。其他管家等人去，都不能代表贾家做主，都得回来请示。贾府嫡长子去，他的承诺，可以被认为代表贾家。况且他与贾宝玉是平辈，在荣国府玉字辈上，贾琏也是家长。书中写贾琏护送林黛玉回南奔丧,还特意来讨贾母老太太的明确示下,属于贾府商量好的正式表态。林家后事,对未嫁独女,必然涉及林黛玉的终身大事。林如海临死相托,不涉及林黛玉的婚配,基本也是不可能的。

下面的内容就又体现了《红楼梦》一书的特点,即"真事隐""假语存"。贾琏带着林黛玉去见林如海的最后一面,确定了林黛玉的婚约吗?书里对此一个字也没有写,而且把贾家是否娶林黛玉,把贾家选择林黛玉还是薛宝钗的悬念,一直留在情节里。不过,根据当时的社会常识和逻辑关系,可以说,贾琏去,基本确定了林黛玉与贾宝玉的婚约,而且林黛玉本人也知道。如果没有确定婚约,贾琏就不可能把林黛玉再一次带回贾府来,再一次让她住到贾府里。

林如海死了,未成年的待嫁女林黛玉的抚养权属于谁?古代社会,要是林家的宗亲没有人愿意抚养她,林黛玉也是可以归属外祖母来抚养的。就《红楼梦》书里的情节来看,林黛玉不会没有人愿意抚养。林家的宗亲肯定要争夺林黛玉的抚养权!现在讲男女平等,男方亲属和女方亲属法律地位一样。在古代男权社会,男方亲属较女方亲属而言,法律地位无限大,男方家族不放人,亲妈也带不走!因此,贾琏带回林黛玉,只能是依据林黛玉的父亲林如海临死前的婚约,才有可能。林如海死了,林黛玉的终身大事还没有确定下来,那么连婚约都要林家族人做主,由不得贾家人,这属于林家宗亲族长的事情。贾家只能决定贾宝玉娶谁,无权决定林黛玉嫁谁。

不要看林如海是几代单传没有近支族人,就认为林黛玉不会有林家宗亲关注。看林如海的地位,加上林家已是四代侯爵的钟鼎之家,一定会有一堆亲戚上门巴结他!

林黛玉带着林家数代积累的财富,还有林如海为官的财富和其母贾敏的巨额嫁妆,简直就是金矿!不论是古代,还是现代,这样的孩子的抚养权都要让人争破头!贾家能够争得林黛玉的抚养权,不是因为贾家是她的外婆家,而是因为林黛玉与贾家有婚约!婚约很可能是在林如海临死前当众确定的。否则就算有与贾家的婚约，林家宗族的人，在巨额财产面前，没有人证或官裁，都不那么容易承认，都可能会去闹一下。在第五十七回中，紫鹃都很清楚："世代书宦之家，断不肯将他家的人丢在亲戚家，落人的耻笑。"没有一个婚约交代，黛玉的林家族人亲戚是不会放手的。

贾琏带林黛玉回来，明显是把林如海的全部家产做了清理、清算和分割，是带着林黛玉应有的嫁妆一起回来的，林家原来祖居的地方已经没有资产了。要人和财都带走，还要得到林家族人的认可，一定要有明确的凭据才可以，因此婚约应当是明确的、不可更改的。第十二回写道，贾母"定要贾琏送他（黛玉）去，仍叫带回来"。怎么带回来？凭什么带回来？可不是贾家一家说了算。要带回来，没有婚约是不可能的。为啥"定要"贾琏送去？原因就是贾琏是长房长孙，是爵位继承人，是可以代表贾家对外做主的人。书中还有一个细节：贾琏在扬州办理林如海的丧事，派了昭儿回来"讨老太太示下"。之所以要贾母示下，原因之一就是要贾家对婚约表态，不表态林黛玉是带不回来的。不要以为贾家什么事情都可以不讲规则地胡来，林家也是钟鼎之家，而且还在林家的地面，林如海又是皇帝钦点的探花，可以通天到皇帝那里，贾家要是想霸道不讲规则，在林家面前绝对办不到。这里面的细节和具体原因，后面的章节还会继续分析。

◇◇◇ **黛玉的婚约没有公开**

林黛玉与贾宝玉的婚约，起码酝酿很久了，甚至可能很久以前就已经定下了。在古代，定亲有一个复杂的程序。林黛玉当初进贾府，关于结亲的商议就有了，否则贾府也不会安排林黛玉与贾宝玉在一起。贾雨村开始在林如海家做家教时，林黛玉六岁。过去的师生关系，远比现在亲密，贾雨村带林黛玉到贾府，应当还有一个重要的任务,那就是与贾家议定林黛玉的婚约。贾雨村作为师父和托孤人,有黛玉婚约决定权,对此以后还会分析。

林如海有巨大的财富却没有儿子,而且丧了偶,从丧偶到病逝,中间也有几年的时间,他始终没有娶继室。以林如海的地位,会有众多人家愿意让女儿给他当继室。如果林如海有继室,那么继室就是林黛玉的养母,林黛玉未嫁之时首先得由养母抚养。就算林黛玉要去贾家,也是养母跟着一起去,就如薛姨妈和薛宝钗一起进入贾家一样。过去,不孝有三,无后为大,丧偶之后,要尽快续娶延续子嗣。林如海为何不娶继室?合理的解释只有林如海有病或者没有了再生育的能力,他的后代就只剩下林黛玉这个女儿了。此时,林如海正常的反应是尽快且合理地把家产转移到他的爱女林黛玉身上,尽早给林黛玉找到可靠的夫婿。为了延续林家的香火,他应当还会有类似"兼祧"的要求。因此,贾雨村去贾家有着重大使命。为何林如海不把爱女留在身边抚养,而是把她放到贾家?其中也有转移家产财富的深远考虑。

古代的婚约,不会是保密的婚约!媒妁之言,要公之于众!"父母之命,媒妁之言"是西周时期婚姻制度的关键性原则。宗法制要求由父母或其他家长决定子女的婚姻大事,但必须通过媒人这一中介来完成,否则即是非礼非法,称为"淫奔",不为宗族和社会所承认。林黛玉与贾宝玉的婚约肯定要有媒人,媒人不一定是媒婆,贾雨村有老师身份,就可以当月老。当然,婚约也不会对林黛玉有所隐瞒,林如海在临终嘱咐中,关于到夫家该如何做,对爱女有所叮咛和交代。贾琏和林黛玉去之前,林如海弥留之际,对宗族的人也会交代清楚。

林家与贾家婚约没有公开,原因是还有没博弈清楚的地方。双方此时的婚约,类似现在只签署了框架协议,但还没有签署具体的实施合同,还有大量细节,包括权利、义务没有落实,所以交易没有公开。第一回写"玉在椟中求善价，钗于奁内待时飞"，对此该怎么理解也是关键。"椟中"和"奁内"都可以暗指大观园，"求善价"告诉读者，黛玉是待价而沽。笔者反对某些版本写成薛宝钗在贾宝玉出家后嫁给了贾雨村的低俗演义。"待时飞"是指宝钗的命运是由贾雨村决定，不仅是贾雨村降职让薛宝钗可以嫁入贾府，而且后来贾府被抄家也是"待时飞"，要等着贾雨村来处理。当时，贾雨村是京兆尹，抄家贾府之前，皇帝问了贾雨村的意见才下定决心的。

在林黛玉的婚约对价中，林家肯定要有一个子嗣。过去，合法的标准兼祧是同宗之间，而宝玉和黛玉"兼祧"是灰色地带，所以两家应当还在博弈。宝玉考不上功名，贾雨村代表的林家可能还看不上宝玉，到时候贾雨村代表林家为黛玉"求善价"，就会要求宝玉入赘、承外祖等更多条件，甚至直接悔婚，一切都要看事情发展。所以贾政拼命要宝玉读书走科举取得功名，背后是有原因的。贾雨村进京候补，后来补授大司马入阁军机，是一品大员，实力摆在那里，到时候联姻不成，贾家吃进的财富不敢不吐出来。林家与贾家在博弈，没有最后的定局。薛家与之不同，贾家不吐薛家的财富，王夫人仍向着贾府，后来薛蟠要被判死刑了，王夫人说他"自作自受"。王子腾对薛姨妈和王夫人远近一样。这是《红楼梦》一书的明线。在第二部中，我们会分析贾府内部贾家人与王家人婆媳宅斗的影响；在第三部中，我们会分析政经关系的博弈，林家对黛玉的安排也有深远的考虑。

因此，林黛玉第二次回贾府时，她是以贾府未来宝二奶奶的身份，贾家人应当明确知道，贾宝玉多少也会知道一些。就吃燕窝一事，林黛玉曾经对薛宝钗说过一段话："（我）又不是他们这里正经主子，原是无依无靠，投奔了来的，他们已经多嫌着我了……我是一无所有，吃穿用度，一草一纸，皆是和他们家姑娘一样。"此话的背后意思是说，林黛玉在大观园应当与贾家的姑娘不同，表达了对贾府将她与贾家其他姑娘一样对待的不满，她应当是主子奶奶才对。正常情况下，她是寄住在贾府的外孙女，不如贾府的姑娘得宠也很自然。古代内外有别，外孙女和孙女待遇本当不同，让外孙女与孙女享受同等待遇，本身就是很善待了。从这里可以判断，林黛玉与贾宝玉有婚约，她才会来。所以，挑大观园住所，林黛玉敢自己直接挑最好的南门居中主位潇湘馆。书中写道，她"自在荣府以来，贾母万般怜爱，寝食起居一如宝玉，迎春、探春、惜春三个亲孙女倒且靠后"。黛玉与宝玉标准一样是合理的，因为黛玉和宝玉都是嫡出，而且林家地位高于贾家，所以黛玉虽然是外姓和女孩，理应与贾府嫡子一样的待遇，而迎春等三个姑娘是庶出，地位当然不一样。黛玉说这个话，说明在林如海死后，宝钗来了，黛玉的待遇下降了，黛玉有所不满了。黛玉在贾府被下人怠慢的情况，与后来尤二姐进入贾府类似，只不过黛玉的地位在那里，背后还有贾母，掌家的王家人不敢做得太明显和过分。而宝钗来了，宝钗的待遇与贾府三个庶出的姑娘相同，因为薛家是皇商，比贾家的门第低。王家人主持后院，为了薛宝钗的博弈上位，有意抬高她，暗中把黛玉的待遇降低了。

◇◇◇有关宝玉黛玉婚约的其他证据

说黛玉与宝玉有婚约，还有一个证据，就是抄查大观园的时候，在黛玉那里抄到了"两副宝玉常换下来的寄名符儿，一副束带上的披带"。① 这些就是婚约的交换物证。黛玉有宝玉的寄名符，可以视作双方已交换庚帖，这在古代的重要性不言自明。黛玉、紫鹃两人身居香闺，对此未必那么明白，而在场的王熙凤迅速地岔开了话题。

---

① 寄名符：旧时，小孩出生后会请先生批八字，如果八字过硬刑克父母或者小孩难养，就会送给菩萨、神仙、僧人、道士或者其他生肖相符人家做寄名子女，以便小孩能够顺利长大成人。寄名符也叫记名符。古代孩子的八字要保密的，这个东西绝对不能随便给别人。

古代人是很迷信的，一个人的八字可是核心隐私机密。以前道士作法，还有巫蛊下咒等，要把对方的八字写上，认为人的生辰八字可以决定人的命运，八字是通神灵的号码，比现在身份证号码还要重要，所以八字是绝对不会轻易给外人的。

林黛玉与贾宝玉有婚约的另一个证据，可以看看王熙凤在计算家里几个姑娘和宝玉的婚事开支时是怎么算账的。第五十五回是这么写的："宝玉和林妹妹他两个一娶一嫁，可以使不着官中的钱，老太太自有体己拿出来。"为啥林黛玉出嫁要与宝玉绑在一起用贾母的钱？林黛玉是林家人，林家有巨额财产，如与宝玉没有婚约，贾府就不用为林黛玉花钱；而且宝玉另娶的话，其他家族与之联姻带入贾府的妆奁，怎么也不可能变成林黛玉的出嫁费用，宝玉的婚娶也该王夫人出钱，也该按照家族规则出钱，而不是用贾母的体己钱，贾母的妆奁还有贾赦一支要分！所以他们俩必然有婚约，而且是特殊的婚约，对此下一节将进行分析。

林黛玉一开始有婚约优势，但她年龄还小，没有马上办理婚事。未马上办理婚事还有一个原因，就是林黛玉还有孝在身，她需要为父亲守孝，除非父亲有交代要求办理，否则一般都要守孝三年。守孝期带来了不确定性和博弈空间，薛宝钗就是在林黛玉守孝期间进入贾府的，入京待选又失败，加上薛蟠和家产的原因，她便把目标转移到了贾宝玉身上。

◇◇◇宝黛婚约与薛宝钗

林黛玉与宝玉早有婚约，贾家却不公开，其背后的原因还有薛宝钗和薛家财产在贾家。贾宝玉的婚约公开了，薛家因薛蟠打死人躲罪而以薛宝钗嫁妆名义藏匿于贾府的财产，贾家以后必然还要交出来。贾家态度暧昧，就可以控制薛家的财产。薛宝钗到贾家，起因很突然，薛蟠打死人，只是躲罪的需要，婚约肯定没有。很多读者可能会说，王夫人与薛姨妈姐妹串通好了，可以造假把婚约日期放到林黛玉的婚约之前，那不就成了吗？事实上，她们根本办不到。且不说贾家名义上还是贾政和贾母做主，就算贾政等贾家人都同意，那也办不到。首先，婚约要公开，公开的证人呢？证人就算可以用钱买通，但还有一个关键节点——入京待选是过不去的！薛宝钗到贾府，名义上是入京待选，让皇帝先选妃子！薛宝钗要是有了婚约再入宫待选，便是欺君之罪！王夫人、薛姨妈是万万不敢的。

薛宝钗要嫁给贾宝玉，一开始在婚约上就有问题；林黛玉有婚约在先，最多是婚约没有彻底完善，与没有完全不同，贾家不遵守约定需要理由，林黛玉背后的林家族人还可以上告官府。

因此，按照婚约先来后到，薛宝钗一开始在贾府就处于姨娘的位置。她要翻身上位，必须找机会。薛宝钗带着薛家的财富到贾府，又难以离开，只能再找机会翻盘。古代还有一种非常特殊的情况，就是如果各方都同意就可以两头大，两个女人不分大小，有典故可证：

其妻已邑号国夫人，赐妻李氏又为国夫人；每入内朝谒，二夫人同承赐赉。——《旧唐书·王毛仲传》

初，充前妻李氏淑美有才行，生二女褒、裕，褒一名荃，裕一名濬。父丰诛，李氏坐流徙。后娶城阳太守郭配女，即广城君也。武帝践阼，李以大赦得还，帝特诏充置左右夫人，充母亦敕充迎李氏。郭槐怒，攘袂数充曰："刊定律令，为佐命之功，我有其分。李那得与我并。"充乃答诏，托以谦冲，不敢当两夫人盛礼，实畏槐也。——《晋书》卷四十·列传第十

（天宝）六载，加御史夫人，封两妻唐氏段氏并为国夫

人。——《安禄山事迹卷》

安重荣娶二妻，高祖因之，并加封爵。——《合璧事类》

"宝玉"二字一词就是宝钗和黛玉两人名字的组合，她俩的判词也写在一起，最后的结果应当是她们原本要共同嫁给宝玉。贾家希望两个都娶，薛家要争取的应当是不分大小。黛玉住的是潇湘馆，潇湘的典故背后就是娥皇和女英，书中用此典故用意很深。很多人认为薛宝钗是大户人家的嫡女，不会受委屈，也不会当妾做小，但薛家的财富因为葫芦案被绑死在了贾府，薛蟠已经成了"活死人"，薛姨妈和薛宝钗处于被吃绝户的境地，时移势易。所以，薛宝钗在薛家被吃绝户的背景下，当妾也只能接受。宝玉的婚事就一直拖着，薛宝钗年龄已经不小，压力很大。对宝玉的婚姻，贾府内不断博弈，致使大观园里面的姑娘们公开定亲都变得非常晚，在古代，这非常不正常。

贾府对宝玉的婚约是不想公开的，而是让其一直处在暧昧的博弈之中。在第二十九回中，张道士有一个说辞："前儿在一个人家看见一位小姐，今年十五岁了，生的倒也好个模样儿。我想着哥儿也该寻亲事了。若论这个小姐模样儿、聪明智慧、根基家当，倒也配的过。但不知老太太怎么样？小道也不敢造次，等请了老太太的示下，才敢向人去说。"贾母是婉拒的。贾母道："上回有个和尚说了，这孩子命里不该早娶，等再大一大儿再定罢。你可如今也打听着，不管他根基富贵，只要模样儿配的上就好，来告诉我……"张道士已经说了，有合适的人在问，贾母却还让他去打听，就是委婉地拒绝。贾母为什么拒绝？宝玉也不小了，背后早有安排，只是贾家此时不想公开。

在《红楼梦》成书的年代，婚姻制度有了一个巨大的变化，平妻合法化了，不是一夫一妻多妾制，而是一夫多妻制。林家肯定需要"兼祧"以保障林家的香火，宝玉可以多娶一个正妻延续贾家香火。平妻的地位比妾的地位要高，但二者也要博弈大小，尤其是一方没有孩子，生下的孩子怎么取姓，还有故事。对此，以后的章节还会分析。

两个都娶而不分大小很难做到。薛宝钗对自己能够通过博弈上位充满信心。林黛玉还在任性阶段，贾母也年老迟钝了；而薛宝钗这边，王夫人、王熙凤与薛姨妈都是一家人，都在积极谋划，做足了准备。

原本黛玉门第高又带着巨额财富，婚约上有利，进入贾府又有贾母支持，掌家的肯定是黛玉，王夫人和凤姐都要让位；而宝钗来到后，与贾家是合作关系，王家和薛家则是血亲关系，因此她们的同盟是天然的，黛玉自然会被她们看作对手。所以，从这个角度看，黛玉的一些任性行为也不能看作简单的任性，因为凭她的地位，黛玉有任性的资本，而宝钗只能低调做人。

在第七十回中，众人在潇湘馆放风筝，两只凤凰风筝被一只双喜字风筝裹挟而走。类似的情节影射林黛玉和贾宝玉本有婚约却被拆散，双喜字风筝可能就是宝钗和袭人共绣的喜字鸳鸯。还有人说黛玉、宝玉有了婚约就该心不慌，不会有第五十七回紫鹃试玉的情节。我们要知道，虽然有婚约，但只要没有过门都可以改，书里退亲的事情就有几个。贾府里，黛玉和宝钗就一直博弈到底。宝玉和黛玉的婚约没有公开，说明贾家和林家还在博弈，林家的代表就是贾雨村。

《红楼梦》里面还有一点也赶当时的时髦。从历代律例来看，明朝是严格限制表亲结婚的，而清朝则在雍正时期增加了条文："外姻亲属为婚，其姑舅两姨姊妹，听从民便。"意思是，表兄妹结婚不再受法律条款约束，可以按照百姓自己的意愿行事。在此之前，表亲

青埂峰僧道谈顽石　（清）孙温 绘

甄士隐梦幻识通灵
（清）孙温 绘

接外孙贾母怜孤女
（清）孙温 绘

贾宝玉初会林黛玉 （清）孙温 绘

贾宝玉初试云雨情 （清）孙温 绘

林黛玉卧病潇湘馆
（清）孙温 绘

见熙凤贾瑞起淫心
（清）孙温 绘

王熙凤毒设相思局
（清）孙温 绘

王熙凤协理宁国府
（清）孙温 绘

王凤姐弄权铁槛寺
（清）孙温 绘

宁国府秦可卿开丧　（清）孙温　绘

贾宝玉路谒北静王
（清）孙温绘

天伦乐宝
玉呈才藻
（清）孙温 绘

薛宝钗出闺成大礼
（清）孙温 绘

林黛玉焚稿断痴情
（清）孙温 绘

苦绛珠魂归离恨天
（清）孙温 绘

结婚有限制，曹雪芹的年代刚刚解禁，就被作者写到了书中，宝钗、黛玉都是宝玉的表亲，真的是顺应时代了。这背后是清朝限制人口流动限制得非常厉害，很多地方几个姓氏聚族而居，几代下来都是亲戚了，不放开也不成了。

中国讲中庸，中庸的背后还有能屈能伸和博弈到底！古代中国的家庭内，妻妾的地位差别很大，她们都是博弈到死的，就如王夫人与赵姨娘的博弈，不是婚约定了就彻底决定了，以后的变化因素还有很多，当妾的上位时有发生。所以，薛家、王家已经做好了博弈到底的准备，而林黛玉就算有婚约，非常有利，一样需要为自身的地位博弈，不提防就会一步步滑落深渊。

（三）宝黛婚约是"兼祧"

《红楼梦》里，黛玉和宝钗到底娶哪个？笔者认为贾家的原意是都要娶的，黛玉与宝玉的婚约类似"兼祧"关系，兼祧可以娶平妻而不是妾，黛钗博弈，是谁大谁小的问题。袭人评论尤二姐话中有话的时候，黛玉就说"但凡家庭之事，不是东风压了西风，就是西风压了东风"，她对其中的博弈早已看得很清楚。

笔者在论述宝玉与黛玉婚约的时候，多次提到宝玉、黛玉婚约类似"兼祧"。为啥是兼祧？原因在于林家是多代单传，必须有子嗣有香火。只有一个独女，尚小，父母双亡，招赘女婿不便，兼祧是最合理的选择。古代社会，宗族礼法至关重要，林如海在夫人贾敏死后不续娶，他不可能不做延续香火的安排。在兼祧的情况下，贾宝玉的第一个儿子，甚至一半的儿子，都要姓林，以后给林家承祀香火。兼祧最好是亲戚，堂兄弟最好，这种情况占绝大多数，女婿外甥为次，没有血缘的把兄弟也有，常见的是同姓之间的兼祧。这里的"兼祧"，是宝玉的儿子要顶林家和贾家两家宗祧，林家的条件是黛玉带着巨额林家财产嫁入。而"兼祧"也不会让贾家绝嗣，在古代，各家族都追求更多的香火。如果招赘，则宝玉后代就不能延续贾家香火了，宝玉还要改姓，而且被招赘也影响贾府的脸面。

兼祧，俗称一子顶二门，指在古代宗法制度下，有一个男子同时继承两家宗祧的习俗。兼祧人不脱离原来家庭裔系，兼做所继承家庭的嗣子。兼祧目的是承继香火。清俞樾《俞楼杂纂·丧服私论·论独子兼祧之服》："一子两祧，为乾隆间特制之条，所谓礼以义起也。"《老残游记续集遗稿》第六回："不怕等二老归天后再还宗，或是兼祧两姓俱可。"为什么清朝中期兼祧风行并合法化？背景是清中期达到了中国古代的人口高峰，人口内卷，民生艰难，大量的家族后代不足，要绝后，社会矛盾巨大，兼祧的做法缓和了当时的社会矛盾。

宝玉与黛玉的婚约，显然不是清朝法律意义上承认的标准"兼祧"，也可以说不是标准的入赘，宝玉不改姓且还有姓贾的孩子。独子兼祧同宗不改姓，与是否结婚无关，都要给两个宗祧上香祭祀，而联姻约定要兼顾两家宗祧，孩子要有女方姓氏，此婚姻有兼祧的义务。现在，结婚也有孩子分别跟两家姓的，叫两头婚，只不过在只能生一个的年代不多见。我们为了理解方便，宝玉、黛玉的婚姻要兼顾贾家、林家的两家宗祧，还是把它叫作"兼祧"，只不过加上引号，以免发生争议。宝玉与黛玉的婚约细节，一直处于未最终确定且未公开的状态，就因林家和贾家还在不断博弈。要是林家实力强了，可能在黛玉长大之后就要求宝玉彻底入赘了；如果贾家实力强了，就可能悔婚。《红楼梦》的故事发展，就是展现两家的博弈，林家需要有香火是底线。类似的情况还有民国大师梅兰芳，他按照兼祧两房的规矩迎娶福芝芳。福芝芳是八旗军官的独女，有延续家族香火的需要，梅兰芳实际上是兼祧了三家，还有他的大伯家和福芝芳家，可以娶两个平妻。他在1927年（梅兰芳原配夫人王明华于

1929年去世）就以兼祧之名娶了第二个平妻孟小冬。孟小冬后来在离婚声明中强调"名定兼祧，尽人皆知"。福芝芳一直不承认兼祧，不让孟小冬进门，更不让孟小冬进梅兰芳兼祧的梅家祠堂。四年后，孟小冬被迫声明离婚。福芝芳自己不认兼祧，孩子后来都姓了梅。福芝芳的底气在于她生了九个孩子，孟小冬到来的时候她已经生了四儿一女，孟小冬出局也是因为她四年未生一子，梅家内宅也是一直在进行子嗣博弈。

在林黛玉之后，林如海又有了个儿子，但三岁的时候病亡。他也有几房姬妾，但没人能给他再生下一个儿子。林如海送林黛玉去贾府，就说明他不准备再娶了。古代无后是大不孝，林如海的行为表明，他应当已经失去了生育能力。古代的医疗条件有限，仅仅普通的尿路感染，就很容易发展为肾炎，男人的寿命也受到巨大影响。所以，林如海一定会对林黛玉的未来做出详尽的安排，尤其是用什么办法保持家族的香火。

另外，古代兼祧还有一个规则：不同宗的兼祧，由男方家长说了算。就如《儒林外史》中的严监生，他先死了，妾有儿子，所以他的哥哥就来过继儿子，并且讨要家产。丈夫死在妻子前面，妻子就不能让女儿兼祧；但妻子先死了，丈夫后死，丈夫可以决定兼祧的事。在《红楼梦》中，贾敏先死，林如海后死，林家又必须有后代承祀，所以林如海做出"兼祧"的安排再合理不过。书中的夏金桂家与林家不同：夏家老爹先死，不能兼祧和招女婿，否则夏金桂就可以嫁给本来就和她有勾搭的她老娘的过继养子。

宝玉与黛玉的婚姻是"兼祧"，除了林家必须承祀香火外，还因为贾家拿不出与嫁妆对等的聘礼来！黛玉带着巨额嫁妆进入贾府时，林如海还没有死，若是正常的婚配，贾府也要拿出同等多的聘礼，聘礼连同林家的陪嫁，才是林黛玉所有的嫁妆资产。实际上，林黛玉所带来的资产，只是她的一部分嫁妆，贾家没有给对等的聘礼。从书中描写看，贾府是穷庙富和尚，财务一直是竭蹶状态，给宝玉准备巨额娶亲的聘礼，不仅拿不出来，而且贾府其他人也不会愿意。

贾家给不起这个聘礼，不够的部分，就要由嫡母和王夫人补。前面已经分析过，若嫡子有高于家族分家的财产诉求，那么多出的部分都由正妻妆奁补偿。王夫人的嫁妆远比不上林家的全部家产，加上贾敏的嫁妆和林如海所获肥缺的各种陋规收入，数目之大，王夫人应当补不起。就算王夫人的私房钱可以与之相匹，王夫人下面还有嫡孙贾兰，收养的探春也要给一点。王夫人再溺爱贾宝玉，她的妆奁也不能都给贾宝玉。更关键的问题在于，王夫人拿私房钱当聘礼，是给黛玉还是给王家人宝钗？王夫人的意愿一定是后者。

黛玉与宝玉的"兼祧"婚约，王夫人肯定不愿意。贾母独断专行，贾政惧内，他们凡事都不会告诉王夫人。从王夫人对黛玉的态度来看，真可能是贾家人与林家人有约定，没有告诉王夫人，贾家人是单方面给林家人做出的承诺。所以，在大观园里，对宝玉、黛玉的关系，就只能是上下都很暧昧。王夫人对黛玉的反对是天然的，因为黛玉的门第和所带来的财富，再加上婚约有利，进入贾家以后，婆媳地位就要颠倒过来，肯定是黛玉掌家而不是王夫人。因此，对于婚约，王家人一开始就有压制黛玉和把婚约搅黄的需求。

因此，在谈婚论嫁的聘礼层面，若不采用"兼祧"，贾家也拿不起聘礼去娶林黛玉。"兼祧"之下，林黛玉可以算作贾家人，宝玉也可在不改原来家庭裔系的条件下，兼做自己家族的嗣子；而林黛玉的妆奁，在贾府有难的时候，可以为贾家尽义务。所以，贾敏放到母亲史太君那里的钱，贾母可以分掉，对此在相关章节还会分析。若是林家招赘宝玉，则完全要女方家倒给钱，贾宝玉还要改姓，与贾府彻底无关，贾家不会愿意，也不符合故事的情节。若贾府娶薛宝钗，薛家是皇商，商人门第极低，薛宝钗嫁入贾府是高攀，贾家不用拿对等的巨额聘礼给薛家，仅王夫人带来的妆奁给贾宝玉做聘礼就足够。

贾家与林家"兼祧"承祀，还有一个关键的原因，就是贾宝玉与林黛玉的婚姻如果没有姓林的后代给林家承祀，则林如海这个钟鼎之家的财产，林黛玉只能带走一小部分，大部分要留给林家的族人，不能给外姓，这在古代是原则性问题。如果有了"兼祧"承祀的关系，林黛玉就可以带走林如海的全部财富，这些财富归承祀的孩子继承。林家的巨额财富对贾家是非常有吸引力的，尤其是在贾府财务竭蹶的状态下，吸引力更大。在林如海死的时候，贾琏陪同林黛玉处理林如海的财产，而不是林家族人出面，前提就是贾家与林家存在婚约，其后代有给林如海承祀的义务。

贾家与林家第一次联姻时，林如海应当还是个举人，而且是独子，贾敏是贾代善嫡女，是侯门之女，林如海的父亲也是侯爵，两家是门当户对。到贾宝玉与林黛玉要联姻时，林如海考上探花并点了翰林，成为皇帝的亲信宠臣，据有天下肥缺，林黛玉是独女，门户地位自然提高了，而贾宝玉则是没有爵位继承权的二房，还是次子，他这一代贾家爵位世袭还要递降，其门户地位比贾敏当时要低很多。林如海活着的时候元春还没有封妃子，元春封妃给的恩赏到了贾赦身上（贾赦是恩侯，比宁国府的爵位要高，如果按照世袭递降，从荣国公贾源到贾代善是侯爵，到贾赦则要变成伯爵了），到宝玉、黛玉婚嫁时，贾府应是伯爵，如此算来，贾政要比林如海地位低很多。黛玉与宝玉当初的婚约没有公开，就是因为林家人对宝玉的发展还要观察，一直在博弈中。

黛玉家的门第有多高，可以看看第三回中对黛玉进贾府的描写：

> 正面炕上横设一张炕桌，桌上磊着书籍茶具，靠东壁面西设着半旧的青缎靠背引枕。王夫人却坐在西边下首，亦是半旧

的青缎靠背坐褥。见黛玉来了，便往东让。黛玉料定这是贾政之位，因见挨炕一溜三张椅子上也搭着半旧弹墨椅袱，黛玉便向椅上坐了。

黛玉来了，王夫人都要先让她上座。古代礼仪非常讲究，第一次见面绝不能随便来。开始要先看家世，林家对贾家，起码对贾政是林家位置在上。别看林黛玉年龄小，贾敏死后林如海没有续娶，她也是林家的当家女人！王夫人让黛玉上座，论辈分黛玉是在其后，于是选择对着舅母椅子，随后"王夫人再四携他上炕坐，他方挨王夫人坐了"。以黛玉的地位，王夫人不能让她坐椅子。类似元妃省亲，元妃是皇妃，贾母、贾政等都得下跪行礼，但元妃不会让他们真的行礼！黛玉要坐凳子，王夫人不能让黛玉真的坐凳子，就"再四携他上炕坐"，一起坐床上了。

宝玉在婚嫁市场上的身价，可以对比第八十四回中王尔调给宝玉提亲，也是要让宝玉入赘。入赘的联姻对价，代表当时社会对宝玉真实价值的普遍看法——一个次房次子又没有功名的纨绔子弟，只能是招赘的对象。所以贾家与林家联姻让宝玉"兼祧"，贾府已经很赚了。王尔调提亲让宝玉入赘的道员家是南韶道，位于现在的广东，属于偏远蛮荒之地，与探春嫁海疆差不多。

"兼祧"与招赘的差别，是宝玉不用改姓林，生的孩子只有一个儿子姓林，其他孩子可以姓贾。再对比一下大观园宝玉与黛玉的住所，大观园是用林家的钱修的，按照古代男尊女卑的规则，如果不是兼祧或招赘，也是贾宝玉在主位，要对着南边正门居中住，不会是林黛玉的潇湘馆在正中。以后宝玉与黛玉生下来的林姓子女，要住在大观园里，并继承大观园的财产。

林黛玉住在潇湘馆。《山海经·中山经》："交潇湘之渊。"郦道元《水经注·湘水》："神游洞庭之渊，出入潇湘之浦。潇湘者，水清深也。"中国古代有传说,尧帝有两个女儿,长曰娥皇,次曰女英,姐妹俩同嫁舜帝为妻。舜父顽母嚚弟劣,曾多次欲置舜于死地,终因娥皇、女英之助而脱险。舜帝继尧帝位,娥皇、女英为其妃,后舜帝至南方巡视,死于苍梧。二妃往寻,泪染青竹,竹上生斑,因称"潇湘竹"或"湘妃竹"。其后,娥皇、女英二妃也死于江湘之间。故后世以潇湘指斑竹,也泛指竹。斑竹、湘妃竹,可以解释为林黛玉爱哭。元妃赐名潇湘馆,暗含需要林黛玉和薛宝钗仿照娥皇、女英。在第五回中,宝玉初试云雨,得到十二钗的判词,警幻对宝玉说:"再将吾妹一人,乳名兼美字可卿者,许配与汝。"这里的"兼美",就带有两个都娶的意思。薛宝钗的住处——蘅芜苑内也是草木繁盛,有各种奇花异草,而且还有"叫作什么纶组紫绛的",黛玉前身就是绛珠仙子,与之也是对应的。

下图是金钗与玉簪,都是旧时妇女别在发髻上的首饰,钗是两股而簪只有一股。

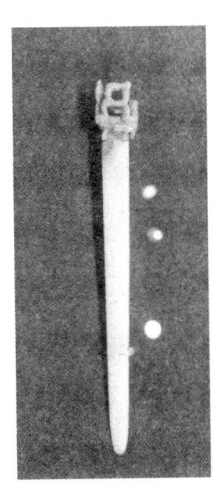
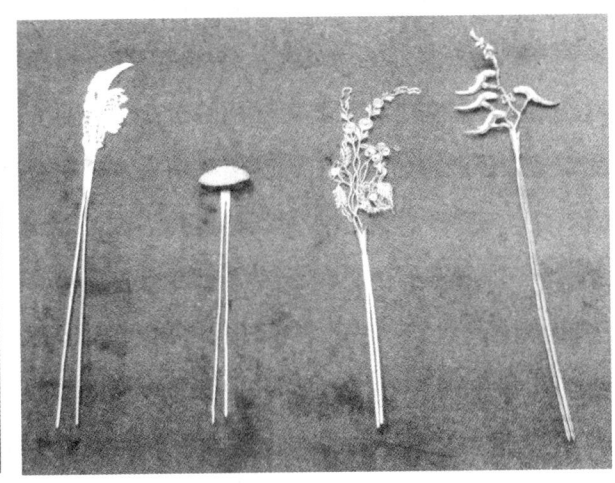

我们还要注意一下贾宝玉的名字,宝玉其实只不过是他的小名,他的大名并没有在书中出现。在第三十一回中,史湘云问道:"宝玉哥哥不在家么?"宝钗笑道:"他不想着别人,只想宝兄弟,两个人

好憨的。这可见还没改了淘气。"贾母道："如今你们大了，别提小名儿了。"从这里可以看出，宝玉只不过是小名，并不是大名。周汝昌校订批点："老太太此言，原为点明宝湘皆将成年，成年则不能互相直呼小名，又可知宝玉湘云之称呼皆是乳名，而二人之大名（正式的），书中终不见明文。"宝玉正式的名字书里为啥不写？因为林家与贾家在博弈，可能林家要求宝玉入赘改姓林，同时按照林家的排行起名。林家与宝玉同辈的，不是贾家的玉字偏旁，而是直接带着玉这个字，所以贾宝玉以后可能是林宝玉。在贾家，与宝玉同辈的人，都是玉字旁，如贾珍、贾珠、贾琏、贾环、贾琮等，只有贾宝玉的名字起得特殊。因此，对宝玉、黛玉的婚约，要求宝玉"兼祧"已经是林家的最低要求。

综上所述，宝玉与黛玉有婚约，婚约应当是"兼祧"，原因就是林家要香火，贾家给不起聘礼，黛玉嫁宝玉是下嫁。兼祧可以平妻，宝玉怎么样议婚，博弈关系非常复杂。随着事态的发展，随着贾府子嗣的凋敝，随着各方势力地位的消长，宝玉联姻的博弈不断深化，林家势大了就会要求宝玉入赘，而贾家和宝玉发展得好了则可能悔婚，因此贾政要宝玉读书取得功名，对婚约博弈也非常关键。黛玉不急于让宝玉读书，宝玉没有功名，婚约对林家才有利，功名读书可以结婚后再努力。后面的章节会分析其中的变化。

（四）《红楼梦》背景下的妻妾等级

要理解《红楼梦》，对中国古代的婚姻制度也要非常清楚。笔者根据古代的婚姻制度，结合《红楼梦》的人物，给读者说明一下，以帮助读者理解书里的内容和博弈。中国晚清到民国，可以说是礼崩乐坏，在当时混乱的状态下，真的是妻妾成群。古代对妻妾的规定，比晚清、民国要严格得多。

古代对妾的数量是有规定的。唐制规定：亲王等媵妾十人，二品官媵妾八人，三品及国公媵妾六人，四品媵妾四人，五品媵妾三人。明制规定：亲王媵妾十人，世子郡王媵妾四人，将军媵妾三人，中尉媵妾二人。一般的规则是，诸侯九女；功成受封，得备八妾；卿大夫一妻两妾；士一妻一妾。其他女人没有名分，有名分的妾才可进入宗庙。贾政为五品级的官员，两个妾就到头了，没有爵位则可能只有一个妾能够进入宗庙。也就是说，普通的有功名的人，穿长衫的人，可以娶一个妾。宝玉可能就只能娶一个正式的妾，其他的女人，都是非正式的妾，不能进入宗庙。

下面再看看妾的等级。古代妾的等级森严，富贵之家女人们宅斗争夺等级，与皇帝的女人争夺等级类似。古代富贵人家妻妾等级有十二个级别，除了正妻以外，与男主人有性关系的女人，还有下面十一个等级。

第一等级：媵妾。古代贵族女子嫁人时，娘家会为她准备陪嫁的女子。很多时候，家里会挑选新娘的庶出亲姐妹，叫作归妹以娣。跟着正妻一起同时嫁过去的庶女叫作媵妾，与诸侯和亲、家族结盟，也可以有媵妾。媵妾制主要盛行于商周和春秋战国时期，后来只对外藩藩王等施行。君主给臣子的妾，也是最高一级。例如陈圆圆，在明亡之后到云南，正妻张氏不太容忍她，地位下降。原因就是有明朝皇室在，她是崇祯皇帝赐给吴三桂的，属于媵妾。明亡后，她是妓女出身，属于贱妾。在《红楼梦》通行本里，骗卖巧姐一节，当藩王知道巧姐的身份以后，知道犯礼法，不敢让贾府的"狠舅奸兄"等人来拜见。

第二等级：侧室。正妻家族里随嫁过来的堂姐妹，被称为侧室。连襟姐妹和堂姐妹也可以算作侧室。书里的尤二姐是大宗族长贾珍正妻尤氏的姐妹，贾敬死后贾珍是族长，贾珍做主让其嫁给小宗的嫡长子贾琏，可以有侧室地位。

第三等级：副室。指的是正妻表姐妹出身的妾室，即正妻的姑姑、舅舅家所生的女儿如果和正妻一起陪嫁给同一个男人，这样的妾室就叫副室。古代一表三千里，表亲的表亲也算，不一定有血缘关系。所以，林黛玉与薛宝钗，也是可以攀上表姐妹的。

第四等级：偏室。一般指的是正妻的远亲姐妹和结拜姐妹出身的妾。与正妻姐妹相称，多跟正妻在血缘上没有关系，比副室的地位稍微低一点儿。就如《红楼梦》里面林红玉如果是林家宗亲，与林黛玉就是远亲姐妹，不过同样姓林，也可以算堂姐妹，看正妻的态度；书中的薛宝钗与袭人，薛宝钗抬高袭人，称她是姑娘，共绣鸳鸯，应当是结拜姐妹了；平儿后来能够扶正，可能是王熙凤最后认她作妹妹了。正妻为了给男人找妾，会以拜姐妹进行诱惑，就如邢夫人对鸳鸯说"有什么不称心之处只管说与我，我包管你遂心如意就是了"。

以上的妾，属于第一等，比身份是什么房的妾地位要高很多，名字可以入男方的族谱，算是正式的妾，死后的牌位也能享受男方后代家族的供奉和祭拜。如果正妻先意外去世，丈夫又不想另外再娶妻，就可以将上述妾抬为平妻，所生的孩子也能从"庶子女"变为"嫡子女"。当然，孩子还是比原配和原配所生的子女要低一头。

第五等级：偏房。与正妻无任何血缘关系和家族关系出身的妾。古代的妾中，身份等级偏房是大部分，在偏房当中也细分等级，分为贵妾、良妾和贱妾三种。

偏房贵妾一般出身比较好，可能出生于官宦人家，大多是大家族的庶女。《红楼梦》里面，英莲的家世，薛家应当知道，葫芦案中的门子让拐子实招，应当已经说出来了英莲是甄家女儿的身世。薛家从拐子那里买她本身不合法，因此英莲到薛家的待遇也不同，很早就被收房，正式有了妾的身份。与袭人的通房丫头不同，她起码属于偏房的身份，而英莲是在夏金桂之前嫁入的，当时办了正式的迎娶手续，应当比偏房的地位要高，因为没有正妻，也就不必是正妻的姐妹，所以最后香菱有扶正的资格。贾雨村娶娇杏，就算由甄家抬高了她的身份，也是偏房，在正妻死后被扶正是有问题的，所以贾雨村被参劾"擅纂礼仪"。但娇杏与贾雨村结识于他糟糠之时，也可能是正妻死前结拜了姐妹，被抬高了身份，至于正妻死前是如何处理的，外人难有凭据，贾雨村的操作空间很大。

偏房良妾指的是普通正经人家出生的女儿，好一点的是耕读世家，差一点的是普通农家或者商家里出来的正正经经的女孩。袭人曾是准姨娘地位，王夫人给她家人死后的赏银与赵姨娘的兄弟有所区别，由此可以知道她是普通人家的正经女孩的待遇。王夫人称她为"我的儿"，像准养女似的，所以袭人感激涕零。晴雯虽然是赖大的家奴，而赖大家已经得到了自由身，以后她如果嫁给宝玉，会抬高她的身份，变成赖大家的养女出嫁，所以不要简单地看她是奴才的奴才，其实她的位置起点比袭人要高。

偏房贱妾指的是出身低下的妾，比如戏子、妓女等出身的女人。书里贾赦后来买的嫣红，可能就是贱妾。大观园里面的十二官，是唱戏出身，若是以后做了姨娘，就属于贱妾。为何芳官说赵姨娘"姨奶奶犯不着来骂我，我又不是姨奶奶家买的。'梅香拜把子——都是奴几'呢"？原因就是她要成为姨娘，属于偏房中的贱妾，比赵姨娘的侍妾要高两个等级，真的是一针扎到赵姨娘的痛处。

第六等级：陪房。跟着正妻从正妻娘家陪嫁过来的丫鬟、女管家，属于正妻家的家奴身份，需要正妻同意才可以为陪房，一般是正妻的心腹。王熙凤的陪房就是平儿，以后紫鹃要是与林黛玉一起嫁过来也是陪房，薛宝钗的莺儿也是陪房。在第三十九回中，平儿笑道："先时陪了四个丫头，死的死，去的去，只剩下我一个孤鬼了。"为何叫孤鬼？平儿当妾也是战战兢兢，很不容易。后来，王熙凤有病，对她的依赖越来越重，又有秋桐、尤二姐争宠，平儿的地位才逐步提高。陪房的位置能否提高，与正妻的关系很大。平儿后来能够扶正，除了与王熙凤后来以姐妹相称，还因为王家倒台，同时贾家的爵位给了贾政，贾琏不是爵位的未来继承人了。扶正与这些因素都有关，否则平儿是难以扶正的。

第七等级：侍妾。即家中的侍女被抬成妾，一般是男主人家的家奴身份。侍妾是可以送人的，若侍妾生了孩子，就不可以送人了。赵姨娘的身份就是侍妾，她一直在为改变她的侍妾身份而奋斗。赵姨娘的位置连周瑞家的都不如。周瑞家的是陪房，丈夫管了田租等，他家的义子在外面都可以为非作歹；赵姨娘的哥哥也是家奴，死了只给二十两银子的棺材本儿。赵姨娘生下了探春和贾环，地位也不能得到提升吗？《红楼梦》第二十三回中有这样一段描写："赵姨娘打起帘子，宝玉躬身进去。只见贾政和王夫人对面坐在炕上说话，地下一溜椅子，迎、探、惜并贾环四个人都坐在那里。"根据封建宗法制度，侍妾生下的男孩子属于主人，基本与她无关。也就是说，庶出的孩子会有些地位，但侍妾并不会因此摆脱奴仆的身份，因此那个场景赵姨娘不能坐，有椅子也没有她的座位，她只能在门口站着帮助打帘子。赵姨娘唯一可以依仗的就是贾政的宠爱，她的地位得不到保障，可想而知她的心理有多扭曲。

第八等级：婢妾。古代官员犯了罪，家里的女眷就会受牵连，变成奴籍。罪犯家属出身的女子娶进家，可以脱了罪籍，成为"婢妾"。婢妾即使生了孩子，也可以送人。

第九等级：通房大丫鬟。家中的侍女被男主人收用，但又没有抬她做侍妾，就叫通房大丫头。袭人最终的地位就是通房大丫头。王夫人给她抬高身份的承诺，让她忠心卖命；宝钗与之共绣鸳鸯，以姐妹相称，到最后却一直没有兑现，成了空头支票。书里最后写得很清楚，贾政并不知道她是宝玉的姨娘，姨娘是王夫人的"内部粮票"。

第十等级：外室。指古代男人在外面另置房产娶的妾。比如古代男人在外面长期做生意或者做官，随行没有带妻子和妾室，就在外地重新娶了妾，此类妾的地位如果得不到宗族认可，其子在庶出子之中地位是最低的。但清朝中后期有了平妻两头大，此类外室情况就不同了。所以，王熙凤骂尤二姐是外室，尤二姐想要进入贾府就可以理解了。不过，尤二姐有族长贾珍的支持，与外室还不一样，她的地位可上可下，存在巨大的不确定性。

第十一等级：外妇。类似现在的情人。外妇的孩子，宗族是不认的。清朝皇族外妇的孩子，姓是觉罗禅。[①]在《红楼梦》里，贾琏找的多姑娘、鲍二家的等，都属于外妇。

偏房以上的妾，可以与嫡妻姐妹相称，不需要日常伺候，嫡妻面前有座位的，可以扶正，不能扶正的属后面的等级。陪房以下的妾，在家里依旧是奴才，要称嫡妻为奶奶（太太是有官称才能称呼，一般要举人以上），没有座位，只能站着伺候，法律不允许她们被扶正。赵姨娘在《红楼梦》里面是侍妾，探春可以教训她，她管贾环，王熙凤奚落她，在儿女面前也没有资格坐着，还有王夫人的强势碾压。赵姨娘令人讨厌，是贾府内宅舆论场被王家人掌握的结果，同样的事情，宝玉干和贾环干，评价截然不同。贾政惧内，姨娘的日子当然就难过了。第一百一十三回写道："只有周姨娘心里苦楚，想到'做偏房侧室的下场头不过如此！况他还有儿子的，我将来死起来还不知怎样呢！'于是反哭的悲切。且说那人赶回家去，回禀了贾政……"所以，赵姨娘一直为她的地位而斗争，亲生女儿探春在她娘家人死后的规矩上，都一定要把她压在侍妾的地位上，连亲生女儿都这样，可想而知她为啥心理扭曲了。

前面讲了，《红楼梦》成书的年代，还有一个背景，就是平妻。平妻是一夫多妻制度下的一种亲属称谓，一名以上的正妻称为平妻，

[①] 宗室与人私生子，则不入属籍，赐姓曰觉罗禅，犹言非正支也。——《清稗类钞》

即两个都是大老婆,又有对房之称,即与正房对等。与妾不同的是,平妻不需向原配行妾礼,但实际上地位仍然不及原配,平妻仍然要称原配为大姊。乾隆年间,特殊情况下的平妻有了合法地位,就是为了适应兼祧婚制的另娶妻。一个男子承担多个宗祧,一子顶两门以上。清朝道光年间,平妻合法化,不是兼祧也可以有平妻,平妻的做法应当在合法之前就已经很流行了,这对《红楼梦》也有影响。

综上所述,古代的妻妾礼法森严复杂,荣国府、宁国府是豪门大户,必须严格遵守,否则皇帝可能会干预。古代是家天下,豪门勋贵家里的事情,国家也要管。因此,宅斗博弈是全方位的,家与社会、朝野,紧密地联系在一起。

(五)宝玉姨娘的位置真紧缺

在《红楼梦》中,贾家的失败在于贾家与林家人内部的不团结和倾轧,关键位置的人物最后都投到了王家阵营。大观园内,在妻妾位置的竞争上,薛宝钗和林黛玉殊死博弈;贾宝玉的妾——姨娘的位置,名额也有限,众丫鬟竞争空前激烈。

贾政有两个妾,一个是著名的赵姨娘,还有一个是没有给贾政生育的周姨娘,基本符合古代卿大夫一妻两妾的规定。在贾政还活着的时候,贾宝玉纳妾按照礼制不能越制超过其父亲。如果宝玉没有当官,按照士的级别有一个妾,算上非正式的妾,也不能超过贾政。除非有特殊原因,如父亲允许,如贾琏有了平儿、尤二姐和秋桐。秋桐是父亲给的,因为贾琏没有儿子,贾赦一支就要无嗣了。贾琏本身是嫡长子,要袭爵,可以比宝玉多纳妾。大观园内位置竞争激烈,各方底线就会越来越低。

正式的妾和非正式的妾差别大了,正式的妾叫作侧室、副室、偏室、偏房,所生的孩子是自己名下的;非正式的陪房、侍妾、婢妾、通房等，孩子只能被正妻收养。赵姨娘早先应当还没有成为正式的妾，是贾府的内部粮票，孩子都是王夫人收养，比如探春由王夫人收养。后来，赵姨娘的地位提高了，贾环就是赵姨娘自己抚养了。

因此，宝玉两个妾的名额很紧张，如果贾府要把薛宝钗和林黛玉都娶进门，正式的妾肯定是她俩中的一个，姨娘的位置就更紧张了，比较接近的是袭人、晴雯和紫鹃。就算可以有平妻，一边一个妾也不够分，所以红玉要想有个位置，真的很难办到。另外，想当宝玉姨娘的其他丫鬟也大有人在，连赵姨娘的房内丫鬟都想着呢。在第七十三回中，赵姨娘的房内丫鬟小鹊笑向宝玉道："我来告诉你一个信儿。方才我们奶奶这般如此在老爷前说了。你仔细明儿老爷问你话罢。"这丫头不怕风险，给宝玉通风报信，她为了什么？谁都想得明白。宝玉的吸引力，不光是财产和男主人的身份，宝玉的人格魅力也讨大观园文艺女孩子喜欢。

第三十一回写宝玉邀晴雯一同洗澡，晴雯直接拒绝了，并说了与碧痕洗澡的故事："罢，罢，我不敢惹爷。还记得碧痕打发你洗澡，足有两三个时辰，也不知道作什么呢，我们也不好进去的。后来洗完了，进去瞧瞧，地下的水淹着床腿，连席子上都汪着水，也不知是怎么洗了。笑了几天。"洗澡的时候干了什么？大家都懂得。但丫鬟不能太主动，不能和主子走得太近，否则会变成众矢之的。碧痕与宝玉洗澡近狎，显然不能被接受，后来碧痕就被降级了。第六十三回中，宝玉过生日，袭人、晴雯、麝月和秋纹属于一等大丫鬟，与宝玉洗澡的碧痕，则与芳官、小燕、四儿变成了二等丫鬟。第六十四回中，碧痕最后一次在书中露面："（宝玉）看时，只见西边炕上麝月、秋纹、碧痕、紫绡等正在那里抓子儿，赢瓜子儿呢。"她应当是在抄检大观园的时候被逐出了，走得无声无息，碧痕的长相书中从未描写，有两次描写她牙尖嘴利，心气很高。

对与宝玉发生性关系的丫头，晴雯也狠怼点破，比如在第二十回中晴雯说麝月："你又护着。你们那瞒神弄鬼的我都知道。"在第三十一回中，晴雯说袭人："便是你们鬼鬼祟祟干的那事儿，也瞒不过我去。"晴雯与宝玉通房，主要在晴雯被赶出去的第七十七回，写得很清楚："因晴雯睡卧警醒，且举动轻便，故夜晚一应茶水起坐呼唤之任皆悉委他一人，所以宝玉床外只是他睡。"晴雯被赶，也有犯众怒的原因，主要是因为她与宝玉亲近。袭人比较聪明，当时故意躲得比较远。第七十七回写道："原来这一二年间，袭人因王夫人看重了他，他越发自要尊重，凡背人之处，或夜晚之间，总不与宝玉狎昵，比先幼时反倒疏远了。"越想得到，走得越急切，反而越得不到。抄检大观园的时候，四儿、芳官都被赶了出去，四儿是因为说了句"同日生日就是夫妻"，芳官是因为"挑唆"宝玉要柳五儿进来，她俩私下说的话王夫人是怎么知道的？谁在告密很清楚，碧痕肯定是待不住的。

到底谁有权决定宝玉的妾？贾母很有发言权，当然王夫人也有发言权。娶妻要父母之命媒妁之言，娶妾则不用，宝玉自己也有很大的决定权。袭人是贾母委派，又是与宝玉第一次云雨的人，她自然认为自己是当仁不让的人选。宝玉很喜欢晴雯，这对袭人来说是巨大威胁。在林黛玉一边，紫鹃已经占位，所以袭人想要位置，更须激烈竞争。

古代大家庭，正室夫人有极大的发言权，纳妾一般要正妻同意，正妻甚至可以直接做出决定。古代的惯例是，老爷在外当官，官员不能在任所娶妻，就委托在家孝顺父母的夫人帮助物色姨娘。夫人当家后，可以直接决定哪个丫鬟当姨娘。在中国古代礼制下，这些姨娘都要尊奉正室，正室对妾有人身权。老爷要是先走了，妾的命运基本掌握在正室夫人的手里。因此，在争夺姨娘位置，以及当姨娘后是否可以善终的问题上，正妻是谁，与之关系如何，至关重要。

紫鹃紧跟黛玉，与黛玉情同姐妹，随夫人陪房，成为宝玉的姨娘，极有机会。因此，林黛玉若没有过人的敏锐，真的不会给林红玉留空间。林黛玉当初进贾府，就该把林红玉变成自己的贴身丫头，而不是任由贾母委派，但这对一个小女孩而言太难了，这种事需要妈妈在身边才可以，男性的宗亲解决不了。后面的章节会分析林之孝一家与林家的关系。贾敏死后，林黛玉身边没有一个有经验的近亲女性支持，这属于林家的安排失误。林如海估计也无可奈何，因为林如海没有信得过的女性人选可以保护林黛玉。妈妈的角色，真的无可替代。薛宝钗有薛姨妈在旁边，情况完全不一样。要是林黛玉的妈妈贾敏还在，薛宝钗一点机会也没有。

袭人为何要投靠王夫人？就是因为她追求宝玉姨娘的位置，在林黛玉那里受到了威胁。在贾宝玉这边，晴雯更得贾宝玉的欢心。晴雯撕扇暗示妹喜裂缯，晴雯实际上也是准姨娘，宝玉房内已经被晴雯占据了，袭人为了自己的未来，只能改换门庭。此时，王夫人手里支持的姨娘候选人，还是空缺，所以袭人才会倒向王夫人。王夫人给她的承诺，只不过是准姨娘，真的要成为姨娘，也要贾宝玉娶了薛宝钗为正妻后才可能兑现，这个逻辑关系袭人也懂得，所以她此后为了能够上位，死心塌地地为王家人服务。袭人想要地位高并压住紫鹃，贾宝玉就不能娶更有实力的妾，更不能宝黛都娶，因此大观园里对黛玉最狠的，其实是袭人，最后的阴招，都是袭人参与出的。

从戏班过来的芳官也想着宝玉，书中写道，宝玉生日群芳庆寿宴上，芳官闹得最欢。生日的主角是怡红公子，主要配角就是芳官。酒宴未开始以前，她就和宝玉划起拳来，她按宝玉的吩咐卸过妆宽衣解带，还满口嚷嚷热。她唱曲为大家助兴，偷偷替宝玉喝酒，主动陪袭人喝酒，结果是酩酊大醉——"两腮胭脂一般，眉梢眼角越添了许多丰韵，身子图不得，便睡在袭人身上。"袭人怕芳官再吐，便让她与宝玉同榻而睡。芳官是借酒任性任情，有恃无恐。因为戏班是给皇妃置办的，可以去宫内给皇妃唱戏，芳官是正旦，是戏班的颜值担当，背后也有人支持。

陪房经常是正妻的同盟，姐妹可以争宠，陪房则不会。因此在与红玉、紫鹃的关系中，黛玉更信赖陪房而不是同宗，背景是黛玉没有对地位的危机意识。王夫人的陪房周瑞家的，没有成为贾政的妾，没有当上姨娘，对王夫人来说就是苦日子。因为没有自己心腹姨娘的扶持；贾政宠信赵姨娘，结果赵姨娘与王夫人直接对抗。如果自己的陪房当姨娘拴住了老爷，情况就大不同了，王夫人为当年的嫉妒付出了代价。因此，王家人吸取教训，不但要宝钗，还要宝钗的副手也成为自己的人。王家人为了薛宝钗，也要给宝玉安排袭人来当姨娘。

古代的妾，地位不同，有贱妾、良妾、贵妾的区别。在大观园里面，当宝玉的妾，也分地位。袭人原来应当也是侍妾，后来王夫人提高她的地位，等于承诺让她做偏房；袭人与薛宝钗结盟，共绣鸳鸯，暗示薛宝钗认了她为姐妹，就可以变成偏室，地位要高好几个级别。袭人最终的结局是通房丫头，被嫁了出去。林红玉如果是林家宗亲并且做了妾，可能做到侧室，是地位最高的妾，肯定不被参与竞争的丫鬟认同，一定要被打压。晴雯当姨娘，赖家已经放出来不做家奴了，会被赖家收为养女抬高身份嫁过来，应当属于偏房良妾。紫鹃要是宝玉的妾，则是陪房丫头，地位高于侍妾、婢妾和通房丫头。所以，她们不光博弈谁能够当宝玉的姨娘，日后姨娘地位的高低，也非常重要。

贾家还有一个重要的人物被王家人暗中笼络了，这个人就是鸳鸯。鸳鸯不愿意嫁给贾赦为妾，而且发誓终身不嫁，但她与王熙凤关系非常好，王熙凤管她叫"鸳鸯姐姐"。王熙凤对谁亲昵是看人的。鸳鸯与贾琏的关系也不一般，贾琏还让鸳鸯帮着偷贾母的贵重物品出来周转。也就是说，贾母身边的亲信也不是贾母完全可以放心的。关于鸳鸯的事情，将在鸳鸯之死一节详细分析。

贾府宝玉的姨娘位置紧缺，激烈竞争之下，贾家阵营给丫鬟们分不均，恶性博弈竞争的必然结果就是最后都去王家阵营找支持，贾家阵营对后院的控制彻底交权。袭人投靠王夫人，是因为她已经看到在贾家人那里没有了希望；林红玉被排挤，也是因为姨娘位置紧缺。林之孝一家投入王家阵营，对林黛玉而言是致命的，对贾家与王家的势力卡位也是关键性的。有了林之孝的加盟，以及袭人的加持，贾家与王家在荣国府后院的势力消长就到了拐点，王家占据了优势。如果林黛玉的巨额嫁妆被贾家截留贪墨下来，那么下面的走势发展，就是要娶薛宝钗，占有她带来的薛家财富，并且用薛家的财富来应对林黛玉的外嫁所需。

大观园内的婆媳大战，王家人争取关键人物卡位，在贾府宝玉对外联姻的重要位置上，贾家的控制权逐步被王家人处心积虑地取代和架空了。大观园里表面一片和谐，贾家人和贾母看似还全面控制着局面，而真实的情况是，随着情节的发展，贾家的内院政治决定权已经逐渐落到了王家人的手里。最后，经王家人多次博弈，薛宝钗渐进地实现了从绝对劣势到占据优势。

（六）史湘云的平妻备选作用

前面分析过，贾家与林家的婚约，宝玉应当有给林家承祀的义务。林如海几代单传，不可能主动放任本支绝嗣，这样对不起祖宗。兼祧可以合法地娶平妻，平妻会找谁？贾家准备给宝玉娶平妻，贾母另外还布局了一个自己的亲信当备选，她就是贾母娘家的史湘云。

◇◇◇史湘云定亲童养媳

史湘云还在襁褓中时就已经父母双故,由叔叔婶婶养育长大。史家本来资产就不如贾家、王家,史湘云父母早亡,在这样的大家族里面肯定命运多舛。没有父母的孩子甚至不如庶出,就如贾蔷算是宁国府正派玄孙,没了爹娘,在宁国府的位置就很尴尬。史湘云是嫡出还是庶出,在书中并没有直接交代。

在第三十二回中,史湘云笑道:"你还说呢。那会子咱们那么好,后来我们太太没了,我家去住了一程子……"湘云提到了"太太",就如贾环管王夫人叫太太一样,应当是其父的正妻,她要回去守孝。所以,史湘云可能是庶出。湘云的母亲应当是更早死去,正妻也没有收养湘云,而是把她给了贾母,准备自己再生,与湘云生母关系应当也是恶劣的。正妻后来也没有生出儿子,湘云没有兄弟姐妹,是独女。她与王熙凤的情况不同,王熙凤可能也是独女,嫁给贾家长房爵位继承人,是贾家与王家的联姻结盟,全家族都要支持。而史湘云庶出,又要嫁给次子且没有继承权的贾宝玉,情况就不同了。

以史湘云在史家的状态来看,没有了爹娘,又是庶出,以后出嫁,史家难以有嫁妆、陪嫁给她。第四回中的护官符这样写道:"阿房宫,三百里,住不下金陵一个史。保龄侯尚书令史公之后,房分共十八,都中现住十房,原籍八房。"以三百里都容不下来形容,分房十八也远多于其他金陵勋贵,这说明史家家族人多,没有父母的孤女更是没有地位。因此,贾母安排她当宝玉、黛玉的平妻备选,嫁入贾府对她而言当然是满意的归宿,不用带嫁妆,同时还有贾母的保护,算是不错的结局了。所以,史湘云的诉求与薛宝钗完全不同,薛宝钗不甘心当平妻,而且书中故事刚开始的时候,薛家以进京待选为由对抗贾家,与贾府也一直在讨价还价;而史湘云能够有一个平妻的身份就很满足了,但这个地位对史湘云而言,随着书中情节的发展,也变得难以企及。

元春省亲之后，史湘云就频繁参与大观园姐妹们的活动，与宝玉也多次近距离接触，第三十一回时，很有可能与宝玉定了亲。王夫人道："只怕如今好了。前日有人家来相看，眼见有婆婆家了，还是那么着。"贾母因问："今儿还是住着，还是家去呢？"周奶娘笑道："老太太没有看见衣服都带了来，可不住两天。"史姑娘定亲了，却带着衣物准备到贾府长住了。接着，书里就写史湘云的金麒麟和金玉良缘了。在第三十二回中，袭人斟了茶来与史湘云吃，一面笑道："大姑娘，听见前儿你大喜了。"史湘云红了脸，吃茶不答。这里又一次暗示史湘云已经定亲，没有公开应当与贾府没有公开黛玉的婚约有关；如果贾家娶薛宝钗而黛玉另嫁，不兼祧也没有平妻，史姑娘还要另外找婆家，所以公开不利。

第二十八回中，写了贾府给史姑娘准备聘礼。

　　（凤姐）见宝玉来了，笑道："你来的好。进来，进来，替我写几个字儿。"宝玉只得跟了进来。到了屋里，凤姐命人取过笔砚纸来，向宝玉道："大红妆缎四十匹，蟒缎四十匹，上用纱各色一百匹，金项圈四个。"宝玉道："这算什么？又不是帐，又不是礼物，怎么个写法？"凤姐道："你只管写上，横竖我自己明白就罢了。"宝玉听说，只得写了。

对书里的这一段，我们又该如何理解呢？首先可以确定此礼单分量很重！在第七十四回中，凤姐叫平儿："把我的金项圈拿来，且暂押二百银子来送去完事。"贾琏道："越性多押二百，咱们也要使呢。"凤姐的金项圈可以当四百两银子，按照典当九出十三进的规则，一个金项圈应当价值一千两左右。根据《清实录》记载："良马，银三百两。牛一，银百两。蟒缎一，银百五十两。布匹一，银九两。"蟒缎一匹一百五十两，到清中期西方白银流入中国，物价肯定会更高。按照上述标准计算一下，这一笔礼单大概的价值就是白银两万两以上。

这些礼物在红楼故事里面的分量如何呢？贾家被抄家时，最后也仅仅有"妆蟒缎八卷""黄缎十二卷"，这里用卷做量词是因为不是整匹。在第五十六回中，老太妃前一回病重，甄家给贾家送礼有求于贾家的时候，也只不过是"上用的妆缎蟒缎十二匹，上用杂色缎十二匹，上用各色纱十二匹，上用宫绸十二匹，官用各色缎纱绸绫二十四匹"。据内务府档案记载，清代皇后的俸禄是："银一千两，蟒缎二匹，补缎二匹，织金二匹，妆缎二匹，倭缎四匹，闪缎二匹，金字缎二匹，三线布五匹，毛青布四十匹，绒十斤，棉线六斤。"把这些数据对比一下，一般的勋贵之间的礼尚往来，远远达不到这笔礼单的数目，给史湘云外嫁随份子，显然太多了，只有婚嫁聘礼才符合这个标准。

再看一下《红楼梦》中的婚嫁标准，娶史湘云聘礼的标准，已经超过了在第五十五回凤姐算账时给探春等人出嫁的费用，三春出嫁一个人一万两，史家嫁女不会超过贾家标准。凤姐让宝玉写的价值两万两的礼单，等于是聘礼加嫁妆，属于兼祧平妻下，史家要嫁女赚钱，价值两万两的聘礼，史家留下一万两彩礼，史湘云嫁妆一万两。定亲这笔钱应当从贾母处出，因为贾母那里有贾敏给黛玉的嫁妆。贾家与林家婚约兼祧，兼祧平妻的账，当然要与林家算，赚钱的事情，贾母当然也是想着自己的娘家。

史湘云的实际性质就是童养媳，史家把她放在贾家本身就不正常。在第五十七回中，紫鹃说："世代书宦之家，断不肯将他家的人丢在亲戚家，落人的耻笑。"她应当是前面庶母死了，嫡妻不收，后来父亲和嫡妻都死了，她这一支绝户了，以后分家也没有她父亲这一支的财产。前面已经说了史湘云回贾家是因为"我们太太没了，我家去住了一程子"，是回家守孝去了，守孝期满，父亲这一支的财富被族人分配了。而且，史湘云回家去守孝还有一个目的，就是参与其嫡母的嫁妆分配，父系一支的财富要给未嫁女留下必要的份额，而母系的嫁妆在嫡母无后的情况下，则有更大的主张权利，嫡母的娘家人甚至都有一定的权利，就如王熙凤死后王仁到贾家找补一样。

史湘云的前程如何安排？在分配财产之时交代了，史湘云的定亲、她嫡母的守孝期满和又来贾家是一致的，其实就是给贾家当童养媳来了，否则就会在史家待嫁，不会到贾家的。史家族人把史湘云送走，就可以分她父母的财产，或者在没有分家的情况下不分他们这一支。史湘云没有兄弟姐妹而生母死后，正妻"太太"也没有收养她，应当是妻妾关系恶劣，这样她就更符合当贾家童养媳的条件，更何况她还能够从贾家捞到彩礼。史湘云到贾家与侯门探花林家独女当平妻，史家是很有面子的，林家此时的门户地位比史家要高很多。

最后再看礼单的书写者：凤姐虽然不会写字，但凤姐手下会写字的人可不少，为啥一定要叫宝玉来写？正规的聘礼礼单，除了找名家以外，就是父母族长写，还有就是新郎官亲自写。如果此礼单是贾府给比贾府重要得多的权贵送礼，礼单也不应由女眷凤姐准备，应由贾赦、贾政亲自去写，让家里年幼无功名的二房次子写礼单，本身就是不敬。贾府给史湘云准备如此厚的聘礼，显然史家是配不出同等数额的嫁妆的，实际上就是从史家"买"史湘云来做平妻的童养媳。

◇◇◇史湘云的大观园情缘

故事发展到第四十九回，大观园又来了很多姑娘，贾母就找理由安排史湘云也住进了大观园："谁知保龄侯史鼐，又迁委了外省大员，不日要带了家眷去上任。贾母因舍不得湘云，便留下他了，接到家中。"没有父母的姑娘，跟随叔父上任，似乎也很尴尬，贾母把史湘云也放到大观园里面来，时机恰到好处，而湘云知道保持距离："(贾母)原要命凤姐另设一处与他住，史湘云执意不肯，只要和宝钗一处住，因此也就罢了。"湘云如此做就是要保持距离，表明与宝钗、薛家借住贾府是一个性质，与宝钗保持一致。

在第四十九回中，很多姑娘进入大观园之后，除了薛宝琴得到了贾母赠予的凫靥裘外，贾母也给史湘云赠送了名贵皮衣。书中写道："一时，史湘云来了，穿着贾母与他的一件貂鼠脑袋面子大毛黑灰鼠里子里外发烧大褂子，头上戴着一顶挖云鹅黄片金里大红猩猩毡昭君套，又围着大貂鼠风领。"书里对贾母给史湘云的裘皮写得最为详细。貂鼠是紫貂的别称，拥有最珍贵的毛皮。里子是大毛黑灰鼠皮里子，都是名贵毛皮。灰鼠皮就是松鼠皮，以大小兴安岭一带数量最多，称为东北灰鼠皮。灰鼠皮的毛绒细密，重量轻，毛干上有黑灰相间的色节，皮板坚实，制裘后适宜制作名贵的女式裘皮服装，俗称"灰背"大衣或"灰肷"大衣。姑娘们亮相，也是在比拼衣物的华贵："黛玉换上掐金挖云红香羊皮小靴，罩了一件大红羽纱面白狐皮里的鹤氅"，"薛宝钗穿一件莲青斗纹锦上添花洋线番耙丝的鹤氅"。众多姑娘一起，贾母有意让史湘云显出奢华来，以抬高史湘云的地位。

史湘云一到大观园，就主动接近宝玉，在第四十九回中：

> 史湘云便悄和宝玉计较道："有新鹿肉，不如咱们要一块，自己拿了园里弄着，又顽又吃。"宝玉听了，巴不得一声儿，便真和凤姐要了一块，命婆子送入园去。

等于是史湘云主动创造与宝玉独处的空间。对此黛玉细心察觉到了，大家找他俩时，黛玉道："他两个再到不了一处，若到一处，生出多少故事来。这会子一定算计那块鹿肉去了。"史湘云刚来，黛玉就说"若到一处，生出多少故事来"，明显带着酸气。而且古代的"鹿"同"禄"，也带有吉祥如意的含义。

随着故事情节的发展，史湘云显然竞争不过薛宝钗，是最先出局的姑娘。不过，也有《红楼梦》的续本把史湘云的结局变成与宝玉成婚，当然也有把史湘云写得很惨的，写她当了船娘。笔者还是按照通行本解读，后来史湘云回到自己家后出嫁，但不幸丈夫早亡，守寡。史家财富问题也很大，史湘云的日子过得紧巴巴的。很多人说史湘云嫁给了卫若兰，因为庚辰本第三十一回末总评曰："后数十回若兰在射圃所佩之麒麟，正此麒麟也。提纲伏于此回中，所谓草蛇灰线，在千里之外。"但也有很多人对此不认可，笔者的分析依据的是通行本。

史湘云的判词是："富贵又何为，襁褓之间父母违。转眼吊斜晖，湘江水逝楚云飞。"这个判词的前两句说的是，史湘云出身富贵的史家，却尚在襁褓时就父母双亡了；而"转眼吊斜晖"，说明时间很快；"湘江水逝"与潇湘馆、"潇湘妃子"的典故也是对应的。也就是说史湘云本来是要与黛玉一起的，要做宝玉的平妻，但后来"楚云飞"，只能说明她离开了，另嫁他人了。对史湘云的命运，判词说得非常清楚。

史湘云到大观园，带着金玉良缘的光环。《红楼梦》里面说"金玉良姻"，除了薛宝钗有金锁，史湘云有金麒麟。史湘云的金麒麟不但与贾宝玉的金麒麟是阴阳相配，同时还与贾宝玉口含的玉坠相配，配成真正的金玉良缘，作者这么写绝对不是巧合。史湘云有赤金麒麟，而且她与黛玉，一个判词里有"湘江"，另一个雅号是"潇湘妃子"。另外，史湘云的才情也很突出，在大观园诗社众美女的比拼中，表现得与宝钗、黛玉一样活跃、耀眼。在第二十九回中：

贾母因看见有个赤金点翠的麒麟，便伸手翻弄，拿了起来，笑道："这件东西，好像我看见谁家的孩子也带着这么一个的。"宝钗笑道："史大妹妹有一个，比这个小些。"贾母道："是云儿有这个。"宝玉道："他这么往我们家去住着，我也没看见。"探春笑道："宝姐姐有心，不管什么他都记得。"林黛玉冷笑道："他在别的上还有限，惟有这些人带的东西上越发留心。"宝钗听说，便回头装没听见。

这里把黛玉、宝钗、湘云的心态都写得很细致。宝玉想着让史湘云住在这里，黛玉在冷笑，宝钗则暗中观察和装糊涂。

围绕史湘云的金麒麟，宝玉和史湘云两个人也有不少故事。贾府里面有关金玉良缘的舆情，贾母也是满意的，因为贾母认为"金"对应的是史湘云，而不是薛宝钗。在第四十九回中，李婶问李纨道："怎么一个带玉的哥儿和那一个挂金麒麟的姐儿，那样干净清秀，又不少吃的，他两个在那里商议着要吃生肉呢，说的有来有去的。我只不信，肉也生吃得的。"此时，宝玉与湘云是在一起的。在第八十三回中，周瑞家的说："就是那庙里的老道士送给宝二爷的小金麒麟儿。后来丢了几天，亏了史姑娘捡着还了他，外头就造出这个谣言来了。奶奶说这些人可笑不可笑？"宝玉的金麒麟是史湘云捡到的。上述情节都是围绕宝玉、湘云和金麒麟展开的，从书中这些联系可以看出，对史湘云，贾母认为她可以作为宝玉平妻的备选对象。

史湘云作为贾母给宝玉准备的平妻备选，在书中的作用也是黛玉和宝钗的参照。她是一个善良的姑娘，也喜欢宝玉，在《红楼梦》中的各种场合也有所表现，"海棠诗夺魁""芦雪庵联诗夺魁"是史湘云的高光时刻，她也在读者中赢得了大量支持者。与黛玉、宝钗相比，史湘云的才情是足够的，超过了三春。另外，宝玉还写了"绛芸轩"，"芸"是指湘云，"绛"则是指宝玉，"绛"是深红色，"绛芸"暗合"红楼梦"的"红"。只因宝玉爱红，幼时曾自命为绛洞花玉,并将自己的住所命名为"绛芸轩"。

贾母把袭人安排给宝玉,当宝玉的首席通房大丫鬟,也有深意。袭人从小因家贫被父母卖入贾府为婢,原来跟着贾母,起先服侍史湘云几年;贾母见袭人心地纯良、恪尽职守,便命她服侍贾宝玉。贾母先让袭人跟着史湘云,然后再给宝玉当通房丫鬟,其实就是为以后史湘云也作为平妻嫁给宝玉铺路的。至于袭人后来为何要改换门庭投靠王夫人,原因在于薛宝钗加入了竞争,史湘云实力单薄,显然无法与薛宝钗背后的王家势力抗衡。史湘云父母双亡,在史家没有根基和嫁妆,袭人以后跟随史湘云出嫁是没有前途的。袭人改投王夫人,对湘云影响很大。

◇◇◇湘云与宝玉的亲密关系

史湘云与贾宝玉也是有亲密关系的,作者在书中是暗写的。具体情节可以看第六十二回:

> 果见湘云卧于山石僻处一个石凳子上,业经香梦沉酣。四面芍药花飞了一身,满头脸衣襟上皆是红香散乱。手中的扇子在地下,也半被落花埋了。一群蜂蝶,闹穰穰的围着他。又用鲛帕包了一包芍药花瓣枕着。众人看了又是爱,又是笑,忙上来推唤挽扶。湘云口内犹作睡语说酒令,唧唧嘟嘟说道:"泉香而酒洌,……醉扶归,却为宜会亲友。"

此处表面写的是芍药,背后则是指"海棠春睡"。宝玉在秦可卿屋内看到的就是《海棠春睡图》,这条线是一直连过来的。史湘云为啥喝醉跑出去了?喝酒时,史湘云很活跃:"湘云等不得,早和宝玉三五乱叫,划起拳来。"她对黛玉是"恨的湘云拿筷子敲黛玉的手",随后,"底下宝玉可巧和宝钗对了点子"。湘云被香菱有理有据地反驳了,最后"湘云无语,只得饮了",被罚酒了。所以,湘云对宝钗和黛玉都锋芒毕露,想要喝醉是故意的。

史湘云醉卧红香圃后面的假山,书中描写她的状态,可与贵妃醉酒后的《海棠春睡图》对比。里面有一个关键点,就是后来湘云去哪里了?在晚上,宝玉与众丫鬟夜宴时,各个小姐都去请了,就是没有请她,她为何又冒了出来?据此,有人分析史湘

红香圃(北京大观园)

云醉酒后被扶到了宝玉的卧室里。宝玉一旦有机会,对漂亮的表姐妹们,都要想办法表现一番。在第六十三回中,湘云抽到海棠签,签上题着"香梦沉酣",诗云"只恐夜深花睡去",对此,黛玉笑道:"'夜深'两个字,改'石凉'两个字。"黛玉对宝玉身边的女孩都是敏感的,对她而言,史湘云更多的是备选,不是对手,与宝钗的性质不同。

若宝玉兼祧林家,林黛玉的孩子是给林家承祀的,那么谁来给贾家承祀呢?林家与贾家的关系不错,贾母的亲女儿贾敏与林家联姻;王家与贾家关系也不错,王夫人与贾母儿子贾政联姻,但王家与林家却不是一派,他们其实是政敌。因此,贾母会安排黛玉与湘云接近,而黛玉与宝钗是走不到合作层面上的。

在大观园里,史湘云的竞争力也与背后的家族和财富有关。很多《红楼梦》研究者认为,史家应当是与甄家一起倒台的,在史家倒台后,史湘云当然退出了宝玉联姻对象的竞争;另外一个说法则是第七十回"王子腾之女许与保宁侯之子为妻",这个保宁侯就是

保龄侯，史家与王家也结盟了，从而史湘云另有了联姻对象。对史家而言，史家的侯爵已经降级很多，林如海是侯门探花、皇帝亲信，林黛玉是独女嫡女，史湘云是非长房的庶出女，与黛玉兼祧当平妻，史家应该满意；而论嫁之时，薛宝钗是皇商出身，史家还"迁委了外省大员"，属于中高级官员，史家与薛家的家族地位差了很多，而且当初薛家（紫薇舍人，即中书舍人，无爵位）也比史家（保龄侯尚书令）地位低很多，史家的女儿在薛宝钗之下给贾宝玉当妾，史家面子上是接受不了的，所以婚约另议也是必然的。双方另议，贾家还可以拿回一部分聘礼，史家留下聘礼当中作为彩礼的部分，因为给史湘云陪嫁的妆奁部分是可以拿回来的；也就是说，史家财富上也不吃亏，贾家又收回了一笔钱，而史湘云的嫁妆没有了，贾家的联姻选择让史湘云吃了大亏。后来，史湘云财务紧张，还要自己亲自干女红。把湘云与宝玉的童养媳关系看清楚，就可以更深刻地理解第六十二回湘云为何醉卧芍药丛了，芍药自古就是爱情之花。书中此前的情节是：袭人只送来了两钟茶，一钟贾宝玉自己饮了，另一钟则是袭人递给宝钗，宝钗矜持地先喝了一口，黛玉抢过来喝光了。古人喝茶与相亲带有潜规则，所以即使是宝钗喝剩下的茶，黛玉也抢过来喝掉了。这是黛玉和宝钗在暗中角力，作为童养媳的湘云地位最低，此时湘云连参与竞争的权利都没有，可以想见她当时的心情。不要问贾家只娶宝钗怎么办，即便是黛玉和宝钗两个都娶，湘云又能放在什么位置？因此，湘云就独自把自己灌醉，暗暗地离场，最后醉倒在花园里面。等众人找到她，她又去了哪里？与宝玉又发生了什么？情节的想象空间就打开了。作者在此处的"真事隐"把故事写得恰到好处，如果写得太直白，反而没有了妙味，变得俗不可耐。

◇◇◇湘云的命运

薛宝钗到贾府参与对贾宝玉的竞争，让湘云的位置受到了冲击。最后，贾家与王家联姻，贾宝玉娶薛宝钗为妻，史湘云就只有离开了。

史湘云离开贾家后，想嫁入豪门又没有足够的嫁妆随身，同时要重新论嫁也晚了。古代议婚时，有没有嫁妆、嫁妆多少都要在明面上谈清楚，其他条件也要明确谈，史湘云在财产上有短板，那么对方应当也有短板。古代议婚还有一个重要的因素，就是身体健康状况，黛玉在这方面就有很大的欠缺，所以贾母准备用史湘云当备选，可以顺序上位。在古代医疗条件下，身体不佳很容易短寿，史湘云的丈夫就是短寿的人，结婚不久就死去了，应当是身体本来就不好。一方健康不佳，另一方没有妆奁，这样就对等了，悲剧在很早就埋下了种子。

第九十九回写了史湘云离开贾府。史湘云因史侯回京，被接回了家去，又有了出嫁的日子，所以不大常来了。此时，贾家已经明确要娶薛宝钗，薛宝钗是不需要史湘云来做备胎的，所以史湘云作为黛玉平妻备胎的任务已完成。此时，贾家与史家应当对史湘云的婚姻有了另外的安排，因此史湘云不常来了。

但到贾府被抄家的时候，史湘云准备出阁，还能够安排给贾府报信，且看第一百零六回：

> 只见老婆子带了史侯家的两个女人进来，请了贾母的安，又向众人请安毕，便说："我们家老爷、太太、姑娘打发我来，说听见府里的事……我们姑娘本要自己来的，因不多几日就要出阁，所以不能来了。"

在第一百一十八回中，王夫人说："就是史姑娘是他叔叔的主意,头里原好,如今姑爷痨病死了,你史妹妹立志守寡,也就苦了。"青年就丧夫,守寡一生对女人而言是最苦命的。书中对史湘云的命运,有了明确的安排。

很多人不认可后四十回对史湘云命运的安排,因为史湘云叫云儿,而在第二十八回出现了一个妓女云儿,便说史湘云沦落风尘。不过,这里云儿唱的酒令与蒋玉菡的酒令相符,两个都是针对袭人的。"桃之夭夭"的桃花指的是袭人,同时,"住了箫管弄弦索"是指袭人改嫁和改投王夫人名下。云儿在这里应当是晴雯的化身(雯,本义为呈花纹样的云彩),代表了她对袭人暗中投靠王夫人而算计她的控诉。早在第三十二回中,湘云对袭人说:"怎么就把你派了跟二哥哥。我来了,你就不像先待我了。"说明袭人是很势利眼的,此时已经动了投靠王夫人的念头。

贾母对史湘云如此安排,就是要全面打压王家和媳妇王夫人,没有给王家人留余地。贾府内宅婆媳博弈激烈,贾宝玉从小就跟着贾母,王夫人根本无法染指。若要宝玉娶黛玉和湘云,以后的荣国府就是贾母的亲外孙女黛玉和娘家人湘云的,完全没有给王家人留下位置。贾母如此不留余地的做法,必然导致妥协的局面难以出现,王家人也是不会认输的,所以荣国府内宅的矛盾不断激化,激烈的宅斗根本不可避免。

五 《红楼梦》里的教子逻辑

对贾府的后代,贾母谆谆教导,贾政严加管教,王夫人放养,李纨画荻教子。重视孩子读书,是贾府教子的主流,比金陵勋贵四大家族的其他三家做得到位。贾府最后"兰桂齐芳",振兴了宁荣两府。书中,假(贾)宝玉出家,真(甄)宝玉不但中了举,还娶了李绮。甄宝玉的父亲名叫甄应嘉,谐音就是"真赢家"。《红楼梦》作者给书中人物起名都与内容相关联,且有一定的意义。贾府的富贵都姓假,甄家最后恢复了爵位,是名副其实的"真赢家"。

(一)贾宝玉的素质教育弯路

对《红楼梦》一书,很多人看的是贾宝玉的风花雪月,而笔者更关心其中的教育问题。不管怎么说,贾宝玉最后科举成功,贾府教育是成功的。他最后出家,应当是感情问题所致。在贾宝玉的教育问题上,书里暗写的部分比较多。

◇◇◇鸡汤泛滥和培养方向偏差

贾母很会管教孩子,贾政和贾赦都还算读书之人。贾政、贾赦的教育,由贾母负责;贾珠、贾琏、贾宝玉的教育,也由贾母负责。贾母到了老年,对贾宝玉有了老人对孙子特有的宠爱,开始有些放松。在贾珠活着的时候,贾宝玉不是贾家要培养的读书人,也不是要继承家业和爵位的重点培养对象,而是贾家用来联姻的关键人物。

贾家对贾琏，读书的要求并不高。贾琏有很强的办事能力，所以贾琏是贾府在外面做事的主要人物。各种外场办事，都由贾琏出面，包括去平安州，代表贾府处理林如海的后事，等等。贾府的读书重点培养对象是贾政和贾珠。贾政因皇帝体恤先臣，遂额外赐了一个主事之衔，升了工部员外郎，直接当了官；贾珠早死了，这才有了让贾宝玉读书参加科举，支撑贾府地位的需要。贾府以前的安排是：贾琏是爵位继承人，学习做事，娶有钱有势的王家女；贾珠是二房长子，走科举道路，娶学术泰斗国子监祭酒的女儿；贾宝玉是二房次子，是用来联姻其他家族的金主，联姻主要对象是带巨额嫁妆的绝户女；贾元春是嫡长女，嫁入皇室，目的是给家族保驾护航。荣国府第四代的三个嫡出子，走的是三个不同方向的路。宁国府嫡子长孙贾蓉，找了主管皇家工程的营缮郎的养女秦可卿，与之有了不少瓜葛。

为了使贾宝玉吸引女孩，贾母对贾宝玉的教育是：让他学习各种文艺技能。贾宝玉会的唐诗、宋词中，有很多是古代诗人在青楼写的作品，由青楼女子吟唱。学好了唐诗，就能够讨女孩子喜欢，符合贾母当初对宝玉的定位。另外，宝玉还学会了各种戏曲，但在古代这被认为是不务正业。比如贾宝玉与琪官交往，就被家长指责。

近代中国，把古代的国学和科举妖魔化了。国学，很大程度上被看成文学，出现在大学的中文系课程中，与此同时，戏曲的地位有了极大的提高。国学中很多有用的思想，现在才开始复兴。国学给很多人的感觉，就是李白的诗词如何美妙。似乎会写诗的人就应是一个治理国家的能手，殊不知写诗与治国相去甚远。唐宋八大家，不仅是文学家，更是思想家，比如柳宗元的《封建论》，笔者认为，写得非常有高度。但这些文章，现在已没有多少人去读了。

近代对《红楼梦》一书的评价，也带有某种偏见，认为宝玉不爱读科举方面的书是正确的。后来，反对应试教育，把科举完全当作应试了。在古代，"声色犬马"是这样对应的：音乐是声，表演是色，自然和宠物是犬，运动是马。以此为职业的人群，在古代地位非常低下，伶、伎与妓是同类，都是贱籍，子孙后代也会受到各种限制。所以，王公子弟如果喜欢优伶技艺，在古代会被看不起。《红楼梦》里，琪官、蒋玉菡的角色，就与现在的某些男演员差不多。古代对戏曲艺术过于贬低，而现在艺术明星的地位过高，两种倾向都有问题。

明清时期的科举应试，要考很多实用的知识，其中最关键的是律例。官员首先要能断案，要知道如何判决和写判词。秀才要代理写契约和讼状。科举有了功名，相当于通过了国家司法考试。中秀才比例小、难度大，一个县一年平均不到十名。因此，宝玉要读的书，可不光是"四书五经"，还有《大清律例》，尤其是里面有很多案例，需要学习的内容很多。宝玉喜欢的唐诗等内容仅仅是文学层面的，这是不够的。古代的秀才没有法盲，都是律师级别；中了举人，可以做知县了，就是法官级别；到了进士，就是专家级别。

宝玉在家塾当中学什么，贾政是有看法的。第九回中，贾政说道："什么《诗经》古文一概不用虚应故事，只是先把《四书》一气讲明背熟是最要紧的。""四书五经"里的价值观，除了道德准则，还有很多古代断案的法理依据，现在叫公序良俗。

贾宝玉启蒙教育开始的时间非常早，第十八回写元妃省亲时，便提及了："当日这贾妃未入宫时，自幼亦系贾母教养。后来添了宝玉，贾妃乃长姊，宝玉为弱弟，贾妃每上念母年将迈，始得此弟，是以怜爱宝玉，与诸弟待之不同。且同侍祖母，刻未暂离。那宝玉未入学堂之先，三四岁时已得贾妃手引口传，教授了几本书，数千字在腹内了。其名分虽系姊弟，其情形有如母子。"后来，贾元春入宫，王夫人变得年迈，对宝玉的学业管理放松了，因为王夫人心有余而力不足，宝玉进入了放养阶段。

王夫人对贾珠的教育很严格，对贾宝玉则是另外的样子。在第三十四回中，王夫人对袭人说："我的儿！亏了你也明白这话，和我的心一样。我何曾不知道管儿子。先时你珠大爷在，我是怎么样管他，难道我如今倒不知管儿子了！"对贾宝玉，王夫人则是溺爱，因为是老年得子，而且我们前面也分析过，贾珠应当是赵姨娘的儿子，出生后被王夫人抱养了。贾政喜欢贾珠，嫌恶贾宝玉，而且总带着情绪。贾政心里有芥蒂，因为他怀疑贾珠之死，与贾宝玉出生后王夫人的私心有关。在孩子的管教上，贾政和王夫人裂痕很大，贾政越嫌恶宝玉，王夫人就对宝玉越溺爱，夫妻不能一致行动，孩子就难以教育好。现在家长教育孩子，很多教育上的失败案例，也与夫妻感情问题关系很大。当家长的管教孩子，不能夹带夫妻之间的怨气。

宝玉无疑是一个才华横溢的孩子，但越聪明的孩子越难以管教，孩子会找到很多对策。在《红楼梦》里，宝玉就找到了贾母作为保护伞，这样他的不良行为，如吃胭脂（湿吻）、内帏厮混等，都变成了"呆痴"给含糊过去了。在大观园里，宝玉玩乐不学，诗词却写得很好，读书的真本事长进很少，贾母却总有理由为他开脱，丫鬟也总找他喜欢的给他，于是他没有了追求。

其实，贾宝玉的才华很早就体现出来了。元春省亲时，得知大观园中的多处对额都出自贾宝玉之笔，不由得欣慰地说："且喜宝玉竟知题咏，是我意外之想。"宝玉擅长创作诗词，国学教育之路却走得很慢。过去，读书分开读、开讲、开笔，宝玉的开讲在《红楼梦》里面很晚才出现。在第八十一回中，"代儒告诉宝玉道：'今日头一天，早些放你家去罢。明日要讲书了。但是你又不是很愚夯的，明日我倒要你先讲一两章书我听，试试你近来的功课何如，我才晓得你到怎么个分儿上头。'说得宝玉心中乱跳"。古代读书，开读的时候要把"四书五经"都背下来，并不讲解，全都背熟以后才讲解，叫作开讲。宝玉读书的开讲阶段在第八十回以后,那时他应当十六七岁了。宝玉开讲开得很晚,说明前面他开读背书的时间很长,没有用功读书。读书读得好的孩子,开讲的时间应当是在十岁左右。宝玉在大观园没有好好读书,读书的强度不够大,导致的结果是背了很长时间,背了后面的忘掉前面的,效率非常低。再者,孩子背书,最好的时间是小时候;到十多岁应当多理解的时候,还在背书,一来兴趣全无,二来记忆力也没有小时候好。

开讲晚,开读时间过长,非常有害。开读这一段,中国古代的教育方式只是记忆,要利用孩子记忆力最好的年龄段加强记忆;而记忆的过程很痛苦,孩子不会有太多的兴趣,古代是通过打手板等方式,激发孩子的记忆潜能。厉害的孩子,八岁的时候就可以把"四书五经"的六十多万字背熟。开读阶段非常枯燥,到了开讲阶段,孩子理解其中的含义了,就会有兴趣了。所以,开读背诵时间过长,孩子对读书越反感。宝玉反感背书,见于书中,为啥反感?因为小时候没有人敢督促他,没有老师敢打他的手板。

小时候的宝玉读书效率低,三天打鱼两天晒网。他第一次见到秦钟,就有一见如故的感觉,并且越谈越投缘。秦钟告诉贾宝玉,因业师病故,目下在家温习功课。贾宝玉对秦钟说道:"我因上年业师回家去了,也现荒废着。家父之意亦欲暂送我去温习着旧书,待明年业师上来,再各自在家里亦可。"这说明宝玉读书有过中断,加上家塾环境恶劣,没有分班分级,宝玉与底子很差的呆霸王薛蟠一起学习,良莠不齐,效率不佳。贾府有一个家塾,不过里面有不少请不起老师的远房亲戚的子弟,还有不想读书的子弟,比如金荣。贾府的家塾主要由教书先生贾代儒委托他不成器的孙子贾瑞管着。贾瑞是一个势利小人,在他的管理下,家塾学习环境恶劣。贾代儒要是教授宝玉备考举人,肯定有水平;但其管理蒙童的水平则明显不高,看他怎么管教自己寄予厚望的贾瑞,把贾瑞教育成了什么样子,就知道他在管理蒙童方面能力不足,这才有顽童大闹学堂之事发生。

宝玉之所以不好好学习,还在于他从小没有财富和仕途压力。在未来预期联姻豪门的背景下,勋贵子弟获得额外恩典荫出的可能性很大。举例来说,明朝时,徐阶的儿子徐璠办事得力,嘉靖皇帝大喜,特批升徐璠三级,拜太常少卿,荫一子。同理,对有功劳、有苦劳的林如海,也可以有荫出,没有儿子仅有独女,可以荫出"兼祧"女婿。所以,林黛玉最不着急让宝玉读书,一切以宝玉的性子和喜欢为上,背后是林家可能为宝玉带来世职,林家爵位应当是宝玉与黛玉承祀的林姓孩子世袭;商人背景的薛宝钗,则需要宝玉读好书。贾宝玉还可以捐官,贾琏就捐了一个五品的同知,贾蓉捐了龙禁尉,贾府的奴才赖尚荣捐了个知县。贾宝玉若要捐官,补缺的可能性极大,尤其是如果娶了林黛玉,以林如海翰林和巡盐御史的特殊身份和人脉,补到实缺是肯定的。

林黛玉对贾宝玉的学业一点也不着急,放纵贾宝玉懒于苦读的天性,这反而成为林黛玉争取宝玉感情天平的手段,也是贾家人对林黛玉不满意的地方之一。林黛玉由着贾宝玉的性子,书中是这样写的:"宝玉道:'林姑娘从来说过这些混帐话不曾?若他也说过这些混帐话,我早和他生分了。'袭人和湘云都点头笑道:'这原是混帐话。'"娶一个女人,她是否能够督导教育子女读好书,能否成为孟母、欧母①那样的催人上进的母亲,在世家选择媳妇时,是重点考虑的因素。就如李纨,一副欧母的样子,长辈当然喜欢。对此宝钗就做得很好。

在前八十回中,作者把宝玉的生活描述得很美很快乐,但实际状态为风花雪月的纨绔,他成了一个对社会没有价值的人,既不能

---

① 孟母,孟子之母,有"孟母三迁"的典故;欧母,欧阳修之母,有"画荻教子"的典故。

赚钱，也没有一技之长；既没有谋生的本事，又没有出仕。贾母的溺爱和静待花开式教育，使宝玉的教育被耽误了。宝玉的状态甚至不如薛蟠，薛蟠小时候霸道，依靠拳头解决问题，但长大后可以走南闯北帮家里做生意。薛蟠是在外面打架，欺负外面的男人，最后吃了亏；而宝玉则是在家里吃胭脂，欺负女孩子，又无法对女孩子负责，宝玉面对的是弱势群体。《红楼梦》一书抬宝玉贬薛蟠，有其立场。薛蟠是智力不足，这怨不得他，而宝玉则是智力有余却没有用到学习上，还把小聪明作为炫耀和骄傲的资本。在前八十回中，宝玉就是个"废物"；到后面四十回，先被父亲督促，又遇家庭变故，这才知道努力，并科举成功，弯路没有少走。

贾宝玉在大观园里面基本荒废了学业，与贾政放了外任有关。家里的严父没有了，宝玉又在青春期，谁也管不住他。第三十七回写"这年贾政又点了学差，择于八月二十日起身"，上任去了。贾政在外任职三年，到第七十一回才回来。在第七十回中，袭人说宝玉"这三四年的工夫难道只有这几张字不成"，可见贾政在外三年，宝玉就是风花雪月诗、五颜六色花，基本没有读书，连字都没有写多少。所以，宝玉前期的教育状态，就是启蒙很早，中间方向不固定；论科举读书，当时的勋贵们读不过士子，加之宝玉被围在女人中间，学业处于放任状态。

对贾宝玉教育状态的问题，书中是通过贾雨村说甄宝玉的教育来体现的。在第二回中，贾雨村与冷子兴是这样说的："为他祖母溺爱不明，每因孙辱师责子，因此我就辞了馆出来。"也就是说，在老人的溺爱之下，严父的管教失效。"他尊人也曾下死笞楚过几次，无奈竟不能改。"因此，在教育孩子的问题上，全家人如果不能一致行动，尤其是隔代老人如果不能与父母保持一致，对孩子的教育就是失效的。宝玉的教育走上正轨，也是后面贾政严厉管束的结果。孩子的教育，真的是水桶效应，哪里都不能有短板；一旦有个空隙，

"聪明"的孩子就会钻空子，利用家长的矛盾，致使管教失败。贾政一开始是心存芥蒂的，后来当学政回来，年老了，对宝玉的态度也不一样了。所以说，贾宝玉的早年教育走了弯路。

◇◇◇严父督导学业速上正轨

宝玉读书教育进程加快，是在王家人控制了大观园，王夫人抄检大观园之后。贾政学政任职期满归来，也对宝玉的学习加强了监督。第八十四回中，老师让他开笔，进度非常快。过去读书开笔，要有一个很重要的仪式，尤其是讲究的人家，要将科举抄榜的笔墨和剩下的蜡烛，拿来给孩子开笔写文章使用。这些东西一般人都要托人才能搞到，也是参与科举管理的杂役们可以赚钱的地方。一般开笔要等开讲完成，大约需要两年。书里只过了三回，很快就给宝玉开笔了，也可能是一边讲一边开笔。贾政问宝玉："那一日你说你师父叫你讲一个月的书就要给你开笔，如今算来将两个月了，你到底开了笔了没有？"宝玉道："才做过三次。师父说，且不必回老爷知道，等好些再回老爷知道罢。因此这两天总没敢回。"在第八十四回中，宝玉读书到了开笔阶段，在科举道路上进了一大步。

对于贾宝玉的教育，贾政还是很上心的。宝玉开笔的三篇文章，贾政都做了批改，显现了贾政的学术功底，说明他不是不学无术的纨绔子弟，同时也写出了古人对读书的看法：

> 贾政翻开看时，见头一篇写着题目是"吾十有五而志于学"。他原本破的是"圣人有志于学，幼而已然矣"。代儒却将"幼"字抹去，明用"十五"。贾政道："你原本'幼'字便扣不清题目了。'幼'字是从小起至十六以前都是'幼'。这章书是圣人自言学问工夫与年俱进的话，所以十五、三十、四十、五十、六十、七十俱要明点出来，才见得到了几时有这

么个光景,到了几时又有那么个光景。师父把你'幼'字改了'十五',便明白了好些。"

孩子一开始都不想学,所以不是"幼",而是大多数要到十五岁才明白学习的意义。因此,从文章的破题,说出了古人的认识:十五岁以后,孩子对治学才会有志向。宝玉在十五岁之前,不爱学习是正常现象。书里是在给宝玉不学辩解,找理由,认为只有到了十五岁,孩子的理解能力变强了,对书中的深奥内容能够理解,感到有用了,才会有志于学习。孩子对学习的兴趣和自律性,需要孩子的理解力,等他们理解书中意义之后,才能自觉自律地爱读书。

紧接着讲的是自主学习与从小学习的关系:

(贾政)看到承题,那抹去的原本云:"夫不志于学,人之常也。"贾政摇头道:"不但是孩子气,可见你本性不是个学者的志气。"又看后句:"圣人十五而志之,不亦难乎。"说道:"这更不成话了。"然后看代儒的改本云:"夫人孰不学,而志于学者卒鲜。此圣人所为自信于十五时欤。"便问:"改的懂得么?"宝玉答应道:"懂得。"

宝玉写的文章和老师改的内容,已经告诉读者宝玉对学习的看法。人都要学习,但以学习为志向的人不多,能够十五岁有志于学,是圣人的品行。所以对孩子静待花开,是多么小概率的事情。

第二篇文章,反映的是宝玉的逆反心理:

(贾政)又看第二艺题目是"人不知而不愠"。便先看代儒的改本云:"不以不知而愠者,终无改其悦乐矣。"方觑着眼看那抹去的底本说道:"你是什么'能无愠人之心,纯乎学者也'。上一句似单做了'而不愠'三个字的题目，下一句又犯了下文君子的分界；必如改笔才合题位呢。且下句找清上文方是书理。须要细心领略。"宝玉答应着。贾政又往下看："夫不知，未有不愠者也；而竟不然，是非由悦而乐者曷克臻此。"原本末句"非纯学者乎"。贾政道："这也与破题同病的。这改的也罢了，不过清楚，还说得去。"

宝玉的这个"夫不知，未有不愠者也"等，是对贾政严厉管教的一种隐含的反抗。贾政以学者自居，对宝玉，总是发怒（愠）的状态多；宝玉的影射，贾政心里明白，于是指出犯了君子的界，等于指出宝玉犯了君君臣臣、父父子子的界。

宝玉的第三篇是《则归墨》，体现了他的理解能力，此题比前两个入门级题目要难得多。宝玉对题目的破题承题，得到了老师贾代儒的认可。

贾政因看这个破承倒没大改。破题云："言于舍杨之外，若别无所归者焉。"贾政道："第二句倒难为你。""夫墨，非欲归者也；而墨之言已半天下矣，则舍杨之外欲不归于墨，得乎？"贾政道："这是你做的么？"宝玉答应道："是。"贾政点点头儿，因说道："这也并没有什么出色处，但初试笔能如此还算不离。"

题目的典故是"天下之言，不归杨，则归墨"，语出《孟子·滕文公》。杨朱非常自私，而墨家讲兼爱天下，此处的选题，也是对《红楼梦》全书内容的影射。《红楼梦》中的各种博弈，是杨朱的自私，朱为正红。贾政对宝玉嘴上并不赞扬，但对话当中要确认是否为宝玉自己所写，已经说明贾政认为此文水平超过了原来他对宝玉的认知。因此到与清客下棋的时候,贾政就要在人前晒娃了,引来王尔调的说媒。

贾政为了试宝玉的文字读书水平,还考了宝玉一道题,宝玉的回答也让贾政满意:

"前年我在任上时,还出过'惟士为能'这个题目。……我要你另换个主意,不许雷同了前人。只做个破题也使得。"宝玉只得答应着,低头搜索枯肠。……宝玉念道:"天下不皆士也,能无产者亦仅矣。"贾政听了,点着头道:"也还使得。以后作文总要把界限分清,把神理想明白了再去动笔。……"

贾政考的"惟士为能"一题,典出《孟子·梁惠王》:"无恒产而有恒心者,惟士为能。若民,则无恒产,因无恒心。苟无恒心,放辟邪侈,无不为已。"意思是,没有固定的产业收入却有固定的道德观念,只有读书人才能做到。不过,宝玉的破题,变成了天下不光是读书人,无产者能够做到的也太少了,把正命题变成了反命题,留出了一个缝隙,变成了有信仰做修行,苦修清修也是无产,修行的大德者,肯定有恒心,等于在暗示最后宝玉要出家修行。宝玉确实对财产没有概念,从小锦衣玉食,对财富淡泊;此淡泊不是他真的能够放弃财富,而是对财富没概念和不珍惜,等他真的出家和穷困了,他也许才会明白过来,但已经没有回头路了。

《红楼梦》中,贾政对宝玉教育的态度前后不同。贾政当学政之前,也管宝玉学习,但更多是以严厉和打骂为主;在学政任职归来之后,贾政对宝玉的学业进行了具体的指导,不只在试文字的第八十四回,在第七十五回、第七十八回,对宝玉的诗文也是详细过问、评价。对孩子的教育,需要的不只是家长的严厉,也需要家长过问细节。

因此，宝玉的学业，在贾政亲自指导以后，进步非常快。

◇◇◇受骗僧道走上不归路

贾宝玉最后的命运如何？大家对他的悲惨结局很同情。有些人有佛道的信仰，可能会认为这个结果并不坏；但《红楼梦》对佛道没有那么高的评价，第三回的题咏，就已经把宝玉后来的悲惨命运写清楚了。

（林黛玉）看其外貌最好，却难知其底细。后人有《西江月》二词，批宝玉极合，其词曰：

"无故寻愁觅恨，有时似傻如狂。纵然生得好皮囊，腹内原来草莽。潦倒不通世务，愚顽怕读文章。行为偏僻性乖张，那管世人诽谤。"

"富贵不知乐业，贫穷难耐凄凉。可怜辜负好韶光，于国于家无望。天下无能第一，古今不肖无双。寄言纨绔与膏粱，莫效此儿形状。"

由上面的"富贵不知乐业，贫穷难耐凄凉"可知宝玉离家后凄凉穷困。贾政见到宝玉的时候，"忽见船头上微微的雪影里面一个人，光着头赤着脚，身上披着一领大红猩猩毡的斗篷，向贾政倒身下拜"。宝玉"赤着脚"，贾政"行到毗陵驿地方，那天乍寒下雪，泊在一个清净去处"。书中第一回，甄士隐在解读《好了歌》时说"金满箱，银满箱，转眼乞丐人皆谤"，脂砚斋下批说是"甄玉、贾玉一干人"。甄家被抄，宝玉的日子也很悲惨。有人据此说作者原意是想表达宝玉当了乞丐。

词中为啥讲宝玉"天下无能第一，古今不肖无双"？宝玉看似得中乡魁，贾家似乎教育也很成功，但宝玉心理脆弱，出家而不顾父母，家里没有人续香火，这在古代就是不孝。"不肖"二字，除了指不孝之外，还指没有出息。宝玉能够中乡魁，为啥还说他无能和没有出息？宝玉的无能不在学识层面，而在为人品性和心理层面，他对家庭对女人都不负责，没有责任心，没有担当。品行的教育，是孩子成长过程中最重要的教育，但贾宝玉从小就没有受此方面的教育，他受到的溺爱比薛蟠更多，而书里没有明写。

《红楼梦》对出家是贬低的态度，只不过对跛足道人和癞头和尚却美化了。作者用"跛足"和"癞头"，已经表明了自己的态度。我们可以看《红楼梦》对芳官等人出家的写法，水月庵的智通与地藏庵的圆心"听得此信，巴不得又拐两个女孩子去作活使唤"，并且忽悠王夫人"听这两个拐子的话大近情理"，把她们叫作拐子，暗示宝玉也是被人拐走的。

宝玉出家，开始的时候是因为感情不如意，后来显然受到了挟持。他一时冲动，觉得什么都可以抛弃，出家以后，便是"金满箱，银满箱，转眼乞丐人皆谤"。当和尚是要化缘的，天下没有后悔药，等到贾政见到他的时候已经是："只见船头上来了两人，一僧一道，夹住宝玉说道：'俗缘已毕，还不快走！'"此时，宝玉想要反悔，已经被僧道"夹住"，"俗缘已毕"，不可能了。宝玉出家应当是被癞头和尚和跛足道人诱骗挟持的。世家子弟出家以后，他们的家族要供养，他们家族的公信力可以给宗教背书，他们家族的人脉圈子可以为宗教拓展势力，他们个人因为有良好的教育背景，以后也是传教所需的人才。

很多人认为宝玉是自愿出家，笔者却认为他受骗了。宝玉与黛玉确实受到了感情的伤害，也知道了很多真相，受到了刺激，所以出家受到引诱是有内在原因的，但他出家之后未必不后悔。出家后，宝玉是在雪地里赤脚见的贾政，而且被僧道夹住，不能与贾政多交流，显然已经受到了挟制。以贾家的财富，贾宝玉出家万不至于大雪天连一双鞋都没得穿，作者已经暗示了他的真实处境。

宝玉出家的事情被皇帝知道了，皇帝赐他"文妙真人"的道号，他就更回不了头了。而宝玉中乡魁货真价实，他的知识水平对贾府可能也有益。在中国的传统观念里面，他就是不肖子孙。宝玉是贾家倾注巨大资源培养的，贾政、王夫人耗费了多少心血，但教育是失败的，结果就是"贾政还欲前走，只见白茫茫一片旷野，并无一人。贾政知是古怪，只得回来"，宝玉被教育成"天下无能第一，古今不肖无双"，贾家当然变成了"白茫茫大地真干净"！

《红楼梦》中的"白茫茫大地真干净"是全书的灵魂，可以有多种理解。笔者认为其中一个层面，就是孩子没有教育好，一切都是虚妄！无论是学识还是做人，无论是品性还是责任心，哪一方面失败都不行。再富贵的人家，没有教育好下一代，结果都是"白茫茫大地真干净"。教育孩子，是家族传承和为人父母最重要的事情；再怎么顾及个人发展，有再多家族积累和荣耀，如果孩子没有教育好，一切都会归零。

《红楼梦》里面，贾宝玉的后续命运如何？他有了遗腹子，也有了皇帝钦赐的道号，可以做宗教首脑；而宗教首脑都会被神化，且皇帝自称"真龙天子"。贾宝玉做宗教首脑资本最为充足，皇帝所赐道号、家世、功名、文化教育素养，该有的都有了，对他个人而言，无疑是成功的。

贾宝玉如果真的成为宗教大师，对贾府的声望也有助益。宝玉与蒋玉菡等人交往，而后者是戏曲艺术领域的顶级人物。甄宝玉就是镜子，科举高中，同时有世家背景，未来很容易入阁拜相。他俩一真一假，一个在世俗领域，一个在宗教领域，都可以成为首脑级人物。他俩能够有这样结局的，是因为他俩幼年得到了非常好的教育；若没有教育基础，即使拥有显赫家世，也会阶层滑落。从小读书，对孩子的未来，是最重要的。

书中故事的发展说明，好好读书受教育，就可以保住所在的阶层。贾宝玉就算是出家，他的阶层在神仙或宗教团体里面，依然是顶层的位置。《红楼梦》里面，出家人有的是，最后的命运却不同。勋贵的家族发展，一样要以读书为根本。贾宝玉等人受到的教育，普通人难以比拟；贾琏、贾珍、贾蓉等其他贾府子弟，也是嫡子，也有蒙荫，但由于没有如贾宝玉、贾兰那样读书，结局与读书的贾家子弟便拉开了差距。贾府荣光的延续，靠的是兰桂齐芳和高魁子贵，读书依然是主旋律。

综上所述，对孩子的教育，贾府在勋贵家族当中算是有经验的，但也不免走了弯路。贾府的贾赦、贾敬与紧抓教育的贾政没法比。金陵四大家族中，读书的也就贾政一支，最后贾府要复兴改变命运，希望也在贾政。《红楼梦》告诉读者，勋贵三代以后会"白茫茫大地真干净"，只有诗书传家才可以实现家族复兴，教育好孩子是家族最重要的事情。

（二）李纨的逆境与贾兰读书改变命运

◇◇◇教子读书是李纨安身立命之本

如前所述，贾珠是王夫人收养的嫡子，贾珠的亲娘是赵姨娘。而在李纨的李家获罪，贾珠受到牵连的情况下，贾珠死了，身份变回了庶子，李纨也就变成了庶子的守寡媳妇，地位大为降低；贾兰变回庶孙身份，地位很低，所以与贾环经常待在一起。李纨和贾兰要改变命运，只有读书。

在李家获罪、丈夫死亡之后，对李纨而言，贾府最多是一个家族灾难的避风港，而且这个避风港也不温暖。在第四回中，冷子兴介绍李纨之家和李纨时，是这么说的：

这李氏亦系金陵名宦之女,父名李守中,曾为国子监祭酒。族中男女无有不诵诗读书者。至守中承继以来,便说"女子无才便有德",故生了李氏,便不十分令其读书,只不过将些《女四书》《列女传》《贤媛集》等三四种书,使他认得几个字,记得前朝几个贤女事迹便罢了,却只以纺绩井臼为要。取名李纨,字宫裁。

李纨在贾府要出头,在当时的社会要出头,要改变母子的地位,真正能够努力干的事情,就是教导贾兰读书,督促贾兰读书上进,以后科举取得功名,能够不依靠贾府,自己另外走出于一条路来。对贾府的家业继承等,贾兰母子并不指望。"因此这李纨虽青春丧偶,且居处于膏粱锦绣之中,竟如槁木死灰一般,一概无闻无见;惟知侍亲养子,外则陪侍小姑等针黹诵读而已。"教育孩子,望子成龙,成为督学严母,是李纨的人生方向。

在《红楼梦》中,李纨教育孩子,就是欧阳修母亲那样的典范。欧阳修的母亲是中国古代四大名母之一,读书人非常崇敬她。

北京大观园内的李纨住所"稻香村"一景

《宋史·欧阳修传》:"欧阳修,字永叔,庐陵人。四岁而孤,母郑,守节自誓,亲诲之学,家贫,至以荻画地学书。幼敏悟过人,读书辄成诵。"李纨对贾兰的教育,也非常有成果。书里有一些相关片段,比如在第二十六回中,宝玉道:"你又淘气了。好好的,射他作什么?"贾兰笑道:"这会子不念书,闲着作什么?所以演习演习骑射。"贾兰不读书的时候,也不忘记练习射箭,做事目的明确。六艺包括射箭,古代非常重视男孩子射箭,尤其是武职出身的勋贵之家。李纨选择居住在稻香村,是因为这里有田园,可以让贾兰学习种地的本领;种地的本领在古代也非常受重视,是生存技能,所以耕读传家排在诗书传家之前。

对比贾兰的学习状态,宝玉则是想方设法能偷懒就偷懒。第九十二回写道:

宝玉道:"必是老太太忘了。明儿不是十一月初一日么,年年老太太那里必是个老规矩,要办消寒会,齐打伙儿坐下喝酒说笑。我今日已经在学房里告了假了,这会子没有信儿,明日可是去不去呢?若去了呢,白白的告了假;若不去,老爷知道了,又说我偷懒。"袭人道:"据我说,你竟是去的是。才念的好些儿了,又想歇着。依我说,也该上紧些才好。昨儿听见太太说,兰哥儿念书真好,他打学房里回来还各自念书作文章,天天晚上弄到四更多天才睡。你比他大多了,又是叔叔,倘或赶不上他,又叫老太太生气。倒不如明儿早起去罢。"

这一段告诉读者,贾兰读书非常刻苦,与宝玉形成了对照,宝玉是能逃学就逃学,贾兰则是自觉读书到深夜。过去说的四更,就是现在的半夜一两点以后。古代晚起的时候少,那个时候照明不行,都是日出而作日落而息,天亮了就要起床。如此算来,贾兰每天只睡六个小时左右。

在第八十八回中，贾兰作诗、作对已经很出彩，传到了贾母那里，一开始贾母是惊异的：

> 贾母道："我不信。不然就也是你闹了鬼了。如今你还了得，羊群里跑出骆驼来了，就只你大。你又会做文章了。"

在确认贾兰能够做文章后：

> 贾母道："果然这么着我才喜欢。我不过怕你撒谎。既是他做的，这孩子明儿大概还有一点儿出息。"因看着李纨，又想起贾珠来："这也不枉你大哥哥死了，你大嫂子拉扯他一场。日后也替你大哥哥顶门壮户。"说到这里，不禁流下泪来。李纨听了这话，却也动心，只是贾母已经伤心，自己连忙忍住泪笑劝道："这是老祖宗的余德，我们托着老祖宗的福罢咧！只要他应得了老祖宗的话就是我们的造化了。老祖宗看着也喜欢，怎么倒伤起心来呢。"

贾兰出息了，贾母对李纨和贾珠的情感也有了；孩子优秀，就是李纨在贾府的地位保障。

不过，此时李纨很清醒：

> （李纨）因又回头向宝玉道："宝叔叔明儿别这么夸他，他多大孩子，知道什么。你不过是爱惜他的意思，他那里懂得，一来二去，眼大心肥，那里还能够有长进呢。"

李纨知道对孩子的夸赞不能过度，过多的赞扬对孩子后续努力不利；而宝玉在贾府一直受到过多的赞扬，得宠过头，学习的动力就不足。此时的贾母，与一般疼爱孩子的老人无异：

> 贾母道："你嫂子这也说的是。就只他还太小呢，也别逼靠紧了他。小孩子胆儿小，一时逼急了弄出点子毛病来，书倒念不成，把你的工夫都白糟蹋了。"贾母说到这里，李纨却忍不住扑簌簌掉下泪来，连忙擦了。

现在父母管教孩子，老人也是类似的态度。

在《红楼梦》中，没有提到贾兰有啥丫鬟，对李纨的丫鬟也提得很少，只是大丫鬟素云略略出现过几次；与之相比，贾环还与几个小丫鬟有染，彩云和彩霞（有人研究说是一个人）都喜欢贾环。为何贾兰身边没有丫鬟？按照冷子兴的说法，贾府公子都放丫鬟在屋内"应急"，宝玉早早地就与袭人云雨了，但贾兰没有。应当是李纨对贾兰看得特别紧，贾兰难以接近丫鬟，只专心读书。凡是影响读书的事情，李纨都给挡在了外面。

李纨对贾兰的教育颇有成效，没有把教育贾兰的事情交给王夫人，没有让王夫人插手。想一下王夫人的儿子、女儿，都是由贾母教导，王夫人只教导了探春。王夫人对她特别"想念"的珠儿的儿子——她的大孙子，怎么会不想亲近，带在身边？如果贾兰由王夫人管，她没有读过什么书，对贾兰的课业难以指导，可能就只剩溺爱了。所以，对贾兰的教育和管教，基本上只有李纨一人，其他人都靠边站。贾府各种活动不叫贾兰，也与李纨的态度有关，罪臣之女的身份，也让她不好去参加。她可能也认为这些应酬会耽误贾兰读书，能不参加就不参加。只有那些大家都要去的重大活动，贾兰才会被李纨准许参加。久而久之，贾兰与贾府其他人的关系就疏远了。

即使在大场合，贾兰也很有自己的主意和主见。在第一百零五回中，贾府被抄家，贾兰的表现很值得赞扬："此时贾政魂魄方定，犹是发怔。贾兰便说：'请爷爷进内瞧老太太，再想法儿打听东府里的事。'贾政疾忙起身进内。"在剧变之际，贾政都没有主见的时候，贾兰依然非常清醒，小小年纪已经表现出超常的成熟。显然，贾兰对父母的不幸有所了解，对家族和封建政治的残酷也有清醒的认识，心理成熟度超过了他的实际年龄。

李纨对贾兰的管教卓有成效，贾兰科举成功，走出了逆境；按照判词，李纨也就穿金戴银地成为诰命夫人了。贾兰能够参加科考，应当也是因为其家族获罪后得到了皇帝的宽宥。李纨身份的改变，要依靠儿子的科考，她看得非常清楚。在书里，她是一副冷眼看世界的状态，对贾家的未来，她有忧患意识，因为自家的境遇起伏，她是经历者，有感觉。

李纨之所以教子成功，与她和贾兰身处逆境而能够奋发有关，所以说"人生莫受老来贫，也须要阴骘积儿孙"。所以李纨后来能够"威赫赫爵禄高登"。母亲把孩子教育好，就解决了家族关键性问题，"一俊遮百丑"。宝玉出家后，贾府真正的支柱就变成了贾兰。贾兰考取功名，当母亲的可以"气昂昂头戴簪缨，光灿灿胸悬金印"，终于可以不着素衣了，这是严母努力奋斗的结果。

《红楼梦》明写的是贾家复兴，暗写的则是李纨家再度得势。到最后，李纨家的复兴，《红楼梦》没有详细写，但最终"海疆靖寇凯旋，甄府议娶李绮"；李绮嫁给甄宝玉，不是在甄家倒霉的时候，而是在甄家去海疆有功之后，这足以说明问题了。甄家复爵加官，甄宝玉也科举高中，联姻的背后是门当户对，李家的戴罪身份肯定没有了。贾兰科举成功而贾政已老，贾兰中进士后升官，应当很快会超过贾政，成为贾府的当家男人。

贾兰科举成功，联姻豪门，靠上了有财力和权势的亲家。这时王家倒台，王熙凤已死，所以王夫人与李纨在家族的地位要彻底倒过来。贾母死后的权力真空，估计会由李纨来填补；李纨以前隐忍，以后就不会再忍了。在《红楼梦》的大部分章回中，李纨就是判词里写的"桃李春风结子完，到头谁似一盆兰？如冰水好空相妒，枉与他人作笑谈"，但在贾兰高中以后就大不同了。不受老来贫，儿孙出人头地，在古代的标准里面，就是人生成功的表现。

◇◇◇李纨的寂寞与两面人性

在贾府教子读书的李纨，其守寡的寂寞和对性的渴望，《红楼梦》暗中告诉了读者。我们可以从第三十九回所写的李纨酒后对平儿的举动看出来：

李纨揽着他笑道："可惜这么个好体面模样儿，命却平常，只落得屋里使唤。不知道的人，谁不拿你当作奶奶太太看。"平儿一面和宝钗湘云等吃喝，一面回头笑道："奶奶，别只摸的我怪痒的。"李氏道："嗳哟，这硬的是什么？"平儿道："钥匙。"李氏道："什么钥匙？要紧梯己东西怕人偷了去，却带在身上。我成日家和人说笑，有个唐僧取经，就有个白马来驮他；刘智远打天下，就有个瓜精来送盔甲；有个凤丫头，就有个你。你就是你奶奶的一把总钥匙，还要这钥匙做什么！"平儿笑道："奶奶吃了酒，又拿了我来打趣着取笑儿了。"

钥匙应当藏在身上很私密的地方，李纨酒后在丫鬟身上摸，本身就不正常，是失态，而且摸到隐私部位，自有一些性联想。

李纨守寡的寂寞、对性的渴求，还可以在抄检大观园的时候看出端倪。第七十八回中，王夫人对凤姐说："我前儿顺路都查了一查。谁知兰小子这一个新进来的奶子也十分的妖乔，我也不喜欢他。我也说与你嫂子了，好不好，叫他各自去罢。况且兰小子也大了，用不着这些奶子。"贾兰早过了吃奶的年龄，李纨为啥要请这样的一个奶娘？为啥还是一个"十分的妖乔"的奶娘？里面很有深意。她是否在教导贾兰性知识？是否没有先让丫鬟近身？而且，奶娘与丫鬟不同，奶娘有男人，如果李纨守不住与之有染，此男人也容易进入贾府后门，所以王夫人要把奶娘赶走，也有道理。这从侧面表明，李纨也不是心如死灰、不食人间烟火，她也有强烈的欲望。

丫鬟给宝玉过生日，也把李纨请来遮人耳目。古代有叔嫂避嫌的讲究，李纨是寡嫂，夜里到小叔的房内本身就不合适，丫鬟们和小叔还脱掉了大衣裳、外衣；此处也说明李纨不完全像古代寡妇那样禁欲素衣，她的素衣只能有另外的原因，是因为李家有人获罪，她不能穿与荣府大奶奶身份相符的衣服。

李纨一直夹着尾巴做人，但在贾兰出头以后，从判词就可以看出她的两面人性。"威赫赫爵禄高登"之后，马上就是"昏惨惨黄泉路近"。李纨应当不长寿，书里用了"昏惨惨"一词，写得挺狠，是什么原因？李纨骨子里非常硬，随后可能参与贾府家族的激烈博弈，博弈失败也有可能。可以看一下第四十五回李纨怼王熙凤时的狠和毒：

李纨笑道："你们听听，我说了一句，他就疯了，说了两车的无赖泥腿市俗专会打细算盘分斤拨两的话出来。这东西亏他托生在诗书大宦名门之家做小姐，出了嫁又是这样，他还是这么着；若生在贫寒小户人家作个小子，还不知怎么下作贫嘴恶舌的呢。天下人都被你算计了去。昨儿还打平儿呢，亏你伸的出手来。那黄汤难道灌丧了狗肚子里去了。……你今儿又招我来了。给平儿拾鞋也不要。你们两个，只该换一个过子才是。"

最后一句，让平儿与凤姐妻妾位置对调，这可不是能随便开玩笑骂人的。"无赖泥腿市俗专会打细算盘分斤拨两""下作贫嘴恶舌""黄汤难道灌丧了狗肚子里去"，李纨说话的刻薄程度不亚于凤姐。当然，此处也可能是书中对日后情节发展的又一个"草蛇灰线，伏脉千里"。李纨的本性在此处已经露出来了，她如果能够掌家，处事可能与以前极不一样。

  李纨夹着尾巴做人，背景就是李家获罪，贾珠也死了，她没有可以依靠的人。而且我们前面已经分析过，贾珠是赵姨娘的儿子，被王夫人抱养，他的嫡长子地位是在没有贾宝玉的时候确立的；贾宝玉出生后，李纨家里出了变故，贾珠死了，身份变回庶子，李纨的地位一落千丈，甚至在某些层面还不如赵姨娘，只不过她的出身比赵姨娘要高。后来贾兰出息了，贾宝玉出家了，王夫人等于是"白茫茫大地真干净"了，李纨的状态就不一样了，后面她可能与王夫人有过激烈的冲突。

  看一下李纨的判词："桃李春风结子完，到头谁似一盆兰？如冰水好空相妒，枉与他人作笑谈。""桃李"是指师生，"结子完"是说李纨的父亲获罪株连了学生，最后还有谁是君子之"兰"？李纨内心也是寂寞的，最后也是"昏惨惨黄泉路近"的命运。

  综上所述，李纨和贾兰在贾府，因为戴罪而不受待见，甚至没有贾府宗籍，不能入族谱。一个女人要在家族里面取得地位，教育好孩子，绝对是一个捷径；一个孩子要改变命运，也需要好好读书。贾兰书读好了，在家族里地位也会不同。

（三）贾环的才情与管教失败

  在《红楼梦》中，贾环基本上是一个反面人物，一直是招人讨厌的状态，到了后来变成"狠舅奸兄"，嫖娼宿柳，就是一个败家子的形象，而赵姨娘也是一个招人讨厌的形象。《红楼梦》对贾环和赵姨娘，都是用风月宝鉴的骷髅一面去看，以衬托贾宝玉的正面形象。若不以有色眼镜去看他们，贾环就是一个教育失败的典型，赵姨娘则是压抑到了心态扭曲的地步。

◇◇◇贾环是有才情的

很多人被书里的立场带着走，觉得贾环又傻又坏，但实际情况并非如此。书里不止一次写到了贾环的才华。

在第七十五回中，宝玉、贾兰、贾环三个人作诗，其中的情节对比耐人寻味。先来看宝玉的出场：

> 宝玉听了，碰在心坎上，遂立想了四句，向纸上写了，呈与贾政看。道是……贾政看了，点头不语。贾母见这般，知无甚大不好，便问："怎么样？"贾政因欲贾母喜悦，便说："难为他。只是不肯念书，到底词句不雅。"贾母道："这就罢了。他能多大，定要他做才子不成！这就该奖励他，以后越发上心了。"贾政道："正是。"因回头命个老嬷嬷出去，吩咐书房内的小厮："把我海南带来的扇子取两把给他。"宝玉忙拜谢，仍复归座行令。

宝玉的诗不能让贾政满意，但由于贾母的力挺，宝玉还是得到了奖励。

下一个出场的就是贾兰：

> 当下贾兰见奖励宝玉，他便出席，也做了一首，递与贾政看时，写道是……贾政看了，喜不自胜，遂并讲与贾母听时，贾母也十分欢喜，也忙令贾政赏他。于是大家归坐，复行起令来。

贾兰用功，写的诗显然比宝玉要好，所以贾政"喜不自胜"，表现得很明显。李纨对贾兰的教育很成功，也反衬出贾府对宝玉的教育走了弯路。

贾环此次是怎么写的诗，才是关键。书里是这么记述的：

这次花却在贾环手里。贾环近日读书稍进，其脾味中不好务正，也与宝玉一样，故每常也好看些诗词，专好奇诡仙鬼一格。今见宝玉作诗受奖，他便技痒，只当着贾政不敢造次。如今可巧花在手中，便也索纸笔来，立挥一绝与贾政。……贾政看了，亦觉罕异，只是词句终带着不乐读书之意，遂不悦道："可见是弟兄了，发言吐气，总属邪派。将来都是不由规矩准绳一起下流货。妙在古人中有'二难'，你两个也可以称'二难'了。只是你两个的'难'字，却要做'难以教训'的'难'字讲才好。哥哥是公然以温飞卿自居，如今兄弟又自为曹唐再世了。"说的贾赦等都笑了。

从此段描写可以看出，贾环不敢随意在家中重要场合展露自己的才能。他是庶出，没有资格逞强，但他的诗让贾政也感到罕异，说明他有足够的才气和水平。贾政因为惧内，当着王夫人的面，不好赞扬赵姨娘的儿子。但贾政把贾兰、贾环二人的诗，同唐代诗人温庭筠、曹唐的诗相比，可以看出贾环也很有诗才，贾政内心欢喜，也说明宝玉不用功，与贾环有差距。

对贾环的诗到底该怎么评价，贾赦就很直接，不用顾虑王夫人的感受：

贾赦乃要诗瞧了一遍，连声赞好道："这诗据我看，甚是有气骨。想来咱们这样人家，原不比那起寒酸，定要雪窗萤火,一日蟾宫折桂,方得扬眉吐气。咱们的子弟,都原该读些书,不过比人略明白些,可以做得官时,就跑不了一个官的。何必多费了功夫,反弄出书呆子来。所以我爱他这诗,竟不失咱们侯门的气概。"因回头吩咐人去取了自己的许多玩物来赏赐与他。

贾赦对贾环的诗极为赞赏,出自第三者嘴里,更能说明贾环真的有水平。

贾环的才能,在第七十八回再一次得到了印证。此回是贾政命三个子孙作诗。贾政评贾兰的诗是"稚子口角":

看贾环的是首五言律,写道是:
"红粉不知愁,将军意未休。
掩啼离绣幕,抱恨出青州。
自谓酬王德,讵能复寇仇。
谁题忠义墓,千古独风流。"
众人道:"更佳。到底是大几岁年纪,立意又自不同。"贾政道:"还不甚大错,终不恳切。"众人道:"这就罢了。三爷才大不多两岁,在未冠之时,如此用了工夫,再过几年,怕不是大阮小阮了。"贾政笑道:"过奖了。只是不肯读书的过失。"

宝玉此次表现得很出彩,贾兰最先写好,也展露了才华,而贾环的诗比贾兰的更好。贾环比宝玉要小几岁,如此表现也足以说明贾环有足够的才情,作者此回对贾环着墨不少。

贾环的才能还间接体现在第八十八回:

贾母又问道:"兰小子呢,做上来了没有?这该环儿替他了,他又比他小了。是不是?"宝玉笑道:"他倒没有,却是自己对的。"

从上述对话可知,贾母也知道贾环书读得不错,否则不会认为是贾环给贾兰捉刀。这里也是暗示贾兰中举了,如果贾环不是因为赵姨娘去世而为母守孝,耽误科考,也有中举的实力。

因此,贾环的才智是有的,启蒙也是不坏的。但是,对他的教育最终却失败了,问题又在哪里?

◇◇◇贾赦对贾环有想法

贾环是有才华的孩子,贾赦取了很多自己的玩物赏他,对他已经特殊对待了,而且在全家人都在的正式场合,由贾赦说出赞赏的话来就有些耐人寻味了:

(贾赦)因又拍着贾环的头,笑道:"以后就这样做去,方是咱们的口气。将来这世袭的前程定跑不了你袭呢。"贾政听说,忙劝道:"不过他胡诌如此,那里就论到后事了。"

为啥说家里的爵位可能是贾环世袭?贾赦当时是恩侯,算是侯爵了,又是贾母的长子、贾政的长兄,在男人层面,他的地位最高;说家里的爵位由谁世袭,且当着众人的面,又是在正式场合,这些事真的是开不得玩笑的。

贾环真的有可能成为贾府的世袭继承人吗?这个可能性完全存在。来看第七十五回家族聚会赏月时候的座次:"上面居中,贾母坐下,左垂首贾赦、贾珍、贾琏、贾蓉,右垂首贾政、宝玉、贾环、贾兰,团团围坐。"这里没有贾赦的庶出子贾琮,后面章节也没有见到贾琮出现。正常情况下,中秋家族聚会,所有人都要参加,二房的庶子贾环能够入席，长房的庶子贾琮肯定更可以。贾琮为何不在？可能已经死掉了，也可能因为是私生子，是丫鬟或外妇生的，没有这样的权利。邢夫人无子，她肯定愿意过继一个作为自己的儿子。如要过继的话，肯定首选二房的庶子贾环，而不选嫡子贾宝玉；贾琏无嗣要过继的话，也不能是贾政嫡长孙贾兰。邢夫人是正妻，若有过继过来的儿子，也要排在庶出子贾琮的前面。邢夫人愿意过继贾环，还有一个因素：要是贾环继承爵位，则以后的香火与贾政、赵姨娘无关；要是贾琮袭爵，那么香火上就要加上他的生母，甚至拿掉邢夫人，只留下原配和生母，古代人对此极为讲究。

邢夫人对待贾环和贾琮的态度也有很大的不同，比如在第二十四回中：

> 一钟茶未吃完，只见那贾琮来问宝玉好。邢夫人道："那里找活猴子去！你那奶妈子死绝了，也不收拾收拾你，弄的黑眉乌嘴，那里像大家子念书的孩子！"正说着，只见贾环、贾兰小叔侄两个也来了，请过安，邢夫人便叫他两个椅子上坐了。

对贾琮，邢夫人骂得很难听，但贾环来了，就有了座位，都是庶出子，待遇差别明显。邢夫人不收继贾琮，肯定还有其他原因。

就袭爵而言，贾琏无后，死了怎么办？不能父死子继，就要兄终弟及，礼法上不是侄子而是兄弟，可以是堂兄弟，继承之后，贾环的子女要兼祧贾环和贾琏。此情况类似于晚清光绪过继给咸丰，而不是给同治过继嗣子，光绪的儿子要兼祧光绪和同治，光绪的亲生爹娘则不会在太庙里面。明朝的嘉靖皇帝也是如此，明世宗朱厚熜就是明宪宗朱见深第四子兴献王朱祐杬的次子，明孝宗朱祐樘之侄，明武宗朱厚照的堂弟。所以按照规则，贾宝玉若与林家存在入赘或"兼祧"的状态，贾环过继给贾赦一脉，那么荣国府大房的位置，可能就由贾环继承。

贾环最有可能翻身的机会，就是贾赦和邢夫人过继贾环，况且后来赵姨娘死掉了，过继贾环没有了阻碍。贾环过继给邢夫人也可以算准嫡子，地位便会有极大的提高。贾兰中举带给李纨地位，王夫人那边王家倒台，王熙凤死了，内宅的关系变了。李纨与平儿一直关系紧密，平儿扶正后怎么着也是大宗嫡长子的媳妇，虽说陪房出身地位不高，但可以与李纨结盟，两人结盟后实力就完全不同了，可以夺了王夫人的权。女人的"爵禄高登"，应当是封了诰命和执掌家务。李纨在贾府内宅夺权以后会有怎样的变化？估计就要"威赫赫"了，人所处的地位不同，表现会不同。

◇◇◇贾环未来有咸鱼翻身的可能

王夫人如果真的失去了权力，贾宝玉又出家了，王夫人会怎么应对？没有永恒的朋友，也没有永恒的敌人，只有永恒的利益。在此情况下，王夫人与贾环的关系就会改变。因为赵姨娘已经死了，贾赦和邢夫人可以收养贾环，让贾环变成准嫡子；在宅斗中，王夫人与邢夫人会结盟对抗李纨，承认邢夫人为长房正妻，将其抬到掌家的位置，而不是像以前，王夫人压着邢夫人。贾环是有才华的，也可以浪子回头，他看见贾宝玉和贾兰去参加科举考试，受到了刺激，"自己又气又恨"，以后会努力读书。在新的一轮宅斗中，李纨可能会落败，所以后来李纨"昏惨惨黄泉路近"。世家的博弈一直很复杂，贾环的成长环境比贾兰险恶，更有宅斗的心机。

在聚会上，贾赦还耐人寻味地讲了一个父母偏心的段子。在玩赏月行令的游戏时：

这次贾赦手内住了，只得吃了酒，说笑话。因说道："一家子一个儿子最孝顺。偏生母亲病了，各处求医不得，便请了一个针灸的婆子来。这婆子原不知道脉理,只说是心火,如今用针灸之法,针灸针灸就好了。这儿子慌了,便问:'心见铁即死,如何针得?'婆子道:'不用针心,只针肋条就是了。'儿子道:'肋条离心甚远,怎么就好?'婆子道:'不妨事,你可知天下父母心偏的多呢。'"众人听说,都笑起来。贾母也只得吃半杯酒,半日笑道:"我也得这个婆子针一针就好了。"

贾赦的段子,让贾母以为是在说她而不悦。虽然贾母也偏心,但在此场合,贾赦说段子针对贾母非常不合时宜。而且贾家的收入主要来自贾政,贾政从学政任上归来,还带来了大笔的收入,对此相关章节会详细分析。贾府早已经财务紧张,贾赦等于沾了与贾政不分家的光,用着贾政赚来的钱,应当说不出贾母偏心的话来。更合理的解释是,贾赦的本意是在说贾政对待贾宝玉和贾环不平等,偏心。贾赦可能真的对贾环有意,他说贾环可能袭爵,就是一种试探。贾环对贾政而言是肋条,而宝玉才是心肝。

贾环对生母赵姨娘的感情应当是很深的,赵姨娘死了,贾环守孝没有去参加科考,足以说明问题。古代人对庶母的守孝到底是多长时间,主要的决定者是父亲,也就是说,贾政让他守孝多久,他就必须守多久,还要看他自己愿意给生母守孝多少时间。古代妻妾的差别极大,赵姨娘是庶母,而且是家生奴出身的侍妾,在地位上还不如袭人这种买来的丫鬟当的妾,所以迎春给赵姨娘哥哥的抚恤银子比袭人家的要少。

按照古代的规定,对庶母,只要"服缌麻三月",也就是服丧三个月就可以了;但到明太祖修《孝慈录》时,全面提升了母亲在服制中的地位,原先"齐衰三年"的基本改为"斩衰三年"[①],为庶母

---

① 齐衰和斩衰,为古代五种丧服中的两种,斩衰最重,齐衰次之,其余三种为大功、小功、缌麻。

守孝也由三月改为一年，嫁母、出母、乳母的服制未变。据《清史稿》记载有清代八母延续明代的服制。也就是说，贾环原本应为庶母服丧一年，为生母服丧三年，他给赵姨娘守孝三年。

在关于贾珠的身份那一节，我们分析过了，贾政说贾环仍有孝在身，不能与贾宝玉、贾兰一起去参加科考，因为他的服丧期很长，至少有三年。按照明清的礼制：贾母病死，孙子辈服丧一年；若王夫人死，贾环和贾宝玉要服丧三年；赵姨娘死，贾环要服丧三年。第九十七回说："（贾政）又切实的叫王夫人管教儿子，断不可如前娇纵。明年乡试，务必叫他下场。"贾政的说话对象是王夫人，根据他的态度来判断，他希望儿孙能够早去科考，一定要早去。所以，贾环守孝在家不去参加科考。

◇◇◇贾环的心态扭曲和教育问题

前面已经分析过，贾环是有才情的，因为是庶子，大观园里的人不带他玩；而且《红楼梦》一书对贾环是用风月宝鉴的骷髅一面照的，以宝玉的视角写他，而真实的贾环需要公允的评价，他的教育问题和心态问题影响了他的成长。我们一起看看他的问题在哪里。

首先，贾环缺乏双亲的管教，对贾政而言，宝玉是嫡子，是贾珠死后最重要的孩子，贾环的地位与宝玉无法比。因此，贾政对两个孩子在教育上投入的精力不同，效果当然不一样。书中多次写到贾政督促宝玉学习，并亲自指导，但对贾环的教育就随意得多。更重要的是，贾环缺乏女性长辈的管教。宝玉是贾母在管教，同时有王夫人，贾母和王夫人都不关注贾环。

贾环的亲生母亲赵姨娘出身卑微，且没有受过系统的封建礼法教育。赵姨娘其弟赵国基在贾府充当贾环的跟班，可知这对姐弟应该是贾府的世代奴仆。作为贾环的亲生母亲，赵姨娘甚至没有资格亲自管教儿子，因为她只是个姨娘，而贾环是"主子"；名义上能够约束和管教贾环的应当是贾政和正室王夫人。第二十回中，有一次，赵姨娘骂了贾环，结果对凤姐来说就等于奴才骂主子："大正月，又怎么了？环兄弟小孩子家，一半点儿错了，你只教导他，说这些淡话作什么！凭他怎么去，还有太太老爷管他呢，就大口啐他！他现是主子，不好了，横竖有教导他的人，与你什么相干！"因为贾环是"老爷的儿子"，是宝玉的兄弟，是主子，而赵姨娘是妾，是奴才，贾环和她似乎没关系，贾环做错了也不是她能打能骂的。所以，赵姨娘管不了贾环，贾环在贾府处于无人关注、无人管教的状态。

贾环的心理扭曲，还与荣国府对贾环和宝玉持双重标准有关。例如在第六十一回中，赃物最终由宝玉认了下来，是宝玉拿的，就什么事情都没有了；而真实的情况是，"偷东西，原是赵姨奶奶央告我（彩云）再三，我拿了些与环哥是情真"，若是贾环要的东西，情况就不同了。读者也是被作者风月宝鉴的骷髅那一面带节奏，也跟着谴责贾环，我们换一个角度，便可以看到他们二人在贾府当中的差别有多大。如此的差别，也让幼年的贾环心里一直是扭曲的，因为他与宝玉在家中的待遇极为不平等。

贾环在贾府的地位很低，庶出子还不如庶出女，例如在王熙凤论娶亲花钱的时候，贾环的预算是三千两银子，而庶出的三春，每个人都是五千两银子。贾环的地位比不上三春。贾环地位低，得不到应有的赞赏，这对孩子的心理健康和自信都非常不利。如前所述，在对贾环作诗的评价上，贾政的赞扬吝惜言辞，要顾及王夫人的感受。贾政都如此，贾府上下更不会公开赞扬贾环。

王夫人对贾环也不是一点都不管，在第二十五回中，"王夫人见贾环下了学，命他来抄个金刚咒唪诵"。不过，在贾环学习的时候，贾宝玉回来了，丫鬟和王夫人对他们两人的态度，反差实在太大；小孩子的嫉妒，对行为的不顾后果，此时就体现出来了，贾环也就十岁出头，行为虽然过分，但也不是妖魔。贾环心态扭曲，还用灯油故意烫伤了宝玉，而他的心态不正，缘于贾府上下对贾环不公平的对待。在贾府，对贾环和宝玉的评价是双重标准，《红楼梦》对他们的描写也是双重标准。比如说贾环在与宝钗的丫头莺儿游戏时耍赖，本身就是小孩子的事情，书里却上纲上线，变成了贾环奸猾的证据；而宝玉吃丫鬟的胭脂，胭脂涂在嘴上就可以原谅。王夫人的丫鬟喜欢贾环，为何喜欢？除了个人想改变身份之外，还说明贾环也有可爱的地方。

贾环要比十四五岁的宝玉小两三岁，少年的稚气和顽皮，使他的言行难以规规矩矩，善恶观念建立在以自我为中心的基础上，并容易受他人和环境的影响。贾府家塾，"未免人多了，就有龙蛇混杂，下流人物在内"。贾家的家塾里面，还有荣国府的远亲等孩子，各种社会人都有，宝玉在里面还有一群家奴家仆围着，贾环则跟着他们学坏了。他们中赌博的和嫖娼的都有，染上嫖赌恶习，对孩子的成长极为有害。贾环的学习环境如此恶劣，后来他也嫖赌成性，一旦入了歧途，想纠正就很难了。

青春期的男孩子如果没有人管教，家族又有权势，一旦沾染上了嫖赌恶习，那就是一条不归路。此时，他会把原来受到的委屈和不公，变本加厉地发泄出来。青春期的贾环在外处于无法无天的状态，尤其是在贾府被抄家期间，全家上下无人有心思管教他，亲娘赵姨娘又被下毒，发疯死去，贾环的学业因此荒废了。

后来，贾政抓了教育，贾环学得并不坏。在第一百一十六回中，"宝玉此时身体复元，贾环贾兰倒认真念书，贾政都交付给贾琏，叫他管教，'今年是大比的年头，环儿是有服的，不能入场……'"贾环因亲娘赵姨娘死去，要守孝，所以没有去考，日后考中的可能性很大，此处暗示以后贾环会浪子回头有功名。

对孩子的教育，青春期前特别重要，父母的管教也特别重要。

类似的失败例子，还有薛家的薛蟠。薛蟠是独子，早早没有了父亲，被薛姨妈溺爱。没有了严父的督导，薛蟠变成了呆霸王，他小时候可以通过霸道来解决问题，但一长大后，家族便再也兜不住他。薛蟠受教育，是发生在两次人命案之后，他在要被处决的惶惶中成熟了。贾环的成长，则一直缺乏使其成熟的环境，在沾染了嫖赌恶习之后，再高的才情也无用。

青春期之前的贾环，父亲贾政没空管，亲娘赵姨娘管不了，也没有管的能力，而王夫人则巴不得贾环教育失败，不能与自己的嫡子宝玉竞争。贾环是庶子，在家族当中受到诸多不公正的待遇，从小又难以得到赞扬，心理是扭曲的，没有积极向上的动力。青春期的孩子，成长环境特别重要，影响孩子的主要是环境，因此才有孟母择邻而居的故事。贾环读书的家塾里鱼龙混杂，家族当中还有旁支纨绔子弟教唆，加之后来家族被抄家，对他的管教就更加失控了，教育失败是必然的。贾环不是本性坏，而是"苟不教，性乃迁"，没有好的管教和环境，再有才情，最后也没有好的前景。

（四）对薛蟠与贾宝玉评价的双重标准

在《红楼梦》中，读者通常特别讨厌两个人物，一个是贾雨村，另一个是薛蟠。在人物塑造上，作者对这两个人物是用反面的视角来写的，对贾宝玉则完全是正面的视角。《红楼梦》对不同的人物，有不同的标准，可以说是双重标准或者多重标准，作者是站在勋贵的立场之上的。对勋贵集团而言，贾雨村是科举的文官势力，而薛蟠则是一个商人，虽然与贾府的关系不错，但到了薛蟠这一代，也只是商人里面最高等的官商而已，到底是不一样的。

所以说，薛蟠是贾宝玉的反面镜子，对同样的事情，对宝玉是正面地说，对薛蟠是反面地说。《红楼梦》是风月宝鉴，对宝玉用美女的那一面去照，对薛蟠则用骷髅的那一面去照。贾宝玉找女人，仅仅是"内帏厮混"和"吃胭脂"，是小节问题；同样的事薛蟠去干，那就是大淫魔。薛蟠与宝玉唯一的不同就是，宝玉上面有一个严父，而薛蟠则没有人管他，幼年时家族管教缺失，是被社会教育长大的。贾宝玉没有被社会教育，他是贵妃的弟弟，是皇帝的小舅子。贾宝玉和薛蟠都厌恶读书，差别在于贾宝玉有文采，薛蟠则低俗。最后，贾宝玉入仕，薛蟠成了商人，在古代士农工商地位差别极大。

◇◇◇薛蟠杀人案对其成长的影响

薛蟠在书中涉及两件杀人案。对杀人案，笔者在有关章节会深入分析，现在要说的是，这两个案件，对薛蟠都有负面渲染。在第四回中，葫芦案里最开始原告说的是"无奈薛家原系金陵一霸，倚财仗势，众豪奴将我小主人竟打死了"，细细体会并没有说薛蟠，也没有说薛蟠指使，没有具体凶手，同时双方都不愿意退钱，冯渊先去"夺取丫头"带人动武。在第八十六回中，写薛蟠第二次杀人，则是"谁知那个人也是个泼皮，便把头伸过来叫大爷打"，是对方主动碰瓷，而薛蟠是个呆霸王，对行为后果没有概念，失手把人打死了。薛蟠因两个案件被社会修理，一个案件让他成了"活死人"，另一个案件则将他判了绞监候，差一点丢了命。

贾宝玉则被荣国府保护得很严，接触社会的机会比薛蟠要少。宝玉动手，则是打女人。被宝玉打成内伤的是袭人，是他家的奴婢，按照现在的法律，打吐血了，肯定要判刑的。

> 宝玉一肚子没好气，满心里要把开门的踢几脚；及开了门，并不看真是谁，还只当是那些小丫头子们，便抬腿踢在肋上。袭人嗳哟了一声。宝玉还骂道："下流东西们！我素日担

待你们得了意，一点儿也不怕，越发拿我取笑儿了。"

从上面一段话，我们可以看到宝玉的脚踢得挺重。

◇◇◇薛蟠与宝玉争宠优伶

薛蟠与宝玉对优伶都感兴趣，但书中把薛蟠说得更低级。

他们俩第一个争的是秦钟。秦钟的父亲是营缮郎秦业，本身就是薛家要巴结的，所以薛蟠自然要靠边站，秦钟不会搭理他。第二个是柳湘莲。柳湘莲被误认为是优伶，当然大怒，薛蟠被打。第三个是蒋玉菡。蒋玉菡游走于权贵间，当然拎得清哪一边轻哪一边重，于是一上来就与宝玉拜把子；而忠顺王爷找上贾府，背后则有薛蟠的影子。别看忠顺王府是王爷出面，宝玉是贵妃的亲弟弟、皇帝的小舅子，背景一样不软。很多人说贾家得罪不起忠顺王爷，就与优伶厮混而言，贾宝玉与薛蟠半斤八两。

◇◇◇薛蟠学习做生意

薛蟠学习做生意，开始的时候亏了，交了学费，但他主动求学，有安身立命、承担家业的想法，总归是好事。生意行家里手也难以总赚不赔，初学者付出代价很正常。

第四十八回写道：

内有一个张德辉，年过六十，自幼在薛家当铺内揽总，家内也有二三千金的过活，今岁也要回家，明春方来。因说起："今年纸札香料短少，明年必是贵的。明年先打发大小儿来当铺内照管照管，赶端阳节前，我顺路贩些纸札香扇来卖，除去关税花销，亦可以剩得几倍利息。"薛蟠听了，心下忖度："如今我挨了打，正难见人，想着要躲个一年半载，又没处去躲。

天天装病，也不是事。况且我长了这么大，文又不文，武又不武，虽说做买卖，究竟戥子算盘从没拿过，地土风俗，远近道路又不知道。不如也打点几个本钱，和张德辉逛一年来。赚钱也罢，不赚钱也罢，且躲躲羞去；二则逛逛山水，也是好的。"心内主意已定，至酒席散后，便和张德辉说知，命他等一二日，一同前往。

薛蟠要走，薛姨妈不放心；唯一的儿子出远门，当妈的自然害怕，所以不让他去。"薛蟠主意已定，那里肯依。只说：'天天又说我不知世事，这个也不知，那个也不学；如今我发狠把那些没要紧的都断了，如今要成人立事，学习着买卖，又不准我了。叫我怎么样呢？我又不是个丫头，把我关在家里，何日是个了日！……过两日我不告诉家里，私自打点了一走。明年发了财回来，那时才知道我呢。'说毕，赌气睡觉去了。"

薛蟠坚决要去，最后在薛宝钗的支持下，薛姨妈才同意。出发前，"薛蟠先去辞了他母舅，然后过来辞了贾宅诸人。贾珍等未免又有饯行之说，也不必细述"。此处表明他与舅舅王子腾的关系非常近，还写了贾珍与薛蟠的关系，为何没有写贾琏？估计薛家的生意与贾琏可能存在竞争关系，贾琏受益于平安州的王家势力。

对于谋生，宝玉一点概念也没有，因为他没有谋生立家的压力。在贾府被抄家后，书里写道："宝玉是从来没经过这大风浪的，心下只知安乐不知忧患的人，如今碰来碰去都是哭泣的事，所以他竟比傻子尤甚，见人哭他就哭。"宝玉在家族危难的时候，竟然只知道哭。薛蟠多次走江湖做生意，到第二次杀人出狱以后，对世态炎凉就都明白了。

◇◇◇薛蟠与柳湘莲的恩怨

薛蟠被柳湘莲暴打，是书中的一个重要情节。他被打其实也是一个受教育的过程。第四十七回说柳湘莲是"世家子弟，读书不成，父母早丧，素性爽侠，不拘细事，酷好耍枪舞剑，赌博吃酒，以至眠花卧柳，吹笛弹筝，无所不为"。柳湘莲的行为容易让人误解，"年纪又轻，生得又美……却误认作优伶一类"。薛蟠上次会过，看到柳湘莲"最喜串戏，且串的都是生旦风月戏文，不免错会了意，误认他作了风月子弟……可巧遇见，乐得无可不可"。薛蟠对柳湘莲身份没认清，"在那里乱嚷乱叫，说：'谁放了小柳儿走了！'柳湘莲听了，火星乱迸，恨不得一拳打死；复思酒后挥拳，又碍着赖尚荣的脸面，只得忍了又忍。"古代优伶是贱籍，而柳湘莲是世家子弟，对此最在意，所以薛蟠就少不了挨打。"大家忙走来一看，只见薛蟠衣衫零碎，面目肿破，没头没脸，遍身内外滚的似个泥猪一般。"

薛家不敢将柳湘莲报官。薛蟠要"打死他，和他打官司"，但"薛姨妈禁住小厮们，只说柳湘莲一时酒后放肆，如今酒醒，后悔不及，惧罪逃走了"。原因是薛蟠已经是"活死人"，没有了合法的身份，被打只能忍着，而且挨打也让薛蟠成长，后来他与柳湘莲还成了拜把子兄弟。

宝玉没有挨过外人的打，但经常被严父打，其中一次差点被打死，这也是《红楼梦》里面重要的情节。

◇◇◇薛蟠与香菱的感情

很多人受到了影视剧和其他版本改编作品的影响，认为香菱就是一个受虐的苦命孩子，但在《红楼梦》通行本里，香菱的命运却是另外的样子。

香菱与薛蟠的感情相当不错，薛蟠被柳湘莲打后，"薛姨妈和宝钗见香菱哭得眼睛肿了。问其原故，忙赶来瞧薛蟠时，见脸上身上虽有疮痕，并未伤筋动骨"。香菱看到薛蟠被打伤心不已，哭得眼睛都肿了，应当不会是假装的，是发自内心的心疼。此细节充分证明香菱与薛蟠的感情不错。

薛蟠打香菱一节，后来被批判学派炒作得厉害。在第八十回中，薛蟠要宝蟾，"宝蟾心里也知八九，也就半推半就，正要入港。谁知金桂是有心等候的，料必在难分之际，便叫丫头小舍儿过来"。夏金桂故意让丫鬟叫香菱去屋内取东西，坏了薛蟠的好事，被薛蟠误以为是嫉妒。古代的夫妻标准与现代不同，不是男人出轨有错，反而是女人嫉妒有错，不能按照现代的规则理解。古代嫉妒属于可以休妻的"七出"之一。随后的情节是，薛蟠"至晚饭后，已吃得醺醺然，洗澡时不防水略热了些，烫了脚，便说香菱有意害他，赤条精光，赶着香菱踢打了两下。香菱虽未受过这气苦，既到此时，也说不得了，只好自悲自怨，各自走开"。

书中写得很明白，确实是水热烫了薛蟠的脚，同时薛蟠因喝了酒不够清醒，事出有因。薛蟠只不过"踢打了两下"，比宝玉一脚就踢得袭人吐血轻了不少。再者，后面一句才是重点：香菱"未受过这气苦"！也就是说，类似的事情此前没有发生过，薛蟠对香菱家暴并不是家常便饭。后来，薛蟠用门闩打香菱，也是香菱被夏金桂构陷的结果。

第十六回写道，薛蟠"这一年来的光景，他为要香菱不能到手，和姨妈打了多少饥荒"。薛蟠对香菱非常积极，对比贾宝玉可见差别之大：薛蟠给了香菱妾的名分，宝玉没有给袭人名分。宝玉的女人远比薛蟠多，而他对得起的女人没有一个。真的是千红一哭，万艳同悲。晴雯被赶走，宝玉在旁边不发一言；金钏被赶走，也与宝玉相关，他溜掉了；更别说与黛玉很暧昧却从未坚持非黛玉不娶。薛蟠因为香菱与人打架，且打死了人，出了事也没有放弃香菱。在对女人的情义上，宝玉远不如薛蟠。

◇◇◇薛蟠是"妻管严"

书里写得很明白，薛蟠怕老婆，夏金桂是河东狮。从夏金桂调教薛蟠的细节，就可以看出薛蟠软弱的一面。夏金桂先是利用了新婚："若不趁热灶一气炮制熟烂，将来必不能自竖旗帜矣。"在新婚试探成功以后，"那夏金桂见了这般形景，便也试着，一步紧似一步。一月之中二人气概还都相平；至两月之后，便觉薛蟠的气概渐次低矮了下去"。夏金桂一步步地在内宅掌握主动权。"那金桂见丈夫旗纛渐倒，婆婆良善，也就渐渐的持戈试马起来。先时不过挟制薛蟠，后来倚娇作媚，将及薛姨妈，又将至薛宝钗。"薛蟠宠着夏金桂，老到而有心机的薛姨妈，为何对夏金桂也厉害不起来？婆婆没有媳妇厉害，不符合古代通常的礼法，背后依然是财富决定的，夏家的财富才是决定性因素。

对夏家的财富，香菱曾道："（他家）本姓夏，非常的富贵。其余田地不用说，单有几十顷地独种桂花。凡这长安城里城外桂花局俱是他家的，连宫里一应陈设盆景亦是他家贡奉……"一顷是一百亩，现在公顷是公制，对应市亩才十五亩，但要对应公亩，则是一百公亩。所以夏家的花田有几千亩，确实是大地主。薛家的财富在薛蟠因葫芦案成了"活死人"后可能被扣在了贾府，没有了钱，薛家对夏家当然硬不起来。

夏金桂还会利用她的陪房宝蟾。书中写了薛蟠对宝蟾的垂涎：

> 金桂亦颇觉察其意，想着："正要摆布香菱，无处寻隙；如今他既看上了宝蟾，如今且舍出宝蟾去与他，他一定就和香菱疏远了。我且乘他疏远之时，摆布了香菱。那时宝蟾原是我的人，也就好处了。"打定了主意，伺机而发。……那薛蟠得了宝蟾，如获珍宝一般，一概都置之不顾。恨的金桂暗暗的发恨

道:"且叫你乐这几天,等我慢慢的摆布了来,那时可别怨我。"

薛蟠的心机不深,远不是夏金桂的对手。霸道、从小被溺爱的男人,反而缺乏复杂的心机。

我们看清夏金桂制服薛蟠的过程,便知她对付香菱何尝不是当年凤姐对付尤二姐的策略?对付薛蟠何尝不是凤姐对付贾琏的策略?贾琏家中的凤姐不也是河东狮吗?再往上看,其实王夫人也是啊,否则为何贾政中秋家宴要说个惧内的人给夫人舔脚的段子?书里是有意将两者作对比。

薛家、王家的女人,都是很厉害的角色。看薛宝钗对付夏金桂,书里写道:"宝钗久察其不轨之心,每随机应变,暗以言语弹压其志。金桂知其不可犯,每欲寻隙,又无隙可乘,只得曲意俯就。"夏金桂后来下毒害人却自己误服时,宝钗处理得很果断。所以,在宝钗嫁给宝玉之后,大家就可以知道宝玉的状态。

◇◇◇薛蟠带礼物回家

书里有一个细节说明薛蟠心里有了别人。他做生意回来带了礼物,把所有人都考虑到了。

(薛姨妈、宝钗)母女二人看时,却是些笔、墨、纸、砚、各色笺纸、香袋、香珠、扇子、扇坠、花粉、胭脂等物;外有虎丘带来的自行人、酒令儿、水银灌的打金斗小小子、沙子灯,一出一出的泥人儿的戏用青纱罩的匣子装着;又有在虎丘山上泥捏的薛蟠的小像,与薛蟠毫无相差。……这里薛姨妈将箱子里的东西取出,一分一分的打点清楚,叫同喜送给贾母并王夫人等处不提。

里面还有薛蟠的像,算是用心准备了。宝玉则是所有的事情都要别人帮助伺候和想着,在社会生存能力方面,他与薛蟠已经拉开了差距。

◇◇◇薛蟠对朋友细致

书里还有一个细节,薛蟠不舒服的时候,还想着柳湘莲要娶尤三姐,给他做了准备:

> 谁知八月内湘莲方进了京,先来拜见薛姨妈。又遇见薛蝌,方知薛蟠不惯风霜,不服水土,一进京时便病倒在家,请医调治。听见湘莲来了,请入卧室相见。薛姨妈也不念旧事,只感救命之恩。母子们十分称谢。又说起亲事一节,凡一应东西皆已妥当,只等择日。柳湘莲也感激不尽。

薛蟠已经与开始时那混不吝的呆霸王有所不同了,知道惦记着朋友的事了。

宝玉在全书中,心里面想不到其他人。宝玉任性不负责任的时候,书里就说他的"疯呆"病犯了,与薛蟠完全是两个标准。

◇◇◇薛蟠的浪子回头

在书的结尾,薛蟠遇到大赦没有死,决定痛改前非:

> 薛蟠自己立誓说道:"若是再犯前病,必定犯杀犯剐。"薛姨妈见他这样,便要握他嘴,说:"只要自己拿定主意,必定还要妄口巴舌血淋淋的起这样恶誓么!只香菱跟了你受了多少的苦处,你媳妇已经自己治死自己了,如今虽说穷了,这碗饭还有得吃,据我的主意,我便算他是媳妇了。你心里怎么

样?"薛蟠点头愿意。

自古"浪子回头金不换",薛蟠对自己的处境有了认识,社会经验和人生经验也有了,同时对家庭的责任感也有了。相比之下,宝玉读书有成了,但也失去了人生的方向和追求,对谁都不负责任,自己出家了。

最后,薛蟠浪子回头,对香菱回心转意,对家庭、家族负责任;而贾宝玉别说对林黛玉了,干脆就出家了,使薛宝钗守了活寡。宝玉把袭人踢得吐血,最后贾府也没能留下她,她只能嫁给了蒋玉菡;而香菱就只挨过薛蟠两次打,且没有宝玉对袭人下手狠,最后还扶了正。按照现在的理解,袭人嫁给蒋玉菡当了正妻还不错,但古代戏子是贱籍,子孙后代不能科考,她属于堕入贱籍;而香菱扶了正,生了宗祧,肯定要进薛家宗庙,比起甄士隐家的门第,阶层跃升了。

薛蟠也是宝玉的一个参照,如果把书中的上述九个方向和细节做一下比较,就觉得薛蟠不那么可恶了。薛蟠很多时候呆傻,宝玉很多时候变成了"痴呆",对他俩的行为,书里的评价标准不同。

(五)红楼女儿们的素质教育

贾府对女儿们的调教,显然与李纨家不同。李纨家讲的是女子无才便是德,读的主要是正统的有关女子才德的教育书;但贾府就不同了,贾府的女儿们接受的是全面教育。

◇◇◇贾母重视女孩子教育

贾府里负责女孩子教育的,是贾母。贾母首先把元春带到身边。元春是贾府女孩子的大姐,对她的教育就是以素质教育为主导。贾府把几个女孩子都教育得各有才能和特点。元春之外，贾府三春虽都为庶出，因贾母极爱孙女，都住在祖母这边一起读书。林黛玉进贾府，贾探春首次登场，贾宝玉为林黛玉取字，贾探春当场道破是他的杜撰。元妃省亲，贾府姊妹都可以题咏作诗，可见庶出的三春在贾府受到的教育非常好。

与贾府四春教育一个思路，还可以看林黛玉、史湘云、薛宝钗和妙玉受到的教育，她们都读了不少诗书，每一个人各有特点。这一群姐妹接受的素质教育，在当时绝对是逆流。

《红楼梦》所载"四王八公"（除宁国公、荣国公外，其余几人分别为北静郡王、东平郡王、南安郡王、西宁郡王，以及镇国公、理国公、齐国公、治国公、修国公、缮国公）之中，贾家独占其二，可谓鼎盛之至。但贾家爵位是世袭递降的，为了维护门第，贾家选择的方法就是联姻，女儿们通晓琴棋书画，有才情也是联姻的资本。

宁国府基本不管孩子的教育，由荣国府主导，也就是贾母主导。贾政、贾敬也是由贾母督导，贾敬的进士就与贾母的教育有关。所以，宁国府的女孩子，也放到荣国府接受教育。大家都知道惜春是宁国府贾珍的胞妹，按理她应该住在宁国府，生活起居以至读书识字、学习女红等事该由她的嫂子尤氏照管，就像李纨负责教管荣国府的迎春、探春那样。事实却是惜春与荣国府的两个姐姐生活在一起，上学也在一起，这背后就是贾母在管教她们。

贾府的女儿也要社交，社交的平台就是大观园。除了三春、黛玉、宝钗、湘云外，大观园里还有不少女孩，如宝琴、香菱、李纹、李绮、邢岫烟、妙玉等。大观园里还有一个栊翠庵，它是一个窗口，各类富家女子都可以来，这些女孩将来嫁到不同的家庭，也是要走动的。古代社会，女人之间也有一个圈子，这个圈子也是男人的助力圈。就如老尼姑找凤姐参与张金哥案，女人之间就没闲着。贾府的当家女人与甄家、王妃、太妃等也频繁走动。

古代讲女子无才便是德,"无才"不是指女子是文盲,不识字,而是要有吸引夫君的文艺才能,但不需要修齐治平的才能,主要是担心女人干政。在古代,家族内的娱乐才能,女子还是需要具备的。古代人不让女子学"四书五经"中修齐治平的思想,更关键的是不让她们学习律例。律例学好了,家庭里面的博弈就不一样了。凤姐不识字,但律例知道得很多,就可以操纵张华假案了。古代的科举考试要考律例,所以参加科举必须学习律例,律例不能让女人掌握。

所以,古代女孩不是不学习,而是学得有取舍。在世家里面,女孩也要识字,比如复古死板的李家女儿,李纨也是识字的,还要学习与女德有关的内容。贾家对女孩的教育,同样非常重视。

◇◇◇古代女子的素质教育

贾府教给姑娘们的是唐诗宋词元曲,还有小说戏曲文学,这些内容在古代的地位,绝对不能与现在相比。现在所说的古代传统文化,既不是"十三经",也不是经史子集,而是以唐诗宋词元曲为主,还有小说和戏曲。这些在《红楼梦》里面,属于贾政所说的不务正业。

以前的唐诗,是"十年一觉扬州梦,赢得青楼薄幸名";唐诗的写作场合,很多时候是青楼。宋词就更是如此了,大量的婉约词,是讲青楼里面的欢欢爱爱;即使是豪放词和边塞诗,也更多地属于文艺,不是学术。文艺和学术的差别,一定要搞清楚。唐宋八大家不仅是文学家,更是思想家。我们可以看看《封建论》,就知道他们的思想性了,但今天更多人只关注他们的文学篇章。

贾府教给女孩子的,是古代的文艺内容,不是学术内容。学术内容不教给女孩,男孩才会学它们。古代的大量文艺内容,一般与优伶有关,不是在青楼,就是在戏班;高级的青楼不是以性服务为主，因为过去有身份的人，家里都奴婢成群，不缺性。因此，正统的儒家学者对词曲不感冒，认为那是雕虫小技。笔者年轻的时候读唐诗，也为李白等诗人的政治生涯不如意而扼腕，但长大以后就知道了，李白要是从政，才真的是灾难，政治不是文艺。

贾府还让众姐妹学习琴棋书画，属于现在认可的素质教育。艺术对人有吸引力。给女孩子教授文艺，贾家当然也有贾家的目的。

贾府女孩学习琴棋书画，各有一个专长，四春分别对应琴、棋、书、画，她们的丫鬟按照小姐的技能来命名，元春的丫鬟是抱琴、青芸、琴韵，迎春的丫鬟是司棋、绣橘、莲花儿，探春的丫鬟是侍书、艾官、翠墨、小蝉，惜春的丫鬟是入画、彩屏、彩儿。丫鬟们也是与小姐一起学习，等于是伴读，以后做陪房、陪嫁。

贾府的女儿们都是以贾母为主导来培养的，惜春虽然是宁国府的孩子，也由贾母带到荣国府里面培养，后来住进了大观园。冷子兴言："因史老夫人极爱孙女，都跟在祖母这边一处读书，听得个个不错。"

在古代，很多大户人家的女孩都认识字。贾府的女孩都是上学的。林黛玉刚进贾府，贾母先给林黛玉介绍了邢夫人、王夫人、李纨等。接着贾母说道："请姑娘们来。今日远客才来，可以不必上学去了。"从这句话，就可以知道贾府的姑娘都要上学。林黛玉进入贾府时年纪应当不大，也要在贾府继续接受教育。

至于贾府的姑娘怎么上学，书里没有记载。过去，女孩上学，很小的时候可以与男孩在一起。古代礼制讲男女七岁不同席，但上学是在五岁的时候，所以有两三年时间可以一起学习。贾府请的应当是名师，就如林黛玉家是请贾雨村来教学一样，贾家的私塾，对女孩子可能另外有一个小班。

很多朋友觉得两三年学习不了什么东西。古代的学习，不是普及教育，是英才教育，强度非常大。学习两三年后，不是现在孩子小学二三年级的水平，而是现在中学毕业的水平。

古代孩子长到七八岁的时候便会开读，读"四书五经"，在此之前，要把《三字经》《百家姓》《千字文》《说文解字》等读完，要会背大量的唐诗宋词，要会对对子、猜灯谜等。

古代的秀才，相当于大学中文系水平。那时，考秀才叫作童子试，很多秀才是十多岁的小孩。举人的水平，相当于中文博士；到进士时，水平不会低于现在的大学中文系教授；如果是进士中的佼佼者点了翰林，就相当于国学顶级学者了。

所以，《红楼梦》里的女孩子，经过学习，水平不低。她们学习的处所，贾府安排了家塾，小时候可以与男孩子一起，稍大一些可以去另外一间屋，到青春期以后其实就不去了。在《红楼梦》中，贾府姐妹们后来就不上学了。林黛玉进入贾府时，差不多正好与其他姐妹年龄相仿。

◇◇◇贾家对女儿们的教育是成功的

贾家对孩子的教育，首推贾母；贾母督导的成功案例，是贾珠和贾敏。贾珠年纪轻轻就考上了秀才，十四岁的秀才很少，在古代绝对是成功的偶像，如果不早亡，前途绝对远大。同样是进士，年纪大小差别极大。而元春入宫当了贵妃，在皇宫得宠，给贾家带来了巨大的权势。书里很多地方都暗示荣国公没有世袭递降，也就是说，荣国府的爵位后来要比宁国府高一个级别。依古代的规矩，皇后的父亲一定是承恩公，贵妃的家人也可以封爵，对已经有爵位的贾府，一般做法就是不降或者另外赏赐一个较低的爵位。书里没有提到给贾政爵位，应当是荣国公的爵位没有递降或者给了贾赦。贾赦，别名贾恩侯，正常情况下他应是封爵后的第三代，比公爵要降二级才对，但侯爵仅仅降了一级。恩侯，一般都是因为家里女人的关系，应当是元妃带来的。后来，贾赦被削爵，贾政很快复爵，也是元妃的因素影响。元妃对贾家的贡献巨大。

对贾敏，连王夫人也啧啧称赞。第七十四回写道：

> 王夫人叹道："你说的何尝不是。但从公细想，你这几个姊妹也甚可怜了。也不用远比，只说你如今林妹妹的母亲，未出阁时，是何等的娇生惯养，是何等的金尊玉贵，那时像个千金小姐的体统。如今这几个姊妹不过比人家的丫头略强些罢了。"

贾敏当年没有出阁的时候，王夫人应当已经嫁过来了。贾敏是小女儿，贾兰只比宝玉小几岁，元春与宝玉，书里说情同母子，元春应当比宝玉大很多，所以贾珠、贾敏、元春的年龄应当差不多，他们都是贾母亲自调教的。

在古代，对女子识字读书的要求其实不低，女子读书的主要作用之一，就是将来教子，督促孩子的课业。古代有四大名母，其中之一就是欧阳修的母亲，她在地上用草棍教孩子，培养了一代文豪欧阳修。《宋史·欧阳修传》："家贫，至以荻画地学书。"《红楼梦》也塑造了一位这样的母亲，就是李纨。

贾府到大观园时代，离贾母教贾珠、贾敏、元春的时候应当至少过去了十年以上。这时，贾母已经老了，对孩子的教育，她有时候力不从心。而贾府的王夫人和王熙凤，都是王家人，是武将家庭出身，不识字，无法教孩子读书。王夫人大量参加各种社会活动，对孩子的教育放手不管，连宝玉的学业都不管，更别说贾府其他姑娘了。邢夫人则没有管家的地位，想管也管不了。

贾母教导下的贾敏，对教育也非常重视。林如海能够找贾雨村这样的进士教一个女孩子，应当也是受到了夫人的影响，可见贾敏对林黛玉的教育很认真。第三回写道："林黛玉常听见母亲说过，他外祖母家与别家不同。他近日所见的这几个三等的仆妇，吃穿用度，已是不凡了,何况今至其家。因此步步留心,时时在意,不肯轻易多说一句话,多行一步路,生恐被人耻笑了去。"这一段就是写贾敏对女儿细致的家教。林黛玉五岁的时候,贾敏去世了。五岁的孩子,就能记住这么细致的内容,说明贾敏在她非常小的时候就开始严格管教。林黛玉的教养很好,所以贾母初见林黛玉时就说:"我这些儿女,所疼者独有你母,今日一旦先舍我而去,连面也不能一见。今见了你,我怎不伤心!"对孩子的教养要从小开始,中国人常说三岁看大,小孩子三岁的时候往往就已经可以看出教养的差距了。

◇◇◇贾家相关家族的女儿教育

《红楼梦》中,王熙凤没有读过书,王夫人也不讲诗词,王家人所走的道路也不一样。王子腾依然是武职,在军中为将,而贾家则已经转向文官,世袭的爵位虽是将军,但贾政是员外郎,是文官;贾琏捐了同知,也是文官;贾敬考中了进士;贾珠也考中了秀才、举人。

王熙凤自己没有读过书,不识字,看不了账本和商务信函,她就不得不依赖贾琏的帮助。所以,凤姐要求女儿巧姐读书识字。第九十二回写道:

> 巧姐儿道:"我昨夜听见我妈妈说,要请二叔叔去说话。"宝玉道:"说什么呢?"巧姐儿道:"我妈妈说,跟着李妈认了几年字,不知道我认得不认得。我说都认得,我认给妈妈瞧。妈妈说我瞎认,不信,说我一天尽子玩,那里认得。我瞧着那些字也不要紧,就是那《女孝经》也是容易念的。妈妈说我哄他,要请二叔叔得空儿的时候给我理理。"

巧姐识字,已经超过了王熙凤,凤姐要看看女儿认字到哪一步了。贾母笑道:"好孩子,你妈妈是不认得字的,所以说你哄他。

明儿叫你二叔叔理给他瞧瞧他就信了。"然后书里写了巧姐的识字水平：

> 宝玉道："你认了多少字了？"巧姐儿道："认了三千多字，念了一本《女孝经》，半个月头里又上了《列女传》。"宝玉道："你念了懂得吗？你要不懂，我倒是讲讲这个你听罢。"

当时，巧姐还很小，但很聪明，认字很快，已有三千多字的水平，从这个侧面可以看出贾府对女孩的教育理念，女孩都要认字，而王家不是。不过，王熙凤到了贾府，对孩子的教育也重视了起来。

薛家也很重视教育，薛宝钗的教育良好，薛宝琴也一样。薛家是皇商，却是紫薇舍人薛公的后代。紫薇舍人在古代是中书舍人的别称，唐代中书省曾经改名紫薇省，故留下这个别称。中书舍人是在中书省起草诏令参与机密的重要文官，也就是宰相的秘书，所以薛家应当是读书人出身，与其他金陵勋贵之家是武将开国功臣不同，薛家应当是开国时的有功文官，因此薛家虽然没有封爵，也能够位列金陵勋贵四大家族之一。古代的惯例是，开国封爵主要是武将，文官受封是非常困难的。因此，薛家应当是有读书传统的，不同于一般的商人之家。薛家教育的失败是因为薛姨妈对独子的溺爱，让薛蟠变得无法无天。

贾府子女走的教育弯路，关键就是贾府娶进来的王家女人不会教育孩子。宝玉不爱读书，背后就有王夫人的放任和袒护。而对贾府女儿们的教育，由于贾母已经老了，本应当由媳妇王夫人承担，但王夫人完全是一种不管的状态。三春的婚事和幸福，以后的章节会进一步论述。

贾府的教育，使子女具备了才华和高傲的个性。林黛玉的教育也是贾府式的，是其母贾敏带来的。智商、才情一流，但过于理想化，不食人间烟火，对财富和权力视如粪土，结果就是在残酷的宅斗当中吃大亏，黛玉和迎春都是如此。贾母对子孙的教育原是非常成功的，有元春和贾珠这样的例子。只不过到宝玉受教育时，贾母老了，成了溺爱孙子的祖母。而王家对女人的教育重点放在了怎么样抓权揽钱上，财商、情商教育出众，王夫人、薛姨妈、王熙凤、薛宝钗，个个都是宅斗的高手。探春由王夫人抚养，也学到了很多：早早地就积攒下财产，在宅斗当中远嫁，过得很滋润。不过，王家的女人也因为功利和没有政治远见，让家族付出了代价。李纨学到的是相夫教子读书，大智若愚、低调努力、与世无争，最后是兰桂齐芳。贾家复兴的希望在于儿女读书。古代女人要懂得教育好下一代，这决定了她在家庭中的地位。教育自家的女儿，就是要教会她怎么教育好下一代读书。

借用一段婚书之文，就是：

看红楼桃花灼灼，宜室宜家；
卜胭梦瓜瓞绵绵，尔昌尔炽。

（六）凤姐的后路需要倚仗刘姥姥

在《红楼梦》里，刘姥姥是一个非常特殊的人物，说她睿智，所有人都没有异议。刘姥姥的形象也非常正面，不论哪一个版本，刘姥姥都是干了好事，当了好人。不过，刘姥姥能够在大观园和贾府里找到她的位置，与贾府里当家的凤姐对刘姥姥这个角色有所需要分不开。凤姐这么照应着刘姥姥，也有凤姐的考虑。刘姥姥足够聪明，也抓住了机会。

◇◇◇意外出现的智慧老人

刘姥姥在书的回目上出现了四次：第六回"刘姥姥一进荣国府"、第三十九回"村姥姥是信口开河"、第四十一回"刘姥姥醉卧怡红院"和第一百一十三回"忏宿冤凤姐托村妪"。刘姥姥所占的篇幅也很长，第六回、第四十一回，以及第三十九回后半回、第四十二回前半回、第一百一十三回前半回、第一百一十九回后半回，都是刘姥姥当主角。

刘姥姥寡居多年，只靠两亩薄田度日，她有一个女儿嫁给了与王夫人的娘家连过宗的王家子孙，叫王狗儿。刘姥姥本靠着两亩薄田度日，女婿王狗儿因一对儿女板儿、青儿无人照看，便将她接到家中过活。刘姥姥靠女婿过活，便一心一意为女儿一家生计操劳着。这一年年关将近，家中贫寒，连过冬的一应吃穿都没钱置办。此时，刘姥姥的见识就起到了作用："谋事在人，成事在天。咱们谋到了，靠菩萨的保佑，有些机会，也未可知。"刘姥姥便带着外孙板儿去了荣国府，寻找曾经的王家二小姐，如今的荣国府王夫人，寻求救济。狗儿笑道："……先去找陪房周瑞。若见了他，就有些意思了。这周瑞先时曾和我父亲交过一桩事，我们极好的。"刘姥姥道："……倒还是舍着我这副老脸去碰一碰。"刘姥姥进荣国府，她非常清楚以自己老人的身份是最合适的。

周瑞家的带刘姥姥去见了凤姐。凤姐对刘姥姥，比以往她对下人的严苛态度要好很多：

> 只见周瑞家的已带了两个人在地下站着呢，这才忙欲起身；犹未起身时，满面春风的问好，又嗔周瑞家的怎么不早说。刘姥姥在地下已是拜了数拜，问姑奶奶安。凤姐忙说："周姐姐，快搀起来，别拜罢，请坐。我年轻，不大认得，可也不知是什么辈数，不敢称呼。"周瑞家的忙回道："这就是我

才回的那姥姥了。"凤姐点头。刘姥姥已在炕沿上坐下了。板儿便躲在他背后,百端的哄他出来作揖,他死也不肯。……凤姐道:"我这里陪着客呢,晚上再来回。若有很要紧的,你就带进来现办。"

凤姐把接待刘姥姥当作陪客,估计当时想到刘姥姥可能会给她带来帮助。刘姥姥与凤姐见面的时间并不短,中间还有贾蓉来借东西等,凤姐应当是对刘姥姥进行了考量。

凤姐让周瑞家的和王夫人搞清楚刘姥姥的身份之后,王夫人没有出面,而凤姐就非常会说话了:

凤姐笑道:"且请坐下,听我告诉你老人家。方才的意思,我已知道了。若论亲戚之间,原该不待上门来就该有照应才是。但如今家里杂事太烦,太太渐上了年纪,一时想不到也是有的;况是我近来接着管些事,都不大知道这些亲戚们。二则外头看着虽是烈烈轰轰的,殊不知大有大的艰难去处,说与人也未必信罢。今儿你既老远的来了,又是头一次见我张口,怎好教你空手回去呢。可巧昨儿太太给我的丫头们做衣裳的二十两银子,我还没动呢,你们不嫌少,就暂且先拿了去罢。"

这段话有三个层次,一是论亲拉近关系,二是说府上艰难不宽裕,三是说连丫头做衣服的银子都给您了,显得好大一个人情。

刘姥姥听着也忐忑了一下,最后是高兴得失态:"嗳,我也是知道艰难的!但俗语说的,'瘦死的骆驼比马大',凭他怎么,你老拔根寒毛,比我们的腰还粗呢。"这样说话是很失态的。"凤姐看见,笑而不睬,只命平儿把昨日那包银子拿来,再拿一吊钱来,都送到刘姥姥跟前。凤姐乃道:'这是二十两银子,暂且给这孩子做件冬衣罢。若不拿着,可真是怪我了。这钱雇车坐罢。……'凤姐的点睛之笔是,在二十两之外专门给刘姥姥另外一吊钱,说是雇车,这种体贴是能够收买人心的。

刘姥姥第一次来,凤姐也认识到了刘姥姥的智慧,所以对刘姥姥格外好。

◇◇◇知报恩凤姐扶持刘姥姥

随后刘姥姥二进大观园,刘姥姥知道报恩,凤姐也看中了刘姥姥,所以才安排她与贾母见面,各种哄着贾母高兴,等于帮刘姥姥在大观园里面四处"化缘"了一番。

在第三十九回中:

（周瑞家的）笑道:"可是你老的福来了,竟投了这两个人的缘了。"平儿等问:"怎么样?"周瑞家的笑道:"二奶奶在老太太跟前呢。我原是悄悄的告诉二奶奶:'刘姥姥要家去呢,怕晚了赶不出城去。'二奶奶说:'大远的,难为他扛了些沉东西来。晚了,就住一夜,明儿去罢。'这可不投上二奶奶的缘了。这也罢了。偏生老太太又听见了,问刘姥姥是谁。二奶奶便回明白了。老太太说:'我正想个积古的老人家说话儿,请了来我见一见。'这可不是想不到天上缘分了。"说着,催刘姥姥下来前去。

周瑞家的本来是悄悄地告诉凤姐,为何凤姐要大声说让刘姥姥住上一夜?她就是故意让贾母听见的。贾母想要找老年人说话,凤姐应当早就知道。刘姥姥也不负众望地逗着所有人高兴。作者还借刘姥姥的眼,把大观园里面各种人的生活情况都展现了。接着就有了《红楼梦》第四十回中著名的刘姥姥桥段:

（刘姥姥）高声说道："老刘，老刘，食量大似牛，吃个老母猪不抬头。"自己却鼓着腮不语。众人先是发怔，后来一听，上上下下都哈哈的大笑起来。

在《红楼梦》中，作者还大书特书了刘姥姥这次都得到了什么样的东西，远远超过了她第一次进入荣国府时的所得。

先是平儿张罗的：

青纱一匹，刘姥姥要的；
白纱里子，王熙凤另外送的；
两个茧绸，作袄儿裙子都好；
两匹绸子，年下做件衣裳穿；
各样内造（宫内的）点心一盒；
两斗御田粳米，熬粥是难得的；
果子和各样干果子；
八两银子，王熙凤给的；
两包银子，每包五十两，共是一百两，王夫人给的；
两件袄儿和两条裙子，还有四块包头、一包绒线，平儿给的。

平儿张罗的还不算，还有鸳鸯等其他人给的很多东西：

贾母的几件衣服，众人孝敬的从未穿过的新衣；
面果子一盒；
名贵药材：梅花点舌丹、紫金锭、活络丹、催生保命丹，每一样是一张方子包着；
两个荷包，内有两个笔锭如意的锞子；

成窑钟子，妙玉那里的；

洗澡时换的衣裳是鸳鸯的，另外赠两件。

  这里面最值钱的是成窑的那一个杯子，成化鸡缸杯在《红楼梦》成书的年代，也是需要千两银子以上。上面列表当中给刘姥姥的实银就有一百零八两，另有名贵药材、两斗粳米、各种丝绸和衣物。这些衣物都是非常贵的，因为当时没有机械纺织，贾府的衣物品质，尤其是孝敬贾母的新衣，价值不菲。这一次刘姥姥带走的东西的价值，书里没有直接告诉我们，但实际上刘姥姥拿走的，应当可以估价为两千两银子。丝绸细软衣物和名贵药材，刘姥姥肯定是要变现的。在古代，这些东西很容易变现。

  对贾府这样的大户来说，各种好东西会压箱底，放坏了也不能拿出去卖，否则会很丢人；但刘姥姥是可以转卖的，过去的破褂子都可以进当铺，何况贾府的上等好衣服。贾府丫鬟穿的都是不打补丁的绫罗绸缎，刘姥姥得到的衣物等物品，在古代大约可以变现为几百两银子。几百两银子，在古代乡下，大约可以买到二百亩地，普通人家一年的生活费用是二两银子，一两银子等于一千枚铜钱，四枚铜钱够孔乙己喝一次酒，所以刘姥姥一下子就成了一个中等以上的地主。后来有人续书说，刘姥姥把巧姐从火坑里面赎了出来。刘姥姥赎巧姐的钱是从哪里来？有人分析赎巧姐的钱就是这只成窑杯子的价值。

  刘姥姥第二次从大观园回来，带走了不少，足够让刘姥姥成为乡间的富户。凤姐有意给刘姥姥创造机会，让刘姥姥得到财富，把刘姥姥扶持了起来。

◇◇◇凤姐看中了刘姥姥什么？

  刘姥姥拿走这么多东西，王熙凤和丫鬟、家仆都看着呢。王熙凤对下人的工钱都要克扣，而府上媳妇、姑娘和丫鬟的月例银子也没有几两，为何让刘姥姥成了例外？王熙凤为何如此大方？其实刘姥姥对王熙凤有大用，王熙凤也是在给自己留后路，培养刘姥姥作为自己特别的亲信。刘姥姥第一次进大观园，王熙凤就考验了她，发现刘姥姥懂事理，能够上道。刘姥姥能够在大观园里面拿到那么多好东西，没有王熙凤是办不到的。这一点刘姥姥清楚，也明白凤姐要她做什么。

刘姥姥第二次到大观园，凤姐不仅给她钱，还给她创造能够得到钱的机会，自己也花了很长时间与刘姥姥拉家常，最重要的是，她让刘姥姥给大姐儿起名。孩子的名字可不是随便就找人起的，就算是小名，大户人家也很讲究。王熙凤让乡下老太太去起名，给了她这么高的礼遇，暗含之意就是将来万一有变故，将孩子托付给刘姥姥。孩子的名字都是你起的，又给了你足够的扶持，意思很明确。凤姐看人非常准，刘姥姥也确实起到了关键作用。

凤姐培养刘姥姥这样的亲信，主要原因是刘姥姥与贾府及王家

刘姥姥初会王熙凤
（清孙温　绘）

没有太大的瓜葛，在贾府和王家真的落难的时候，各种株连都不会牵连到她。在平时，刘姥姥又是一个特殊的信息通道。贾府下人们在外面干了什么，别人可能会因为有各种关系牵扯，不说实话；刘姥姥是凤姐的直接情报员，比如知道乡下真实的年景，那些收租的管家就不容易骗凤姐。刘姥姥就是凤姐特别预备的后路，所以凤姐有难的时候，谁也不找，就找刘姥姥。

凤姐为何不找同为王家人的盟友王夫人和薛宝钗？她们两个人都是凤姐的亲戚，按理该找她们。凤姐不找她们的原因，且不说若贾府遭难，她们是一根绳上的蚂蚱，谁都不能置身事外，还有一个关键点，就是在贾赦获罪以后，贾政的地位上升，贾宝玉与贾琏在贾府里面是她的竞争对手，王夫人和薛宝钗肯定会站在贾宝玉这一边。凤姐为何不找她的丈夫贾琏呢？其实她信不过贾琏。贾琏在她死后多半会有其他的女人，也保障不了巧姐的利益。为何凤姐不找平儿？且不说平儿是陪房出身，地位不够，保护不了巧姐，而且平儿在凤姐死后，与贾琏同房的机会大增，平儿生了自己的孩子以后，把巧姐摆在什么地位很难说。所以，凤姐只能找刘姥姥，刘姥姥虽然老了，但身体和脑子还很好，同时，刘姥姥的孩子也是要接过这个托付的。凤姐看人的眼光是很毒的。

◇◇◇凤姐托孤刘姥姥

《红楼梦》后四十回，不同的续写版本有不同的故事情节，但在刘姥姥最后会回报凤姐，给凤姐一个善报的问题上，大家的结论是一致的。不同的是，有的写刘姥姥的外孙把巧姐娶了，通行本高鹗的写法是刘姥姥帮助巧姐躲避了狠舅奸兄，最后给巧姐说了一个好媒，找了一个好婆家。本书评论《红楼梦》，还是以通行本为主。不论哪一个版本，凤姐都是"投资"了刘姥姥，把刘姥姥当作自己最后的依仗，而且眼光准确，取得了成功，收到了回报。

在第一百十一三回中，刘姥姥三进荣国府，因听说贾府抄家，着实忧心，"几乎吓杀了"。更大的打击还是贾母之死："昨日又听见说老太太没有了，我在地里打豆子，听见了这话吓得连豆子都拿不起来了，就在地里狠狠的哭了一大场。我和女婿说：'我也顾不得你们了，不管真话谎话，我是要进城瞧瞧去的。'我女儿女婿也不是没良心的，听见了也哭了一回子。"贾母去世的噩耗传来，刘姥姥悲痛欲绝，次日天没亮就赶着进城来了。

刘姥姥第三次进大观园的重点，是凤姐临终前托付她看顾巧姐。当时，凤姐已是"神衰鬼弄人"，专候刘姥姥，"刘姥姥看着凤姐骨瘦如柴，神情恍惚，心里也就悲惨起来"。刘姥姥不负凤姐，患难见真情。

凤姐明知刘姥姥一片好心，不好勉强，只得留下，说："姥姥，我的命交给你了。我的巧姐儿也是千灾百病的，也交给你了。"刘姥姥顺口答应。

凤姐道："你的名字还是他起的呢，就和干娘一样，你给他请个安。"巧姐儿便走到跟前。刘姥姥忙拉着道："阿弥陀佛，不要折杀我了。巧姑娘，我一年多不来，你还认得我么？"

这里似乎是说巧姐是当年的巧哥；从另外的角度来说，即使不是巧哥，此时凤姐也要这么说。而且这里说的是"一年多不来"，刘姥姥二进大观园肯定早超过一年了，应当是刘姥姥一年多以前来过；巧姐被凤姐视如己出以后，也可以让刘姥姥再起名，作者又是一贯的"真事隐"风格。笔者在相关章节会仔细分析。

刘姥姥笑道："姑娘这样千金贵体，绫罗裹大了的，吃的是好东西；到了我们那里，我拿什么哄他玩，拿什么给他吃呢？这倒不是坑杀我了么！"说着，自己还笑。他说："那么着，我给姑娘做个媒罢。我们那里虽说是屯乡里，也有大财主人家，几千顷地，几百牲口，银子钱亦不少；只是不像这里有金的有玉的。姑奶奶是瞧不起这种人家，我们庄家人瞧着这样大财主也算是天上的人了。"凤姐道："你说去，我愿意就给。"刘姥姥道："这是玩话儿罢咧。放着姑奶奶这样大官大府的人家只怕还不肯给，那里肯给庄家人。就是姑奶奶肯了，上头太太们也不给。"

为啥这个时候凤姐愿意给？原因就是此时的贾府已经不可能给巧姐联姻提供丰厚的嫁妆了，没有丰厚的嫁妆支持，门当户对的勋贵人家，巧姐嫁过去就要如迎春一样受气。巧姐下嫁到有前途的人家，不用嫁妆，是一个很好的选择，刘姥姥看得非常清楚。而后来"狠舅奸兄"骗卖巧姐，邢夫人能够同意巧姐去做藩王媵妾，也有一个重要原因，就是不用给丰厚的嫁妆。当时的贾家，贾赦获罪，巧姐的嫁妆钱已经没有了。

这里已经给巧姐将来嫁给谁做了铺垫，日后刘姥姥做媒，从正理上，也是经过巧姐的母亲同意的。贾府被抄家，贾府需要的是什么，刘姥姥也非常清楚。贾家被抄家，穷了，要是找门当户对的，承受不起巨额的嫁妆，而下嫁给乡间富绅，对方要支付巨额的聘礼。对乡下人周家而言，虽然贾府被抄，但瘦死的骆驼比马大，在朝野上下有大量的人脉资源，对未来的发展是有帮助的。周家可以借此摆脱暴发户、乡巴佬、土财主的形象，可以提升周家家族的社会阶层。

◇◇◇刘姥姥回报凤姐

在第一百十九回中,刘姥姥第四次进荣国府,邢大舅、王仁、贾环、贾芸、贾蔷等一干"狠舅奸兄"及邢夫人趁贾琏不在家,合谋摆布巧姐,要把她卖给一个外藩王爷。平儿和王夫人无计可施,因为有邢夫人在;邢夫人是巧姐名义上的祖母,而平儿是侍妾,王夫人是姑奶奶,都说不上话,正心急如焚。这时,刘姥姥忽然到来,东观阁批曰:"南无救苦救难观世音菩萨!好了,好了!"刘姥姥为何恰巧这个时候来了?刘姥姥也应当有她的消息渠道。然后,刘姥姥就带着巧姐逃到了乡下。在刘姥姥的乡里:

> 有个极富的人家,姓周,家财巨万,良田千顷,只有一子,生得文雅清秀,年纪十四岁,他父母延师读书,新近科试中了秀才。那日他母亲看见了巧姐,心里羡慕,自想:"我是庄家人家,那能配得起这样世家小姐!"呆呆的想着。刘姥姥知他心事,拉着他说:"你的心事我知道了,我给你们做个媒罢。"周妈妈笑道:"你别哄我,他们什么人家,肯给我们庄家人么!"刘姥姥道:"说着瞧罢。"于是两人各自走开。

这一段中,刘姥姥的"说着瞧罢",是很有把握的样子,因为刘姥姥对贾家人这个时候的底线,在上次与凤姐托孤的对话当中,已经摸得非常清楚。周家公子,十四岁中了秀才,是难得的人才。果然在最后一回,巧姐就定了这门亲:

> 贾琏也趁便回说:"巧姐亲事,父亲太太都愿意给周家为媳。"贾政昨晚也知巧姐的始末,便说:"大老爷大太太作主就是了。莫说村居不好,只要人家清白,孩子肯念书能够上进。朝里那些官儿难道都是城里的人么!"贾琏答应了"是"。……

贾琏打发人请了刘姥姥来应了这件事。刘姥姥见了王夫人等，便说些将来怎样升官，怎样起家，怎样子孙昌盛。

贾政已经袭了爵位，已经是大家长，他关心的是：这个时候，贾府已经从勋贵世袭之家转型为诗书之家，贾府已经有人科举得中，又复了爵位，皇帝赏还了家产；贾府需要的，就是贾家姑娘嫁给有才的男子，将来读书科举高中，进一步光大门楣。刘姥姥对贾家家长的拿捏，非常精准。古代科举之难，笔者前面已经计算了各省能中秀才的人数，大约是现在各省能考入"清北"人数的十分之一；而最终能够考中举人的，比例大约是二十分之一；在一些文风盛行的地方，中举比例高，秀才难考，考中秀才的难度与现在考上"清北"的难度相当。年轻的秀才，未来有巨大的发展空间。同时，贾家也有很好的教育资源，有进士有举人，周家公子在贾家优秀教育资源的支持之下，进一步科举高中是可能的。

刘姥姥的通达促成了巧姐的姻缘。有了这一层关系，刘姥姥女婿王家与贾府和周家的关系就变得更紧密了，给刘姥姥的外孙积了德。因此，凤姐选择刘姥姥，真的没有看走眼。

凤姐是一个极为精明的人，对在贾府博弈的风险，一直看得非常清楚。探春管理大观园的时候，凤姐对平儿说："若按私心藏奸上论，我也太行毒了，也该抽头退步回头看看了，再要穷追苦克，人恨极了，暗地里笑里藏刀，咱们两个才四个眼睛两个心，一时不防，倒弄坏了。趁着紧溜之中，他出头一料理，众人就把往日咱们的恨暂可解了。"凤姐在大观园里面刻薄寡恩，背地里恨她的人多，她自己非常清楚。施恩于谁，培养谁，以后谁能知恩图报，她很清楚。

刘姥姥履行重托，也得到了巨大的回报：给子孙铺路。做媒成功，刘姥姥与巧姐和周公子一家当然是关系紧密。另外在做媒之前，书中交代道："巧姐等在刘姥姥家住熟了，反是依依不舍，更有青儿哭着恨不能留下。刘姥姥知他不忍相别，便叫青儿跟了进城，一径直奔荣府而来。"此时，刘姥姥的外孙女青儿也借机傍上了贾家的大树，刘姥姥的女婿家就不仅仅是当地的小财主了；以后在贾府的荫庇之下，周公子学业精进，一路高升，青儿与巧姐的关系，应当是高等级的妾与正妻的关系，也算攀上了高枝。我们看到，巧姐在《红楼梦》中并没有自己的丫鬟，出嫁需要带着自己的团队，刘姥姥的外孙女借机加入了巧姐的团队。就算青儿不与巧姐同嫁，有了与巧姐的结拜加持，门第身价也大涨，可以嫁给周公子的同榜同窗，不再是财主土妞。刘姥姥的外孙女青儿嫁得好，会带给外孙板儿很多机会。

看看最后巧姐的命运："留余庆，留余庆，忽遇恩人。幸娘亲，幸娘亲，积得阴功。劝人生济困扶穷，休似俺那爱银钱、忘骨肉的狠舅奸兄。正是乘除加减，上有苍穹。"说得很清楚，凤姐留后路，改变了她女儿巧姐的命运。

一个人要成功立于世，身边四类人的位置要排清楚，以凤姐周围人为例，第一类是给自己留后路和给子孙铺路，选择如刘姥姥；第二类是得力干将、助手，选择如平儿、旺儿；第三类是自己要照顾的裙带关系，就如贾蔷、贾芸；第四类是可以自己消费的，就如馒头庵老尼姑等人。其他的人在凤姐眼里都是奴役和可以利用的人。

凤姐善待刘姥姥，给自己留下了后路，挽救了巧姐的人生："势败休云贵，家亡莫论亲。偶因济刘氏，巧得遇恩人。"风险发生后，贵与亲都是不管用的，平时留好后路才是关键。

在社会上很光鲜很得意之时，真的需要回头想一下，万一自己落难了，谁能帮助你一下，谁可以信任、托孤？自己的戾气可能就会少很多。得意的时候，人们要多留一些后路，多积德行善，当时的举手之劳，成人之美，日后的回报经常超乎想象。

（七）红楼女人圈子的男孩晚熟

《红楼梦》里面的人物，个个是人精，在大宅院的后宅，各方博弈是残酷的，而且多人死于非命；而红楼里面成长的男孩，普遍处于晚熟状态，男孩子不成熟。

在《红楼梦》里，贾宝玉就是一个不成熟男孩的代表，到最后他也是对家庭不负责任的，他的出家给家族带来的代价，他自己是从来不考虑的。贾宝玉在《红楼梦》里，一直没有生存压力，他比薛蟠更任性。薛蟠被溺爱，任性妄为，是一个无法无天的"呆霸王"，直到最后被判了死刑差一点没有了命，才算有所觉醒。与贾宝玉成为影子关系的甄宝玉，小时候的心智也不够成熟。贾环和贾兰也不够成熟。很多人讨厌贾环，其实他并没有阴沉的心机，只是对他与贾宝玉之间的不平等，感到心理不平衡。贾兰虽然读书很努力，但也是一个孩子，更像现在说的妈宝男，各方面都不独立。

很多人说富贵人家的子弟娇生惯养，所以都是无能之辈，实际情况并不是这样。可以看到书中的贾琏，虽然很多人不喜欢他，他的私德也不好，但作为一个男人来讲，他的心智要成熟得多。笔者在后面还会分析。

宝玉的教育还有一个大问题，就是他在女人堆里长大。当时贾府为了联姻的需要，让宝玉与十二钗在大观园卿卿我我，而这在古代本身就是大忌。在女人圈子里长大，缺乏阳刚之气，是宝玉身上的大问题。在《红楼梦》中，贾宝玉就是一个心理长不大的大男孩，时时刻刻由一群女人哄着。王夫人和贾母平时也哄着他，好在还有一个他害怕的严父贾政，否则他可能也会变成无法无天的呆霸王。

贾宝玉有多少个丫鬟？根据第三十六回中王熙凤、王夫人和平儿对月钱算账等情节，可以知道贾宝玉身边有八个大丫鬟、八个小丫鬟、粗使的丫鬟若干、四个奶嬷嬷。除了宝玉，贾府上下大概也只有贾母可能有这么多丫鬟，王夫人等人身边不过四个大丫鬟。宝玉的生活，小厮和大仆都插不上手，都是一群女人打理，总计有二十多个女人，也难怪宝玉有些女性化。宝玉有十个小厮和跟着上学的大仆李贵等，但这些人平时不是宝玉的玩伴，宝玉只与丫鬟们玩。

宝玉在众人宠爱和女人围绕的氛围下，从小心理非常脆弱，心理教育失败，挫折教育有限，结果在感情挫折面前选择了出家，不顾及家族的期望。

与之形成鲜明对比的是，贾府的女儿们可都是教育得很好，并不晚熟。元春、探春很厉害，迎春、惜春看似差一点，其实也有她们所处地位的原因，贾府丫鬟的博弈水平就更甭说了。看看薛宝钗多厉害，就算是多愁善感的林妹妹，也对很多问题看得非常清楚，她评论尤二姐的"东风西风论"可以说是一针见血，对各种问题看得非常清楚，比贾宝玉的认知要高很多。

勋贵之家的男孩原本应该更成熟，因为勋贵之家的家族内斗和风险压力比寻常百姓之家更激烈。比如当皇子就是高危职业，随时有被杀的可能，所以成年即位的皇帝心智是在太子时的危机压力之下成熟的；如果是幼年登基，再好的教育，也难以弥补心智上的差距，除非是类似康熙这样的，虽然幼年登基，却一直是在权臣威胁之下，还有老祖母传授秘籍，才能够避免心智上的缺陷。生在勋贵之家也是类似的，外面可能被家族祸事株连，内部则兄弟阋墙争夺家族利益，生长于其中能够比在社会上受到更多的锻炼。

但在《红楼梦》里，男孩却都晚熟，不仅是主子，仆人也一样。如贾宝玉的小厮李贵和茗烟等人，也就是跟班状态，比其他家奴要单纯多了，而且比同样是孩子的贾府丫鬟们，如袭人、麝月、小红等，要单纯多了；因为贾宝玉的男仆与贾宝玉一样，在内宅的残酷宅斗中，受到的压力要小很多。

薛蟠早就没有了父亲，被薛姨妈和薛宝钗保护得很好，任性胡来一直受不到惩罚，后来闯下大祸，差点丢了性命；贾兰则是被李纨把持得死死的；贾环是赵姨娘的命根子，也看得紧；贾宝玉则由贾母照看着，不让其他人插手。虽然贾政是一个严父，但贾政有官职，非常忙碌，平时最多是过问两句，具体细节管不了。孩子的教育，是需要日常紧密关注的细致活儿。在贾宝玉成长的关键时期，贾政被放了外任，当学政走了三四年，在贾政不在的时候，贾宝玉的读书就是放羊状态，所以袭人说宝玉"这三四年的工夫难道只有这几张字不成"。在贾政不在家的时候，贾府女人是管不了贾宝玉的。

当贾政回信要归家了，"原来林黛玉闻得贾政回家，必问宝玉的功课，宝玉肯分心，恐临期吃了亏"。大观园的女孩子们都帮助宝玉"补作业"。"探春宝钗二人，每日也临一篇楷书字与宝玉"，"史湘云宝琴二人亦皆临了几篇相送"，当然还有"谁知紫鹃走来，送了一卷东西与宝玉，拆开看时，却是一色老油竹纸上临的钟王蝇头小楷，字迹且与自己十分相似"。紫鹃带来的，显然是黛玉早给他准备好的，其他姐妹是临摹的字帖，而黛玉是模仿宝玉的笔迹；临摹字帖容易代笔，但要写其他内容，笔迹要正确，就很难了，黛玉给宝玉的东西更是精心完成的。宝玉不学习，一群女孩子帮他遮掩，他当然难以成熟。就如现在，父亲要严管的时候，若是一群女人拦着，如妈妈、姥姥、奶奶等，与书中的贾母和王夫人一样，最后很可能教育失败。教育孩子要全家一致行动，而部分女性对男孩管得太宽松了。

贾宝玉生长在女人圈子里，心智很"娘化"，是《红楼梦》读者公认的，而且他平时也多与女孩"内帏厮混"，不与男孩男仆在一起。他的成长教育失败，更多的是在心智上的失败。

这类问题,对我们当今的社会依然很有意义。我们现在也在说男孩子晚熟,在三十岁以下的同龄男女中,很多男孩子晚熟。笔者认为,现在男孩子不够成熟,也是因为他们多是成长于女人圈。现在的男孩子多是妈妈、姥姥、奶奶带大的,有条件的则请保姆,但也是女性;上幼儿园后,幼儿园的老师基本都是女性,没有多少男性;中小学里面依然是以女老师为主,男老师越来越少,而且男老师大多数也是理工男,主要教授数学和物理等学科。在孩子成长教育阶段,能够接触的男性长辈很少。女性相对宽容,男性相对严格,而且同性之间容易竞争,对男孩女孩的要求也就不同。

晚熟的男孩,做事是没有责任心和担当的。在《红楼梦》中,贾宝玉对女性都是想占有而不负责任,对林黛玉从未说过非黛玉不娶,在金钏、晴雯都因他有难的时候,也不据理力争,也不去找贾母帮助。最后不负责任出家,也是因为心智问题。因为不负责任,所以是"天下无能第一""古今不肖无双""天下古今第一淫人"。

◇◇◇《红楼梦》中拼娃胜过拼爹的传家逻辑

《红楼梦》的传家逻辑里,不靠孩子努力读书,依靠以前的功勋和家族财富或拼爹的家族,最后的走向就是"白茫茫大地真干净"。

一个家族如何传家,侧重点在孩子这一边,还是家长这一边,结果会有极大的不同。把侧重点放在"爹"这一边的,是"将不过三、富不过五";放在"娃"这一边的,是诗书传家可以超过五代。

中华文明的传家逻辑,就是让子孙后代刻苦读书,努力学习超越自我,通过学习达到或者保持家族原有的社会地位。对孩子努力学习的拼搏过程,笔者姑且把它叫作"拼娃"。对应于现在流行的"拼爹"的说法,中国古代的传家逻辑是"拼娃"胜于"拼爹",这与把万贯家财留与子孙就能够让孩子过上好日子的想法,完全不同。

古代是内卷化社会,现代是开放性社会;古代是多子社会,现代是少子社会。古代的死亡率居高不下，能够多生就要多生，社会资源又有限和内卷，"爹"的资源会被极大摊薄，而且古代对勋贵的荫庇只给一个孩子。因此，要一代代延续，需要的就是自己要有本事，不能躺平。

对于拼娃传家让子孙读书维持阶层，林则徐说过一段发人深省的话："子孙若如我，留钱做什么，贤而多财，则损其志；子孙不如我，留钱做什么，愚而多财，益增其过。"对于拼爹传家的问题，我们需要更深入的理解。

中国自古有"将不过三、富不过五"的说法，也有人说"富贵不过三代"。在竞争激烈的社会，保持原有阶层的难度非常大，没有足够的本事是不成的！《红楼梦》一书的背景，就是金陵四大家族都到了第三代至第五代之间，家族传家没有做好的，最后就是"白茫茫大地真干净"。当初，勋贵们发家是草根的成功，是遇到了特殊的机遇，一将功成万骨枯。很多命运奇佳的人，可能不学习却能成功，尤其是在改朝换代天下大乱时。随着时间的推移，一旦社会稳定了，成功人士的后代，要面对各种可以让其返贫的小概率风险。按照统计学规律，小概率的风险多次重复就成为必然。

"拼爹"传家的结果可能是一代不如一代，阶层递降，原因是在"拼爹"模式之下，子孙要超越父辈或祖辈是非常困难的。如果你起步与父辈的距离比较远，的确可以在父辈的羽翼下生活；一旦你的发展接近父辈的程度，很快就会把父辈的敌人都继承下来，而你却可能没有父辈的水平。在《红楼梦》中，勋贵的后代们骄奢淫逸，穷奢极欲，他们的政敌力量很强大，家族的爵位世袭递降，家族的花销不断膨胀，入不敷出之下走向各种无底线的冒险，最后就是被抄家，走向灭亡。

其实"富贵不过三代"也要看语境，中国皇家十几代的长命王朝很多！皇族勋贵经历很多代的也很多！隋唐之前的魏晋世家，高门大姓的家族也传了很多代。"将不过三、富不过五"的说法，是在唐朝之后，科举兴起，世家衰微以后发生的。出现上述差别的关键是：家族是否能够占有社会要素。对一般人而言，精英政治、精英才能不能简单地遗传和世袭，需要一代代不断努力。

中国在秦朝以后，由分封制变成了集权制，就不给世族这样的机会了！农耕时代的社会要素主要是土地，先秦和西方的贵族世袭，因为他们的封地具有独立的收税权，与集权下的社会不同，贵族甚至还有农奴的人身权。近代社会，生产的社会要素变成了资本，资本背后的货币权力成为关键。而西方的慈善事业背后也是一种占有要素的权力！古代讲"普天之下，莫非王土；率土之滨，莫非王臣"，土地要素被皇家占有，其他人在皇家的土地上耕作，拥有的实际上只不过是土地的使用权，不是土地的所有权，都要缴纳皇粮，承担赋税徭役。只要勋贵裂土封侯，就拥有了土地的所有权。但勋贵并不是活得无所顾忌，活得也是"战战兢兢、如履薄冰"。宁国府被抄家的罪名，只有贾珍私埋了尤三姐一项。

从这一案例来看，靠祖宗荫封，是很难有保障的，唯有诗书传家，方得长远。

勋贵有好的品德，就能够传家吗？答案是否定的。就如当年萧何因为名声好就被刘邦忌惮。勋贵行善的做法，在发生田氏代齐后，就不为统治者所允许了。田氏代齐指中国战国初年齐国田氏取代姜姓吕氏成为齐侯（齐威王始称齐王）的事件。《史记·齐太公世家》《史记·田敬仲完世家》讲述了姜齐及田齐的兴衰史。春秋时期齐国政治家晏婴预言："齐政卒归田氏。田氏虽无大德，以公权私，有德于民，民爱之。"田桓子对齐国公族"凡公子、公孙之无禄者，私分之邑"，对国人"之贫约孤寡者，私与之粟"，取得公族与国人的支持。齐景公时，公室腐败。田桓子之子田乞（田无宇的儿子，即田僖子）用大斗借出、小斗回收，使"民归之如流水"，增加了户口与实力,"公弃其民,而归于田氏"。公元前 386 年,周安王正式封田和为齐侯,自此田氏取得了齐侯的合法地位。田氏的慈善做法就是夺权的手段,背后的原理,与现代西方富豪搞慈善是类似的。

田氏代齐事件后,皇权对士绅搞慈善便开始限制。没有了分封之后,皇帝对勋贵更是忌惮。勋贵们大多是开国功臣,皇帝登上帝位后,对功臣的忌惮也是最明显的,很多开国之君都大量屠杀功臣。功臣容易居功自傲,还可能恃宠而骄,所以被开国之君忌惮。要让当初的功臣弃武从文,就要对勋贵们的后代削爵。清代,勋贵们大多数是从世袭罔替变成了世袭递降,《红楼梦》里的勋贵就是世袭递降的。贾家功勋卓著,"四王八公"贾家占据了两个公爵。对贾家的地位,皇帝也是忌惮的。金陵四大家族彼此联姻,非常强大,皇帝更为忌惮。对皇帝要削藩的政治需求,笔者将在第三部里具体分析。

在古代,科举制度建立之后,通过读书,取得阶层跃升的通道就打开了。书中写道,贾雨村因为参加科举高中,立即改变了自己的命运。甄士隐的老丈人见贾雨村要叫他去问话,开始时吓得"封家人个个惊慌",知道贾雨村要娶娇杏,则喜得"屁滚尿流,巴不得去奉承"。第五十三回中,贾雨村"补授了大司马,协理军机,参赞朝政",算是入阁了,已经是国家最高军事主官,位置已经在勋贵后代王子腾之上了。

在科举时代,学而优则仕,给底层人更多的通过学习上升的机会。对已经成功的人来说,引导孩子把握学习机会,离不开孩子自己的努力。在如此背景下,需要孩子自身有本事,让孩子拼搏读书掌握真本事,等待机会,机会来临的时候就有了把握的资本,这才符合中国国情。

在《红楼梦》中,贾家一直逼着贾宝玉读书。因为在勋贵三代危机之时,只有通过学习考中科举,才能改变贾府衰亡的命运。与贾家对应的江南甄家,也是甄宝玉通过刻苦努力,才扭转了甄家的命运。而金陵勋贵的其他家族，不重视孩子的教育，结果就是"白茫茫大地真干净"。就连薛蟠到了后来也要自己学习经商的本事，薛蟠没有爹了，要想着怎么在社会立足。

在《红楼梦》中，贾家想"拼爹"，相当有条件，贾政、秦业管理营缮司，贾代化之前是京营节度使，宁国府贾珍等人想要承接皇家大工程搞潜规则发财，只是因为秦可卿死了没有成功。后来，贾家想依靠联姻发家，也因为王子腾死了和王家被抄家，贾家联姻站队错误，被皇帝猜忌而抄家。在书中，金陵的勋贵子弟，没有谁是依靠"拼爹"成功的，反而都是受到了家族没落的牵连，只有在贾宝玉、贾兰、甄宝玉科举成功后，才扭转了家族的命运。

在中国，目前社会上机会很多，富足人家的孩子与普通人家的孩子同样面对挑战，这就给了学习努力的孩子巨大的机会。只要你足够优秀，就有机会被重用。日本有养子继承制和女婿继承的传统，给社会上的优秀孩子创造出特别的机会。

在《红楼梦》中，林如海是探花，是被皇帝当作亲信的，他虽然也是四代侯门的勋贵出身，但参加科举成为探花就不同了。贾雨村与林如海的关系，从时间看，贾雨村见到林如海是差不多科举过后的四五年，林如海是前科探花，二人应当是翰林同榜关系，就如现在名校的同学圈子一样。林如海当探花后没几年，就当了天下肥缺管理盐政。林如海死后，贾雨村入阁入军机成为王子腾的上司，也就是说他们被皇帝当作了重点培养和扶持的势力，而勋贵的拼爹势力是被打压的。

在古代，重要的传承还有师承关系。儒家传统讲"天地君亲师"，对老师是以父事之的，很多资源在师徒之间传递。过去的传统是，拜入师门以后，师父的权力甚至大于父亲，师父的称谓是师与父的角色重合。中国讲"子不教，父之过；教不严，师之惰"，给孩子找到好的师父是父亲的责任。父辈给孩子创造更好的求学环境，不光是为了学知识，还要考虑到孩子进入社会后需要他人的提携。这些关系也多以师徒的形式表现出来。在《红楼梦》中，林如海为了黛玉的前途，在黛玉很小的时候，就聘请了贾雨村给黛玉当老师。贾雨村是进士，蒙童是用不到的，林如海是要建立贾雨村与林黛玉的师承关系，让贾雨村成为林黛玉的保护人。

拼娃的优势还在于可以更好地发挥孩子的潜能，拼爹是漠视孩子的能力。父母对孩子的期望和赞美，本身是可以产生奇迹的，会对孩子的潜能形成巨大的激发效果。我们且看看著名的皮格马利翁效应，也被译作"毕马龙效应""比马龙效应""期待效应"等，由美国著名心理学家罗森塔尔和雅各布森在小学教学上予以验证提出。这个效应暗示，在本质上，人的情感和观念会不同程度地受到别人下意识的影响。人们会不自觉地接受自己喜欢、钦佩、信任和崇拜的人的影响和暗示。因此，引导孩子自幼拼搏，体会在竞争中取得成功的快乐，并且以父辈的气场让孩子取得更多的赞美，对孩子的成长非常有助益。贾宝玉成长中，在他喜欢和受到赞扬的诗词方面，就是才华横溢的，在他厌倦的科举读书方面，就很长时间不长进，直到贾家抄家，有了真正的压力，才努力了。甄宝玉的情况也类似。孩子的主动性非常重要，在压力之下，贾兰就一直很努力，取得的成绩就比贾宝玉多。

对一个家族而言，外人看你的兴衰，会看你的孩子如何，孩子才是关键。只要你的孩子优秀，别人就更愿意帮助你的孩子，这是在给你的下一代铺路。在《红楼梦》中，林黛玉是贾雨村最重要的筹码，美丽、嫁妆多、门第高，将来联姻豪门对贾雨村有重大的益处，与贾雨村是否见利忘义无关，因为他们的利益趋向一致。林黛玉的夫家，对贾雨村孩子的未来是有用的人脉。所以，林黛玉死在了贾家，贾雨村就要报复贾家。同样，刘姥姥乡下的周财主，因为孩子学得好，早早进了学，贾家就愿意把巧姐嫁给他，周家也可以联姻豪门娶长房嫡女了。而且周家订婚巧姐的时候，贾家已经复兴，贾兰、贾宝玉中了举，贾家也复了爵，周财主的儿子从土财主之子变成勋贵家的女婿，也得到了阶层跃升。

综上所述，诗书传家的重点在于孩子读书和拼搏，拼娃肯定是更长远、更有深度的选择，优于短视的拼爹。《红楼梦》阐释了这个逻辑。中国讲百年树人，对子孙后代要有百年大计的长线眼光。

百川东到海，
何时复西归？
少壮不努力，
老大徒伤悲。

六　贾府转型诗书传家

《红楼梦》可能影射所指甚多，但通行的程高本，主旨回到了读书传家上。勋贵的祖业光芒逐步淡去，想要瑞雪兆丰年，寒窗苦读才是出路。

对《红楼梦》里贾家人的行为，直接看是不容易理解的，幕后有一个最重要的背景：勋贵到了第三代，贾家有避祸的需求。勋贵遭到皇帝猜忌，就不仅是富贵难以维持的问题，生命都有问题。最后，贾家虽有波折，但总算转型成功，诗书传家，平安落地。

（一）贾府开国三代要避祸

几乎所有人都对贾府的穷奢极欲印象深刻，称贾家人都是败家子，而对贾家人的行为，深层次思考却很少！以贾府的地位，它为何那么干，对普通人而言，难以理解，只能用骄奢放纵来解释，用纨绔子弟来形容贾府中人。但若真的是这样，也不会有贾府的复兴。怎么能够成为世家？《红楼梦》是在讲一个更深的道理——怎样传家，这也是统治者的需要，因此《红楼梦》在清中期得到解禁。贾府无限荣华的背后，蕴藏着巨大的政治风险。

中国自古有"将不过三"的魔咒，为何将不过三？除了子弟纨绔、浮夸放松以外，就没有外部因素了吗？西方的骑士家族还有贵族为将，为何能传很多代？两者的差别是什么？

春秋时代的为将家族，也是传了很多代。比如春秋时期分晋的三家：韩、赵、魏。三家的男主人都在晋国世代为将，后来夺取了国君的权力！中国很早就不实行分封制了，是集权制和皇权绝对独大。西方的皇权长期在教权下，君主与贵族本质上是契约关系，保障契约持续的强制力量，来自跨国的统一教权。而中国的教权是皇权的工具，普天之下皆为皇土，率土之滨皆行皇权。皇帝是天子也是神，皇权之下，社会各阶层永久博弈。

对中国的王朝而言，二代到三代是一个重要的坎儿。秦二世和隋炀帝都是二代，分裂时期的短命王朝更是多为二代出乱子，三代崩盘。因此，"将不过三"本身也是中国皇权制度下的要求，皇权不允许社会的代理人阶层、勋贵阶层做大，对勋贵阶层要有一个清理的过程，这个过程就是皇帝登基以后大杀功臣，"狡兔死，走狗烹"。中国古代社会有一个普遍规律：开国五十年左右必生动荡。这就是皇权打压勋贵集团、进行削藩等加强皇权的操作导致的结果。

《红楼梦》中，贾家到了开国第三代。宁国公贾演、荣国公贾源是第一代，贾代化、贾代善是第二代，到贾政一代，贾家的恩宠已经荫及第三代。贾敬、贾赦、贾政的文字辈是第三代，贾珍、贾琏、贾宝玉的玉字辈是第四代，贾蓉、贾兰是第五代。从时间跨度而言，这时是开国五十年，即三代人左右。开国五十多年而生动荡，在古代是普遍现象。强大的西汉，就是开国五十年左右发生了"七王之乱"。后来，历代王朝吸取了经验，处理得好的，用削藩和平解决勋贵世家问题。勋贵之家转型，弃武从文，王朝才会稳定。

贾家所处的时代，与贾家一起的勋贵集团，包括著名的"四王八公"。四王八公之中，贾家独占其二，可谓鼎盛之至。第十四回写道：

有镇国公牛清之孙现袭一等伯牛继宗，理国公柳彪之孙现袭一等子柳芳，齐国公陈翼之孙世袭三品威镇将军陈瑞文，治国公马魁之孙世袭三品威远将军马尚，修国公侯晓明之孙世袭一等子侯孝康——缮国公诰命亡故，故其孙石光珠守孝不曾来得。这六家与宁荣二家，当日所称八公的便是。……第一座是东平王府祭棚，第二座是南安郡王祭棚，第三座是西宁郡王，第四座是北静郡王的。

在"四王八公"里，贾府虽然没有王爵，但有两个公爵，独占两席，处于非常惹眼的位置。另外，贾母史太君是尚书令保龄侯之女，也就是宰相之女，地位就更不一样了。对三代左右的新皇帝而言，皇权会受到来自勋贵集团的压力。

勋贵如何保身，历史上有萧何的例子。萧何依靠自污保身。《史记·卷五十三·萧相国世家第二十三》：

客有说相国曰："君灭族不久矣。夫君位为相国，功第一，可复加哉？然君初入关中，得百姓心，十余年矣，皆附君，常复孳孳得民和。上所为数问君者，畏君倾动关中。今君胡不多买田地，贱赁贷以自污？上心乃安。"于是相国从其计，上乃大说。

萧何的历史经验，贾府应当深入学习过。以贾家当时的地位，也有"自污"的需要。贾府要是三代人个个精明强干，那对皇帝而言就是卧榻之侧有人酣睡了，皇帝肯定就不干了。第十三回提及的"坏了事"的老王爷即为一例，皇帝对勋贵们一直不放心。有人说"坏了事"是指王爷谋反，其实，历史上真想谋反的不多，被猜忌后污以谋反之名或者被逼谋反的很多。贾府要保持开国三代的安全，就要"温温恭人，如集于木。惴惴小心，如临于谷。战战兢兢，如履薄冰"。类似贾家这样的勋贵之家，欺男霸女在皇帝眼里都是小节问题，臭名在外对皇帝而言是放心的。皇帝怕的是大是大非的谋反问题。为家族避祸，用小节自污，总比招来灭族之祸要好得多。所以，要在避祸背景之下，看贾府的三代嫡子们的行为。

贾敬，宁国公贾演的孙子，京营节度使、世袭一等神威将军贾代化的次子，贾珍之父，乙卯科进士。贾敬中了进士，却不走仕途，一味好道，在京城之外的玄真观修炼，烧丹炼汞，别的事一概不管，放纵家人胡作非为。贾敬这种行为，是做给皇帝看的，皇帝对贾敬非常放心。贾敬的父亲贾代化所任京营节度使，是军权要职，是非常惹眼的职位，后代确实有避祸的需要。所以，贾敬把世袭的官职让给儿子，自己去修仙了，表示不关心俗务，让皇帝放心。

贾敬不为官，但贾敬有进士的身份，进士都授官，为何不见贾敬辞官？因为辞官要有法定理由，不是想不干了就可以不干的。贾敬没有了官职，可能还与一些案件有牵连。贾府与李家是亲家，却根本不走动，所以李守中应当出了事，有罪。因为在清朝高发的文字狱背景下，他的国子监祭酒是高危职业，相关细节已在李纨、贾兰的相关章节当中分析过。而贾敬的进士，应当正好在贾府与李守中联姻时期考中，贾敬属于世家子弟，肯定要入国子监读书，以李守中为师。所以，贾敬身为进士却无一官半职，修仙好道是不得已而为之。他后因吃秘制的丹砂烧胀而死，贾家也算平安落地了，所以贾敬死后被追赐五品之职。在王家的王子腾之前，贾敬的父亲贾代化任京营节度使，执掌御林军。这是一个非常敏感的职位。

贾赦，别名恩侯，袭了一等将军的爵位。同辈贾敬的父亲贾代化也是一等神威将军，贾赦也是一等神威将军，按照世袭递降的规则，贾赦没有递降，比贾敬一家高了一级。宁国公贾演公爵递降到贾代善是侯爵，而贾赦也是侯爵，被叫作恩侯，应当是由于家族女人的原因受封。皇后的家人受封的是承恩公，贾赦的恩侯与荣国府出了元妃或者额外受皇恩有关；仅是贾代善与尚书令保龄侯之女的长子，没有侯爵的爵位而叫恩侯，应当属于逾制。贾赦干的就是吃喝享乐，说他腐朽寄生也可以，但他这么做，皇帝放心，担不上谋反等罪名。

贾政自幼好读书，但并不是天生的方正呆板，《红楼梦》写他出仕前"也是个诗酒放诞之人"，一切"为的是光宗耀祖"，因此重视读书上进，归于正途。他不常管理府中大小俗务，每日只看书下棋，同一众清客闲聊。贾政原欲以科举出身，不料贾代善临终时遗本一上，皇上因恤先臣，遂额外赐了贾政一个主事之衔，升了工部员外郎。元春省亲，贾政含泪启道："惟朝乾夕惕，忠于厥职外，愿我君万寿千秋，乃天下苍生之同幸也。"以此塑造他的忠臣形象。不过他不是大宗，也不是长子，又是皇妃父亲，给的是五品官职，不大不小的文官职位，不掌军权，是让皇帝很放心的位置。

贾府的其他人，贾珍、贾琏、贾蓉、贾蔷等，也都眠花宿柳，尽情展现了纵情声色、不问朝政、无心造反的状态，在皇帝看来，这就是安全的。因为要造反的家族，不光是族长作为"带头大哥"剽悍，家族里面主要后代的精明强干同样非常重要，就如篡位的司马懿家族，几个儿孙一个赛一个厉害。不要以现代的道德标准去看《红楼梦》中的贾家子弟，三妻四妾在古代也属于人之常情。

对与各王公的纠葛，贾府一直小心谨慎。秦可卿的葬礼，贾敬就回避，让王家人王熙凤来主持。葬礼要荣国府女人来担当，本身就很不正常，而且葬礼上贾珍、贾蓉也不怎么露头，是王熙凤跑在前头。贾府的安排很仔细，秦可卿的葬礼背后有巨大的利益。对此前文已有专门的章节分析过。对宁国府，王家人就是"接盘侠"，贾代化当年掌京畿兵权的要职，给了王家王子腾。贾家与王家的关系非常微妙。王家人不读书，在文化上，王家人远远落后于贾家人。王家是伯爵，爵位低于宁国公的公爵两级，属于妥妥的部下。王家接盘烫手兵权的最后结果，是被抄家，王子腾不明不白地死在了任上。

对贾家这样的掌握军机御林军的家族,历史上皇帝是怎么处理的?来看看宋太祖的杯酒释兵权之法。《续资治通鉴长编》卷二:

(建隆二年)时石守信、王审琦等皆上故人,各典禁卫。……召守信等饮,酒酣,屏左右谓曰:"我非尔曹之力,不得至此,念尔曹之德,无有穷尽。然天子亦大艰难,殊不若为节度使之乐,吾终夕未尝敢安枕而卧也。"守信等皆曰:"何故?"上曰:"是不难知矣,居此位者,谁不欲为之。"守信等皆顿首曰:"陛下何为出此言?今天命已定,谁敢复有异心。"上曰:"不然。汝曹虽无异心,其如麾下之人欲富贵者,一旦以黄袍加汝之身,汝虽欲不为,其可得乎?"皆顿首涕泣曰:"臣等愚不及此,惟陛下哀矜,指示可生之途。"上曰:"人生如白驹之过隙,所为好富贵者,不过欲多积金钱,厚自娱乐,使子孙无贫乏耳。尔曹何不释去兵权,出守大藩,择便好田宅市之,为子孙立永远不可动之业,多置歌儿舞女,日饮酒相欢以终其天年。我且与尔曹约为婚姻,君臣之间,两无猜疑,上下相安,不亦善乎!"皆拜谢曰:"陛下念臣等至此,所谓生死而肉骨也。"明日,皆称疾请罢,上喜,所以慰抚赐赉之甚厚。庚午,以侍卫都指挥使、归德节度使石守信为天平节度使、殿前副都点检、忠武节度使高怀德为归德节度使,殿前都指挥使、义成节度使王审琦为忠正节度使,侍卫都虞候、镇安节度使张令铎为镇宁节度使,皆罢军。

参考宋太祖当年是怎么杯酒释兵权的,贾府就知道该怎么做了:"择便好田宅市之,为子孙立永远不可动之业。"贾府有大量的田庄收租;贾赦"多置歌儿舞女,日饮酒相欢以终其天年";贾政的女儿贾元春入宫为妃,"与尔曹约为婚姻"。以上妥妥的是宋太祖的杯酒释兵权教科书般避祸之法。所以,贾家在金陵买了大量的田庄,第三代都买丫鬟、纳妾,然后皇帝与贾府"约为婚姻",纳元春为妃,这不就是杯酒释兵权的翻版吗?

书中也贯穿了各种波折,如贾府被抄家,来势汹汹之后,皇帝又轻轻放过了。为何会查抄贾府?这与贾府的错误有关。贾府联姻王家,王家的行为对贾府有影响。其他勋贵的转移财富行为,也与贾府有关。皇帝对贾家恩威并施,既可以把贾家抄家,也可以高兴了就赏还财产;既可以夺爵充军,又可以复爵复职。皇帝需要体现"天威难测",需要体现"恩出于上",这也是古代教科书式的皇权统御之术。皇帝对勋贵集团,既要推恩,也要削藩,但又不能做绝,不能逼反了整个勋贵集团。所以,皇帝对贾家的处理分寸,拿捏得非常好。贾府被抄家后又被赏还财产,贾政"进内谢恩,到底将赏还府第园子备折奏请入官,内廷降旨不必,贾政才得放心。回家以后,循分供职。但是家计萧条,入不敷出"。书里的这一段写得很细致,就是要贾家知道天威,知道"恩出于上"。

皇帝对金陵四大家族及甄家区别对待。贾家、甄家大起大落,对公爵晓以颜色,让朝野所有人看看皇帝的权威;史家是侯爵,世袭递降推恩后,变得贫困衰落,仆人有限,史湘云都要自己做女红,后来年轻守寡,阶层自然滑落;王家当初爵位最低,后来权力大又不收手,被皇帝抄家到底;薛家是商人,行财富博弈,自己承担风险,后来也不是皇商了,不做皇家生意了,而且人丁不旺,家族发展受到制约。《红楼梦》中各家族衰落的背后,都有皇权加强的影子,都受到了皇权膨胀的影响。

为何说贾家人不是纨绔,而是韬晦?关键就是抄家的时候,贾家体现了硬核的一面。在御史参劾和皇帝已经定调"交通外官"的情况下,贾赦革爵拿问,在锦衣卫的严鞫用刑之下,最后结果变成了姻亲往来，未涉及官事。当时，贾珍、贾蓉聚集世家子弟练箭博彩，宫门侍卫聚众，有宫廷政变的嫌疑，贾家因此被猜忌。在锦衣卫严刑之下，贾家三个男人都是硬骨头，所以他们的穷奢极欲带着韬晦性质，与纨绔子弟有区别。

《红楼梦》明线上是贾、史、王、薛四大家族的联姻和复杂关系，以及他们的穷奢极欲和豪横，暗线则是皇权对勋贵三代的打压。四大家族的联合体，在皇权面前就是弱势群体，都需要在天威难测之下考虑怎样避祸和避免阶层滑落。在古代，经济问题不是最重要的，最重要的是政治问题，尤其是对勋贵之家而言。

古代皇帝对勋贵犯禁的处理方式就是"摄政株连"，刚好应了荣国府几个男人名字从大到小的排列。因此，读《红楼梦》不仅要读出关于女人的"原应叹息"，还要读出对家族和男人的"摄政株连"！只看朱门（红楼）有酒肉，不知勋戚（贾府，勋贵外戚）惧株连，是很多读者读《红楼梦》的状态。知道了"摄政株连"这四个字在时时震慑着贾府，就能够理解贾府为何有韬晦避祸的需求。

综上所述，看清皇帝为巩固皇权打压勋贵的暗线，认清了贾府在开国五十年的时候，为了家族自身的安全，避免皇帝猜忌，有政治避祸的需求，贾府的很多行为就可以更好地理解了。把贾敬、贾赦和贾政三人及贾珍、贾蓉等都当作败家腐朽的傻子，那是没有看懂《红楼梦》的政治逻辑。贾府三代要避祸，贾母是核心焦点人物，贾母也有此见识。贾府经过努力，最后平安落地，而且落地之后，还走入了复兴，属于转型成功。因此，《红楼梦》不仅是家族内部的故事，不仅有私情和私欲，里面还有深刻的政治社会逻辑背景。

（二）贾府已经是学术望族

《红楼梦》中，几乎所有人都把贾府当作勋贵之家来看待，对贾府已经具备的学术地位有意淡化了。若把书中交代的贾府信息综合起来，就知道贾府的学术不俗，在当时也应当是顶尖的学阀家族。贾家的子女教育和学术名声，在第二回就有所交代："雨村听说也纳罕道：'这样诗礼之家，岂有不善教育之理？别门不知，只说这宁荣两宅，是最教子有方的。'"这个细节很重要，贾雨村当时在扬州云游，他早年落魄，住在姑苏葫芦庙，却知道贾家教子有方。

◇◇◇贾府是进士之家

贾家的贾敬是进士，后来好道。不过，他的好道可能是为了避祸，因为父亲宁国公贾代化是京营节度使、禁军首领，处于掌握核心军权的要职，随时可能被猜忌而遭遇巨大的祸事。很多人认为，考中进士就是当个县令，县令是七品芝麻官，于是进士的地位被普遍看低了。其实，古代考中进士的是三年三百人左右，现在能入选院士的是两年一百多人。可见，古代一次科举进士的数量与现在一次增选院士的数量相当，根本不是考上"清北"可以比的；现在考上"清北"的比例大约是考中举人的几倍，每年考中举人的都是各省的前五十名，而能够考上"清北"的，在古代多半连举人都考不上。虽然现在当选院士的多半也不年轻，但古代也有"五十少进士"的说法，说明大多数进士并不年轻，不过古人的平均寿命比现代人要短，可见即使同样是五十岁，在古代中进士，也比现在入选院士更难，至少从平均寿命来看，时间上更紧迫。同样的时长范围内，古代进士的数量要少于现在的院士，所以进士的地位在古代实际上是很高的，不同的是，进士一般都做官有权力，而院士则是学术职位。所以，贾蓉写履历时，把爷爷贾敬写为进士，而不写其世袭过的世职二等将军。

在古代，县令的权力极大，被叫作县太爷，干得好就是青天大老爷。古代一个县只有三个官，县令、县丞和教官（教谕），教官管教育不管政务；县丞职权是虚的；县令可以一手遮天，权力之大，在当今社会难以想象。

在所有县令里，进士当的县令，属于很少一部分，大约五分之一。大部分县令都没有进士身份。进士当县令，仅仅是一个起点，不是终点，相当于给考中科举的读书人一个任职实习和认识社会的锻炼机会。进士最后的官职，仅仅是县令的是小部分，大概五分之一。

进士地位有多高，还可以通过贾蓉的简历来证明。在秦可卿的葬礼上，有人帮贾蓉捐官，要一个简历，简历是这样写的："曾祖，原任京营节度使世袭一等神威将军贾代化。祖，乙卯科进士贾敬。父，世袭三品爵威烈将军贾珍。"贾敬的身份是进士！要当进士，就不能世袭做官，从贾敬的选择上，可以看到进士在当年有多高的地位。

在《红楼梦》里，只有贾母可被称作老太太，王夫人称太太。太太这个称谓也是要有身份才能用，薛姨妈就不能称太太。二品以上的文官或者进士、举人的夫人才可以用太太这个称谓。贾母是尚书令的女儿，王夫人则是因为贾政有功名。太太的称谓在晚清开始就泛滥了，但在《红楼梦》成书的年代则是非常严格的。《儒林外史》中，汤镇台见自己的侄儿开口称自己为"老爷"，便怒道："你这下流！胡说！我是你叔父，你怎么叔父不叫，称呼老爷？"他为啥发怒？因为他不是士林而是武将出身，按照规则不能叫老爷。

在第二回中，贾雨村也说得很清楚："若论荣国一支，却是同谱，但他那等荣耀，我们不便去攀扯，至今故越发生疏难认了。"也就是在家族的族谱上有贾雨村这个人，他也算是贾府家族的人，这个关系比同姓没有宗族关系的人认作本家的连宗和异姓结拜带来的关系要近，是有血缘的亲戚，因此贾雨村也可以算作贾府的人。贾雨村也是进士，他还被点了翰林，因为如果不是翰林则没有那么快晋升为知府，也不能在第五十三回"协理军机，参赞朝政"。翰林的地位又远高于进士，所以贾雨村的同宗翰林身份，对贾家的学术家族地位贡献很大。

◇◇◇贾家有天才神童

贾家有一个神童贾珠，他十四岁进学，考中的起码是一个秀才。贾家在金陵，属于江宁府，是中国学风最盛的地方，考中秀才非常不容易，很多人考了一辈子也考不上，看看《孔乙己》就知道了。在古代，家中有中秀才的人，可以光耀门楣，都要写一个"登仕郎"的匾挂出来，即使只参加过秀才考试，也要写一个"待登仕郎"的匾额挂出来。

贾政打宝玉时，王夫人就说，若是贾珠活着，宝玉便死一百个也不管了，可见贾珠在贾政夫妇心中的地位。书里说贾珠进了学，大家都当作是考中了秀才，能够十四岁考中秀才，已经很牛了。实际上，贾珠更有可能是考中了举人！因为以贾府的家世和财力，贾珠是可以当监生的，监生不用考秀才，可以直接考举人。监生也可以捐，《儒林外史》里面说得很清楚，周进总考不上秀才，捐一个监生，考中了举人，花费只要二百两银子；这点钱对贾府来说不算什么，贾珠是贾府长孙，岳父是国子监祭酒，不是监生才奇怪。贾宝玉、贾兰和甄宝玉，都没有考秀才，直接考举人。十四岁的举人在古代历史上也没几个，绝对是少年神童。张居正十三岁中举人，张之洞十六岁中解元，都是著名的神童。贾家在金陵，贾珠是在应天府乡试考举人，其乡试天下最难考，应天府年轻举人基本上都可以考中进士。

《姑苏繁华图》（题跋中称其为《盛世滋生图》）局部，科举考场内的情景，清朝宫廷画家徐扬于乾隆二十四年（1759）创作。

◇◇◇学政就是学阀

贾家改变门庭转型，可能与贾母有关。贾母的父亲是尚书令，不是武官，属于文官宰相。贾母是主导贾家向学术型家族转型的关键人物。娶了当年位极人臣的史家女儿，贾家就具备了向学术型世家转型的条件，贾家子女也就开始读书了。贾家的学术地位，与贾政当过学政有关，古代的学政都带有学阀性质。

贾政外放当过学政，是很有学术地位的官职。学政的尊称是"学台"，负责地方文化教育事务。很多人把学政简单对应为教育厅厅长，而古代的学政职权远远高于现在地方的教育厅厅长！学政的地位，在省里与督抚差不多，而且学政直接归中央管，不是督抚的下属。古代一个省的官职地位顺序是巡抚、学政、布政使、按察使。

古代内地只有十八个省,没有现在的省份多,因此也就有十八个学政,在科举治国的年代,能够当学政的都是皇帝信赖的人。经过研究,笔者发现,贾政应当是广东学政。贾政当学政去的地方包括海南,海南是广东琼州府。在第七十五回中,贾政当学政回来,中秋一家人在一起,他就"回头命个老嬷嬷出去,吩咐书房内的小厮:'把我海南带来的扇子取两把给他。'宝玉忙拜谢,仍复归座行令"。清朝时广东是科举大省,广东的学政地位很高。

学政位在巡抚与布政使、按察使之间,三年一任,任内各带原品衔。巡抚、藩台、臬台都是三品以上官员,贾政以五品的员外郎外放当学政,带有破格任用和高升的性质,可见贾政的学术水平为当时的社会所认同。学政官员在各部院侍郎(从二品)、京堂(大理寺、通政司、光禄寺、鸿胪寺、太常寺、太仆寺等,为三品或四品京官)、翰林院修撰、编修、侍读、侍讲(五品或六品)、科(即都察院六科给事中,正五品)、道(即都察院十五道监察御史,从五品)、各部院郎中(正五品)等官职中,由进士出身者简用。因此,各省学政并无固定品级,若以侍郎而授学政,即为从二品;以郎中授学政者,即为正五品,唯其必须是两榜进士出身。贾政说他在任上出题,一定是指学政任上(工部员外郎不管考试)。在任上,贾政做学政应当是很有水平的,因为后来吴巡抚还保举了他。学政不好当,如果没做好,会有生员不服,会被御史参劾。皇帝要是选学政不当,也会被劝谏。第八十五回写到贾政任学政期间"秉公办事,凡属生童俱心服之至",因此回京后得到吴巡抚保举,皇上擢升他为工部郎中。学政要看文章,决定哪个生员可以当秀才。探花林如海对贾政的水平也是认可的。

明清两代学政为掌全省学校政令和岁、科两试之官。贾政任学政三年,秀才是三年考两次,每个县可以录取几十个秀才,一个省有几十个县,能够录取数千名秀才,应当还有一次乡试,能够录取一百左右的举人。所录取的秀才、举人要拜学政为老师。秀才是科举的第一个功名，举人是做官的起点，他们就算没有得中进士，也是在本省做官，在省内会有很大的势力，更何况这不是他们科举和做官的终点。这些人当中，以后平均会有二十个左右的进士，进士将来前途远大，举人也可以做官。古代的师生关系是很紧密的，就算只是秀才和举人，结下的师生关系也是长久而牢固的。看看《儒林外史》里面的范进是怎么给录取他当秀才的学政恩师周进办事的，就可以知道这样的关系圈子对当学政的人到底是多么有用。学政还按期巡历所属各府、厅、州，察师儒优劣，生员勤惰，凡有兴革，会总督、巡抚处理。也就是说，即使考中了秀才，还要三年考一次，考不好，还可以被学政革去。同时，对省内各级官学的考核，对官学的负责人教谕等，也由学政负责管理，可见学政权力非常大，比现在一个省主管教育的官员权力要大很多。学政备受文人士子尊崇，省内录取的秀才等学子都要拜他为恩师，因此担任学政之后，往往前途光明，在地方督抚等大员面前也颇受礼遇，不受督抚辖制，直接对皇帝负责。因此，朝廷对学政这个官职，不是随便给的，一定要有足够的学术水平才可以。

在《红楼梦》第二回中，冷子兴演说荣国府时，说了这样一段话："次子贾政自幼酷喜读书，祖父最疼，原欲以科甲出身的；不料代善临终时，遗本一上，皇上因恤先臣，即时令长子袭官外，问还有几子，立刻引见，遂额外赐了这政老爹一个主事之衔，令其入部习学。如今现已升了员外郎了。"这一段话本身说明贾政有水平，应当已经考取了举人，而考取举人已经很不容易。没有半点科举背景的白身荫出，不可能去当学政。贾政是两江应天府乡试的举人，是中国最难考的举人。考中应天府乡试的举人，大概率可以考中进士。对贾政的学问，皇帝应当有认知；贾元春在宫中也是女史，记录宫中秘史，这个职务也要有一定的学问才能担任，类似唐朝的上官婉儿。

　　第三十七回说，到中秋时节，贾政被点了学政，于八月二十日起身赴任。此次出差长达三年，到后来贾政回京，"可巧近海一带海啸，又糟蹋了几处生民，地方官题本奏闻，奉旨就着贾政顺路查看赈济回来"。贾政当学政，肯定要有进士的资格。贾政辞官去考，说明皇帝对贾政的学术水平很认可，给了他进士出身。考中进士以后，除了点翰林的以外，大部分外放知县。进士当京官为六部主事，与贾政最初的官职一样。主事是六品官，比外放知县要高一品，但当知县有养廉银，有陋规，可以发财，"三年清知府，十万雪花银"；当主事，发财机会就少很多，但比知县提升得快，不过贾政在工部营缮司当主事，这是肥缺。吏部一般对有提升、培养前途的官员，给主事；对年老、前途有限的官员，外放为知县。中国历史上就没有不是进士出身的学政。这等于说贾府不仅有两个国公，还有两个进士！在古代，兄弟并列封爵极少，一门两个兄弟进士也极少见。谁家能够有一个进士，就可以说是学术之家了。

　　皇帝可以赐臣属进士出身，就如当年左宗棠本来是举人，但他强要了一个进士出身。因为左宗棠在平定西北叛乱的关键时刻，说他要辞官进京赶考，皇帝当然不能让他走了，所以就给了一个进士出身。左宗棠死后，谥号为"文襄"，被称为左文襄公。谥号在用法上，非常讲究，"辟地有德曰襄，取之以义；甲胄有劳曰襄，亟征伐；因事有功曰襄；执心克刚曰襄；协赞有成曰襄；威德服远曰襄"。在清代，"文襄"多授予有学士背景又有军功的大臣，洪承畴、福康安、兆惠和张之洞等人都获得了"文襄"的谥号。其中，福康安、兆惠都没有取得科举进士功名，但因为他们都是开疆名臣勋贵和宗室，皇帝便认可了他们的进士出身，所以谥号也带有"文"字。左宗棠的"文襄"，在谥法上不如排最高的"文正"（曾国藩得到了），也不如排第二的"文忠"（李鸿章得到了），所以他向皇帝要来的进

士身份，还是差了一点。

齐如山所著《中国的科名》中记述了乾隆皇帝赏进士的故事。当年有个人在新籍贯地考中举人，被人告冒籍，革去了举人出身；他回原籍考中了举人，却被原籍告，说他已经去籍了，又被革去了举人出身。他就给乾隆皇帝上疏，问自己应当在哪里考。最后，乾隆皇帝就赏了他一个进士。清朝还专门给类似《红楼梦》中的贾府权贵另外开了口子。《清史稿·志八十一》记载：清朝设立左右翼宗学，左翼四旗（镶黄、正白、镶白、正蓝）、右翼四旗（正黄、正红、镶红、镶蓝）各设宗学一所，凡宗室子弟内情愿就学读书者，均令入学，分习清书、汉书，并兼学骑射，曹雪芹就是在宗学任教。每届五年，简派大臣合试两翼学生，由皇帝亲定名次，以会试中式注册，待会试之年，习翻译（满汉文翻译）者赐翻译进士，以宗人府额外主事用；习汉文者与天下贡士同殿试，赐进士甲第，用为翰林或部属等官。古代的勋贵可以有另外通道取得进士身份。

贾政"自幼酷喜读书，祖父最疼"，说明贾政书读得比中进士的贾敬还要好，有考进士的实力，而后的"令其入部习学"，就是进入了皇帝给勋贵指定的科考绿色通道。雍正八年谕令："新科进士经钦点内用者，著用于六部额外主事上学习行走，三年之后由各该部堂官具题补授实缺。"所以，贾政入部学习，最后授实缺升了员外郎，应当是皇帝给了进士身份。另外，古代对勋贵子弟有附试的机会，考上的子弟有权一起参加殿试，叫作恩科。恩科有特殊的恩典。此外，也有遇到皇帝登基、大婚、得胜等国家喜事，进行科举加试的情况。此类恩科不是岁科，不在京的举子难以及时得知赶来考试。在恩科附试得到的身份，虽然名义上与岁科得中的身份一样，但恩科进士一般比不上岁科进士，会被社会轻视。附试进入殿试的勋贵子弟不在当年进士同榜的圈子里，附试得中的进士也不公开对外宣扬。这与书中的情节一样，贾政不会宣扬他的恩科进士身份，但他若没有进士身份，则不能去当学政。贾政是附试恩科得到的进士，作者还有一条埋线：贾政有一个门生叫傅试，一般认为他的名字谐音"附势"，但同时也谐音"附试"，而且还用了"试"字！

贾政为皇帝恩赏的进士，与一般的进士还有一个重要的差别，就是古代科举同榜的圈子可形成巨大的势力，可以合法结党；他们要拜主考官为恩师，主考官对他们有提携之恩，可形成一股势力。如果是皇帝恩赏的进士，则不在同榜的圈子里，势力范围没有那么大。恩赏的进士去做学政主考，会被士林反对。士林接受贾家，应当还有林如海死、林家的士林参与、太上皇与皇帝的博弈等多重因素，对此我们会在以后加以分析。最终，贾政在士林当中站稳了脚跟，他当学政也受到了好评，贾家的学术地位得到了加强。

贾政的名字谐音"假正"，红学家认为是说贾政虚伪和假正经；笔者认为，这里贾家的虚伪也有曲笔，贾家为了家族的传承，非常努力，贾政的"假正"应当是指假正途、假的学政，即"假政"。古代把科举做官视为正途，其他都是旁门左道，贾政被恩赏进士不能说不是科举出身，但与正规科考毕竟有所不同，所以是假的正途，尤其是去当学政这种官员，更显得是一个假的正途。虽然贾政的功名和当学政有瑕疵，但贾政对贾家在学术圈子的地位有极大的提升作用。

◇◇◇贾府还出了名师

贾家的学术地位，应当还与一个人相关，就是贾代儒这个名师。贾代儒是贾府中"代"字辈的长辈，其人生有三大不幸：早年丧父，中年丧子，晚年丧孙。他是封建时代经典教育制度下严父的缩影。宝玉两次进塾就读，八股文就是跟他学的。贾宝玉考举人只找他，没有再找其他名师，说明他应当完全可以胜任。教应试举人、进士，比教蒙童和考秀才的要求要高多了。再者，贾家的亲戚和关系户都把孩子交给贾代儒教授。《红楼梦》第八回讲道，秦可卿让弟弟秦钟到贾府家塾附读。而秦钟的父亲秦业也很认可贾家私塾，书中写道：

（秦业）知贾家塾中司塾的是贾代儒，乃当今之老儒，秦钟此去，学业料必进益，成名可望，因此十分喜悦。只是宦囊羞涩，那贾家上上下下都是一双富贵眼睛，容易拿不出来，为儿子的终身大事，说不得东拼西凑的，恭恭敬敬封了二十四两赘见礼，亲身带了秦钟，来代儒家拜见了。

为何秦业会认为跟着贾代儒就可以学业进益，从此成名？说明贾代儒的水平获得了公认，是"当今之老儒"，光赘见礼就有二十四两银子，属于很高的价格。在古代，正常的蒙童给普通教师的费用是五斗米，所以有"家有五斗糠，不当孩子王"的说法。在同时代创作的《儒林外史》里，蒙童的费用是一个人二两银子，所以给贾代儒二十四两，已经是很优厚的待遇，而且秦钟是插班，还不是一对一塾师独授。

贾代儒的教学水平应当属于名师，否则获五品大肥缺的营缮郎秦业的孩子不会去那里学习，大富之家的薛家也不会让薛蟠去，贾府更不会请一个没有水平的老师。贾家一直希望贾宝玉科举高中，也希望贾兰科举高中，对子女读书的期望和诉求非常高，当然要请名师。贾代儒能够成为被认可的名师，是有培训成果的。当年贾珠少年得中秀才，应当就是贾代儒培养的；而且从贾代儒是代字辈的长辈看，他可能比贾敬的爸爸还要年长，因此，贾敬的进士，甚至也有可能是贾代儒培养出来的。

有人说贾代儒没有啥科举功名啊！贾代儒自己是读书人，为何不去参加科举？可能是他没有参加科考资格。明清规定，有几种人不能参加科举，分别是：冷籍，三代以上没有中秀才或当官的人不能参加；府衙杂役子孙，在衙门当差却无功名之人的子孙，要避嫌；乐艺人的子孙，就是戏子的后代；丐户、疍户的子孙，比如常年以船为家、以渔业为生的小商贩的后代；奴隶的子孙，历朝历代中，奴隶的身份都是最下等，因此不具备参加科考的资格。别看贾家是钟鼎之家，但贾家在贾演、贾源发家之前，很可能是草根，很可能担任过捕快等职务，到贾代儒还没有满三代，尤其是从军的人，不少是练武当捕快的子弟。前朝的遗老遗少，也没有资格参加新朝的科举，除非皇帝特别征召。古代没有科考资格的人很多，要经过审核。著名的状元，晚清实业家张謇，就因为冷籍而冒名科考，差点被革去功名，幸有他的老师斡旋，官司打到礼部尚书那里才解决。所以，贾代儒应当没有参加科举的资格，但这不妨碍他读书好，当名师。

贾代儒是贾家开始转型的关键，他是贾家最早的读书人，只不过他没有科举资格，但他可以教授贾家的孩子，对贾家未来的发展影响极大。后来，贾家能够兰桂齐芳，也与贾代儒的指导有关。《红楼梦》里从贾代儒开始，到贾敬才中进士，再往后才是兰桂齐芳，有一个积累的过程。

◇◇◇联姻学术之家

贾家的学术地位，还来自贾家联姻了学术泰斗。贾政长子娶了李纨，李纨父亲李守中是国子监祭酒，也就是国子监的最高负责人，此职位由翰林担任。国子监是古代的最高教育机构，是官宦子弟受教育的地方，担任国子监祭酒，等于是所有荫出子弟的老师，这是学术界极为重要的职务。清代国子监总管全国各类官学，不光有学术职能，还有行政职能。

同时，贾府的女儿贾敏嫁给了探花林如海。科考能够得到探花的名次，地位也非同一般，肯定也是翰林。贾家的亲家也是学术地位极高。

古代的科举功名与国学学术有很强的等价关系，因为古代没有现代科学体系，都是人文学科。在古代，《周易》在五经范围之内，也是儒家的六艺之一，科举是选择五经之一来考。在科举时代，科举功名本身也是学术能力的证明，考取功名而有志于学的人，也希望在国家的研究机构里供职。

综上所述，贾府出了进士、出了神童、出了名师、出了学政，还联姻学术泰斗和探花两个翰林，后来兰桂齐芳。在古代，以此标准，贾府放到哪里都是妥妥的学术望族之家，只不过贾府的勋贵荣光，掩盖了贾府当时的社会学术地位。诗书传家，才是《红楼梦》的主线。

（三）从科举题目谈《红楼梦》中诗书传家的背景

科举真的就是牢笼吗？真的只是钻研章句、皓首穷经吗？看看古代的科举考题，会给你不一样的感觉。

古代人读书，讲格物致知（理学），讲修身致良知（心学）。古代正统的学问是"四书五经"，更专业点，叫作"十三经"，分别是《诗经》《尚书》《周礼》《仪礼》《礼记》《易经》《左传》《公羊传》《穀梁传》《论语》《尔雅》《孝经》《孟子》。在"十三经"的基础之上，是经、史、子、集，是二十四史、《资治通鉴》，以及二十二"子"的诸子百家，由先秦、两汉、魏晋二十二部诸子书组成，包括《老子》《庄子》《管子》《列子》《墨子》《荀子》《尸子》《孙子》《孔子集语》《晏子春秋》《吕氏春秋》《贾谊新书》《春秋繁露》《扬子法言》《文子缵义》《黄帝内经》《竹书纪年统笺》《商君书》《韩非子》《淮南子》

《文中子中说》《山海经》，还有各朝代的学术大家著作，比如程朱理学和阳明心学，等等。这些都是最基本的著作，为了参加科举，需要研究的内容是很丰富的。比如，《易经》研究天象历法，其中还有复杂的数学计算和天文理论。还有对政治制度的研究。古代的经、史、子、集也有很多政治学、经济学、社会学、历史学方面的文章，如《封建论》《盐铁论》。贾宝玉喜欢的戏曲等，在古代就如现在的电子游戏一样，家长是要限制的。近代，国学被简单认为是文学和艺术，戏曲在国学当中的地位才提高了，而"四书五经"当中真正的国学思想却被妖魔化了。

古代的科举不是贾宝玉所学的那些唐诗、文艺，它是从隋朝开始的，在宋朝进行了改革，影响深远。第一次改革，就录取了"学霸天团"。嘉祐二年（1057），欧阳修主持会试，进行了重要的科举改革，坚持以古文、策论为主，以诗赋为辅的命题，曾巩与其胞弟曾牟、曾布及堂弟曾阜一同登进士第。这一次考试，能人辈出，真正体现了科举选拔人才的作用。看看这一次科举的牛人都有谁：

第一名曾巩，唐宋八大家之一；第二名苏轼，唐宋八大家之一；第三名章惇，宰执（又称"宰执官"，为宰相与执政官的合称，是宋元时期的官职；在宋代，宰执具有举足轻重的地位），追封魏国公；第四名程颐，理学泰斗，程朱理学创始人之一；第五名苏辙，唐宋八大家之一；第六名程颢，程颐的哥哥，理学泰斗，程朱理学创始人之一；第七名曾布，曾巩之弟，哲宗时期官至宰相（枢密使）；第八名蔡确，泉州人，哲宗时期官至宰相；第九名张璪，拜参知政事，也就是副宰相。

嘉祐二年的会试，可以说是历史上最成功的科举人才选拔考试，而第一名曾巩的水平，可以说是中国科举教育的大家。现在，很多人对曾巩的文章不够熟悉，科举时代，曾巩的文章是最重要的学习内容之一。现在的语文课本，却见不到曾巩的文章了，所选用的唐宋八大家的文章，都是文学性很强的文章，思想性则稍逊。

曾巩在科举教育时代的地位极为崇高，是诗书传家的典范。曾巩教育了四个弟弟、九个妹妹。嘉祐二年的科举，他和三个弟弟、两个妹夫，一家得中六进士，空前绝后。随后的十年里，曾家的弟弟和妹夫们又考中四人，十年出了十位进士。自曾巩之祖父曾致尧于太平兴国八年（983）得中进士算起，几十年间，曾家共有进士十九位。同时，曾巩之妹婿王安国、王补之、王彦深等一批人亦皆进士，曾家是历史上最鼎盛的学术之家。

南丰曾氏为耕读世家，曾巩祖父曾致尧、父亲曾易占皆为北宋名臣。曾巩十八岁时（1037年），随父赴京以文会友，与王安石结成挚友，二十岁入太学，献《时务策》给宰相欧阳修，拜入了欧阳修门下，向欧阳修推荐王安石，并与杜衍、范仲淹等名家建立了书信来往。曾巩科举之前，就已经名闻天下。曾巩这样的天下名士，也曾屡试不第，原因就是宋朝早期的科举应试方向不对。所以不是科举制度有问题，而是科举考什么很关键；教育是否内卷和应试，与考什么有关。

明清时期，科举的内容越来越实用化。科举考试除了皇帝亲自主持的殿试之外，乡试、会试要考三场，每场三天，一共考九天。首场"四书"三题，"五经"各四题，士子各占一经。四书主朱子《集注》，《易》主程《传》、朱子《本义》，《书》主蔡《传》，《诗》主朱子《集传》，《春秋》主胡安国《传》，《礼记》主陈澔《集说》。其后《春秋》不用胡《传》，以《左传》本事为文，参用《公羊》《穀梁》。二场论一道，判五道，诏、诰、表内科一道，三场经史时务策五道。乡、会试同。（见《清史稿·选举三》）

贾宝玉参加科考，第一场考八股文，是从"四书五经"里面选择材料来出题；第二场考官场应用文，包括上下往来的公文和案件的司法判文；第三场考策问，类似现代的议论文，题目会涉及很具体的国计民生问题，要求考生给出对策和办法。应用文和策问，都是结合时事和应用需要的考试，尤其是公文和司法判文，非常实用，要求是现在法学硕士、博士的水平；因为科举出来当官主管地方，首先要断案，就是检察官和法官一肩挑。因此，科举不光考八股文，还考实用性、知识性强的律法等。

明清时要考律例判例，相当于现在的司法考试，因为当官最主要的职责就是断案，后来考世界局势和时政，至清末，乡试首场试题为中国政治史事论五篇，二场为各国政治艺学策五道。这时，中外政治已成为科举考试的重要内容之一，这一改变反映了当时国家对世界政治格局的重视。科举制度被废除之后，取而代之的是留学，但官费留学成了权贵子弟的荫出，私费留学则变成了富豪财富换权力的门路，普通人的晋升通道没有了，这在一定程度上加速了清朝的灭亡。

前面分析了科举培养人的一面，再来看看命题和考试思想层面。

清朝的最后一次科举考试是在光绪三十年（1904），这一年，刘春霖得了状元，朱汝珍因为广东地区不被慈禧喜欢而名列榜眼。当年的科举试题值得大家看看。当年科考每场要考三天，给出多个题目，可以选做，避免某个题目偏题，对举子不公。

光绪三十年甲辰恩科会试试题如下：

第一场，史论五篇：

1. 周唐外重内轻，秦魏外轻内重各有得论。

2. 贾谊五饵三表之说，班固讥其疏。然秦穆尝用之以霸西戎，中行说亦以戒单于，其说未尝不效论。

3. 诸葛亮无申商之心而用其术，王安石用申商之实而讳其名论。

4. 裴度奏宰相宜招延四方贤才与参谋请于私第见客论。

5.北宋结金以图燕赵，南宋助元以攻蔡论。

第二场，各国政治，艺学策五道：

1.学堂之设，其旨有三，所以陶铸国民，造就人才，振兴实业。国民不能自立，必立学以教之，使皆有善良之德，忠爱之心，自养之技能，必需之知识，盖东西各国所同，日本则尤注重尚武之精神，此陶铸国民之教育也。讲求政治、法律、理财、外交诸专门，以备任使，此造就人才之教育也。分设农、工、商、矿诸学，以期富国利民，此振兴实业之教育也。三者孰为最急策。

2.泰西外交政策往往借保全土地之名而收利益之实。盍缕举近百年来历史以证明其事策。

3.日本变法之初，聘用西人而国以日强，埃及用外国人至千余员，遂至失财政裁判之权而国以不振。试详言其得失利弊策。

4.周礼言农政最详，诸子有农家之学。近时各国研究农务，多以人事转移气候，其要曰土地、曰资本、曰劳力，而能善用此三者，实资智识。方今修明学制，列为专科，冀存要术之遗。试陈教农之策。

5.美国禁止华工，久成苛例，今届十年期满，亟宜援引公法，驳正原约，以期保护侨民策。

第三场，四书五经：
首题为：大学之道，在明明德，在亲民，在止于至善义。
次题为：中立而不倚强哉矫义。
三题为：致天下之民，聚天下自货，交易而退，各得其所义。

看一下考题，现代人做起来如何？是不是很像考公务员的申论？除了第三场以外，其他的史论和时政，均需对天下大事非常了解，同时要对中国历代经济的发展非常了解，只读一些经典不够，没有思考更不行。

古代社会的交通、通信非常不发达，也没有多少媒体，对日本的变法、美国的华工等当时国际热点问题，处于边远地区的乡间读书人又怎么可能知道？缙绅文化相助至关重要，官员"告老还乡"，实际上是一个知识和智慧的循环。

政府如果对读书人实行愚民政策，这些时政问题又要让他们能够作答，就自相矛盾了。科举试题的方向是社会关注和探讨的热点，应当不是读死书能作答的，对能力的要求非常高，其难度和要求不是现在所能想象的。

科举时代，只要读好书，就有出人头地的机会，科举对打破社会阶层固化具有特别重大的意义。科举制建立以后，中国的士族势力衰微了。

古代科举考试的内容，有很多放到今天依然有意义，有些问题到如今已经讨论了一百多年，一直没有定论。科举考题代表了国内的风向标和舆论场，社会顶尖精英在科场上作答，本身也是一项社会调研工作。对国家执政者而言，能够了解社会精英的想法，便于从中选出自己的同盟者。科举选择的不光是人才，还有共同的执政理念，从这个角度，就可以理解很多著名的才子总是落第的原因了。清朝的考试策论都很契合实际，例如蔡元培参加的1892年的殿试，考试的内容是"西藏的地理位置"，蔡元培被点为翰林院庶吉士，殿试策论成绩为二甲三十四名（等于全国统考第三十七名）。张之洞的试卷，题目为《得贤才所以治天下，而总论资格科目之得失》，也是针砭时弊，最后得到了探花的名次。

对荣国府子弟而言，要维持家族阶层不滑落，一样需要读书，一样需要参加科举考试。贾府的兰桂齐芳,也是靠读书。这个比拼爹要公平得多。

为《红楼梦》续写的高鹗的科场试卷被保留到了现在。高鹗的殿试试卷原件现收藏于南京图书馆,首尾俱全,品相良好,全文约一千五百字,书法端庄,字体圆融饱满,为国宝级文物(见下页图)。试卷中提出四个方面的问题:一、朝廷屡次减税,远胜前朝,是否已经上感于天?二、刑罚渐近渐轻,刑与法,刑与兵,有何关联?三、海防抵御敌寇的预想方案可行与否?四、明末以来,科场八股文风渐衰,当以何为文章遴选士人?

当然,科举也有科举的问题。因为近代以来,西方新的科学和先进知识大量涌入,而中国当时的科举,还在原有的学科当中深化,这对选拔人才来说,当然是有问题的,就如当年张之洞殿试得出的结论:"诚以文法之中,必不足以得非常之士。""今日人才之乏,资格太拘,科目太隘……"所以,张之洞建议国家应当"多其途,优其用,严其限,重其不举之罚,以利人才"。

考试需要向真正提高素质的方向靠拢,也要重新反思传统教育的价值之所在。

(四)古代读书的进阶和财富之路

读书人的地位如何,读书如何发家致富,古代与现代不同。古代为学而优之人提供了丰富的机会。在古代,知识掌握在少数人的手里,读书本身就是重大的机会,不是普通人可以得到的。要让孩子能够参加科举考试,至少长辈要有人捐一个官或者有军功等,贱籍和衙役的后代不能参加科举考试。所以,古代读书本身就有门槛,不是所有人都有机会。

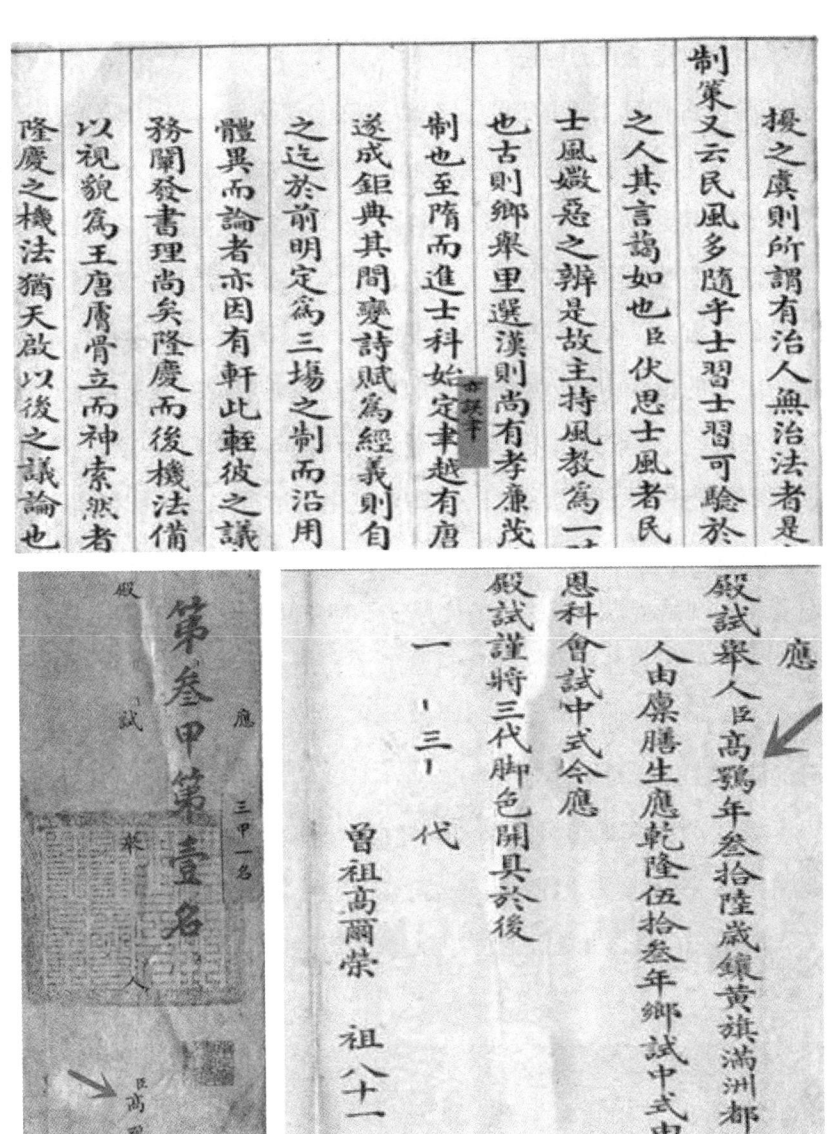

高鹗是科场三甲第一名。作为旗人,能够考中进士是非常不容易的。

◇◇◇历代科举文人的地位

中国古代读书人的地位，明清最高。汉唐是高门大姓的天下，宋朝虽然优待读书人，但主要针对科举考中进士的高端人群，底层读书人能够受益的依然有限。在明朝，朱元璋彻底打击了高门大姓；清朝延续明朝制度，对汉族大家族也极为忌惮，给了平民通过科举晋升的好机会。在《红楼梦》成书的年代，读书人的社会地位是中国历史上的顶峰，所以勋贵之家的贾政要逼着贾宝玉读书科举。到晚清和民国，其实是中国读书人地位崩溃的年代，国家战乱，军阀四起，有枪杆子才能为王；同时外来文化渗透进来，一切以留洋为上，能够留洋的官费生类似荫出，禁止科举的人可以考官费生，而自费留洋则是富贵人家买官的捷径，于是乡间的读书群体集体破产，读书人的地位不断滑落。古代科举考试为读书人提供了一步登天的机会；没有了"朝为田舍郎，暮登天子堂"的可能，没有了快速晋升的阶梯，社会固化就会更严重。

元代的文人地位低，是"臭老九"。"臭老九"早可见于清代赵翼《陔余丛考》："元制，一官，二吏，三僧，四道，五医，六工，七匠，八娼，九儒，十丐。"赵翼是乾隆时期著名的探花。谢枋

《姑苏繁华图》（题跋中称其为《盛世滋生图》）局部，科考场景，清朝宫廷画家徐扬于乾隆二十四年（1759）创作。

得在其《叠山集》中也说："大元制典，人有十等，一官，二吏……八娼，九儒，十丐；介乎娼之下，丐之上者，今之儒也。"元朝的"娼"应当是"倡"，不是妓女，而是唱戏的优伶；此等级划分针对男性，妓女是女性，不在排序里面。在元代，文人地位低，科举考试也不多（元代很晚才恢复科举，而且没有考几次），文人都是玩戏曲，时常自嘲。更主要的是，元代文人读书没有利益驱动，而后来参加科举确实是可以发家的。

◇◇◇童生已经是阶层跃升

在科举时代，当童生后身份就已经不同了。童生可以穿长衫，如鲁迅笔下的孔乙己，虽然很落魄，也是穿着长衫的，显示身份不同；其他行业之人，只能是短衣帮，只能上低级酒馆，而且在普通人的眼里不上档次，"样子太傻，伺候不了长衫主顾"（《孔乙己》）。所以能够考童生，穿长衫，对很多人家就已经是家族的阶层跃升。

当童生也有门槛，要有保人才能够去考，保人由廪生负责，同时，能够当童生参加科举的不能是冷籍，也就是三代以内要有人做官或考中功名才行。就算有人当官或者考中功名，三代以内有从事衙役、皂吏的也不行，有当戏子、开妓院、当家奴等贱业经历的也不行，有犯罪记录更不行。所以，家族内要是三代以内没有人考过秀才当过童生，子孙后代变成冷籍，要再考就困难了。因此，有很多人冒籍参加考试，比如清末状元张謇。

童生的门槛不低，所以能够当童生，就有了一个光荣的资历。童生是被县学记录在案的，算是有了档案，能够参加一些临时性工作，有报酬，不得随意征调。要是没有童生资格，也不能捐官捐监，有钱也不行。因此，童生虽然在读书人中处于最底层，但对最底层人家而言，在社会上已经属于家族的阶层跃升；只不过文人流传下来的文章都看不起童生，这与社会实际情况有所脱节。

◇◇◇秀才的地位与财富

童生能够得中秀才，就前进了重要的一步。古代讲"穷酸秀才"，其实秀才的收入，已经比一般农户要多不少。秀才如果去教书，一年大约有二十两银子的收入。在清代，穷苦人家的一年开销只有二两银子，秀才的收入足够养一大家子。秀才还可以出来给官府做事当差，县里各种临时需要文字工作的差事，都由秀才干。这不属于徭役，是要给报酬的，而且报酬通常不菲。秀才在乡间，给周围四邻写对联、写凭据、写交易文书等，都要收费。同时，科举是要考律例写判词的，也就是说秀才都通当时的法律，帮助写诉状、写契约也是来钱的途径，相当于法律工作者。因此，秀才在开私塾之外，还会兼职，有不少收入。

对秀才当中的优秀者，官府会给生活费，成为廪生，也叫廪膳生员，是明清两代由府、州、县按时发给银子和粮食补助的生员。明初生员有定额，皆食廪。明初府学四十人，州学三十人，县学二十人，其后名额增多，因谓初设食廪者为廪膳生员，省称"廪生"，增多者谓之"增广生员"，省称"增生"。又于额外增取，附于诸生之末，谓之"附学生员"，省称"附生"。后凡初入学者皆谓之附生，其岁、科两试等第高者可补为增生、廪生。廪生中食廪年深者可充岁贡。清代沿其制，经岁、科两试一等前列者，方能取得廪名义，每人月给廪米六斗，每年发廪饩银四两。廪生还有给童生考试作保的资格，光保费就可以收取很多银子，所以学得好的秀才当了廪生，根本不用为五斗米折腰去教私塾。

廪生当中的优秀者还可以成为贡生，贡生也叫明经，权力、社会地位与唐代科举考取的明经类似。贡生有很多种：每一年或两三年由地方选送年资长久的廪生入国子监读书，称为岁贡；凡遇皇室或国家庆典如皇帝登基，会加选一次，加选考上的，称为恩贡；每三年各省学政三年任期届满时，本省生员择优报送国子监的，称为优贡；每十二年各省学政考选本省生员择优报送中央参加朝考合格的，称为拔贡；乡试中没有考中举人，但成绩尚可，取入副榜直接送往国子监的贡生，称为副贡。

贡生具备做官的资格，过去叫作大挑贡生，挑中可以做七品知县，即使做不了知县，还有其他低级官员的职位可以去做，只要做官，陋规的收入就比当秀才多很多，更何况各部笔帖式、盐道库大使等八、九品的官也是肥缺。从九品的府厅照磨、州吏目、道库大使、宣课司大使、府税课司大使、司府厅司狱、司府厅仓大使、巡检、土巡检等官也都有陋规，收入不菲。还有一点很关键：这些八、九品官员没有回避制度，都是读书人在本地当官，可以直接给家族带来利益，他们与外来的知县是相互制衡的关系。

另外，古人还可以通过捐款取得贡生资格，"援例捐纳"取得贡生资格，称为例贡。例贡又分附贡、增贡、廪贡等。捐款可成为贡生，也就是给富贵之家的弟子留了一条路。捐纳之后，就可以参加乡试，也就是直接取得考举人的资格。在《红楼梦》中，贾宝玉和贾兰就没有参加秀才的考试，直接参加了乡试，考中了举人，他们应当就是捐纳了贡生，或者勋贵出身本来就有监生资格。在《儒林外史》中，周进总考不上秀才，也是通过捐纳取得了贡生、监生的资格，参加了乡试，中举走上发达之路的。

秀才见官可以不跪，普通人必须下跪；秀才可以直接去拜见知县，普通人只能先见师爷，所以说秀才的地位比普通人高。秀才的身份也不是终身制，每三年要考核一次，考得差，书本都忘光的，秀才的资格就可能被革去。直到秀才成了贡生，才可以不再和其他秀才一样去参加每三年的考核，所以秀才也要不断学习。

在古代，得中秀才，就有了自由游历的权利。古代的读书人不仅要读万卷书，还要行万里路。古人也是有身份证明的，从秦代就有了。有了功名的人，都要领执照，执照有现在文凭加身份证明的双重意思。读书人中了秀才之后，档案就要上交吏部（武科上交兵部），再统将档案发给各省、府、州县做别档。执照由礼部发，捐监的由国子监发，这些都是身份文书。各省有存档可以核查。官吏有腰牌或牙牌等证明，普通人则需要有路引，也就是类似今天的介绍信，介绍你去哪里就只能去哪里。流民在古代是被严格管理的，因为流民容易引发造反和社会动荡；各地都是熟人社会，一个生人是难以自由行动的。读书人有了功名，可以到处游历增长见识，叫作游冶，我们可以看杜甫的《壮游》诗，杜甫年轻时在全国各地转了一大圈。秀才游历，各地士绅都会接待，他们可以帮助人们写字据楹联，旅费也不愁。

有了功名，身份和服饰都不一样，当地政府有档案可以查实。档案上虽然没有照片，但有身貌单，记录相貌特征，还有草图，比如哪里有一个黑痣等。在没有复印机的时代，也不容易泄密扩散，很容易查实，因此贾雨村虽然淹蹇在葫芦庙，也不妨碍甄士隐知道他是举人身份，投资于他，给他钱去赶考。

古人赶路要路引，在《红楼梦》一书当中也有体现。在第一百一十六回中，贾政要送贾母等人灵柩去南方安葬："贾政便告诉了王夫人，叫他管了家，自己便择了发引长行的日子就要起身。"贾府这样的勋贵出远门，都要路引。古代勋贵私自离开驻地，也是很忌讳的，皇帝很关注。古代能够天下云游的，就是读书人。在把人口严格束缚在土地之上的中国古代农耕社会，拥有能够游历天下、学习知识的权利，显得尤为珍贵。

能够考中秀才很不容易，三年考两次，每次二十人左右，要过县试、府试、院试三关，实际录取率很多地方甚至只有百分之一，好多人一辈子也没有考中秀才，《儒林外史》中的范进考了二十多次，孔乙己则是考到老。因此，秀才的门槛一点也不低。

◇◇◇举人的地位与财富

在古代，秀才如果考中了举人，马上就可以有钱了。明清的举人也叫作孝廉，与汉晋时期的孝廉社会地位类似。举人在当地可以与县太爷平级往来，有做官的资格。举人参加三次以上会试，始终考不上进士的，可以去吏部报到，等待职位出缺，被称为大挑举人。参加大挑以后，就不能再参加会试了。海瑞就是以大挑举人的身份当上官的，张之洞的父亲张瑛也是如此。资深贡生也有类似的做官机会，叫作大挑贡生。明清各地的知县，大部分是举人，知县是进士出身的很少，因为进士知县一般很快就会升迁，或者中进士时本来就不年轻了，很快就退休了，所以各地的知县群体，以举人出身为主。各县的教谕多为举人，也有贡生，是正八品。教谕掌文庙祭祀，管理秀才，有很多陋规和潜规则收入。别看只是正八品，实权非常大，即使是九品官，地位也不低。很多举人是在本地做官，有各种渔利的机会。八品官、九品官只不过是他们的起点，大多数人可以做到县令以上。

由于举人有做官的资格，即使在大挑举人时没有被挑上，八、九品官员还是很容易当上的，还可能升迁到知县以上。在《儒林外史》中，范进中举之后立即就有钱有房了。第一个向范进道贺送钱送房的，就是胡屠户眼中的牛人——大乡绅张静斋。他出手不光是给了五十两银子，还有县城里的一处大宅子："弟有空房一所，就在东门大街上，三进三间，虽不轩敞，也还干净，就送与世先生；搬到那里去住，早晚也好请教些。"三进就是三进的院落，三间是院子面宽三间房（中间是中堂，两边是书房和卧室），这种标准的大宅一般占地八百平方米，大约一亩三分，所以用"一亩三分地"来指私属空间。

举人一般至少能够当上县一级的官员，对普通人家而言，这是阶层跃升。在古代有陋规的年代，官员的收入远远高于现在。古代对举人才可以称老爷，对举人的夫人才可以称太太，所以在《红楼梦》中，王夫人就被称为太太，而对薛姨妈等人就不能有此称谓。

总之，在古代，秀才考举人非常困难，而且乡试时考举人就没有荫出和捐纳了，都是要考的，考中了举人，就是巨大的阶层跃升！因此，《红楼梦》一书的结局，就是甄宝玉、贾宝玉和贾兰考中了举人，中了举人，家族才得以复兴，家族才能传承。

◇◇◇免税、免服役和投效

古代读书，还有一个重要的财富来源，就是读书取得功名以后，就有了免税和免役的权利！举人可以蓄奴和全族免税，免兵役、徭役，对家族来说是重大的利益。世袭的爵位带来的免税等利益，对旁支就没有用了。

考中了秀才，可以免税，也不用服兵役和徭役；考中了举人，可以蓄奴。所以就有人为了免税和逃避徭役、兵役，投效他人，自愿成为奴隶，以分享免税的利益。

因为举人所蓄养的奴隶有和主人一起免税及免兵役、徭役的权利，所以《儒林外史》中的范进中举以后很快就致富了："果然有许多人来奉承他：有送田产的，有人送店房的，还有那些破落户，两口子来投身为仆图荫庇的。"也就是说田产都有人送。范进中举之后不久就财产暴增："到两三个月，范进家奴仆、丫鬟都有了，钱、米是不消说了。张乡绅家又来催着搬家。搬到新房子里，唱戏、摆酒、请客，一连三日。"所以，在古代，有穷酸秀才，没有穷酸举人。在《儒林外史》里，范进先前的"穷酸"，是胡屠户眼里的穷酸，而屠户一般是基层社会中的一霸，镇关西就是一个屠户。在《红楼梦》中，甄士隐见贾雨村是举人，把自己的家产全送给贾雨村都有可能，因为在那个时代江浙征收重税，中了举人，就会有人送田产，然后一起享受免税的好处。

中国古代普遍税率很低,但徭役、兵役的负担不轻,科举功名让家族能够免除徭役、兵役,帮助很大。而在江南水网稻田的鱼米之乡,因为要征收朝堂的禄米,税收又非常重。此类地区主要是淞沪大道、苏州府等地,也就是《红楼梦》中勋贵所在的地区,税收加上陋规就能够超过百分之五十,足见读书免税的利益之巨大。所以,这些地方文风极盛,背后也有为考取功名以免税的原因。对于考试后取得功名的官绅是否应纳粮,雍正曾经让官绅一体纳粮,结果施行没几年,到乾隆时就废止了,背后原因是读书人的文官系统不接受,而且雍正让官绅一体纳粮,也没有要求他们服役,他们获得的利益依然巨大。

重税和徭役、兵役,对勋贵们而言也是巨大压力,因为勋贵们只有一个儿子可以继承爵位,继承了爵位则不用纳税,庶子没有爵位,就要纳税和服役。在大家长还未分家的时候,可以一起不纳税,等到以后分家,没有爵位和功名,那么巨额的税收和徭役、兵役,就是勋贵后代们难以承受的事情。在古代,推恩令还要求勋贵孩子的所得要平均分配,也就是说,可以不纳税的部分随着世袭一代代减少,除非勋贵的后代也考取了功名,那时他们才可以不纳税,不服役。

把功名和免税、免役之间的规则看清楚,就知道《红楼梦》中贾政对贾宝玉读书考取功名为什么如此重视了。若正常世袭,爵位是在贾赦一支,贾政当官可以不纳税,但贾政的官职不世袭,贾母和贾政死后,荣国府分家,贾政、王夫人这一支里,要是贾宝玉和贾兰都考不上功名,就要缴皇粮服兵役。勋贵即使是世袭罔替的爵位,没有爵位又没有功名的后代,分家后也必须纳税、服役,之后很快就会阶层滑落。就算是有世袭爵位的,一次次分家之后,财富也越来越少,打天下、发家得到的巨额财富也会被摊薄,最后只能依靠爵位俸禄来维持。《红楼梦》中，贾府的财政竭蹶，也有此背景。

◇◇◇士子的监察权

在免税之外，读书人考中了秀才、举人，在基层还有监督乡下宗族的重要政治权利，使得他们在社会当中享有很高的地位。

古代从学政、教官（教谕）到生员举子，也有一套监督体系。秀才可以求见县令，但不是单方面的求见，有问题也可以报告教官，教官上报学政；举人禀见县官，县官必须平级相见，不能拒绝。举人也可以直接去找学政。乡间的问题，可以通过学政上报皇帝，这是一个非常严密的体系，是另外一条下情上达的通路。各省学政与各省督抚不是隶属关系，相关事宜直接就到中央了，而且中央一个是吏部管，一个是礼部管，都是不同的一品大员，在机制上对地方官员有极强的监督作用。因为监督作用存在，也因为生员举子将来前途不可限量，县官对他们都礼让三分。

在地方，秀才、举人群体的存在，是一套乡贤体系，士林体系和儒家信仰的道德约束极大地遏制了乡间恶霸的作恶行为，是基层治理的重要环节。

◇◇◇收入要对比着看

有些读者看各种古代文献的时候，不觉得古代的秀才和基层官员收入高，这种错觉主要缘于古代与现在财富计算上的偏差。

古代是粮食超级贵的时代，两年的粮食就可以把种粮的土地买下来。而古代货币是贵金属，没有纸币的衍生，货币的价值也不能按照金属的价格与现在比价；而且在晚清，贵金属货币有一次巨额贬值的过程，此时的货币与《红楼梦》成书的时候没法比。例如在《孔乙己》中，一开始四文铜钱就够孔乙己喝酒了，到后来就要十几文了，这就体现出晚清的物价上涨和货币贬值。《红楼梦》中丫鬟的月钱是一两银子，另外还管饭，一千个铜钱是一吊钱，当时一吊钱是0.7两银子，也就是说，丫鬟的月钱可以让孔乙己喝四百多次酒。《红楼梦》中丫鬟的收入对比恭王府奴婢的收入（晚清档案记载，恭王府的大丫头月钱一吊，每月还有饭食银五百文，每年还有例赏十两左右），是符合当年的实际情况的。同时，古代读书考取秀才以后的收入，略高于《红楼梦》中顶级大丫鬟的收入。古代秀才与《红楼梦》中的丫鬟相比，是不是觉得秀才好穷？这就是古代勋贵的家奴。《红楼梦》中的丫鬟等人看不起秀才"穷酸"，实际上秀才收入就是现在高级白领的收入，已经很高了。清代普通人家一年二两至五两银子就可以过得很好。刘姥姥第一次到大观园得到了二十两银子，她家在乡下，立即就翻身了，再一次到贾府，就完全是另外的样子了。

古代秀才教私塾，一年有二十两左右的收入，已经非常高了。秀才的收入，在清朝与远系支脉皇亲国戚的收入可比！八旗子弟丰厚的俸禄银子到底是多少，也可以拿来比一下："皇族的福利待遇规定，凡是没有任何官差，只能待在家里的闲散宗室男性，从十岁开始就可以从宗人府领取每月二两银子的生活费；到了二十岁，生活费提高到了每月三两银子，并且还发四十二斛二斗的大米。而闲散的觉罗男性，则是从二十岁开始，就可以从宗人府领取每月二两银子的生活费，每年的禄米为二十一斛二斗。"还可以对比一下递降到最低的异姓勋贵的世职：最低的云骑尉八十五两；恩骑尉四十五两。这些人的收入与秀才的收入相当，而且秀才如果学得好，考上了廪生，能够给童生考秀才作保，自己还可教书，一年的收入就可能超过上述宗室和最低爵禄的勋贵收入。可见，秀才的收入一点也不低。

在科举时代，除了皇权，皇亲贵戚和勋贵世家的地位都在递降，资产也被推恩令规则搞得越分越少，分了以后还只有一份不交税，除非能够科举得中成功免税，否则勋贵世家都在阶层滑落之列。所以，到了清朝末年，北京的勋贵们多代以后，就是老舍《正红旗下》所写的样子：

> 他（二哥）是个油漆匠！我的大舅是三品亮蓝顶子的参领。二哥有远见，所以才去学手艺。按照我们的佐领制度，旗人是没有什么自由的，不准随便离开本旗，随便出京；尽管可以去学手艺，可是难免受人家的轻视。他应该去当兵，骑马射箭，保卫大清皇朝。可是，旗族人口越来越多，而旗兵的数目是有定额的。于是，老大老二也许补上缺，吃上钱粮，而老三老四就只好赋闲。这样，一家子若有几个白丁，生活就不能不越来越困难。这种制度曾经扫南荡北，打下天下；这种制度可也逐渐使旗人失去自由，失去自信，还有多少人终身失业。

旗人三品官员的儿子，能够补缺的也只有长子，下面的孩子还要学手艺当工匠，可见当时的社会状态。

出身勋贵之家但没有考中功名的，几代以后就滑落至底层。老舍的父亲算是补上了缺的旗人，已经是幸运的了，但也不过是普通的八旗士兵，要长年辛苦地服兵役，一家人的日子过得还是紧巴巴的。再看看《正红旗下》老舍家的生活：

> 在门外的小贩而外，母亲只和油盐店、粮店，发生赊账的关系。我们不懂吃饭馆，我们与较大的铺户，如绸缎庄、首饰楼，同仁堂老药铺等等都没有什么贸易关系。我们每月必须请几束高香，买一些茶叶末儿，香烛店与茶庄都讲现钱交易；概不赊欠。虽然我们的赊账范围并不很大，可是这已足逐渐形成寅吃卯粮的传统。这就是说：领到饷银，便去还债。还了债，所余无几，就再去赊。假若出了意外的开销，像获得作娶亲太

太之类的荣誉，得了孙子或外孙子，还债的能力当然就减少，而亏空便越来越大。因此，即使关下银子来，母亲也不能有喜无忧。

老舍家都已经是寅吃卯粮，而且不能有意外花钱的地方，与贫民区别不大了。为什么清朝八旗后来没有了战斗力？看看老舍父亲这样的八旗士兵就知道了。当兵为了拿钱养家，是家庭生活唯一来源，打仗时肯定不能死啊，所以有危险肯定要跑得快。

◇◇◇养廉银与文官的高收入

科举成功并当官之后，收入极高。在俸禄之外，清朝创立了养廉银制度，读书能带来的合法收益就更多了。我们来看顶级文官的收入。

科举文官的收入极高，这些收入还都是合法收入。以漕运总督为例：漕运总督在清代为一、二品大员，岁俸银一百八十两（二品为一百五十五两）；且总督有年养廉银，为一万五千两至三万两左右（二品为二万两以下）。也就是说，漕运总督一年的养廉银最高可达三万两。虽然养廉银不能都揣进腰包，但花掉的钱也能赚回来，还能收入不少钱。关键差别在于勋贵等人没有养廉银，各种要花钱的地方，一样也要花钱应酬。《红楼梦》就多次提到贾府的贾琏、王熙凤为了送礼，只能当东西，还让鸳鸯帮忙偷拿贾母的体己来周转。

养廉银仅是清代文官的合法收入，还没有计算各种陋规。如果计算陋规，就是广为流传的"三年清知府，十万雪花银"的收入，数额到底有多大，可以对比一下曹雪芹的曹家被抄家时的数据：根据《关于江宁织造曹家档案史料》记载，当时抄了四百八十三间房子，查处十九公顷零六十七亩田地，人数总量为一百四十口，家具、旧衣和零星物件数份，当票一百多张，查有曹𫖯的外债三万二千两（别人欠的），同时，曹家欠朝廷亏空三万一千两。也就是说，曹家的亏空是三万一千两，这是漕运总督一年多的养廉银水平，如此对比，就可以知道科举群体做到顶级文官的收入之高了。

古代推崇"万般皆下品，唯有读书高"，文官与武官的俸禄收入差别极大。一品武官的养廉银才二千两，七品武官只有九十两，文官有陋规不是违法犯罪，武官克扣军饷则属于贪腐重罪，文官与武官的地位很悬殊。因此，古代重文轻武是有原因的。而且所谓"穷文富武"，练武需要的各种花费也比读书多得多。《红楼梦》里王子腾与贾雨村的收入，差距也是很大的，贾雨村的收入已经远在贾家和王家之上，只不过没有他们的长期积累。

文官大员的养廉银收入和陋规收入，还可以与顶级的勋贵们对比一下。清朝宗室的收入是："亲王银子一万两，米一万斛；郡王银子五千两，米五千斛；贝勒银子两千五百两，米两千五百斛；贝子银子一千三百两，米一千三百斛；镇国公银子七百两，米七百斛；辅国公银子五百两，米五百斛；镇国将军银子四百一十两，米四百一十斛"。而清朝异姓勋贵的收入是："一等公岁支俸银七百两；一等侯又一云骑尉六百三十五两，一等侯六百一十两；一等伯又一云骑尉五百三十五两，一等伯五百一十两。"文官到二品大员，养廉银等收入已经高于了亲王，到三品就高于了郡王；从四品的知府养廉银比贝勒爷的俸禄还多；而所谓七品芝麻官的知县，俸禄竟然是公爵的两倍！亲王若没有特别的功勋，须是皇帝喜欢的嫡子才能够获封，郡王无特殊功勋也必须是皇子，很多庶出皇子只有贝勒、贝子的封号。而异姓要爬到公爵、侯爵、伯爵等顶级爵位，也是"一将功成万骨枯"，要冒巨大的生命危险，有了大功勋才能获得。如此一看，考科举走仕途性价比极高。

从读书考科举到能够钦点翰林，外放当知府，合法收入上就已经超过贝勒、贝子,更是顶级异姓公爵的好几倍,非法收入、灰色收入也不比宗室和勋贵们少。翰林三年一榜,平均一年十个,数量上也大大超过宗室封爵和异姓军功封爵的人数。科举能够得中进士,最后平均职级在知府以上;能够到翰林,则平均职级在二品大员以上。也就是说,读书成功,收入可赶得上王子,也赶得上顶级勋贵。文官高官虽然不是世袭,但也有照顾,子弟可以入太学当监生,会给一定的官职,还可以捐官,在父辈的影响下多半能够补到实缺。如此对比,古代读书人当了举人,差不多就都可以做到知县,已经不输于世袭的公爵,而公爵世袭还要递降,递降到底之后的收入与秀才差不多。

综上所述,读书在明清时期是性价比极高的事情,收入和投入,投入和风险,相比从事其他行业,完全不在一个层面。在科举时代,只要没有礼崩乐坏,科举舞弊是要杀头的,因此作弊的比例非常低。读书就是阶层跃升的阶梯,而不读书的后果就是阶层滑落。中华文明几千年以来,诗书传家已经写入民族的骨髓,拼命读书、改变命运是中国人的信仰,也是中华文明长盛不衰的关键。如果打断了诗书传家的传统,对孩子们放养,像大观园当中的贾宝玉似的,让孩子的竞争变成拼爹,民族还有什么未来?[①]

附录　清代官员俸禄

这里特别附录清朝官员的各种俸禄情况,从经济和社会视角看《红楼梦》,对《红楼梦》中人物的收入是非常敏感的。《红楼梦》成书时期清代各级官员的俸禄是关键性数据,特别收集附录于下。

---

① 本节相关参考资料:《大清会典事例·礼部》;《钦定大清会典则例》;《中国的科名》(齐如山,辽宁教育出版社)。

清朝官员的俸禄分为俸银与禄米两种，每年春秋两季发给。由于官员的年俸并不高，难以维持其庞大的家族开销，因此存在所谓的养廉银制度。

（一）文官俸禄

品级	年俸	禄米	养廉银
一品（总督）	180两	180斛	16000两
二品（巡抚）	155两	155斛	13000两
三品（按察使）	130两	130斛	6000两
四品（道员）	105两	105斛	3700两
五品（从四品知府）	80两	80斛	2400两
六品（从五品知州）	60两	60斛	1250两
七品（知县）	45两	45斛	1200两
八品	40两	40斛	
九品	33两1.14钱	33斛1.14斗	
未入流	31两5钱	31斛5斗	

（二）武官俸禄

品级	蔬菜	烛炭银	灯红纸张银	养廉银（内地）
一品（提督）	609两	180两	200两	2000两
二品（总兵）	599两	140两	160两	1500两
三品（参将）	243两	48两	38两	500两
四品（都司）	141两	18两	24两	260两
五品（守备）	90两	12两	12两	200两
六品（千总）	49两			120两
七品（把总）	36两			90两
八品	40两			
九品	33.114两			

（三）皇族宗亲俸禄

清朝皇室成员的爵位大致分10级，从高到低依次为亲王、郡王、贝勒、贝子、镇国公、辅国公、镇国将军、辅国将军、奉国将军和奉恩将军。另外一种排列依次为亲王、郡王、贝勒、贝子、镇国公、辅国公、不入八分镇国公、不入八分辅国公、镇国将军、辅国将军、奉国将军和奉恩将军。这些爵位每传一代降一级，比如某亲王，传到儿子应赐爵某郡王，到孙子为某贝勒，依次降低，但最多降4级，也就是说，亲王的子孙降爵位到镇国公后就不再降低，一直为镇国公；而郡王子孙最低到辅国公；以此类推。但是还有一种情况就是朝廷特批，例如钦赐"世袭罔替"，也就是所谓的"铁帽子王"，他的子孙将永远保持亲王的爵位。

宗亲	年俸	禄米
亲王	10000两	10000斛
郡王	5000两	5000斛
贝勒	2500两	2500斛
贝子	1300两	1300斛
镇国公	700两	700斛
辅国公	500两	500斛
镇国将军	410两	410斛，相当于一品武官
辅国将军	310两	310斛，相当于二品武官
奉国将军	210两	210斛，相当于三品武官
奉恩将军	110两	110斛，相当于四品武官

××将军比武官收入还低，但他们的官服和级别按照上述品级。

（四）公主、格格和额驸俸禄

固伦公主：居住京师则俸银400两，禄米400斛；下嫁外藩则俸银1000两，俸缎30匹；

和硕公主：居住京师则俸银300两，禄米300斛；下嫁外藩则俸银400两，俸缎15匹；

郡主：居住京师则俸银160两，禄米160斛；下嫁外藩则俸银160两，俸缎12匹；

县主：居住京师则俸银110两，禄米110斛；下嫁外藩则俸银110两，俸缎10匹；

郡君：居住京师则俸银60两，禄米60斛；下嫁外藩则俸银60两，俸缎8匹；

县君：居住京师则俸银50两，禄米50斛；下嫁外藩则俸银50两，俸缎6匹；

乡君：居住京师则俸银40两，禄米40斛；下嫁外藩则俸银40两，俸缎5匹；

六品格格：居住京师则俸银30两，禄米30斛；下嫁外藩则俸银30两，俸缎3匹；

固伦公主额驸：居住京师则俸银300两，禄米300斛；外藩则俸银300两，俸缎10匹；

和硕公主额驸：居住京师则俸银250两，禄米250斛；外藩则俸银255两，俸缎9匹；

郡主额驸：居住京师则俸银100两，禄米100斛；外藩则俸银100两，俸缎8匹；

县主额驸：居住京师则俸银60两，禄米60斛；外藩则俸银60两，俸缎6匹；

郡君额驸：居住京师则俸银50两，禄米50斛；外藩则俸银50两，俸缎5匹；

县君额驸：居住京师则俸银40两，禄米40斛；外藩则俸银40两，俸缎4匹。

（五）世爵俸禄

一等公岁支俸银700两，二等公685两，三等公660两；

一等侯又一云骑尉635两，一等侯610两，二等侯585两，三等侯560两；

一等伯又一云骑尉535两，一等伯510两，二等伯485两，三等伯460两；

一等子又一云骑尉435两，一等子410两，二等子385两，三等子360两；

一等男又一云骑尉335两，一等男310两，二等男285两，三等男260两；

一等轻车都尉又一云骑尉235两，一等轻车都尉210两；

二等轻车都尉185两，三等轻车都尉160两；

骑都尉又一云骑尉135两，骑都尉110两；

云骑尉85两；恩骑尉45两；

还有不列等的闲散公255两，闲散侯230两，伯品级官205两，子品级官180两，男品级官155两，轻车都尉品级官130两，骑都尉品级官105两，云骑尉品级官80两。

凡在京八旗世爵，每俸银1两，兼支给米1斛。

清朝的封爵与前代不同的是，所有的封爵只加美号，不加国号、邑号。

（五）读书改变红楼勋贵世家的命运

贾宝玉和贾兰的科举成功，是抄家以后贾家能够复兴的关键。为何能够复兴？背后也是皇权的需要，皇帝需要勋贵们转型为读书之家，否则他们堕落后可能会带来社会安定问题，可能会有武将造反的风险。

《红楼梦》的大背景是王朝到了勋贵第三代，皇权也差不多到了第三代，以前的老皇帝身边是一群一起打天下的勋贵老臣，老皇帝对他们既了解也信任，有信心驾驭他们，而新皇帝对勋贵是不了解和整体猜忌的态度，身边是一群新朝科举上来的士子，他们是新皇帝通过科举选拔出来的精英。新皇帝信任的是科举群体，一朝天子一朝臣，朝堂的政治环境已经发生根本性改变，不能融入新的政治环境之中，就要被淘汰，就要阶层滑落。勋贵世家要保持富贵，就必须向读书转型，这是由中国朝代发展规律决定的。

◇◇◇贾家的复兴有埋线

贾家的复兴，在前四十回中已有埋线。

《红楼梦》中多次用了"满床笏"这个典故。典故说的是，唐朝中兴名臣郭子仪过六十大寿时，七子八婿皆来祝寿，他们拜寿时把笏板放满了床头（另有说是放满象牙床，详见《因话录》）。笏，为古代君臣在朝廷上相见时，臣子手中所拿的狭长板子，用玉、象牙或竹片等制成，主要功能是在朝堂上记事。由于郭子仪的晚辈们都是朝廷里的高官，手中皆有笏板，就有了"满床笏"的景况。后来，"满床笏"的故事在民间广泛流传，借喻家门福禄昌盛、富贵寿考。旧时，民间富贵之家常有"天官图"挂于中堂，也就是郭子仪的画像，以祈全福全寿。至明清两代，"满床笏"从官场到民间大行其道，成了书画、小说、戏曲的重要题材。

《红楼梦》里三次提到"满床笏"。第一次出现在第一回："陋室空堂，当年笏满床。衰草枯杨，曾为歌舞场。……"写了从盛况到衰败的转变。第二次是在第二十九回，大年初一，贾府家人来到张道士的道观，神前的戏唱的是《白蛇记》《满床笏》《南柯梦》。《白蛇记》是汉高祖起家斩白蛇，《满床笏》预示金陵勋贵们的兴盛，《南柯梦》暗示宝玉的出家。第三次是在第七十一回，贾母过寿，甄家的寿礼之一屏风，内容就是"满床笏"。这几处用"满床笏"的典故，非常有味道。郭子仪是中国历史上少有的功高震主却得以善终的武将，他的儿子郭暧成了驸马，其他七个儿子也都是高官，兴旺发达一直延续至第六代。甄家送贾家的寿礼，用此典故暗示贾家、甄家会复兴。郭子仪本人也曾经被猜忌过，他的后代都变成了文官，这说明读书可以改变命运。

《满床笏》的剧本还有一个版本叫作《十醋记》，是李渔考证的，也是说郭子仪的，共三十六出，出名的有《醋表》《醋义》《醋成》《醋感》《醋授》《醋功》《醋锦》《醋阻》《醋致》《醋慨》，故名《十醋记》。郭子仪晋封汾阳王，七子八婿，奉觞上寿，堆笏满床，中间点出节度使龚敬的惧内情形。《红楼梦》中，第一回的"陋室空堂，当年笏满床。衰草枯杨，曾为歌舞场。……"应当含有《红楼梦》醋场的暗喻，贾政就是惧内的。第二十九回所唱《满床笏》《南柯梦》，是别指从女人争夺宝玉到宝玉出家。第七十一回中，众人给贾母祝寿的"满床笏"屏风，则暗示此时正是王夫人与贾母的内宅斗达到了高峰。这里也说明贾家的败落与女主人王家人控制了贾家，王家人薛宝钗要上位，对此将在第二部进行分析。《红楼梦》经常是双关的，即使是按照《十醋记》理解，背景也是郭子仪的长盛家族，就是暗示贾家会成功转型，达到长盛，而不是彻底衰落。

很多人会拿着"白茫茫大地真干净"及后面四十回续本来反对此观点，笔者认为后面贾府的翻身，在前面已留下了埋线。注意一下薛宝钗的判词："可叹停机德，堪怜咏絮才。玉带林中挂，金簪雪里埋。"判词可以有多种解读，可以当作林黛玉的，可以当作黛玉、宝钗共同的，也可以当作薛宝钗一个人的。如果作为薛宝钗一个人的判词，她劝说宝玉努力读书，后来中了乡魁，就是"停机德"。这个典故出自《后汉书·列女传·乐羊子妻》，讲的是东汉河南郡乐羊子的妻子停下织布机，以中断织布就会前功尽弃的道理来劝勉丈夫读书不可半途而废。薛宝钗才华也很高，符合专门称赞才女的"咏絮才"。"玉带林中挂"，玉带是官员戴在腰间物，可以指代功名，"林中"可以指士林，也可以指翰林，就是指科举的成功之路。"金簪雪里埋"，那不就是说白茫茫的大地里面埋有金簪吗？有金子在雪里藏着，要等雪化了以后才会发光！金陵十二钗正册第一首判词，画的是两株枯木，木上悬着一围玉带，地下又有一堆雪，雪中有一只金簪。但到了春天，金簪就不是被雪藏的状态了，枯木也会枝叶茂盛。科举考进士是在春天，因此判词若用到薛宝钗的身上，就是告诉读者贾家要转运，等到春天来了，在宝钗的"停机德"下，兰桂齐芳地复兴。贾兰已经中了举人，"桂"应当是宝钗的孩子，但"桂"字本身字形又是木石前盟，圭就是宝玉，与林黛玉也有关，其中逻辑以后会分析。因此甄士隐说"兰桂齐芳"，应当是指殿试，指考中进士，点翰林了。

我们再看看贾家荣国府正堂的那一副对联："座上珠玑昭日月，堂前黼黻焕烟霞。"此对联，有解读认为具有多重深意，除了前面已有的文字狱解读外，还可以解读为子女通过读书取得成功。"座上"，比喻贾政的儿子们；"堂前"，比喻贾家的各种圈子关系。"珠"与"玑"连用的时候，"玑"的意思就是不圆的珠子。虽然不圆，但也是宝石材质的珠子。（《说文》："玑，珠不圆者也。"）贾珠读书很好，早早进学，属于"珠"；贾宝玉不爱读书，属于"玑"，是不圆的珠子。但最后贾宝玉在家族的压力之下，也中举了，算是"昭日月"了。"玑"，另外也可以当"天玑"解释，是北斗七星之一，象征着宝玉是天上的神仙下凡，从这层意思来解读，宝玉的大名可能就是"贾玑"。在第三十一回中，贾母让史湘云"别提小名儿了"，说明宝玉只是小名，按照贾家的命名方式，叫"贾玑"是符合起名规则的。宝玉含玉而生，为天上仙子，叫"北斗天玑"的"玑"，正好与《红楼梦》的暗线吻合，同时与他哥哥的名字正好合为"珠玑"，意思相应。而下联中的"黼黻"，泛指礼服上所绣的华美花纹。古代官僚贵族礼服边上有"黑白""黑青"规律相间的花纹，是"鲜花着锦之盛"（第十三回）之意。"焕"字，《说文》解释为"火光也"。换个角度看，"焕烟霞"就是"烈火烹油"烧成灰，成了过眼云烟。不读书，贪恋鲜衣美食享乐的，最后都成为云烟。所以荣禧堂这一副对联也是全书的焦点，对贾家的命运暗有所指。《红楼梦》各处的暗线都是互相关联在一起的。

贾家最后能够通过读书科举复兴，前八十回中还是有证据的：第五十三回专门详细写了贾家是如何祭祀祖先的。祭祀在古代可以说代表着家族的运势。贾家祠堂当中有衍圣公所书："肝脑涂地，兆姓赖保育之恩。功名贯天，百代仰蒸尝之盛。"在古代，孔子后裔衍圣公地位优渥，不随便给人写东西，更不会给武夫写，但会给学术世家写；所以这个对联的存在，也印证了笔者分析的贾府是学术望族。其中"功名贯天"就是指贾府取得了非常了得的科举成绩。此前贾家只有贾敬是进士，普通进士似乎与"功名贯天"还是有差距的，要一甲走御道才可以，此处表明贾府之后要"兰桂齐芳"，肯定"功名贯天"。

贾家要复兴，在前八十回还有一条埋线：甄家与贾家是紧密结盟的关系，也是贾家的影子。甄家有一个甄宝玉，甄家的家长名字叫甄应嘉，谐音就是"真赢家"；甄家最后肯定是赢家，对应贾家也不会败落。

在讲读书改变命运的《红楼梦》的后四十回中，甄宝玉出现了。甄宝玉与贾宝玉成了朋友，两个宝玉互相促进。作者的目的可能是用一真一假故意来阐述其观点。同时，江南甄家得到复兴，也有甄宝玉读书科举成功带来的影响。

甄宝玉与贾宝玉有着相同的外貌和相似的性情，似为贾宝玉的镜中幻影，贾雨村将二人相提并论，评为正邪两副人格的典型。甄宝玉也是贾雨村的学生，但贾雨村觉得难以教他，于是到了林家来教林黛玉。随着情节的发展，书中的两个宝玉有了不一样的结局。中举后，甄宝玉留在红尘凡间，娶了原来学术世家国子监祭酒李守中的侄女李绮为妻，重振家业，似为贾宝玉另一种假设结局的诠释。

在书里，甄家早于贾府被抄家，甄宝玉应当更早地体会了世态之炎凉。在第一百一十五回中，甄宝玉大约十五岁，开始学着料理家务，并代表家族处理外事，已经是甄家的代表。甄宝玉接触各种人物，领略了不少世道人情。更重要的是，他结交了一些显亲扬名、著书立说的达官贵人、文坛前辈，从他们身上学到了在社会上为人处世的道理，并树立了立德立言的理想，四处访师觅友，积极进取。

甄宝玉造访贾府时大约十八岁，两个宝玉见面，似曾相识，所以早已认对方为知己。

最后，甄家就是甄应嘉（真赢家）的状态，从中也预示着贾府要复兴，所以在前八十回中，作者也大量埋线了贾府最后复兴的线索。贾府是金陵四勋贵里面的学术望族，如果读书都会衰落，则不符合当时的政治要求。

◇◇◇科举高中乡魁

贾府的贾宝玉和贾兰通过努力，终于取得了成功，两人都取得了功名。

书中第一百一十九回写道：

> 那一夜五更多天，外头几个家人进来到二门口报喜。……那人道："中了第七名举人。"王夫人道："宝玉呢？"家人不言语。王夫人仍旧坐下。探春便问："第七名中的是谁？"家人回说："是宝二爷。"正说着，外头又嚷道："兰哥儿中了。"那家人赶忙出去接了报单回禀，见贾兰中了一百三十名。李纨心下喜欢，因王夫人不见了宝玉，不敢喜形于色。

贾宝玉和贾兰，分别中了第七名和第一百三十名举人。

贾宝玉和贾兰去科场，直接考举人，并没有考秀才！前面讲过，勋贵子弟属于国子监监生，可与秀才一样去考举人。有钱人家也能捐一个监生资格去考举人，费用大约是银子二百两。此费用对贾府而言，即使是被抄家以后，也可以筹集到。第一百一十八回如此写道：

> 李纨因向贾兰道："哥儿瞧见了，场期近了，你爷爷惦记的什么似的。你快拿了去给二叔叔瞧去罢。"李婶娘道："他们爷儿两个又没进过学，怎么能下场呢？"王夫人道："他爷爷做粮道的起身时给他们爷儿两个援了例监了。"

这里说得很清楚，就是捐了例监，由援例捐纳取得监生资格的称为例监，亦称捐监（参阅《清史稿·选举志七》），因此，贾宝玉和贾兰有了参加乡试的资格，直接考举人。

另外，贾宝玉和贾兰考中的举人比一般举人要值钱。贾宝玉和贾兰是在京城入闱，并没有回到金陵老家去乡试。清朝分北榜与南榜，分享进士名额。清朝京城的顺天府乡试算北榜，不限户籍，在京的官员名流子弟都可以去考，因此难度一点也不低于江南著名的应天府乡试，每次参加乡试的人数有远超万人规模，其他乡试的人数要少得多。所以，应天府和顺天府的乡试分别被称为南闱和北闱。

宝玉取得的第七名是什么概念？乡试的阅卷要分到各房，有不同的房师，房师选出各房的第一名和可能中举的试卷，叫作荐卷，然后主考来平衡选择，但各房的第一名都要排在前面。最前面的五名，叫作五魁首，是五经里面各经的第一名，然后是综合排名。所以，贾宝玉的第七名，应当是综合的第二名。在顺天府乡试的这个北榜名次，一般来说下一次会试大概率能够中进士，因为其他省份北榜乡试的水平都非常低。由于北榜中进士的概率大，且不限户籍，天下顶尖的才子便都来考，而且秋闱得中以后，可以直接在北京拜访名师，备考来年春天的春闱会试考进士，不用再进京赶考。所以顺天府乡试的水平，是全国最高的，有条件的顶尖高手都会选择过来考。其他乡试的分省来考，限定本省户籍。贾宝玉在顺天府万名秀才参考的乡试里名列前十，当然极为不易。

顺天府乡试的地点，与会试的地点是同一个地方，都是北京贡院。北京贡院，建于明永乐十三年（1415），原系元代礼部衙门的旧址，共设号房一百一十四连（排），考棚一万五千间，可以容纳一万五千人同时考试。北京贡院既是全国会试的考场，也是顺天府（北京）乡试的地方。乡试每三年一次，因在秋天，故叫"秋试"，又叫"秋闱"。全国的会试科考也是每三年一次，因在春天，故叫"春试"，又叫"春闱"。

贾宝玉和贾兰得中，有没有可能舞弊呢？其实，舞弊极为不易，且不说乡试试卷全由专人誊抄，笔迹都看不出来，而且贾家已被抄家，特别扎眼，谁也不敢帮贾家。因为顺天府乡试作弊案，历史上曾杀过宰相大学士。顺天府乡试还受到皇帝的关注，原因是在京城考试中，勋贵名家众多，成为皇帝笼络人才的场所。顺天府乡试的主考官经常由宰相担任，而皇帝也要查阅考卷。书中，皇帝对贾宝玉的试卷有旨意，说："宝玉的文章固是清奇，想他必是过来人所以如此。若在朝中可以进用。"可见皇帝仔细看了贾宝玉的考试文章，并且对贾宝玉非常欣赏。作者这样写，表明贾宝玉如果继续考下去，能够被点翰林。

贾宝玉考了第七名，如果懂得当时的考场和潜规则的话，就知道这个第七名意义非凡了。潜规则就是，在古代，勋贵不鼎甲，清朝满蒙不鼎甲。也就是说，在顺天府乡试，五魁首和综合第一名都不会给贾宝玉这类勋贵子弟，要把高位给平民子弟、寒门子弟，这是自古的规矩。古代放榜填写最后名次的时候，后面的名次已定，不会改，各房第一名肯定都排在最前面，但各房第一名的次序，要按照规矩去调整。第六名是主考根据各种规矩和喜好选人，第七名则是各房房师等一致认为好的。明白了这个潜规则，就知道贾宝玉的第七名，其实约等于第一名解元。顺天府的解元和前几名亚元，有在下次会试中冲击三鼎甲的实力，所以他们的文章皇帝都会看，要不是有此实力，也不会把贾宝玉的名次写上。在宝玉中举那一回，标题是"中乡魁宝玉却尘缘"，用"乡魁"二字，已经把宝玉的真实名次写出来了。所以，不论怎么说，宝玉肯定是某一个房的第一名。正因为在顺天府的乡试水平高和考中后更容易中进士，同时前十名的卷子还会给皇帝阅看，所以各地高手都会来，而且前十名已经被皇帝看过卷子的人，不光考中进士是大概率，中了进士之后，点翰林的概率也很高；书中以这个名次暗示贾宝玉如果继续参加科举而不是出家，未来应当是翰林。

关于第七名的潜规则，可以看看小说《儒林外史》中范进是怎么得中的，他也是第七名。周进监考无聊，"取过范进卷子来看，看罢，不觉叹息道：'这样文字，连我看一两遍也不能解，直到三遍之后，才晓得是天地间之至文！真乃一字一珠！可见世上糊涂试官，不知屈煞了多少英才！'忙取笔细细圈点，卷面上加了三圈，即填了第一名"。我们可以看到，范进的秀才首卷（第一名），是周进在特别的私人经历感受下给的，他特别叮嘱了范进："龙头属老成。本道看你的文字，火候到了，即在此科，一定发达。我复命之后，在京专候。"主考老师学政周进，私下给范进留了话，范进当然要拼死去考一下举人，所以才有他偷偷去考举人，家里断炊，丈人胡屠户骂他的后话。学政对举人录取有影响力，虽然各省乡试是皇帝派翰林或内阁学士来主考，但他们到地方上要听取学政的意见和推荐。《儒林外史》给范进的也是第七名，是一个很有想象空间的名次。

我们看一看著名的咸丰科场舞弊案。一个只会唱戏的旗人平龄，居然高中第七名，因此御史孟传金上书，说这次乡试存在严重舞弊问题。因为清朝的规矩是旗人不给鼎甲名次，此时的第七名也变得特别扎眼,才引发御史参劾,最后文渊阁大学士柏葰被斩首。

史上多次出现第七名的故事,这的确是一个敏感名次。这个名次上的卷子可能会交给皇帝阅看。宝玉的卷子也送给皇帝看了,因此这个名次的卷子要是作弊,一定是泄题后有人代写了,对水平不足的人来说,就算提前知道了考题,自己也写不出符合题意的高水平文章。

举人不比秀才:秀才,学政周进自己就可以定第一名,但举人要由皇帝派来的翰林钦差当考官。范进中举的喜报上写道:"捷报贵府老爷范讳进高中广东乡试第七名亚元。京报连登黄甲。"乡试中举,第一名称"解元",第二名至第十名皆称"亚元"。为什么叫亚元?其实就是各房的第一名。另外还有一个对第七名的说法,就是第一名称为解元,第二名称为亚元,第三、四、五名称为经魁,第六名称为亚魁;第七名正好没有名头,名次靠前又不惹眼,是一个潜规则下有故事的名次。范进随后参加会试,果真考中了进士。

科举当中,意外最多、问题最大的是考秀才阶段,这个阶段舞弊案最多,因为学政一个人就可以定。《儒林外史》讽刺的是有进士水平的人在考秀才的时候总考不过,人才被埋没;后来被很多人解读为讽刺范进中举人后的"丑态"了。古代考秀才是在基层,良莠不齐,学政决定,故事最多,而且录取率非常低;试卷良莠不济,阅卷看得快、看得粗糙,确实有很多人才被遗漏。对范进这样的艰深文章确实容易遗漏,周进也是多读了几遍才读懂。到乡试、会试、殿试时,要严格得多,参加的人数少了,水平整齐了,看得仔细了,遗漏的人才也少了。

古代秀才的录取比例,大约相当于现在的"211"学校到"985"学校之间的录取比例。读书考上秀才,才算是有了读书人身份,可以就业,有收入。但是,《红楼梦》里面的勋贵,秀才之外另有出路,有权的子弟当监生,无权有钱的子弟也可以捐监。但举人阶段就严格了，举人的录取比例相当于现在的"清北"录取率的十分之一，是"清北"顶尖专业和实验班的录取比例。科举进士的比例，类似现在杰出青年的比例；到了翰林，则小于现在院士的比例，平均大约是增选两院院士的七分之一。因此，古代的进士、翰林，在社会上就是"神"一般的存在。

贾兰中举，虽然名次很靠后，但贾兰的年龄小，只有十七八岁。宝玉中举时也非常年轻，二十岁出头的样子。低龄中举，空间巨大。明清会试，举人考中进士的比例是二十分之一，由于举人可以多次参加会试，最终举人成为进士的概率大约是百分之二十。从平均概率和贾兰中举时还很年轻来看，他最终中进士也是大概率事件。贾宝玉和贾兰都是世家子弟，同时又年纪轻轻中了进士，点翰林的概率极大。点了翰林，最终平均的官职就是二品官，世家子弟大概率会到一品大员。对比贾政，最初工部主事是六品官，工部员外郎是从五品，工部郎中是五品官，当粮道是正四品官；贾政虽然担任肥缺，但品级只是中下级官员，而贾宝玉和贾兰中举后，已经可以看到顶级官员的光明大道，前途可期。

对比一下科举神童的年龄。北大校长蔡元培，于光绪十年（1884），十七岁时，考取秀才。光绪十一年（1885），十八岁时，设馆教书。光绪十五年（1889），二十二岁时，中举人。光绪十六年（1890），二十三岁时，进京会试，得中，成为贡士，因故未参加殿试。光绪十八年（1892），二十五岁时，殿试中进士，点为翰林院庶吉士，殿试策论成绩为二甲三十四名（等于全国统考第三十七名）。光绪二十年（1894），二十七岁时，应散馆试，得授职翰林院编修。如此对比，就可以知道贾兰和贾宝玉科举得中时多么年轻，年轻就有优势。

宝玉和贾兰中举，贾家就算复兴了。他们就算考不上进士，由于年轻，日后大挑举人做官，仕途也很有机会，大概率是可以得中进士的。

◇◇◇勋贵转型的榜样

贾宝玉和贾兰高中以后，皇帝对贾家就要格外开恩，以便让他们给勋贵们做榜样。

《红楼梦》中写道：

> 贾兰进来，笑嘻嘻的回王夫人道："太太们大喜了！甄老伯在朝内听见有旨意，说是大老爷的罪名免了；珍大爷不但免了罪，仍袭了宁国三等世职；荣国世职仍是老爷袭了，侄丁忧服满仍升工部郎中。所抄家产全行赏还。二叔的文章皇上看了甚喜，问知元妃兄弟，北静王还奏说人品亦好，皇上传旨召见，众大臣奏称据伊侄贾兰回称出场时迷失，现在各处寻访，皇上降旨着五营各衙门用心寻访。这旨意一下，请太太们放心，皇上这样圣恩，再没有找不着了。"

皇帝专门看了贾宝玉中举的文章，并给予了特别关注。贾家被大赦，与贾宝玉和贾兰科举高中直接有关。贾家的勋贵地位，靠的是皇帝祖上的关系；而后代科举成功，则会变成当今皇帝笼络的人才，位置转换非常明显。

古代顺天府乡试之所以重要，还因为考生的卷子有机会被皇帝看到，引起皇帝额外的关注，让皇帝惦记着，这比考中本身更为重要："知贡举的将考中的卷子奏闻，皇上一一的披阅，看取中的文章俱是平正通达的。见第七名贾宝玉是金陵籍贯，第一百三十名又是金陵贾兰。皇上传旨询问两个姓贾的是金陵人氏，是否贾妃一族。大臣领命出来，传贾宝玉贾兰问话。贾兰将宝玉场后迷失的话并将三代陈明，大臣代为转奏。"皇帝对贾宝玉和贾兰，因着贾妃元春的关系，还沾了亲。

皇上因为贾宝玉和贾兰，又想起了贾家，要笼络他们两个年轻人为自己所用。他俩还很年轻,皇上可以为下一代储备人才,一定会给予特别的恩典:"皇上最是圣明仁德,想起贾氏功勋,命大臣查复。大臣便细细的奏明。皇上甚是悯恤,命有司将贾赦犯罪情由查案呈奏。皇上又看到海疆靖寇班师善后事宜一本,奏的是海晏河清,万民乐业的事。皇上圣心大悦,命九卿叙功议赏,并大赦天下。"

皇上的大赦天下也是看人看时机的。皇上肯定知道甄家与贾家的关系,薛蟠犯了罪要处决,最后要由皇上勾决,他就可以一并施恩典了。贾府与薛家,都因此免罪。之后得益的应当还有贾兰的外祖父李守中等人,皇上当然是想好人做到底。李纨在贾兰"爵禄高登"的时候,重新取得了应有的地位,也只有她的儿子能使她"气昂昂头戴簪缨,光灿灿胸悬金印"。王夫人以李纨堂妹李绮许配甄宝玉。李绮在第四十九回投奔了贾府。此时,李守中应当也蒙恩被宽宥了,所以甄府才与李家联姻。李纨的李家肯定翻身了,与甄家联姻,甄家此时已经恢复爵位,甄宝玉也高中,地位也不可同日而语,李绮在李家的位置应当不是嫡出长女,所以李家肯定是恢复了往日的荣光。这个变化,也与贾兰中举有关。贾家变成了读书人家,进入了科举士林的圈子,皇帝就要怀柔拉拢人心了。

◇◇◇读书传家是中华传统

《红楼梦》里甄家衰落,后来甄家读书转型,也是贾家的一个参照。

第九十三回写道,"幸邀宽宥,待罪边隅,迄今门户凋零,家人星散"的甄府,推荐家仆包勇来投靠贾政。包勇向贾政讲述甄宝玉的近况,说:"他竟改了脾气了,好着时候的玩意儿一概都不要了,惟有念书为事。就有什么人来引诱他,他也全不动心。如今渐渐的能够帮着老爷料理些家务了。"在家族的压力之下,甄宝玉知道读书了,贾宝玉也是在家族的压力之下开始有长进的。

关于读书传家，除了《红楼梦》中的故事，我们还可以了解一下历史上的著名典故——陶侃运甓："侃在州无事，辄朝运百甓于斋外，暮运于斋内。人问其故，答曰：'吾方致力中原，过尔优逸，恐不堪事。'其励志勤力，皆此类也。"（见《晋书·陶侃传》）陶侃为东晋名将，官居太尉，位极人臣，武庙七十二将之一，杰出的政治家、军事家、书法家、文学家，是陶渊明的曾祖。后来，人们用"运甓"表示励志勤力，不畏往复；用"运甓翁""运甓人"等指不安悠闲、发奋功业之人。苦学勤练，也与运甓一样。人要保持勤奋很不容易，人要放纵懒惰很容易！陶侃如此勤奋，可到了曾孙陶渊明，就变成了"采菊东篱下，悠然见南山"的闲适，各种酒场留名，上级来检查，就"不为五斗米向乡里小儿折腰"。陶渊明还写有自嘲子孙的诗传世："白发被两鬓，肌肤不复实。虽有五男儿，总不好纸笔。阿舒已二八，懒惰故无匹。阿宣行志学，而不爱文术。雍端年十三，不识六与七。通子垂九龄，但觅梨与栗。天运苟如此，且进杯中物。"从他对子女教育的态度来看，他自己做事的态度就是孩子的镜子，孩子的教育当然做不好。他这一代懒惰，享受了快乐，将快乐、不学当作"天运"，结果就是子孙阶层的滑落。

陶侃是太尉，最高军事长官，比荣国公、宁国公还要厉害，而其曾孙陶渊明，文才肯定比贾宝玉更厉害，但在魏晋门阀世家的环境下，不努力读书，也难以长保富贵。

勋贵子弟参加科举考试，对他们本身而言，就是一种人生的锻炼和经历。古代的科举考场极为简陋，号房内十分狭窄，只有上下两块木板，上面的木板当作写答卷的桌子，下面的木板当椅子，晚上睡觉将两块板拼在一起当床。科考的春秋时节很冷，还有蚊子，考棚里为考生准备了一盆炭火、一支蜡烛。炭火既可以用来取暖，也可以用来做饭。考生考试期间与外界隔绝，吃饭问题和上厕所问题，都得自己在考棚的狭小空间内解决。监考官来回巡视，只管考试是否作弊,至于考生在号房里的其他事,监考官一概不问。

贾宝玉参加的乡试,要考三场,每场三天。平时锦衣玉食,一群丫鬟伺候,一个人到考棚里面待三天,研墨备笔也没有书童,穿衣吃饭怎么办?睡在木板上感觉如何?任何人都没有特殊待遇。如果科举要考多次才成功,那么这种过程还要体验很多次。所以,对勋贵子弟而言,科举之路压力巨大,不仅学习能力,生活自理能力也要过关,就像后来的溥仪在回忆录《我的前半生》里说的,他连鞋带都不会系,要是一直这样,肯定不成。因此,勋贵子弟经过科举考试后,人生就有了一个脱胎换骨的改变。贾宝玉要去科考时,王夫人嘱咐道:

> 你们爷儿两个都是初次下场,但是你们活了这么大,并不曾离开我一天。就是不在我眼前,也是丫鬟媳妇们围着,何曾自己孤身睡过一夜。今日各自进去,孤孤恓恓,举目无亲,须要自己保重。早些作完了文章出来,找着家人早些回来,也叫你母亲媳妇们放心。

王夫人说得很清楚,对贾宝玉和贾兰这样的贵族公子而言,"何曾自己孤身睡过一夜。今日各自进去,孤孤恓恓,举目无亲,须要自己保重"。在科举考场上要生活自理,能够在考棚里面待三天两夜,对他们来说是巨大的人生考验。

在前期,宝玉好吃懒做,风花雪月,混在女人堆里,又对女人不负责,演绎着"负心多是读书人"的角色。后来,宝玉成为《红楼梦》里的正面形象,是在他最后科举高中乡魁之后;否则社会接受不了他,书里也维持不住他的正面形象。

很多人不承认《红楼梦》后四十回,但他们也会选择性地接受宝玉中举的事实。很多人说《红楼梦》的本意是要把贾家写得"白茫茫大地真干净",但若真的如此,那么前面宝玉的各种浪荡子行为就将维持不变。从这个角度来说，《红楼梦》作者的本意也是要贾家复兴，书里就是按照贾宝玉以后会有出息的方向塑造的。

我们再对比贾赦这一支。贾赦嫡长子贾琏没有读书，本来是荣国府的爵位继承人，后来贾赦被革去爵位，再后来皇上把爵位恢复给了贾政。贾政之后的世袭关系，与贾琏关系就不大了。贾琏也没有多少家产，没有儿子，未来渺茫，结局最惨。他甚至比不上贾环，如果贾环悔悟之后再读书，取得了功名中了举人，机会也会很多。前面分析过，贾环读书有底子和才情，有浪子回头的资本。再看宁国府，贾珍的爵位虽然恢复了，但到贾珍这一代已经是三等将军，贾蓉捐的是龙禁尉，经过抄家掠去浮财之后，作为贾姓大宗的宁国府，与荣国府的地位进一步拉开了距离。贾政丁忧期满，又会回到工部郎中的位置，他在工部的职责是肥缺，书中第八十八回介绍过。贾政是勋贵，有爵位，与没有背景的秦业当营缮郎有很大不同。荣、宁二府在被抄家之后的不同前景，也可以说是读书与不读书的差距。

古代的强势皇朝，二代是一个坎，秦朝和隋朝都亡在二代，南北朝时期的很多短命王朝也是如此。开国之前天下大乱，"王侯将相宁有种乎"，开国皇帝与勋贵是打天下的同盟，开国皇帝因为个人的能力和魅力，得到了勋贵们的拥戴；而建国五十年后，勋贵三代与皇帝的三代根本不是在一个环境中长大的，彼此也没有信任感，所以勋贵们面临被猜忌的危机。皇朝要想延续更久，需要有新皇帝根本不认识的知识分子群体的认可，在儒家传统下，皇帝被天下儒生当作效忠的对象，而不再由勋贵拥立。此时，皇帝的皇权基础已经从勋贵利益联盟，变成读书人的忠君信仰。因此，皇帝要结盟的就是科举群体，皇帝对科举群体要抬升，对勋贵集团要打压。勋贵之家转型成为读书之家，是皇帝大力提倡的。贾府能够通过子弟读书，跻身科举集团，就是皇帝要支持的榜样。所以，贾府子弟的读书转型，顺应了当时的历史潮流。

在《红楼梦》中，薛家是"白茫茫大地真干净"，我们在第二部书中会详细分析。认为薛家是皇商是不全面的，薛家早先才是真的文人，真正的读书人！金陵其他勋贵是赳赳武夫！薛家虽无爵位，却占据了一个和皇帝关系亲密的实权要职——紫薇舍人。紫薇舍人在古代是中书舍人的别称。紫薇舍人在明清的时候仅仅为七品官，但也是要职，因为主管起草诏令、参与机密，而在当初设立之时官职大很多。唐玄宗在开元初年把中书省也改称紫薇省，在紫薇省院中种植紫薇花，所以中书舍人就有了紫薇舍人的别称。明代王世贞作诗尚用此典，谓："紫薇舍人冰玉姿，跃马看山犹未衰。"另有周密《齐东野语》所载周益公（周必大）在南宋中书舍人范成大园舍上的题词："紫薇舍人，始创别墅，登临得要，甲于东南。"紫薇花因种在紫薇省庭院中，又称"官样花"，杜牧别称"杜紫薇"，白居易笔下的"紫薇花对紫薇郎"也来自这个典故。

《红楼梦》的作者讲薛家先人，说他是紫薇舍人，而不说中书舍人，是在告诉读者薛家有中书舍人的权力，职位还要远高于中书舍人，与唐代的紫薇舍人相当，类似职位低但权力大的军机章京。也就是说，薛家以前是文职，能够给皇帝当秘书，读书一定是优异的。但薛家没有保持，虽然做生意发了财，最后也是富不过五。古代的读书人是代理人阶层，每一代不能世袭，需要的是努力读书；薛家后来没有读书好的，没有科举成功的，最终阶层滑落。对比之下，贾府依靠读书中举，获得了复兴。所以世家要传家，需要读书，这才是《红楼梦》要讲的逻辑。

纵观《红楼梦》全书，在高鹗等人的续书或者编辑整理之下，全书的方向变成了勋贵世家转型。贾府从勋贵世家变成了书香世家，读书改变了贾府的命运。四大家族，最后只有贾家没有阶层滑落，其他家族都遭遇了阶层滑落，甚至崩塌。孩子读书，是保住家族阶层的关键。皇帝当年解禁《红楼梦》，当然也有皇帝的政治目的，皇帝所要宣扬的就是："天子重英豪，文章教尔曹。万般皆下品，惟有读书高。"整部《红楼梦》，虽然有各种糟粕，但最后给大家展现的光明一面，就是中华文明诗书传家的传统力量。

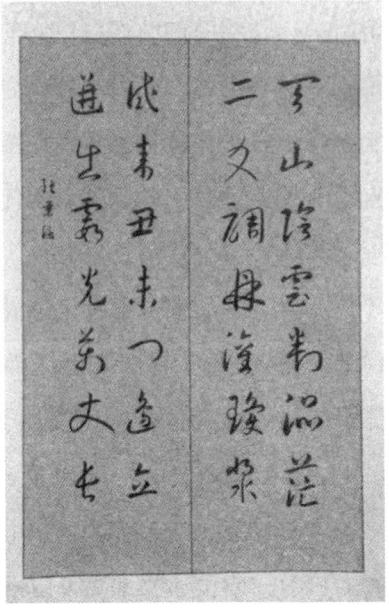
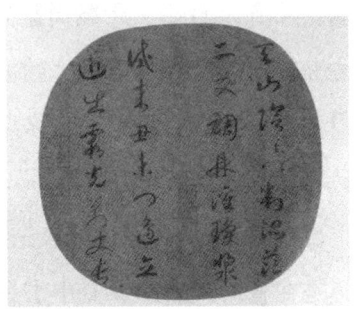

上图为："天山阴云判混茫，二爻调鼎灌琼浆。试来丑未门边立，进出霞光万丈长。"这是笔者女儿十岁临宋代赵构《天山诗》帖，右边为原帖。它与《红楼梦》的含义吻合。

笔者一直在讲"拼娃"的概念。诗书传家的关键在于"拼娃"而不是"拼爹"，无论哪一种传家方式，都是集中家族的资源支持下一代，其中的不同在于矛盾的主要方面：财富继承和权力世袭的传家，在于家长努力寻找机会，取得权势与财富，蒙荫子孙为主要的方面，最后就是"将不过三代"和"富不过五代"；道德传家、耕读传家、诗书传家则在于孩子自身的努力学习，取得知识和思想为主要的方面。所以，二者相比，一个是"躺平"之路，另一个是艰辛之路。

在诗书传家之外，还有耕读传家，是说家族后代在读书的同时，还要会耕作，有生存技能。在古代农业社会，种田为基本技能，多代之后改朝换代，天下大乱之时有生存技能至为关键。在耕读传家之外，还有道德传家，是说家族后代都要读诗书、有技能，除此之外，还要有理想、有责任、有道德，以天下为己任；作为多代兴旺的望族，必须有社会责任感，不能出卖国家、民族的根本利益，要有原则和底线，家族才可能持久。耕读传家和道德传家都是以诗书传家为基础和起点的。

中华民族讲诗书传家，是人人向往的事情，但真的做起来知易行难，家长的督促和坚持极为关键。古代人口少，各个家族也都支持家族中最聪明的孩子读书，这也是寒门的孩子能够读书出头的原因。在教育资源的支持上，古代不比现在少，反而是优质资源集中，顶尖人才的竞争更激烈。所以，在古代，要想诗书传家，家族每一代都能够出一个秀才，保持读书的传承不中断，是很难的事情。

《红楼梦》告诉我们一个重要的道理：任何家族想要传家，保持兴旺，没有"躺平"的机会，都是艰辛的道路。

《红楼梦》一书的最后定位，转向了诗书传家，从而被解禁。笔者写本部书，就是阐释中华文明的传家逻辑，从财经到传家，揭示《红楼梦》家族的兴衰逻辑。在后续的两部作品中，笔者将继续深入阐释财经、政经背景下的大家族博弈和古代家天下的社会博弈及其潜规则。

后记

2020年新冠肺炎疫情防控期间,笔者居家重读《红楼梦》,弥读弥新。因为人在有了人生阅历之后,再读书,感悟会不一样。与此同时,本人在网上写下对《红楼梦》的理解,得到了广大读者的认可。在读者的鼓励下,越写越多。

笔者对《红楼梦》的分析,从财经和古代文化的角度出发,借助当律师看案卷的素养,发现了很多研究者没有注意的细节。笔者写这本书,就是力图在作者创作《红楼梦》时的社会逻辑下,还原故事背景,解读作品内涵。在明清时,书中的很多职务有了不同的属地性质之后,就有了很多潜规则,例如金陵知府、江西粮道、广东学政、巡盐御史、镇海总制等。这些官职不是作者凭空编造的地名和职务。比如,在第五十三回中,贾雨村入阁成为最高军事主官,位置在王子腾之上,这些是很多人不理解的;对他俩的关系理解不清,根本无法理解《红楼梦》的逻辑。在古代,读书人接触社会的阴暗面少,尤其是不出门的女性读者,教育孩子也是尽量不让他们看到社会的阴暗面,所以很多读者对当时很多社会性的博弈都理解不到位,只能看其中的风、花、雪、月、诗。

笔者是律师,从看案卷视角发现了葫芦案里的问题。再经过分析,并结合后来情节发展,笔者认为,薛蟠成了"活死人",贾雨村有回避责任之嫌,从而开始了对《红楼梦》不一样的解读。笔者认为,作者应当也是"真事隐""假语存",对贾雨村的评价,作者是戴着贾家的有色眼镜,用风月宝鉴的骷髅一面来照的,而实际上,贾雨村是一个有担当的人。

书中的政经逻辑也非常复杂，这不是一本简单的以爱情和诗词歌赋为逻辑线的小说，而是一本讲朝野江湖的政治读物；只不过因为当时政治需要，在文字狱的背景下，只能隐晦起来。后世对《红楼梦》的解读，也一直是符合时代需要的解读。

现在，中国要文化自信，中华文明要复兴，笔者认为，需要重新对《红楼梦》社会背景、创作本源，以及里面所含的古代文化和精神进行深入挖掘。

对《红楼梦》全书，笔者所关注的是古代社会潜规则、政经逻辑，以及诗书传家。笔者是按照通行本的一百二十回进行解读的，不认可有些人对全书进行阉割，更反对否定后四十回。笔者对于《红楼梦》癸酉本也不认可，因为笔者认为其逻辑是按照后面解读的，与作者的很多埋线对不上。有的人认为《红楼梦》反清复明，对此说法笔者也不认可，因为明代没有勋贵世袭递降，也严禁表亲结婚，前明遗老写不出这样的书。

笔者对《红楼梦》的解读分成三部，每一部有独立的逻辑。第一部讲财经和传家；第二部侧重宅斗，即在外部势力背景之下，贾府内部的婆媳宅斗，以及后来林黛玉和薛宝钗的命运、薛蟠和香菱的命运等；第三部讲贾府抄家，分析皇帝的削藩逻辑、皇帝与太上皇的博弈，并重新评价贾雨村，阐述对整个红学的认识，等等。三部书既可以分开来阅读，也可以作为一个整体阅读。

笔者在网上发布内容的时候，就不断有粉丝询问什么时候出书。刚开始，找出版社并不顺利，因为市面上讲《红楼梦》的著作太多了，而且笔者是一个理科生，解读这么一部重量级的文学作品，很多出版人并不看好。随着帖子和视频的不断更新，有出版社开始联系笔者。笔者已经发表不少内容，网络上出现了很多洗稿的视频和文章，都是将笔者的发现以不同的方式说出来或写出来。人家说偶同，你也不好指责对方，只有尽快出书，而且保证出版的三部书中，有一半内容此前没有在网络上发表过。网络上发表的零散帖子和分集视频，对整部书逻辑的解读也不是那么连贯，因此更有了出版这套书的必要。

现在笔者的这套书终于可以与读者朋友们见面了，感谢大家一直以来的支持。希望读者们对书中的分析求同存异，对《红楼梦》这部伟大的作品，可以有更多角度的思考。

在此感谢为出版这套书付出努力的编辑和朋友们！

中关村资深村民　张捷
2023年5月1日于中关村